KIM FIELDING

COFANETTO SCHELETRI

Kim Fielding
COFANETTO SCHELETRI

Pubblicato da
Dreamspinner Press

5032 Capital Circle SW, Suite 2, PMB# 279, Tallahassee, FL 32305-7886 USA
www.dreamspinnerpress.com

Edizione italiano: 978-1-64405-949-4
Edizione eBook italiano: 978-1-64405-948-7
Prima edizione italiana: giugno 2021
v 1.0

INDICE

Un buono scheletro

CAPITOLO 1

DYLAN SAPEVA già dall'ora di pranzo che quel giorno ci sarebbe andato vicino. Il giorno precedente il plenilunio non era proprio il momento perché tutto andasse storto. Una riunione era già andata troppo per le lunghe e uno dei clienti aveva fatto il difficile, il budget era risicato, i progetti dovevano essere rivisti e tutti avevano i nervi a fior di pelle. Come risultato, riuscì a svignarsela dallo studio che erano le quattro passate. Dopo aver borbottato qualche scusa per declinare l'invito della segretaria all'inaugurazione di una qualche mostra d'arte, Dylan infilò il portone e uscì in un altro dei pomeriggi nuvolosi di Portland.

La situazione poteva dirsi ancora sotto controllo, ma commise l'errore fatale di prendere l'Hawthorne Bridge anziché il Marquam. Stava per immettersi, quando le luci rosse lampeggiarono e il traffico si bloccò. L'arcata centrale cominciò ad alzarsi a un passo glaciale. Le auto erano troppo vicine per fare inversione, così si rassegnò all'attesa, ignorando la voce dello speaker che usciva dalle casse dell'autoradio. Non riusciva a vedere quale nave stesse transitando sotto il ponte, né capiva perché diavolo ci stesse impiegando tanto tempo.

All'interno della Chevrolet ferma accanto alla sua auto, un uomo era impegnato a scavarsi meticolosamente nel naso con un dito. I tergicristalli dell'auto di Dylan scattavano a destra e a sinistra, – *swish-squeak, swish-squeak* – e a ogni movimento il tempo a sua disposizione si riduceva un po' di più. Fece dei respiri lenti e profondi per cercare di calmare i nervi e il battito furioso del proprio cuore.

Quando finalmente raggiunse l'estremità del ponte, era sicuro che il cielo fosse diventato di una gradazione di azzurro più scura, nonostante la fitta cortina di nubi che lo copriva.

Per fortuna dall'altra parte il traffico era più scorrevole, così accelerò: schivò un ciclista, bruciò un semaforo appena scattato sul rosso e fece imprecare più di un pedone. Poi, però, subito prima di immettersi sulla Jefferson, incappò in un autobus alla cui guida doveva esserci un narcolettico, considerata la lentezza con cui procedeva. Per parecchi isolati, Dylan continuò a fissare accigliato la tigre ruggente e l'elefante strombazzante stampati sul retro del mezzo, anche se negli ultimi tempi nutriva una certa simpatia per gli ospiti selvatici dello zoo dell'Oregon.

Quando riuscì a prendere la superstrada, il traffico era aumentato per via degli altri pendolari. Dylan imboccò la corsia d'accesso con i sudori freddi, imprecando sottovoce: gli dolevano le mascelle e la schiena gli prudeva come se sotto la camicia indossasse un cappotto di pelliccia. Strinse il volante così forte da ridurlo quasi in pezzi.

Poi s'imbatté in un incidente: non sembrava grave, un comune tamponamento. Il carro attrezzi era già arrivato e c'erano diverse persone sotto la pioggia che parlavano al cellulare. Entrambi i veicoli coinvolti erano stati spostati a lato della carreggiata, in modo che il traffico potesse continuare a scorrere; ma tutti gli automobilisti, in prossimità dell'incidente, rallentavano come se non avessero mai visto uno spettacolo simile in tutta la loro vita. Era un continuo *stop and go*.

Dylan aveva i nervi a fior di pelle; aveva anzi l'impressione che la pelle stessa gli andasse più stretta.

Miracolosamente la sua uscita era libera, così sfrecciò giù per la rampa, bruciando l'ultimo chilometro di strada che lo separava da casa e pregando di non trovare più ostacoli – soprattutto che non ci fossero poliziotti in vista. Doveva assolutamente farcela in tempo. Non aveva altre possibilità: le lancette dell'orologio correvano, il cielo era sempre più scuro, il sole stava per tramontare.

Parcheggiò la sua Prius nel vialetto facendo stridere i freni, scese e corse verso la porta di casa. Si mise ad armeggiare con la serratura, ma le mani gli tremavano a tal punto che le chiavi caddero per terra. "No, no, no," balbettò in preda al panico, prima di riuscire in qualche modo ad aprire la porta e precipitarsi dentro. Le sue ossa iniziarono a riposizionarsi dolorosamente; le cuciture degli abiti erano già saltate quando si fece strada attraverso la cucina e il soggiorno fino allo stanzino. Una volta dentro, sbatté forte la porta di metallo, ringhiando mentre la sua mascella si allungava. Senza le dita non poteva liberarsi dal resto degli abiti e il suo ultimo pensiero umano coerente, prima che il dolore della trasformazione lo sopraffacesse completamente, fu che l'ennesimo paio di Diesel era andato.

Si DESTÒ in quella stessa stanza la mattina seguente e il risveglio fu spiacevole come sempre: era nudo, infreddolito e affamato. Gli faceva male tutto il corpo per aver dormito per terra. Una serie di brutti lividi gli segnava le spalle – doveva aver trascorso la notte a scagliarsi contro la porta. La cosa peggiore di tutte, però, era la sensazione che sembrava pervadere ogni molecola del suo corpo. Non avrebbe saputo darle un nome, e forse una definizione appropriata neanche esisteva. Le uniche parole che più si avvicinavano a spiegarla erano *voglia* e *frustrazione*, ma nessuna di loro era sufficiente a spiegare l'intensità di ciò che provava. Era un po' come l'eccitazione sessuale, come quando hai una voglia pazzesca di fare sesso ma sai che non succederà mai, una sensazione che gli era divenuta tristemente familiare.

Si alzò in piedi, stiracchiandosi con un gemito e fissando poi accigliato il suo uccello irragionevolmente eretto. Era sempre molto più ottimista del resto del suo corpo. Come al solito, decise di ignorarlo a favore della sua vescica, che non poteva trascurare ancora per molto. Resistette alla voglia di pisciare contro una delle pareti metalliche e aprì invece la complicata serratura che aveva installato sulla parte superiore della porta. Era troppo in alto perché lui potesse raggiungerla durante la notte e troppo complessa per essere aperta solo con le zanne o gli artigli. I pollici opponibili tutto sommato erano una gran cosa.

Durante la sua visita in bagno, non poté fare a meno di studiare attentamente il suo riflesso allo specchio. Come previsto, aveva un aspetto tremendo: gli occhi color nocciola erano iniettati di sangue, la pelle cadaverica, i ricci biondo sabbia tutti aggrovigliati. Considerò la possibilità di prendersi un giorno di malattia, ma poi si ricordò che l'aveva già fatto il mese precedente e anche quello prima, e allora lasciò perdere, temendo che qualcuno potesse notare la ricorrenza. Che una donna non si sentisse nel pieno della forma ogni ventotto giorni poteva anche essere normale, ma nel caso di un uomo la cosa avrebbe potuto destare sospetti.

E va bene. Una doccia prima di tutto. Si fece anche la barba, rimuovendo i peli biondo-scuro dalle guance e ritoccandosi il pizzetto sul mento. Si lavò i denti e si spazzolò i capelli, poi andò in camera da letto per vestirsi. Il suo letto, com'era ovvio, era ancora perfettamente rifatto, grande, comodo e coperto da un confortevole piumino. Sarebbe stato mille volte meglio trascorrere le notti lì anziché sul duro pavimento dell'altra stanza. Dylan represse un sospiro e tirò fuori gli slip, un paio di Levi's, una t-shirt gialla e blu della Decemberists e una camicia a quadri. *Sempre sia lodato il venerdì casual*, pensò: non era certo che sarebbe riuscito a sopportare giacca e cravatta quel giorno, non quando si sentiva ancora la pelle troppo stretta e le ossa troppo larghe.

Una volta vestito si recò in cucina per la sua colazione tipica, che ormai non lo disgustava più: una confezione di bacon crudo (sapeva dell'involucro di plastica in cui era conservato e aveva la stessa consistenza delle caramelle gommose), una mezza dozzina di uova biologiche in tazza grande e un caffè espresso triplo con un cucchiaino di zucchero. E pensare che una volta era stato vegano.

S'infilò calzini e scarponcini, indossò la sua felpa preferita e uscì sotto la pioggia per andare al lavoro.

Doveva aver l'aria di essere reduce da una sbornia colossale, perché la segretaria gli lanciò un'occhiata sbalordita, senza però dirgli nulla; la sua collega Matty, invece, non si fece problemi a dirgli cosa pensava. "Notte brava, eh, Dylan?"

Fu costretto a reprimere una risatina isterica prima di rispondere: "Non proprio."

Matty era seduta alla sua scrivania e strizzava gli occhi dietro le lenti degli occhiali, fissando il computer. Stringeva un bicchiere grande pieno di caffè, e l'olfatto da lupo di Dylan captò immediatamente l'odore del muffin ai mirtilli che aveva mangiato per colazione. Dietetico, senza dubbio. Indossava inoltre la sua solita camicetta nera con il cardigan grigio e Dylan sapeva, anche se non poteva vedere la parte inferiore del suo corpo, che portava dei pantaloni neri e delle ballerine – rosse, perché era venerdì. La ragazza gli sorrise. "E dai, solo un assaggino. Sputa il rospo."

4

"Mi spiace, Matty," le rispose lui scuotendo la testa; chissà perché era convinta che la sua vita sociale fosse molto più eccitante di quanto lo era in realtà. "Ma sono rimasto a casa, davvero."

"Sarà, ma non ne hai proprio l'aria."

"Giuro solennemente che sono andato dritto a casa e lì sono rimasto fino a stamattina, quando sono uscito per venire direttamente al lavoro," replicò Dylan portandosi una mano sul cuore. "Escludendo una puntatina da Starbucks."

"D'accordo, sei andato dritto a casa. Con chi?"

"Da solo. Lo so che oggi sembro uno straccio, ma non è perché me la sono spassata tutta la notte. Mi sa che sto diventando un po' meteoropatico."

Matty gli lanciò un'occhiata scettica prima di tornare a rivolgere l'attenzione al computer. Reprimendo un sospiro di sollievo, Dylan si lasciò cadere pesantemente sulla poltrona.

Non era facile concentrarsi sul lavoro, ma ci provò. I clienti di Maywood Drive si erano finalmente decisi per cinque camere da letto invece che quattro, il che voleva dire modificare i progetti per il tetto e le fondamenta in modo che la casa non precipitasse giù per la collina. Non era molto contento della balconata che circondava il lato sud-est, e aveva sperato di poter realizzare un patio usando come sostegni due imponenti pini dell'Oregon, ma a quel punto non era più sicuro di riuscirci senza effettuare delle modifiche sostanziali al progetto.

Declinò l'offerta di Matty di unirsi a lei per pranzo, accontentandosi di prendere un sandwich e delle patatine fritte da uno dei distributori automatici, e consumò il pasto direttamente alla sua scrivania.

Alle 16:12, proprio quando stava per congratularsi con sé stesso per avercela fatta anche quel giorno, il suo cellulare squillò.

"Ehi, Pistolino."

Dylan sorrise nell'udire il nomignolo che da ragazzo l'aveva tanto fatto impazzire. "Ehi, Testa di Minchia." Suo fratello preferiva essere chiamato Rick; ma se l'avesse fatto, che divertimento ci sarebbe stato?

"Stasera, a cena."

"Grazie, ma penso che andrò…"

"Guarda che non è un invito, ragazzino: è un ordine. Alle sette da Hopworks."

Dylan sapeva che mettersi a discutere sarebbe stato inutile. "D'accordo," sospirò, "ma Kay…"

"La mia dolce metà non sarà dei nostri. Viene a trovarla sua sorella e saranno occupatissime con i preparativi per la fiera dell'artigianato della prossima settimana. Credo che dovranno appicciare dei baffi finti su un bicchiere, o roba simile."

"Ecco spiegato il tuo invito a cena."

"Quello, e altre ragioni," rispose Rick, enigmatico. "Alle sette in punto, Pistolino."

Prima che Dylan avesse la possibilità di replicare, suo fratello chiuse la comunicazione.

5

Non aveva senso tornare a casa per poi rifare tutta la strada, così decise di restare in ufficio a lavorare ancora un po' al progetto. Salutò Matty che andava via con un cenno della mano e si riempì la tazza di altro caffè: riemerse dal lavoro soltanto alle 18:40.

Il ristorante era affollato e rumoroso, ma Rick era arrivato prima di lui ed era riuscito a trovare un tavolo, di quelli più alti con gli sgabelli. Non appena entrato, gli fece cenno con le mani e Dylan si avvicinò, vedendo che il fratello aveva già ordinato un piatto di humus e una pinta di birra. "Tutto biologico. Ne vuoi un po'?" gli chiese.

Dylan scosse la testa, ma poi mise un po' di humus su un triangolo di tortilla. Con la bocca piena, rispose: "Io prendo una birra scura. E carne. Tanta carne."

Rick corrugò le sopracciglia cespugliose fino a unirle. "Me n'ero dimenticato. È di nuovo quel periodo del mese, eh?"

"È stato la notte scorsa. Ora sto bene."

"Non mi sembra proprio, Pistolino."

"'Fanculo."

In quel momento apparve una cameriera alta e slanciata, con delle stelle tatuate sui bicipiti. "Cosa vi porto?" chiese. Dylan ordinò la birra e un hamburger al sangue – il più al sangue possibile, specificò – mentre Rick si limitò a chiedere delle ali di pollo e un'altra birra.

"Due birre, eh?" disse Dylan con un risolino. "Hai voglia di una notte movimentata?"

"Sta' zitto. Quand'è stata l'ultima volta che sei andato a cena con qualcuno che non fosse un tuo parente?"

"'Fanculo" ripeté Dylan.

Rick sorrise e caricò una tortilla con una manciata di humus. "Comunque, non ti ho invitato qui per discutere della tua vita privata."

"Allora perché?"

Suo fratello scrollò le spalle. "È da un po' che non ci vediamo. Volevo vedere come te la passavi."

"Sto bene, anche se sempre impegnato con il lavoro. E tu e Kay?"

"Stiamo ancora lavorando al progetto bebè." Rick bevve una lunga sorsata di birra. "Kay ci si è buttata anima e corpo. Solo che il romanticismo va a farsi benedire quando devi stare a preoccuparti dell'ovulazione, della posizione più idonea e stronzate simili."

"Non so cosa dire," rispose Dylan non senza comprensione. Sapeva quanto suo fratello desiderasse un figlio.

"Già, beh, il suo medico ha detto che se anche questo mese andrà buca, dovrò fare dei test. Sai, sparare le mie cartucce in un barattolo e vedere se quei piccoli bastardi sanno fare il loro dovere."

"Sembra divertente."

6

"Ti ricordi al liceo? Quando io e Jessica ci siamo presi quello spavento?" Rick scosse il capo lentamente. "Chi l'avrebbe mai detto che quindici anni dopo mi sarei ritrovato a fare il tifo per il contrario?"

La cameriera tornò con le loro bevande; Dylan bevve un sorso della sua birra con sollievo.

"C'è mancato poco anche stavolta, vero?"

Dylan non si rese conto che aveva chiuso gli occhi finché Rick non gli fece quella domanda; li riaprì e fissò duramente il fratello. "Sto bene."

"No, invece."

"Senti, Ricky..." Quel nomignolo infantile lo riportò indietro, al tempo in cui Rick era il Fratellone Grande che guidava una bici senza rotelle, aveva uno zaino di Spider Man e non aveva bisogno delle sbarre al letto per evitare di cascare per terra durante la notte. "È tutto sotto controllo, davvero. Ieri è stato solo un caso. La riunione era andata per le lunghe e il ponte era sollevato, e così..."

"Quanti altri 'casi' ci sono già stati, Dyl? Quante sono state le volte in cui ce l'hai fatta appena in tempo, negli ultimi sei mesi?"

Dylan non rispose. Spostò lo sguardo su uno degli altri tavoli, verso un gruppo di giovani – forse studenti universitari – che ridevano allegramente. Rick non insisté, così i due fratelli rimasero a bere in silenzio finché la cameriera non tornò con le loro ordinazioni. L'hamburger di Dylan era buono, e lui era più affamato di quanto credesse. In men che non si dica vuotò il piatto, lasciando solo una fogliolina di lattuga; Rick invece stava ancora giocherellando con un pezzo di tortilla.

"Non capisco cosa vuoi che faccia," disse piano Dylan. "Non posso mica assumere un babysitter che si assicuri di rinchiudermi da qualche parte. O un fottuto dog-sitter, dato che ci siamo."

"Vieni a stare da noi. Potremmo costruire qualcosa nello scantinato."

"Ah, sì? E sei disposto a tenermi vicino a Kay?"

"Lei conosce i rischi. È d'accordo."

Nonostante la disperazione, Dylan avvertì un moto d'affetto per la cognata. La poveretta non aveva avuto idea del casino in cui stava per cacciarsi quando era entrata a far parte della famiglia, un paio d'anni prima, ma ci si era adattata con coraggio – per non dire avventatezza, a giudicare da come lei e Rick sembrassero prendere sotto gamba il problema. Sospirò. "E che faremo quando arriverà un bambino?"

Rick trasalì leggermente e chinò gli occhi sul suo piatto. "Non succederà, almeno per un po'."

"Lo so. Però so anche che nel frattempo non troverò una cura miracolosa."

"Ma non puoi andare avanti così, Dyl. Prima o poi qualcosa t'impedirà di farcela in tempo, e allora..." Non finì la frase, ma del resto non ce n'era bisogno. Dylan sapeva cosa stava per dire suo fratello: *E allora andrà a finire come la prima volta.*

7

Non poteva obiettare perché sapeva che Rick aveva ragione. E sapeva anche che, se quell'incidente si fosse ripetuto, sarebbe stato molto peggio. Perché adesso era più forte. E più affamato. Si prese la testa tra le mani, massaggiandosi le tempie. "Forse dovrei trasferirmi da qualche altra parte. Tipo in Alaska. In un posto… più lontano."

"Non puoi vivere per conto tuo."

"Beh, non posso vivere con un cazzo di nessuno!" sbottò Dylan, più forte di quanto avesse voluto. Le persone vicine a loro si girarono per un attimo a guardarli, ma poi tornarono ai loro pensieri; pensieri del tutto normali, un fidanzato traditore, un capo rompicoglioni, l'automobile che non andava a dovere.

Ma Rick, benedetta la sua flemma, non si scompose. Sapeva che il fratello tendeva a reagire male quando era in ansia per qualcosa. "Come faresti a sopravvivere?" gli chiese sensatamente. "Voglio dire, una volta al mese potresti, ehm, cacciare. Ma durante gli altri ventisette giorni? Ti metteresti a progettare igloo? Di sicuro ti riuscirebbero bene, considerando che sarebbero praticamente a zero impatto ambientale."

Dylan non riuscì a trattenere una risatina e quando la cameriera venne a ritirare i piatti vuoti, riuscì anche a rivolgerle un sorriso. Aveva lavorato come barista durante gli studi, e sapeva quant'era brutto se i clienti ti riversavano addosso la propria frustrazione. Quando la ragazza si fu allontanata, disse: "Forse potrei lavorare via internet anche dal polo nord."

Rick smise di sorridere e divenne di colpo molto serio. "Dici che potresti farlo davvero?"

"Più o meno. Solo che dovrei sicuramente tornare in ufficio un paio di volte la settimana, per le riunioni e cose simili. Non mi ci vedo proprio a saltare su un aereo così spesso e fare avanti e indietro."

"Ma non dovrai farlo!" saltò su Rick con una certa eccitazione, e per un momento sembrò così simile al ragazzino che era stato un tempo che Dylan non riuscì a trattenere un sorriso. "È pieno di boschi qui intorno, Dyl. Puoi prendere un bungalow sulla Catena Costiera, ad esempio, così non sarà tanto scomodo tornare in città due volte la settimana. E potrai calcolare i tempi in modo da trovarti nel bosco ogni ventotto giorni."

Dylan finì la birra e considerò l'idea del fratello. Non era mai stato un grande amante della natura: quando era bambino, aveva vissuto in periferia e ci viveva ancora, anche se in un appartamento un po' più lussuoso. Aveva sempre pensato che gli sarebbe piaciuto trasferirsi in centro, ma quello era stato… *prima*. Per alcuni minuti s'immaginò a saltare tra felci e tronchi caduti, annusare gli innumerevoli aromi del bosco, trovare magari uno spazio aperto dove correre liberamente e sgranchirsi i muscoli. E poi la caccia, le mascelle poderose che si serravano intorno alla preda e il sangue caldo che gli sprizzava in gola…

Guardò suo fratello sentendosi vagamente in colpa, come se avesse appena avuto delle sfrenate fantasie sessuali. "La tua è un'idea interessante, Testa di Minchia."

"Ovvio. Sono il tuo fratellone, Pistolino," gli rispose Rick con un largo sorriso. La cameriera tornò con il conto e l'uomo puntò l'indice verso di lui. "Ci pensa il mio fratellino."

Rassegnato, Dylan tirò fuori il portafogli. "Quindi il tuo invito aveva l'unico scopo di scroccarmi un pasto?"

"Me lo devi, dopotutto."

Mentre lui contava il denaro, Rick si alzò da tavola e si stiracchiò. "Meglio che vada. Devo vedere se alla mia signora serve una mano con quei baffi."

DYLAN SOFFRIVA sempre d'insonnia dopo la trasformazione e, sapendo che la cosa sarebbe andata avanti per almeno un paio di notti, decise di sbrigare ancora un po' di lavoro. Sulla via del ritorno si fermò a comprare un cappuccino grande, che era ancora abbastanza bollente da bruciargli la lingua quando giunse a casa. Sistemò il bicchiere sul tavolo della cucina insieme al portatile e andò in camera a cambiarsi.

Casa sua era sempre in ordine. La porta rinforzata dello stanzino era accuratamente chiusa, come al solito, in modo che eventuali brandelli di abiti o nuovi graffi alle pareti restassero nascosti alla vista. Un giorno o l'altro avrebbe proprio dovuto dargli una sistemata. In camera sua tutto era al suo posto. Si assicurava sempre di lasciarla così prima della trasformazione, come se vedere i cuscini sprimacciati e il comò spolverato lo aiutasse a ricordare che era un essere umano civilizzato. Gli piaceva pensare che la sua stanza fosse come quelle che si vedevano in certe riviste, tipo *Dwell* o *Wallpaper*. Ma quella sera fu improvvisamente colpito dalla rivelazione che somigliava più a quella di un bell'albergo: era elegante e raffinata, ma priva di vita.

In un impeto di ribellione si tolse le scarpe scalciando, lasciando che finissero dove capitava. Poi si spogliò e lasciò i vestiti in un mucchietto vicino alla porta. Ma non servì a granché: la stanza adesso sembrava solo una bella camera d'albergo leggermente in disordine.

Aveva sempre caldo in quel periodo del mese, perciò tornò in cucina con addosso solo gli slip. Si sedette davanti al suo Mac e bevve un sorso di cappuccino nell'attesa che il sistema si avviasse.

Cercò di rispondere a qualche e-mail di lavoro e di rivedere il progetto per la cucina di Maywood Drive, ma non riusciva a concentrarsi. "E va bene," borbottò alla fine. Avrebbe navigato su alcuni siti immobiliari. Forse l'idea di Rick non era poi così male.

Invece, chissà come, si ritrovò a digitare *gay.com* sulla barra di ricerca.

Le foto variavano: uomini più o meno svestiti in pose diverse davanti a degli specchi; uomini dall'aspetto robusto immortalati vicino a cascate o in cima a dei

9

picchi; uomini in giacca e cravatta o in semplici t-shirt abbracciati tra loro; uomini sorridenti, di tutte le razze, in pose da modelli; alcuni muscolosi e altri un po' meno atletici, alcuni vestiti di pelle e altri con l'eye-liner, alcuni con una foresta di peli sul petto e altri con toraci glabri e oliati. Uomini giovani e uomini maturi. Uomini dall'aspetto inquietante e altri che sembravano impiegatucci statali. Uomini incredibilmente belli e uomini dall'aspetto più comune.

C'erano foto per tutti i gusti: bondage, sadomaso, travestimenti, giochi di ruolo, esibizionismo, biancheria intima, pissing, threesome. C'erano pratiche sessuali di cui non aveva mai neanche sospettato l'esistenza e altre che sperava di non rivedere mai più. Ma nonostante tutta quella varietà – un vero e proprio arcobaleno di uomini – non ce n'era neppure uno che nelle informazioni del profilo dicesse di avere un debole per i licantropi.

Con una stretta al cuore, Dylan chiuse con forza il laptop senza preoccuparsi di spegnerlo, ignorò il suo cappuccino ormai freddo e si trascinò in salotto, a vedere se in TV davano gli *House Hunters*.

CAPITOLO 2

"QUESTA L'ADORERAI!"

I tentativi dell'agente immobiliare di mostrarsi ottimista ed entusiasta cominciavano a sembrare forzati. Non c'era da stupirsene, considerato che quella era la decima visita in un posto dimenticato da Dio e che le altre nove erano state un fiasco totale. Tutte le proprietà visionate si trovavano in aree rurali, nessuna delle quali però era abbastanza isolata per le esigenze di Dylan. Era rimasto colpito da una sola, situata in una zona senza altre case in un raggio di diversi chilometri; solo che sorgeva sul fianco di un precipizio, il che significava restare bloccato dalle intemperie per buona parte dell'anno e ritrovarsi senza segnale telefonico, con l'unico ausilio di un generatore per l'elettricità.

Si sistemò meglio sul sedile e grugnì. Matty gli aveva caldamente raccomandato Steve Nguyen, il quale però trattava soprattutto condomini e non sapeva quasi nulla di zone rurali. E considerando anche i suoi tentativi – nient'affatto velati – di seduzione, Dylan sospettava che gliel'avesse consigliato soprattutto nella speranza di accoppiarlo con qualcuno. Avrebbe dovuto farle un bel discorsetto e spiegarle che non aveva bisogno di Cupidi di sorta.

Per il momento, però, si trovava bloccato in quell'Honda Civic con Steve, a un'ora buona di distanza da qualsiasi centro abitato e con il povero agente che sembrava sempre più a disagio, forse perché non sapeva se baciarlo o buttarlo fuori dall'auto. Dopo la settima visita infruttuosa, infatti, Dylan era diventato un po' scontroso.

Steve aveva già lasciato la strada principale in favore di una secondaria che si snodava tra alberi e campi coltivati, e che in quel punto diventava sterrata. "È la contea che si occupa della manutenzione delle strade," cinguettò, "inoltre d'inverno le nevicate da queste parti sono piuttosto rare, quindi non dovrai preoccuparti di restare bloccato o cose del genere." L'auto prese in pieno una buca, sollevando alti schizzi di fango.

"Quanto è grande la proprietà?" chiese Dylan.

"Circa dodici ettari. Il terreno perlopiù è troppo ripido perché vi si possa coltivare qualcosa, e in ogni caso c'è un laghetto che ne occupa la maggior parte. Una volta qui c'era una piantagione di abeti, destinati a diventare alberi di Natale, ma credo che ormai tutto sia tornato allo stato selvatico."

"Ci sono altre case nelle vicinanze?"

"Solo una. Per il resto la proprietà confina con la foresta demaniale."

Sembrava promettente, ma Dylan tenne a freno le speranze. Le aveva già viste infrangersi troppe volte. Non vide bestiame al pascolo, il che era un altro segnale positivo: non era per niente sicuro di riuscire a resistere al richiamo di tutta quella carne a sua disposizione.

La strada curvò intorno a un gruppo di abeti e Steve rallentò fino a fermarsi. Davanti a loro comparvero due abitazioni, separate da una lunga fila di pioppi. La vista della casa sulla sinistra fece accelerare i battiti del cuore di Dylan: si sviluppava su due piani ed era in stile coloniale, poteva avere forse cent'anni, con portici sia al primo piano che al secondo e rifiniture verdi e marroni a contrasto con le pareti di legno bianche. La vernice era un po' scrostata, e anche dall'auto Dylan si rendeva conto che aveva bisogno di una bella sistemata. La casa, comunque, gli piaceva: gli piacevano i due comignoli che si stagliavano contro il cielo quasi con alterigia, e le grandi finestre disposte in maniera piacevolmente simmetrica. L'altra costruzione invece gli fece aggrottare la fronte: era molto più piccola, risaliva forse agli anni '50 e, anche se la maggior parte fosse nascosta tra gli arbusti, per quel poco che si scorgeva sembrava destinata a essere demolita.

"Dimmi che è quella a due piani?" disse mentre scendeva dal veicolo.

"Certamente! Una volta questa era una grande tenuta condotta da due fratelli, fino a che non hanno avuto un grosso litigio. Uno dei due si è tenuto la casa padronale e l'altro i terreni. Non so perché abbia deciso di costruire la sua casa così vicina all'altra: forse per comodità, per sfruttare le linee di alimentazione, o forse solo per fare dispetto al fratello."

"Capisco. E i due vivono ancora qui?"

"No. La tua è vuota già da un po'." S'incamminarono lungo il cortile, diretti al portico. "Nell'altra credo viva un loro nipote."

"Speravo di non avere nessun vicino."

Steve infilò la chiave nella serratura e sbuffò con una certa impazienza. "È una cosa praticamente impossibile, Dylan. Salvo che tu non voglia davvero ritirarti nella natura più selvaggia. Andiamo, sei praticamente nel bel mezzo della foresta. E poi, perché sei così asociale?"

Erano giorni che l'agente immobiliare cercava di scoprire perché diavolo Dylan cercasse un posto tanto isolato, e lui si era limitato a fornire risposte evasive sul bisogno di quiete e silenzio per lavorare. Si chiese se Steve non cominciasse a sospettare che fosse coinvolto in qualche losco affare, tipo coltivare droga o progettare delitti su commissione. Fece una smorfia: quell'ultima ipotesi non era poi così lontana dalla realtà.

Ma il suo umore migliorò non appena entrarono in casa. Certo, la carta da parati cadeva a pezzi e il pavimento era ricoperto da un orrendo tappeto peloso, ma le modanature alle pareti erano originali e miracolosamente non verniciate, i soffitti erano alti e i vetri alle finestre erano leggermente ondulati, il che conferiva loro un'aria antica. La cucina era un ripugnante mix di stili anni '50 e '70, ma si poteva benissimo buttare giù una parete e creare un ambiente unico con il soggiorno. E questo gli avrebbe lasciato ancora una camera, che poteva convertire in studio, e un piccolo bagno.

Al piano di sopra c'erano quattro camere da letto e due bagni. Forse avrebbe potuto unire due delle camere ed espandere il bagno principale, in cui c'era una favolosa vasca da bagno con le zampe di leone come appoggi. Avrebbe anche potuto aprire una piccola finestra in mezzo alla parete, per avere una vista sulle colline circostanti. Il tappeto lì era ancora più orrido di quello del piano inferiore, ma sollevandolo trovò conferma ai propri sospetti: il pavimento era in legno buono e resistente.

Una piccola porta in fondo al corridoio nascondeva una scala che conduceva in soffitta. Lassù non c'era niente d'interessante, a parte qualche traccia della presenza di topi e pipistrelli, ma non si vedevano danni dovuti all'umidità e le travi del tetto sembravano solide.

"Allora, che ne pensi?" gli chiese Steve, spostando il peso del corpo da un piede all'altro.

Dylan grugnì di nuovo, ermetico. "Mi sembra ridotta piuttosto maluccio."

"Non direi. Ok, forse… servirà qualche lavoretto. Ma è stata ristrutturata una decina d'anni fa, hanno costruito anche un impianto per il riscaldamento nuovo." Diede un colpetto al muro. "Fidati, questo posto ha un buono scheletro."

Dylan stava già pensando a come creare una stanza a prova di licantropo, magari costruendo una gabbia robusta da qualche parte. Ma fece finta di essere ancora scettico, osservando con attenzione le canne fumarie e i davanzali delle finestre. "Vorrei vedere i sistemi di alimentazione."

Si trovavano nello scantinato, che si rivelò essere molto spazioso, fresco e asciutto, con un bagno e un vano seminascosto che forse un tempo era stato una specie di laboratorio. Alcuni utensili da lavoro erano ancora allineati lungo una parete. Un'altra area era stata murata e i muri ricoperti di scaffali, probabilmente per essere usata come ripostiglio per lo scatolame, ma con una porta pesantemente rinforzata avrebbe potuto fungere egregiamente da stanza a prova di lupo. E c'era anche una piccola finestra, troppo in alto per servire da via di fuga, ma comunque abbastanza larga da lasciar entrare la luce del giorno.

La caldaia aveva bisogno di una bella ripulita ma sembrava comunque a posto, così come gli interruttori della corrente; anche le fondamenta avevano un aspetto solido.

Quando tornarono all'aperto, il cuore di Dylan batteva forte d'eccitazione. Ma si sforzò di mantenere la freddezza, stendendo la mano verso un cespuglio di more che si faceva strada verso il portico da un piccolo sentiero sterrato. Anche se la stagione era ancora all'inizio, i fiori di campo avevano già iniziato a sbocciare. Dei falchi giravano sulle loro teste, sagome scure contro il cielo grigio, e una ghiandaia lanciò il suo rauco richiamo dai pioppi.

Le scarpe eleganti di Steve erano tutte sudice di fango. "Immagino che potresti venire qua con un Caterpillar e sbarazzarti di tutte queste erbacce," disse, agitando vagamente un braccio.

"E perché? Non ho mica intenzione di darmi all'agricoltura," rispose Dylan e aggiunse con un risolino maligno: "E poi, pensa a tutta la roba che si potrebbe nascondere in questa giungla."

L'agente immobiliare gli rivolse un'occhiata incerta, ma poi sembrò ritenere che stesse scherzando, forse. Dylan volle quindi andare a vedere il laghetto che si era formato grazie a una bassa diga di terra. Le sponde erano quasi tutte coperte di felci e arbusti, in un groviglio quasi impenetrabile per un uomo, ma un animale che si spostava a quattro zampe, a caccia di creature che andavano fin lì per abbeverarsi, probabilmente sarebbe riuscito a intrufolarsi con facilità.

"È abbastanza grande per un'imbarcazione, se riesci a trasportarla fin qui," disse Steve. "Un kajak, magari."

"Credi che ci siano pesci?"

"Non saprei. Forse."

Alcuni minuti dopo cominciarono la risalita per tornare a esplorare i dintorni della proprietà. Non era facile farsi un'idea precisa, a causa della topografia irregolare del luogo, ma Dylan immaginò che avesse grossomodo la forma di una fetta di torta, con la casa ubicata a una delle estremità, vicino alla strada, la foresta che correva su uno dei lati e sul retro, e i pioppi e l'altra casa sul lato restante. C'erano abeti anche lì, anche se il sottobosco li nascondeva quasi alla vista.

"Chissà se ci sono molti animali selvatici," disse allora, cercando di sembrare il più indifferente possibile.

"Oh, sono certo di sì. Cervi e coyote di sicuro. Alci, non saprei, ma forse si trovano persino degli orsi. E con molta probabilità anche animali acquatici, come lontre o castori."

Chissà che sapore ha un castoro, pensò Dylan, e dovette sforzarsi di reprimere una risata. Doveva aver fatto un'altra buffa smorfia, perché Steve lo guardò di nuovo con aria preoccupata.

C'erano ancora un paio di strutture da esaminare: una costruzione più recente che poteva essere utilizzata come garage o fienile, una piccola pompa per il pozzo e un pollaio mezzo crollato. Dylan approvò tutto, chiedendosi se i polli fossero fastidiosi da mangiare per via di tutte quelle piume.

"Allora, che ne pensi?" domandò Steve mentre tornavano sotto il portico. Sorrideva di nuovo, forse perché finalmente Dylan non gli aveva risposto con un categorico 'no'.

Ma lui si grattò il collo con aria pensosa. "Non saprei. Ci sono parecchi lavori da fare, e c'è molto più spazio di quanto me ne servirebbe."

"Potresti trovarti un coinquilino, uno di questi giorni," gli propose allora l'uomo, sollevando leggermente un sopracciglio.

"Ne dubito."

Ma Steve non si lasciò scoraggiare. Era ovvio che ormai fiutava il possibile affare. "Beh, potresti sempre chiudere le stanze di cui non hai bisogno o utilizzarle

14

in modo alternativo. Una palestra, una cineteca, una stanza per gli hobby... Che te ne pare di una stanza per la meditazione?"

Dylan alzò gli occhi al cielo. "E chi ne ha bisogno, con tutto questo spazio?"

Steve inarcò anche l'altro sopracciglio, accompagnando il tutto con un ghigno. "Una stanza dei giochi, allora?"

Dylan non rispose. La verità era che *desiderava* quel posto più fortemente di quanto non gli fosse capitato da parecchio tempo. Ma aveva anche imparato – nella vita come in amore – che il troppo entusiasmo conduceva quasi sicuramente a delle delusioni, e stava quindi cercando di contenersi.

"Vuoi sapere un'altra cosa?" aggiunse Steve. "Questa casa è un vero affare. I proprietari non vedono l'ora di sbarazzarsene, immagino siano stufi di pagarci le tasse. È troppo fuori mano per ricavarne un B&B, il terreno non è adatto per l'agricoltura ed è sul mercato da un bel po'. Chiedono quattro e cinquanta, ma scommetto che riusciresti a scendere sotto ai quattro."

Cifra che rientrava nel suo budget, anche mettendo in conto le sostanziose riparazioni e probabilmente la conversione della Prius in un pick-up.

Fino a quel momento aveva considerato il trasferimento come un evento inevitabile e sconfortante, ma ora iniziava a pensare che avrebbe anche potuto essere felice lì, o almeno raggiungere uno stadio molto vicino alla felicità. Per la prima volta i suoi progetti d'architettura sarebbero serviti a lui. Avrebbe potuto rendere quel posto personale: avrebbe potuto farne una vera casa.

"Sono ancora incerto sul vicinato," disse. "L'altra casa è piuttosto vicina."

"Sì, ma ci sono gli alberi in mezzo."

"E d'inverno?"

"Quando saranno in fiore, non si vedrà praticamente più."

"Ma dal piano di sopra, invece?"

Steve sospirò con aria melodrammatica. "Perché non torni su e dai un'altra occhiata? Io ti aspetto qui, ho delle telefonate da fare," disse, tirando fuori il suo Blackberry con un sorriso.

Dylan salì le scale appoggiandosi a una ringhiera un po' pericolante. A metà strada le scale curvavano in un pianerottolo spazioso a sufficienza per sistemarvi una piccola libreria con le ante in vetro.

La vista migliore della proprietà si godeva dalla camera da letto più piccola, una stanza con pareti gialle sbiadite e un'orrenda carta da parati a fiori che arrivava all'altezza dello schienale di una sedia. La stanza era illuminata da una grande finestra senza tende, anche se il telaio aveva i fori appositi. Il muro lì accanto era macchiato da numerose impronte digitali, come se qualcuno avesse trascorso parecchio tempo ad appoggiarvisi.

Vi si appoggiò anche lui. Steve aveva detto la verità: anche se i pioppi non erano ancora rinverditi del tutto, le loro lunghe braccia oscuravano quasi completamente l'altra casa alla vista. C'era però un varco tra gli alberi – forse qualcuno era stato abbattuto – e da lì Dylan scorse il portico posteriore del vicino.

Un portico per modo di dire: delle assi di legno grezze poggiate su pilastri di cemento non erano esattamente ciò che lui avrebbe definito 'portico'. Per quel che poteva vedere, l'arredamento esterno della casa consisteva in un mucchio di lattine, file di bottiglie vuote e due o tre vasi contenenti alberelli striminziti. C'era anche una sedia a dondolo dall'aria molto antica, un paio di secchi che servivano a chissà cosa, e un tavolo da picnic rovesciato.

Niente che somigliasse a un albergo di lusso.

Dylan rimase alla finestra per parecchi minuti, valutando attentamente i rischi. Steve aveva ragione: non avrebbe mai trovato una casa più isolata di quella, a meno che non volesse sul serio tagliare tutti i ponti con il resto del mondo. Era vero che la sua vita sociale era piuttosto inconsistente, ma non era ancora pronto a compiere un simile passo. Se avesse comprato quella casa, avrebbe avuto ancora un certo margine di rischio; ma c'erano buone possibilità che di notte quel cialtrone del vicino fosse troppo ubriaco per cacciare il naso all'esterno.

Accidenti, voleva quella casa con tutto sé stesso.

Mentre era alle prese con quei pensieri, i suoi occhi colsero un movimento fugace. Pensò subito che uno scoiattolo o un altro animaletto fosse entrato nel suo campo visivo, ma poi mise a fuoco una figura umana. Era un uomo, per la precisione: il genere era abbastanza inconfondibile, visto che era vestito solo con una striminzita t-shirt verde. Reggeva una sigaretta tra le dita. Dylan continuò a osservarlo: l'uomo si portò fino al bordo del portico, si ficcò la sigaretta in bocca, si afferrò l'uccello con l'altra mano e si mise a pisciare sulle erbacce sottostanti. Sembrò restare lì per un tempo lunghissimo, fumando e sollevando schizzi di piscio, lo sguardo perso in lontananza.

Poi, proprio quando Dylan si era ormai convinto che dovesse avere una vescica della capacità di almeno trenta litri, l'uomo alzò gli occhi verso la sua finestra, spalancò la bocca e la sigaretta cadde a terra. Le ultime gocce di urina gli finirono sui piedi, allora si riscosse e si affrettò a rientrare in casa. Dylan era troppo lontano perché potesse esserne certo, ma gli sembrò che lo sconosciuto avesse un gran bel culo.

QUANDO DYLAN fece ritorno alla Honda, Steve aveva terminato le sue telefonate e se ne stava appoggiato allo sportello del passeggero, lo sguardo rivolto a oriente. "Credo che durante le belle giornate da qui si possa vedere addirittura il Monte Hood."

"Fantastico."

"Allora, qual è il verdetto?"

"Diciamo che… ha del potenziale."

Un gran sorriso spuntò sulle labbra di Steve. "Te lo dicevo che avresti amato questo posto!"

"Non lo chiamerei proprio 'amore', ma penso di essere interessato."

"Neanche 'colpo di fulmine'?"

Dylan doveva ammettere che, per quanto irritante, Steve era anche adorabile, un po' come un cagnolino insistente che ti riporta sempre la pallina da tennis perché tu continui a lanciargliela. "Forse," cedette.

Steve sembrò al colmo della gioia. Aprì la bocca per parlare – probabilmente voleva chiedergli quale offerta intendesse fare – ma in quel momento qualcosa alle spalle di Dylan attirò la sua attenzione; Dylan si girò e vide il vicino avanzare verso di loro.

Si era messo i pantaloni, un paio di jeans sbiaditi che evidenziavano le sue gambe muscolose. Dylan poté osservarlo meglio: giudicò che fosse sulla trentina e aveva dei lunghi capelli scuri – anche troppo lunghi, a dire il vero – che gli ricadevano su un viso dalle fattezze piuttosto piacevoli. Era molto abbronzato e si muoveva con un'andatura un po' ciondolante, come quella dei cowboy. Non sembrava aver freddo, anche se era senza giacca, e portava ai piedi delle vecchie scarpe da tennis consunte. Mentre si avvicinava, Dylan notò anche che era di poco più basso di lui – che sfiorava il metro e ottanta – e che i suoi occhi erano di un sorprendente color blu cielo.

"Mi hai fatto prendere un accidente," lo apostrofò l'uomo a mo' di saluto.

"Stavo solo guardando la casa," rispose Dylan, accigliandosi.

L'altro ghignò. "Lo so. Ma per un attimo ho pensato che fossi il vecchio pazzo." Gesticolò vagamente in direzione della finestra da cui Dylan si era affacciato. "Lo faceva spesso, si metteva lì e non faceva che fissare il vuoto per delle ore."

"Ed è per questo che sei uscito mezzo nudo, prima?"

Steve strabuzzò gli occhi a quella notizia, ma l'uomo non si scompose. "Il vecchio è sottoterra da un pezzo, amico. Ho creduto che tu fossi un fantasma."

Mostro sbagliato, pensò Dylan.

Seguì un breve momento di silenzio imbarazzante, mentre i due si studiavano a vicenda. Il vicino lo squadrò da capo a piedi, come per prendergli le misure, e Dylan fece esattamente lo stesso. La smorfia dell'uomo si tramutò poi in un sorriso divertito e gli porse una mano macchiata di grasso. "Chris Nock."

"Dylan Warner," replicò lui, cercando di offrirgli una stretta il più ferma possibile.

"Da Bob o da Thomas? Scommetto che i tuoi erano una specie di hippie."

Dylan fu un po' sorpreso che un tipo come quello conoscesse il poeta. "I miei genitori sono morti."

Il sorriso arrogante di Nock svanì immediatamente. "Mi spiace, amico. Anche i miei."

Dylan non credeva che i loro punti in comune andassero più in là di così; in ogni caso Steve scelse proprio quel momento per interporsi tra loro, come a voler prendere le sue difese. "Il signor Warner sta considerando l'acquisto di questa proprietà," disse, con un tono talmente lezioso che persino Dylan s'infastidì. "Ma ha qualche riserva riguardante la vicinanza della sua… dimora."

17

Gli occhi di Nock restarono su Dylan. "Sei uno di quegli eremiti che vanno tanto di moda al giorno d'oggi, per caso?"

"Qualcosa del genere," rispose Dylan.

"Non c'è problema. Ti resterò fuori dai piedi. Potrei perfino ricordarmi di indossare i pantaloni ogni volta che esco."

Dylan annuì brevemente, sperando che Nock non si accorgesse che era arrossito.

L'uomo sembrò attendere una risposta da lui ma, quando questa non arrivò, si limitò a scrollare le spalle. "Beh, allora buona fortuna, amico. Non sarà male avere qualcuno nel vecchio tugurio, anche se preferisce giocare a nascondino piuttosto che fare una bella chiacchierata, come si usa tra buoni vicini." Gli rivolse un altro sorriso sghembo, sempre ignorando del tutto Steve, quindi si voltò per tornare a casa sua.

"Non sembra una cattiva persona," disse Steve quando Nock fu fuori portata d'orecchio. "Un po' grezzo, magari, ma che altro ci si può aspettare di trovare in un posto come questo?"

Dylan si morse le labbra per un momento, tornando a scrutare la casa. Riusciva a immaginarsi seduto sotto il portico, in un tranquillo giorno d'estate, con una bottiglia di birra ghiacciata in mano e le goccioline di condensa che rotolavano giù lungo il vetro, ad ascoltare i Dandy Wharols o i Pink Martini dall'iPod, mentre lavorava a una serie di brillanti progetti sul portatile. E anche se si fosse trasformato quella notte stessa, non avrebbe avuto nulla di cui preoccuparsi: non sarebbe stato necessario rinchiudersi da qualche parte, avrebbe potuto semplicemente spogliarsi della sua forma umana e cedere finalmente a quel prurito animalesco che lo rodeva da troppo tempo.

L'agente immobiliare doveva sapere il fatto suo, perché rimase in silenzio lasciandolo sognare a occhi aperti quanto voleva; solo quando montarono in macchina, Steve colse la sua occasione. "E allora?" domandò.

"Credi che i proprietari accetterebbero un'offerta di tre e ottantacinque?"

CAPITOLO 3

"Insomma, fai proprio sul serio," disse Matty rubando una patatina fritta dal piatto di Dylan.

"Per forza. Chiudiamo la settimana prossima, e ho già messo in vendita il mio appartamento in città."

La collega si appoggiò allo schienale della sedia con un'aria imbronciata. "Non ti capisco. Credevo che andassimo d'accordo, noi due."

"Mi piace stare in ufficio con te, Matt. Non si tratta di te, infatti, ma di me."

"Cavolo, è esattamente ciò che mi hanno detto i miei ultimi tre ragazzi prima di scaricarmi. Cos'è, è scritto sul *Manuale per i Cromosoma-Y-muniti*, per caso?"

Dylan rise. "A pagina cinque. Ma non dire a nessuno che te l'ho detto, mi raccomando."

Matty levò gli occhi al soffitto, e in quel momento un ragazzo molto affascinante passò davanti al loro tavolo: gettò una breve ma intensa occhiata a Dylan, poi si allontanò verso l'uscita del ristorante. Matty sbuffò. "Santo cielo, Dylan, gli uomini ti cadono praticamente ai piedi."

Dylan represse l'improvvisa fitta di desiderio che l'aveva colto e tornò a concentrarsi sul suo panino al formaggio, dandogli un morso vigoroso.

"Allora, dimmi," riprese lei. "Come mai questo cambiamento? Non ti facevo un amante della natura." Dylan cercò di soffocare una risata con un altro boccone di cibo e sperò che Matty lasciasse cadere l'argomento, ma la ragazza gli puntò contro la forchetta. "Sputa il rospo."

"È solo che… ho voglia di qualcosa di diverso. Di un *posto* diverso." Il che non era una bugia, e se lei voleva pensare che gli serviva della quiete per trovare la pace interiore o per mantenersi sulla retta via, beh, che facesse pure. "E poi non vado mica su Marte, sarò ancora in ufficio una volta la settimana."

"Ma non sarà lo stesso. Ora probabilmente mi metteranno in coppia con Brian."

Gli scappò un risolino crudele. "Spero tu sia pronta a coltivare un avido interesse per i Trailblazers."

Matty gli rivolse un'espressione acida, ma poi puntò la forchetta verso due uomini sulla quarantina seduti a un tavolo vicino. "E come farai a conoscere qualcuno se vai a vivere nel bel mezzo del nulla? Non ci sono locali gay da quelle parti."

"Prima di tutto, conoscere qualcuno non è la priorità della mia vita. Secondo, grazie all'adeguarsi dei tempi, adesso noi checche possiamo trasferirci ovunque, basta che non spaventiamo il bestiame. E terzo, quei due signori sono etero."

"E così tu hai un *gay-radar* perfettamente funzionante."

"Esatto." Era sempre riuscito a farsi un'idea abbastanza precisa di quali uomini fossero interessati ad altri uomini e quali no, anche se di rado essi ricambiavano il suo interesse. Almeno fino a quando, un paio d'anni prima, non aveva conosciuto Andy. Ma quello era un ricordo che proprio non gli andava di richiamare alla mente, perciò finì il suo sandwich e l'ultima patatina prima che Matty gliela sgraffignasse.

"Sai," disse la ragazza con un sorriso astuto, "Steve ti trova molto carino."

"Cos'è, siamo tornati al liceo?"

Lei gli diede un calcetto in uno stinco. "Dico davvero."

"Sembra un bravo ragazzo, ma non è esattamente il mio tipo. E comunque, come ho già detto, non sono sul mercato, perciò cerca di non incoraggiarlo. Dico sul serio, Matty. Non per tutti l'ideale di felicità è quello di formare una coppia felice e spensierata, come... come quelle dell'arca di Noè. Sto bene così, ok?"

"D'accordo. Basta che non sparisci."

Dylan le sorrise. "Non più del solito, promesso."

I MOBILI di Dylan erano più adatti a un appartamento di lusso che a una casa colonica, e una volta ristrutturata sarebbero stati sicuramente fuori posto lì, perciò decise di venderne la maggior parte. Ne tenne comunque qualcuno, come il letto e il tavolo da disegno che aveva fin dai tempi del college. Fu sufficiente un unico viaggio con un furgone preso a noleggio per spostare tutta la sua roba; Rick lo aiutò con il trasloco.

"Sto proprio invecchiando," disse il fratello stiracchiandosi con un sospiro, dopo che ebbero trasportato il materasso in camera da letto.

Dylan ammucchiò in un angolo alcuni scatoloni pieni di vestiti. "Beh, apprezzo il tuo aiuto, vecchio mio."

Tornarono insieme in cucina, un locale dotato di pareti rivestite con carta da parati gialla, ripiani in formica e pavimento in vinile verde chiaro. "Comincerò da qui," annunciò. "Voglio buttare giù questo muro e ripartire da zero. Pensavo ad armadietti in noce, ripiani di granito e una grande penisola al centro."

"Ti prego, non mi diventare una specie di Martha Stewart, Pistolino."

"Tranquillo. Vado avanti a pizza surgelata. Cerco solo di darmi un tono quando posso."

Rick alzò gli occhi verso l'imponente soffitto pieno di ragnatele, poi guardò un mucchietto di escrementi di topo in un angolo del pavimento, dove una volta c'era il frigo. "Però non è un lavoro per una sola persona. Conosci qualcuno disposto a farsi tutta la strada fin qui per darti una mano?"

Dylan ci aveva già pensato e la cosa lo preoccupava un po', anche se non voleva ammetterlo. "Ho parlato con un paio di impresari, ma preferirei cavarmela da solo. Quei tizi non fanno che mettere tutto a soqquadro e sforare con i tempi di consegna."

"Beh, non aspettarti che io diventi il tuo tuttofare, fratellino. Sto facendo un sacco di straordinari ultimamente, e Kay tiene ancora il mio uccello in pugno. Peccato che voi due non possiate sincronizzare i vostri cicli o qualcosa del genere."

Dylan gli mostrò il dito medio e Rick ghignò, ma subito dopo tornò serio. "Hai già pensato a un qualche tipo di... contenimento?"

"No. Ho ancora qualche giorno di tempo, e in ogni caso non dovrebbe volerci molto. Però credo di poter stare abbastanza tranquillo da queste parti."

"Va bene, ma che mi dici del tuo vicino?"

"Non l'ho ancora visto. Probabilmente passa le notti chiuso in casa a guardare le corse automobilistiche alla tele."

I due fratelli risero e Rick lo abbracciò: mossa che un tempo avrebbe potuto causare problemi, perché Rick era grande e grosso mentre Dylan era sempre stato mingherlino. Ma dal giorno in cui era stato morso aveva messo su parecchia massa muscolare. Non aveva certo l'aspetto di un superpalestrato che trascorre la vita ad allenarsi – non aveva neanche la struttura robusta di Chris Nock – ma era forte. Una volta un ragazzo gli aveva detto che aveva il fisico di un nuotatore professionista: forse era stato solo uno stratagemma per flirtare, ma forse no. In ogni caso, quando si trattava di abbracci fraterni come quello, adesso poteva rendere più di quanto avesse ricevuto in passato, e infatti fu Rick il primo a scostarsi col fiatone, massaggiandosi i bicipiti.

Tornarono in città e accompagnò il fratello a casa; Kay gli diede una bella orchidea e un cestino pieno di cupcake fatti da lei. "Regalini per la casa nuova!" gli disse, baciandolo su una guancia. Dylan finì per restare a pranzo da loro, dopodiché riprese il furgoncino a noleggio e andò a comprare il frigo da campo più grande che riuscì a trovare, da sfruttare nell'attesa di averne uno per la cucina. Piovigginava e si era alzata la nebbia quando si fermò a un Fred Meyer, a Scappoose, per rifornirsi di generi alimentari, candele e altre cose indispensabili.

Quando finalmente parcheggiò davanti alla sua nuova casa, la pioggerellina aveva lasciato il posto a un diluvio. Portò dentro gli acquisti e il frigo, lo mise in funzione mettendo via i generi deperibili e si guardò intorno. Era stanco, bagnato e un po' sopraffatto dall'enormità del progetto in cui stava per buttarsi, ma anche più felice di quanto non si sentisse da molto tempo.

Per cena mangiò tre dei cupcake che gli aveva dato Kay. Erano buonissimi. Per quanto la sua condizione di lupo mannaro fosse disperata, se non altro aveva un metabolismo eccellente. Decise di mandare giù i dolci con una birra, perciò ne prese una dal frigo e passò quindici minuti buoni a imprecare come un dannato perché non trovava l'apribottiglie. Quando ci riuscì – il maledetto arnese era finito nel suo unico guanto da forno – fece saltar via il tappo con uno schiocco e andò a bere sotto il portico, dove si mise a osservare la pioggia.

In quel momento scorse una figura dirigersi verso di lui schivando le pozzanghere; Dylan avvertì uno strano miscuglio di titubanza ed eccitazione. "Ehilà," disse Chris Nock mentre saliva le scale, in ciascuna mano reggeva una bottiglia di Budweiser. "Ti ho portato da bere, ma a quanto pare hai già provveduto da solo." Indossava una t-shirt bianca e semitrasparente che aderiva perfettamente al suo torace piatto e metteva in evidenza i capezzoli semieretti; i capelli umidi gli gocciolavano sul viso.

"Avevo giusto finito questa." Dylan posò la bottiglia vuota vicino alla porta – non aveva certo intenzione di copiare lo stile del suo vicino – e accettò quella che lui gli porgeva. "Grazie."

"Quindi ti va bene se mi faccio vedere da queste parti per qualche minuto, eh? Il tempo necessario per darti il benvenuto nel quartiere. E come vedi, stavolta porto anche i pantaloni." Aveva di nuovo quel sorriso sarcastico che fece venire a Dylan una gran voglia di prenderlo a pugni. O magari di baciarlo.

"Non volevo essere scortese l'ultima volta. Ti chiedo scusa."

"Ho afferrato. Sei uno che ci tiene alla sua privacy."

Dylan annuì; dovette distogliere lo sguardo quando Chris si sistemò i capelli umidi dietro le orecchie. "Già," disse. "È praticamente la ragione per cui mi sono trasferito qui."

"Questo vuol dire che non sei venuto a piazzare un'azienda biologica? Tipo coltivare pomodori e macinare il grano per fare il pane da te?"

"Sono un architetto." Dylan non capiva perché stesse condividendo con lui tutte quelle informazioni; non erano mica affari di quel tizio cosa fosse andato a fare lì.

Chris ridacchiò. "Ma davvero! Non se ne vedono molti da queste parti."

Rimasero in piedi l'uno accanto all'altro per alcuni minuti, a fissare l'oscurità. Chris non gli stava vicino al punto da poterlo toccare, ma Dylan avvertiva comunque la sua presenza e tanto bastava per fargli drizzare tutti i peli sulle braccia, come se avesse ricevuto una scarica elettrica. Percepiva chiaramente il suo odore, birra, olio di motore, sigarette e un'inaspettata nota floreale, forse il suo shampoo o il suo detersivo da bucato. Era un mix piuttosto piacevole.

Il suo pene trascurato ebbe un sussulto, come se stesse considerando l'ipotesi di risvegliarsi.

"Cazzo," borbottò.

"Che ti prende? Già stufo della mia compagnia?" Il sorriso di Chris non era svanito.

"No… Scusami. È stata una giornata lunga, e stavo pensando a quanto ancora mi resta da fare prima che questo posto sia davvero abitabile."

"Già, è un vero tugurio, eh?"

Dylan lo guardò male, ma non sembrava esserci sarcasmo in quell'affermazione. Chris non sembrava nemmeno il tipo che si offendeva facilmente. Si appoggiò con i gomiti sul parapetto, continuando a sorridere; quella posizione fece sì che il suo sedere risaltasse in un modo che Dylan trovò di gran lunga più seducente di una t-shirt bagnata. Ringraziò il cielo che fosse buio, così il suo rossore e il suo uccello semieretto potevano passare inosservati.

22

"Hai trovato qualcuno che ti aiuti?" gli chiese Chris.

Per un istante Dylan pensò seriamente che stesse parlando di sesso; per fortuna, la ragione ebbe la meglio sulla libido e si rese conto che la conversazione verteva ancora sulle migliorie da apportare alla casa. "Non ancora. Ma conto di farcela, prima o poi."

"Ho lavorato nell'edilizia, in passato, e le mie tariffe sono ragionevoli. Inoltre non dovrò addebitarti le spese di viaggio."

Quell'offerta improvvisa lo colse di sorpresa e gli ci volle un minuto buono per metabolizzarla. "Ma non sarai impegnato con... la semina?"

Chris si raddrizzò e si voltò a guardarlo; accidenti, quel suo sorrisetto era davvero esasperante! "Non credevo che fossi un patito di *semenze*."

La faccia di Dylan divenne scarlatta. "No, infatti. Ma è primavera e ho pensato che dovessi piantare qualcosa."

"Nah." Chris accennò alla sua proprietà col mento. "Non mi occupo di queste cose. Pago un tipo apposta per farlo al posto mio. Io mi limito a contare i profitti. Ma non mi dispiacerebbe tirar su qualche dollaro in più. Ci so fare, te lo garantisco."

Chris Nock sembrava un campagnolo molto avvenente che poteva benissimo divertirsi a lanciare doppi sensi a spese del povero finocchio, o forse no; in ogni caso, Dylan avrebbe fatto meglio a buttarlo fuori dal suo portico insieme a quella sua birra scadente.

Invece, chissà perché, udì la propria voce rispondergli: "D'accordo."

CAPITOLO 4

DYLAN STAVA cercando di decidere dove sistemare la macchina per il caffè, quando udì bussare alla porta sul retro: andò ad aprire e strabuzzò gli occhi alla vista di Chris Nock. L'uomo indossava un paio di jeans sbiaditi, una t-shirt blu altrettanto sbiadita e portava una cintura di pelle legata in vita a cui erano appesi attrezzi vari.

"'Giorno," lo salutò con voce strascicata e il solito ghigno, come se trovasse qualcosa di buffo in lui.

"Ah… buongiorno. Accomodati," replicò Dylan, facendosi da parte per farlo entrare.

Chris entrò in casa e si aggirò per la cucina con aria indifferente, ghignando di nuovo alla vista dell'orchidea di Kay poggiata sul bancone. "Da dove si comincia?" disse quindi, girandosi verso di lui.

"Da qui, direi. Non ti aspettavo così presto. Aspettami qua mentre preparo il caffè." Dylan portò la macchina nel suo futuro studio, sistemandola sul frigo portatile, poi tornò in cucina perché aveva dimenticato di prendere l'acqua. Trovò Chris in piedi davanti alla finestra, intento a osservare il cortile all'esterno con aria pensierosa. Gli parve di notare una certa aura di solitudine che aleggiava su quelle spalle larghe, ma poi si rimproverò silenziosamente. Stava soltanto proiettando i propri sentimenti sul vicino.

Aspettò finché il caffè non fu pronto, sbocconcellando un cupcake e spargendo a terra una buona manciata di briciole per i topi. Quindi si riempì una tazza, prese un altro cupcake e tornò in cucina, dove Chris stava ancora guardando fuori dalla finestra. "Vuoi fare colazione?" gli chiese, porgendogli il pasticcino.

Chris abbassò gli occhi sul dolcetto – contenuto in un pirottino bianco a pois rossi con della glassa celeste come decorazione – e sollevò un sopracciglio. "Non sono mica una ragazzina di dieci anni, amico. Mi sono già fatto uova e salsicce, grazie."

Dylan si acciglò, ma non ribatté. "Come vuoi. Il caffè è di là, se ti va." Mise giù la tazza e il dolce lo mangiò lui.

Ma l'altro ignorò il suggerimento e rivolse la propria attenzione alla scatola degli attrezzi che aveva poggiato a terra. "Il mio tempo non è gratis per te. Che ne dici di cominciare?"

"Sì, d'accordo."

Dopo alcuni minuti di discussione, decisero che buttare giù la parete divisoria sarebbe stato un ottimo inizio. Fu un lavoro faticoso, ma in un certo senso anche divertente. Da qualche parte, dentro Dylan, il lupo se la stava spassando alla grande nell'opera di distruzione. Chris era uno che lavorava sodo ed era chiaro che sapeva il fatto suo. Era passato molto tempo dall'ultima volta che Dylan aveva compiuto un lavoro fisico accanto a un'altra persona, e lo trovò più piacevole di quanto non ricordasse. Tuttavia si distrasse abbastanza spesso, gli occhi gli cadevano sui muscoli tonici di Chris, oppure sulle goccioline di sudore che gli scorrevano sul viso. Di tanto in tanto l'uomo si fermava per ravviarsi i capelli con le mani, gesto che spingeva Dylan a chiedersi cosa avrebbe provato nel farvi scorrere le sue dita.

Nessuno dei due parlò molto durante il lavoro, gli unici suoni che si udivano in casa erano i martelli che colpivano la parete e i pezzi di legno che precipitavano al suolo. Ogni tanto, però, Chris grugniva per lo sforzo o ghignava quando incontrava una porzione di muro un po' troppo resistente, e in quei momenti Dylan doveva nascondere un sorriso.

Fecero una pausa a metà mattinata; Dylan si lasciò scivolare sul pavimento con la tazza in mano, mentre Chris si appoggiò alla credenza. "Ci vorrebbe un po' di musica," disse.

"Spiacente, ma i dischi e lo stereo sono ancora impacchettati."

"Dischi? Quegli affari rotondi di colore nero?"

"Mi piacciono i dischi in vinile," replicò Dylan, un po' piccato. "I cd sono comodi, ma il digitale... non ha anima, in un certo senso. Invece i piccoli suoni graffiati dei dischi, quelli sì che sono più reali. Più autentici."

Chris alzò gli occhi al cielo. "Come ti pare, amico. Scommetto che un grammofono è anche meglio. O anche... Come si chiamano quei cosi? Quella specie di pianoforti che suonano da soli?"

"Pianole." Dylan decise di omettere che uno dei suoi amici ne possedeva una.

Chris annuì e s'incamminò per la stanza con quella sua caratteristica andatura ciondolante. A Dylan ricordò uno dei galletti raffigurati sulla carta da parati, che Chris stava strappando con le dita sporche. "Che fai di solito, quando non sei impegnato a distruggere cucine?"

"Te l'ho detto, sono un architetto."

Per qualche motivo, Chris sembrò trovarlo divertente. "Insomma, vieni pagato per disegnare case."

"Mi pagano per *progettare* case, sì."

"A me non sembra tanto difficile. Ci vogliono muri, pavimento e un soffitto." Mentre parlava, Chris indicava qua e là. "Non serve avere un pezzo di carta di qualche college super esclusivo per capirlo."

"È un po' più complicato che costruire uno scatolone con le finestre."

Chris gettò in aria una mano. "Non penso proprio. Tirare su una casa dal nulla, quella è la parte più complicata. Mettere insieme i pezzi nel modo giusto, lavorare con il caldo e con le intemperie, farsi il culo tutto il giorno."

Dylan si alzò in piedi incrociando le braccia sul petto. "Ho fatto anche quel genere di lavoro. Come credi che sia arrivato dove sono adesso?" Aveva trascorso tutte le estati durante il college esattamente come aveva detto Chris, mettendo da parte il grembiule da barista che indossava negli altri periodi dell'anno, perché era convinto che l'esperienza sul campo fosse il modo migliore per comprendere davvero l'architettura.

"E così hai maneggiato un martello un paio di volte. Capirai che impresa. Ci sono persone che lo fanno ogni singolo giorno della loro vita perché devono arrivare alla fine del mese, finché non si fottono la schiena o le ginocchia per il troppo lavoro. E la fatica di quella gente non ci si avvicina neanche a quella di un architetto in giacca e cravatta che trascorre le giornate di lavoro in un ufficio con l'aria condizionata."

"Io non mi metto in giacca e cravatta."

Chris annuì. "Sì, lo so. Tu ti compri i vestiti nei grandi magazzini perché vuoi far vedere agli altri che sei contro il consumismo, ma al tempo stesso sganci seicento bigliettoni per una sedia a dondolo ricavata da antiche botti di vino o che so io. Sono stato in città due o tre volte, sai. Li ho visti i tipi come te."

"Tu non mi conosci," sbottò Dylan, innervosito.

Chris serrò la mascella, ma non replicò. Si ficcò una mano nella tasca posteriore dei jeans e ne cavò un pacchetto di Marlboro, ma mentre stava per prenderne una, Dylan lo bloccò. "Ehi. Non fumare qui dentro."

Gli occhi di Chris lanciarono un lampo di rabbia, ma si diresse alla porta, richiudendosela poi alle spalle con un forte colpo. Dylan andò a guardare dalla finestra e lo vide sotto il portico, con la sigaretta tra le labbra e i capelli sul viso, che scrutava attraverso la pioggerella sottile. Si aspettava che tornasse a casa sua; invece Chris finì di fumare la sigaretta e se ne accese un'altra, schiacciandola sotto il tacco quando ebbe finito, dopodiché rientrò in casa. Lui finse di esaminare il telaio della finestra.

Si rimisero al lavoro e all'inizio il silenzio tra loro fu opprimente. Dylan rimpianse l'assenza di musica. Pian piano però riuscirono a sbloccarsi, e quando giunse l'ora di pranzo fu come se la discussione di prima non ci fosse mai stata. Dylan era sollevato dal ritorno alla normalità e soddisfatto nel vedere che quell'uomo sapeva davvero il fatto suo riguardo al lavoro.

Chris andò a pranzare a casa sua e Dylan mangiò un panino e l'ultimo dei cupcake, rimuginando sul suo vicino. Che fosse attraente l'aveva pensato fin dall'inizio, ma con sua sorpresa si accorse che gli piaceva un po' in tutti i sensi. Certo, era arrogante e un po' rozzo, ma anche molto diretto, come se non gliene fregasse un tubo di ciò che la gente pensava di lui; certamente Chris non si sforzava nemmeno di fare colpo sul prossimo, a differenza di altre persone che Dylan conosceva.

Non era ancora riuscito a capire perché Chris volesse trascorrere del tempo con lui, al di là dei soldi che ci avrebbe guadagnato. A dire il vero non capiva mai perché gli altri volessero trascorrere del tempo con lui, a meno che non facessero parte della sua famiglia o non fossero in cerca di una scopata veloce.

C'era stato un tempo in cui Dylan aveva sognato di trovare qualcuno che guardasse al di là del suo corpo esile, della sua carnagione pallida, della sua

26

inettitudine in generale, e lo vedesse per ciò che era davvero. Proprio come una di quelle principesse rinchiuse in una torre, sognava che il suo Principe Azzurro venisse a salvarlo e che avrebbero vissuto poi per sempre felici e contenti. Era un desiderio stupido – se ne era reso conto già a quel tempo – ma continuava ostinatamente a restarvi aggrappato, così come alla necessità di prendere buoni voti o di far bene il suo lavoro.

Ma poi aveva incontrato Andy e il suo sogno era stato distrutto in un attimo. Pian piano aveva accettato che non avrebbe avuto mai nemmeno la versione piccolo-borghese di quel sogno, una luna di miele a Maui, una casetta in periferia col prato da falciare tutte le domeniche e le chiacchiere bonarie con i vicini. Ne aveva sofferto per un po', ma alla fine aveva accettato la realtà e riconosciuto che quelle cose non gli sarebbero mai appartenute.

Era andato avanti con coraggio; doveva dividersi tra l'uomo e il lupo e cercava di fare il meglio che poteva. Era riuscito a tenersi il suo lavoro, a sopprimere gli istinti omicidi, a sorridere quando Rick e Kay lo invitavano a casa loro. Pagava le tasse, faceva shopping, si svagava su internet. Cercava di prendere il meglio dalla vita e diceva a sé stesso che era contento così, che solo l'innata pignoleria in merito alla sicurezza altrui gli impediva di raggiungere la piena felicità.

Ma era tutta una menzogna. La verità era che Dylan era solo. Ciò che gli mancava davvero non era solamente un compagno – anche se desiderava ardentemente averne uno – ma anche un amico. Matty era una brava ragazza e a lui piaceva stare in sua compagnia, ma nemmeno con lei poteva abbassare del tutto la guardia, nemmeno a lei poteva rivelare chi fosse in realtà.

Con il suo giro di conoscenze e con la vita che aveva condotto in città, non aveva mai incontrato una persona come Chris; ma adesso desiderava che l'uomo diventasse suo amico. "Idiota," borbottò tra sé, proprio mentre il vicino rientrava in casa.

"Sono appena tornato e già mi appioppi certi nomignoli?" fece l'uomo con una risatina. Aveva addosso odore di bacon, maionese e zuppa di pollo.

"Scusa. Stavo solo... ripensando a una cosa che avevo quasi dimenticato."

Chris sollevò un sopracciglio, poi si strinse nelle spalle. "Beh, è meglio rimetterci in moto."

Quel pomeriggio buttarono giù il resto della parete, poi staccarono la porta che divideva la cucina dal soggiorno e rimossero il telaio. Ogni tanto Chris lo toccava – una pacca amichevole sulla spalla, un casuale sfioramento di dita – e a ogni contatto Dylan sentiva le farfalle nello stomaco. Si sentiva anche a pezzi, ma si rifiutava di ammetterlo, visto che Chris continuava a darci dentro come fosse solo mattina.

Passate da poco le tre, l'uomo uscì all'esterno per un'altra pausa-sigaretta. Dylan lo aspettò per il caffè, sentendosi esausto e carico al tempo stesso. Quando Chris rincasò, Dylan si avvicinò alla porta che conduceva in sala. "Penso di voler buttare giù anche questa. Non è stata costruita insieme alla struttura originale, e la porta in sé fa schifo." Si strofinò il mento coperto da una barbetta incolta, pensieroso. "Forse ne ricaverò un arco, invece di un'apertura squadrata. Pensi di essere in grado di farlo?"

Quando si girò verso Chris, si accorse sorpreso che lo stava fissando accigliato. "Ti ho già detto che so quello che faccio."

"Sì, d'accordo. È solo che si tratta di un lavoro complicato, tutto qui. È possibile acquistare il kit e il materiale, e andranno bene per la struttura, ma credo che cercherò in qualche cantiere di recupero per la porta. Voglio qualcosa di più autentico, di decisamente unico."

"Oh, ci scommetto," disse Chris, mandandolo ancora più in confusione; perché sembrava tanto incazzato, adesso?

Dylan cercò allora di calmare le acque continuando a chiacchierare. "Amo le porte antiche e come sembrano avere una propria personalità. Le trovo interessanti, davvero. Sai, durante il mio primo anno di college ho fatto un viaggio a Barcellona – in Spagna – e ho visitato la Casa Battlò. L'ha progettata un famoso architetto di nome Antonio Gaudì, che è stato una specie di padre del Modernismo, e…" Mentre Dylan parlava, la faccia di Chris diventava sempre più truce. "Cosa c'è?" gli chiese alla fine, decidendo di lasciar perdere la lezioncina.

"Tu mi ritieni un povero coglione, vero?"

Dylan sbatté più volte le palpebre, confuso. "Certo che no."

Ma Chris non sembrò convinto. Distolse per un momento lo sguardo, irrigidendo la mascella, poi tornò a fissarlo negli occhi. "Sì, invece. Pensi che sia un campagnolo ignorante che non sa nulla del mondo esterno e crede che i trattori e le ruspe siano esempi di alta cultura."

"Io non…"

"So *benissimo* dov'è Barcellona, stronzo."

"Mi dispiace," disse Dylan. "È solo che… pensavo…"

"Lo so a cosa pensavi."

Improvvisamente Dylan s'infuriò. "Sai cosa penso. Sai perfettamente chi sono. Devi essere un fottuto genio, allora. Al punto da vivere in un buco sperduto in mezzo al nulla, senza un lavoro vero, e a quanto pare senza neppure un cesso in cui pisciare!"

Rimasero a fissarsi ferocemente, entrambi con il respiro affannoso e le mani strette in pugni tremanti. Per un attimo Dylan pensò che Chris volesse prenderlo a cazzotti. E poi l'assurdità di tutta quella situazione lo colpì con forza: c'era solo un'altra anima da quelle parti e nel giro di una giornata lui era riuscito a inimicarsela. Non riuscì a trattenersi dallo scoppiare a ridere.

"Che cazzo c'è di tanto divertente?" ringhiò Chris.

"Io. Anzi, noi." Dylan fece un respiro profondo, e notò con sollievo che anche Chris si rilassava. "Senti, mi dispiace. Io… non sono bravo a trattare con le persone. Non intendevo dire niente di offensivo riguardo alla tua intelligenza, ok? E prometto di non dare per scontato che tu sia un cafone solo perché sei cresciuto

28

in campagna, se tu in cambio prometti di non giudicarmi male solo perché vengo dalla città."

L'ombra di un sorriso attraversò i lineamenti di Chris. "Potrò ancora pensare che sei uno stronzo per altre ragioni?"

"Se me lo merito, fa' pure."

L'uomo annuì leggermente. Tirò fuori il pacchetto di Marlboro e fece per prenderne una, ma poi si ricordò delle sue direttive e lo mise via. Spostò il peso del corpo da un piede all'altro. "Non so se può funzionare, amico."

Dylan avvertì un inesplicabile senso di perdita. "Ho detto che mi dispiace," disse piano.

"Lo so. Non è tutta colpa tua." Chris gli lanciò una lunga occhiata scrutatrice. "Ho bisogno di... rifletterci su. Capire un po' di cose." Improvvisamente scoppiò a ridere. "Mi sa che anch'io faccio schifo nel trattare con le persone."

Attraversò la stanza e aprì la porta sul retro; poi si fermò, con un piede dentro e uno fuori, e si voltò ancora una volta verso di lui. "Ci si vede in giro, amico."

Dylan gli fece un cenno esitante con la mano. Il suono della porta che si chiudeva ebbe un che di definitivo, e la casa sembrò di colpo molto silenziosa e dolorosamente vuota.

Capitolo 5

NON ERA un sogno vero e proprio, quanto una specie di ricordo che gli tornava spesso alla mente poco prima della luna piena, durante il sonno. Venne da lui anche quella sera, mentre si rigirava nel suo letto familiare in una stanza ancora poco familiare, con i muscoli a pezzi dopo una giornata passata a demolire la sua nuova cucina.

Come sempre si svolse al *Bleachers* – un pub di periferia, un tempo ritrovo per sportivi completamente trasformato in locale d'incontri per soli uomini, che accoglieva una clientela compresa perlopiù nella fascia d'età trenta-quaranta, e annoverava tra gli altri manager della Nike o impiegati nel ramo dell'elettronica. La maggior parte di loro indossava pantaloni di tela e polo colorate, e non avrebbero di certo sfigurato a una cena di famiglia. La tv non trasmetteva mai il canale sportivo, ma sempre il notiziario, e di tanto in tanto gli uomini si allontanavano a coppie in direzione dei bagni o della porta d'ingresso per appartarsi o andarsene, anche se i più sedevano al bancone consumando bevande e chiacchierando tranquillamente.

Dylan era un po' più giovane della media dei clienti abituali, ma si recava comunque al pub quasi tutti i sabati. Ery Philips – suo amico fin dai tempi del college – diceva sempre che quello era il loro regno, salvo poi trascinarlo in qualche discoteca del centro con luci stroboscopiche e ragazzi seminudi che ballavano sui cubi. Non che Dylan avesse qualcosa contro i bei ragazzi senza vestiti: solo che tutti quelli che incontrava nei posti in cui lo portava Ery erano sempre troppo belli, ballavano molto meglio di lui e avevano un fisico di gran lunga migliore del suo.

Per questo riteneva che gli avventori del *Bleachers* fossero più alla sua portata. A loro non importava se acquistava i suoi vestiti ai grandi magazzini, se preferiva i Nirvana a Lady Gaga, se era goffo e secco come una canna di bambù e non possedeva neanche un prodotto per la cura dei capelli, ad eccezione dello shampoo.

Ogni tanto andava con Matty e un altro paio di persone dell'ufficio in un locale chiamato *Doug Fir*, dove si poteva ascoltare della buona musica. Ma il *Bleachers* era il posto dove si sentiva più a suo agio, dove sentiva di poter essere davvero sé stesso.

Poi, uno di quei sabati sera, Andy aveva fatto la sua entrata in scena – anche se a quel tempo Dylan non sapeva ancora il suo nome, ovviamente. Tutte le teste presenti nel pub si erano voltate per seguire quel bellissimo semidio in giacca di pelle nera che avanzava nel locale, e nessuno era rimasto più stupito di lui quando il nuovo arrivato era andato a sedersi proprio accanto a lui.

"Ciao. Sono Andy," aveva detto quell'uomo stupendo, poggiando sul bancone una delle sue grandi mani.

Dylan aveva cercato di distogliere lo sguardo dalla mascella perfettamente delineata, dai profondi occhi castani, dalla pelle uniformemente abbronzata, da quelle labbra sensuali, dalle sopracciglia curatissime. "Dylan," aveva mormorato, sentendosi un perfetto idiota e avvertendo una gran voglia di prendersi a calci da solo.

Ma Andy si era appoggiato allo schienale della sedia gratificandolo di uno smagliante sorriso; per un attimo i suoi denti candidi erano balenati nella semioscurità del locale. "Piacere di conoscerti, Dylan." E lui aveva sentito un brivido d'eccitazione fin nei testicoli.

Avevano scambiato qualche parola mentre lui finiva la sua birra e Andy ne ordinava un'altra per sé, ma non sarebbe mai riuscito a ricordare di cosa avessero parlato. In ogni caso non aveva molta importanza, dato che il desiderio e la consapevolezza che quella creatura stupenda aveva scelto proprio lui l'avevano già stordito ben bene. Aveva balbettato qualche frase, cercando disperatamente di mantenere il sangue freddo, ma per tutto il tempo non aveva fatto altro che meravigliarsi dell'incredibile magnetismo animalesco di Andy.

Già.

Quando se n'erano andati dal pub, tutti gli occhi dei presenti si erano puntati su di loro. Si erano quindi incamminati nella chiara notte estiva, sotto la luna piena, verso una spettacolare motocicletta color rosso e crema parcheggiata giusto vicino alla sua – improvvisamente patetica, così gli parve – Prius. E quando il suo accompagnatore vi era salito sopra, Dylan non si era stupito neanche un po'. "Ti porto a casa," aveva esclamato Andy, sovrastando il rombo del motore.

DYLAN SI svegliò nella sua nuova camera da letto, in quella casa coloniale, tutto sudato e indolenzito e con l'uccello duro come una roccia. Si masturbò furiosamente, quasi dolorosamente, cercando con tutte le forze di non pensare a Andy né a niente di anche solo vagamente connesso a lui; finì invece per immaginare un sorriso sghembo, lunghi ciuffi di capelli scuri che ricadevano su un paio di occhi azzurro cielo, una voce strascicata e profumo di tabacco e birra a buon mercato. Eiaculò con un grido strozzato e poi giacque tra le lenzuola disfatte, come privo di forze. Avrebbe tanto voluto poter spegnere il cervello ogni tanto, proprio come fosse un computer.

Ma il suo cervello non era una macchina e non si sarebbe spento così facilmente. Finalmente Dylan si alzò e andò a sbirciare dalla finestra senza tende: cominciava appena a schiarire. Si trascinò in bagno.

Negli ultimi due giorni aveva cominciato a pensare che sarebbe stato molto meglio cominciare a sistemare il bagno principale invece della cucina. Certo, il water era perfettamente funzionante e c'erano vasca e lavandino, ma mancava la doccia, e fu quindi costretto a lavarsi i capelli sotto il rubinetto del lavandino e rinfrescarsi il resto del corpo con un asciugamano bagnato. L'acqua calda ci mise un'eternità per risalire i tubi dal seminterrato, lo specchio era incrinato e l'intera stanza puzzava leggermente di muffa. Inoltre, anche se Dylan non disponeva di chissà quanto materiale per la toeletta, non c'era quasi spazio dove riporre rasoio, spazzolino, pettine e deodorante, eccetto che per una mensola minuscola dove aveva ammassato il tutto in un equilibrio decisamente precario. Decise che dopo la cucina sarebbe toccato al bagno. E avrebbe anche comprato un soffione per doccia di dimensioni epiche.

Una volta vestito scese al piano di sotto, resistendo all'impulso di andare nella stanza gialla per guardare dalla finestra attraverso i pioppi. Mise su il caffè: anche se la cucina era ridotta a un cumulo di macerie, Dylan aveva bisogno della sua dose quotidiana di caffeina. Annusò tutto contento mentre lo squisito aroma cominciava a spandersi nell'ambiente; quello del caffè era sempre stato uno dei suoi profumi preferiti, ma da quando era diventato un lupo mannaro le sue capacità olfattive erano cresciute in maniera esponenziale: era in grado di captare ogni più piccola e interessante sfumatura.

Dopo aver bevuto la prima tazza, cominciò a trasportare i detriti nel cortile sul retro, dove c'era uno spiazzo abbastanza largo. Prima o poi avrebbe dovuto affittare un camion per portarli via, ma per il momento andava bene così. Sbuffando per lo sforzo, stava trascinando i resti di un vecchio armadio quando ebbe la netta sensazione di essere osservato. Alzò lo sguardo con un sorriso – aveva sperato con tutto il cuore che Chris tornasse da lui – ma quando vide chi era il visitatore, i suoi occhi si dilatarono a dismisura per la sorpresa.

"Andy."

L'uomo si fermò a pochi passi da lui. Indossava ancora la sua vecchia giacca di pelle nera, oltre a un paio di jeans scuri attillati, e i capelli castani gli aderivano alla testa, per via del casco e dell'umidità. "A quanto pare ti sei trovato un bel posticino."

"Che cazzo ci fai qui?"

Andy si strinse nelle spalle con noncuranza. "È passato un bel po'. E stanotte c'è la luna piena."

Dylan aveva le braccia abbandonate lungo i fianchi, le mani strette a pugno. "Ti avevo detto che non volevo più vederti."

"No, hai detto che non volevi più vedermi a casa tua. E così è stato, giusto?" Un balenio di denti candidi. "Non hai mai detto che non potevo venire qua."

"Vattene."

Andy sollevò le sopracciglia e lo oltrepassò, uscendo a sua volta e guardando in lontananza verso il laghetto. "Sì, sì, proprio un bel posto. Un sacco di spazio per correre." Fece qualche passo lungo il sentiero e poi si voltò di nuovo verso di lui. "E una vecchia casa da ristrutturare. Sei ancora convinto di far parte del mondo civilizzato, Dyl?"

Dylan considerò l'idea di tornare dentro e chiudere la porta a chiave, ma non era certo del fatto che Andy non si sarebbe appostato da qualche parte per coglierlo di sorpresa la prossima volta che fosse uscito. O che non decidesse semplicemente di buttare giù la porta. Odiava il modo in cui la sola vista del suo ex bastasse a fargli sentire le farfalle nello stomaco, come una parte di lui desiderasse fortemente strappargli i vestiti di dosso e trascinarlo sotto la pioggia per darci dentro alla grande. E soprattutto odiava il sorriso trionfante di Andy, che ammiccava come se avesse capito benissimo cosa gli passava per la testa.

L'uomo coprì in un attimo la distanza che li separava con le sue lunghe gambe. "Avanti," sussurrò, accennando con la testa verso la casa. "Torniamo dentro e fammi fare il giro turistico. E dopo potremo spassarcela un po', proprio come ai vecchi tempi."

Il pene di Dylan divenne immediatamente così duro da fargli risultare scomodi i jeans. Era come se la voce di Andy fosse un campanello e lui uno dei cani dell'esperimento di Pavlov. E non era un fottuto modo di dire. "No," rispose, senza sembrare convincente.

"Sì," bisbigliò Andy con voce roca contro il suo orecchio. Mise una mano sul suo inguine e lo strofinò, facendolo gemere suo malgrado. "Visto? Lo sapevo che era un sì." Mentre continuava ad accarezzarlo, fece scorrere la lingua lungo la linea della sua mandibola.

Dylan rabbrividì. Dio, era passato così tanto tempo. Ricordava il calore della pelle abbronzata di Andy contro la sua, le sue movenze sinuose, la forza nel suo corpo che gli consentiva di reggersi su una mano sola mentre con l'altra gli afferrava i capelli e lo faceva urlare di piacere. Il lupo dentro di lui ricordava la sensazione di correre al suo fianco con il vento che trasportava alle loro narici mille intossicanti aromi diversi, primo fra tutti quello dolce della paura della loro preda, e i suoi muscoli che si gonfiavano, e...

"Vaffanculo!" Dylan lo respinse premendogli con forza le mani sul petto; Andy indietreggiò goffamente. I suoi piedi scivolarono sull'erba bagnata, incespicando contro alcuni detriti, fino a che non cadde all'indietro picchiando la testa su uno di essi con un forte tonfo.

Mentre l'uomo cercava di rimettersi in piedi faticosamente, Dylan si chinò e afferrò un'asse di legno. Non la brandiva in modo minaccioso, ma la sua stretta era ferma e le intenzioni chiarissime.

"C'è qualche problema qui?"

Dylan girò la testa di scatto e Andy quasi inciampò di nuovo, tale fu la sua sorpresa. A pochi metri di distanza da loro c'era Chris, con indosso una sobria tuta da lavoro e la fascia con gli attrezzi legata bassa sui fianchi, che gli dava quasi l'aria di un pistolero. Aveva un atteggiamento impavido e lo sguardo sicuro, e Dylan pensò che dovesse essersi trovato immischiato in parecchie risse, in passato; contrariamente a lui, che il massimo che gli era capitato era stato qualche ginocchio sbucciato e un viaggetto fino all'ufficio del preside.

Per un attimo, nessuno si mosse; poi Dylan fece un respiro profondo. "Ciao, Chris. Andy se ne stava giusto andando."

Chris annuì tranquillamente; Andy si lasciò sfuggire un ringhio sordo, ma poi rilassò le spalle. Già che c'era poteva anche buttarsi a terra di schiena e farsi fare i grattini sulla pancia, pensò Dylan.

"Dylan, non sono venuto qui per litigare," ricominciò Andy. "Non so chi sia questo tizio…"

"Chris Nock, vigilante del quartiere," rispose Chris con un ghigno.

"… ma noi dobbiamo parlare."

Dylan scosse la testa. "Niente affatto. Ho finito con te."

Questa volta Andy fece una smorfia e Dylan si sentì quasi dispiaciuto per lui. Quasi. Un filo di sangue scorreva sul collo dell'uomo e i suoi vestiti erano sporchi di fango. "Dylan," riprese Andy.

"Torna a casa tua, Andy. Vattene e non tornare. Mai più."

Per alcuni, eterni secondi, Dylan non fu certo del modo in cui Andy avrebbe reagito; finalmente però l'uomo chinò la testa e si allontanò rasente la casa, tenendosi a debita distanza da Chris e scoccandogli una dura occhiata. Dylan e Chris rimasero lì finché non udirono il motore che veniva avviato e si allontanava; poi si guardarono. Dylan si preparò a una scenata, ma tutto ciò che Chris disse fu: "Ti serve una mano per la cucina, oggi?"

Non si misero subito al lavoro. Prima Dylan trovò un paio di asciugamani con cui asciugarsi dalla pioggia: vedere Chris che se lo passava sul corpo fu piuttosto inebriante. Evidentemente il piccolo dramma appena vissuto in casa sua non gli aveva raffreddato i bollori. C'era ancora un po' di caffè: a Chris piaceva con il latte, ma Dylan non ne aveva, per cui l'altro fece spallucce e si adattò a berlo nero. Dopo il caffè discussero del lavoro da fare, poi ricominciarono a demolire le pareti e trasportare i detriti all'esterno. Non parlarono né dell'alterco tra loro né dei due giorni di separazione, ma l'atteggiamento e il sorriso di Chris erano rilassati e sereni, perciò Dylan ritenne che il suo vicino dovesse essere giunto a una qualche conclusione.

All'ora di pranzo erano entrambi coperti di polvere di gesso e si erano scambiati a malapena una dozzina di parole. "Ti va un panino?" gli chiese Dylan.

"Sicuro, grazie."

Dylan andò a lavarsi le mani in bagno, quindi si trasferì con Chris nel suo futuro ufficio, per avere il frigo a portata di mano. L'uomo lo osservò in silenzio mentre spargeva dell'*aglioli* su alcune fette di pane, aggiungeva fette di prosciutto e copriva il tutto con del formaggio fresco, prima di porgergli uno dei panini. Mentre lo faceva, Dylan notò che, anche se si era sfregato le mani piuttosto bene, le pieghe delle dita e le unghie erano ancora macchiate di nero.

"Sarà una rottura di palle portare qui i mobili e il materiale per i pavimenti," disse Chris con la bocca piena. "A nessuna ditta di consegne piace arrivare fin qua."

Dylan ci aveva già pensato. "Già. Penso proprio che dovrò affittare un furgone, o qualcosa del genere."

"Perché, dici che non ci stanno nella tua macchina?"

"È già un miracolo che ci entro io. Forse dovrei comprare un pick-up."

Chris annuì. "Esatto, prendi un bell'F-250, non uno di quegli affari da femminucce."

Dylan sollevò un sopracciglio. "Affari da femminucce?"

"Proprio così. Tipo uno di quei cosi tutti luccicanti che certa gente tira fuori una volta la settimana per le gite fuori porta. Quello che ti serve è un bestione in grado di reggere un carico bello pesante, anche a rimorchio. E prendilo usato, perché tanto si coprirà di graffi e ammaccature comunque."

"Grazie per il consiglio."

"Quando vuoi. E te lo scalerò pure dalla parcella." Chris inghiottì l'ultimo boccone di panino e lo mandò giù con un sorso di caffè freddo. "Ma per gli oggetti più grandi, ho un vecchio camion che possiamo usare. È un po' vissuto, ma posso rimetterlo in sesto, se vuoi."

"Quindi sei anche un meccanico?"

Chris gli rivolse uno dei suoi sorrisi sghembi. "Sono un uomo dai molteplici talenti, amico."

Dylan decise di aver solo immaginato quel lampo di malizia nei suoi occhi. Il tramonto era vicino e tutti i suoi sensi cominciavano ad andare su di giri, rendendolo irrequieto e un po' stordito. E arrapato. Dio, se non si sentiva arrapato!

Non aggiunse altro e tornò in cucina. Senza più le pareti e i mobili antiquati, la stanza aveva un aspetto di gran lunga migliore di prima. Ma c'era ancora molto lavoro da fare prima di poterla assemblare: bisognava rimuovere il pavimento in vinile verde, così come la moquette grigiastra nella ex sala da pranzo, e poi c'era da strappare via quell'orrenda carta da parati gialla. Ma una cosa alla volta, ricordò a sé stesso; se non altro, grazie all'aiuto del vicino il lavoro procedeva più spedito del previsto.

"Vuoi rifinirla?" gli chiese Chris.

"No, non ora. Voglio che l'intera stanza abbia un aspetto uniforme. A me piacciono il sughero e il bambù, ma per una casa vecchia come questa non sono adatti. Stavo pensando all'acero o al rovere di recupero, ma adesso sono orientato più sulle piastrelle." Si massaggiò la nuca. "Mi sa che dovrò schiarirmi le idee al più presto."

"Amico, qualsiasi cosa deciderai sarà comunque un miglioramento."

Si trasferirono in cucina e cominciarono a rimuovere il vinile, un lavoro molto più faticoso di quello fatto con la moquette. Nell'installare quella mostruosità avevano usato della colla davvero buona. Dylan sudava copiosamente e si graffiava le dita non allenate, ma Chris canticchiava accanto a lui come se non avesse un solo pensiero al mondo. Dylan cercava di non guardarlo troppo, perché vederlo in ginocchio, con i capelli che gli cadevano sugli occhi e il sedere che dondolava invitante nei jeans scoloriti, era quasi troppo da sopportare.

"Chi era quell'uomo?"

Chris era rimasto in silenzio così a lungo che Dylan trasalì leggermente al suono della sua voce, e gli ci volle qualche secondo prima di formulare una risposta. "Un vecchio errore."

"Ti sei trasferito qui per allontanarti da lui?"

"Se così fosse, non ho avuto un gran successo, eh? No, non è lui il motivo per cui sono qui. Almeno, non il motivo principale."

Con la coda dell'occhio vide che Chris lo stava osservando con curiosità, ma non si sentiva in vena di proseguire quella conversazione e così cambiò argomento. "Allora, tu sei cresciuto da queste parti?"

Chris tacque a lungo prima di rispondere. "Stavo quasi sempre qui, con mio nonno." C'era una strana sfumatura nel suo tono di voce, come se quell'argomento lo facesse sentire a disagio. Tirò via un'altra porzione di pavimento con uno strattone e un verso strozzato. "Dato che siamo in vena di confidenze, cos'è successo ai tuoi genitori?"

"Incidente stradale. L'auto è stata schiacciata da un autoarticolato che aveva perso il controllo. Papà era già morto all'arrivo in ospedale, mamma l'ha seguito pochi giorni dopo." Aveva recitato lo stesso discorsetto dozzine di altre volte, ma il dolore era sempre vivo in lui, come se fosse successo appena il giorno prima. In un certo senso, però, era stato meglio così: almeno i suoi genitori non avevano dovuto vedere il loro figlio minore trasformato in uno stramaledetto lupo mannaro.

"Tu quanti anni avevi?" gli chiese Chris.

"Diciotto. Ero al mio primo anno di college, per cui non sono finito in un orfanotrofio o posti simili."

"Deve comunque essere stata una situazione da schifo."

"Già." Dylan arrischiò un'altra occhiata in direzione di Chris, che stavolta non lo stava guardando. "E i tuoi?"

"Mamma è morta quando avevo quindici anni. Cancro."

"E tuo padre?"

"Per quanto ne so, il bastardo è ancora vivo e vegeto. Non l'ho più sentito da quando avevo cinque o sei anni."

"Oh." Dylan non sapeva se fosse peggio avere un padre scomparso o uno morto. Entrambe le situazioni facevano comunque schifo.

Lavorarono per un'altra ora senza parlare più dello stretto necessario. Dylan non era molto abituato a svolgere lavori fisici, per non parlare di lavorare in compagnia, ed era un po' stupito che la trovasse una bella sensazione. Mentre portava fuori un'altra bracciata di detriti, si accorse con stupore che si era fatto davvero molto tardi e si affrettò a rientrare, cercando di non sembrare troppo ansioso. "Ehi, mi sa che è ora di chiudere bottega," annunciò.

Chris si girò a guardarlo. "Sicuro? Altri quaranta, cinquanta minuti al massimo e avremo finito."

36

"No, è che… ho delle cose da fare. Finiremo dopodomani, ok? Sarò impegnato anche domani." Impegnato più che altro a ristabilirsi, ma non era necessario che Chris lo sapesse.

"Sei tu il capo," disse Chris con una scrollata di spalle. Si alzò in piedi, stiracchiandosi brevemente, poi recuperò la fascia con gli attrezzi – se l'era tolta perché lo intralciava mentre lavorava al pavimento – e la indossò. Dylan lo accompagnò alla porta, sentendosi un vero stronzo a buttarlo praticamente fuori di casa in quel modo, ma purtroppo non aveva tempo per le cortesie tra vicini.

Chris uscì dalla porta senza fretta e Dylan pensò che volesse andarsene senza dirgli nulla, ma l'altro si fermò e tornò sui propri passi. "Tu non ce l'hai la tele, eh?"

"Uhm… no." In realtà era in uno degli scatoloni, ma non si era ancora preso il disturbo di sballarla, e in ogni caso non la guardava poi così spesso.

"Io sì. Col satellite."

Dylan rimase lì impalato, incerto su cosa rispondergli; Chris alzò gli occhi al cielo. "Ti va di venire a guardarla da me, stasera? Dopo che ti sarai liberato. Ho della birra."

"Ecco, io… Non posso. Ma ti ringrazio lo stesso."

Era delusione quel lampo apparso negli occhi di Chris? Se lo era, era svanito davvero molto in fretta. "Come vuoi, amico." L'uomo si voltò e fece un paio di passi.

"Aspetta."

Chris si fermò di nuovo e girò la testa. "Sì?"

"Senti, forse… avrei dovuto dirtelo prima…" cominciò Dylan, impappinandosi e sbuffando irritato contro sé stesso. "L'hai capito che sono gay, vero?"

L'altro curvò le labbra in una smorfia divertita e incrociò le braccia sul petto. "Sì, ci ero arrivato, da prima del battibecco tra innamorati di stamattina."

"Non era un… E non ti dà fastidio?"

"Già, perché tutti si aspettano che quel cavernicolo di Chris Nock chiami a raccolta i suoi amici bifolchi per prendersi gioco della checca insieme a loro, eh? O che almeno scappi a gambe levate per paura che la checca lo contagi con la sua *frociaggine*."

Dylan si sentì un perfetto idiota per averlo giudicato così male, e se ne vergognò molto. "Io non intendevo…"

Ma non riuscì a terminare la frase perché Chris gli si avvicinò rapidamente, premette il petto contro il suo e lo fece indietreggiare fino a farlo urtare contro il muro con la schiena; e prima che Dylan potesse rendersi conto di ciò che stava accadendo, Chris gli afferrò i capelli con entrambe le mani, gli tirò indietro la testa e lo baciò con tanto impeto da fargli male.

Ma il dolore, dovuto più che altro alla pressione esercitata sul cuoio capelluto, durò solo un attimo; poi le labbra di Chris furono morbide, calde, e sulla sua lingua c'era un ricco sapore di caffè non zuccherato.

Il suo sesso, rimasto buono per tutto il giorno, si risvegliò reclamando attenzione; Dylan prese così a strofinare il bacino contro quello di Chris, senza quasi rendersene conto, avvertendo una certa consistenza dall'altra parte.

Quando Chris si fece indietro, il solito sorriso sghembo era riapparso sulle sue labbra; Dylan respirava a fatica. "Non mi dà fastidio," lo sentì sussurrare.

Rimase a fissarlo a bocca aperta come uno sciocco.

Dopodiché, proprio come un cowboy che è appena riuscito a salvare la diligenza e a sventare la rapina, Chris si avviò verso la porta con la sua camminata spavalda.

"Chris!"

Dylan avrebbe tanto voluto dirgli, *Resta. Resta qui, nella mia casa.* O almeno, *Chiuditi bene in casa stanotte.* Ma non riuscì a formulare nessuna delle due frasi, e intanto Chris aspettava, osservandolo con aria interrogativa.

"Ci vediamo mercoledì," gli disse alla fine.

Quel sorriso ironico gli era già diventato così familiare. "'Notte, Dylan."

CAPITOLO 6

DI SOLITO i quindici minuti che precedevano il tramonto del sole, nelle sere di plenilunio, gettavano Dylan nel panico più totale e lo riducevano a uno straccio tremante; era rinchiuso nel suo bunker – con i vestiti accuratamente ripiegati ad attenderlo in camera da letto – e si dibatteva tra la voglia irresistibile di sfondare la porta e il terrore di riuscire a liberarsi.

Anche quella sera era nudo e nervoso, ma la similitudine finiva lì. Gli eventi accaduti quel giorno si susseguivano incessanti nella sua testa: l'arrivo inaspettato di Andy e l'alterco che ne era seguito, l'inebriante senso di intimità che aveva provato mentre lavorava fianco a fianco con Chris, il bacio che si erano scambiati e che l'aveva colpito più forte di un pugno in faccia. Quella sera la porta era aperta – tutte le porte della casa lo erano – così riusciva a guardare fuori e vedere la nebbia che ispessiva l'atmosfera all'esterno, ammorbidendo la linea di confine tra il giorno e la notte.

Quella sera, per la prima volta in più di due anni e per la seconda volta da che era stato morso, il lupo sarebbe stato libero di correre ovunque volesse.

Iniziò tutto con un prurito esasperante, che lo fece fremere da capo a piedi e che sapeva non sarebbe mai riuscito a grattarsi. Scrollò le spalle e gettò indietro la testa, come un cavallo infastidito all'improvviso da un insetto. Poi cominciò a sentire il dolore alle ossa, un dolore sordo che divenne mano a mano lancinante, una torsione bruciante che cresceva in sintonia col suo battito cardiaco e che gli fece digrignare i denti per impedirsi di gridare Anche i denti però gli facevano male, così come la mandibola e il pene, che era diventato eretto e turgido in modo quasi insopportabile; si accasciò sul pavimento tremando. Gli occhi gli si annebbiarono, i colori sbiadirono nel suo campo visivo. Cominciò a udire suoni di cui fino a pochi secondi prima non sospettava l'esistenza – uno squittio di roditori, da qualche parte, nelle pareti – e la parte ancora senziente del suo cervello pensò che avrebbe dovuto procurarsi delle trappole per topi.

Ma erano sempre gli odori a colpirlo di più, come la deflagrazione di una bomba. Quando ci ripensava, una volta tornato alla normalità, paragonava sempre quel momento a quello in cui Dorothy giungeva per la prima volta nel Regno di Oz, e il suo mondo, fino a poco prima di un blando color seppia, assumeva di colpo i toni sgargianti del Technicolor. Forse un paragone del genere era un cliché fin troppo ovvio per un uomo gay, ma in fondo non era così importante; di sicuro non in quel momento, in cui tutti i suoi sensi stavano cambiando drasticamente insieme alla forma del suo corpo.

Provava dolore, così acuto e bruciante che pensava non sarebbe riuscito a sopportarlo... ma ci riusciva. Un ultimo brivido e un agile balzo sulle zampe. La porta era aperta e la setosa oscurità lo chiamava.

Dylan cominciò a correre.

Il terreno ripido, difficile da percorrere per un uomo, diventò molto più agevole ora che aveva quattro zampe; la folta pelliccia lo proteggeva dai rovi delle more. Quanti aromi intriganti! Quanto desiderio! Voleva un sacco di cose, ma non aveva più l'uso della parola per esprimersi. Correva senza alcuna meta, correva dove lo portava l'istinto, felice solo di sentire i propri muscoli scattanti e flessuosi.

Giù al laghetto, piccole creature si tuffavano e scivolavano sul pelo dell'acqua. L'acqua era buona, e lo sarebbe stata ancor più per la sua lingua accaldata e riarsa. Sarebbe stata perfetta da far scorrere in gola, piena di vita invisibile e pulsante... Ma non era ancora il momento. Si spinse nel sottobosco che circondava le sponde, poi risalì nella fitta boscaglia dall'altra parte. Non era mai stato lì prima d'ora; non c'erano sentieri per piedi umani.

Continuò a correre, balzando oltre tronchi caduti, fermandosi ogni tanto ad annusare qualche felce o qualche tronco. Per due volte si accoccolò sulle zampe posteriori e ululò forte la sua felicità. Ignorò un coyote che, con una nota di evidente timore, rispose al suo richiamo.

Ma non ignorò l'odore che giunse a un tratto alle sue narici – rapido, caldo, squisito; abbassò subito il muso a terra e riprese a correre finché non scorse un coniglio. Era rannicchiato sotto un alberello, ben nascosto ma non del tutto invisibile. Dylan spiccò un balzo.

Il sangue caldo gli invase la bocca, i tendini e i muscoli cedettero sotto la pressione delle sue mascelle. Magnifico.

Aveva mangiato una confezione di hamburger semicrudi, prima che la trasformazione avesse inizio, che non erano certo bastati a saziarlo: adesso si sentiva decisamente pieno. Si leccò via il sangue dal muso e trascorse le ore successive dedicandosi all'esplorazione del posto. Ogni tanto sollevava una zampa e orinava su qualche tronco d'albero. *È mio. Io sono stato qui.*

Quando fece ritorno allo stagno, i cuscinetti delle zampe gli dolevano un po', ma era comunque felice. Bevve una lunga sorsata di acqua fresca e rinvigorente, quindi fece il giro del perimetro della proprietà, fermandosi spesso per marcare il territorio. Stava per rientrare al calduccio confortevole della sua casa, quando invece si mise a sfrecciare tra i pioppi. Guardò con lieve interesse la casa più piccola, la collezione di ferraglie ammassate sul retro, il portico pieno di cocci, lattine e bottiglie vuote. All'interno le luci erano accese e riuscì a distinguere delle voci, seguite da risate scroscianti e musica a tutto volume.

Dylan orinò agli angoli del portico e poi, già che c'era, anche intorno al cortile pieno di erbacce.

La porta sul retro della sua casa era ancora aperta. Quando entrò in cucina si scrollò l'umidità della notte dalla pelliccia. Sul pavimento trovò un pezzo di prosciutto, sfuggito probabilmente a lui o a Chris all'ora di pranzo, e lo raccolse con un rapido schiocco di fauci. Salì le scale – anche se non gli piaceva il modo in cui i suoi artigli slittavano sul pavimento in legno – e giunse in camera. Balzò sul letto perfettamente rifatto, girò su sé stesso un paio di volte e, sentendosi vagamente sollevato che, in qualche modo, la trasformazione da lupo a umano fosse molto meno traumatica del procedimento inverso, scivolò in un sonno profondo e soddisfatto.

CAPITOLO 7

QUANDO DYLAN si svegliò nudo nel proprio letto, la mattina dopo, il piumone era tutto macchiato d'erba e c'erano ciuffi di peli grigi e altra sporcizia sparsi qua e là. Non sapeva proprio come far rispettare la regola del 'Non Si Sale Sul Letto', visto che nel suo caso padrone e animale erano la stessa persona… o qualcosa del genere.

Ma al di là dei problemi di pulizia, si sentiva molto meglio di quanto non fosse stato da tantissimo tempo. La tremenda insoddisfazione che provava ogni volta che tornava uomo era svanita: il lupo aveva corso e si era nutrito, e sentiva che sarebbe rimasto tranquillo fino al prossimo mese. I ricordi della notte precedente erano confusi, forse perché i pensieri di un lupo non si adattavano a un cervello umano, ma sapeva di essersi sentito alla grande e che la sua unica vittima era stata un coniglietto.

Ricordava anche di essere andato a curiosare intorno alla casa vicina, e i suoi pensieri al riguardo erano un po' incerti. Cosa stava cercando? E se Chris fosse uscito per dare una sbirciatina fuori dal suo portico? Per fortuna non lo aveva fatto, e Dylan sperava che almeno una volta al mese, quando c'era la luna piena, non sarebbe successo.

Si alzò e si stiracchiò a lungo. Era tutto sporco e coperto di graffi sottili, specialmente sulla pancia, dove la pelliccia era più rada e i rovi erano riusciti a farsi strada fino alla pelle. Andò in bagno e, mentre aspettava che la vasca si riempisse, si lavò i denti; tra i molari – cosa che lo disgustò – trovò resti di pelo. Poi si guardò il pene: era rilassato come il resto della sua persona.

La vasca era enorme e l'acqua perfetta. Non riusciva a ricordare l'ultima volta che aveva fatto un bagno come Dio comandava. Si chiese se l'acquisto di sali da bagno non fosse una cosa troppo gay perfino per lui. La sua mente indugiò a pensare alla casa che stava progettando e ai suoi piani per la cucina; questo naturalmente gli fece ripensare anche a Chris. Era dispiaciuto che non avrebbero potuto lavorare insieme quel giorno, anche se non sapeva davvero cosa aspettarsi dal loro successivo incontro. Forse quel bacio per Chris non era stato niente d'importante? Di sicuro a lui era sembrato autentico. Il suo *gay-radar* non si era mai trovato tanto spiazzato; era anche vero però che non aveva mai conosciuto qualcuno come Chris.

Da quando era stato morso, due anni prima, le cose si erano complicate. Prima di tutto gli ci erano voluti parecchi mesi per accettare di essere diventato un licantropo. Ovviamente Dylan sapeva che le cose brutte succedevano e potevano accadere a chiunque; e se lo spiacevole momento di quando aveva fatto *coming-out* in famiglia non era bastato per insegnarglielo, di sicuro la prematura scomparsa dei suoi genitori era stata molto più efficace. Anche la constatazione che non avrebbe mai potuto avere una relazione stabile aveva fatto parte del percorso d'accettazione; il che era ironico, visto e considerato che, se prima del morso gli uomini neanche lo notavano, adesso sembravano trovarlo irresistibile. Ma, anche se fosse riuscito a trovare un modo per tenere il suo compagno al sicuro, come avrebbe potuto dargli una simile notizia? E quale persona sana di mente avrebbe mai voluto un lupo mannaro come compagno di vita?

Dylan aveva sempre scelto la via più facile, ignorando la propria libido finché gli era possibile e recandosi, quando proprio non ne poteva più, in qualche squallido sex club dove poteva lasciarsi andare con uomini dei quali non era tenuto a sapere il nome né avrebbe mai più rivisto. Si era ormai rassegnato a continuare così, anche se non ne era di certo contento.

Ma adesso c'era Chris...

Beh, se anche fosse stato serio con quel bacio, non voleva dire che fosse pronto a mettersi l'anello nuziale al dito. Forse non cercava altro che un compagno di scopate, e forse a Dylan l'idea non dispiaceva del tutto.

Il buon umore svanì rapidamente insieme all'acqua nello scarico della vasca. Dylan uscì dal bagno e andò a vestirsi.

TRASCORSE QUASI tutto il resto della giornata a grattare via i residui di colla dal pavimento della cucina. Era un lavoro frustrante e faticoso, che gli faceva dolere mani e ginocchia. I piccoli graffi sulla pelle si agganciavano alla maglia a ogni movimento. L'odore acido della colla irritava le mucose sensibili del suo naso. Era sfinito, si sentiva solo e nervoso, e non aveva nessuno con cui sfogarsi.

"'Fanculo a tutto," sbottò a metà giornata, scaraventando via il raschietto, che atterrò sul pavimento con un tonfo sordo.

Andò alla finestra e sbirciò fuori oltre la pioggia, poi si recò in soggiorno e guardò il sentiero che conduceva ai campi della proprietà di Chris. Immaginò che alla fine dell'estate sarebbero stati coperti da ricche spighe di grano, ma adesso erano vuoti e senza colore.

Aveva voglia di prendere un cheeseburger e un frullato da Burgerville e di fare un salto alla libreria Powell, e magari di andare al cinema.

Aveva voglia di scopare.

Quel pomeriggio si dedicò al progetto per il lavoro, che era quasi terminato. Aveva una riunione in ufficio fissata per il giovedì successivo, alla quale avrebbero partecipato i clienti e anche il suo capo. Sperava di riuscire a soddisfare tutti, dopodiché sarebbe andato a pranzo con Matty e poi forse sarebbe passato da Rick e Kay, a vedere se erano liberi per cena. Forse avrebbe potuto cercare dei buoni materiali per il pavimento, e magari anche qualche bel pick-up.

"HAI FATTO un sacco ieri. Potevi chiamarmi, ti avrei dato una mano."

Dylan pensò che non era il caso di sentirsi in colpa per aver scelto di lavorare da solo per alcune ore. "Avevo altre cose da fare, ma diciamo che la cucina mi ha risucchiato."

Chris gli sorrise alla sua maniera, il che lo fece arrossire. Cominciava a sospettare che il suo vicino avesse il senso dell'umorismo di un dodicenne. Si schiarì la gola. "E quindi pensavo che oggi potremmo finire il pavimento e poi occuparci della carta da parati."

"Sembra un ottimo programma."

Dylan ne aveva abbastanza dei silenzi imbarazzati tra loro. Sistemò il suo laptop in un angolo e aprì la pagina di iTunes. Al termine di un'accesa discussione – Chris aveva una passione per il Southern Rock degli anni '80 che lui non condivideva affatto – i due si accordarono nell'alternare i Molly Hatchet con i White Stripes. Chris si mise a cantare stonatissimo ma lui, chissà come, trovò il tutto molto tenero. Nessuno dei due tirò in ballo il bacio, e il suo vicino era talmente spensierato che Dylan finì per chiedersi se non si fosse immaginato tutto: forse la frustrazione sessuale e la luna piena gli avevano dato alla testa.

Quando i loro stomaci iniziarono a brontolare dalla fame, Dylan si rese conto che non c'era niente di commestibile in casa a parte del pane e qualche mela; tra le dimensioni ridotte del suo frigo e la mancanza di un negozio di alimentari nella zona, fare la spesa era un'incombenza a dir poco seccante.

"Andiamo da me," propose Chris. "Preparo io qualcosa."

Dylan esitò per un momento; ma era affamato, oltre a essere molto curioso di vedere la casa di Chris, perciò assentì. "D'accordo."

Presero la scorciatoia che attraversava i pioppi. Dylan arrossì di nuovo quando giunsero nel portico su cui era stato la sera prima, ma Chris parve non farci caso. Finalmente entrarono in casa dalla porta sul retro.

Il soggiorno era piccolo e arredato con mobili un po' antiquati, ma dall'aspetto confortevole, ed era più pulito di quanto Dylan non si aspettasse. A quanto pareva, il suo vicino riservava i resti delle sue bevute per il cortile esterno. C'era un'enorme TV con lo schermo al plasma e anche una libreria carica di libri dall'aria vissuta: perlopiù si trattava di gialli e horror, ma c'erano anche titoli di autori quali Jack London, Kurt Vonnegut, Mark Twain e William Faulkner. Chris si accorse che Dylan li stava fissando e ghignò. "Scommetto che pensavi pure che fossi analfabeta."

Lui non poté fare a meno di restituirgli il sorriso. "Confesso che ti ritenevo più che altro un tipo da fumetti."

"Ci sono anche quelli," replicò l'altro, indicandogli le copie di *Watchmen* e *Sandman*.

Dylan lo seguì in una cucina il cui arredamento si poteva tranquillamente far risalire a parecchie decadi addietro: tra il tavolo, le sedie, il frigo e una penisola dall'aria antiquata non c'era quasi spazio per muoversi, ma era tirata a lucido e profumava di paprika e alloro.

"Siediti," lo invitò Chris, gesticolando a caso verso le sedie. "So che non sei vegetariano, ma spero che non pretenderai anche qui roba biologica o a chilometri zero, eh?"

"No, tranquillo. In questo momento sento che potrei uccidere per un po' di carne."

Chris rise. Si mise a trafficare tra il frigo e i fornelli, spadellò per alcuni minuti e poco dopo gli mise davanti un piatto colmo di cibo.

"Cos'è, pasta?" gli chiese.

"Noodles. Noodles con salsicce e... e mangialo finché è caldo."

Dylan se ne ficcò una forchettata in bocca. "Accidenti..." mormorò ammirato. Non era solo fame, la sua; era davvero, ma *davvero* buono.

Chris sembrò contento e si sedette per mangiare a sua volta. "È da quand'ero un marmocchio che cucino per me, e posso dire di cavarmela abbastanza bene."

"Tua madre non era una brava cuoca?"

"No, è che non c'era mai. Troppo impegnata tra alcol, droghe e uomini. Ho dovuto imparare presto a badare a me stesso." Il suo tono di voce era sbrigativo, gli occhi fissi sul piatto. Poi si alzò di scatto e prese due lattine di birra dal frigo, allungandone una a Dylan. Mentre apriva la sua con uno schiocco, tornò a sedersi.

"Per questo trascorrevi gran parte del tuo tempo con tuo nonno?"

"Già. Ogni tanto mia madre mi scaricava qui. Due volte mi ci hanno portato i Servizi Sociali, un altro paio di volte sono scappato. Nonno non sapeva bene come comportarsi con me, ma se non altro lui non ha mai..." Si bloccò, la faccia scura, poi riprese a mangiare.

"Ehm... e che mi dici dell'uomo anziano che credevi di aver visto in casa mia?"

Chris parve sollevato dal cambio d'argomento. Si appoggiò allo schienale della sedia e bevve un sorso di birra. "Già. Il fratello di mio nonno."

"Cos'era quella storia che rimaneva a guardare per ore fuori dalla finestra? Mi sembra piuttosto inquietante."

"Il tuo agente immobiliare non te l'ha raccontata?"

"No."

"Zio Frank fece la guerra di Corea, e mentre lui era via mio nonno gli fregò la fidanzata; si erano già sposati quando tornò dal fronte. Non riuscì mai a perdonarlo per questo. Non si parlarono mai più, ma continuarono a vivere fianco a fianco." Sorrise orgogliosamente. "Noi Nock siamo piuttosto famosi per la nostra testardaggine."

"Complimenti."

Chris gli fece un cenno cortese col capo, come per ringraziarlo della lode, poi si alzò per riempirgli ancora il piatto e, senza farsi pregare, Dylan ripartì all'assalto.

"Non so cosa passava per la testa del vecchio quando si metteva a spiare la casa in quel modo. Forse voleva solo dare un'occhiata a Marylee – cioè mia nonna – ma non smise di farlo anche dopo la sua morte. Io avevo quattro anni a quel tempo. O forse ci godeva a vedere mio nonno ridotto così male. Sai, prima aveva dovuto seppellire la moglie, poi aveva dovuto assistere alla sparizione di quel bastardo di suo figlio e alla nuora che si trasformava in una puttana strafatta." Si strinse nelle spalle. "E per di più si era ritrovato incastrato con me. Non era un uomo felice, mio nonno."

Dylan visualizzò nella mente la versione infantile di Chris, costretto a vivere con un uomo amareggiato in una piccola e vecchia casa sperduta in mezzo al nulla. "Mi dispiace," mormorò.

Gli occhi di Chris lampeggiarono offesi. "Guarda che non stavo cercando la tua compassione, amico."

Tra di loro calò un silenzio imbarazzante. Dylan ripulì il suo secondo piatto, mentre Chris il primo. Questo sembrò allontanare per un attimo il suo malumore, perché ridacchiò e indicò il piatto di Dylan. "Vuoi fare il *tris*?"

"Uhm… no, grazie. Sono sazio."

"Non so proprio dove la nascondi, tutta quella roba. Che tipo di allenamento fai? Corsa?"

Dylan tacque per un momento, poi scosse la testa. "No, non è questo. È che… ho un ottimo metabolismo, almeno credo."

"Ah." Chris ritirò i piatti e li mise nel lavandino, poi vi si appoggiò finendo di bere la sua birra. Mise via la lattina vuota e si mordicchiò le labbra pensosamente. Era forse il primo, vero gesto di nervosismo che Dylan vedeva compiere a quell'uomo impertinente, e per qualche motivo gli fece battere più forte il cuore. Dopo un po', Chris sorrise e annuì come se avesse preso una decisione. "Puoi mangiare qui finché la tua cucina non sarà finita, amico."

"Ma io non posso…"

"Un tizio che mangia come fai tu non può andare avanti a cereali o di qualsiasi altra diavoleria t'ingozzi. E poi cucinare per due non è mica più faticoso che farlo per uno solo."

Dylan esitò e credette di vedere un lampo di dolore in quegli orgogliosi occhi blu. "Ok. Ma per le spese faremo a metà."

"Andata," concesse Chris con un sorriso.

"Come fai ad avere il tempo per questo? La cucina, le…" e Dylan lasciò vagare la mano in direzione della sua casa, "… le riparazioni, i lavori meccanici. Non hai un'occupazione fissa?"

"Ogni tanto." Chris frugò in uno stipetto e ne estrasse una stecca di Marlboro e un accendino di plastica blu. Dylan lo osservò affascinato mentre apriva la confezione rossa e bianca, prendeva un pacchetto, estraeva una sigaretta e se la infilava tra le labbra carnose. Con il pollice fece scattare la fiamma dell'accendino e tirò una lunga boccata, esalando poi una spessa nube di fumo. "Non ho debiti, né sulla casa né sui terreni, e trattengo la mia parte dall'affitto dei campi. Se comincio a rimanere a secco, mi trovo qualcosa per un po'. Tipo lavorare per lo svitato che ha comprato il tugurio qui accanto." Ghignò e buttò la cenere nel lavandino.

"E se non riuscissi a trovare niente?"

Chris si strinse nelle spalle. "Ce l'ho sempre fatta."

"Ma se dovessi farti male? Hai l'assicurazione sanitaria? E un fondo pensionistico?" La sola idea di ritrovarsi senza sicurezza finanziaria faceva venire a Dylan le vertigini, malgrado i consistenti bonus che riceveva al lavoro e l'assicurazione sulla vita dei suoi genitori, che aveva debitamente provveduto a investire.

Ma Chris parve divertito dai suoi dubbi. "Perché dovrei fasciarmi la testa se non me la sono ancora rotta?"

"Ma forse dovresti…"

"Amico. Rilassati. Me ne preoccuperò quando e se capiterà." Con la sigaretta tra le labbra, la frangia troppo lunga e le bretelle della tuta da lavoro scivolate dalle spalle, sembrava proprio non avere un pensiero al mondo.

Dylan gli rivolse un sorriso imbarazzato e si alzò, massaggiandosi lo stomaco pieno. "Sarà meglio che ci rimettiamo al lavoro."

Chris fece un altro paio di tiri e poi lasciò cadere la sigaretta nel lavandino smaltato. Raggiunsero la porta d'ingresso nello stesso momento e Dylan si fece da parte per lasciarlo passare per primo; ma Chris si voltò rapido come un fulmine e lo afferrò per le braccia. In un attimo Dylan si ritrovò ancora una volta premuto tra la parete e il suo corpo robusto. Stavolta però furono le sue dita a intrecciarsi ai capelli – inaspettatamente morbidi – dell'altro, e fu lui il primo a sporgere il viso in avanti per un bacio appassionato.

Chris gemette piano e fece scorrere le dita lungo i suoi bicipiti, poi sui suoi fianchi, fino a fermarsi alla vita, dove le lasciò strisciare sotto la camicia per entrare in contatto con la sua pelle. Gli strattonò il bacino in avanti, affinché potessero sentire il calore e l'eccitazione l'uno dell'altro e intensificare la dolce frizione tra i loro corpi.

Dylan non avrebbe dovuto essere sorpreso da quel volgere degli eventi; accidenti, aveva sperato che le cose andassero a finire così fin dall'istante in cui Chris lo aveva invitato a casa sua. Eppure era meravigliato dal sentire il peso del suo corpo contro il proprio, dall'assaggiare la fame di un altro uomo e scoprire che era intensa almeno quanto la sua. Le sue dita rafforzarono la presa; Chris gemette di nuovo e gli si strinse addosso ancora di più.

Improvvisamente Dylan desiderò – anzi, ebbe *bisogno* – di sentire la pelle nuda di quell'uomo contro la sua. Gli lasciò andare i capelli e gli abbassò completamente la cerniera della tuta. Chris si fece un po' indietro, interrompendo il bacio, ma solo per potergli sbottonare più agevolmente la camicia. Le loro dita s'intralciavano, tanto era il desiderio reciproco, e uno dei bottoni di Dylan finì sul pavimento, ma ben presto la tuta di Chris divenne un mucchio di stoffa ai suoi piedi, seguita a ruota dalla camicia di Dylan, mentre entrambi si davano da fare per sfilarsi dalla testa le t-shirt.

Non appena furono a petto nudo si lanciarono di nuovo l'uno addosso all'altro, pelle contro pelle e labbra contro labbra. Chris lo spinse ancora una volta contro il muro, assicurandosi di lasciare abbastanza spazio per accarezzargli la schiena e le spalle. Aveva mani forti e callose e il loro tocco fece rabbrividire Dylan. Anche le sue mani erano altrettanto impegnate a tastare quei muscoli sodi e ben definiti; e quando fece scorrere le dita lungo la spina dorsale di Chris, fu lui a rabbrividire.

Annusò i suoi capelli, inspirandone forte la fragranza; ebbe la sensazione che quel mix di shampoo a buon mercato, lavoro duro e spezie lo stesse in qualche modo ubriacando, e questo la diceva lunga sul desiderio che nutriva verso quell'uomo.

Quando le sue mani scesero più in basso, fermandosi su un sedere perfetto anche in un paio di slip bianchi, Chris gemette, poi abbassò la testa su uno dei suoi capezzoli eretti e prese a mordicchiarlo. Dylan rimase senza fiato e l'altro risollevò la testa: gli fece uno dei suoi soliti sorrisi sghembi, ma le sue pupille erano dilatate dal desiderio. "Vieni," sussurrò con voce roca. Si chinò a recuperare un lembo della tuta, perché non lo impacciasse nei movimenti, e con l'altra mano strinse quella di Dylan e prese a trascinarlo.

Forse Chris intendeva portarlo in camera da letto, ma non riuscirono a fare molta strada: finirono invece sul divano – quella maledetta tuta di nuovo intrecciata alle caviglie di Chris – e l'uomo fece subito correre le dita sui suoi jeans. La loro leggera pressione fu sufficiente a mandarlo quasi in estasi. Era trascorso così tanto tempo da quando qualcuno l'aveva toccato.

"Oh, Chris... Ti prego..." ansimò.

Con un ghigno, Chris gli abbassò jeans e boxer in un colpo solo; nel frattempo anche le dita di Dylan cercavano di farsi strada nei suoi slip. Gemettero entrambi quando finalmente riuscì a toccare il sedere che aveva ammirato fin dal giorno del suo arrivo in quella zona. Lo strizzò forte, facendo sbilanciare Chris verso di lui e permettendo ai loro membri di sfiorarsi. Il cotone della biancheria era l'ultima barriera tra il loro desiderio irrefrenabile.

"Cazzo, sei fantastico," gli disse Chris, accompagnando le sue carezze con movimenti sensuali. "Perfino con quella stupida spazzoletta sul mento."

Benché sopraffatto dall'enormità delle sensazioni che stava provando, Dylan rise alla battuta e gli diede una sculacciata giocosa. Chris rise a sua volta, ma poi tornò a dimenarsi, facendo tornare entrambi seri: ripresero così i baci, le carezze, i gemiti. Un rivolo di sudore scorreva lungo il collo di Chris, e Dylan non poté fare a meno di leccarlo. "Hai un sapore così buono," bisbigliò.

C'era ancora troppo tessuto a separarli, e gli stava quasi per strappare gli slip, quando riuscirono a spogliarsi completamente. Il torace di Chris era quasi del tutto privo di peli, tranne che per una striscia sottile che arrivava fino all'inguine, ma i ricci alla base del pene erano fitti e rigogliosi, più scuri dei suoi capelli. Non aveva segni di abbronzatura – del resto non sembrava un patito della tintarella selvaggia – perciò quel suo adorabile color caramello chiaro doveva essere naturale. Il suo pene era proprio come tutto il resto: non troppo lungo, ma spesso e ben fatto. Dylan avrebbe voluto leccarlo per ammirarlo più da vicino, moriva dalla voglia di immergere il naso tra quei ricci e quelle cosce sode, ma Chris aveva cominciato a strofinare i loro membri insieme ed era una sensazione fantastica, specialmente quando fece scorrere il pollice su entrambe le punte già umide. I suoi fianchi ebbero uno spasmo. "Gesù..."

Chris si appoggiò allo schienale del divano – intrappolandogli le mani tra le sue natiche e il tessuto – e gettò indietro la testa, gli occhi chiusi. I muscoli del collo erano tesi, il labbro inferiore stretto tra i denti candidi. Gli poggiò la mano sinistra sul fianco e l'accarezzò piano mentre Dylan muoveva il bacino avanti e indietro.

I loro respiri affannosi risuonavano nella stanza, i peli pubici di Chris gli solleticavano le cosce e tutt'intorno a loro aleggiava un aroma talmente inebriante, di maschio e di sesso, che Dylan dovette chiudere gli occhi.

Sentiva fiotti di calore corrergli lungo la spina dorsale, raccogliersi alla base della sua schiena e propagarsi alle gambe e ai testicoli. "Cazzo," mormorò Chris. "È così bello..."

Dylan non aveva più sensibilità ai piedi ma non gl'importava. Aveva iniziato a tremare, i suoi fianchi si muovevano sempre più rapidi, esercitando una spinta tale da spostare il divano di parecchi centimetri. "Sì... oh, sì, così..." balbettò quando Chris rafforzò la presa sui loro membri; dopodiché non riuscì a dire più nulla, vedeva lampi di luce dietro le palpebre strettamente chiuse e le sue ginocchia presero a vibrare vistosamente.

"Dylan!" Un ruggito, più che un grido.

Lunghi filamenti viscosi proruppero tra loro, una fragranza salina e prorompente salì alle narici di Dylan, simile – oh, *quanto* simile! – a quella del sangue.

Chris lasciò la presa, ma subito dopo, con suo grande stupore, lo prese per le spalle e lo attirò a sé per un languido, tenero bacio. Poi chinò gli occhi sui loro addomi e si mise a ridere. "Mi sa che ci serve una salvietta."

Ci vollero pochi minuti per pulirsi e rivestirsi; Chris canticchiò a mezza voce per tutto il tempo. Aveva ricominciato a piovere, così corsero tra i pioppi più in fretta che poterono, ridendo alle felci bagnate che li schiaffeggiavano in viso.

Dylan era un po' preoccupato su come si sarebbe svolto il resto del pomeriggio; a eccezione di Andy, di rado aveva trascorso del tempo con un uomo dopo aver consumato l'orgasmo. Non sapeva se le cose tra loro sarebbero tornate a farsi imbarazzanti, né se Chris si sarebbe pentito di ciò che era successo.

Ma le sue paure si rivelarono infondate. Era vero che la carta da parati si staccava in pezzetti minuscoli anziché in larghi fogli come avevano sperato, ma la salda complicità che avevano instaurato nei giorni precedenti era rimasta inalterata. Risero, scherzarono, battibeccarono per la colonna sonora, e quando tornarono a casa di Chris per la cena, le pareti della cucina erano state completamente ripulite; e Dylan era più felice di quanto non si fosse sentito da parecchio tempo a quella parte.

CAPITOLO 8

"Ma tu cucini sempre così?" domandò Dylan con la bocca piena.

"Sì. Beh, più o meno ogni due giorni; gli altri mi accontento degli avanzi. Quindi stai dicendo che tu non cucini mai, anche se hai un forno?"

"No. Vivendo da solo ho dovuto imparare a usarlo per forza, ma perlopiù consumo roba da asporto o surgelati."

"E allora perché stai mettendo su una cucina tanto lussuosa?"

Dylan non ci aveva pensato. "Non è poi così lussuosa."

Chris agitò una mano in aria. "Più della mia, poco ma sicuro."

"Può darsi. È solo che… una bella casa dovrebbe avere anche una bella cucina."

"Dovrebbe, non dovrebbe… Quanto la fai lunga, amico. È casa tua. Potresti addirittura piazzare una vasca da bagno nell'ingresso e nessuno potrebbe dirti un bel niente." Chinò un po' la testa. "A meno che non stai pensando di ristrutturarla per poi rivenderla, come in quel programma tv."

"Tu guardi *Ristrutturo e ci guadagno?*"

Chris parve leggermente imbarazzato e piantò il coltello nella sua bistecca di maiale. "Non è questo il punto."

"Beh, comunque non sto pensando di rivendere la casa. Te l'ho detto, io voglio vivere –" Per poco non disse *da solo*, ma si rese conto che forse non era il caso di dirlo, almeno non in quel momento. "Voglio vivere fuori città."

"Ti stuferai. Una volta che la casa sarà finita ti accorgerai che non c'è niente di niente da fare qui e che il ristorante macrobiotico più vicino è lontano almeno trenta chilometri, e allora te ne andrai." Chris fissava la sua carne con aria irosa, evitando accuratamente il contatto visivo con lui.

"Non mi stuferò."

"Ma non hai ancora spiegato il motivo per cui ti sei trasferito qui."

Dylan si agitò sulla sedia. "Non c'è niente da spiegare. Mi piace la tranquillità."

"Hm." Chris si pulì le labbra con un tovagliolo di carta e lo appallottolò. Poco dopo la sua rabbia parve svanire, perché gli rivolse uno dei suoi soliti sorrisi a mezza bocca. "E così il tuo bel forno nuovo sarà come quei cuscini pieni di nappine che certa gente tiene sui divani o sul letto: non servono a niente, se non a far vedere che sono costati un mucchio di soldi e che sono carini."

Dylan arrossì un po' e decise che Chris non era tenuto a sapere che anche lui aveva un certo numero di quei cuscini sul letto, quando viveva in città. "Ti dico io come possiamo fare: tu verrai a casa mia e cucinerai per me nel mio bel forno lussuoso."

"Ah, sì?" Chris sollevò un sopracciglio. "Quindi credi di guadagnarci un cuoco, un muratore e un bel pezzo di carne ogni volta che ti va?"

"Se ho fortuna. Oh, e anche un meccanico, non te lo scordare."

Chris si lasciò scappare uno sbuffo divertito dal naso mentre Dylan si serviva una seconda porzione di verdure saltate. Finita la cena, lavò i piatti e li ripose nell'antiquata credenza in formica mentre Chris fumava una sigaretta. Dopo aver finito, si girò verso di lui. "Adesso devo andare."

L'ombra di un'emozione attraversò rapidamente il volto di Chris; ma se fosse stata rabbia, delusione o che altro, Dylan non riuscì a capirlo. Chris però non disse nulla, si limitò ad accendersi un'altra sigaretta.

"Devo alzarmi presto domattina. Ho una riunione di lavoro in città."

"Non ti sto dicendo di restare."

Dylan attese per un momento, poi annuì. "Beh, grazie per la cena."

L'unica risposta che gli giunse fu uno sbuffo di fumo.

Attraversò il soggiorno – badando bene di non guardare il divano – diretto alla porta sul retro. Non era mai entrato in casa dall'ingresso principale, e non aveva ancora visto la camera da letto di Chris. Uscì sul portico e rimase lì in piedi, mentre una pioggerellina sottile gli s'infiltrava tra i capelli e gli colava sul collo e sugli occhi; quindi si voltò e rientrò in casa.

Chris era ancora seduto al tavolo di cucina, con le spalle curve, ma alzò subito lo sguardo su di lui quando entrò nella stanza. "Dimenticato qualcosa?"

"Sì." Ci vollero pochi secondi per coprire la distanza che li separava; Dylan gli poggiò le mani sulle spalle, si chinò su di lui e lo strinse forte, inspirando il profumo dei suoi capelli. "Devo alzarmi davvero presto domani," sussurrò, "ma venerdì possiamo fare un altro po' di lavoro extra, e poi potrò fare tardi finché vorrò."

"E se io avessi altri programmi per venerdì?"

Dylan non lo lasciò andare. "Sabato, allora."

"E se volessi il sabato libero?"

"Che ne dici se ti pagassi in più la metà della tariffa?"

Chris sollevò la testa per guardarlo negli occhi. Stava sorridendo. "Stronzo."

L'AUTORADIO ERA sintonizzata sul notiziario del mattino, ma Dylan non vi prestava attenzione; mentre guidava la Prius lungo la strada sterrata che conduceva fuori dalla sua proprietà, e che gli era già diventata familiare, non faceva che ripensare agli eventi del giorno prima.

Sapeva perché aveva fatto del sesso con Chris: era sexy da morire e lui era disperatamente arrapato. Ciò che non riusciva a comprendere erano i sentimenti che aveva provato dopo: si era sentito in colpa per non aver accettato il suo invito a cena con l'implicita richiesta di fare dell'altro sesso e, al tempo stesso, timoroso di aver ferito i suoi sentimenti. Sapeva che era stupido sentirsi così. Un po' di masturbazione reciproca non equivaleva mica a una proposta di matrimonio. E Chris era... un opportunista, per sua stessa ammissione. Dylan per lui rappresentava solo un modo per fare un po' di soldi e avere una certa stabilità economica, niente di più. Non che si potesse biasimarlo per questo.

Inoltre, lui non era di certo nella posizione ideale per affezionarsi a qualcuno.

Imboccò l'autostrada che si snodava tra gli alberi carichi di foglie nuove, e ripensò a quanto la sua vita fosse sempre stata terribilmente incasinata. Durante il liceo non aveva mai avuto neanche un appuntamento. A quei tempi nutriva ancora una certa negazione per la sua omosessualità – forse era solo paura di uscire allo scoperto – e così si assicurava di tenere sempre il naso ben ficcato nei libri. I suoi orizzonti si erano allargati un po' durante il primo anno di college, prima dell'imbarazzante momento in cui sua madre l'aveva beccato assieme al suo compagno di ricerche di laboratorio durante una delle loro *sessioni di studio*. Non molto tempo dopo aveva dovuto affrontare il dolore della perdita dei suoi genitori, oltre a continuare a seguire il programma di studi, e così si era convinto che una *toccata e fuga* in qualche sex club fosse il massimo a cui poteva aspirare.

Quando raggiunse i sobborghi della città, il traffico procedeva a passo d'uomo; inscatolato tra una Ford Excursion e un camion di consegne di mobili tornò alle sue fantasticherie, ai due anni di specializzazione alla Scuola d'Architettura dopo la laurea, quando ancora si stava costruendo una carriera destinata alla progettazione di case ed era troppo impegnato a procurarsi commissioni per pensare di far seguire un secondo appuntamento al primo.

A ventisette anni, mentre i suoi amici etero si erano già quasi tutti sposati e quelli gay cominciavano a parlare di diritti civili e unioni di fatto, Dylan ancora non aveva mai avuto un ragazzo fisso.

Fino a quando Andy non aveva fatto il suo ingresso al *Bleachers*.

Dylan, che era sempre stato un solitario e aveva sempre avuto la sensazione che la vita l'avesse messo in disparte, era stato completamente rapito da quell'uomo stupendo che aveva scelto proprio *lui*. Il sesso tra loro era stato strabiliante; siccome il mattino dopo Andy era più stupendo che mai e le immagini della notte appena trascorsa erano ancora calde e vivide nella sua mente, Dylan non aveva battuto ciglio quando quell'uomo, di fatto uno sconosciuto, si era praticamente trasferito a casa sua. Per la prima volta nella sua vita, anzi, aveva mandato al diavolo la prudenza e si era preso dei giorni di malattia dal lavoro per trascorrere con lui più tempo possibile e scopare notte e giorno in ogni angolo della casa.

Ed era andato tutto bene fino alla sera del plenilunio.

Non che lui fosse stato al corrente che quella sera ci sarebbe stata la luna piena: a quel tempo non badava ancora a certi dettagli. Ma, che lo sapesse o meno, quella sera in cielo era sorta una luna indiscutibilmente piena e Dylan era stato destato dal torpore post-coitale da una serie di versi soffocati. Si era alzato dal letto ed era corso, nudo come si trovava, in soggiorno; e lì era rimasto pietrificato.

Il suo amante si stava trasformando in un lupo.

Ovviamente incredulo, Dylan si era pizzicato un braccio più volte, convinto che fosse solo un sogno o un'allucinazione. Forse Andy gli aveva messo qualche droga nel cappuccino di nascosto. Ma quella creatura era lì, grossa quanto il suo tappeto dell'Ikea, in preda a spasmi e contorcimenti, e continuava a *cambiare*. Era rimasto immobile, attonito, mentre il lupo si rizzava sulle zampe posteriori e girava la testa dalla sua parte.

Poi Dylan si era riscosso.

Era corso verso la porta sul retro, ma era riuscito a raggiungere solo la cucina prima che la bestia lo agguantasse. Gli aveva affondato profondamente le zanne enormi nel polpaccio sinistro, facendolo rovinare a terra con un urlo. Nella caduta Dylan aveva urtato la sua casseruola *Le Creuset* situata sul bancone della cucina: la usava di rado e l'aveva presa solo per il tocco che dava all'ambiente. L'oggetto era rimbalzato sul pavimento di bambù con un tonfo abbastanza forte da sorprendere il lupo, il quale, incredibilmente, aveva mollato la presa. Approfittando della sua distrazione, Dylan aveva quindi afferrato la pentola e l'aveva sbattuta con forza sul muso dell'animale; poi si era dato alla fuga. Il pavimento era scivoloso per via del sangue che sprizzava copioso dal morso, ma in qualche modo era riuscito a raggiungere la dispensa e a chiudervisi dentro.

Il locale non faceva parte della struttura originale della casa: Dylan l'aveva aggiunto quando aveva ristrutturato la cucina e, dal momento che era un ecologista, aveva recuperato la porta da un progetto scartato al lavoro. Fortunatamente era in acciaio e aveva resistito ai ripetuti assalti della bestia; aveva quindi trascorso la notte chiuso lì dentro, nudo e sanguinante, ad ascoltare i tonfi di quel mostro che si scagliava contro la porta con una forza incredibile.

La mattina dopo Andy era scomparso. Dylan era andato al pronto soccorso, dove aveva imbastito una storia su un cane randagio che l'aveva morso mentre faceva jogging. Aveva quindi passato la mattinata a farsi medicare e a compilare una quantità di scartoffie, dopodiché era tornato nella sua casa vuota e silenziosa.

E quella era la storia della sua prima e unica relazione stabile. A meno che, ovviamente, non volesse contare ciò che era accaduto quando Andy si era rifatto vivo, quattro settimane dopo... Ma non aveva voglia di stare a ripensarci, e fu con profondo sollievo che raggiunse il parcheggio dello studio e spense il motore.

IL CAPO di Dylan, Stender, indossava sempre jeans firmati e maglioni a dolcevita neri, anche quando aveva un incontro con dei clienti. Aveva una folta capigliatura grigia e occhiali alla John Lennon e gli piaceva parlare di Kierkegaard e Wittgenstein, riferendosi a loro come fossero stati suoi amici d'infanzia. Tutti – perfino sua moglie – lo chiamavano per cognome.

In quel momento Stender sedeva in una comoda poltrona davanti alla sua scrivania coperta da una lastra di vetro e occupata solo dal suo MacBook, e sorrideva. "Hai fatto un ottimo lavoro con il progetto per la Maywood Drive, Dylan. I clienti sono rimasti davvero soddisfatti."

"Grazie mille," rispose Dylan, sforzandosi di non mettersi a sorridere come un idiota. Stender non elargiva lodi come quella tanto spesso. L'incontro della mattina però era andato bene: i clienti erano rimasti conquistati dal suo progetto, specialmente dalla sua idea di realizzare una struttura che passasse intorno ad alcuni dei grandi alberi della proprietà.

"A essere onesto, non ero molto convinto dalla tua proposta sul lavoro a distanza. Sapevo che saresti comunque venuto alle riunioni e che avresti sempre rispettato le consegne, ma temevo che la lontananza da un ambiente lavorativo ricco di creatività come questo non ti avrebbe giovato." Stender era l'unico uomo al mondo che riusciva a parlare di cose come la creatività con una faccia perfettamente impassibile. "Ma, a giudicare dal tuo ultimo lavoro, sembra che l'ambiente selvaggio ti abbia fatto da musa ispiratrice."

"E'... molto tranquillo. Posso lavorare in pace e senza interruzioni." Vicini sexy a parte.

"E suppongo che anche la maestosità della natura ti sia d'ispirazione per l'equilibrio e l'eco-sostenibilità."

"Certamente," convenne Dylan, evitando di puntualizzare che per ora le uniche cose che la maestosità della natura gli suggerivano erano fango e muschio.

"Bene." Stender batté il palmo della mano sul vetro. "Quand'è così, ho un nuovo progetto da sottoporti. Ci darà un'idea più precisa di quanto questa nuova sistemazione sia conveniente per tutti noi."

Dylan sentì un nodo allo stomaco. Inizialmente Stender gli era sembrato molto ben disposto verso i suoi nuovi orari, e non aveva proprio pensato che prima o poi potesse sottoporgli una specie di test. E se avesse fallito? Sarebbe stato costretto a scegliere se lasciare il suo lavoro o la sua nuova casa, senza dubbio. "Farò del mio meglio," rispose.

"Non ne dubito." Un'altra manata sul tavolo. "Matty ha tutti i file, ci penserà lei a illustrarti i dettagli." Stender si alzò in piedi e gli porse la mano, e Dylan si affrettò a stringerla.

Lui e Matty decisero di pranzare sul tardi. Con l'auto di lei raggiunsero un piccolo chiosco nei pressi del Fremont Bridge, arredato con tavoli in legno nodoso, lunghe panche e pareti tappezzate da vecchi manifesti pubblicitari. Era necessario fare lo scontrino prima e, quando l'ordinazione era pronta, andarla a ritirare di persona; ma le fette di pane alle erbe fatto in casa erano ben imbottite con succosi pezzi di roastbeef, e la zuppa di mais era abbondante e speziata al punto giusto.

"È fantastico qui, Matt," disse Dylan, mentre ingoiava un enorme boccone di panino.

"Lo so. Scommetto che da quando ti sei trasferito nello sperduto non hai ancora mai fatto un pasto così."

"Uhm... no."

Ma doveva essere un po' arrossito, perché Matty inarcò le sopracciglia e sporse la testa verso di lui. "Che mi racconti, Dyl?"

"Niente. Ho buttato giù la cucina, ma a parte questo non ho ancora fatto un granché."

"Non ti ci è voluto molto."

"Non c'è molto da distrarmi là."

"Hm." La ragazza tirò su un sorso di Coca-Cola con la cannuccia. "Allora è questo tutto ciò che hai fatto? Non è che hai incontrato qualche bel tagliaboschi o simili?"

"No, Matt. Paul Bunyan non è ancora venuto a bussare alla mia porta, purtroppo."

Matty sembrava ancora scettica, e Dylan decise di cambiare argomento. "Allora, quale sarebbe il grandioso progetto che Stender ha in serbo per noi?"

"Per *te*, vorrai dire. Tu sarai la mente e io il braccio. Sono ai tuoi ordini, boss."

"E la cosa ti sta bene?"

"Altroché. E aspetta di sentire il resto."

Di nuovo quella fitta di ansia; Dylan mise giù il suo panino. "Cioè?"

"I clienti sono una coppia di anziane hippie – e lesbiche – che a quanto pare hanno fatto fortuna con la vendita di futon magici o roba del genere."

"E...?"

"Sono tipe molto eccentriche, tutte prese dall'Ipotesi Gaia e dall'energia dell'universo e... non lo so. Insomma, tutta quella roba. E vogliono che tu progetti una casa per loro a Beaverton."

"Beaverton?" Era un sobborgo adatto a gente da centri commerciali, palestre e minivan più che a delle hippie milionarie.

"Esatto. Oh, e hanno anche un cane. Non dimenticarti di progettare uno spazio anche per lui."

Dylan ebbe voglia di nascondersi sotto il tavolo. Capitava spesso che lo studio ricevesse incarichi da clienti bizzarri, ma non li avevano mai indirizzati a lui prima d'allora. Di solito lui si beccava i giovani professionisti rampanti di West Hills o le villette a schiera di Lake Oswego: i suoi clienti tipo erano gente che badava alla qualità ma che non aveva pretese troppo assurde o radicali, che andava in iperventilazione alla sola idea di violare qualche norma sull'urbanistica. Le possibilità erano due: o Stender voleva avere successo in quel progetto facendo goffamente leva sulla solidarietà tra omosessuali – le clienti erano lesbiche, in fondo – oppure voleva che Dylan fallisse.

Doveva essersi lasciato scappare un gemito, perché sentì la mano di Matty battere gentilmente sulla sua. "Te la caverai alla grande. Le incontreremo tra due settimane, e gradirebbero vedere qualche schizzo per allora."

Dylan cercò di sorridere, ma tutto quello a cui riusciva a pensare era quanto avrebbe potuto tirare avanti solo con i suoi risparmi, se avesse perso il lavoro, e quante possibilità d'impiego ci fossero per degli architetti che vivevano nel fitto delle foreste dell'Oregon. Naturalmente sarebbe sempre potuto tornare in città, per poi ricostruirsi una stanza blindata, nella speranza di riuscire a tornare a casa sempre in tempo. E non sperimentare mai più quell'inebriante senso di potere e libertà che aveva provato durante l'ultima notte di luna piena.

Il suo appetito era svanito. Osservò Matty finire di mangiare e poi tornò con lei all'auto. Si fermò in ufficio il tempo sufficiente per scaricare i file: non li guardò neanche, si limitò a dare un'occhiata all'indirizzo del sito di costruzione. Una volta nella sua auto decise di non pensare più al lavoro per quel giorno, avrebbe solamente scoperto dove si trovava il sito e poi stop. Voleva trascorrere il resto del pomeriggio a cercare i materiali per la sua cucina, come aveva programmato.

Parecchie ore dopo, tutti i ripiani e le credenze erano stati ordinati e il suo umore era migliorato. Aveva anche acquistato la vernice necessaria – color tè verde molto chiaro – oltre a tutto il materiale per dipingere. Non vedeva l'ora di dedicarsi a quel particolare compito. Amava l'odore della vernice fresca e il fatto che ne bastava una decina di litri per cambiare completamente l'aspetto di una stanza.

Vagò per Beaverton almeno venti minuti prima di scovare il sito. Quando lo trovò, era già sceso il crepuscolo: si trattava di un'area grande e spaziosa in un quartiere dove le strade avevano tutte nomi di cowboy. Le case adiacenti, tutti ranch non molto vistosi, erano state costruite tra la fine degli anni '70 e l'inizio degli anni '80. Non riusciva a capire perché le clienti avessero scelto proprio quel posto. Era un po' come un foglio di carta bianco, la topografia dava ben poche idee per il design. Avrebbe potuto farne qualsiasi cosa. L'unica incognita era se sarebbe riuscito a creare qualcosa in grado di soddisfare sia le clienti che il suo capo.

Serrò le palpebre per qualche secondo, poi fece un respiro profondo e girò la Prius per tornare a casa.

CAPITOLO 9

UNA SERIE di colpi battuti contro la porta sul retro sorprese Dylan al punto da fargli rovesciare un po' di caffè dalla tazza. Imprecò a mezza bocca e andò ad aprire: fu con sollievo che vide apparire Chris, col suo solito sorriso sghembo. Indossava un paio di jeans scoloriti e una t-shirt con una stampa colorata sotto una camicia di flanella, usata probabilmente come giacca. "Buongiorno, raggio di sole," lo salutò senza smettere di sorridere.

Dylan si appoggiò allo stipite. "Credevo che oggi fossi impegnato."

"La mia segretaria è riuscita a trovare un buco libero."

Rimasero entrambi ad aspettare, in una sorta di tregua testarda, fino a che Dylan non si spostò per lasciarlo passare. "Ti va un caffè?" gli chiese.

"Nah, sto bene così." Chris si guardò intorno e notò gli oggetti acquistati il giorno prima. "Pensavi di ridipingere oggi?"

"L'idea era quella. A meno che… Qualcuno di quegli ammassi di ferraglia dietro casa tua funziona, per caso?"

"Ogni tanto. Perché? Vuoi scappare da qualche parte?"

"Solo fino al negozio più vicino di rivestimenti per la casa. Pensavo che potremmo andare a comprare le piastrelle."

"Certo," disse Chris sorridendo di nuovo. "Si va in gita, allora."

Quindici minuti più tardi salirono a bordo di un vecchio pick-up Chevrolet il cui motore all'accensione emise un ruggito tipo dinosauro infuriato. "La radio non va," annunciò Chris mentre imboccavano la sterrata, "e neanche il riscaldamento. Il motore però è a posto, basterà per tenerci al caldo."

Dylan aveva già abbastanza caldo così, con Chris a soli pochi centimetri di distanza dal proprio corpo e quel pick-up intriso di tutti gli aromi che aveva imparato ad associare a lui: sapone, sigarette, olio per motori, benzina, sudore, denim.

"Sei allergico a qualcosa?"

Dylan lo guardò confuso. "Come?"

"Continui a tirare su col naso."

"Oh, è solo che… mi prude, ecco," rispose, girando la testa dall'altra parte per nascondere il rossore.

Il cielo era di un grigio plumbeo, ma non pioveva. Chris ricominciò a canticchiare a mezza bocca – qualcosa dei Lynyrd Skynyrd – e Dylan si rese conto che, a parte le sue uscite per andare a mangiare fuori con Matty, era passato moltissimo tempo da quando era stato il passeggero nell'auto di qualcun altro.

Gli fece tornare in mente quando era bambino e la famiglia partiva verso la costa durante i weekend, e lui e Rick giocavano e si beccavano sui sedili posteriori.

"Che ne diresti se ti offrissi il pranzo?" chiese all'improvviso. "Prima di andare a fare gli acquisti."

"Per me va bene," rispose Chris.

Non parlarono più per un bel po', ma Dylan spostò lentamente la mano sul sedile finché il suo mignolo non sfiorò i jeans di Chris. Si mise a osservare le sue mani muoversi sul volante e i suoi occhi blu che scrutavano attenti la strada. Alla fine il bosco e i campi coltivati lasciarono il posto ai centri commerciali, e quando uscirono dall'autostrada Dylan lo guidò attraverso le vie della città.

"Che posto è questo?" gli chiese Chris sospettoso, mentre uscivano dal pick-up.

"Un risto-pub. Si mangia bene."

"Pensavo andassimo da Burger King o qualcosa del genere."

"Ehi, tu sei uno chef. Sai che c'è di meglio in giro."

Dylan c'era già stato altre volte e sapeva che era un po' ricercato come locale, ma se non altro i loro abiti casual non avrebbero dato fastidio a nessuno. La direttrice di sala sorrise loro gentilmente, ma il cameriere che venne a prendere le ordinazioni gli si buttò quasi ai piedi; Chris lo fissò in cagnesco per tutto il tempo che impiegarono per ordinare birra, pesce fritto e patatine.

"Vieni spesso qui?" gli chiese, dopo che il cameriere li ebbe lasciati con evidente riluttanza.

Dylan sospirò. "Ogni tanto."

Chris si accigliò ancora di più e non disse altro finché non arrivò il cibo; ma dopo che ebbero iniziato a mangiare, il suo umore migliorò. "Avevi ragione, è meglio qui che da Burger King. Scommetto che sei abituato a mangiare sempre in posti come questo."

"Beh, ammetto di frequentarli abbastanza spesso. E tu non vai mai a mangiare fuori?"

"Non c'è mica molta scelta vicino casa mia, amico."

"Lo so. Ma, voglio dire, uscirai pure qualche volta, giusto? Per un hamburger o una birra?"

"Non sono un eremita," ridacchiò Chris. "Certo che esco ogni tanto, e do anche un'occhiata a tutte le nuove diavolerie tecnologiche tipo i telefoni cellulari e i computer portatili." Prelevò due patatine fritte dal suo piatto e se le ficcò in bocca. *Com'è che tutti mi rubano sempre le patatine?*, pensò Dylan.

"Non penso che tu sia un eremita, Chris. Non più, almeno. Mi chiedevo solo cosa fai quando non sei impegnato a... lavorare di martello."

Chris si guardò le dita, che stava strofinando in quel momento su un tovagliolo di carta. "Faccio cose. Esco. A volte prendo e parto, senza programmi, lascio che sia la strada a guidarmi." Alzò gli occhi su Dylan. "Tu lo fai mai?" Lui scosse la testa.

Finirono il pranzo e il cameriere tornò con il conto. Dylan ignorò le sue occhiate lascive e pagò, ma non si alzò dal tavolo, e altrettanto fece Chris. Finalmente gli rivolse la domanda che gli frullava in testa già da un po'. "Cosa fai quando hai voglia di incontrare qualcuno? A parte offrirti di aiutarli a ristrutturare casa, intendo."

"Ci sono diversi posti," rispose Chris evasivamente. "Non ti sei mica trasferito vicino all'unico gay di tutta Columbia County. A volte si può avere fortuna anche dalle parti della Statale 47. Insomma, non ero una timida vergine quando mi hai conosciuto, amico."

Dylan sorrise. "Sembravi sapere molto bene quello che facevi."

Chris gli rivolse uno sguardo talmente provocante da fargli sobbalzare l'uccello nei boxer. "Andiamo," tagliò corto, alzandosi in piedi. Chris agitò le dita di una mano verso il cameriere, mentre si avviavano alla porta.

Si divertirono un mondo a fare acquisti. Dylan scelse un centinaio di metri quadrati di piastrelle per il pavimento della cucina, diverse confezioni di malta, distanziali, secchi di plastica, una punta multiuso per il suo trapano e un paio di cazzuole. E fece anche la pazzia di prendere una mola per segare le piastrelle a metà prezzo. Fece una smorfia quando giunse il momento di pagare, ma Chris sembrava elettrizzato. "Mi piace il tuo *equipaggiamento*," gli disse mentre caricavano gli acquisti sul pick-up, accompagnando la frase con una pacca sul sedere.

C'era un po' di traffico sulla via del ritorno, ma a Dylan non importava. Era bello stare seduto vicino a Chris, sentirlo canticchiare, ascoltare il rombo del motore. Parlarono un po' ciascuno, perlopiù del programma lavorativo dell'indomani; ma mentre scendeva la sera e l'abitacolo diventava più intimo, smisero del tutto, l'atmosfera si fece più calda e i vetri dell'abitacolo si coprirono di condensa. Quando Chris parcheggiò il pick-up dietro casa di Dylan e spense il motore, c'era una tale quiete che avrebbero benissimo potuto essere gli unici esseri viventi rimasti in tutto il mondo.

Sedettero nell'oscurità del veicolo, respirando soltanto.

Poi Chris si girò e gli appoggiò una mano sulla gamba. "Dio, quanto ti voglio," bisbigliò.

Dylan fu colto dall'imbarazzo quando si lasciò sfuggire un gemito, ma un istante dopo si stavano già baciando con un'irruenza tale da far cozzare i denti tra loro. Le sue mani erano saldamente serrate tra i capelli di Chris e lo tenevano stretto. Dylan non aveva mai approfondito granché l'arte del bacio durante le sue esperienze sessuali, né aveva mai notato quanto quell'atto fosse simile alla penetrazione: la lingua di un altro uomo che si faceva strada nella bocca, il suo sapore che gli faceva formicolare la pelle.

Quando si separarono, i denti di Chris scintillarono per un istante nel buio.

Cominciarono a frugare freneticamente l'uno nei vestiti dell'altro e Chris cercò di salirgli in grembo cavalcioni, ma sul sedile anteriore di una Chevrolet non c'era molto spazio per due uomini adulti. La leva del cambio premeva forte contro la gamba di Dylan e il suo torace era bloccato dal grosso volante. "Trasferiamoci dentro," suggerì allora.

Chris lo baciò di nuovo – un bacio rapido e pieno di promesse – e aprì lo sportello del passeggero. Si precipitarono fuori, quasi scivolando sul fango, aggrappandosi sia al veicolo sia l'uno con l'altro. Il pene di Dylan era diventato così duro che correre gli risultava quasi doloroso, ma nessuno dei due voleva perdere tempo. Mentre salivano al piano di sopra, Chris si guardò intorno incuriosito e Dylan si rese conto che non l'aveva mai portato lì, ma quello non era certo il momento per un giro turistico. Lo strinse forte per la camicia e lo trascinò in camera da letto.

Chris guardò l'orrenda carta da parati e la brutta moquette marrone. "Oh, *adoro* come l'hai arredata!" esclamò in un fastidiosissimo falsetto, giungendo le mani con aria melodrammatica.

"Ce ne occuperemo al più presto, signor tuttofare."

L'uomo ridacchiò e si sedette sul letto, rimbalzando un paio di volte. "Il materasso è a posto, però."

"Meno male. Torno subito." Dylan corse in bagno e cercò di ricordarsi dove diavolo aveva messo i profilattici e il lubrificante, che non aveva più usato da quando si era trasferito. C'erano tre scatoloni pieni di roba assortita in un angolo – spugne, porta-saponi, cose così. Gettò tutto per aria mentre scavava freneticamente; ovviamente quello che cercava era proprio sul fondo, sotto alcuni pacchetti di fazzolettini di carta. Si lasciò sfuggire un verso di soddisfazione quando tutto l'occorrente per del sesso sicuro fu nelle sue mani. Corse di nuovo in camera da letto, ma si bloccò sulla porta davanti allo spettacolo che si presentò ai suoi occhi.

Mentre lui era in bagno, Chris si era spogliato completamente e ora se ne stava sdraiato supino, gli occhi semichiusi, le gambe divaricate, una mano tra di esse che accarezzava languidamente il membro e l'altra che pizzicava dolcemente uno dei capezzoli eretti.

Girò la testa verso di lui, ancora impalato sulla porta, e sollevò un sopracciglio. "Allora, mi scopi oppure no?"

Dylan lasciò cadere a terra tutto l'armamentario. Non si disturbò a slacciarsi la camicia, se la sfilò semplicemente dalla testa insieme alla t-shirt. Si tolse le Converse scalciando e armeggiò con la cintura, cercando di slacciarla e sfilarsi jeans e boxer il più in fretta possibile. Restavano solo i calzini: se ne liberò con un gesto impaziente.

Chris lo guardò spogliarsi con un luccichio malizioso negli occhi, e quando ebbe finito gli sorrise, mordendosi il labbro inferiore. "Esatto, proprio di questo parlavo."

Dopo aver recuperato preservativi e lubrificante, Dylan salì sul letto. Moriva dalla voglia di toccare quel corpo, ma si trattenne e lo contemplò invece per un paio di minuti. Chris aveva spalle ampie e fianchi stretti. Sul polpaccio sinistro aveva tatuati dei caratteri giapponesi. I suoi muscoli erano solidi e robusti, ma anche flessuosi; i capezzoli erano due picchi perfetti color marrone rosato. Sembrava godere della sua ammirazione, perché smise di accarezzarsi e incrociò le mani dietro la nuca. Dalla punta arrossata del pene un liquido chiaro gocciolava sul suo ventre.

Dylan s'inginocchiò tra le sue gambe. Fece scorrere le mani sul suo addome piatto, sulle asperità dei muscoli. Chris inarcò la schiena in un modo tale che Dylan si aspettò quasi di sentirlo fare le fusa. Gli piaceva il modo in cui i capelli gli ricadevano sul viso, ombreggiando quegli occhi incredibili; ma poi il suo sguardo fu catturato dai ciuffi di peli scuri sotto le sue ascelle. Si chinò in avanti, coprendogli il corpo con il proprio, e immerse il naso nell'incavo di una di esse, inalando profondamente e riempiendosi la testa del suo odore.

Improvvisamente sentì che l'odore non gli bastava: voleva *assaggiare*. Fece scorrere la lingua sulla pelle liscia e sui peli ispidi, proseguendo lungo una costola per poi risalire sui capezzoli color nocciola, mordicchiandoli a turno. Chris spalancò la bocca alla pressione dei suoi denti, ma non protestò. Aveva un buon sapore, decise Dylan: caldo e lievemente salato, come quello del pane appena sfornato.

Scoprì che Chris soffriva il solletico, perché cominciò a dimenarsi quando proseguì verso il centro del suo busto. Ma non era un problema, dato che così poteva sentire il suo pene strofinarsi contro il suo torace.

Chris gemette e sollevò i fianchi quando con la lingua raggiunse la tenera insenatura tra gambe e busto, ma ridacchiando Dylan lo sospinse di nuovo sul materasso. "Ingordo."

"Tentatore."

Lo invitò allora ad allargare le cosce ancora di più e Chris obbedì, portandosi le gambe al petto e rimanendo completamente esposto ai suoi occhi: il che era proprio ciò che Dylan sperava. Con un mormorio d'approvazione, tuffò il naso alla base del grosso pene di Chris, sui testicoli voluminosi, sulla pelle delicata che li rivestiva. Inspirò quei profumi dolci e muschiati fino a rimanerne stordito. Si chiese per un istante se fosse possibile raggiungere l'orgasmo anche solo attraverso i sapori e gli odori; ma poi pensò che poteva assaggiare dell'altro e lo fece, leccando delicatamente il perineo e il piccolo foro grinzoso dietro di esso.

"Diosanto... Così mi fai impazzire, Dylan..."

Stranamente, e per quanto lui stesso si sentisse sul punto di scoppiare, Dylan non aveva fretta. Sorrise ai gemiti e alle imprecazioni di Chris e continuò a leccare ben bene l'apertura fremente; e quando alla fine v'inserì la lingua, Chris si lasciò andare a un verso fragoroso e liberatorio. "Caaaaazzo!"

L'interno era liscio e setoso. Chris cominciò a dondolarsi piano, per farsi penetrare ancora più a fondo. Il sudore si era raccolto dietro le pieghe delle sue ginocchia: una goccia scivolò lenta lungo una coscia e Dylan sollevò la testa per leccarla via.

"Se il tuo cazzo è talentuoso anche solo la metà della tua lingua..." gli disse l'uomo con una risata.

"Altroché, almeno il doppio." Dylan gli diede una pacca leggera sulle natiche. "Girati."

Chris era diventato sorprendentemente docile. Si mise in ginocchio davanti a lui, abbassò le spalle sul materasso e sollevò per aria quel culo spettacolare. Dylan trascorse ancora parecchio tempo ad accarezzarlo, leccarlo, baciarlo, e finalmente ne allargò le natiche con le dita, passando di nuovo la lingua sul foro già inumidito.

Ben presto Chris riprese a cullarsi avanti e indietro, sospirando e gemendo forte. "Dylan… ah, cazzo… ancora…!"

"Sei pronto per me?"

"Lo sono da almeno mezz'ora."

Anche Dylan era pronto. Si versò sulle dita una generosa porzione di lubrificante ma non si disturbò ad andarci piano, visto che i muscoli di Chris erano già rilassati; sentì l'uomo sobbalzare con forza quando iniziò a stimolargli il piccolo fascio spugnoso di nervi. "Dylan…"

Le mani gli tremarono leggermente mentre indossava il profilattico, la stimolazione era quasi più di quanto potesse sopportare; quando lo penetrò con un'unica spinta, gemettero all'unisono.

"Dio, Chris, sei così stretto…"

"È passato un po'… oh, sì, così…"

Dylan uscì da lui lentamente, per poi tornare a penetrarlo con una spinta di bacino. Ripeté il movimento diverse volte, finché Chris non ordinò: "Più forte, cazzo."

"Oh, ma come siamo autoritari."

"Puoi dirlo."

Dylan avvertì una certa pesantezza ai testicoli e si rese conto che stava per perdere la testa; allora si fermò, facendo fremere d'indignazione l'uomo sotto di lui. "Smettila di fare così!"

Ma lui voleva di più. La sua pelle bramava quanto più contatto possibile. Le sue mani corsero lungo la spina dorsale di Chris fino a raggiungere le spalle, su cui fecero leva per farlo sollevare: adesso Chris era in ginocchio davanti a lui. Dylan aderì alla sua schiena e allungò una mano per prendergli l'uccello; Chris torse un po' il busto e allungò un braccio dietro la sua nuca, lasciandogli ricadere la testa su una spalla, e Dylan immerse il naso nei suoi capelli setosi.

E poi non ci furono altri suoni nella stanza se non quello delle loro pelli che schioccavano l'una contro l'altra, dei gemiti di Chris e del battito impazzito dei loro cuori. Muovendo rapidamente i fianchi avanti e indietro, Dylan continuò a stimolarlo con la mano. I suoni, gli odori, la sensazione *sublime* dell'immergersi nello squisito calore di Chris… Si sentiva sopraffatto dai suoi stessi sensi, al punto che non sapeva più distinguerli. Perse completamente il senso del tempo, continuò semplicemente a spingere finché non sentì Chris urlare. La fragranza del suo sperma era proprio quello che gli mancava per raggiungere il culmine; Dylan gettò indietro la testa ed eiaculò a sua volta.

Fu quasi doloroso separarsi da quel corpo; quando lo fece, Chris si afflosciò sul letto con un gemito strozzato. Dylan rimosse il profilattico con precauzione e andò in bagno per buttarlo via. Tirò quindi fuori un paio di salviette umidificate e le poggiò sul lavandino: non aveva la pazienza di aspettare l'acqua calda, ma sapeva che Chris si sarebbe accontentato.

Si ripulirono in silenzio. Dylan sedette sul bordo del letto e guardò Chris che si rivestiva. "Vuoi venire a cena da me?" gli chiese l'uomo mentre si allacciava le scarpe.

"No, ti ringrazio. Penso che mi farò solo un panino."

Chris annuì e si alzò in piedi. Aveva la testa china, i capelli gli nascondevano un po' il viso. "Allora torno domattina per aiutarti a scaricare il furgone."

"Ok. Ma aspettiamo lunedì per iniziare a dipingere. Ho del lavoro da sbrigare questo weekend."

"Come vuoi tu."

Chris si girò e uscì dalla stanza. La moquette soffocò i suoi passi, ma pochi istanti dopo Dylan udì la porta d'ingresso richiudersi con un forte colpo.

CAPITOLO 10

DYLAN NOTÒ che, per qualche ragione incomprensibile, Chris era di pessimo umore. Non volle accettare una tazza di caffè e non disse quasi una parola mentre scaricavano le piastrelle e gli altri acquisti dal pick-up e li portavano in casa. E se Dylan provava a imbastire una conversazione –quando sarebbe iniziata l'aratura dei suoi terreni? Era mai stato a pesca nel laghetto che sconfinava nella sua proprietà? – Chris rispondeva solo con dei grugniti.

"Ci vediamo lunedì?" gli chiese quando ebbero finito.

Chris salì a bordo del suo furgone lanciandogli un'occhiata truce, diede gas al motore e per poco non gli pestò un piede mentre si allontanava. A giudicare dal rombo, non si era fermato a casa sua. Dylan si chiese dove stesse andando, poi si ricordò che non erano affari suoi.

Rientrò in casa, dove il portatile lo aspettava al suo vecchio tavolo da disegno. C'era una grande finestra proprio lì davanti che si affacciava sui campi dall'altra parte del sentiero, e sperò che quella vista lo aiutasse a buttare giù alcune idee per il progetto di Beaverton; ma non appena mosse le dita sulla tastiera si ritrovò a navigare in internet, alla ricerca di pick-up usati.

Trovò un paio di occasioni interessanti e ne prese nota, chiedendosi se Chris lo avrebbe accompagnato a vederli. Lui non sapeva niente di auto e simili, eccetto come si faceva a guidarle. Forse era più saggio aspettare e chiedere consiglio al suo vicino, quando fosse stato più bendisposto.

Raggiunse mogio mogio la cucina, riempì di caffè la sua tazza e prelevò dal frigo un po' di fette di tacchino arrosto, che divorò in un secondo. Desiderò poter fare un pasto più decente, cucinato da Chris… e anche di poterlo rivedere.

Tornò quindi a sedersi davanti al portatile e trascorse i successivi venticinque minuti a riorganizzare i brani musicali su iTunes e a giocare a un solitario.

"Ok," disse a voce alta facendo sparire le carte dallo schermo. "È ora di mettersi al lavoro."

Ovviamente però il suo cellulare si mise a squillare in quel preciso momento.

"Ehi, Pistolino Contadino!"

Dylan abbassò il volume; chissà perché suo fratello era convinto di dover sempre urlare a squarciagola quando lo chiamava. "Ehi, Testa di Minchia."

"Come ti va?"

"Bene. Stavo lavorando. Ho un nuovo progetto…"

"È sabato. Non dovresti lavorare di sabato, è anti-americano."

"È il prezzo da pagare per lavorare da casa."

Sentì qualcosa infrangersi in sottofondo e qualcuno gridare. "Cos'è stato?" chiese al fratello.

"Kay. Sta spostando i mobili in soggiorno… di nuovo."

Dylan ghignò. "Non dovresti aiutarla? O almeno andare a vedere se si è fatta male?"

"L'urlo non era forte abbastanza per una ferita mortale, poi la sto aiutando. Mi ha chiesto di chiamarti per dirti di venire a cena da noi, la prossima volta che sei in città."

"Non penso di passare per almeno altre due settimane."

"Scusa, ma non…" Un altro schianto, e stavolta Kay imprecò. "Non stai andando fuori di testa a stare là tutto solo?"

"Te l'ho detto, ho molto da fare. Ho un nuovo progetto e la mia cucina è ridotta a un cumulo di macerie."

"Hai trovato qualcuno che ti aiuti con i lavori?"

Dylan fece una pausa prima di rispondere. "Beh… sì."

"Cos'è questa titubanza?"

"Si tratta del mio vicino, in realtà. Lavora bene, ma…"

"Un momento! È lo stesso tizio che hai visto pisciare fuori dal portico quella volta?"

Anche se roteare gli occhi mentre si parlava al telefono non aveva molto senso, Dylan lo fece lo stesso. "Quanti vicini ti risulta che abbia, Testa di Minchia?"

"E così lavora bene… ma non sa che sei gay, giusto?"

Stavolta Dylan dovette trattenersi dallo scoppiare a ridere. "No, è ben al corrente del mio orientamento sessuale, grazie. Te l'ho detto, ne è passato di tempo dall'ultima volta che da queste parti qualcuno è stato coperto di pece e piume solo perché è gay."

"Allora qual è il problema?"

"Il solito." Dylan lanciò uno sguardo ansioso in direzione dei campi. "Sono preoccupato per quando divento un lupo. E se dovessi fargli del male?" Dirlo ad alta voce la faceva sembrare un'ipotesi più che reale; sentì lo stomaco attorcigliarsi.

Rick sembrò pensarci su, poi sospirò. "Non so proprio cosa dirti, fratellino. Se quel giorno sta lavorando per te, rimandalo a casa. Digli… non lo so, che hai bisogno che vada fino a Ashland per una consegna che non può aspettare."

"Guarda che non è un idiota. Tempo un paio di mesi e si accorgerebbe che c'è qualcosa sotto. E poi, che diavolo vuoi che debba consegnare in piena notte? Vampiri?"

"Esistono anche i vampiri?" Rick sembrava sconcertato.

"E che ne so?"

Tra di loro scese il silenzio; alla fine, sentì il fratello sospirare di nuovo. "Mi spiace, fratellino. Sembra che non ci siano soluzioni facili per te."

"Già, infatti."

"Allora… cena tra due settimane, d'accordo?"

"Ok, Testa di Minchia."

Dylan chiuse la comunicazione e fissò lo schermo del portatile. Negli ultimi giorni era riuscito a mettere da parte le sue paure sulla sicurezza di Chris, ed ecco che erano tornate più forti di prima. "Beh, animo," si disse. "Tanto con ogni probabilità dovrai ritrasferirti in città." E con quel pensiero deprimente, iniziò a lavorare al progetto.

ANNUSÒ CHRIS ancor prima di sentirlo arrivare. All'inizio pensò fosse semplicemente la voglia di rivederlo, finché non vide comparire il suo viso alla porta. "Ehilà, amico. Dovresti proprio chiudere a chiave, sai? C'è brutta gente da queste parti."

Dylan si scostò dal tavolo e allungò le braccia per stiracchiarsi. "Già, tipo dei vicini poco raccomandabili."

Chris entrò in soggiorno e sbirciò oltre la sua spalla. "Cos'è quello?"

"È un portatile," rispose Dylan divertito. "Sto lavorando al progetto che mi hanno consegnato l'altro giorno. Devo progettare una casa per una coppia: due lesbiche, ricche sfondate, che dirigono un'azienda di futon."

"Oh." Chris sbatté le palpebre un paio di volte. "Quindi era vero che avevi da fare durante il weekend."

"Credevi che fosse una balla?"

Chris si strinse nelle spalle e si allontanò per guardare fuori dalla finestra. "Il fattore comincerà ad arare i campi la settimana prossima, penso. Te ne accorgerai quando arriverà, perché sarà alle prime luci dell'alba."

"Ok." Dylan si alzò in piedi e rimase a fissare la schiena di Chris, desiderando di poter mettere una mano su quella spalla rivestita di flanella.

"Ah, e sono andato parecchie volte a pescare nel laghetto. Prendevo girini perlopiù e ogni tanto mi facevo una nuotata. Non avrei dovuto, ma tanto al vecchio non importava. Non usciva di casa tanto spesso." Appoggiò le mani sul davanzale. "A volte, se restavo immobile abbastanza a lungo, dei cervi venivano a bere proprio vicino a me."

Se Dylan fosse stato capace di far vibrare le orecchie, probabilmente lo avrebbe fatto in quel momento; il suo stomaco brontolò. "Cervi?"

"Già. Ho visto anche delle lontre, qualche volta."

Dylan si chiese che sapore avessero le lontre.

Chris si voltò rapidamente e indicò il computer. "Puoi fare una pausa?"

"Certo, stavo giusto per farla. Perché? Pensavi di preparare la cena?" Sapeva di risultare stupidamente speranzoso, ma non riuscì a trattenersi.

E infatti Chris si mise a ridere. "Non esattamente. Andiamo a passare una serata in città, amico."

LA CITTÀ non sembrava aver molto da offrire: un distributore di benzina con un'officina meccanica sul retro e un emporio che vendeva un po' di tutto sul davanti, un negozio di mangimi, un fast-food dov'era possibile mangiare pizza, hamburger e gelati, un piccolo edificio che ospitava un ufficio immobiliare e lo studio di un avvocato, ed era tutto. Alla fine della strada principale però si vedeva una grossa struttura grigia con diverse auto e moto parcheggiate nel cortile di ghiaia antistante. Chris parcheggiò il pick-up tra una grossa Harley e un furgone tutto arrugginito.

"Cos'è questo posto?" domandò Dylan incerto mentre scendeva dal veicolo.

Chris gli fece un sorriso smagliante. "È il sabato sera."

Prima di uscire, Dylan aveva indossato una camicia il meno possibile vistosa; adesso avrebbe voluto anche essersi rasato il pizzetto. Gli avventori di locali come quello indossavano sicuramente gonne di jeans e camicette aderenti se erano femmine, jeans e t-shirt con cappelli da cowboy se erano maschi. Gli uomini avevano baffi folti e ciuffi impomatati e le donne portavano acconciature molto gonfie. Quando entrò con Chris, Dylan notò che tutti i presenti si giravano nella loro direzione, scrutandoli da capo a piedi.

"Non sono sicuro che sia una buona idea," protestò, ma Chris parve non udirlo, forse per il frastuono del jukebox, perché cominciò a farsi strada verso il fondo del locale. Il tavolo di legno era appiccicoso. L'uomo gli mise una mano sulla spalla e lo costrinse a sedersi.

"Vado a prendere i rifornimenti," esclamò poi. "Ti va un hamburger?"

"Ok."

Mentre Chris si allontanava verso il bar, Dylan si guardò intorno. Il posto era talmente pieno che si chiese se per caso l'intera città non si desse appuntamento lì tutti i sabati sera. L'arredamento era ridotto all'essenziale, muri grezzi e insegne al neon con pubblicità di marche di birra. Da un lato della parete c'era uno spazio libero dai tavoli con un piccolo palcoscenico, ma nessuna traccia di complessi musicali. L'aria era viziata e satura di cibo fritto, birra stantia, profumo a buon mercato e sudore. Dylan si accorse che stava arricciando il naso e si sforzò di rilassarsi.

Non ci volle molto prima che Chris ritornasse con due boccali; un po' di schiuma traboccò dagli orli quando li posò sul tavolo. "Il cibo arriva subito," disse, sedendosi di fronte a lui . "Non è un granché, ma è l'unico ristorante della città."

"Ci vieni spesso?"

Chris sollevò un sopracciglio con aria ironica. "Stai cercando di rimorchiarmi, amico?"

"Questo non sembra proprio il posto ideale per rimorchiare gente."

"Di solito non lo è." Chris bevve una lunga sorsata di birra. "Ma potrebbe sorprenderti vedere di cosa sono capaci alcuni di questi bravi ragazzi quando hanno in corpo un certo quantitativo di alcol e le donne non sono disponibili."

Dylan non aveva mai avuto fantasie particolari per gli uomini etero. Il semplice pensiero di combinare qualcosa con uno di quei motociclisti barbuti o con quegli altri tipi corpulenti lo disgustava. Si chiese se la sua battuta con Rick a proposito dei gay coperti di pece e piume non stesse per ritorcersi contro di lui.

Il flusso dei suoi pensieri fu interrotto dall'arrivo di un uomo con baffi e barba scura e la testa avvolta da una bandana blu: si avvicinò con due piatti che fece praticamente cadere sopra il tavolo, insieme a due bottiglie di ketchup e mostarda che teneva infilate sotto un braccio. Dopodiché, senza dire una parola, si voltò e tornò dietro al bancone del bar.

"Tranquillo, quel tizio non è uno di quelli che potrebbero assalirti," bisbigliò Chris.

L'hamburger era davvero scadente: la carne, troppo cotta, risultava stopposa, la lattuga non era fresca e il pane sapeva di spugna. Le patatine fritte però erano abbastanza buone, e questa volta Dylan riuscì a evitare che Chris gliele rubasse.

"Sono praticamente cresciuto in posti come questo," gli disse gesticolando con una mano. "Quando ero ancora molto piccolo, subito dopo che papà se n'era andato, mamma mi piazzava a un tavolo tipo questo con un hamburger e un album da colorare e mi diceva di restare seduto lì buono. Certe notti facevamo così tardi che mi addormentavo. Se ero fortunato mi risvegliavo nel mio letto."

Dylan non sapeva cosa rispondere: a Chris non andava a genio la compassione altrui. "Dev'essere stato uno schifo," disse alla fine.

"E tu? Qualche racconto d'infanzia difficile in periferia?"

"No, spiacente. È stata piuttosto noiosa. Passavo tutto il tempo in camera mia, a leggere. La botta di vita c'è stata quando i miei hanno scoperto che ero gay: diciamo che sono andati un po' fuori di testa. Ma comunque è successo quando ero già cresciuto."

"Cioè, ti hanno diseredato o roba del genere? Erano dei fanatici religiosi, per caso?"

Dylan guardò in direzione di una piccoletta dai capelli rossi che ci stava provando con un tizio dalla lunga coda di cavallo brizzolata. "No. Erano solo molto conservatori. Immagino si siano sentiti… delusi. Io vivevo ancora con loro, ma dopo che lo scoprirono, cominciammo a evitarci e parlarci a malapena. Forse, se avessero avuto più tempo per abituarsi all'idea, i nostri rapporti avrebbero anche potuto scongelarsi, per così dire."

"Non ti hanno buttato fuori?" Chris sembrava perplesso.

"No. Frequentavo ancora il college e lavoravo in un bar per pagarmi i libri e le tasse. Non avrei potuto permettermi di andare a vivere da solo."

"Perciò ti amavano lo stesso, anche se eri gay."

"Già… immagino di sì." Dylan non ci aveva mai riflettuto e quella realizzazione gli fece provare una fitta di dolore diverso, mai sperimentato prima.

Chris gli sorrise e sbatté sul tavolo il proprio boccale vuoto. "Ti va un altro giro?"

"No, ma tu fai pure." Mentre Chris tornava al bancone del bar, Dylan elaborò un piano per confiscargli le chiavi del pick-up prima che se ne andassero. Non avrebbero incontrato molte auto sulla via del ritorno, però c'erano un sacco di alberi.

Chris dovette aspettare un po' perché davanti al bancone si era raccolta una piccola folla. Dylan finì di mangiare, si pulì la bocca con un tovagliolino di carta che prese dal dispenser sul tavolo e si guardò intorno. Fu allora che notò due uomini seduti al centro della stanza. Potevano avere più o meno l'età sua e di Chris, ma sembravano molto più vecchi. Uno di loro era molto grasso, con la testa rasata e una livida cicatrice su una guancia; l'altro sembrava nervoso, non faceva che agitarsi sulla sedia. Stavano entrambi fissando Chris, che non li aveva notati, oppure non ci stava facendo caso. Non si accorse di loro nemmeno quando si girò per tornare al suo tavolo, ma i due lo seguirono con gli occhi per tutto il tragitto.

"Ti ho preso una Coca," gli annunciò sedendosi. "Light, così non sciuperai quel bel fisico aggraziato."

"Ormai dovresti esserti accorto che non c'è niente di *aggraziato* nel mio fisico, Chris."

L'altro gli lanciò uno sguardo ironico. "Hai ragione."

Restarono seduti, chiacchierando un po', ma soprattutto osservando cosa succedeva nel locale. Dylan era contento di essere uscito di casa, ma era anche preoccupato dal modo in cui quei due continuavano a guardare Chris.

Improvvisamente Chris si alzò e batté le mani sul tavolo. "Torno subito." Dylan lo vide dirigersi verso il retro poco illuminato del locale e imboccare delle scale che immaginò conducessero ai bagni. Gli tornò in mente il commento che Chris aveva fatto sui bravi ragazzi di quella zona e su quello di cui erano capaci, e si preoccupò ancora di più. I suoi timori aumentarono quando vide i due uomini alzarsi dal tavolo e dirigersi a loro volta verso le scale. Poteva essere solo una coincidenza, certo; ma non ce li vedeva proprio quei due andare in bagno in coppia, come le ragazze, o imitare il comportamento degli amanti occasionali del *Bleachers*.

"Merda," disse ad alta voce; quindi si decise a seguirli.

Stava ancora scendendo le scale quando gli parve di udire delle voci concitate provenire dal bagno degli uomini. Il frastuono del locale, unito alla musica del jukebox, non gli permetteva però di capire le parole. Una delle voci apparteneva a Chris – di questo era sicuro – e il suo cuore cominciò a battere più forte mentre percorreva gli ultimi metri.

La porta era chiusa a chiave. Vi bussò parecchie volte, senza ottenere risposta. Le voci all'interno adesso sembravano furibonde, e sentì anche un forte tonfo. Per un istante pensò di tornare su e chiedere aiuto, ma dubitava che qualcuno avrebbe risposto al suo appello. E in ogni caso, nei pochi minuti in cui si fosse allontanato, sarebbe potuto succedere di tutto. Avrebbe potuto chiamare la polizia, ma ci avrebbero messo troppo tempo ad arrivare – il distaccamento più vicino era a parecchi chilometri di distanza.

Bussò ancora alla porta con forza, per tre volte, sferrandole anche un paio di calci. "Andatevene a 'fanculo!" urlò qualcuno all'interno. Poi si udì un altro grido soffocato, come se a qualcuno fosse stata tappata la bocca, e quel qualcuno sembrava Chris.

Dylan sentì l'adrenalina scorrere veloce nelle sue vene e il cuore pompare a mille: sferrò un calcio formidabile alla porta, proprio sotto la maniglia. Fortunatamente non era in acciaio rinforzato come quella della sua vecchia casa in città, ma in semplice legno, così cedette di schianto al primo colpo. Un altro calcio e la porta si spalancò: Dylan irruppe all'interno.

Chris era a terra in ginocchio, di fronte all'uomo più grosso. All'udire lo schianto aveva girato la testa dalla sua parte, e Dylan vide che il suo occhio destro era più gonfio di prima e un rivolo di sangue gli scorreva lungo il mento. Il ciccione lo tenne fermo in quella posizione con una mano, poi gli premette l'altra sulla bocca. L'altro uomo, quello nervoso, dava le spalle alla porta, ma quando Dylan entrò, si girò verso di lui: stringeva in mano un coltello a serramanico con la lama estratta.

"Lasciatelo andare!" urlò Dylan.

Ma il ciccione non mollò la presa e l'altro si limitò a rivolgergli un sorrisetto sprezzante. "Che c'è, vuoi farti un giro con Chrissy anche tu, dolcezza? Ha una boccuccia da favola! O magari volevi offrirti al posto suo?"

Dylan guardò il petto di Chris: era imbrattato di sangue. L'occhio sano era dilatato dalla paura. Anche lui avrebbe dovuto provarne, invece si sentì travolgere dalla rabbia. "Togligli quelle cazzo di mani di dosso!"

Il ciccione continuò a ignorarlo e spinse la faccia di Chris vicino al suo inguine, mentre l'altro uomo faceva un altro passo verso Dylan: la punta del suo coltello gli sfiorò quasi lo stomaco.

Per un breve, allucinante momento, Dylan seppe esattamente che sapore avrebbe avuto il loro sangue. Desiderò assaggiare la tenera consistenza delle loro carni, provare la soddisfazione di frantumare tra le fauci i loro tendini e le loro ossa. Scoprì i denti ed emise un ringhio basso e profondo. "Sparite. Subito."

Non poteva sapere cosa videro i due quando si voltarono a guardarlo; ma l'uomo più esile sbiancò di colpo e mollò il coltello, prima di oltrepassarlo e mettersi a correre precipitosamente. Il ciccione lasciò andare Chris e parve esitare per un secondo, allora Dylan ringhiò di nuovo, più forte. "Ti prego, no!" balbettò l'uomo con voce rotta. Le narici gli si riempirono dell'odore penetrante dell'urina: il grassone si era pisciato addosso.

Chris si rimise in piedi. I suoi occhi erano fissi su di lui.

Ma Dylan era immobile, le dita contratte ad artiglio e quel desiderio di uccidere che diventava sempre più irresistibile. Voleva squartare quell'uomo e bere il suo sangue. Voleva immergere la faccia nel calore delle sue viscere.

"Dyl?" disse Chris, con voce bassa. E tanto bastò a rompere l'incantesimo.

Dylan si fece da parte e il ciccione si precipitò verso l'uscita. Aveva una tale fretta che sbatté contro uno degli stipiti e rimbalzò come una palla di gomma, ma Dylan non ci fece caso: coprì i pochi passi che lo separavano da Chris e alzò una mano verso il suo occhio tumefatto, per poi posargliela su una spalla. "Stai bene?"

70

Chris si leccò via gli sbaffi di sangue dalle labbra. "Stavi per ammazzarli, quelli." La sua voce era bassa, senza sfumature.

"Ti stavano facendo del male," fu tutto ciò che Dylan riuscì a rispondergli.

Chris aprì la bocca come per parlare, ma poi la richiuse e scosse la testa. "Forza... andiamocene da questo cesso."

Bella idea, pensò Dylan. Lo seguì oltre la porta distrutta e lungo il corridoio, allontanandosi dal locale vero e proprio. Alla fine del corridoio aprirono una porta contrassegnata dal segnale di uscita e si ritrovarono in un cortile pieno di erbacce, disseminato di bottiglie rotte e altri detriti. Chris si guardò intorno come per considerare le varie opzioni.

"Dovremmo chiamare la polizia," disse Dylan.

"Non serve. Quei bastardi ormai sono lontani, e poi a che scopo? Agli sbirri non gliene frega comunque un cazzo."

"Ma ti hanno fatto del male!"

Chris si passò il dorso di una mano sulle labbra. "Sto bene." Tornò a guardarlo: Dylan notò un che di guardingo nei suoi occhi, come se fosse incerto sul restare o darsela a gambe.

"Tu li conoscevi," comprese.

Chris si strinse nelle spalle e si girò dall'altra parte. "Molto tempo fa. Non sarei mai venuto qui se avessi saputo che ce li avrei trovati." Fece alcuni passi, che l'erba attutì, poi tornò a girarsi verso di lui. "Che diavolo t'è preso là dentro, Dylan? Mi hai messo una paura fottuta."

"Io..." Dylan deglutì a fatica. "Non volevo che ti facessero del male, ok?"

"Ma per poco non li hai... Cristo, Dylan. Credevo che fossi un tipo tranquillo, sexy ma... docile. Invece sei tutto l'opposto, non è così?"

"Lo ero una volta."

Chris piegò la testa di lato e si riavvicinò di alcuni passi. "Avresti potuto ammazzarli. Te l'ho letto negli occhi." Represse una risatina. "E anche loro. È per questo che ti sei trasferito qui, Dylan? Hai... hai ucciso qualcuno?"

"No!" replicò lui. Ma ricordava bene l'aroma squisito del sangue nelle narici e le urla di terrore nelle orecchie, e sapeva che non stava dicendo tutta la verità. "Non proprio."

"E hai avuto paura, vero? Così ti sei trasferito qui perché hai pensato che se fossi stato lontano dalla gente non avresti più fatto del male a nessuno."

Dylan annuì cupamente. Stava già pensando a come fare per tornare a casa dopo che Chris l'avesse abbandonato in quel cortile. Non c'erano taxi da quelle parti. Forse avrebbe potuto chiamare Rick, ma questo l'avrebbe costretto a lunghe e spiacevoli spiegazioni. Diavolo, tanto valeva mettersi subito in cammino.

Si girò e fece alcuni passi verso la strada, ma Chris lo bloccò afferrandolo per la camicia. "Mi hai difeso mentre quegli stronzi..." Fece un respiro profondo. "Devo farti proprio schifo, adesso."

Quella era l'ultima cosa che Dylan si aspettava, e sgranò gli occhi stupito. "No! Santo Dio, Chris, no."

Le spalle di Chris si rilassarono un po'. "Non puoi scappare dal passato, amico. Lo sai? Uno pensa di poter andare abbastanza lontano... ma non ci si riesce mai. Mai." Curvò le labbra in uno dei suoi soliti sorrisi sbilenchi, sempre affascinante malgrado il sangue e il gonfiore. "E così tu sei una specie di maniaco omicida mentre io ero ancora più puttana di mia madre. Sono due segreti che magari avremmo preferito continuare a tenerci nascosti."

"Mi dispiace."

Chris gli si avvicinò fino a toccargli il petto con il suo; poi fece scorrere una mano tra i suoi capelli. "Nessuno era mai venuto in mio soccorso, prima d'ora."

"E io non avevo mai soccorso nessuno, prima d'ora."

Dylan si aspettava che Chris lo baciasse, e in effetti lui gli si avvicinò tanto da sfiorargli le labbra; poi però si fece indietro di scatto, lo afferrò per la camicia e prese a trascinarlo. "Vieni con me."

Dentro di sé, Dylan pensava che ne aveva abbastanza di quella serata e che era pronto per tornare a casa. Magari Chris lo avrebbe invitato da lui a vedere un po' di TV, e magari sarebbe riuscito a convincerlo a mettersi del ghiaccio su quell'occhio. Ma quando Chris lo trascinò attraverso il parcheggio e dietro un vecchio capannone, non oppose alcuna resistenza.

Là dietro tutto era buio e silenzioso. La sua visuale notturna era aumentata parecchio da quando era stato morso, ma anche così non riusciva a distinguere che il profilo di Chris e lo sporadico luccichio dei suoi denti e del suo occhio sano. Non aveva ancora capito perché lo aveva condotto lì dietro, ma quando lo spinse contro le pareti del capannone, ci arrivò. Fu comunque preso alla sprovvista quando Chris gli diede un bacio rapido all'angolo della bocca e s'inginocchiò, iniziando ad armeggiare con la sua cintura.

Gli bloccò le mani. "Ehi. Non devi farlo."

Chris scattò in piedi e sferrò un pugno contro la parete metallica accanto a lui. Il rumore fece sobbalzare Dylan, che però non si spostò. "Credi che voglia farlo per questo?" sbraitò Chris. "Perché mi hai salvato il culo?" Era abbastanza vicino perché Dylan potesse sentire il suo respiro affannoso sul viso, e per un attimo pensò che avrebbe picchiato anche lui.

Ma Chris non fece più alcun movimento. Rimase in piedi davanti a lui, ansimando, col pugno tremante sospeso a mezz'aria; Dylan lo prese delicatamente tra le mani e gli fece abbassare il braccio. "Ti farai male anche alla mano se continui."

Chris si afflosciò pesantemente contro di lui e per un istante fu costretto a sorreggerne tutto il peso; ma non osò stringerlo tra le braccia. "Eri sexy da morire," sussurrò Chris. "Eri cazzutissimo mentre affrontavi quei coglioni. Meglio di Clint Eastwood."

Dylan ridacchiò. "Clint Eastwood?"

"Che c'è, preferisci John Wayne?"

Pensò a una risposta da dargli, ma non ebbe il tempo di formularla perché improvvisamente Chris s'inginocchiò di nuovo ai suoi piedi e prese a slacciargli la cintura. La sensazione dell'aria fredda sul suo uccello gli fece trattenere il fiato, finché non fu sostituita dal calore dell'interno della bocca dell'uomo.

"C-Chris!" balbettò con voce strozzata. Non era sicuro del perché avesse detto il suo nome, ma Chris dovette prenderlo come un incoraggiamento perché cominciò a succhiare delicatamente e ad accarezzargli i testicoli con le dita ruvide.

Dylan non era mai stato un fan del sesso all'aperto e la sua ultima esperienza risaliva ai tempi del college, quando era stato in campeggio per due notti con Ery Philips. Aveva piovuto per tutto il tempo e nessuno di loro era stato in grado di accendere il fuoco; per di più, i loro corpi si erano dimostrati incompatibili e il sesso era stato mediocre.

Ma non c'era nulla di mediocre in quello che Chris gli stava facendo in quel momento.

Dylan gli poggiò le mani sulle spalle, un po' per tenersi in equilibrio e un po' per cercare di restare sulla terra: Chris gli stava passando la lingua sul frenulo e Dylan aveva l'impressione di potersi librare sulle nuvole da un momento all'altro. Poi Chris si fece un po' indietro e gli mordicchiò il glande, non tanto da fargli male, ma abbastanza da causargli piccole scosse di piacere lungo la schiena.

"Diosanto, Chris, tu… ah!" Non riusciva più a parlare. Le sue ginocchia minacciavano di cedere, sbatté la testa contro la parete metallica alle sue spalle; quando Chris lo inghiottì di nuovo, non poté far altro che gemere.

Oltre ai versi soffocati di Chris, il suo udito fine riusciva a distinguere anche i suoni del locale – le voci degli avventori e la musica – nonché il frinire delle cicale e i movimenti di altre piccole creature tra le foglie. E da qualche parte, più lontano, il richiamo di un gufo.

Avrebbero dovuto fermarsi. Voleva avvertire Chris, lo voleva davvero. Era ciò che un gentiluomo avrebbe fatto in casi come questo, no? Ma se l'avesse fatto, quella suzione meravigliosa sul suo uccello sarebbe cessata, e Dylan non voleva che cessasse. In ogni caso, non era sicuro di riuscire a formulare le parole correttamente. Strinse la maglia di Chris tra i pugni e si sforzò di non piegarsi in avanti; poi Chris spostò la testa e gli leccò la pelle dietro ai testicoli, facendogli raggiungere l'orgasmo. Dylan picchiò di nuovo la testa contro la parete, così forte da vedere letteralmente le stelle.

Chris si rimise in piedi e lo baciò; lui gemette nel sentire il proprio sapore sulla sua lingua. Poi Chris si voltò e s'incamminò verso il parcheggio, senza attendere che si rivestisse. Dylan scosse la testa per schiarirsi le idee e si affrettò a ricomporsi.

CAPITOLO 11

LE DUE settimane successive trascorsero in un lampo. I mobili della cucina sarebbero stati pronti a breve, e Dylan e Chris si occuparono di ridipingere i muri e piastrellare il pavimento. Anche se Chris continuava a cucinare per lui, Dylan non vedeva l'ora di avere una cucina tutta sua. Spesso dopo cena scopavano sul brutto divano di Chris oppure sul suo letto; dopodiché Dylan tornava a casa sua, schiavo del progetto Beaverton.

Quello che Chris gli aveva detto riguardo alle abitudini del fattore era vero: iniziava a lavorare prestissimo, quando era ancora buio.

Alla fine, Dylan progettò per le due fricchettone una villetta in stile americano, in legno di cedro resistente, con una grande veranda su cui esporre le mercanzie per i loro clienti e un bagno padronale con lucernari e vasca idromassaggio. Aveva previsto inoltre due camere da letto, un grande soggiorno con pavimento resistente ai cani e una porticina per il loro amico a quattro zampe, nella porta della cucina. Confortevole, piacevole e classica, proprio come un bel paio di sandali Binkerstock.

Avrebbe dovuto incontrare le clienti il mattino dopo, perciò accolse Chris con un sorriso che gli andava da un orecchio all'altro. "Ti va di fare qualcosa di diverso oggi?"

Chris gli rivolse un'occhiata scettica. "Che hai in mente?"

"Andiamo a fare shopping. Voglio comprare il pick-up."

Stavolta l'espressione di Chris divenne imperscrutabile, ma Dylan credette di scorgere un lampo di sorpresa negli occhi blu. "Ok," mormorò poi Chris.

L'acquisto del mezzo richiese l'intera giornata. Esaminarono per prima una Toyota, ma Chris la scartò perché ritenne il pianale non adeguato alle esigenze di Dylan. Poi fu la volta di un Dodge Ram che gli sembrò molto bello, con quella vernice rossa brillante e le cromature lucide. Quando però lo provarono su strada, Chris affermò con sicurezza che non aveva una buona tenuta di guida. "Potrebbe essere non del tutto in asse, ma scommetto che il telaio è piegato. Questo bambinone ha avuto un incidente."

Un po' scoraggiato, Dylan guidò verso il centro di Portland, dove si fermarono a pranzare nella stessa paninoteca in cui era stato con Matty.

Chris stava cercando di dire qualcosa con la bocca piena di tacchino affumicato, avocado e bacon; masticò un paio di volte e riuscì a mandare giù il boccone. "Cacchio, questa roba è super! A me il pane non riesce quasi mai così buono."

"Sai fare anche il pane?" gli chiese Dylan stupito.

"Non è tanto difficile," si schermì Chris arrossendo leggermente; aveva un'aria così adorabile che Dylan dovette resistere alla tentazione di sporgersi sul tavolo e baciarlo. *Non è mica il tuo ragazzo, accidenti*, si redarguì.

Presero il dessert da Voodoo Doghnuts, e Chris andò in visibilio. "Porca vacca! Ci sono le ciambelle al gusto di sciroppo d'acero e bacon! E anche cioccolato e pasta frolla! E… cazzarola, anche Oreo e burro d'arachidi!" Ma la creazione espositiva a forma di fallo con tanto di testicoli – ripiena di crema bavarese – lo fece ridere talmente forte che la signora davanti a loro si girò e li fissò con riprovazione. Dylan acquistò una dozzina di ciambelle assortite, e Chris tornò alla Prius con la scatola rosa che le conteneva ben stretta tra le mani.

Lo zucchero risollevò considerevolmente il loro morale. Chris non riusciva a stare fermo sul sedile dalla gioia, mentre Dylan cercava di tenere gli occhi fissi sulla strada, impresa non facile visto che l'altro si succhiava le dita per pulirle dalla glassa.

Finalmente, in un concessionario a Hillsboro, trovarono un Silverado usato. La vernice argentea non nascondeva un paio di graffi e ammaccature, ma Chris annuì con approvazione. "Questa bellezza può trainare un peso di quasi 8 tonnellate," disse loro il venditore, che aveva uno stomaco grande quanto un tamburo. Poi cominciò a parlare di coppia motrice e ammortizzatori, e Dylan si estraniò. Chris aprì il cofano anteriore e rovistò all'interno per un po', dopodiché decisero di provarlo su strada.

"Allora?" chiese Dylan quando rientrarono.

"Può andare. Quel tipo ti ha chiesto troppo, però. Non dargli più di ventimila dollari."

"E quanto pensi che possa valere la Prius, a ridarla indietro?"

Chris piegò la testa di lato. "Insomma, fai proprio sul serio?"

"Beh, sì. Voglio dire, non sono ancora pronto per il trattore, ma prima o poi mi servirà comunque qualcosa di più adatto alla fattoria."

"E come farai quando tornerai in città?"

"Sei ancora convinto che prima o poi me ne andrò?" Dylan si sentì un po' offeso dalla mancanza di fiducia che Chris gli mostrava.

"Tu non… non sei… Uno come te non è fatto per vivere in culo al mondo."

"Non stiamo mica su Marte, Chris."

Chris distolse lo sguardo. "È la stessa cosa," borbottò alla fine.

"Senti. La prima volta che ti ho visto ho pensato che fossi un cafone ignorante che sa solo pisciare fuori dal suo portico, ma ora so che non sei così. Eccetto la parte del piscio, beninteso."

"Ero un po' ubriaco in quel momento."

"Lo so. Ormai ho capito che sai come si usa il water. Quindi, se io sono riuscito a superare i miei pregiudizi su di te, perché tu non puoi fare lo stesso con me?"

Finalmente Chris tornò a guardarlo. "Io invece credevo che fossi uno di quegli snob con la puzza sotto al naso che dicono di voler coltivare da soli il proprio cibo, ma poi svengono quando si rendono conto che non ci sono falafel artigianali in tutta la contea."

Dylan sorrise leggermente. "Io li odio i falafel."

Il venditore li osservava ansioso da sotto il tendone, pensando probabilmente che stessero discutendo dell'acquisto. Quando Chris aprì lo sportello e saltò fuori, li raggiunse trotterellando. "Allora, che ne pensate? Una vera bellezza, no?"

Dylan si avvicinò a Chris, che aggrottò la fronte. "Non saprei. Un Ford F-250 ha un pianale più grande ed è più potente."

"Certo, ma questo piccoletto ha una trasmissione automatica e le sospensioni anteriori sono del tutto indipendenti. I nostri clienti ne sono entusiasti. Inoltre..." e gettò un'occhiata a Dylan "... si alimenta a biodiesel."

Chris combinò l'affare. Mentre Dylan era dentro a compilare le relative scartoffie, lui si occupò di spostare tutto ciò che c'era nella Prius al pick-up, senza dimenticare le ciambelle avanzate.

PROSERPINA E Cassidy McMaster-Evans profumavano fortemente di patchouli e camomilla. I capelli di Proserpina erano brizzolati e tagliati in una corta zazzera, mentre quelli di Cassidy erano lunghi fino alla vita e ancora quasi tutti biondi. Indossavano abiti di canapa tinti, era facile indovinarlo, con coloranti naturali. Gli sorridevano entrambe speranzose dall'altra parte del tavolo delle conferenze.

"Siamo curiosissime di vedere quello che hai progettato finora, caro!" esclamò Cassidy. Aveva una bella voce melodiosa, simile a quella di un'annunciatrice radiofonica. La sua compagna annuì con entusiasmo.

Dylan avvertì una leggera nausea. Quella mattina si era portato dietro un thermos pieno di caffè che si era scolato quasi tutto prima di arrivare in città, col risultato che adesso lo stomaco gli si contraeva infastidito. Matty gli pungolò una gamba sotto al tavolo – con forza – e Stender incrociò serenamente le mani sulla superficie lucida.

"Uhm... ecco... Non ho ancora studiato a fondo i file," cominciò Dylan balbettando. "Di solito va bene... ecco, di solito mi piace incontrare i clienti prima di cominciare il lavoro."

Cassidy si sporse verso di lui. "Ma noi non vogliamo in alcun modo interferire con la tua energia creativa. Vogliamo che il flusso scorra naturalmente..."

"... dalla sorgente creativa," finì Stender per lei.

"Esatto. Basta mettere troppa intensità nella fase iniziale, troppe forze diverse al lavoro tutto insieme, perché tutto diventi torbido. Un po' come se troppi pennelli venissero immersi nella tempera nello stesso momento."

Dylan ebbe una visione improvvisa e chiarissima di quale sarebbe stata la reazione di Chris a un discorso del genere e dovette reprimere una risatina nervosa. "Beh, ho fatto del mio meglio. Naturalmente se c'è qualcosa che non vi piace siamo sempre in tempo ad apportare dei cambiamenti."

Ci fu una breve pausa, durante la quale desiderò disperatamente essere nella sua cucina ancora da ristrutturare, ad ascoltare le canzoni stonate di Chris e sostituire quel neon fluorescente con uno di quei simpatici lampadari pendenti che aveva comprato il giorno precedente.

"Dylan? Che ne dici di mostrarci la bozza del progetto?" intervenne il suo capo.

"Oh, certo. Scusate." Dylan aprì subito il portatile e inserì la password, e quando le immagini comparvero sullo schermo lo voltò verso le clienti perché potessero vederle. "Dunque, ecco, questo è il prospetto frontale. Vorrei suggerirvi di porre la casa in fondo al lotto prescelto. Non tanto da impedirvi di creare un cortile esterno, ovviamente, ma abbastanza da avere un po' più d'intimità. Si potrebbe curvare e allungare il vialetto un altro po', così che entrando nella proprietà si abbia la sensazione di ritrovarsi davanti a un sipario aperto."

Arrischiò un'occhiata alle clienti. Le donne stavano scrutando lo schermo del laptop con attenzione – Proserpina aveva anche inforcato un paio di occhiali da lettura – ma le loro espressioni rimanevano abbastanza neutrali.

"Mi sono buttato su un bungalow col tetto spiovente sui due lati, perché penso che darebbe alla casa più profondità visiva, più interesse. Questo ci permetterà anche di realizzare un bel portico spazioso. Per questo direi di usare del cedro misto, ma possiamo inserire anche dettagli in pietra, se preferite. Conosco un ottimo sito dov'è possibile reperire pietra calcarea bonificata. Ho anche previsto delle finestre a quattro ante. La casa non sembrerà troppo fuori luogo nel quartiere, ma avrà comunque una certa unicità."

Tutti fissavano lo schermo; nessuno parlava. Dopo alcuni istanti, Dylan si schiarì la gola e premette un tasto che fece apparire il prospetto della prima planimetria. "Ho intenzione di creare qui un grande spazio unico. Ci sarà tempo per discutere su cosa cercate in una cucina, ma per ora come potete vedere sarà ampia e aperta, con travi a vista sul soggiorno. Pensavo a del legno di recupero per le pareti, per dare un effetto da *vita nei boschi*, per così dire, oppure possiamo ripiegare su pareti classiche, lasciandone una interamente in pietra."

Andò avanti a parlare per quelle che gli parvero ore. Nessuno dei presenti lo interruppe mentre descriveva i vari progetti e le possibili opzioni. Le clienti si scambiarono delle occhiate un paio di volte, ma perlopiù tennero gli occhi fissi sullo schermo. Ogni tanto una di loro annuiva.

"E questo è tutto, per ora," concluse Dylan. Era sollevato dall'aver finito, ma sentiva ancora lo stomaco in subbuglio.

Seguì un silenzio di piombo. Proserpina si tolse gli occhiali e li mise in una custodia, riponendo poi il tutto in una piccola borsa ricamata che teneva poggiata in grembo. Lei e Cassidy si fissarono negli occhi con tale intensità e così a lungo che Dylan si chiese se non fossero in grado di comunicare tra loro telepaticamente. Cominciò a far ballonzolare una gamba su e giù, ma se ne accorse quasi subito e smise. Matty lo pungolò di nuovo con un piede; quanto a Stender, aveva un'espressione del tutto impassibile, come se fosse precipitato in un profondo stato meditativo.

"È bella," disse finalmente Cassidy.

Proserpina annuì. "Molto bella. E quell'adorabile porticina per il cane è un tocco davvero carino."

Nella stanza scese di nuovo il silenzio. Dylan si rese improvvisamente conto che aveva bisogno di fare pipì: un bisogno molto urgente. In quel momento Stender disgiunse le mani e sorrise serenamente. "Se siete soddisfatte del progetto di Dylan, possiamo fissare un altro incontro alla settimana prossima. Potremmo discutere di altri dettagli e fare una prima stima dei costi."

Le donne si guardarono di nuovo, poi guardarono Dylan. "È molto bella," ripeté Cassidy, e il cuore di Dylan saltò un battito, "ma... non è proprio quel che stavamo cercando. Sono certa che per qualcun altro sarebbe perfetta."

Per la prima volta, Matty intervenne nel discorso. "Non siete soddisfatte dei materiali, forse? Perché in questo caso possiamo cambiarli facilmente. Oppure preferivate qualcosa di più classico, più tradizionale?"

"Non è questo, cara." Cassidy batté un colpetto gentile sulla sua mano. "È solo che speravamo... ecco, di fare una dichiarazione, per così dire. Qualcosa di diverso da 'Abbiamo una barca di soldi' o 'I nostri gusti in materia di case sono impeccabili'."

Che ne dite di 'Mangiamo troppi funghetti'?, pensò Dylan. "Non sono sicuro di capire cosa intendiate," disse invece.

Cassidy si raddrizzò sulla sedia. Le sue dita giocherellavano con il colletto della camicetta verde muschio che indossava, poi si placarono. "Si tratta di ironia. Introdurre un tocco di esotico in un ambiente comune."

"La casa deve risultare comunque vivibile, naturalmente," aggiunse Proserpina.

La sua compagna sorrise e annuì. "Non vogliamo farci buttare fuori da Beaverton, questo va da sé; ma non vogliamo vivere in una casa identica a quelle di tutti gli altri, per quanto bella possa essere."

Dylan chinò la testa. Se qualcuno lo avesse messo al corrente di tali dettagli, avrebbe potuto creare qualcosa di completamente diverso e più adatto. E sarebbe riuscito a tenersi il posto.

"Mi scuso se non abbiamo saputo soddisfare le vostre aspettative," disse Stender; non sembrava particolarmente turbato, il suo viso continuava a non tradire alcuna emozione.

"Sono certa che Dylan ci ha messo tutto sé stesso. Ma forse le energie non erano quelle giuste. A volte la Dea è dalla nostra parte, altre volte ha altri progetti." Cassidy si sporse sul tavolo, poggiando entrambi i palmi delle mani sul ripiano lucido, e lo fissò intensamente negli occhi. "Sembri un giovanotto serio e responsabile. Scommetto che hai lavorato davvero sodo."

"Beh... è così."

"Ma non sempre il duro lavoro ripaga, caro. A volte è necessario farsi da parte e lasciare che il flusso d'energia segua semplicemente il suo corso. Smetti di preoccuparti tanto della... prudenza. Sii coraggioso! Scatenati, lasciati andare!" La sua risata era come un melodioso tintinnare di campanelle. "Se io e Pina non avessimo osato un po', a quest'ora venderemmo ancora futon nei mercatini delle pulci e vivremmo sempre nella nostra vecchia roulotte."

"Uhm... grazie," disse Dylan, che non sapeva cos'altro rispondere.

"Preferite che affidiamo il progetto a qualcun altro?" chiese Stender; Dylan chinò di nuovo la testa.

Ma Proserpina sbuffò. "Certo che no! Vogliamo dare a Dylan un'altra possibilità. So che ce la farà, ne sono sicura."

Dylan rialzò la testa di scatto e rivolse alle due donne un sorriso riconoscente. "Vi ringrazio." Insieme al sollievo per quella seconda occasione, però, aveva anche l'orribile consapevolezza che la sentenza fatale era solo stata rimandata.

CAPITOLO 12

MATTY LO consolò e incoraggiò con pacche sulle spalle, senza smettere un attimo di cinguettare rassicurazioni, tanto da fargli venire mal di testa e il timore di poter ritorcere la propria frustrazione contro di lei. Stender non aveva detto molto. Dopo che le clienti se n'erano andate, aveva congiunto di nuovo le mani e accennato con la testa al portatile di Dylan. "Confido che ti rimetterai subito al lavoro?"

"Certamente."

"La ristrutturazione della tua casa non interferirà con il progetto?"

"Questo lavoro ha la massima priorità per me."

A quelle parole Stender aveva annuito e si era alzato, lasciando la sala conferenze per sparire nel suo ufficio. Dylan avrebbe voluto sbattere la testa sul tavolo, ma c'era ancora Matty, che blaterava su degli esercizi per la creatività e sugli ostacoli da rimuovere per non intralciare il flusso d'energia.

"Devo andare," le disse un po' bruscamente. Si alzò e chiuse di scatto il computer, ficcandoselo sotto un braccio.

"Sei sicuro? Potremmo andare a farci un bicchiere da qualche parte. Anzi, un sacco di bicchieri. E se ci ubriachiamo, puoi sempre fermarti a dormire da me: il mio divano è gratis."

"Grazie, Matt, ma ho un appuntamento per cena."

La ragazza corrugò le sopracciglia. "Che appuntamento?"

"Solo da Rick e Kay."

"Oh," fece lei delusa. "Senti, Dyl, non so con chi ti vedi, ma…"

"Non ricominciare, per favore. Non adesso, ok? Devo proprio andare."

Matty fece una faccia simile a quella di sua madre quando era delusa da qualche sua marachella, ma lasciò cadere l'argomento e lo osservò uscire in silenzio.

Probabilmente a nessuno fregava niente di com'era andata la presentazione, eppure Dylan aveva l'impressione che tutti gli occhi fossero puntati su di lui. Si diresse verso il corridoio e poi dritto nel bagno degli uomini. In ascensore fu costretto a sopportare una fastidiosa versione strumentale di *Come As You Are*. Aveva parcheggiato a circa un isolato e mezzo dallo studio e mentre vi si dirigeva, guardò a terra per tutto il tempo, schivando le persone che gli venivano incontro. Era così mortificato e distratto dal proprio fallimento che fu quasi investito da un tram e poi da una ciclista che suonò furiosamente il campanello e lo apostrofò con epiteti irripetibili, sfrecciandogli accanto come un fulmine.

Giunto al parcheggio, salì le tre rampe di scale che conducevano al livello su cui aveva posteggiato l'auto. Per un istante si sentì molto confuso perché non riuscì a vedere da nessuna parte il verde familiare della sua Prius, ma poi scorse il grosso mostro ad alto consumo giusto in fondo alla fila. "Stupido," si rimproverò. Aprì la portiera del passeggero per posare la borsa contenente il computer e la voluminosa cartella a fisarmonica zeppa di documenti che Stender gli aveva consegnato, richiuse lo sportello con una forte manata e tirò fuori il cellulare. Era davvero un asociale di prima categoria: intendeva chiamare Rick per declinare il suo invito e informarlo che sarebbe passato a cena da loro la settimana prossima. Sperava solo che Kay non se la prendesse troppo.

"Hai rinunciato ai veicoli più ecologici?"

Dylan si girò così velocemente che il cellulare gli volò via di mano e s'infranse a terra, dividendosi in diversi pezzi.

"Oh, che peccato. Scusa tanto," disse Andy uscendo dal cono d'ombra proiettato da due SUV, con un gran sorriso stampato in faccia.

"Che cazzo ci fai tu qua?" Dylan rabbrividì al suono tremolante della sua voce.

"L'ultima volta non avevi voglia di parlarmi. Ho pensato che, incontrandoci in territorio neutrale, saresti stato più ben disposto. Su, andiamo a farci un paio di drink…"

"Ti ho già detto che non volevo vederti mai più."

"Era ovvio che l'avresti detto, col tuo ragazzo lì presente."

"È solo il mio vicino."

Andy si avvicinò di un altro paio di passi, sempre sorridendo. "Ne sei proprio sicuro, Dyl? Sento il suo odore su di te fin da qui."

"Non sono cazzi tuoi."

"Ehi, guarda che non c'è nessun problema. Devo ammettere che è proprio un bel bocconcino! Possiamo aggiungerlo al branco, se ti va." Andy si leccò le labbra. "Sono sicuro che sarebbe un *omega* perfetto, tu che ne dici?"

Dylan strinse i pugni così forte che le unghie gli si conficcarono nei palmi. I suoi occhi corsero qua e là, ma non c'era niente in vista da poter usare come arma, ed era abbastanza sicuro che Andy l'avrebbe raggiunto prima che fosse riuscito a salire in auto. Poteva chiamare aiuto, ma dubitava che qualcuno l'avrebbe sentito; e anche in caso affermativo, non voleva mettere un innocente nei guai. Non sapeva quali danni Andy fosse in grado di infliggere in forma umana, ma basandosi sulla forza che aveva sperimentato quella sera in quella squallida bettola e sul modo in cui sentiva formicolargli tutti i muscoli, era praticamente certo che entrambi fossero in grado di uccidere un uomo a mani nude. O con i denti. Dio, che voglia aveva di mordere qualcosa!

Fece tre respiri profondi. Forse, se fosse riuscito a mantenere il sangue freddo, sarebbe anche riuscito a scacciare Andy. Ma era davvero difficile restare calmi in sua presenza: la sua sola vista bastava a fargli balzare il cuore direttamente in gola. "Che cosa vuoi?" gli chiese, con tutta la calma di cui fu capace.

Il sorriso di Andy si allargò ulteriormente e l'uomo si avvicinò ancora di più; Dylan dovette resistere all'impulso di indietreggiare. "Sono lieto che tu sia finalmente pronto ad ascoltarmi." Andy era così *dannatamente* sexy: i riccioli solo un po' troppo lunghi, i luminosi occhi castani, i muscoli perfettamente delineati e ben visibili sotto gli abiti. E all'altezza dell'inguine, un vistoso rigonfiamento. "Andiamo a bere qualcosa. E magari anche a mangiare un boccone. Sto morendo di fame."

"Sputa il rospo."

"Come vuoi." Andy scrollò le spalle. "Quella cosa con te... è stata un incidente, ok? Non volevo farti del male, quella sera. Ho cercato di andarmene da casa tua, ma a volte accade tutto così in fretta... A ogni modo, non era mia intenzione renderti uguale a me."

"È solo per questo che volevi parlarmi? Cos'è, il dodicesimo passo da compiere nel programma di recupero per creature sovrannaturali?"

"No, amico. Sto cercando di spiegarti. Ripeto, non avevo programmato niente di tutto questo – in effetti non sono mai stato bravo con i programmi – ma è successo, e dobbiamo farci i conti."

"Vuoi dire che *io* devo farci i conti. È quel che faccio già da due anni, Andy. Non mi serve il tuo aiuto."

Per un attimo Andy parve ferito, ma poi tornò a sorridere. "Oh, certo, ti sei trovato una bella casetta nel bosco e tutto il resto. Ma sei solo, Dyl. Gli umani non possono sopravvivere da soli, ed è lo stesso per i lupi. Hai bisogno di un branco, amico; hai bisogno di me."

Dylan avrebbe voluto dirgli che era un bugiardo, ma una parte di ciò che aveva detto era così vera che per un attimo si sentì stringere il cuore. Rispose con un sussurro: "È vero, ho bisogno di qualcuno; ma quel qualcuno non sei tu. Mi dispiace."

Il sorriso di Andy s'increspò in una smorfia rabbiosa. "Sono io che ti ho creato, *cazzo*! Forse non ti ricordi più che razza di perdente eri una volta, ma io sì. E tutto questo..." – fece scorrere una mano dall'alto in basso, a indicare il suo corpo – "... è solo merito mio. Quel pezzo di ragazzo laggiù nei boschi non ti avrebbe mai degnato di uno sguardo, se non fosse stato per me."

"Forse," replicò Dylan senza scomporsi, "ma questo non cambia che io non ti voglia più. Non posso, non dopo quello che..." La voce gli morì in gola e distolse lo sguardo, serrando i denti.

"È questo che siamo, Dylan. Puoi anche chiuderti in casa e fingere di essere... quest'uomo sofisticato con un lavoro di successo, il profilo su Facebook e il GPS nella sua bella macchina costosa, ma non è questo che sei. Tu sei un predatore, piccolo. Come me."

"Io non sono come te." Dylan sperava di risultare molto più convincente di quanto non suonasse alle sue stesse orecchie. "E comunque, si può sapere perché ti sei fissato proprio con me? È stato un incidente, l'hai detto tu, no? Vai a cercarti qualcun altro."

"Credi che non mi sia fatto nessun altro dopo di te? Che non sia più riuscito a dimenticare il tuo culo?" Andy si portò una mano sul cavallo dei jeans e ghignò. "E allora sappi, dolcezza, che il problema non è questo, ma proprio per niente."

"Accidenti, Andy, ma mi stai almeno ascoltando? Se scopi già notte e giorno, allora qual è il punto? Cosa vuoi da me?"

"Non è la stessa cosa!" ruggì Andy, cercando invano di controllarsi. "Non è di scopare che ho bisogno. Te l'ho detto, è come... come la famiglia. Noi siamo un *branco*."

Lentamente, Dylan scosse la testa. "Non per me. Io non faccio parte del tuo branco. Dovrai trovarti qualcun altro."

Un'ombra scura scese sugli occhi di Andy, e Dylan seppe esattamente cosa stava per dire; gli si accapponò la pelle. "Ci ho provato, Dylan. Davvero," disse Andy a voce bassa. "Ma nessuno... nessuno degli altri ce l'ha fatta. Non volevo che accadesse, ma quando mi trasformo... Dopo averli annusati, e assaggiati..."

Dylan rabbrividì. Quanti ce n'erano stati, prima e dopo di lui? Quanti uomini non avevano avuto una porta robusta dietro cui ripararsi dagli assalti di Andy? Si sentì mancare il terreno sotto ai piedi. Andy stese una mano come per toccarlo, ma non lo fece. "Tu non sai, Dylan. Non sai come ci si sente... Io ci sono dentro da molto più tempo di te. Lo scoprirai. Prima o poi quella maledetta fame ti mangerà vivo. È come essere sempre affamati, no? Un paio d'anni fa, io... ne avevo trovati degli altri. Altri come noi. Ho provato a unirmi a loro, ma non era lo stesso. Non erano *miei*."

"Io non sono..."

"Provaci! Dà a quel bocconcino un piccolo morso, alla prossima luna piena, e capirai come ci si sente."

Per un momento Dylan lo immaginò chiaramente: i suoi denti che affondavano in quella pelle dorata, il sangue caldo che gli riempiva la bocca... e poi Chris sarebbe stato suo. Niente gli avrebbe più impedito di correre libero ovunque volesse, non sarebbe stato necessario nascondere chi era veramente e non avrebbe più temuto di poter fare del male alla persona cui teneva. Ma... se si fosse spinto troppo oltre? Se avesse fatto a Chris ciò che Andy aveva fatto a innumerevoli altri, prima e dopo di lui? Anche ammesso che riuscisse a controllarsi, si sarebbe pur sempre macchiato della colpa di aver trasformato un uomo innocente in un mostro. Proprio come era successo a lui.

"Io non ti appartengo, Andy, e non ti apparterrò mai. E adesso sparisci dalla mia vita."

Andy diventò paonazzo per la rabbia e Dylan intuì che da un momento all'altro lo avrebbe azzannato alla gola. In quel momento, però, un piccolo scatto metallico li fece sobbalzare: voltandosi videro un uomo con un elegante completo accanto a uno dei SUV, con il cellulare in una mano e una ventiquattrore nell'altra, che li stava fissando con occhi spalancati.

Andy si voltò verso Dylan: emise un basso verso gutturale, ansimando pesantemente. "Vedrai, dolcezza," ringhiò. "Vedrai." Quindi si girò di nuovo e corse verso le scale, sparendo rapidamente alla vista.

Dylan si afflosciò a terra, scivolando di schiena contro l'auto e cercando invano di calmare i battiti impazziti del proprio cuore.

"Ehi! Sta bene?" gli chiese l'uomo di prima, pur rimanendo a debita distanza, il cellulare ben stretto in mano.

"Sì. Grazie. È solo… Non importa. Grazie ancora."

"Posso chiamare la polizia, se vuole."

"No, sto bene. Me ne stavo comunque andando."

L'uomo parve dubbioso, ma alla fine annuì e salì a bordo del suo SUV. Dylan vide una delle ruote passare sopra uno dei pezzi del suo cellulare. Con un sospiro, le mani tremanti, si aprì la portiera e salì a bordo del veicolo.

Adesso aveva ancora meno voglia di andare a cena da Rick e Kay, ma non poteva più chiamarli, e non voleva farli preoccupare. Si accorse con imbarazzo di non conoscere a memoria il loro numero di telefono, in fondo, tutto quello che doveva fare quando voleva chiamarli era pigiare un tasto. Non gli restò che uscire dal parcheggio e tuffarsi nel traffico cittadino, diretto in centro; pochi minuti dopo, però, tutto il suo corpo fu travolto da un tremito talmente forte che fu costretto ad accostare. Spento il motore, provò a calmarsi traendo dei respiri lenti e profondi. Non vi riuscì, così provò a proiettarsi con la mente in un luogo tranquillo: s'immaginò sdraiato sotto al suo portico, esausto ma soddisfatto dopo una dura giornata di lavoro, con Chris al suo fianco che fumava in silenzio e le nuvole che li sovrastavano e si allungavano sui campi…

Ma quella scena idilliaca, senza alcun preavviso né volontà da parte sua, fu di colpo sostituita da un'altra molto diversa. Dylan si ritrovò con la mente nel soggiorno della sua vecchia casa, quattro settimane dopo la scomparsa di Andy. La ferita alla gamba era ormai guarita, lasciando solo una piccola cicatrice rosata che per qualche motivo, quella sera d'autunno, aveva cominciato a prudergli fastidiosamente. Si sentiva su di giri, come se avesse bevuto troppi caffè o dovesse presenziare a un evento importante, e la t-shirt e i pantaloni che indossava gli stavano piccoli e scomodi. Aveva notato che nelle ultime settimane la sua massa muscolare era aumentata visibilmente. I colleghi al lavoro continuavano a chiedergli che tipo di regime stesse seguendo e a dirgli che aveva un aspetto magnifico. Gli uomini per strada o al ristorante si giravano a guardarlo con desiderio anziché indifferenza. Aveva praticamente dovuto rifarsi il guardaroba. Non era uno stupido: una parte di lui sapeva a cosa era dovuto quel cambiamento, ma un'altra rifiutava ostinatamente di crederci. In fondo, quale coglione patetico poteva credere all'esistenza dei lupi mannari?

Poco prima del tramonto, mentre era intento a misurare a grandi passi l'intera superficie del suo appartamento come un leone in gabbia, qualcuno aveva bussato alla sua porta. Era andato ad aprire e si era ritrovato davanti Andy: i capelli arruffati

84

e una luce omicida negli occhi, l'uomo si era infilato in casa sua senza tanti complimenti. "Vattene via!" gli aveva urlato contro Dylan, cercando disperatamente di scacciarlo.

Ma Andy era più robusto e più forte di lui e lo aveva stretto in un abbraccio nient'affatto amichevole, immobilizzandolo in un attimo. "Sta' buono, dolcezza," aveva rantolato al suo orecchio, "andiamo a fare un giro."

Dylan aveva smesso di lottare e pochi minuti dopo era cominciata la tortura dell'innaturale riposizionamento delle sue ossa, che col tempo gli sarebbe divenuta così familiare, in qualcosa di più piccolo, più forte, più veloce. Era rimasto a contorcersi sul pavimento, urlando a pieni polmoni davanti alla porta rimasta spalancata, e quando la trasformazione era stata completa, aveva ululato tutto il suo dolore, la sua fame, la sua eccitazione.

Dylan aveva seguito l'altro lupo – il suo *alfa* – all'aperto, nella notte. Gli umani erano già rincasati, ma se qualcuno avesse sbirciato dalla finestra non avrebbe visto altro che una normale coppia di cani un po' cresciuti, magari di qualche razza mista. Forse avrebbero valutato l'ipotesi di chiamare la protezione animali, ma alla fine sarebbero tornati a occuparsi della cena.

Andy e Dylan avevano vagato senza meta per un po', prima di raggiungere una verde radura che costeggiava un torrente e che ancora conservava l'odore di almeno un migliaio di persone, dei loro cani e dei loro figli, di resti di cibo e mozziconi di sigaretta e gomme da masticare. Era una miscela inebriante. Dylan correva dappertutto con la bocca spalancata e la lingua penzoloni. L'asfalto era leggermente duro contro i cuscinetti delle zampe.

Andy l'aveva urtato con la spalla, uggiolando piano. Poi avevano cambiato direzione continuando a correre veloci, più velocemente di quanto Dylan non avesse mai fatto senza l'ausilio di un veicolo. Era una sensazione incredibile, meravigliosa, poter correre a quella velocità solo volendolo, sentire gli arti così forti e scattanti. Dylan si era reso conto di essere stato lento e debole per tutta la vita, praticamente sordo e a malapena capace di percepire gli odori. Come aveva fatto a resistere?

Non sapeva per quanto tempo avessero corso; in ogni caso il tempo era diventato un concetto molto relativo. C'era un po' di Prima e giusto un accenno di Poi, ma perlopiù era tutto Adesso.

Era rimasto leggermente indietro quando Andy aveva percepito un nuovo odore e abbaiando gli aveva ordinato di sbrigarsi. Abbaiando in risposta, Dylan aveva seguito il suo *alfa* lontano dalla zona verde, lungo una strada silenziosa dove i cortili antistanti le case erano pieni di giochi abbandonati, e un'insegna con la scritta 'Vendesi' ondeggiava cigolando alla brezza.

Un gatto era schizzato fuori dai cespugli e Dylan si era messo a inseguirlo fino a che Andy non era stato costretto a richiamarlo all'ordine. Un po' riluttante, si era riunito al suo compagno su un marciapiede che conservava ancora un po' del calore del giorno. Dopo aver corso per tre isolati, finalmente Dylan aveva riconosciuto l'odore che stavano seguendo: era recente, lasciato da non più di due minuti, e apparteneva a un essere umano.

Girato un angolo, aveva infatti scorto un uomo che faceva jogging, con gli auricolari nelle orecchie e le scarpe che colpivano ritmicamente il selciato. Aveva un buon odore, di sudore e giovinezza, e Dylan aveva provato l'irresistibile impulso di cacciare. L'uomo non li aveva sentiti arrivare, non poteva quindi sapere che stava per trasformarsi in una preda.

Non c'era voluto molto per raggiungerlo. Dylan aveva pensato che Andy l'avrebbe assalito da dietro e si era preparato a balzargli addosso, invece Andy era corso in avanti bloccandogli la strada; l'uomo si era fermato e aveva lanciato un gridolino di stupore. "Ehi! Sciò, cagnaccio!"

Per tutta risposta Andy aveva scoperto i denti e cominciato a ringhiare minaccioso.

"Uh... buono, cagnolino... adesso sta' buono, me ne vado..." L'uomo aveva cercato di fare dietro-front, e per poco non era inciampato su Dylan. "Oh, cazzo!"

Quando i due lupi lo avevano circondato, l'odore di paura che aveva iniziato a emanare era diventato così forte da far venire a Dylan l'acquolina in bocca.

"Aiuto!" aveva iniziato a urlare l'uomo. "Qualcuno mi aiuti! Mi stanno attaccando!" Ma non si era aperta alcuna porta, né si era affacciato nessuno dalle finestre. Forse non sentivano nulla attraverso il blaterare dei loro televisori; l'uomo però aveva continuato a gridare. "Aiuto! Chiamate il 911!"

Dylan aveva conservato abbastanza del vecchio sé stesso per trovare quella reazione esilarante. Che diavolo credeva di fare quel tipo chiamando gli sbirri? Ora che non fossero giunti sul posto, di lui non sarebbe rimasto che un mucchietto di ossa spolpate.

Doveva averlo capito anche l'uomo perché aveva smesso di strillare e, superando Dylan, aveva spiccato una corsa disperata verso la casa più vicina, senza ovviamente raggiungerla: non poteva gareggiare in velocità con due lupi. Andy aveva sbuffato sommessamente e Dylan si era reso conto che il suo *alfa* voleva divertirsi un po' con quell'uomo, giocare con lui solo per il gusto di farlo. Ma in quel momento un cane aveva abbaiato in lontananza e Andy si era fatto più teso, in un certo senso più serio. Aveva ringhiato di nuovo, un brontolio profondo che gli era scaturito dal petto, e aveva abbassato la testa sull'uomo, scoprendo i denti aguzzi.

"Oddio, ti prego, no, no..." Il terrore dell'uomo aveva reso il tutto ancora più appetitoso. Dylan moriva dalla voglia di sferrargli un morso ma sapeva di non poterlo fare, non prima che il suo *alfa* gli desse il via libera.

Andy aveva girato la testa e incatenato lo sguardo al suo: occhi gialli fissi su occhi dello stesso colore, nei quali luccicava qualcosa di selvaggio e feroce. Non più due uomini, ma due creature da film horror: due mostri.

Andy aveva abbaiato ancora una volta, più acuto, poi si era lanciato sull'uomo. L'odore acre dell'urina aveva riempito l'aria, seguito, una frazione di secondo dopo, dall'aroma intenso del sangue. L'uomo aveva smesso di gridare: steso a terra, gorgogliante, si era dibattuto debolmente contro il lupo, ma solo per qualche istante. Poi era rimasto immobile; Andy aveva tuffato il muso affilato all'interno del suo corpo. Dylan si era leccato le fauci, aveva fatto un passo in avanti... poi si era girato ed era corso via.

Se Andy avesse deciso d'inseguirlo, probabilmente l'avrebbe riacciuffato: era molto più forte e più abituato alla condizione di lupo. Ma era stato troppo occupato con la sua vittima per preoccuparsi di lui. Perciò Dylan era corso a casa più in fretta che aveva potuto, entrandovi precipitosamente attraverso la porta ancora spalancata e richiudendosela alle spalle. Come lupo non era in grado di chiuderla a chiave, e Andy sarebbe potuto entrare infrangendo una finestra, per cui era corso ancora una volta nella dispensa e là era rimasto fino al mattino seguente.

Al sorgere dell'alba – Andy era nuovamente sparito – Dylan aveva pensato di chiamare la polizia; ma cos'avrebbe potuto dire agli agenti? Se avesse raccontato loro la sua storia assurda sarebbe finito in un manicomio nel migliore dei casi... o in un centro di ricerche nel peggiore. Così aveva scelto di non fare nulla: si era dato malato per non andare al lavoro e aveva trascorso la giornata a rivivere quella scena all'infinito; l'orrore e il disgusto di sé l'avevano più volte costretto a correre in bagno per vomitare.

Il giorno dopo aveva trasferito la porta rinforzata della dispensa allo stanzino e la sua clausura mensile aveva avuto inizio.

CAPITOLO 13

DYLAN BEVVE un altro sorso dal bicchiere decorato con un paio di baffi arricciati e sorrise a sua cognata. "Grazie per la cena, Kay. Era deliziosa." Gli aveva preparato la lasagna, sapendo che era uno dei suoi piatti preferiti.

Kay, seduta sul divano, ripiegò le gambe sotto al corpo. "Figurati. A proposito, cos'è che mangi laggiù?"

"Guarda che non sto alla fine del mondo, Kay. Anche *laggiù* c'è da mangiare."

"Come no! Bacche e radici, probabilmente," gli rispose la donna con una risata. "Andiamo, Dyl. Non hai l'aria sciupata, ma so che non ci sono fast-food da quelle parti."

"Beh, non sono poi così incapace ai fornelli."

"Non del tutto, no. Ma non hai una cucina e, anche se ce l'avessi, un uomo non può resistere a lungo solo a formaggio grigliato e pizza surgelata."

Dylan ebbe un tuffo al cuore e si rese conto di essere caduto in trappola. Dopo cena, Kay aveva annunciato che avrebbe servito una torta preparata da lei con del gelato, per poi fingere sorpresa nell'accorgersi che era terminato; sostenendo che mangiare una torta senza il gelato era un'eresia, aveva spedito Rick alla gelateria più vicina così da averlo tutto per sé. Un ottimo stratagemma, senza dubbio. Dylan si chiese se per caso avesse scritto anche una lista di tutte le domande con cui intendeva torchiarlo per non dimenticarne nessuna. "Diciamo che... ho un accordo," mormorò.

Non era il modo migliore per definirlo, se ne accorse subito; infatti Kay sollevò le sopracciglia sottili e spalancò gli occhi verdi, sorpresa. "Un accordo?"

Dylan fissò disperatamente il suo bicchiere di limonata, ben sapendo che non lo avrebbe di certo aiutato. "Già... con Chris. Il mio vicino."

"Il tizio che ti sta aiutando a ristrutturare casa?"

"Esatto. Ho scoperto che se la cava bene in cucina, e visto che abita alla porta accanto, beh... Mi è sembrata una cosa sensata."

"Quindi lo paghi per farti da cuoco?"

Perché diavolo non le aveva detto che andava avanti a panini? "Non proprio. Ci dividiamo le spese, e a lui sta bene così. Dice che cucinare per due non è più faticoso che farlo per uno solo."

Kay lo fissò con tale intensità che Dylan provò una fitta di compassione per il figlio che un giorno lei e suo fratello avrebbero avuto: il povero marmocchio non ne avrebbe passata liscia una, poco ma sicuro. Kay però doveva aver deciso che era ora di passare all'argomento successivo della lista, perché si sistemò meglio sul divano e posò il proprio bicchiere di limonata sul tavolino lì davanti. "Va tutto bene, Dylan?" gli chiese. "Mi sembri un po' giù di corda."

Doveva senz'altro avere l'aria di uno che aveva ricevuto una batosta sul lavoro, che era stato quasi assalito da un ex fidanzato con tendenze omicide e che aveva rivissuto spaventosi eventi passati giusto quel pomeriggio. "È stata una lunga giornata," le rispose.

"Il viaggio fin qui ti ha stancato?"

"No, non è questo. Il pick-up nuovo è comodissimo. Ha perfino il lettore mp3." Che era inutile finché non si prendeva un nuovo iPhone, si ricordò. Kay sembrava in attesa di altri dettagli, così decise di accontentarla. "Alle clienti non è piaciuto il progetto."

"Non può essere! Hai fatto un lavoro fantastico! Che stronze." Kay parve ritenere la cosa un affronto personale, il che lo fece sorridere. Doveva ammettere che ogni tanto stare con lei lo faceva sentire sollevato per il fatto di essere gay – non riusciva davvero a capire come Rick potesse sopportare tutti quei suoi discorsi appassionati sull'importanza dei *sentimenti* – ma se non altro lei lo aveva accettato incondizionatamente con tutti i suoi difetti, e si era persino trasformata nella sua più accanita sostenitrice.

"È che si aspettavano qualcosa di diverso," le spiegò, raccontandole quindi i retroscena del pomeriggio.

Quando ebbe finito, Kay si picchiettò pensierosa i denti con un'unghia. "Penso di sapere cosa intendessero le regine dei futon. Le tue case sono sempre molto belle, ma anche… prudenti, per così dire. E la prudenza è un'ottima cosa, ovviamente, ma a volte bisogna pensare fuori dagli schemi. Non sei d'accordo?"

Dylan si mise a riflettere sulle sue parole, cercando una risposta adatta, ma in quel momento la porta si spalancò e Rick entrò in casa stringendo in mano un sacchetto di carta. "Sarà meglio che quella torta sia squisita," annunciò.

Kay si districò dalla sua posa e si alzò dal divano, raggiungendo il marito e togliendogli il sacchetto di mano. "Mai dubitare delle mie torte, caro," ridacchiò, baciandolo su una guancia. "Mentre io la riscaldo, tu vedi se riesci a far parlare Dylan della sua ultima conquista."

Dylan sputò quasi il sorso di limonata che stava bevendo, mentre Rick prendeva tranquillamente il posto della moglie sul divano. "Quale conquista?"

"Traditrice!"

"Suvvia, fratellino, le alleanze sono intercambiabili. E per quanto mi riguarda, quando si tratta di te o della bambola di là, vince sempre lei. E non solo perché ci vado a letto."

"Ti sento!" strillò Kay dalla cucina, e Rick fece una faccia da 'Capisci cosa intendo?'.

"Allora," riprese, "chi è il fortunato? O la pecorella?"

Dylan si trattenne dal fargli una linguaccia. "Su, nella Columbia County, abbiamo un debole per gli agnellini."

"Diglielo, o niente torta," minacciò Kay dalla cucina; e si trattava di una minaccia piuttosto pesante, visto che le sue torte erano sempre squisite.

Dylan sospirò. "Non… non c'è proprio nessun fortunato. Stavo solo dicendo a Kay che Chris è disposto a condividere i pasti con me."

"Condividere i pasti… Si tratta forse di un qualche eufemismo gay di cui non mi conviene sapere la definizione esatta?" chiese Rick con un ghigno divertito.

"No, Testa di Minchia. Ha lo stesso identico significato di quello che ha per voi etero. Chris cucina roba tipo pasta, pollo o altro, che poi mangiamo insieme. Tutto qua. Perché al momento non ho una cucina."

Rick prese il bicchiere di limonata lasciato da Kay sul tavolino e lo vuotò in un sorso. "Questo Chris sembra un tipo comodo da avere a portata di mano, eh?"

"E allora?"

"E allora nulla. Dicevo per dire."

Dylan tacque e lanciò un'occhiataccia al fratello, che prese il telecomando e accese la TV. Per un po' rimasero entrambi in silenzio mentre Rick faceva zapping; finalmente sintonizzò l'apparecchio sul canale che dava il *The Daily Show*, dove Jon Stewart stava intervistando un tizio che aveva scritto un libro di politica estera. Dylan trovò il conduttore piuttosto divertente, e si chiese se prima di andare in scena provasse le battute. Immaginò per un attimo sé stesso seduto in poltrona al posto dell'ospite, che rideva insieme a Jon Stewart degli aspetti più buffi dell'essere un licantropo; non che ce ne fossero molti, in realtà.

"Siete proprio una coppia di idioti," sentenziò Kay, rientrando in soggiorno con un vassoio decorato con gufi stilizzati verdi e gialli. Dylan prese un piatto e Rick un altro, e la donna si accomodò tra i due fratelli col proprio piatto e la forchetta ben stretti in mano.

In genere Dylan non andava particolarmente matto per i dolci, ma era impossibile restare indifferenti davanti a una fetta di torta alle more e lamponi sormontata da un'enorme pallina di gelato alla vaniglia che si scioglieva lentamente. "Mamma mia, che bontà," mugolò con la bocca piena. "Com'è che lavori nelle Risorse Umane, invece che in una pasticceria?"

"Perché altrimenti metterei su almeno una decina di chili al mese." Kay recuperò il telecomando dal grembo di Rick e spense la TV. "Voglio saperne di più su questo Chris."

"Ma non c'è niente da sapere. È solo il mio vicino."

Kay sbirciò il piatto di Dylan come se volesse sfilarglielo da sotto il naso, al che lui lo strinse con forza tra le mani. "Hai una cotta per lui," affermò la donna con sicurezza.

"Non è vero!"

"Ogni volta che lo nomino fai gli occhioni *sbrilluccicosi*."

"Cosa… Non faccio proprio niente del genere!" Dylan si girò verso il fratello in cerca di aiuto, ma Rick si limitò a stringersi nelle spalle con un ghigno. Niente da fare da quella parte. "È solo che… trascorriamo del tempo insieme perché ci siamo

solo noi due da quelle parti, e mi sta anche aiutando a ristrutturare la casa. Perciò…
Sì, penso di poter dire che siamo amici."

Dylan aveva sempre pensato che Chris fosse solo uno con cui se la spassava ogni tanto e che lo aiutava con i lavori in casa; ma subito dopo aver pronunciato quell'ultima parola, capì di essersi sbagliato: Chris era *davvero* suo amico. Un amico con cui trovava piacevole trascorrere il suo tempo, e non solo per scopare o piastrellare pavimenti. Amava il suo senso dell'umorismo, il modo in cui adorava scherzare. Gli piacevano quei modi un po' rudi, quasi da contadino, che sfoggiava così spesso; ed era sempre una sorpresa ascoltare i suoi commenti o le sue osservazioni e rendersi conto di quanto in realtà fosse intelligente. E poi c'erano la sua generosità, il modo in cui gli metteva sempre a disposizione il suo tempo e le sue energie – aveva accettato un solo assegno da lui, dopo molte insistenze, e per una cifra di gran lunga inferiore a quella che gli spettava – e la sua grande comprensione verso i suoi problemi. Dylan ammirava anche che Chris evitava di autocommiserarsi per non aver studiato o per le difficoltà che aveva incontrato nella vita; ed era così sexy con quel sorriso sbilenco, quei grandi occhi blu, quella pelle color caramello così soffice al tatto sopra i muscoli tonici…

Quando alzò gli occhi sul viso trionfante di Kay, si sentì proprio come quei personaggi dei cartoni animati che vengono colpiti in testa da una clava enorme.

"Te l'avevo detto," cinguettò sua cognata.

Il delizioso boccone di torta si trasformò improvvisamente in segatura e dovette sforzarsi per mandarlo giù. Ancora scombussolato, accettò un contenitore della Tupperware pieno di avanzi della cena, ringraziò Rick e Kay, e si trascinò verso il suo pick-up.

CAPITOLO 14

"Pensavo che volessi iniziare dal piano di sopra," disse Chris, sbirciando perplesso nel bagno al pianterreno.

"Cambio di programma." Era vero che Dylan aveva progettato di passare al bagno padronale subito dopo la cucina, ma questo avrebbe significato trascorre l'intera giornata con Chris vicino alla sua camera da letto. Fino alla sera precedente, l'idea di Chris accanto al suo letto – o meglio, *nel* suo letto – gli sarebbe parsa eccellente, anche se forse un po' controproducente per quel che riguardava l'andamento dei lavori; solo che adesso stava cercando di metabolizzare la rivelazione che l'aveva colpito dopo la cena con Rick e Kay, e il processo non stava andando bene. Aveva voglia di piantare tutto e rimandare Chris a casa, ma facendolo avrebbe dovuto fronteggiare tutta una serie di domande cui non era preparato a rispondere.

Dal canto suo, Chris sembrava ignaro del suo turbamento interiore. "Se buttiamo giù questo bagno per primo, non avrai più acqua al piano di sotto fino a che non sistemerai del tutto la cucina. Sarai costretto ad andare di sopra ogni volta che devi fare un goccio o anche solo lavare una tazza; una bella rottura di palle, per come la vedo io."

"Sopravvivrò."

Chris lo fissò per un momento, poi si strinse nelle spalle. "Come vuoi, amico."

Dylan lo oltrepassò entrando nel piccolo locale e s'inginocchiò per svitare i bulloni che fissavano il water.

Lavorarono perlopiù in silenzio: rimossero prima gli infissi, poi cominciarono a staccare il pavimento in vinile. Sull'impulso del momento Dylan aveva deciso che, dovendo rifare il bagno, tanto valeva aggiungere anche un box doccia; così, mentre Chris si occupava di raschiare via la colla da terra, lui cominciò a smantellare una parete.

"Ehi, amico. Tutto a posto?"

Dylan era intento a sradicare un pezzo di asse particolarmente ostinato; si raddrizzò e guardò Chris, che si era risollevato a sua volta. "Che vuoi dire?" Nonostante ostentasse tranquillità, la sua voce risuonò piuttosto tesa.

"Non so. È da stamattina che mi sembri un po'… fuori, diciamo. Come se avessi parecchi pensieri per la testa."

Cos'aveva per la testa? Aveva l'impressione che il suo cervello fosse come la sua vecchia Prius, pratica ed efficiente ma ultimamente un po' affaticata dai troppi pesi. Sospirò, sperando di riuscire a nascondere il senso di colpa. "La riunione lavorativa di ieri non è andata bene."

"Ah, mi spiace, amico. Ma, ehi, sono sicuro che si sistemerà tutto."

"Il mio capo ha messo piuttosto in chiaro che, se il progetto non andrà a buon fine, non se ne farà più niente di questa storia del lavorare a distanza."

Per un attimo, un lampo di puro panico attraversò i lineamenti di Chris; subito dopo però parve riuscire a riprendere il controllo. "Beh, allora basta solo che lo rivedi per bene."

"Io... non so se sono in grado di farlo."

"Sì che lo sei. Cancella tutto e ricomincia da capo. È quel che faccio sempre anch'io." Gli angoli della sua bocca si sollevarono leggermente.

"E come se non bastasse, devo anche inventarmi qualcosa di nuovo. Qualcosa di ironico ed esotico, ma non troppo strano per il vicinato, e che sia comunque vivibile. Come diavolo posso fare?"

"Non lo so proprio, amico. Ma scommetto la mia fattoria che ci riuscirai."

Dylan rimase un po' spiazzato da una simile dimostrazione di fiducia. Perché Chris non gli diceva che era uno sfigato che non sapeva nemmeno mettere insieme quattro assi? In fondo non era altro che un noioso perdente piovuto lì chissà da dove e con una maledizione che gli gravava sulla testa come una spada di Damocle... Perplesso, scosse il capo e tornò a occuparsi del muro.

Per l'una e mezza il bagno era completamente smantellato. Dylan stava per suggerire di prendersi il resto della giornata libero – così sarebbe potuto andare a comprare un cellulare nuovo – quando una serie di colpi alla porta fece sobbalzare entrambi. "Chi diavolo può essere?" si chiese.

"È casa tua, amico."

Dylan si sfilò la mascherina e i guanti e li lasciò cadere sul pavimento. E raccolse anche il martello. Se fosse stato Andy probabilmente non si sarebbe annunciato così platealmente, ma decise di non correre rischi. Chris lo seguì alla porta.

Quando Dylan vide che si trattava di Kay, anziché sentirsi sollevato provò un'ansia crescente. La fece entrare, naturalmente, e sua cognata lo strinse in un caloroso abbraccio. Alle sue spalle, Chris osservava la scena con le sopracciglia aggrottate.

Quando Kay lo lasciò andare e Dylan fu di nuovo in grado di respirare, le chiese: "Che ci fai qui? Va tutto bene?"

"Sì, sì, tutto benissimo. Volevo vedere la tua nuova casa ma non rispondevi al telefono, così ho pensato di venire a ispezionare."

"Oh... Mi è caduto ieri per strada. Si è rotto."

"Ma cos'è, una tara di famiglia? Rick ne ha già distrutti quattro o cinque, quest'anno." Lo superò e stese una mano in direzione di Chris. "Ciao. Sono Kay."

Mentre Dylan arrossiva per la propria mancanza di educazione, Chris sostituì il broncio con uno smagliante sorriso. "Quindi sei tu la maga che ha fatto quella torta incredibile?" Le strinse la mano. "Chris, piacere. Vicino di Dylan e tuttofare. Finalmente conosco un suo parente! Cominciavo a pensare che fosse stato allevato dai lupi." Dylan li fissò sbigottito mentre entrambi scoppiavano in una risata, alla quale si unì un po' istericamente. "Non credevo di essere tanto divertente," disse poi Chris, un po' perplesso.

"Oh, è una specie di scherzo di famiglia. Non farci caso," replicò Kay, scoccando a Dylan un'occhiata eloquente. "Allora. Ho saputo che è grazie a te se mio cognato non è ancora morto di fame."

"Beh, ci provo. Non so fare torte buone come le tue, però."

Lei gli sorrise. "Tanto Dylan è più un tipo da carne." Dylan ebbe voglia di strozzarla.

Chris però sembrava intendersela alla grande con lei, tanto che per un attimo si preoccupò su ciò che sarebbe potuto venir fuori dalla loro conversazione; ma in quel momento Chris disse: "Abbiamo appena finito di distruggere un po' di robaccia. Io torno a casa mia. Di' a Dylan di farti fare il giro turistico, mi raccomando."

"Puoi scommetterci. È stato un piacere, Chris."

"Anche per me." Chris si diresse verso la porta, salutando Dylan con una pacca sulla schiena. "Ho delle bistecche di maiale per cena, se vuoi, amico."

"Uhm… Certo. Grazie."

Non appena Chris se ne fu andato, Kay cominciò a saltellare sul posto per l'eccitazione. "Accipicchia, Dyl, che ragazzo favoloso!" Lui arrossì, aprì la bocca, la richiuse, infine girò la testa dall'altra parte. A Kay non sembrò importare, comunque, perché lo prese per mano come se niente fosse. "Dai, fammi vedere la casa."

"Ok."

Dovette ammettere che era piuttosto divertente mostrare casa sua a un'altra persona, per quanto fosse ancora tutto sottosopra, e ascoltare tutti quei commenti entusiastici. Avrebbe dovuto immaginare che Kay sarebbe riuscita a cogliere il potenziale del posto, la solidità della struttura e i dettagli più particolari, ignorare i danni e vedere invece tutto il buono che si poteva trarre da quella casa. Un buono scheletro, aveva detto Steve il venditore, ed era proprio così.

"Hai già un'idea di come l'arrederai?" gli chiese la cognata, dopo aver visto tutte le stanze.

"Più o meno. Non sono un fan del classico, ma troppa modernità non ci starebbe bene. Perciò credo che mischierò un po' gli stili. In gran parte sarà roba moderna, ma con un tocco di classicità."

"Perfetto!" Kay batté le mani facendo un altro saltello. "So io come puoi fare! Mia nonna aveva un sacco di roba fantastica, ma quando andò a vivere nella casa di riposo, lasciò tutto alla mia famiglia. Noi non ne avevamo granché bisogno, così affittammo un magazzino dove conservarla. Quando vuoi tu, basta che me lo dici e ti porto a dare un'occhiata. Sarebbe bello se la sua roba venisse finalmente sfruttata."

"Grazie, Kay. Sarebbe magnifico." Poi ebbe un'idea. "Se volete, potete portare tutto qui, nel mio scantinato. Come vedi c'è un sacco di spazio, non ci tengo molta roba. Così risparmierete le spese dell'affitto."

Lei si sporse per baciarlo su una guancia. "Sarai pagato in torte." Poi si avvicinò alla finestra e guardò fuori. "Vuoi farmi vedere i terreni? Il tempo sembra buono."

Aveva ragione. C'era ancora un po' di nebbia, ma era caldo abbastanza da poter uscire senza giacca. Dylan sapeva che l'aspettavano ancora parecchi giorni freddi e piovosi prima che arrivasse l'estate vera e propria, ma si trattava di un'attesa piacevole. Le mostrò il piccolo pozzo e il fienile, che aveva intenzione di convertire in garage e officina, e poi la scortò attraverso il sentiero che conduceva al laghetto. "Chris dice che dovrò potare i cespugli di more almeno un paio di volte l'anno se voglio potermi avvicinare all'acqua," disse. "Dovrò imparare a guidare un trattore."

Con la coda dell'occhio, vide che Kay gli lanciava un'occhiata sorridente. "Chris ti è molto d'aiuto, vero?"

Dylan sospirò. "Sei proprio venuta fin qui solo per dargli un'occhiata?"

Kay gli sferrò un pugno sul braccio. "No, cretino. Sono venuta perché ero preoccupata. Incontrarlo è stato un bonus."

"Preoccupata per cosa?"

Si trovavano ai piedi del pendio e rimasero lì in silenzio per alcuni minuti, mentre Kay si godeva il panorama. Tutto era già verde e rigoglioso, e anche nell'attuale forma umana Dylan riusciva a percepire gli odori di una miriade di creature piccole e grandi – perfino cervi e alci. Non credeva di essere in grado di catturarne uno, ma poteva comunque monitorare la situazione, e in ogni caso c'erano tante altre prede più gestibili.

"È magnifico," mormorò Kay. "Non riesco quasi a credere che sia tutto tuo. Potremmo farci un sacco di picnic in questo posto."

"Però ci pensate voi ad arrostire i marshmallow."

Lei gli buttò le braccia intorno alla vita e lo strinse forte. "È davvero stupendo, Dylan. Penso che tu abbia fatto la scelta giusta."

Lui sospirò. "E allora perché sei preoccupata?"

"Perché l'altra sera avevi l'aria di uno a cui è scoppiata una bomba in faccia. Cosa c'è di tanto traumatico nell'innamorarti di qualcuno? Chris mi sembra un ragazzo fantastico, ed è anche molto carino."

Dylan si districò dal suo abbraccio e le volse le spalle, fissando la foresta in lontananza. "Io non... non posso farlo. Non posso innamorarmi di nessuno."

"Ma allora cosa pensi di fare? Vuoi trascorrere il resto della tua vita da solo? Ciò che è successo non è stata colpa tua. Smettila di punir..."

Dylan si girò di scatto. "Sì che è stata colpa *mia*! Se solo non fossi stato così stupido da portare Andy a casa quella sera... Lui era bellissimo e io ero troppo eccitato all'idea che avesse scelto proprio me per fermarmi a riflettere. Sono stato un maledetto stupido!"

Kay gli si avvicinò e lo abbracciò di nuovo. "Tesoro, ma come potevi sapere che era un lupo mannaro?" Gli diede un'altra strizzatina e poi si scostò, tenendogli le mani sulle spalle. "Sai, a noi ragazze viene sempre detto, fin da piccole, di fare attenzione agli uomini." Gli sorrise. "*Attente al lupo cattivo*, no? Ma a voi ragazzi non lo insegna nessuno. Nessuno ci pensa, eppure anche voi siete vulnerabili. E non solo quando uscite con degli sconosciuti. Pensate che basti usare un preservativo per essere al sicuro."

"Forse," rispose lui, non volendo ammettere che gli stava dicendo una grande verità. "Ma in ogni caso il punto non è questo. È successo, e io sono rimasto fregato… oppure no, a seconda di come la vedi."

Kay si morse un po' le labbra, riflettendo. "Senti, Dylan… Chris crede che ci sia qualcosa di serio tra voi?"

"No. Tra noi non c'è niente del genere. Io penso di essere solo un accordo molto conveniente per lui."

"Ed è per questo che era così sollevato quando ha saputo che sono tua cognata?" La donna scosse la testa un paio di volte. "Io scommetto che anche lui ha una cotta per te. Uomini! Vi costa proprio così tanto *parlare* tra voi, di quando in quando?" Il tono della sua voce era affettuoso ed esasperato al tempo stesso.

"Kay, anche se gli dicessi che lo a… che ci tengo a lui, poi come andrà a finire? Non posso mica dirgli che sono uno stramaledetto lupo mannaro."

"Perché no?"

Dylan sbatté parecchie volte le palpebre, stupito. "*Perché no?* E mi dici che razza di conversazione sarebbe?"

"La stessa che hai avuto con noi," replicò Kay tranquillamente. "Ci hai convocati e ce l'hai detto, e sì, non posso negare che sia stato scioccante, ma del resto chi si aspettava di ricevere una notizia simile? Eppure, l'abbiamo affrontata."

Dylan sospirò tristemente. "Avete dovuto farlo per forza. La famiglia e tutto il resto, no?"

"Se anche lui ci tiene a te, allora l'affronterà come abbiamo fatto noi. Si renderà conto che sei sempre lo stesso ragazzo intelligente, gentile, creativo, imbranato e sexy che ha conosciuto, e sorvolerà su questo particolare. È come con la mia amica Holly: le voglio un mondo di bene, anche se so che vota Repubblicano. Che vuoi che sia una sovrapproduzione mensile di peli in confronto a questo?"

Una coppia di anatre sbucò all'improvviso dalle cime degli alberi e planò sul laghetto: sfiorarono la superficie con le code e immersero le teste in acqua per pescare. Dylan si rese conto che si stava leccando le labbra. "Potrei fargli del male," sussurrò.

"È il rischio che corriamo tutti quando c'innamoriamo. E comunque so che tu non sei il tipo da una botta e via."

"No," rispose scuotendo la testa, "intendo proprio in senso *letterale*. Potrei ucciderlo."

"Una volta che lo saprà, troverà il modo di proteggersi. In fondo è solo per un giorno al mese."

"Quindi sarà lui il poveraccio costretto a doversi chiudere in una gabbia rinforzata? O a dover lasciare la sua casa?"

Kay osservò in silenzio i volatili per un minuto o due, poi si girò verso di lui. "Tesoro, diglielo. Ne vale la pena."

Dylan scosse di nuovo la testa. Non ce l'avrebbe mai fatta a dirlo a Chris, lo sapeva. Forse avrebbe dovuto gettare subito la spugna e tornarsene in città. Poteva ottenere un'ordinanza restrittiva nei confronti di Andy e trascorrere il resto della sua vita a rinchiudersi da qualche parte una volta al mese. Si immaginò lontano da Chris, lontano da quella libertà… Se la sola idea bastava a farlo sentire così male, come avrebbe mai potuto realizzarla?

"Torniamo a casa," disse a Kay. "Mi è avanzata ancora un po' della tua lasagna per pranzo."

CAPITOLO 15

CHRIS E Dylan allocarono il forno con attenzione, controllando che fosse ben posizionato tra gli armadietti in noce americano. Poi fecero un passo indietro e guardarono l'opera completa. "Cazzarola, è fantastico," disse Chris.

Dylan annuì lentamente. "È difficile credere che abbiamo fatto tutto questo noi due da soli."

"E aspetta di vedere fino a che non sarà tutto al suo posto, amico." Chris si morse le labbra per un momento. "A meno che non stai pensando che è arrivata l'ora di levare le tende e tornare in città."

"Te l'ho *già* detto. Resterò qui almeno finché il mio capo non mi darà un ultimatum, dopodiché... m'inventerò qualcosa."

Chris prese uno strofinaccio dalla penisola e lo usò per pulire una piccola macchia sul frigorifero in acciaio inox. "Se lo farà, dovrai andartene," disse, volgendogli la schiena.

"Non lo so. Penso di poter vivere dei miei risparmi almeno per un annetto, ma dopo resterò a secco."

"Però avresti pur sempre un tetto sopra la testa." Chris si girò e buttò lo strofinaccio sulla penisola, sempre evitando il contatto visivo. "Potresti fare come me. Tirare i remi in barca quando la situazione è tranquilla e trovarti un lavoretto in caso di bisogno."

"Non posso vivere così, Chris."

"Già. Me l'immaginavo. Una vita simile non si addice a uno come te, con la sua laurea prestigiosa e tutto il resto. Non sei mica un cafone campagnolo come me, tu."

Dylan sospirò e desiderò avere il fegato di raggiungerlo e abbracciarlo. Ci pensava molto, ultimamente – a quanto desiderasse non solo fare sesso con Chris, ma anche stringerlo tra le braccia e mormorargli sciocche paroline dolci all'orecchio. Non poteva fare niente del genere, però: raggiungere una tale intimità avrebbe significato mentirgli, fargli promesse che prima o poi sarebbe stato costretto a infrangere. Senza contare che esisteva sempre la possibilità che Chris si ritraesse schifato davanti al suo desiderio di trasformare un semplice flirt in una cosa più seria.

"Non si tratta del fatto che mi si addica o meno," gli disse. "E sì, tu sarai anche un campagnolo ma di sicuro non sei un cafone. Sono io che non potrei vivere alla giornata. È l'incertezza che non riuscirei a sopportare, ecco. Ho bisogno di stabilità."

"C'è la tua famiglia, se le cose dovessero girare storte."

"Rick e Kay mi darebbero una mano all'inizio, certo, ma non potrei appoggiarmi per sempre a loro. Non hanno tutti questi soldi da parte, e stanno cercando di avere un bambino."

"I tuoi amici, allora."

"Nessuno di cui possa davvero fidarmi."

Chris rimase a fissare il vuoto per alcuni istanti; poi corse praticamente al lavandino e cominciò a lavarsi le mani. "Abbiamo finito per oggi?" esclamò con voce alterata, sovrastando lo scroscio dell'acqua.

"Beh... Pensavo di chiederti se ti andava di venire con me a prendere le cose per il bagno."

Chris si girò a guardarlo. "Vuoi che venga con te?"

"Certo. Sempre se non hai altro da fare. Potremmo prendere il camion col pianale, così c'è più spazio. Credo che comprerò tutta roba in serie per quella stanza, quindi faremo presto."

C'era un altro strofinaccio bianco e blu vicino al lavandino, ma Chris si asciugò le mani passandosele sui pantaloni della tuta da lavoro. Il gesto ricordò a Dylan quanto fosse bella la sensazione di lasciar scorrere le proprie mani su quelle cosce setose, sulla solidità dei muscoli sottostanti. Gli rammentò anche il modo in cui Chris riusciva a ripiegarsi quasi in due quando finivano a letto insieme, lasciando che le gambe gl'incorniciassero il viso... Deglutì rumorosamente.

"D'accordo," gli rispose Chris. "Andiamo."

I sedili del camion erano duri come casse di legno e le sospensioni trasmettevano ogni più piccola asperità dell'asfalto, i tergicristalli stridevano fastidiosamente e l'interno puzzava di olio vecchio. Quando Chris provò ad aprire le bocchette dell'aria calda, alle loro narici giunse lo sgradevole fetore di qualcosa che era rimasto intrappolato all'interno del motore e ci era morto. Il camion in sé però filava benissimo ed era in grado di trasportare carichi molto più pesanti rispetto al pick-up di Dylan. Per di più, Dylan trovava che Chris fosse incredibilmente sexy alla guida di quel bestione. Si era arrotolato le maniche fin sui gomiti, lasciando scoperti gli avambracci robusti, e portava un berretto da baseball ben calcato sulla testa per nascondere le macchie di vernice che gli erano rimaste tra i capelli. Il malumore di prima sembrava essergli passato, perché canticchiava a bassa voce alla sua solita maniera, e ogni tanto si girava a guardarlo e gli sorrideva.

Dylan si chiese se fare sesso su quei sedili sarebbe stato poi così scomodo.

Finirono per dirigersi verso un grande negozio di approvvigionamenti idraulici frequentato da parecchi fornitori di sua conoscenza. Lì si trovava una vasta gamma di prodotti di diversa scelta, e Dylan si concentrò su quelli di fascia media più belli. Alla fine scelse un lavandino a colonna con un rubinetto di foggia antica e una cabina doccia in vetro senza telaio. Per il bagno del pianterreno aveva deciso di orientarsi più sulla praticità che sull'accuratezza stilistica, anche se voleva comunque assicurarsi di ottenere un risultato finale non troppo anacronistico. Dopo aver scelto anche un paio di lampade, una barra portasciugamani e uno specchio, ritrovò Chris in fondo al negozio, rapito dalla contemplazione di un'enorme vasca da bagno.

"Ci potresti tenere delle vere e proprie feste a bordo piscina con un affare come quello, amico."

Dylan guardò l'oggetto con scetticismo. "Ne dubito. La pressione dell'acqua da me fa schifo. Ci vorrà almeno un anno per sistemarla."

"Lo so," rispose Chris con un'ombra di delusione, "ma una ragazza può anche sognare, no?"

Ormai Dylan aveva una certa familiarità col bagno di Chris: una piccola stanza con un mobiletto in formica truciolato, uno specchio scheggiato, un water che emetteva rumori allarmanti quando si tirava l'acqua, e una cabina doccia di plastica con leggere tracce di muffa agli angoli. "Sai, anche se il bagno padronale è ancora un po' grezzo, la mia vasca non è male. Puoi usarla quando vuoi."

Chris sembrò sorpreso dalla sua offerta. "Veramente?"

"Certo."

Gli apparve un lieve sorriso sulle labbra. "Beh, potrei approfittarne. Scommetto che hai un sacco di roba profumata – sali, oli da bagno e altre cavolate simili."

"Stai cercando di sminuire la mia virilità?"

Incurante della presenza di due persone lì accanto, Chris lo fissò in un modo a dir poco indecente. "Perché non ce ne torniamo a casa e mi fai vedere quanto sei uomo?"

Dopo che gli acquisti furono al sicuro sul camion, fecero tappa da Lowe's, dove Dylan si procurò le piastrelle per il pavimento e della vernice. Sentiva che il bagno aveva bisogno di altro materiale, magari di un pezzo unico per compensare la doccia minimalista, ma ci avrebbe pensato in un'altra occasione.

"Con tutte queste compere mi sa che hai dato una buona intaccata ai tuoi risparmi," osservò Chris mentre uscivano dalla città.

"Sì, ma non c'è da preoccuparsi. La sola spesa importante che manca è quella per il bagno padronale; per il resto sarà tutto pittura e duro lavoro." Bevve un lungo sorso di caffè da uno dei bicchieri che avevano preso allo Starbucks vicino a Lowe's. "Per il piano di sopra vorrei prendere delle decorazioni originali dell'epoca. Conosco un posto in centro, sono specializzati in materiale di recupero."

Chris annuì senza rispondere; o era molto concentrato sul traffico, oppure profondamente assorto nei propri pensieri. Finalmente, dopo un po', si schiarì la gola. "Stavo pensando a una cosa."

"E cioè?" gli chiese Dylan, anche se non era molto sicuro di voler sapere di cosa si trattasse.

"Ti sei fatto una cucina spettacolare, meglio di quelle che si vedono sulle riviste, che non usi quasi mai, mentre io in casa mia ho una specie di pezzo da museo, e così... Insomma, pensavo che qualche volta potrei venire a cucinare direttamente a casa tua. Se sei d'accordo."

Tra la vasca da bagno e la cucina, Chris si stava praticamente trasferendo da lui. Del resto trascorrevano quasi tutto il tempo insieme, a lavorare alla casa, a guardare la TV da Chris o a fare sesso alternativamente in entrambi i posti. Ma, pur sapendo benissimo che avrebbe dovuto essere più prudente, che quella storia poteva finire solo male, Dylan non riuscì a evitare di sorridere, col cuore che gli batteva forte dalla felicità. "Puoi venire a cucinare da me quando vuoi, Chris. Anche tutti i giorni, se ti va."

Chris gli gettò un'occhiata rapida prima di tornare a fissare la strada. "E quando porterai qualcuno a casa?"

"Qualcuno?"

"Sì... Un uomo."

Per un attimo Dylan rimase talmente sbalordito che non seppe cosa rispondere. Vide benissimo però che Chris contraeva le labbra e che le sue spalle erano diventate di colpo più tese. Si ricordò di quel che gli aveva detto Kay, di come secondo lei Chris non gli stava intorno solo perché 'gli conveniva'. Forse aveva ragione; in fondo ce l'aveva quasi sempre, come d'altronde diceva Rick.

"Non porterò a casa nessun uomo," disse piano.

"Già, è ovvio. Probabilmente preferisci portarli in qualche bel locale di città, non certo in una fogna di periferia dove corri il rischio di essere assalito nei cessi da qualche testa di cazzo."

"No, voglio dire che non ho intenzione di frequentare nessuno, punto. Non c'è nessuno nella mia vita. Solo... solo tu." Per la miseria, era incredibile che stessero avendo una conversazione come quella sulla Sunset Highway!

Chris scosse la testa. "Ho visto come ti guardano gli uomini. Perfino quelli che s'ingannano ripetendosi che gli interessano solo le donne. Potresti avere mezza Portland a tua disposizione. Ti basterebbe schioccare le dita e gli uomini ti cascherebbero ai piedi."

"Uhm... Credo che questo sia un po' eccessivo. E comunque non m'interessa. Non sto frequentando nessuno, Chris, e non ho intenzione di farlo."

Stavolta toccò a Chris assumere un'aria sconvolta, e Dylan aggiunse precipitosamente: "Non sto dicendo che tu devi... che dobbiamo... Non voglio certo impedirti di... Insomma. Quello che voglio dire è che potremmo... *merda!* Scusa, Chris. Faccio schifo con questi discorsi."

Ma Chris stava sorridendo. "Stai dicendo che vuoi regalarmi il tuo anello da diplomato del liceo e la tua giacca da capitano della squadra di football?"

"Non praticavo sport a scuola."

"Con quel fisico?"

Dylan arrossì. "Diciamo che... sono sbocciato tardi. E tu stai cambiando argomento. Ascoltami." Fece un respiro profondo. "Ci sono cose di me che non sai e che non posso dirti, ma non sono cose piacevoli. E non posso... non posso impegnarmi, perché non funzionerebbe mai. Non ti biasimerò se tu non... non vorrai più stare con me, se vorrai andartene per cercare qualcuno che ti meriti davvero. Ma per quanto mi riguarda, sappi che non ho intenzione di andare a letto con nessun altro. Ecco."

Chris parve turbato, ma annuì in silenzio e aprì un po' il finestrino, per rinfrescare l'aria viziata nel veicolo. Dylan non sapeva cos'altro aggiungere, ma la discussione sembrava conclusa lì, perché Chris si mise a fissare le luci posteriori dell'auto davanti a loro senza più dire nulla.

QUANDO TORNARONO alla fattoria, fu come se quella conversazione non ci fosse mai stata. Chris fu molto professionale mentre lo aiutava a scaricare gli acquisti e a sistemarli in soggiorno. Dopo che ebbero terminato quel lavoro, l'uomo contemplò ancora una volta la cucina, passandosi le mani tra i capelli. "È un peccato sporcarla di già. Che ne dici di venire a cena da me?"

Dylan avrebbe dovuto mettersi a lavorare al progetto Beaverton. In quei giorni non aveva fatto altro che fissare a vuoto lo schermo bianco del laptop e scartare una dopo l'altra tutte le idee che gli venivano in mente. Ma con ogni probabilità non sarebbe riuscito a combinare nulla di buono neanche quella sera; e poi c'era un che di stranamente vulnerabile nel modo in cui Chris sembrava comportarsi, con quelle spalle curve e quella rassegnata diffidenza che gli si leggeva negli occhi. "Buona idea," si decise allora, ricevendo in premio un sorriso luminoso.

Per cena ci furono bistecche succulente e patate al forno intere, con la pellicina croccante e l'interno morbido e umido, erba cipollina fresca – che Chris ammise con riluttanza di coltivare lui stesso – e insalata di spinaci; e per dessert, grandi coppe di gelato. "Un vero banchetto," disse Dylan alla fine, massaggiandosi soddisfatto la pancia piena.

Chris gli rivolse uno dei suoi consueti sorrisi sbilenchi. "Adesso tu lavi i piatti mentre io sto seduto e ti guardo."

Più che giusto, pensò Dylan, adattandosi volentieri al compito e scambiando nel frattempo quattro chiacchiere con lui. Il vento si mise a soffiare con forza tra i pioppi: una tempesta era in arrivo. Tra la sua collezione di veicoli, Chris aveva anche un trattore – non in funzione, ma riteneva di poterlo rimettere in moto per quando Dylan avrebbe avuto bisogno di potare i cespugli di more.

Di solito, dopo un pasto come quello finivano sul brutto divano di Chris, a battibeccare bonariamente per scegliere cosa guardare in TV fino a che non si strappavano i vestiti di dosso; ma quella sera Chris rimase in piedi in mezzo al suo piccolo soggiorno, a spostare il peso del corpo da un piede all'altro. Finalmente disse: "Facevi sul serio con quell'offerta della vasca da bagno? Perché potrei davvero farci un pensierino."

Dylan sorrise. "Molto sul serio. Andiamo."

La pioggia aveva iniziato a scrosciare forte e quando raggiunsero la cucina di Dylan, erano entrambi bagnati fradici. Si fermarono solo il tempo necessario per togliersi gli stivali. "È meglio che ti attrezzi con uno spogliatoio," consigliò Chris prima di correre al piano di sopra. Mentre Dylan si toglieva i vestiti bagnati, l'altro andò in bagno; subito dopo si udì il rumore dell'acqua che correva nella vasca.

"Lasciala scorrere per un po'," gridò Dylan. "L'acqua calda ci mette una vita ad arrivare." S'infilò un paio di pantaloni da tuta grigi e una vecchia t-shirt e sedette sul bordo del letto, immaginando Chris al di là della parete, nudo e bagnato. Poi si rese conto che poteva fare ben più che immaginare, e allora si alzò e si diresse in bagno anche lui; si fermò appena fuori dalla porta e sbirciò all'interno.

Ciò che vide lo lasciò per un istante senza fiato. Chris giaceva nella vasca a occhi chiusi, con la testa appoggiata sul bordo e un asciugamano ripiegato sotto la nuca come cuscino. Il calore dell'acqua aveva arrossato un po' le guance brune, su cui erano rimaste incollate alcune ciocche di capelli. Doveva aver trovato il cestino di prodotti da bagno di Kay – un altro dei regali fatti a mano da lei – perché l'aria profumava di agrumi e spezie e l'acqua era leggermente torbida di olio e sapone. Ma Dylan riusciva ad avere lo stesso una visione chiara del corpo sommerso di Chris, dei riccioli scuri che galleggiavano piano sul suo inguine, del grosso pene che riposava mollemente su una delle sue cosce.

"Cazzarola, è un paradiso," mormorò Chris senza aprire gli occhi.

"È una vasca da bagno grande." Accidenti, a volte avrebbe proprio voluto staccarsi la lingua a morsi, così l'avrebbe smessa di dire certe banalità.

Ma le labbra di Chris si curvarono in un sorriso. "Vuoi unirti a me?"

"Non penso che sia così grande."

"Intendevo nella stanza, scemo. Siediti da qualche parte e fammi compagnia. È meglio che restare a spiare da fuori."

Dylan stava per sedersi sul coperchio abbassato del water, ma poi decise che voleva stargli più vicino e si sedette quindi sul pavimento, con la schiena contro il muro e un braccio sul bordo della vasca. Chris gli stava di fronte, sempre con le palpebre abbassate, e dopo un po' anche lui chiuse gli occhi. Il rubinetto gocciolava lentamente – avrebbe proprio dovuto decidersi a sistemarlo, un giorno o l'altro – e la pioggia all'esterno picchiava con forza sul vetro della finestra. Tra il vapore che avvolgeva la stanza e tutti quegli aromi che gli riempivano le narici, Dylan aveva la sensazione di fluttuare sott'acqua, e lasciò che tutti i problemi gli scivolassero via dalla mente.

Chris si mosse nella vasca con un lieve sciacquio e Dylan aprì gli occhi; senza rifletterci, immerse una mano in acqua e fece scorrere le dita su uno dei suoi polpacci. "Che significa il tatuaggio?"

"Selvaggio."

"Ah, sì?"

Chris aprì un occhio a metà. "Un ricordino della mia gioventù turbolenta."

"Mi piace."

Chris sbuffò piano dal naso, ma si vedeva che era contento del complimento; e lo sembrò ancora di più quando Dylan risalì con la mano lungo la sua gamba, a toccare la pelle delicata dietro al ginocchio, e poi su fino al fianco. L'olio aveva reso la sua pelle morbida e leggermente scivolosa; Dylan si chiese che sapore potesse avere sulla sua lingua.

Dovette inginocchiarsi e sporgersi un po' in avanti per raggiungere gli addominali e tracciarne i contorni con la punta delle dita, proseguendo poi sullo sterno e sui capezzoli turgidi. Chris non reagì alle sue carezze, ma il suo respiro divenne più irregolare e, sotto gli occhi avidi di Dylan, il suo uccello cominciò a ingrandirsi e sollevarsi nell'acqua saponosa.

I pettorali e le spalle di Chris non erano sommersi; Dylan li sfiorò delicatamente con il dito indice, tracciando ghirigori e caratteri in un alfabeto immaginario. Poi fece scorrere il dito umido su uno dei bicipiti, solido e compatto, anche se rilassato. Accarezzò la pelle delicata all'interno del gomito e la leggera peluria sull'avambraccio. Quando raggiunse il polso, Chris ruotò la mano e intrecciò le dita alle sue: vi si aggrappò saldamente, come se temesse di annegare. "Mi piace," sussurrò con voce un po' rauca.

Bofonchiando la propria approvazione, Dylan si liberò con dolcezza dalla sua stretta. Aveva voglia di toccare il sesso di Chris – o meglio, di assaporarlo – invece gli rimise una mano sul ventre, osservandola andare su e giù in sincrono con il respiro di lui. "E a me piacciono le tue gambe," osservò.

"È per questo che sei venuto a letto con me? Perché sei rimasto colpito dalle mie gambe?"

"No, è stato il tuo culo ad ammaliarmi per prima cosa."

Finalmente Chris aprì gli occhi: erano così limpidi e blu che a Dylan fecero pensare a due laghi d'alta montagna, inaspettatamente profondi, ma non freddi come quelle acque. In effetti, in quel momento ardevano di un qualcosa di molto intenso. "Che può aver visto uno come te in uno come me? A parte il mio culo?"

Dylan non poté fare a meno di ridere. "Me lo sono chiesto anch'io, Chris. Non so se qualcuno te l'ha mai detto prima, ma sei un tipo abbastanza incredibile."

"Sì, me l'hanno già detto che sono carino," mormorò Chris, leggermente imbronciato.

Dylan premette il palmo della mano sullo stomaco piatto. "Non stavo parlando del tuo aspetto fisico."

Ci fu un lungo silenzio, durante il quale Chris lo fissò con un'intensità tale che Dylan ebbe l'impressione che il suo cranio venisse aperto e il suo cervello sezionato. Non riusciva però a capire cosa passasse per la testa di Chris, e ne ebbe un po' paura. Forse aveva detto troppo e l'aveva spaventato? Un momento... Ma non aveva deciso che non doveva lasciarsi coinvolgere?

La pace che aveva provato fino a un attimo prima era svanita; tentò di rimettersi in piedi, allora Chris gli si lanciò addosso con tale impeto da rovesciarlo quasi nella vasca. "Dimmelo," bisbigliò rocamente al suo orecchio. "Dimmi cosa ci hai trovato di tanto incredibile in me, a parte il culo." Lo stringeva con forza, infradiciandogli i vestiti, e Dylan capì di aver indovinato: nessuno aveva mai detto niente del genere a Chris.

"Sei coraggioso. Divertente. Sorprendente… in senso buono. So che non abbiamo fatto granché insieme – a parte lavorare, fare compere e, diciamo, frequentarci – ma mi sono sempre divertito. Sento che non potrei mai annoiarmi con te, anche se dovessi starti appiccicato tutto il giorno. Sei parecchio più intelligente di quanto vorresti far credere. Sei generoso, e non mi giudichi mai." Inalò profondamente l'odore dei suoi capelli. "Sei un cuoco eccezionale, e hai sempre un profumo *così dannatamente* buono."

Per un attimo Dylan temette di aver detto davvero troppo; ma poi Chris emise una specie di rantolo strozzato e si aggrappò alla sua maglia ancor più freneticamente. "Mi sa che stasera sarai molto, ma molto fortunato, amico," bisbigliò.

Lo sono già, pensò Dylan.

In qualche modo raggiunsero il letto, Dylan adesso nudo quanto Chris, la sua bocca che errava su quella pelle profumata di cedro e Chris che si contorceva sotto di lui. Di solito Chris era abbastanza silenzioso durante il sesso, si lasciava andare a qualche imprecazione solo nei momenti di piacere più intenso, ma quella sera si abbandonò a tutta una serie di frasi – "Oh sì, baby, così… cazzo, Dylan, sì… ancora, ti prego…" – e gemiti sensuali, afferrandolo ogni tanto per i capelli per avvicinarlo a sé e coprirgli il viso di baci.

Il lubrificante fu afferrato frettolosamente e applicato alla meglio sull'entrata invitante di Chris, il preservativo infilato con mani tremanti e goffe per il troppo desiderio. Chris puntò i piedi sulle sue spalle e Dylan si aggrappò ai suoi fianchi, ma in qualche modo era come se non riuscissero a muoversi a un ritmo davvero soddisfacente, come se entrambi si struggessero per raggiungere qualcosa a portata delle loro mani ma senza riuscirci. Chris era bollente dentro, aveva la testa reclinata all'indietro, le clavicole e i muscoli del collo in evidenza. Lo implorò di aumentare il ritmo e Dylan lo accontentò: gridarono all'unisono mentre i loro corpi si contorcevano nell'estasi per poi ricadere l'uno nelle braccia dell'altro.

Dopo, anziché rivestirsi e trascinarsi barcollante verso casa sua, Chris tirò le coperte addosso a entrambi, si sdraiò a pancia sotto distendendo le gambe, mise un braccio sul busto di Dylan, e crollò addormentato.

CAPITOLO 16

DYLAN SI svegliò per tre volte durante quella notte. Un po' per la solita insonnia – la sera dopo ci sarebbe stata la luna piena – ma più che altro per contemplare l'uomo che dormiva accanto a lui. In tutta la sua vita, le volte in cui aveva passato un'intera notte insieme a un amante si potevano contare sulle dita di una mano, e adesso voleva godersi l'esperienza il più possibile. Gli piaceva, e molto, anche se Chris aveva occupato buona parte del materasso e si era preso quasi tutte le coperte. Dylan aveva voglia di coccole, di far scorrere le dita tra quei capelli arruffati, ma non osava perché temeva che, se Chris si fosse svegliato, poi sarebbe tornato a casa sua.

Quando però riaprì gli occhi alla luce del mattino, Chris era ancora là. Aveva un gomito puntato sul cuscino e la testa poggiata sulla mano, e lo fissava intento. "Russi," lo informò.

"Anche tu. E mi hai praticamente scacciato dal letto un paio di volte."

"Il tuo materasso è più comodo del mio."

"Già," concordò Dylan, anche se a dire il vero non aveva mai dormito nel letto di Chris. "Potresti prenderne uno nuovo."

Chris stese una mano e gliela passò con sorprendente delicatezza sulla fronte, scostando i capelli. Sorrideva col suo solito sorriso sbilenco, che però sembrava circoscritto solo alle labbra: gli occhi erano seri, in qualche modo un po' tristi. "Non mi farai mai entrare, vero?"

Dylan sbatté le palpebre un paio di volte senza capire, ancora assonnato. "Vuoi… vuoi stare sopra tu la prossima volta? Perché per me va bene."

"Non intendevo questo." Chris picchiettò nel mezzo della sua fronte con un dito. "Qui dentro."

"Io… non capisco."

Sospirando profondamente Chris si mise a sedere, drappeggiando le lenzuola intorno alla vita: la pelle dorata del suo busto scintillava alla luce del sole che penetrava dalla finestra. "Non importa," disse.

Dylan si rese conto che passare la notte con qualcuno implicava qualche rischio in più del semplice – anche se a volte tremendo – alito mattutino. Non aveva voglia di parlare di sentimenti, non senza prima essersi fatto una buona tazza di caffè, e probabilmente neanche dopo. E non mentre avvertiva ancora l'odore dell'olio da bagno su entrambi i loro corpi e del sesso tra le lenzuola. Si sentiva ancora mezzo eccitato e assonnato, e tutto ciò che voleva era scopare o tornare a dormire; invece sospirò e si tirò su a sedere a sua volta.

"Se ne stai parlando, allora è importante."

106

Rimasero seduti l'uno di fianco all'altro, con le schiene appoggiate ai cuscini, a fissare la parete di fronte. Dylan odiava la carta da parati di quella stanza ancor più di quella decorata a galletti che c'era prima in cucina. Almeno lì si poteva dire che i galli avessero un certo gusto retrò, ma quelli non erano che orribili fiori marroncini privi di significato. Si chiese se fosse stato il prozio di Chris a scegliere quella fantasia, e perché l'avesse fatto.

"Tu sai già che sono solo un campagnolo ignorante," disse piano Chris. "Il tipo di persona che piscia fuori dal suo portico. Non ho nemmeno finito il liceo. Per un po' ho pensato di prendere il diploma per corrispondenza, ma in fondo non me n'è mai fregato niente. E dopo che quegli stronzi mi hanno assalito in quella taverna, hai saputo anche... quello che facevo un tempo. Sai tutto sulla mia famiglia disastrata e... Insomma, sai tutto di me."

"È vero, e ti ho già detto che mi piaci così come sei. Niente di tutto questo mi disturba, a parte i tuoi pessimi gusti musicali, forse. Ma, davvero, mi va bene praticamente tutto di te."

"Sì, ma non è questo il punto. Ormai mi conosci, sai quello che c'è da sapere su di me. Ma c'è qualcosa... un posto nella tua testa, dove vai sempre a rifugiarti... che io non riesco a raggiungere. Hai qualche grosso segreto e sento che è dannatamente importante, ma non vuoi dirmi di che si tratta."

Dylan s'irrigidì. Voleva dirgli tutto, lo voleva davvero. "Non posso," mormorò.

"Tu non ti fidi di me."

Dylan si girò a guardarlo: Chris continuava a fissare irosamente il muro davanti a sé, con la mascella contratta. "No! Non è questo... Te lo giuro, Chris. Non si tratta di te."

La risata di Chris risuonò priva di allegria. "Non è quello che si dice di solito a una tipa quando vuoi lasciarla? 'Non si tratta di te, ma di me'."

Dylan si sentì stringere lo stomaco ed ebbe improvvisamente un gran freddo. "È questo che stiamo facendo? Ci stiamo lasciando?"

"Non puoi lasciare una persona se non ci stai neanche insieme," rispose Chris. Finalmente girò la testa e lo guardò negli occhi. Sembrava triste, forse dispiaciuto, ma non arrabbiato. "Per me possiamo pure continuare così, Dylan. Posso ancora lavorare e cucinare per te, e possiamo anche scopare quando ci va, perché sono abituato ad accontentarmi di poco. In ogni caso sarà più di quanto abbia mai avuto. Anzi, forse sarà anche meglio, così almeno quando te ne andrai, non mi spezzerai il cuore o altre cazzate simili. Ma..."

"Io non me ne andrò!"

"... Ma tu meriti di meglio, amico. E non lo otterrai mai se continui a restare chiuso in te stesso."

Detto ciò, Chris scostò le coperte e si alzò, dirigendosi in bagno.

QUEL GIORNO lui e Chris avrebbero dovuto lavorare. Secondo i piani di Dylan, una volta finito con la cucina e il bagno al pianterreno avrebbero potuto cominciare la ristrutturazione del bagno padronale. O magari dedicarsi a staccare quell'orrenda carta da parati dalla sua camera da letto.

Dylan però era ancora turbato dalle ultime affermazioni di Chris, oltre ad avercela con sé stesso perché non riusciva a dirgli la verità, e questo lo faceva sentire ancora più inquieto di quanto non fosse normalmente in quel periodo del mese. Disse quindi a Chris che avrebbe dovuto mettersi al lavoro sul progetto Beaverton; tecnicamente non era una bugia, ma poi aggiunse: "E niente cena. Penso che tirerò avanti fino a tardi."

Gli occhi di Chris lo scandagliarono in profondità e, anche se era un uomo adulto – aveva due anni in più di lui, in effetti – e pienamente autosufficiente, per un attimo a Dylan parve smarrito e vulnerabile. Avrebbe tanto voluto stringerlo tra le braccia e dirgli che sarebbe andato tutto bene, ma così facendo gli avrebbe solo raccontato altre bugie.

"Se ti sei rotto le palle di me, allora dillo," sbraitò Chris. "Non nasconderti dietro a queste cazzate da vigliacco, come…"

Come tutti gli altri. Dylan capì che era questo che Chris stava per dire. Non solo quel povero ragazzo era sempre stato abbandonato in vita sua: adesso si era persino innamorato di un mostro.

Gli appoggiò una mano su una guancia. "Non mi sono rotto di te. E per la centesima volta, non vado da nessuna parte."

Vide i lineamenti di Chris distendersi. L'uomo fece un breve cenno di assenso e poi si diresse alla porta; quando uscì, se la sbatté con forza alle spalle.

Dylan rimase lì a fissarla per parecchi minuti, poi tornò in soggiorno, sedette al tavolo da disegno e accese il computer. Quasi sicuramente sarebbe stato licenziato, ma poteva ancora cercare di ottenere qualcosa di concreto da quel progetto. I minuti passarono mentre lo schermo bianco lo fissava quasi minaccioso. Fu distratto dal suono prodotto dalla moltitudine di uccelli che cinguettavano fuori dalla finestra. Dopo un po' si alzò e cominciò a misurare la stanza a lunghi passi. Stender poteva anche pensare che la natura fosse d'ispirazione, ma in quel momento Dylan si sentiva tanto ispirato quanto un pezzo di roccia.

Si fermò in un angolo e diede tre testate consecutive contro il muro, ma neanche quello gli fu d'aiuto.

Forse Stender aveva ragione, o forse ci voleva un cambio di scenario. S'infilò la giacca e poi gli stivali, rimasti lì dove li aveva abbandonati la sera prima, e uscì nel piccolo cortile di casa. Si fermò un attimo a osservare il fienile. Magari avrebbe potuto progettare qualcosa di simile per le clienti, un ambiente con soffitti alti e travi a vista… Ma Beaverton era già zeppa di case così.

Il terreno era ancora fangoso per l'acquazzone della sera precedente, così avanzò sul sentiero con precauzione. Forse, quando le more sarebbero maturate, avrebbe potuto coglierne un cestino e portarle a Kay e pregarla di fargli una torta. In realtà ce n'erano a sufficienza per centinaia di torte, e ne sarebbero rimaste anche dopo che avrebbe potato i cespugli che ingombravano il sentiero.

Vicino al laghetto tutto era incredibilmente verde e lussureggiante. Ebbe la sensazione che, se fosse rimasto immobile abbastanza a lungo, il muschio avrebbe cominciato a ricoprire anche lui. Era il periodo dell'anno in cui sbocciavano nuove piante e nuovi germogli, e Dylan non vedeva l'ora che giungesse per lui il tempo della caccia. I boschi avrebbero brulicato di vita nuova.

Un po' più in là, c'era un albero che la tempesta aveva abbattuto vicino alla riva. Andò a sedersi sul tronco, senza curarsi troppo dell'umidità che sentiva filtrargli attraverso i pantaloni. Le due anatre erano di nuovo lì: scivolavano dolcemente sul pelo dell'acqua, seguite stavolta da una mezza dozzina di batuffoli piumosi. *Prede*, pensò subito una parte della sua mente, mentre un'altra non poté fare a meno di trovare gli anatroccoli adorabili. Sorrise.

Se non poteva ispirarsi al fienile, magari avrebbe potuto realizzare un castello in miniatura. Ci sarebbero stati mattoni a vista – o stucchi, se le clienti volevano risparmiare un po' di soldi – e torri merlate, delle feritoie e un ponte levatoio su un piccolo fossato artificiale. Con cortile incluso, naturalmente, magari con una fontana in cui il cane avrebbe potuto rinfrescarsi, e all'interno travi massicce, archi ricurvi e un enorme camino in cui si sarebbe potuto arrostire un maiale intero. Perfetto per le regine dei futon. Ma anche troppo cliché e infantile per i loro gusti, probabilmente.

Forse il segreto stava nel pensare fuori dal contesto geografico in cui si trovavano. Poteva realizzare un'abitazione tipica di qualche città italiana, ad esempio, oppure ispirarsi alle case di Tokyo, Lima, Lusaka. "Una yurta gigante," disse ad alta voce, perché quando possiedi una dozzina di ettari di terreno puoi anche metterti a parlare da solo senza che nessuno ti senta e ti prenda per matto. "Un trullo, uno yaodong, o un mudhif, oppure un'isba." Forse poteva mettere a frutto i suoi studi in Architettura Comparata. Ma faceva ancora troppo parco a tema, e poi dubitava fortemente che qualsiasi costruttore di Portland avesse esperienza in strutture fatte di canne o sterco di vacca.

Avrebbe potuto ispirarsi a un modello storico. Il Tudor era super inflazionato. E se invece avesse optato per qualcosa di più radicale? Un wigwam. Un tempio greco. Una villa romana. Una piramide. "Perché non una stramaledetta caverna?" gridò frustrato, spaventando le anatre e facendole schiamazzare irritate.

Gli si stava congelando il culo. Scattò in piedi e fissò con rabbia un gruppo di felci, come se fossero responsabili della sua situazione miserabile. Si trascinò di nuovo lungo il sentiero ma, anziché tornare a casa, entrò nel fitto degli abeti, appoggiandosi poi a uno dei tronchi. Inspirò profondamente: gli era sempre piaciuto l'odore resinoso degli alberi sempreverdi, anche quando era stato un normale essere umano.

Trovava quella parte della proprietà leggermente inquietante, ma di un certo fascino. Era come un sistema entropico: gli ordinati filari di abeti impiantati dall'uomo avevano lasciato il posto al sottobosco ed erano caduti, quelli rimasti si erano sviluppati troppo in altezza per essere convertiti in alberi di Natale. Dylan si chiese se rimpiangessero l'occasione mancata di decorare una casa, anche se solo per breve tempo, o se invece si beassero di quella libertà, come un animale che riesce miracolosamente a sfuggire al macello. Forse un po' di entrambe le cose.

Quella linea di pensiero, in qualche modo, lo condusse a Chris: anche in lui c'era un misto di selvatico e addomesticato. 'Selvaggio', era la scritta che si leggeva sulla gamba dell'uomo che era solito praticare pompini a uomini etero in squallidi locali di campagna, che fino a poche settimane prima aveva vissuto alla giornata in una casa scadente e che trovava molto più comodo pisciare dal portico invece che nel cesso di casa sua; ma Chris era anche un uomo che sapeva cucinare da Dio, che s'intendeva di edilizia e motori, che leggeva Kurt Vonnegut e che aveva paura che l'uomo che amava potesse lasciarlo.

Dylan alzò gli occhi su quel soffitto traforato color verde cupo. Quel mix gli piaceva: era una giusta combinazione di caos controllato, di ordine 'disordinato'. Era mondano ed esotico, prudente e avventato, domestico e selvaggio. Non era costretto a scegliere l'uno o l'altro estremo: poteva optare per una sorta di equilibrio tra podere incolto e casa ristrutturata. Una scelta che avrebbe potuto compiere anche per sé stesso. Poteva essere un buon architetto, un fratello premuroso, un tenero amante, un uomo che pianificava il proprio futuro e si preparava per i tempi di magra; ma poteva anche essere il lupo che correva e cacciava nella foresta, che si assumeva i suoi rischi e dava sempre una possibilità a tutto, anche se probabilmente non avrebbe funzionato.

La potenza di quella rivelazione lo stordì; fece scorrere distrattamente le dita sulla corteccia dell'albero mentre il suo cervello fu attraversato dall'immagine di una casa. Era così dettagliata che pareva che qualcuno ci avesse lavorato per delle settimane, curandone ogni più piccolo dettaglio, fino a che il telo bianco non era stato strappato via di colpo rivelando l'opera compiuta. Era una casa strana, diversa da qualsiasi altra lui avesse mai visto.

Lanciò un urlo di gioia e tornò indietro di corsa: era tempo di buttare giù un po' di progetti.

DYLAN NON riusciva mai a stabilire con certezza il momento in cui l'agonia della trasformazione diventava ebbrezza e senso di potere. Quella sera aprì la porta sul retro spingendola col muso e rivolse un sorriso lupesco al cielo sgombro di nubi; la luna parve sorridergli di rimando, come se fosse complice della sua gioia.

La foresta lo aspettava con le verdi braccia spalancate, ma prima si diresse verso i pioppi. La luce incerta del televisore filtrava attraverso la finestra della casetta e udì i chiari suoni di uno di quei film polizieschi che a Chris piacevano tanto: stridore di ruote e sirene a tutto spiano. Come uomo, Dylan poteva anche nutrire sentimenti contrastanti riguardo alla sua relazione con Chris; ma come lupo, la sua lealtà era indiscussa. Trotterellò intorno ai bordi della piccola casa, sempre rimanendo nell'ombra. Annusò dappertutto e, quando fu certo che non ci fossero minacce in agguato, orinò in punti strategici. Solo dopo aver soddisfatto completamente l'esigenza di manifestare la sua presenza fece dietrofront verso gli alberi, imboccando il sentiero che conduceva al laghetto.

Sentiva la presenza delle anatre – anche se erano a parecchi metri di distanza – ma quella sera era a caccia di prede diverse. Corse fino a ritrovarsi nel punto più profondo della foresta, dove si fermò per annusare le varie piste odorose. Il bosco era l'equivalente olfattivo di un arazzo molto complesso, con parecchi strati e sfumature. Riusciva a stabilire con certezza pressoché assoluta quali creature fossero passate di lì e quando, se erano giovani o vecchie, maschi o femmine, sane o malate, se erano state inseguite da qualche altro predatore o se si trovavano nella stagione degli accoppiamenti.

Un odore in particolare catturò la sua attenzione: sangue. Si leccò le fauci e si affrettò in direzione ovest, giù lungo un piccolo canale e poi su per una ripida salita, fino a raggiungere una radura dove l'odore era ancora più forte. Tese le orecchie e captò un lieve fruscio di foglie. Avanzando lentamente, un passo alla volta, si appiattì al terreno e si fece strada verso la fonte del rumore.

Aveva quasi raggiunto l'obiettivo quando scorse l'animale, che era paralizzato dalla paura. Si trattava di un giovane cerbiatto, fin troppo giovane per essere già autonomo. Doveva essere stato separato dalla madre, o forse lei era morta. Una delle sue zampe sembrava gravemente ferita. Dylan avrebbe potuto spiccare un balzo e ghermirlo subito, invece preferì avvicinarsi ancora un po'; la creatura lo fissava, il petto ansimante.

Il cerbiatto sarebbe morto presto, di fame, d'infezione o vittima di qualche altro predatore. In un certo senso quella che Dylan gli stava offrendo era la fine più dignitosa possibile, e in qualche modo l'animale sembrò capirlo, perché il suo respiro rallentò e i suoi occhi dolci parvero quasi dare il benvenuto al lupo.

Dylan si avventò su di lui. Gli spezzò il collo in modo rapido e netto e il cerbiatto si agitò solo un paio di volte, prima di morire e permettergli di banchettare con le sue tenere e tiepide carni.

Non era una grossa preda – anche se difficilmente un lupo solo avrebbe potuto fare di più – ma era stata di suo gradimento. Quando ebbe finito, Dylan si leccò via il sangue dal muso e gettò indietro la testa, ululando al cielo la sua vittoria.

CAPITOLO 17

ERANO PASSATE due settimane dalla notte di luna piena e Dylan si svegliò da solo nel suo letto. Solitamente Chris si fermava a dormire da lui ogni tre o quattro notti – se lo facesse perché aveva paura di abituarsi troppo o per altri motivi, non lo sapeva. Quando aprì gli occhi si ritrovò ad annusare l'aria e sorrise tutto contento, perché riconobbe l'aroma delizioso del bacon che sfrigolava e quello del caffè caldo. Si alzò dal letto, raccolse alcuni vestiti a caso e corse di sotto.

Chris era ai fornelli con la schiena rivolta alla porta: canticchiava tra sé e trafficava con le padelle.

"Aspetti un reggimento per colazione?" gli chiese Dylan.

Chris si girò e i suoi occhi si spalancarono alla vista del suo corpo nudo. "Questo sì che è un bel modo di cominciare la giornata," rispose con un gran sorriso.

Dylan entrò in cucina e gli depose un bacio schioccante su una guancia, mentre con una mano scendeva a pizzicargli il sedere. "Vado a fare una doccia."

"Allora metto tutto in caldo per dopo."

Sorridendo, Dylan si diresse in bagno. Lui e Chris avevano cominciato a lavorare al bagno padronale, ma stavano aspettando il carico speciale di piastrelle che Dylan aveva ordinato; fino ad allora, era costretto a lavarsi e radersi al piano di sotto. Dato che le temperature si erano alzate non era una cosa troppo spiacevole, ma comunque non vedeva l'ora che il bagno principale fosse terminato per poter installare finalmente un box doccia abbastanza grande per due persone.

Non impiegava mai molto tempo per fare toeletta, ma quel mattino dedicò una cura particolare alla rasatura del pizzetto, così da apparire il più presentabile possibile; e a giudicare dal sorriso di approvazione che gli rivolse Chris quando rientrò in cucina, doveva esserci riuscito. "È un peccato riservare tutta questa carica sexy a un paio di lesbiche," gli disse Chris, ammonticchiando delle fette di bacon su un piatto già colmo di uova strapazzate. "Se ti presenti così al lavoro per una coppia di ragazzi gay, scommetto che gli andrebbe bene qualsiasi cosa, perfino un canile."

Dylan prese il piatto. "Beh, grazie per la fiducia."

Si sedettero l'uno di fronte all'altro al tavolo di quercia che aveva comprato. Chris si servì del bacon con le dita, succhiandole poi per togliere l'unto, gesto che Dylan trovò estremamente eccitante; lui invece preferì le posate. Finita la colazione, mise i piatti nella lavastoviglie mentre Chris riempiva un thermos di caffè, aggiungendovi diversi cucchiaini di zucchero. "In bocca al lupo," gli disse quindi, porgendoglielo.

Dylan fece una smorfia. "Non è questo che noi architetti diciamo in questi casi."

112

"E cosa dite, allora?"

"Vediamo... Per prima cosa direi che dovresti dare all'architetto un grosso bacio."

"Beh, non mi sognerei mai di rompere la tradizione," bisbigliò Chris, circondandogli le spalle con le braccia e unendo le labbra alle sue. Aveva un buonissimo sapore e, per un attimo, Dylan fu tentato di mandare tutto al diavolo e restare a casa con lui per una bella, lunga scopata; poi però Chris lo spinse via, con una pacca decisa sul sedere. "Stendili tutti, amico."

Mentre guidava verso la città, Dylan accese l'autoradio: sentiva addosso una calma quasi innaturale, forse perché aveva già stabilito come comportarsi. Dopo che le clienti avessero respinto le sue proposte, avrebbe dato le dimissioni, sarebbe tornato a casa da Chris e l'avrebbe scopato fino allo stremo delle forze, poi avrebbe trovato un altro modo per tirare avanti. Poteva sempre aiutarlo in uno dei suoi lavori sporadici. Ripristinare la piantagione di alberi di Natale, mettere su un allevamento di polli ruspanti. Darsi alla coltivazione dell'orzo e del luppolo e imparare a fare la birra. Poteva darsi alla pasticceria, prendendo spunto dalle ricette di Kay, e convertire la proprietà in una fabbrica di torte alle more. Aprire un gay club – il primo in tutta la contea, con ogni probabilità – dove lui e Chris avrebbero potuto esibirsi come ballerini. Farsi crescere i capelli e coprirsi di pelli di animale e vivere di caccia e pesca.

Cazzo, qualcosa gli sarebbe pur venuto in mente.

Il traffico e la vivacità della città gli sembrarono in qualche modo concetti sconosciuti, ormai lontani dal suo nuovo stile di vita: tutte quelle persone che trascorrevano le loro esistenze affannandosi tutto il giorno a correre di qua e di là. Al semaforo si mise a osservare alcuni pedoni e un gruppo di motociclisti, e si chiese quali segreti nascondessero: magari anche qualcuno di loro era un licantropo.

Quando giunse al parcheggio, non poté fare a meno di guardarsi intorno nervosamente; ma non c'erano tracce di Andy, e la cosa più inquietante che scorse fu una Buick con un adesivo di Sarah Palin sul retro.

Non appena entrò in ufficio, Matty gli sorrise nervosamente. "Dylan, era ora! Su, fammi vedere il progetto."

Ma lui si strinse al petto il laptop con fare protettivo. "Lo vedrai quando lo vedranno tutti gli altri, Matt." La ragazza mise il broncio e lui le poggiò una mano sulla spalla per consolarla. "Non te la prendere. È che non l'ha visto ancora nessuno, a parte me. Voglio mostrarvelo nello stesso momento e..." *E scappare via a gambe levate.* "... e vedere quali saranno le reazioni."

Matty non sembrò ammorbidirsi, ma Dylan non si lasciò intenerire. Non l'aveva mostrato neanche a Chris e lui l'aveva supplicato a lungo, gli aveva perfino promesso il pompino più spettacolare della sua vita. Attese, mentre Matty si accigliava ancora di più; alla fine però la ragazza scrollò le spalle. "E va bene. Ma sarà meglio che sia davvero buono."

Era ancora calmo. E la cosa lo faceva sentire alquanto euforico.

113

Fu il primo a entrare nella sala conferenze e andò subito a sedersi, piazzando il portatile chiuso davanti a lui sul tavolo; poi entrò anche Matty, che gli si sedette vicino scoccandogli un'occhiataccia. Non parlarono. Matty si fissò le unghie verniciate di blu elettrico e lui pensò agli occhi di Chris, a quanto fosse piacevole sentirsi mordicchiare i lobi delle orecchie da lui.

Stender e le clienti entrarono chiacchierando tra loro di una certa mostra d'arte. Dylan si alzò in piedi e strinse la mano a Proserpina e a Cassidy. Il suo capo sorrideva serenamente, come se riponesse in lui tutta la fiducia del mondo. Tutti si sedettero e si scambiarono convenevoli per un paio di minuti; dopodiché scese il silenzio e gli occhi dei presenti si fissarono su di lui, carichi di aspettativa.

Con un sorriso, Dylan aprì il computer.

"Stavolta vi mostrerò... qualcosa di un po' diverso," disse.

Le clienti sorrisero simultaneamente. "Perfetto!" esclamò Cassidy. "Era proprio quello che speravamo."

Aprì il file e girò lo schermo verso di loro. Gli spettatori trattennero il fiato rumorosamente – perfino Stender – e Matty emise una specie di gorgoglio strozzato, prima di girare precipitosamente intorno al tavolo per vedere meglio. "Cos'è questo?" sbottò.

Senza scomporsi, Dylan sorrise. "Qualcosa per cui probabilmente sarei stato buttato fuori dalla scuola di architettura," rispose, appoggiandosi allo schienale della poltrona e incrociando le dita in grembo, "ma credo sia proprio ciò che le nostre clienti desiderano."

Ci vollero diversi secondi, ma alla fine Stender riuscì a riprendere il controllo di sé. "Dylan, vorresti spiegarci cosa stiamo guardando?"

"Certamente. Questa è una sintesi. Vedete, mi sono messo a pensare alle periferie come Beaverton e al loro significato. Al significato di queste strade. È una sorta di transizione, un trovarsi sia di qua che di là. Immagino che un tempo qui ci fossero foreste che poi sono diventate campi coltivati e che alla fine sono stati trasformati in un sobborgo densamente popolato di persone che perlopiù lavorano in città. Ed è lo stesso per le persone: molti provengono da altri posti, altri ancora avranno dei figli e se ne andranno perché avranno bisogno di più spazio, o magari otterranno un trasferimento lavorativo e dovranno trasferirsi da un'altra parte. Ma pur restando in periferia, queste persone si muovono tutto il giorno, vanno al lavoro, fanno commissioni, portano i figli all'allenamento di calcio o dal dentista. Come ho detto prima, è un luogo in transizione e *di* transizione."

Mentre parlava, i presenti annuivano. Magari stavano seguendo il suo discorso, ma ciò non voleva dire che gradissero il suo progetto. A lui però non importava. Si sentiva molto più sicuro di sé e più potente di quanto non si fosse mai sentito – eccetto quando diventava un lupo. Il lupo cacciava; l'uomo progettava case iconoclastiche, specchio della vita moderna. Beh, almeno *una* casa, poco ma sicuro.

"Questo ambiente rispecchia le influenze della storia e dello stile di vita della periferia. Credo che, guardandole una per una con attenzione, si riescano a

114

distinguere le varie componenti, ma io le ho messe insieme come nessuno aveva mai fatto prima d'ora."

Stender si sporse in avanti e fissò lo schermo del laptop. Tentennava leggermente la testa, come se si sforzasse di capire, ma senza riuscirci del tutto. "Mi sembra di vedere... parti di una baita di montagna," disse alla fine, un po' incerto.

Dylan sorrise. "Esatto. Si vedono i tronchi e i blocchi di granito. Non si tratta di vero legno ma di cemento trattato, come nell'hotel Ahwahnee dello Yosemite National Park."

"Di certo però non assomiglia allo Yosemite," disse Cassidy, puntando un dito verso una torre che sporgeva dall'ala ovest.

"Quella è composta di vetro e metallo. Ho adattato elementi neomoderni e funzionali lì e in tutta la casa. Un po' Mies van der Rohe, un po' Renzo Piano."

"Mi ricorda un po' i grattacieli che si vedono a Vancouver," osservò Proserpina.

Dylan le sorrise. "C'è un po' anche di quelli."

"Io adoro Vancouver," replicò la donna, restituendogli il sorriso.

"E in questo ampio porticato, vedete quelle piccole volute, qui e qui? Le ho prese direttamente dalla mia fattoria. Naturalmente non voglio creare una sorta di Frankenstein – come potete vedere tutte le componenti si alternano sulla facciata con un andamento del tutto nuovo e, spero, armonico."

Aspettò alcuni minuti perché tutti potessero avere una visione d'insieme del portico. Poi cliccò su altri file esterni, aprendo quelli riguardanti il giardino sulla terrazza con ringhiere in acciaio, il cortile pieno di abeti, la cuccia per il cane – che aveva progettato come un piccolo fienile minimalista, col tetto in metallo verde e un pavimento di ghiaia ed erba.

"Ora vediamo gli interni," disse. "Abbiamo quattro camere da letto con pareti scorrevoli, così che, volendo, potrete ritirarle e ottenere due o tre stanze più spaziose. Lo stesso vale per la parete divisoria tra la cucina e il soggiorno, con la differenza che è a soffietto invece che scorrevole. Basta aprirla se desiderate un ambiente unico, e richiuderla se non volete che i vostri ospiti vedano che la cucina è in disordine. Le porte sono in legno riciclato da un vecchio fienile e acciaio inox."

C'erano molte altre cose da vedere: l'atrio, i caminetti in pietra con coperture di vetro riciclato, il sistema di riscaldamento a pannelli solari, il locale lavanderia con pavimento in cotto e scaffalature metalliche, lo spogliatoio dove un albero – completo di rami– veniva usato come appendiabiti, i bagni con vasche di ghisa e controsoffitti in cemento. Alla fine, Dylan aprì il file riassuntivo con i prospetti delle spese e del risparmio energetico. "Intendiamo usare perlopiù materiali riciclati, e la casa sarà pienamente autosufficiente."

Seguì un lungo silenzio. Dylan non avrebbe saputo dire se il suo pubblico fosse sbalordito, soddisfatto o sgomento; fino a che Proserpina balzò in piedi, girò intorno al tavolo e corse da lui, buttandogli le braccia al collo. Era alta poco più di un metro e mezzo, quindi non dovette quasi chinarsi, e pesava forse una quarantina di chili, ma aveva una stretta ferrea. Profumava di menta e mele. "È la casa più

115

bella che abbia mai visto!" gli urlò nelle orecchie. "Meglio di quanto potessimo sognare!"

Si scostò da lui e Dylan lanciò un'occhiata agli altri: Cassidy era raggiante, Stender aveva l'aria di un papà orgoglioso e Matty lo fissava con un sorriso che le andava da un orecchio all'altro. Fece un respiro profondo. "Io e Matty possiamo buttare giù un primo prospetto dei costi, ma…"

"Non importa," lo interruppe Proserpina. "La vogliamo, a qualunque prezzo."

Cassidy annuì con entusiasmo. "È vero. Se è questo che ci stai proponendo, allora ci stiamo assolutamente. Pina, scommetto che possiamo contare su Davy e Nyx per l'arredamento." Guardò Dylan. "Di solito si occupano di disegnare i nostri futon, ma credo che saranno entusiasti di provare qualcosa di nuovo. Qualche cosa di…"

"… Selvaggio?" finì Dylan per lei.

"Esattamente!"

Ci furono altri abbracci ed energiche strette di mano da parte di Stender, che gli chiese di aspettarlo nel suo ufficio mentre lui finiva di discutere alcuni dettagli con le clienti. Non appena Dylan uscì, Matty gli si appese al braccio. "Chi l'avrebbe mai detto che eri un dannato genio?!"

"Io," le rispose con un ghigno.

"Ma come hai fatto? Dove hai trovato l'ispirazione?"

Dylan si strinse nelle spalle. "Mi è bastato trovare la fonte giusta."

Matty incrociò le braccia sul petto e lo fissò. "Non è che ti sei dato alla coltivazione di ortaggi speciali, eh, Dyl?"

Lui si finse offeso. "Credi davvero che abbia bisogno di ricorrere alla farmaceutica per essere creativo?"

"No. Ma questo è molto più che essere creativi. Questo è… brillante, Dyl, davvero. E io che credevo che fossi troppo prudente per essere anche brillante. Cos'è cambiato?"

Non poteva rispondere chiaro e tondo a quella domanda, così tornò a stringersi nelle spalle; allora Matty sgranò gli occhi e sulle sue labbra spuntò un sorriso astuto. "Hai trovato la musa ispiratrice, vero?" Gli diede un pugno leggero sul braccio. "Chi è, come si chiama? E come diavolo hai fatto a trovare un uomo nel fitto di una foresta?"

"Si chiama Bigfoot, Matt. Proprio così. Sto avendo una torrida storia con Bigfoot."

Lei gli mostrò la lingua e Dylan scoppiò a ridere. Gli diede un altro cazzotto – un po' più forte, stavolta – e poi lo strinse in un rapido abbraccio. "Sarà divertente lavorare a tutti quei dettagli," disse. "E alla fine scoprirò tutto anche sul tuo Uomo del Mistero, non dubitare."

Dylan sperò di riuscire a mantenere un sorriso enigmatico. Davanti all'ufficio di Stender si separò da Matty, salutandola con una mano, ed entrò. Sedette in una delle sedie di plastica e guardò il vaso di vetro sulla scrivania contenente canne di bambù arricciolate. Cercò di dare un nome all'emozione che provava. Non era sollievo, perché a essere sincero non era mai stato granché preoccupato dell'esito della presentazione: era preparato a un eventuale rifiuto e, anche se era felice di essere riuscito a conservare il posto, sarebbe andata bene anche in caso contrario. Si sentiva un po' orgoglioso, forse, ma il progetto gli era venuto in maniera così naturale che era quasi come se non avesse fatto proprio niente. Adesso capiva perché gli antichi greci credevano nelle Muse: era come se una qualche creatura celeste e benevola gli avesse servito l'idea su un piatto d'argento. Il progetto stesso aveva preso forma tutto in una volta, e lui non si sentiva né trionfante né particolarmente compiaciuto.

Forse, pensò, era semplice gioia di aver ottenuto quello che voleva senza dover scendere a compromessi con niente e nessuno, senza limiti di tempo né pericoli.

Stender entrò in ufficio circa dieci minuti dopo. Sedette alla scrivania, congiunse le mani e sorrise, come un monaco che ha finalmente raggiunto il Nirvana. "Vinceremo un sacco di premi con questo progetto, Dylan. Tu ti farai un nome, e altri studi molto più prestigiosi di questo ti vorranno con loro."

Quella possibilità non gli aveva mai attraversato la mente. "Allora respingerò le loro offerte. Sono contento di lavorare qui, e lo sarò fino a quando potrò lavorare dalla mia fattoria."

"Sono lieto di sentirtelo dire, e posso ormai stabilire con certezza che il lavoro a distanza è un'operazione di successo. Ma se questo progetto andrà bene come spero, riceverai un consistente bonus dallo studio." Ridacchiò. "E volendo, potrai comprarti altri ettari di terreno."

"Sono solo felice che le clienti siano rimaste soddisfatte."

"Ah, più che soddisfatte: credo siano pronte ad adottarti. Aspettati di essere sommerso da richieste anche da parte dei loro amici. Credi di riuscire a sbalordire anche loro?"

Dylan sorrise. "Sì, credo di sì."

CAPITOLO 18

C'ERA PARECCHIO traffico sulla via del ritorno, ma Dylan quasi non se ne accorse. Fu un miracolo che non seguì lo stesso destino dei suoi genitori, morti dentro un mucchio di lamiere accartocciate; ma si sentiva la testa tra le nuvole, era inebriato dalla consapevolezza del successo, di aver rischiato e averla spuntata contro tutto e tutti. Era stato onesto con Stender: non voleva lavorare per uno studio più prestigioso, e anche se uno stipendio più corposo gli avrebbe fatto comodo, sarebbe stato solo la ciliegina sulla torta. La cosa più importante era che tutti fossero fieri di lui, compreso lui stesso, e che finalmente era riuscito a dare una svolta alla sua vita. La sua nuova casa cominciava a prendere forma, come una farfalla che esce dal bozzolo. Il lupo era soddisfatto… e poi c'era Chris.

Dylan rifiutò di ammettere che un'ombra gravava ancora sulla sua vita, forse la più ignobile: il segreto che continuava a tenere nascosto all'uomo cui si sentiva ogni giorno più legato. Avrebbe potuto continuare così per molto tempo: in fondo si trattava solo di una volta ogni ventotto giorni. E poi, probabilmente Chris si sarebbe stufato di lui e delle sue manie – come il russare e l'eccessiva pignoleria riguardo le faccende di casa – molto prima di scoprire che era una creatura sovrannaturale.

Annusò il benvenuto di Chris prima ancora di aprire la porta: carne arrosto che gli fece brontolare sonoramente lo stomaco, patate, forse, e molti altri aromi squisiti. Scivolò in casa senza fare il minimo rumore, per non farsi sentire da lui che, comunque, anche volendo non avrebbe potuto, occupato com'era a trafficare tra i fornelli e a cantare, stonatissimo, *Honky Tonk Women*. Dylan rimase a osservarlo per alcuni istanti, pensando che una vera cucina non era composta da bei mobili o piastrelle costose, ma dal buon cibo preparato dalla persona amata.

Chris dovette avvertire la sua presenza, perché smise di cantare e si girò, col cucchiaio di legno stretto in mano. "Che fai, ti diverti a strisciare alle spalle della gente?"

"Solo alle tue."

"Com'è andata?"

Dylan entrò e chiuse la porta; poggiò la borsa con il computer sul tavolo e cercò di assumere un'espressione neutrale. "La cena è di festeggiamento o di conforto?"

"Tutte e due, ma preferirei la prima che hai detto."

"Cos'abbiamo?"

"Roast-beef. Erano anni che non lo facevo perché costa un occhio della testa e ho dovuto guidare fino a Gaston, da un tizio che conosco e che fa il macellaio. Le bestie le alleva lui, niente ormoni né altre porcherie simili. Ci ho messo anche delle patate, e poi ci sono spaghetti con un sugo di verdure, che scommetto ti piacerà. Ho

118

preparato persino una torta come dessert. E se non mi racconti subito come cacchio è andata, giuro che ti spedisco a letto senza cena."

Finalmente Dylan si concesse un sorriso: era una sensazione paradisiaca. "Alle clienti è piaciuto."

"Evvai!" urlò Chris, così forte da fargli quasi male alle orecchie. Lanciò il cucchiaio nel lavandino, che atterrò con fragore, e si gettò tra le sue braccia spalancate: le loro bocche si unirono e le lingue iniziarono a danzare insieme. Chris doveva aver assaggiato i cibi mentre cucinava, perché aveva un sapore fantastico. Si aggrappò alle sue spalle così forte che Dylan fu certo gli avesse lasciato il segno. Non riuscì a cogliere l'intensità di quel momento finché non si separarono – i respiri leggermente affannosi – e Chris sussurrò: "Quindi, questo significa che rimani?"

Dylan lo abbracciò ancora più stretto. "Te lo dicevo che non sarei andato da nessuna parte."

Chris emise un verso che sembrava quasi un singhiozzo, ma i suoi occhi blu rimasero asciutti e limpidi, il sorriso intatto. "Alleluia, cazzo. Adesso me lo fai vedere questo progetto?"

"Dopo cena."

Chris lo pungolò allo stomaco. "Adesso. Muoio dalla voglia di sapere di che si tratta."

Così Dylan aprì il laptop e cliccò di nuovo sulle immagini, e fece a Chris praticamente lo stesso discorso fatto al lavoro; Chris annuì lentamente per tutto il tempo. Alla fine, lo fissò con gli occhi spalancati per la meraviglia. "Porca vacca. E l'hai fatto tu?"

"Beh, in realtà ancora no. Per adesso è tutto allo stato embrionale, io e Matty dovremo lavorare parecchio su un sacco di dettagli, perciò…"

"Ma sei stato tu, sei tu che hai creato tutto questo. Dio santo, Dyl." Il suo tono di voce era adorabile, quasi come quello di un uomo che ha appena ricevuto il pompino migliore della sua vita, e questo pensiero fece eccitare Dylan immediatamente.

"Quanto manca alla cena?" gli chiese.

Ma Chris dovette leggergli nel pensiero, perché ghignò maliziosamente. "Non ci pensare nemmeno. Non ho intenzione di lasciar freddare quaranta bigliettoni di ottima carne solo perché tu non ti sai controllare. Chiama Rick e Kay e digli che non sei stato licenziato; questo…" e gli strizzò il pacco attraverso i pantaloni, facendolo gemere, "… può aspettare."

Dylan fece come gli era stato ordinato, anche se prima salì al piano di sopra per cambiarsi. Il fratello e la cognata furono molto felici per lui e nonostante Dylan non avesse ancora ammesso con loro che tra lui e Chris c'era qualcosa, Kay gli chiese con una risatina se Chris si fosse già *congratulato* con lui.

Dylan cercò di protestare. "Kay, guarda che noi non…"

"Oh, insomma: o ammettete di essere pazzi l'uno dell'altro, o vengo io lì e te lo chiedo davanti a lui."

Era capacissima di farlo. E nonostante si trovasse a quasi un centinaio di chilometri di distanza e Chris fosse al piano di sotto, fuori portata d'orecchio, Dylan divenne rosso come un pomodoro. "Penso... Mi sa che mi sono innamorato," bisbigliò nella cornetta.

Di solito Kay non era il tipo da gridolini, ma si lasciò andare a tutta una serie di versi gioiosi. "Ne ero sicura! E lui lo sa?"

"Kay... Non è che ci scriviamo sonetti o corriamo verso il tramonto spargendo petali di rose e tenendoci per mano."

"Solo perché avete il cromosoma Y non significa che non possiate parlare dei vostri sentimenti, Dylan! Non ti cascherà il pisello se lo fai, stai sereno."

"È che..." Sospirò. "Diciamo che lui sa che non mi dispiace averlo intorno."

"Ma che romantico! Tale e quale a tuo fratello. Lo sai cosa mi ha regalato per il nostro ultimo anniversario? Un arrota-coltelli."

Dylan ghignò. "Avrà pensato che avessi perso la tua lingua affilata."

"Ah, ah, che risate. Allora, gli hai parlato del tuo piccolo segreto mensile?"

Non le rispose, e Kay sbuffò esasperata. "Dylan!"

"Non posso! Io non... non voglio rovinare tutto."

"E secondo te avere un segreto del genere è un buon modo di cominciare una relazione?"

Dylan sedette sul letto, ancora disfatto da quella mattina. "È proprio questo il punto. Non puoi dire a una persona che sei un lupo mannaro prima di finirci a letto insieme, perché la faresti scappare; e non puoi dirglielo dopo, perché s'incazzerebbe con te per non averglielo detto prima."

"Te l'ho già detto: se davvero ci tiene a te, saprà accettarlo," rispose Kay con dolcezza. "Ma più glielo tieni nascosto, più penoso sarà dirglielo."

Dylan fissò il pavimento con le sopracciglia aggrottate; Kay aveva ragione, naturalmente.

Dopo alcuni secondi di silenzio, la donna sospirò di nuovo. "Mi dispiace, Dyl. Non avrei voluto buttarti giù proprio in un giorno così importante per te. Perché non riagganci il telefono e non vai a festeggiare con il tuo ragazzo?"

Dylan dovette sorridere e si rammentò di quella volta in cui aveva preso in prestito un DVD di Rick e Kay: entrando nella loro camera da letto, aveva notato sulla piccola libreria accanto al comodino di Kay un bell'assortimento di storie d'amore gay. Avrebbe dovuto capirlo subito che era finito in un mare di guai.

Conclusa la chiamata, tornò di sotto, dove c'era un profumo ancora migliore e la tavola era apparecchiata a puntino. "Non farti strane idee," lo ammonì Chris, scodellando la pasta. "Non ho intenzione di indossare grembiulini ricamati o di aspettarti sulla porta con un cocktail in mano."

Dylan gli si avvicinò e gli diede una buona strizzata al sedere. "Peccato. Scommetto che staresti benissimo con indosso un grembiule e niente sotto." Schivò il suo goffo manrovescio con un ghigno e sedettero a tavola.

La cena fu deliziosa. Forse la migliore che avessero mai mangiato. La carne era cotta alla perfezione e si scioglieva in bocca, la pasta alle verdure aveva il sapore della primavera e dopo che Dylan ebbe divorato una generosa porzione di torta, si sentì tanto pieno da scoppiare. "Altro che cena: questa era un'opera d'arte," sospirò.

Chris abbassò un po' la testa, per non far vedere quanto fosse contento, e una ciocca di capelli scese a nascondergli il viso.

Dylan si occupò di lavare i piatti. Chris disse che potevano anche aspettare, ma lui odiava lasciare la cucina in disordine. Ci volle un po' per mettere via tutti gli avanzi e scrostare piatti e padelle; Chris lo osservò per tutto il tempo, tamburellando le dita sul tavolo con impazienza.

Finalmente, Dylan si asciugò le mani su uno strofinaccio. "Vuoi venire a guardare la tele da me?" gli chiese Chris. Il televisore di Dylan era ancora imballato, anche perché non possedeva ancora né un soggiorno né un mobile su cui collocarlo; magari poteva accordarsi con le regine dei futon e farsi fare uno sconto per un bel divano.

"È stata una giornata lunga. Penso che me ne andrò a letto," rispose Dylan.

"Sono appena le nove, amico."

"Non si dice che i contadini vanno sempre a letto presto e si svegliano al canto del gallo?"

"Già, ma tu non coltivi altro che more ed erbacce."

"E alberi di Natale troppo cresciuti." Dylan attraversò la cucina, fece alzare Chris in piedi e infilò le dita nei passanti dei suoi jeans, agganciando i loro bacini. "Vieni di sopra con me."

Chris gli mordicchiò la cicatrice che aveva sul lobo di un orecchio – si era strappato via l'orecchino la prima notte che era diventato un lupo, e il foro si era richiuso – ma poi si scostò. "Credi proprio che sono un tipo così facile?"

"Credo che se un architetto ottiene un bacio di buona fortuna prima di andare al lavoro, si merita molto di più una volta che quel lavoro gli è andato bene."

Chris finse di rifletterci su, poi annuì. "Mi sembra giusto."

Non attesero di arrivare al piano di sopra per iniziare a spogliarsi. Si tolsero le scarpe scalciando non appena usciti dalla cucina, e per poco non caddero lunghi distesi per le scale mentre cercavano di sfilarsi le t-shirt l'uno con l'altro. La frenesia li rendeva goffi: Dylan inciampò quando i jeans gli si attorcigliarono agli stinchi e dovette aggrapparsi al braccio di Chris per non cadere. Quando finalmente raggiunsero il letto, Chris indossava solo i calzini e aveva un'erezione impressionante. Dylan aveva ancora su i boxer: Chris glieli sfilò con impazienza.

"Che cosa vuoi?" gli chiese poi.

Dylan guardò il suo amante da capo a piedi e non riuscì a rispondergli nulla. Che cosa poteva volere di più? Era come trovarsi davanti a un buffet di cibi deliziosi e dover scegliere il tuo preferito. "Piccante," pensò, accorgendosi subito dopo di averlo detto ad alta voce.

Questo fece inarcare a Chris un sopracciglio. "Quindi non lo sono abbastanza?"

Dylan si mise a ridere e lo agganciò alla vita, portandoselo più vicino. "No, anzi. Lo sei al punto giusto, per me."

"Spiegati meglio." Chris inarcò anche l'altro sopracciglio.

"Mi sa che sono troppo pieno per elaborare altre metafore sul cibo. Sei perfetto così, punto e basta. Sei la mia musa."

"Quindi cosa vuoi, che indossi una di quelle tuniche bianche e quelle coroncine di foglie e mi metta a suonare l'arpa?"

Dylan lo baciò su una guancia facendo scorrere le mani fino al suo sedere nudo. "No, mi vai bene così come sei, grazie. Però mi hai aiutato un sacco con quel progetto, sai?"

"E come?"

"Beh… Hai avuto fiducia in me. E mi hai insegnato che a volte fare qualcosa d'insolito, di fuori dagli schemi… è un'ottima idea."

Chris si dondolò contro il suo bacino e lo baciò su una spalla. "Non ero mai stato la musa di nessuno, prima d'ora."

"E allora sappi che sei una musa dannatamente in gamba." Dylan cadde in ginocchio, così all'improvviso da farsi quasi male, gli afferrò con forza i fianchi e immerse il naso alla base del suo uccello. "E hai un profumo fantastico."

Anche se Chris avesse voluto rispondergli qualcosa, non ne ebbe la possibilità. Dylan si fece scivolare la punta del suo membro in bocca e prese a succhiare dolcemente; Chris spalancò la bocca e si aggrappò forte ai suoi capelli. Dylan amava il suo sapore almeno quanto il suo odore, quel pizzico di salato che gli ricordava il gusto del sangue, la liscia consistenza della sua pelle sulla lingua. Gli piaceva sapere di essere così vicino al polso femorale di Chris, quasi da poterlo sentire, e saggiare con le mani la compattezza delle sue cosce sode.

Dylan lo prese in bocca un altro po'. Fece scivolare le dita dietro ai testicoli, ad accarezzare la pelle delicata del perineo e stuzzicare la piccola fessura. Chris gemette piano e allargò un po' le gambe, per facilitargli il compito.

Ignorando la propria erezione pulsante, Dylan continuò a muovere la testa su e giù, fermandosi ogni tanto a leccare la grossa vena che correva lungo il membro di Chris o a mordicchiarne il glande, senza smettere di stimolare dolcemente l'interno dell'uomo, anche perché non erano ancora riusciti a recuperare il lubrificante.

Con cautela, quasi non fosse sicuro di come lui avrebbe reagito, Chris spinse leggermente i fianchi in avanti, poi indietro; vedendo che non obiettava, ripeté il movimento. Le sue dita gli artigliavano i capelli, il respiro si era fatto irregolare.

"Dyl…" mormorò Chris con voce roca. Dylan voleva continuare a succhiarlo, ma lui si fece indietro fino a estrarre il pene dalle sue labbra. "Voglio di più," gli disse. Stese una mano per aiutarlo a rimettersi in piedi e si sporse verso il comodino per prendere la bottiglietta, ma Dylan lo bloccò e gli rubò un bacio: le labbra del suo amante sapevano di cannella, zucchero e chiodi di garofano.

Finalmente crollarono sul letto. A volte facevano sesso con una sorta di disperata urgenza, come due adolescenti incapaci di resistere ai primi impulsi della carne; ma stavolta, dissipatasi la foga del primo momento, procedettero con più calma. Dylan aveva imparato a conoscere i punti più sensibili del corpo di Chris, quali dovesse stimolare per farlo godere: non solo le zone più ovvie – anche se stimolarle era sempre appagante – ma anche altre come l'interno dei gomiti, la porzione di pelle dove le gambe si univano al busto, e soprattutto i teneri contorni del collo. Chris gemette piano quando fece scorrere le dita tra i suoi lunghi capelli scuri, e piagnucolò quasi quando gli succhiò le dita forti e callose.

Dylan non aveva mai avuto l'opportunità di studiare il corpo di un'altra persona così profondamente, di raggiungere un'intimità tale da arrivare a conoscere l'altro più di sé stesso. Era una sensazione inebriante, vertiginosa e potente al tempo stesso.

E al tempo stesso, anche Chris studiava lui. Da scolaro diligente, aveva capito che Dylan voleva annusarlo e assaporarlo e gli si offriva volentieri, quasi come un banchetto. Aveva imparato che a lui non dispiaceva mescolare un po' di dolore al piacere – niente di che, un morso leggero qui, un tocco delicato là – il che aggiungeva strati su strati di sensazioni paradisiache, come spezie sull'arrosto. E sapeva quando era il momento di far scivolare il preservativo sul suo pene, quando era il momento di supplicarlo perché soddisfacesse la sua fame.

Si cullarono insieme, strettamente allacciati, gridando ciascuno il nome dell'altro all'unisono quando la loro estasi raggiunse il culmine.

"Resta qui stanotte," bisbigliò Dylan mezzo assonnato, quando tutto fu finito. Erano ancora stretti l'uno all'altro, troppo sfiniti persino per ripulirsi; poi ricordò ciò che gli aveva detto Kay quella sera. Non poteva dire a Chris che cos'era in realtà, non ci riusciva proprio; ma poteva almeno aprirsi riguardo all'unico altro segreto che ancora conservava.

"Ti amo," sussurrò piano, quasi sperando che Chris si fosse già addormentato.

Ma Chris trattenne il respiro e s'irrigidì nel suo abbraccio; anche nell'oscurità, Dylan vide i suoi occhi spalancarsi per lo sbigottimento. Senza osare girare la testa verso di lui, Chris mormorò: "Tu non... non sei costretto a dirlo. Io... Puoi avermi comunque. Non devi fingere..."

"Non sto fingendo."

E allora Chris si girò ed emise un altro di quei versi simili a singhiozzi, prima di afferrarlo per i capelli e avvicinare le loro fronti finché non si toccarono. "Cazzarola," gracchiò, e Dylan sorrise.

CAPITOLO 19

CHRIS TRASCORSE quattro notti di fila nel letto di Dylan. Siccome solitamente si addormentava prima di lui, a Dylan piaceva giacere nell'oscurità e ascoltarlo respirare, seppellire il naso nell'incavo del suo collo e inalare il suo profumo di sesso, sudore, cibo, shampoo e sapone, e anche quello che vi lasciava lui. Soprattutto quello: provava una strana eccitazione al pensiero che Chris aveva addosso il suo odore, quasi come fosse un marchio di appartenenza che chiunque poteva avvertire. Non tutti, ovviamente, o almeno non gli umani, ma lo avvertiva lui e questo gli bastava.

Per quattro notti di fila, Dylan si addormentò osservando il torace di Chris alzarsi e abbassarsi mentre dormiva. Poi si svegliava – aveva sempre avuto il sonno leggero – e si accorgeva che Chris lo toccava nel sonno: una mano casualmente poggiata sul suo stomaco, una coscia che sfiorava la sua, un piede fatto scivolare sulla sua gamba. Chris aveva il sonno pesante, al punto che Dylan poteva scostargli i capelli dal viso o passare un dito sulle sue labbra piene e semiaperte senza che reagisse in alcun modo. Gli piaceva anche questo: lo faceva sentire protettivo nei suoi confronti, benché fosse strano, considerato che in casa sua non c'erano pericoli. A parte lui stesso, ovviamente, un pensiero sul quale comunque non si soffermava mai troppo.

Per quattro mattine di fila Chris si svegliò prima di lui e strisciò sotto le coperte per risvegliarlo adeguatamente – in tutti i sensi. Per Dylan non c'era modo migliore per cominciare la giornata, così come lo stare a letto per riprendersi dallo stordimento del dopo orgasmo e saperlo al piano di sotto a preparare la colazione. Chris naturalmente non si spingeva fino al punto di portargliela a letto – si limitava a gridargli di scendere quando era pronto – ma Dylan si sentiva comunque in paradiso quando entrava in cucina e trovava ad aspettarlo caffè caldo, toast, uova e un ragazzo incredibilmente sexy.

Dopo colazione i due lavoravano per un po' alla casa, che cominciava a prendere sempre più forma. Magari avrebbe potuto invitare Rick e Kay a cena una di quelle sere, se Chris se la sentiva di cucinare per tutti. E magari anche Matty. La ragazza continuava a dirgli che non vedeva l'ora di venirlo a trovare nella sua nuova casa. Dopo essere diventato un licantropo, Dylan si era allontanato da quasi tutti i suoi vecchi amici; anche se adesso non ne aveva che una cerchia molto ristretta, a lui andava bene così. Dal canto suo, Chris non nominava mai alcun amico e lui non voleva fargli pressioni, ma forse prima o poi sarebbe giunto il momento per qualche domanda.

Ogni giorno, Dylan preparava il pranzo per entrambi: se non altro era in grado di improvvisare un panino e delle patatine fritte.

Nel pomeriggio, Chris tornava a casa sua. A volte armeggiava con i suoi macchinari e tornava da lui più tardi, con addosso l'odore dell'olio e del metallo. Altre volte leggeva o guardava la TV. Nel frattempo, Dylan si sentiva con Matty via Skype e si scambiavano e-mail riguardanti il progetto Beaverton. Chris iniziava a preparare la cena che Dylan stava ancora lavorando e ben presto la casa si riempiva di aromi squisiti, sufficienti a distrarlo. Dylan e Matty si aggiornavano all'indomani, lui e Chris mangiavano e al tutto seguivano sesso e TV, oppure TV e sesso, o entrambi in contemporanea. Subito dopo tendevano a coccolarsi un po', anche se Dylan era un po' restio ad ammettere quanto quella parte gli piacesse, e probabilmente anche Chris.

Insomma, era tutto molto più casalingo di quanto Dylan avesse mai immaginato e si sentiva perfettamente felice; ma poi, la mattina del quarto giorno, si svegliò con le ossa doloranti e la pelle formicolante e si ricordò che quella sera ci sarebbe stata la luna piena.

Durante la giornata tentò di comportarsi nel modo più normale possibile, ma Chris continuava a lanciargli occhiate accigliate, cercando di capire che problemi avesse. Fino a quando, mentre installavano un mobile, ciascuno prese una direzione diversa col risultato che una delle assi di legno piombò sul piede di Dylan. "Porca puttana!" sbraitò.

"Si può sapere che diavolo ti prende?" gli chiese Chris.

"Cazzo, mi hai appena fatto cadere addosso mezzo quintale di legno, ecco che mi prende!"

"Non ho fatto cadere proprio niente, amico, e poi porti gli stivali. Quindi piantala di frignare."

Dylan ringhiò frustrato e lasciò la stanza a passi pesanti. Aveva una voglia pazzesca di lanciare qualcosa, di prendere a pugni qualcosa, o di mordere qualcosa; invece andò alla finestra e rimase a fissare accigliato una ghiandaia che strepitava dai rami di un abete vicino.

Cinque minuti più tardi rientrò nella stanza strascicando i piedi. Chris non disse niente e lui riprese semplicemente a lavorare; poco dopo però, le spalle curve, mormorò: "Scusami."

"Ho fatto qualcosa che ti ha fatto incazzare? Se è così farai meglio a dirmelo, perché non posso indovinarlo da solo. Non sono un cervellone come te, ricordi?"

Dylan si girò verso di lui, pensando di trovare sulle sue labbra quel sorriso sghembo oramai così familiare, invece lesse nel suo sguardo una tenerezza simile a quella che aveva visto negli occhi del cerbiatto che aveva ucciso il mese precedente; sospirò e appoggiò una mano sulla sua spalla. "No, tu non hai fatto niente di male. Sono io che..." Chiuse gli occhi per un attimo, poi li riaprì. "Forse ho bisogno di un po' di spazio."

Sentì i muscoli sotto la sua mano irrigidirsi. "Ok. Bene. Ci vediamo." Chris fece per andarsene, ma lui lo afferrò per un braccio.

"Aspetta. Merda, quant'è difficile… Non mi sono mai trovato in una situazione simile, ecco. Sono sempre stato per conto mio, e quando… quando sono di cattivo umore… non voglio che gli altri intorno a me soffrano per questo. Dammi solo un po' di tempo. Per favore. Domani starò meglio, promesso."

Chris gli lanciò una lunga occhiata scettica, ma non cercò di liberare il braccio. Dylan se lo tirò più vicino e baciò la tenera porzione di pelle sotto all'orecchio. "Torna a casa, Chris. Io mi arrangerò per la cena. Tu puoi guardare quello stupido telefilm sugli avvocati – quello che io detesto – e mangiare tutta la carne all'aglio che vuoi. E domani… prometto che mi farò perdonare. C'è una Steak House favolosa in centro, vedrò di prenotare un tavolo per due."

Chris si scostò un po' da lui. "Se vuoi scaricarmi, allora dimmelo in faccia, amico. Non mi va di perdere tempo con questi giochetti del cazzo."

"Accidenti, Chris, ti ho già detto che ti amo. Non l'ho mai detto a nessuno prima d'ora e non ho alcuna intenzione di scaricarti. Concedimi solo questa sera. Per favore."

Chris si scrollò appena e annuì con un cenno del capo. Poi appoggiò per un istante la fronte contro la sua e si sciolse delicatamente dalla sua stretta. "Vado a scolarmi un paio di quelle birre che sei convinto siano troppo scadenti per te."

Dylan sorrise. "Ok. Ci penseremo domani a riportarti sulla retta via."

Lo accompagnò alla porta e lo guardò uscire.

Pensò di dedicarsi ancora un po' al progetto, ma non riuscì a concentrarsi. Percorse la casa in lungo e in largo, rimuginando distrattamente su possibili progetti futuri. La camera da letto gialla sembrava attirarlo come una calamita, perché si ritrovò più volte in piedi davanti alla finestra a guardare verso la proprietà di Chris. I pioppi erano al massimo della fioritura e perciò non riusciva a scorgere che un piccolissimo accenno del portico posteriore, ma sapeva che le lattine e le bottiglie vuote erano ancora allineate là fuori.

Quindici minuti prima del tramonto si spogliò completamente e ripiegò i vestiti, lasciandoli bene in ordine sul letto. Quindi tornò al piano di sotto – adesso tremava un po' – e aprì di qualche centimetro la porta sul retro; da lupo non era in grado di girare una maniglia ed era probabile che, trovandola chiusa, l'avrebbe sfondata.

Dopodiché attese, spostando nervosamente il peso del corpo da un piede all'altro e preparandosi all'inizio delle sue sofferenze. Aveva trascorso l'intero pomeriggio fingendo di non stare pensando a Chris e a come gli avrebbe dato la notizia. Si era immaginato nell'atto di porgergli un collare e chiedergli, 'Come la pensi sui cani? Sei allergico al pelo di qualche animale?', trovando l'idea fattibile. E in quanto al timore di potergli fare del male… Beh, avrebbe dovuto pensarci in un altro momento. Per adesso sperava solo che Chris restasse chiuso in casa, al sicuro, a ingozzarsi di carne all'aglio e a guardare un insulso telefilm su degli avvocati poco credibili che passavano tutto il loro tempo a scopare anziché praticare la legge.

Il dolore lo colpì all'improvviso e crollò per terra. Il tempo di pensare che la prossima volta sarebbe stato meglio trasformarsi in una stanza con la moquette, e poi fu solo agonia.

Però ne valeva la pena; la valeva sempre.

A quattro zampe trotterellò gioiosamente intorno alla casa, avvolto dal manto della notte. L'ispezione nei pressi della casa di Chris durò solo pochi minuti; quando fu certo di aver marcato ben bene il suo territorio corse di nuovo sotto i pioppi, lungo il sentiero e fino al laghetto.

Incontrò di nuovo dei cervi – i boschi ne erano pieni – ma erano troppo forti e in salute per le sue forze, perciò decise a malincuore di lasciarli perdere. Provò una punta di tristezza all'idea di non avere neppure un compagno con cui cacciare; ma i lupi non si soffermavano troppo su ciò che poteva essere ma non era, e subito dopo si rimise in marcia, col naso a terra, in cerca di altri aromi intriganti.

Come l'ultima volta, uccise un coniglio – grasso e con la pancia piena di teneri germogli – e poi un altro roditore. Era troppo piccolo per ricavarne più di un boccone di cibo, ma fu divertente inseguirlo, e appagante sentirlo scricchiolare tra le fauci. Dopo quella preda, fame e urgenza di uccidere si placarono, così trascorse il resto del tempo vagando per la foresta e studiandola come gli umani studiano i libri. Era una gioia balzare e arrampicarsi qua e là senza il minimo sforzo, mettersi a correre a una velocità tale che i tronchi degli alberi intorno a lui sembravano svanire. Annusò tutto, saltò, corse, orinò in giro, e quando trovò qualcosa di morto e dall'odore forte e squisito ci si buttò sopra di schiena, rotolandovi dentro.

Circa due ore prima dell'alba Dylan si rimise a correre in direzione della sua fattoria; avvertiva già l'odore familiare del laghetto quando sentì l'ululato.

Non era il richiamo di un coyote o l'uggiolio supplichevole di qualche cane messo fuori dalla porta di casa: era un lupo, e gli stava lanciando una sfida. Non potevano esserci dubbi sull'identità dello sfidante, né dello sfidato.

Il cuore gli si riempì di rabbia e paura. Corse ancora più veloce, ringhiando impercettibilmente mentre avanzava. Aveva tutti i peli del collo dritti e gli angoli della bocca arricciati a scoprire le lunghe zanne. Irruppe con uno schianto attraverso le felci che costeggiavano il laghetto, spaventando le anatre e facendole schiamazzare irritate, senza curarsene. Giunto sul sentiero, ascoltò l'ululato ripetersi, stavolta più vicino. Molto più vicino: proveniva da subito dietro i pioppi.

Dylan aveva studiato tutto il possibile sui lupi – dopo che lo shock di essersi trasformato in uno di essi era un po' scemato – e aveva appreso che erano in grado di correre a una velocità massima di cinquantacinque chilometri orari; non sapeva se le caratteristiche di un *canis lupus* si applicassero anche al suo caso, ma se non stava correndo a quella velocità, di sicuro ci andava vicino. Le sue zampe toccavano a malapena il terreno, saltava oltre dune e detriti, mentre nel suo campo visivo la casa s'ingrandiva sempre più.

Non appena sbucò fuori dal gruppo dei pioppi, vide che la porta sul retro della casa di Chris era spalancata e la luce dall'interno si riversava sulle colonne di cemento e sulle piccole torri di vetro e alluminio colorate. Nello stesso momento le sue narici furono investite dall'odore di un lupo. Ed era un odore più che familiare.

L'ululato si ripeté per la terza volta, adesso tanto vicino da ferire le sue orecchie sensibili. Fu seguito da un tonfo e un urlo. Una voce umana, anch'essa familiare.

Dylan attraversò il portico in un sol balzo e atterrò direttamente dentro la casetta. A circa tre metri di distanza da lui si ergeva un grosso lupo dalla pelliccia color nero fuliggine, in netto contrasto con la sua grigio-fulva. Aveva la testa abbassata minacciosamente, le zanne scoperte, gli occhi gialli brillanti alla luce della plafoniera da quattro soldi che illuminava la stanza. I muscoli tesi, la coda dritta, rispose al suo ringhio: i loro versi rimbalzarono contro le sottili pareti in legno, tanto che la casa parve vibrare dalle fondamenta. Il lupo scuro era leggermente meno alto e meno lungo di Dylan, però era più robusto, e lui sapeva esattamente quali danni quelle zanne affilate fossero capaci di infliggere; li aveva provati sulla sua stessa pelle.

"Oh, merda!" Chris era rannicchiato sul pavimento subito dietro il grosso lupo, intrappolato in un angolo. Dylan non avvertiva odore di sangue, perciò Chris non doveva essere ferito; in compenso però l'odore acre della paura saturava l'ambiente, al punto da stordirlo quasi. L'umano odorava di preda, e Dylan sentì il bisogno di uccidere.

Mosse un passo all'interno, con cautela, e altrettanto fece Andy. Chris pensò di cogliere l'occasione per alzarsi in piedi, ma Andy si girò immediatamente verso di lui e fece scattare le fauci, mancando il suo stomaco per un pelo. "Cazzo!" esclamò Chris, indietreggiando di nuovo fino ad aderire al muro. Stese le mani in fuori, come se in quel modo avesse potuto proteggersi da qualunque assalto, mentre i suoi occhi vagavano disperatamente qua e là alla ricerca di qualcosa con cui difendersi. "Bei cagnolini," mormorò con voce roca. "Belli, stramaledetti, giganteschi lupi." La sua voce s'incrinò un po' sull'ultima parola.

Apparentemente soddisfatto per la resa dell'umano, Andy lo ignorò e tornò a voltarsi verso Dylan. Sollevò la testa e la coda e incatenò gli occhi ai suoi, ringhiando sordamente. Il messaggio era chiaro: *sottomettiti al tuo alfa*.

E per un attimo, Dylan si sentì lacerato. Il lupo apparteneva ad Andy, ma l'uomo apparteneva a Chris. Un lupo non metteva mai in discussione le proprie lealtà; ma come comportarsi quando quelle lealtà andavano in conflitto tra loro? Voleva cacciare, ma voleva anche l'uomo che amava. Si sentiva diviso tra una corsa libera tra i boschi e una notte di passione. E perfino nella sua forma mannara si rendeva conto che non poteva avere entrambe. Non avrebbe mai potuto fare a Chris ciò che Andy aveva fatto a lui; d'altro canto non era disposto a condividere Chris con Andy. Però… Andy era il suo *alfa*, e Dylan sapeva che non si sarebbe mai rassegnato a non averlo nel suo branco.

128

Mentre si dibatteva nell'incertezza, Andy si rilassò leggermente. Chris cercò di oltrepassarlo, volendo forse raggiungere la cucina e il telefono, ma Andy lo intercettò ancora una volta, colpendolo al basso ventre con la sua testa massiccia. Chris cadde a terra con un gemito e Andy gli fu sopra in un lampo, le zampe anteriori puntate sulle spalle, le zanne formidabili a pochi millimetri dalla sua gola delicata. Ma non lo morse – non ancora. Si girò invece e fissò Dylan: con uno scintillio ferino negli occhi, invitò il suo *beta* a unirsi a lui nella mattanza.

E in quel momento l'incertezza di Dylan si dissolse.

Non si prese neanche la briga di ringhiare: scattò semplicemente in avanti con un tale impeto da buttare Andy giù dal corpo di Chris e poi sul tappeto. Ma Andy si rimise subito in piedi, riportando solo il segno dei suoi denti su una spalla. Partì immediatamente all'attacco, mirando alla gola.

Dylan urlò quando le zanne gli penetrarono nella pelle, ma il suo fu un urlo più di rabbia che di dolore. Nella sua mente qualunque pensiero umano si dissolse. Adesso in lui c'era solo l'animale, un animale che sapeva perfettamente cosa c'era in ballo, qualcosa che nessun essere umano aveva più conosciuto da migliaia di anni: conquistare o essere sconfitto, dominare o essere dominato, uccidere o essere ucciso.

E Dylan voleva uccidere.

Ringhi e altri versi animaleschi proruppero nella piccola stanza mentre i due lupi si scagliavano l'uno contro l'altro. Il tavolino di vetro andò in frantumi, il divano fu rovesciato, ci fu lo schianto di vetri rotti e il tonfo di libri che cadevano a terra. Dylan si dimenticò rapidamente di Chris. In quel momento era concentrato solo su ciò che era davvero importante per lui: proteggere sé stesso e squartare la gola all'altro lupo.

Zanne e artigli gli lacerarono i fianchi. Sul fronte fisico, Andy era più avvantaggiato: riuscì a stenderlo e ad aprirgli uno squarcio sanguinoso nel ventre, ma Dylan si rimise in piedi prima che gli sferrasse il colpo letale. Pur zoppicando da una zampa posteriore, continuò a muoversi in fretta: era pur sempre più alto di lui. Affondò le zanne alla base del collo di Andy: non si trattava di un morso profondo abbastanza da uccidere – troppa pelle e pelo perché potesse raggiungere la colonna vertebrale – ma riuscì comunque a impedire che si girasse e lo mordesse di nuovo.

Dylan morse ancora più a fondo. Il sangue che gli zampillava in bocca aveva un sapore squisito – caldo, pulsante di vita – e la sensazione di affondare le proprie zanne fino alle radici era paradisiaca. La caccia era buona, ma questo era anche meglio: un avversario da battere. Prima d'allora non aveva mai avuto la possibilità di sfruttare fino in fondo la propria potenza, né di mettere tutto sé stesso – sangue e muscoli e ossa – in ciò che stava facendo.

Le zampe anteriori di Andy si afflosciarono e Dylan gli cadde addosso; ma quando allentò un po' la morsa delle fauci per riposizionarle meglio, Andy si divincolò e gli sferrò una zampata poderosa. Gli enormi artigli gli lacerarono la faccia vicino all'occhio destro. Dylan si ritrovò cieco da quel lato, senza capire se fosse per il sangue che scorreva copioso o per un effettivo danno all'occhio: sentiva solo la carne pendergli a brandelli dalle ossa del cranio.

Andy approfittò della situazione: se lo scrollò di dosso e, scattando in avanti, puntò alla sua gola.

Le zanne cozzarono tra loro e altra carne venne squarciata. Gocce di sangue schizzarono sulle orecchie e sulla schiena di Dylan. Sentì le mascelle di Andy che cominciavano inesorabilmente a chiudersi intorno al suo collo e fu travolto dalla disperazione della morte imminente.

Chris, pensò, in un ultimo barlume di umanità. *Devi salvare Chris.*

Si girò e si risollevò senza curarsi delle condizioni disastrate del suo corpo, e in qualche modo riuscì a liberarsi dalla stretta di Andy e a stenderlo; e prima che il nemico potesse riprendersi, fu di nuovo su di lui. Le sue fauci si chiusero intorno alla gola del lupo più scuro e lo morse con tutte le sue forze.

Andy emise un ululato frenetico, che terminò con un verso stridulo e poi con una specie di gargarismo strozzato. Altro sangue riempì la bocca di Dylan. Vi immerse il muso, l'occhio sinistro ormai quasi cieco come il destro. Non riusciva a fiutare né assaporare nient'altro, se non il sangue di Andy, e rimase così fino a che non sentì il suo cuore rallentare i battiti per poi fermarsi del tutto.

Solo quando il lupo nero rimase perfettamente immobile allentò la stretta delle sue mascelle doloranti. Era rimasto sopra il corpo di Andy per tutto il tempo, perciò cercò di rimettersi in piedi; non appena si spostò, il corpo peloso sotto di lui parve contrarsi ed espandersi, finché non assunse le fattezze martoriate di un uomo nudo. Dylan sbatté le palpebre un paio di volte e girò la testa qua e là, in cerca di Chris.

Era ancora lì, vicino alla porta della cucina. Aveva gli occhi e la bocca spalancati per lo shock, ma era riuscito comunque ad afferrare una delle gambe fracassate del tavolino e la stava brandendo con tutte e due le mani, come un battitore in una partita di baseball, mentre lo fissava. "Ma che cazzo...?" bisbigliò.

Dylan scoprì di avere del senso dell'umorismo anche da lupo. O forse l'alba era vicina. In ogni caso c'era qualcosa d'incredibilmente buffo nel modo in cui Chris stava là in piedi, cercando di raccogliere tutto il suo coraggio, con un pezzo di legno come unica arma contro dei lupi. Sbuffò divertito, si avviò barcollando verso la porta sul retro e lì crollò a terra, lasciandosi avvolgere dalle tenebre dell'incoscienza.

CAPITOLO 20

IL LAMPADARIO sopra di lui era un oggetto quadrato in plastica a buon mercato e leggermente ingiallito dal tempo. Una delle tre lampadine era bruciata, ma si vedevano ancora le sagome dei cadaveri degli insetti all'interno. Una ragnatela polverosa correva da uno dei lati fino all'angolo del soffitto. Il tutto gli sembrava vagamente familiare, ma si sentiva ancora troppo intontito per capire il perché.

Dylan non riusciva a ricordare dove si trovasse, né come ci fosse arrivato. Si mosse appena, e il dolore lancinante che seguì bastò quasi a rispedirlo nel mondo dei sogni. Allora ricordò.

"Chris?" cercò di chiamare, emettendo invece solo un gemito strozzato.

"Sta' fermo, porca vacca!" Una grande mano scese a immobilizzargli la spalla. Dylan provò l'urgenza di combattere, ma poi captò l'odore e si calmò: con molta difficoltà – e parecchio dolore – girò lentamente la testa di lato. "Chris," riuscì a dire, in un rauco sussurro.

Il volto solitamente olivastro di Chris era pallido come un lenzuolo e gli occhi erano talmente spalancati che la sclera bianca spiccava impressionante intorno alle iridi blu. "Sta... stai per morire?"

Dylan dovette rifletterci. Era in preda al dolore più lancinante che avesse mai provato in vita sua, al punto tale che ancora non riusciva a localizzarne la fonte. Gli faceva male il lato destro del viso e anche la gamba sinistra, ma il dolore peggiore lo avvertiva alla pancia. Era come se qualcosa di enorme l'avesse artigliato – e infatti era stato proprio così. Ma, pur continuando a sentirsi stordito, pensò che se non era ancora morto la ferita non doveva essere letale. "No," rispose, ostentando una fiducia che in realtà non nutriva.

Chris si leccò nervosamente le labbra. "Non... non ho chiamato l'ambulanza. Pensavo che... Vuoi che la chiami adesso?"

Dylan cercò d'immaginare come avrebbe fatto a spiegare le sue ferite ai dottori, e la loro reazione se per caso avessero scoperto che non era un uomo... normale. "No. Ti prego, non farlo."

"Ma sei gravemente ferito, D-Dylan... Io non... Cazzo, non so che devo fare..." C'era una nota stridula nella voce di Chris, e Dylan non sapeva dire se fosse causata dal panico o dallo shock. Entrambe le reazioni erano più che giustificate, date le circostanze.

Ripensò a tutti i graffi e alle escoriazioni che si era fatto durante le sue scorribande notturne nei boschi: il giorno dopo erano spariti del tutto, come per magia. Andy gli aveva inferto molto più che qualche graffietto, ma forse anche quelle ferite sarebbero guarite da sole, prima o poi. Era strano che non sapesse assolutamente nulla delle proprie capacità e limitazioni. Chissà se il mito delle pallottole d'argento era vero? E in tal caso, significava forse che non poteva essere ucciso con metodi comuni? Ma no: in fondo aveva appena ucciso Andy con le sue stesse mani... più o meno.

"Dylan?" L'ansia di Chris sembrava essersi accresciuta mentre lui rifletteva in silenzio. "Sei...?"

"Andy... dov'è Andy?" Anche Dylan si sentiva prossimo al panico. E se Andy fosse stato solo ferito e in agguato da qualche parte, in attesa di attaccarli di nuovo?

Chris accennò con la testa all'altra stanza. "Di là."

"È morto?"

"Quasi decapitato, cazzo."

Dylan si abbandonò a un lungo e doloroso sospiro di sollievo. Si accorse anche di essere nel letto di Chris e che probabilmente glielo stava imbrattando di sangue. "Hai delle bende?"

"So... solo dei fottuti cerotti. Niente che possiamo usare." Chris si morse il labbro inferiore e fissò il suo torace. "Amico, devo portarti all'ospedale."

"No!" disse Dylan, così forte da gemere per il dolore. Cercò di calmarsi, e a voce più bassa aggiunse: "Ti prego, no. Per favore. Andrà tutto bene. Devo solo... riposarmi."

Chris allungò una mano, ma la ritirò subito senza toccarlo. "Io non... non posso..." L'espressione del suo viso gli fece male quasi quanto le ferite.

E poi un pensiero terribile gli attraversò la mente. "Sei stato morso?"

Chris scosse la testa senza rispondere niente, e Dylan sospirò di nuovo. "Mi dispiace," sussurrò, così piano che non sapeva nemmeno se Chris l'avesse sentito. Ora lo stava fissando, sempre in silenzio. Avrebbe voluto dirgli dell'altro, anche se non sapeva bene cosa, ma d'improvviso si sentì la lingua impastata e le palpebre terribilmente pesanti. Non voleva lasciare Chris da solo con tutto quel casino da pulire. "Chiama Rick," riuscì a dire, prima che la nebbia dell'incoscienza calasse di nuovo su di lui.

AL RISVEGLIO sentì altre voci. Sulle prime non riuscì a capire cosa dicessero – erano come le voci degli adulti in sottofondo nei vecchi cartoni dei Peanuts. Ma pian piano, come una stazione radio che viene finalmente sintonizzata, le voci divennero più distinte e le riconobbe: quella di Rick rimbombava profonda, mentre quella di Kay era più acuta e venata di tensione.

I dolori si erano attenuati e la rigidità del busto gli fece capire che gliel'avevano bendato strettamente. Si sentiva così debole che persino aprire e chiudere le palpebre gli costava uno sforzo enorme, e ci vollero diversi secondi prima che riuscisse a parlare. "Ehi?"

Il chiacchiericcio s'interruppe immediatamente e due visi preoccupati scesero su di lui. "Non muoverti!" ordinò Kay con fermezza.

"Ok." Non che ne avesse la possibilità, comunque. "Chris... sta bene?"

Kay e Rick si scambiarono un'occhiata che lui non riuscì a decifrare. Poi suo fratello annuì. "Non è ferito, se è questo che intendi."

"Dov'è?"

"Fuori." Rick serrò le palpebre, poi le riaprì, e per un attimo sembrò così simile al loro padre che Dylan ebbe voglia di piangere. "Sta, uhm... seppellendo il corpo. Abbiamo pensato che non fosse una buona idea coinvolgere la polizia e Chris ha detto che ci avrebbe pensato lui a... nasconderlo da qualche parte. Pensi che qualcuno possa cercare quell'uomo?"

Dylan rifletté sulla domanda. Non sapeva praticamente nulla di Andy, se avesse una famiglia, degli amici, un lavoro di qualche tipo. Non sapeva nemmeno come fosse diventato un lupo mannaro, né che ne era stato del suo *alfa*, ma nel profondo del suo cuore, era certo che Andy fosse solo al mondo. "No," rispose. "Però dovrebbe esserci la sua moto, qui nei dintorni."

Rick annuì. "Ok, la cercheremo."

Kay gli scostò un ricciolo dalla fronte. "Tesoro, cosa possiamo fare per aiutarti?"

"L'avete già fatto," rispose lui agitando un po' una mano lungo il corpo, a indicare il bendaggio che lo faceva sembrare una mummia. "Grazie."

"Stai guarendo molto in fretta," aggiunse Rick. "Le ferite hanno praticamente cominciato a richiudersi sotto i nostri occhi mentre ti curavamo. Immagino sia una prerogativa dei lupi mannari."

"Immagino di sì," concordò Dylan. E immaginava che avrebbe dovuto fare loro molte altre domande, ma improvvisamente tutto ciò a cui riuscì a pensare fu l'espressione d'orrore dipinta sul volto di Chris dopo che lui aveva ucciso Andy. Forse essere sopravvissuto allo scontro non si sarebbe rivelata una cosa buona. "Posso avere un po' d'acqua?" chiese piano.

Kay annuì, lasciò la stanza per un momento e tornò poi con un bicchiere colmo. Rick lo aiutò a sollevare la testa dal cuscino e a bere dei piccoli sorsi: l'acqua era tiepida e aveva un sapore lievemente metallico, ma in quel momento gli parve la cosa più buona che avesse mai assaggiato. Quei pochi sforzi però furono sufficienti ad affaticarlo, così tornò ad appoggiare stancamente la testa sul cuscino di Chris.

"Riposati," gli disse Kay con dolcezza. "Adesso è tutto a posto."

"Ma... Chris..."

I due si scambiarono un'altra occhiata e Rick fece una smorfia dispiaciuta. "Non credo sia una buona idea alzarti, per il momento. Chris ha detto che puoi restare qui." *Per ora*, era la silenziosa aggiunta.

Kay gli scostò i capelli dal viso e Rick gli strizzò gentilmente una spalla; Dylan chiuse gli occhi e attese che il sonno lo accogliesse nuovamente nel suo abbraccio.

DEI RUMORI lo destarono di nuovo: passi felpati, lo scroscio dello sciacquone di Chris, altra acqua che scorreva.

Si rese conto che poteva muoversi un po' meglio, anche se si sentiva ancora molto debole ed esausto. Riuscì a sollevarsi sul cuscino, anche se di poco, ma in quel modo riuscì ad avere una visione più nitida di Chris che entrava nella stanza. L'uomo si bloccò sui suoi passi quando vide che era sveglio. "Non sei morto," disse bruscamente, gettando un mucchio di panni in un angolo della stanza.

"Così pare." Dylan vide che sul comodino accanto a lui c'era un bicchiere mezzo pieno d'acqua. Con cautela allungò un braccio e lo prese, ma gli tremò la mano e l'acqua minacciò di rovesciarsi sul letto; Chris accorse e gliela tenne ferma, aiutandolo a bere. "Grazie," gli disse piano quando ebbe finito.

Chris tornò a poggiare il bicchiere sul comodino. "Vuoi mangiare qualcosa?"

Di solito Dylan era sempre affamato dopo ogni trasformazione, ma adesso non era sicuro di riuscire a trattenere del cibo nello stomaco. "Non ora."

Chris spostò incerto il peso del corpo da un piede all'altro, accigliato. Si girò verso la porta e Dylan fu improvvisamente colto dal terrore di essere lasciato solo. Lo afferrò per un braccio: Chris abbassò la testa a guardare la sua mano, quindi gliela scostò con delicatezza.

"Rick e Kay?" gli chiese miseramente.

"Li ho mandati a casa. Non avevo più bisogno di loro."

"Vuoi…?" Dylan si schiarì la voce. "Cos'è successo?"

Chris distolse lo sguardo, puntandolo su un logoro manifesto degli Allman Brothers. Le braccia abbandonate lungo i fianchi, apriva e chiudeva i pugni spasmodicamente. "Ero rimasto alzato fino a tardi e mi ero addormentato sul divano. Mi sono svegliato dopo un po' perché mi faceva male la schiena. Stavo per andare a letto quando ho sentito un rumore da fuori. Sarà qualche bestiaccia che fa casino fuori dalla mia porta, ho pensato, un gatto randagio o qualcosa del genere. Così ho aperto la porta sul retro per spaventarli e ho visto questo cane enorme, che subito si è messo a correre verso di me. Sono rientrato e ho chiuso a chiave, ma quel bastardo fottuto l'ha sfondata."

"La porta non era rinforzata," mormorò Dylan, beccandosi un'occhiata fulminante.

"Era solo una normalissima porta del cazzo. Non ho mai avuto bisogno di rinforzarla. Il cane mi ha bloccato in un angolo, ringhiando come un dannato, e allora ho visto che non era per niente un cane. Ho pensato che qualche stronzo pieno di grana si fosse divertito a creare una specie di ibrido cane-lupo, così, tanto per fare. E dopo avermi intrappolato, quello stramaledetto lupo si è messo a ululare."

"L'ho sentito."

Chris curvò un po' le spalle; quando riprese a parlare, il suo tono di voce era più calmo. "Quando tu… quando è arrivato anche l'altro lupo, ho pensato che per me fosse la fine. Credevo che ci fosse un intero branco del cazzo qua fuori. Che modo stupido di crepare, tra l'altro: fatto a pezzi da un branco di lupi nel soggiorno di casa."

Dylan annuì. Anche lui era stato molto vicino a seguire un destino simile, una volta.

Con una lieve scrollata di spalle, Chris proseguì. "E poi tu... Beh, il resto lo sai. Hai combattuto contro di lui."

"Stava per farti del male."

Chris fece una pausa, tornando ad aggrottare la fronte. "Non riuscivo a capire che cazzo stava succedendo, e poi lui... si è *trasformato*. Così, davanti ai miei occhi, come in un film horror di merda. Era solo un tizio morto, e tu..." Scosse la testa. "Ho guardato quel lupo negli occhi e ho visto che anche lui guardava me. Che *tu* guardavi me. Poi sei crollato per terra. Stavo ancora cercando di capire cosa diavolo fare, quando ti sei trasformato anche tu. All'inizio credevo che fossi morto!" esclamò con tono accusatorio.

"Mi dispiace," disse solo Dylan; che altro avrebbe potuto dire?

Chris attraversò la stanza fino a fermarsi davanti al suo armadio, volgendogli le spalle. "Non sapevo proprio cosa fare."

"Nessuno saprebbe come comportarsi davanti a una scena simile, Chris. Te la sei cavata più che bene."

L'uomo rimase a lungo in silenzio. Dylan avrebbe voluto guardarlo in viso, ma poi ci ripensò: che cos'avrebbe visto sul suo viso? Disgusto? Odio? Rabbia? Paura? Non voleva saperlo. "Mi dispiace," ripeté, disperato.

Finalmente Chris si girò verso di lui. "Che *cazzo* significa tutto questo, Dylan? Come cazzo me lo spieghi?"

"È... è successo un paio d'anni fa. È stato Andy."

"Quindi ti metti a ululare alla luna piena ogni mese, come nei film dell'orrore?"

"Esatto."

"Puoi controllare questa cosa?"

Dylan scosse lentamente la testa. "No. E non posso bloccare il processo. Una volta al mese devo essere un lupo. E quando succede... divento un vero lupo, Chris. E devo cacciare."

"Persone?" chiese Chris a voce bassa.

"La prima volta, quando ancora non sapevo cosa mi stava capitando, Andy è tornato da me e siamo andati a caccia insieme... Abbiamo inseguito un uomo. Andy lo ha ucciso. Io sono scappato. Da allora in poi ho cercato di rinchiudermi in una stanza blindata tutte le volte, ma... non funzionava granché."

"Quindi è per questo che ti sei trasferito qui."

"Nella foresta avrei potuto cacciare animali anziché persone. Io devo cacciare, Chris. *Devo*."

Gli occhi di Chris erano opachi e inespressivi come laghi gelati. "Un lupo mannaro." Anche la sua voce era inespressiva.

"Sì," sospirò Dylan.

"Ho vissuto vicino a un cazzo di lupo mannaro. Ci ho lavorato e mangiato insieme. E ci ho persino scopato."

"Sì."

Chris ricominciò a stringere spasmodicamente i pugni. "Puoi restare qui finché non ti sarai rimesso in sesto. Ma poi ti voglio fuori dalla mia vita."

Dylan aveva sempre saputo che quelle parole prima o poi sarebbero state pronunciate; le aspettava da mesi. Ma, nonostante tutto, si sentì devastato e provò un dolore immenso, ancora più atroce delle ferite infertegli da Andy. E la consapevolezza che ferite di quel genere non sarebbero guarite in fretta come quelle fisiche non fece che aumentare il suo smarrimento.

"Chris, io…" Si bloccò, non sapendo nemmeno lui cosa volesse dire. Non un altro *Mi dispiace*, quelle parole gli parevano così insignificanti. Nemmeno un *Ti prego, non mi lasciare*, perché implorare non sarebbe servito a nulla. E di sicuro non un *Ti amo*, perché era certo che fosse l'ultima cosa che Chris voleva sentirsi dire in quel momento. Deglutì a fatica. Sentiva ancora il sapore del sangue di Andy sulla lingua. "Sono felice che tu non sia stato morso," mormorò infine.

Chris serrò la mascella e gli rivolse uno sguardo colmo di furore, prima di lasciare la stanza a passi pesanti.

CAPITOLO 21

FORSE SAREBBE stato più facile se Chris non l'avesse più toccato; invece Chris lo toccò. Gli tenne ferme le mani finché non fu di nuovo in grado di bere e mangiare da solo. Lo trascinò in bagno e provvide a tutte le sue esigenze fisiologiche, anche se era molto umiliante per entrambi. Lo aiutò a liberarsi dei metri di bende, osservando con stupore insieme a lui le cicatrici rosate che gli correvano lungo il corpo e che fino a un paio di giorni prima erano state ferite aperte e sanguinanti. Il tocco delle sue mani non era mai rude o spiacevole: era paziente, delicato, distaccato. Era una tortura.

Chris continuò a cucinare per lui, portandogli zuppa e cracker nei primi tempi e stufato di carne con grosse fette di pane quando si fu rimesso in forze. Gli portava l'acqua, il succo d'arancia, il caffè; e quando fu in grado di restare seduto per periodi di tempo più lunghi, gli lasciò un paio di libri sul letto.

Chris parlava pochissimo, giusto qualche monosillabo per chiedergli se dovesse andare in bagno o se avesse di nuovo fame. E nonostante il divano gli facesse dolere la schiena, era lì che andava a dormire tutte le notti. Una stanza più in là, ma a Dylan sembrava di essere lontano da lui anni luce.

Cinque giorni dopo la luna piena, Dylan si drappeggiò la coperta addosso a mo' di toga e, mentre Chris lo osservava impassibile dalla porta della cucina, mosse alcuni passi in giro per casa, cercando di non fare caso alle macchie di sangue sul tappeto del salotto. Constatato che riusciva a tenersi in piedi, stabilì che ormai era in grado di cavarsela da solo. Avanzò a passi esitanti verso la porta sul retro, che non era ancora stata riparata. "Uhm... Più tardi ti riporto la coperta."

"Non ti disturbare."

Certo. Era ovvio che Chris non volesse più vederlo né avere più niente a che fare con lui, anche a costo di rimetterci la biancheria del letto. Decise che gliel'avrebbe lasciata sul portico, un giorno o l'altro, insieme a tutti i soldi che ancora gli doveva per i lavori di ristrutturazione e per i danni in casa sua.

Fuori faceva caldo e il sole splendeva forte, al punto da ferirgli gli occhi. Guardò attraverso i pioppi: riusciva appena a distinguere i contorni del suo tetto. Poi si girò a guardare Chris, che non si era ancora mosso dal suo posto. "Chris, io..." Deglutì; per poco non si era scusato di nuovo. "Grazie. Per... per avermi curato. So che non eri... Beh, ti ringrazio. Mi hai salvato la vita."

"Te lo dovevo," rispose brevemente Chris.

Dylan non la vedeva in quel modo. Sì, poteva anche aver impedito a Andy di far del male a Chris, ma, tanto per dirne una, se non fosse stato per lui, Chris non si sarebbe mai trovato in pericolo. Non gli sembrava il caso di mettersi a discutere, però. Quindi rimase semplicemente lì dov'era, cercando di trovare qualcos'altro da dirgli, ma senza riuscirci. Annuì una sola volta, a scatti, e uscì zoppicando nel portico.

Andy doveva essere passato in casa sua prima di andare da Chris, perché il posto puzzava di urina di cane e ce n'erano delle pozze qua e là sul pavimento e sulle pareti. L'odore era talmente insopportabile che Dylan si sentì rivoltare lo stomaco e, barcollando fino al bagno, vomitò il toast e le uova che Chris gli aveva preparato quella mattina per colazione.

Dopodiché si guardò allo specchio. Il suo pizzetto era diventato una vera e propria barba, con tanto di baffi. Avrebbe dovuto radersi completamente, più tardi. La ferita al viso gli aveva lasciato una cicatrice, ma si trovava vicino all'attaccatura dei capelli ed era quindi pressoché invisibile, a meno che non se li spazzolasse all'indietro. Fu quasi deluso: pensava di meritare un segno più evidente del proprio fallimento con Chris, una specie di marchio di riconoscimento, come le divise che indossano i criminali in prigione.

Vagò per le stanze vuote, asciugandosi la bocca con il dorso di una mano. Non era ancora abbastanza in forma per pensare alle pulizie, senza contare che adesso avrebbe dovuto trovare qualcun altro che lo aiutasse con la ristrutturazione della casa. E il suo unico bagno operativo era ancora quello del piano di sotto. "Merda," esclamò ad alta voce. Non aveva voglia di pensarci, in quel momento. Si trascinò molto lentamente al piano di sopra, aggrappandosi alla ringhiera per tenersi in equilibrio, e lungo il corridoio fino in camera sua. Il letto era così come l'aveva lasciato, con i suoi vestiti accuratamente ripiegati sulle coperte; le scostò e si avvolse stancamente tra le lenzuola, che ancora conservavano l'odore di Chris.

"SICURO DI poter cucinare da solo, fratellino?" chiese Rick dubbioso, chiudendo il frigo.

"Come sempre. E comunque mi sento molto meglio, anche se ancora un po' ammaccato."

"Quel tizio ti aveva quasi sventrato."

"Già, ma adesso tutte le mie interiora sono tornate al loro posto."

Rick attraversò la stanza e si sedette al tavolo di fronte a lui. "Kay ti ha mandato una torta, sai? Non mi ha neanche permesso di assaggiarla."

"L'ho vista, grazie. Grazie di tutto."

"È a questo che servono le famiglie." Rick prese in mano i contenitori del sale e del pepe posati sul tavolo e iniziò a giocherellarci, passandoseli da una mano all'altra e facendoli rotolare sul legno. "Allora, come stai?" domandò, senza guardarlo.

"Te l'ho detto: mi sento ancora un po' come il mostro di Frankenstein, ma sto bene. Ho parecchio da fare col progetto Beaverton. Le clienti non vedono l'ora di trasferirsi, solo che i lavori vanno un po' più a rilento di quanto avessi previsto, e così..."

"Non è questo che intendevo." Rick alzò la testa e fissò il fratello con i suoi occhi acuti.

Dylan sospirò. "È Kay che ti ha mandato?"

"Potrebbe avermi chiesto di andare in avanscoperta, ma anch'io ci tengo a saperlo, Pistolino."

"Non sono mica una fanciulla vittoriana col cuore infranto, Testa di Minchia. Non mi chiuderò in soffitta a scrivere poesie fino a togliermi la vita con il laudano, tranquillo."

"Stai passando un brutto periodo, però."

"Sì, ed è solo colpa mia."

"In parte, può darsi. Ma non hai notato che ti è andata meglio di quanto potessi aspettarti?"

"Ho ucciso un essere umano e ho perso l'uomo che a... a cui tengo molto," replicò Dylan.

"Hai *salvato* l'uomo a cui tieni molto, scemo." Rick mise via i contenitori, spazientito. "Te la facevi sotto all'idea d'impegnarti, ma quando c'è stato da rischiare la pelle per lui, ti sei gettato nella mischia senza esitare. Tu non sei un mostro, Dyl, neanche quando sei un lupo. Non faresti mai del male alle persone che ami."

Nel suo dolore, Dylan non aveva mai riflettuto su quel concetto: Rick aveva ragione. Anche da lupo era stato in grado di riconoscere che Chris era *suo*, che era un membro del suo branco. Qualcuno da proteggere. E che fosse dannato se non pensava ancora a lui in quel modo. Sentì il peso che aveva sul cuore alleggerirsi un po'. Chris poteva anche odiarlo adesso, ma se non altro era riuscito a proteggerlo.

"Ti ho portato anche un'altra notizia," disse Rick dopo un certo silenzio.

"Ah, sì?"

"Abbiamo scoperto che i miei soldatini sono tutti vivi e vegeti... e pare che uno di loro abbia finalmente compiuto il suo dovere."

Ci volle qualche secondo prima che Dylan registrasse ciò che il fratello gli stava dicendo, ma poi si mise a urlare di gioia e a saltellare sul posto, prima di correre ad abbracciarlo. "Ahia," si lamentò quindi, scostandosi da lui. "Mi sa che le robe fisiche sono ancora premature per me."

"Allora ti risparmierò il calcio in culo che ti meriteresti per essere un dannato testone."

Dylan colpì il fratello alla spalla con il pugno. "A quando è fissata la data?"

"Al quindici gennaio." Rick aveva un sorriso che gli andava da un orecchio all'altro.

"E tu come ti senti? Sei felice o te la fai sotto?"

"Uhm... Direi cinquanta e cinquanta, ma il rapporto si sposta di continuo."

"Tu e Kay sarete i genitori migliori del mondo."

"E tu sarai lo Zio Pistolino," concluse Rick, sempre sorridendo.

SEBBENE CHRIS si fosse dato da fare per nascondere il luogo della sepoltura, Dylan non ebbe grossi problemi a trovarlo. Forse la maggior parte della gente non l'avrebbe notato, ma i suoi sensi di cacciatore riuscirono facilmente a distinguere l'odore della terra smossa da poco. Chris aveva scelto un posto in mezzo agli abeti, tra un grosso tronco caduto e un gruppo di giovani sommacchi. Dovette fare un bel pezzo di strada per arrivarci, ma ormai si era completamente ristabilito. La guarigione sovrannaturale era davvero una faccenda conveniente.

Si fermò ai piedi della tomba improvvisata e rifletté sulla possibilità di ripulire meglio l'area, e magari predisporre un piccolo tumulo di pietre. Non si sentiva dispiaciuto per ciò che aveva fatto – se avesse dovuto salvare un'altra volta Chris, Rick o Kay, l'avrebbe fatto di nuovo – e non era certo che avrebbe potuto esserci un altro modo per evitare quella situazione. Anche se ormai Chris sapeva tutto di lui, Andy avrebbe sempre potuto ripresentarsi e fargli del male per semplice gelosia, per dispetto, o in un goffo tentativo di riaverlo. E a essere sincero, Dylan era sollevato al pensiero che non l'avrebbe più perseguitato.

Ma si sentiva ancora un po' triste. Adesso credeva di capire la disperazione con cui Andy aveva cercato qualcuno da amare, qualcuno da poter fare suo. Era vero che il suo modo di dimostrare amore era a dir poco incasinato, ma lui stesso non era certo un esempio illuminante in materia di relazioni affettive. Forse un tempo Andy era stato un uomo normale, con un lavoro, degli amici, una casa. Forse gli era piaciuto guardare il football in TV, fare le parole crociate, trascorrere i weekend sulla costa. Dylan non era riuscito a sapere granché di lui, a parte che adorava il sesso. E quella era forse la cosa più triste.

"Spero che, ovunque tu sia, potrai correre libero dove vorrai," disse a bassa voce. "Buona caccia, Andy."

Anche se la stagione era appena all'inizio, sulla contea era sceso un velo di afa e quando Dylan si voltò per tornare a casa, si sentì tutto sudato e appiccicoso. Si sarebbe fatto una doccia rinfrescante; poi si ricordò che aveva la sua piscina personale, allora si diresse verso il laghetto. Avrebbe proprio dovuto affittare una ruspa o qualcosa di simile: i rovi e le erbacce stavano rapidamente prendendo possesso del luogo.

Le anatre erano tornate e lo fissarono con disapprovazione dall'altro lato del laghetto, mentre si spogliava. "Non vi preoccupate," disse loro, "oggi non mi va di mangiare *foie gras*." I volatili schiamazzarono in risposta.

L'acqua era fredda abbastanza da farlo gemere e rabbrividire, e il fango gli s'incollò ai piedi; Dylan avanzò fino a che l'acqua non gli coprì le spalle, poi cominciò a nuotare. Non era un gran nuotatore, perciò si limitò a galleggiare di schiena, con la faccia rivolta verso il cielo color carta da zucchero screziato di mille tonalità di verde. Non aveva mai nuotato nudo; era una sensazione in qualche modo liberatoria.

Era ancora in ammollo quando udì il rombo di un motore. All'inizio pensò che il fattore di Chris stesse arando i campi o qualcosa del genere – aveva un'idea ancora abbastanza vaga delle varie attività agricole. Poi si accorse che il rumore era troppo vicino e continuava anzi ad avvicinarsi. Allarmato, si affrettò a uscire e cercò di rivestirsi, ma tra l'acqua che lo bagnava e il fango sui piedi era evidente che non avrebbe mai fatto in tempo. "'Fanculo. È la mia fattoria" borbottò, drappeggiandosi la maglietta intorno ai fianchi a mo' di perizoma improvvisato. Raccolse quindi il resto degli abiti e trottò su per la collina.

E in quel momento fu quasi investito da un grosso trattore.

Si scostò con un salto – finendo dritto in un cespuglio di more, che gli graffiarono ben bene le gambe – e allora il veicolo si fermò.

"Hai visto? L'ho aggiustato," disse Chris con un ghigno, spegnendo il motore.

"Ma che diavolo...?!"

"Te l'ho detto che le sponde hanno bisogno di una bella ripulita, no? E ora che capirai come si fa, le erbacce si saranno già mangiate tutto."

"Ma... ma..."

"Basterà metterci un po' di verdoni. Hai ancora il tuo lavoro, giusto?"

Dylan cercò di rimettere in moto la lingua. "Uh... Sì, certo."

"Bene." Chris si chinò un po' in avanti, come per riavviare il motore.

"Aspetta! Pensavo che... mi volessi fuori dalla tua vita."

Chris rimase per un attimo in silenzio, poi si strinse nelle spalle. "Beh, è un po' difficile come cosa, visto che stai alla porta accanto. E poi continuo a vederti come mio zio Frank, che mi fissa da dietro le finestre."

"Io non... non ho mai..."

"Non sto dicendo che l'hai fatto. Ma solo che è così che ti vedo."

Dylan si sentì ridicolo a sostenere quella conversazione in quel modo, mezzo nudo e in un mucchio di rovi. Una ghiandaia gracchiò da un albero vicino, come per prendersi gioco di lui. Dylan inclinò la testa e strizzò gli occhi per vedere meglio all'interno dei vetri dell'abitacolo. "Quindi, questo significa che continuerai ad aiutarmi con la ristrutturazione?"

"Immagino di sì."

"E non ti disturba lavorare insieme a un lupo mannaro?"

Chris lo fissò a lungo, poi saltò giù dal trattore. Piccole goccioline di sudore scivolarono lungo il suo collo abbronzato; Dylan si leccò le labbra e dovette distogliere lo sguardo.

"Amico, non mi è mai importato che tu fossi un cittadino raffinato con il macchinone costoso e il sarcasmo che gli sprizzava da ogni poro, quindi posso anche sopportare di vivere con Fido una volta al mese. Sopportarlo abbastanza per lavorare insieme a te, in ogni caso."

Dylan si sforzò di calmare il battito impazzito del suo cuore. Si chiese se anche i licantropi fossero soggetti a infarto. "Ma eri così arrabbiato con me."

"E secondo te lo ero perché sei un lupo mannaro?"

"Beh… sì. E anche perché sei quasi morto per colpa mia."

"Stronzo." Chris incrociò le braccia sul petto e fissò le cicatrici sul suo torace. "Sei piombato in casa mia come un cazzutissimo eroe dei fumetti e hai steso quel mostro. Io non ho riportato neanche un graffio e tu sei finito quasi sventrato. Non mi sono arrabbiato per questo."

"Ma allora… perché?" Dylan scosse la testa confuso.

Chris si accigliò e gli puntò contro un indice accusatore. "Perché non ti sei fidato di me, porca vacca! Io ti ho mostrato… ti ho mostrato ciò che ero una volta, e tu hai pensato che il campagnolo fosse troppo scemo per capirti."

"Tu sei tutt'altro che scemo, Chris."

"Puoi dirlo forte, cazzarola!" Colpì il trattore con un pugno così forte che Dylan si chiese se non l'avesse ammaccato. "Sei rimasto con me e mi hai sempre trattato con rispetto, come… come se ci tenessi davvero a me. Ma hai pensato che non avrei saputo affrontare la realtà, che sarei scappato via come una ragazzina isterica, come quella cazzo di Cappuccetto Rosso."

Dylan fece un passo verso di lui. "Non è per questo che non volevo dirtelo."

"E allora hai pensato che avrei venduto la tua storia a… al *National Enquirer*, o a *Fox News* o a qualche altra banda di idioti."

"Sinceramente, non ho mai pensato neanche a questo."

"E allora perché non ti sei fidato di me?" sbraitò Chris.

La risposta di Dylan giunse quasi in un sussurro. "Sapevo che mi avresti lasciato se l'avessi scoperto. Volevo… rimandare l'inevitabile, credo. Godermi il mio tempo con te, finché sarebbe durato."

Chris assunse una strana espressione. "Non hai avuto fiducia nel mio amore per te."

Dylan non aveva mai avuto tanta voglia di piangere e ridere al tempo stesso come in quel momento. "E perché dovresti amarmi?"

"Oh, amico." Chris coprì la distanza che li separava e lo strinse tra le braccia. Le sue mani erano calde e ruvide sulla sua pelle nuda, tra i capelli aveva polvere e foglie e frammenti di ramoscelli, e addosso un forte odore di tabacco e sudore. Dylan chiuse gli occhi, inspirò profondamente e strinse le dita sul cotone della sua t-shirt, lasciando riposare il corpo contro il suo. "Sei proprio uno stupido patentato," mormorò Chris sulla sua spalla.

Il bacio che seguì non fu certo il più lungo né il più passionale che si fossero mai scambiati: Chris sapeva di cipolle e sigarette e Dylan stava per perdere il perizoma da un momento all'altro, ma fu comunque il più bel bacio della sua vita. Il peso sul suo cuore era definitivamente svanito e poteva respirare liberamente per la prima volta dopo anni.

"Credi che funzionerà?" gli chiese, quando si separarono. "Tra me e te, voglio dire."

Chris sembrò riflettere sulla questione. "Mi sa che dovremo lavorarci un po'." Rise. "Siamo abbastanza incasinati tutti e due."

Dylan guardò oltre la spalla di Chris, in direzione della sua casa. Da lì era più visibile e si scorgevano la vernice scrostata, le finestre senza tende, perfino l'anticamera non ancora cominciata; ma era pur sempre bellissima a modo suo. Aveva un buono scheletro, e un gran potenziale.

"Già," disse. "Ci vorrà parecchio lavoro. Ma intanto abbiamo delle ottime fondamenta."

Chris sorrise: non uno dei suoi soliti ghigni sbilenchi, ma un sorriso vero, che gl'illuminò gli occhi e lo fece sembrare quasi un ragazzino. "D'accordo, Dyl. Mettiamoci al lavoro."

Ringraziamenti

Molti credono che scrivere sia un'attività solitaria, ma questo libro non avrebbe mai visto la luce senza la collaborazione di alcune persone meravigliose. Le valutazioni attente e acute di Karen Witzke sono state per me preziosissime, anche se non tanto quanto la sua amicizia. Voglio ringraziare anche Sheree Adams per aver dato una (velocissima!) prima scorsa al manoscritto e avermi dato la fiducia necessaria a credere che si trattasse di una storia che il pubblico avrebbe voluto leggere. Amy Lane ha letto il mio primo (e auto-pubblicato) romanzo e mi ha suggerito di proporre *Good Bones – Un buono scheletro* alla Dreamspinner Press; il suo incoraggiamento è stato la scintilla di cui avevo bisogno. Infine, ringrazio mio marito per il suo sostegno incrollabile, per avermi concesso tempo e spazio per dedicarmi alla scrittura, e perché dice sempre orgogliosamente a tutti che è sposato con una scrittrice.

UNO SCHELETRO SEPOLTO

A Dennis. Cheerleader, contabile e fan: cosa potrei chiedere di più a un marito?

Capitolo 1

Dylan grattava furiosamente il muro della camera degli ospiti, come se la vernice giallo sporco lo avesse offeso personalmente. Era accigliato, i capelli gli coprivano leggermente gli occhi. Aveva l'aria di volere uccidere qualcuno.

Chris posò la spatola che aveva usato per grattare i bordi della carta da parati a fiori e gli si avvicinò: "Amico. Non devi cancellare ogni impercettibile traccia di quelle impronte digitali; ci dipingerai comunque sopra."

"Ma la vernice non prenderà bene se il muro non è pulito."

"Certo che prenderà bene. Possiamo passare qualche mano in più se dobbiamo."

Dylan non lo guardò nemmeno. "Voglio fare un bel lavoro."

"Vabbè." Chris si avvicinò ancora di più in modo da poterlo toccare. Ma non lo fece. Si spostò davanti alle finestre senza tende, a osservare la fila di pioppi che separava la sua proprietà da quella di Dylan. Era il primo di luglio, per cui le foglie celavano la maggior parte della vista. Ma nella fila di alberi c'era anche un vuoto – uno o due alberi erano caduti o forse a un certo punto erano stati abbattuti –, e attraverso quel vuoto ebbe una visione fugace del suo brutto patio. Come al solito, era ingombro di bottiglie e lattine vuote. Ben presto avrebbe chiesto in prestito il pick-up di Dylan per portarle tutte al centro di riciclaggio. Probabilmente ce n'erano abbastanza da riempire tutto il cassone.

Non era un gran panorama, e nemmeno la coppia di uccelli che svolazzava in alto e il fruscio delle foglie aiutavano a migliorarlo. La vista dalla camera da letto di Dylan, quella padronale, era migliore; la stanza si trovava sul davanti della casa, sopra al salotto, e affacciava su un grande campo di grano con delle colline verdi come sfondo.

"Avresti davvero dovuto rifare prima la *tua* stanza," disse Chris, fissando ancora fuori dalla finestra.

"Quello sarà un lavoro molto più impegnativo. Dobbiamo abbattere quel muro e il pavimento sotto la moquette è da buttare. Nel frattempo dovremo dormire da qualche altra parte e non me la sento di dormire qui fino a quando questa stanza non sarà perlomeno decente."

Dylan aveva un tono burbero, ma Chris non riuscì a trattenere un mezzo sorriso. *Noi*, aveva inteso Dylan. *Dovremo dormire da qualche altra parte.* Le fondamenta della loro relazione sembravano solide – Dio, Chris non sarebbe riuscito a immaginare la sua vita senza Dylan adesso – però la struttura traballava un tantino. Be', era quello che succedeva quando un campagnolo come Chris cercava di accalappiarsi un ragazzo di città come Dylan, con la sua bella laurea e il suo bel lavoro. E quello era ciò che accadeva quando uno scopriva che l'uomo con cui aveva lavorato e scopato per mesi – l'uomo che, in sostanza, gli aveva rubato il cuore – era un maledettissimo lupo mannaro. Qualche giorno prima, la cognata di Dylan gli aveva suggerito di provare con la terapia di coppia, ma Chris aveva la cazzo di certezza che nessuno strizzacervelli al mondo fosse preparato a dare consigli su cosa fare se, una volta al mese, a uno dei due spuntavano delle zanne.

Dylan imprecò sottovoce, si piegò e prese il detergente. Ne spruzzò una grande quantità contro il muro. Doveva già aver usato metà bottiglia. Poi ricominciò a grattare, mettendo tutto il peso nei movimenti.

Chris avrebbe potuto aiutare, forse, ma pensava che le impronte digitali fossero solo un problema di Dylan, lui ci avrebbe invece semplicemente dipinto sopra. Però doveva ammettere che erano un po' inquietanti. Appartenevano a suo zio Frank, che aveva vissuto in quella casa per tutta la vita e, in quella casa, c'era anche morto, di un aneurisma, sette o otto anni prima. Be', non era esattamente morto in casa, ma sul vialetto di ghiaia sul davanti. Tornando da chissà dove, il vecchio si era semplicemente accasciato. Probabilmente lo avrebbe trovato Chris, appena uscito dalla sua catapecchia, che si trovava giusto accanto, se non fosse stato che aveva bevuto tutta la notte ed era collassato sul suo divano pulcioso. A trovare il cadavere era stato l'uomo che affittava i campi di Chris. Il povero Bill Gorman voleva solo seminare, invece per poco non era inciampato nel morto.

Prima che zio Frank morisse, aveva l'abitudine di passare parecchio tempo a guardare fuori dalla finestra al piano superiore dove Chris si trovava in quel momento. Fissava casa sua attraverso gli alberi. Ogni tanto Chris carpiva una fugace visione del viso del vecchio, pallido e anonimo. Lo spaventava da morire. Sorrise di nuovo, ricordando la prima volta che aveva visto Dylan – in piedi proprio davanti a quella stessa finestra – che rifletteva se comprare o meno la casa mentre osservava Chris urinare dal patio di casa sua.

"Vado a preparare la cena," annunciò Chris.

Dylan sospirò e provò a spostarsi i capelli dalla faccia, ma gli tornarono immediatamente davanti. "Sì, okay. Tanto qui ho quasi finito e comunque oggi non riusciremo a cominciare a dipingere."

"E i muri saranno ancora qui domani."

"Già." Dylan si mise dritto in piedi e mosse le spalle, come se gli prudessero. Chris gli diede una bella grattatina. Sarebbe stato meglio senza la T-shirt sudata di mezzo, ma sembrò piacergli comunque. "Grazie, Chris. Magari, mentre cucini, io mi faccio una doccia."

Chris fece ballare le sopracciglia, il che fu uno sforzo inutile perché Dylan non lo stava guardando. "Potrei unirmi a te."

"Nah. Si sta facendo troppo tardi."

Guardando fuori dalla finestra verso il sole, che era ancora alto, Chris fece spallucce. "Vabbè. Allora non mi resta che andare a fare lo schiavo ai fornelli."

Dylan si voltò su se stesso, fece cadere a terra la pezza che aveva tenuto in mano, afferrò Chris per i fianchi, e lo trascinò a sé. "Mi piaci di più quando hai questo odore," disse, annusando sotto l'orecchio e sul collo di Chris.

Il cuore gli batté più forte. "Puzzolente?"

"Mmh. Maschio." Dylan gli leccò la pelle e lo fece tremare. "Salato e un po' muschiato. E hai l'odore della birra che hai bevuto oggi a pranzo, di fumo di sigaretta e… e stucco e sciroppo d'acero e del grasso del motore contro cui imprecavi stamattina."

"Mmh." Chris cercò di nascondere quanto le parole di Dylan lo rendessero felice. Perché, prima di lui, nessuno si era mai preso il disturbo di annusarlo – be', okay, magari quella era una cosa un po' strana – e nessuno gli aveva prestato molta attenzione. Ma Dylan lo notava parecchio e gli bastava inspirare una volta per riuscire a mappare la sua intera giornata.

Chris gli diede una pacca sul sedere forte abbastanza da fargli emettere un piccolo strillo. "Cena, a meno che tu non preferisca scopare adesso." Il che, a pensarci bene, non era una cattiva idea. Gli strizzò una natica soda.

Ma Dylan lo allontanò gentilmente. "Si sta facendo tardi," ripeté.

"Non credevo avessimo una scaletta da seguire," mormorò Chris. Ma si era già voltato, diretto verso la porta. *Aveva* un po' fame.

La cucina di Dylan era uno schianto, come quelle che si vedono nelle riviste. Chris era ancora leggermente sorpreso di avere il permesso di usare un posto così lussuoso, per non parlare del fatto di poterlo gestire. Non che Dylan avrebbe fatto gran uso del forno professionale e delle pentole di marca; da quanto aveva visto Chris, sapeva prepararsi dei sandwich, delle zuppe e tutto ciò che era possibile mettere nel microonde, nulla più. Era un miracolo che fosse sopravvissuto da solo.

Il giorno prima erano andati fino a Scappoose per comprare la vernice e suppellettili varie e, già che c'erano, avevano fatto scorte di cibo. Chris aveva delle buone bistecche, un paio di pannocchie e tutti gli ingredienti per preparare un'insalata con i fiocchi. Se il tempo avesse tenuto, ben presto i pomodori nell'orto sarebbero maturati. Chris li avrebbe cosparsi di basilico fresco e di quell'olio caro in un modo osceno ma davvero saporito che aveva comprato Dylan, ma quella sera c'erano l'insalata, poi le pesche e i lamponi per dessert. Ci sarebbe stato bene del gelato.

Chris fischiettò mentre riempiva una pentola d'acqua e la metteva sul fuoco, quindi risciacquò le verdure e sminuzzò la lattuga in una ciotola di ceramica blu. Amava cucinare. Aveva imparato per necessità, perché sua madre era sempre troppo ubriaca per dargli da mangiare. Quando gli andava bene, gli dava dei cracker con del formaggio di infima qualità, o gli lanciava in grembo un vasetto di burro di arachidi. A volte Chris era stato dai suoi nonni, ma dopo la morte della nonna, il nonno al massimo riusciva a cucinare degli hamburger bruciacchiati, del formaggio bruciato, del pollo bruciato o dei fagioli appena scaldati con del pane tostato. Fin da piccolo aveva guardato i programmi di cucina e fatto del suo meglio per imitarli. Non era esattamente uno chef, però non era mai morto di fame.

Sgranò le pannocchie e posò il burro sul tavolo della cucina per farlo ammorbidire. L'acqua sobbolliva. Affettò velocemente i funghi, un peperone rosso e un uovo sodo che aveva fatto bollire quel mattino, poi versò tutto sopra alla lattuga e posò la ciotola vicino al burro.

La padella era in ghisa e ben fatta. Quando aveva iniziato a usare la cucina di Dylan, era praticamente nuova, ora piacevolmente usurata. Sempre meglio della sua padella economica in Teflon alloggiata in una credenza in truciolato.

Mentre il filo d'olio si scaldava nella pentola, cosparse le bistecche con del pepe macinato e del sale. Non era convinto che quello marino avesse un sapore tanto diverso da quello nel contenitore blu, ma ovviamente Dylan non aveva dei condimenti ordinari. Diavolo! Il pepe era probabilmente biologico, equo solidale e senza OGM.

Chris rise e gettò la carne nella padella. Sfrigolò divinamente.

"La mia la voglio poco cotta."

Preso di sorpresa. Chris sussultò leggermente; non lo aveva sentito entrare. "Te la posso dare direttamente cruda," rispose guardandosi alle spalle.

"Me la mangerei così." I capelli di Dylan erano umidi e tirati indietro; i riccioli non avevano ancora avuto modo di tornare nella loro posizione naturale. Indossava una T-shirt arancione con l'immagine dell'uomo di latta stampata sopra. Era stretta abbastanza da mettere in mostra i suoi muscoli forti ma non troppo gonfi e il ventre piatto. Anche i jeans erano un po' aderenti. Chris si leccò le labbra.

"È più buona quando è cotta," obiettò Chris, riportando la sua attenzione alla cena.

"Immagino di sì."

Sentì la porta del frigorifero aprirsi e chiudersi e un *pop* quando Dylan stappò una bottiglia di birra, poi sospirò pesantemente e si lasciò cadere su una delle sedie della cucina. Chris non sapeva cosa lo stesse infastidendo e non riusciva a trovare il coraggio di chiederglielo.

Appena le bistecche si furono scottate, trasferì la padella nel forno preriscaldato. Poi versò il mais nell'acqua che bolliva: *plop plop*. Un paio di gocce gli colpirono la mano, ma ignorò il leggero bruciore. Prese un paio di piatti dalla credenza. "Abbiamo bisogno di coltelli e forchette," grugnì.

"Sì, okay." Dylan si tirò su sospirando di nuovo e si avviò a passo lento. Si fermò passando dietro a Chris che, per un momento, fu certo che stesse per toccarlo, ma poi proseguì verso il cassetto delle posate.

Nessuno dei due disse nulla quando Chris servì il cibo e si sedette di fronte a Dylan. Le bistecche erano davvero buone. Dylan divorò la sua così in fretta che Chris quasi non se ne accorse e proseguì spalmando mezzo panetto di burro sulla sua pannocchia, poi la attaccò con gusto da una estremità. Solo quando ebbe finito anche quella guardò Chris e gli fece un sorriso. Le labbra erano lucide, sul mento aveva un leggero sbuffo di grasso, dove prima portava il pizzetto. Chris avrebbe voluto leccarlo.

"Era buonissimo, grazie."

Chris aveva voglia di una sigaretta – si sentiva leggermente a disagio – ma Dylan non permetteva che si fumasse in casa. Così infilzò la lattuga con la forchetta. "Era solo una bistecca."

"Ma era una buona bistecca. Tutto quello che cucini tu è buono." Dylan si pulì il mento con un fazzoletto di carta – *che peccato*, pensò Chris – e saltò in piedi. Portò i piatti verso il lavandino e Chris si aspettava che cominciasse a lavarli. Quello era il loro patto: lui cucinava, Dylan puliva. Però non aprì il rubinetto. Invece rimase fermo in piedi per alcuni momenti, la parte superiore del corpo quasi fremente, a tamburellare le dita sul ripiano in granito. Era il suo turno di fissare fuori dalla finestra che si affacciava sull'erba e sulle erbacce che facevano da giardino sul retro e poi, oltrepassati un paio di piccoli edifici esterni, sulla discesa costeggiata da arbusti di more che conduceva verso il laghetto. Le more sarebbero maturate presto.

"Venerdì devo andare in ufficio," disse Dylan sempre rivolto verso la finestra. "Stender ha un nuovo progetto per me."

"È per questo che sembra che stai camminando sui carboni ardenti? Sei preoccupato di non riuscire a portarlo a termine?"

"No. Voglio dire... già, immagino di essere un po' stressato."

"Forza, Dyl. Praticamente ha avuto un orgasmo quando ha visto la casa che hai progettato per le regine dei futon e mi hai detto tu stesso che ha un sacco di gente che aspetta che lavori per loro. Non ti lascerà in mezzo a una strada." Spinse la ciotola dell'insalata e fissò le sue spalle larghe.

"Lo so. È solo che... non so. Adesso tutti si aspettano grandi cose e io non posso deluderli."

"E non lo farai."

Dylan fece spallucce. "Immagino di sì." Si girò per guardarlo. "Vuoi venire in città con me venerdì? Potrei lasciarti alla libreria o da qualche altra parte per un paio di ore, poi potremmo pranzare insieme. Se non ti presento presto a Matty, mi ammazzerà."

Quindi, alla fine, Dylan si era deciso a presentarlo a persone che non facessero parte solo della sua famiglia. Chris fece un sorriso. Aveva sentito parecchie storie sulla sua collega e si era chiesto se il suo compagno lo avrebbe mai presentato in pubblico. "Non avevo capito che Matty era così cattiva."

"Non è neanche un metro e sessanta e non riesce a fare una rampa di scale senza cominciare a sbuffare e ansimare. Ma se la faccio davvero incazzare, potrebbe anche avvelenarmi il caffè."

"Mi sembra qualcuno che mi piacerebbe conoscere."

"Allora vieni con me venerdì."

"Okay," replicò Chris, anche se quell'idea lo rendeva leggermente nervoso. Anche Matty era un architetto. Sicuramente doveva essere davvero intelligente e in gamba ed era una dei pochi amici stretti di Dylan. E se lo avesse odiato?

Dylan annuì, poi guardò fuori dalla finestra. "Bene. Ma, ehm, adesso ho bisogno che tu vada a casa."

Chris si sentì come se avesse ricevuto un pugno allo stomaco. Ed ecco, rifiutato di nuovo. Messo da parte. Aprì la bocca con l'intenzione di dire qualcosa di sarcastico, ma notò l'espressione sul viso di Dylan; non aveva l'aria di uno che si stava sbarazzando di un noioso scopamico, piuttosto sembrava ansioso, preoccupato.

"C'è la luna piena questa sera, vero?" domandò a voce bassa.

"Già."

"Scusa. Non me n'ero accorto."

"E perché avresti dovuto? Non importa a molti, eccetto che agli astrologi e a me."

Chris si alzò e attraversò la cucina. Si fermò solo quando fu davvero vicino a Dylan, così vicino da poter sentire il suo respiro sul viso. "E adesso importa anche a me."

Dylan sembrò più affranto che sollevato. Chris gli passò le dita tra i capelli, che adesso si erano asciugati creando dei ricci selvaggi, che le mani non potevano domare. "Devi andare a casa tua, Chris. E chiudere la porta a chiave. So che non è servito a tenere… tenere fuori Andy… Cazzo. Magari avremmo dovuto comprare una pistola."

"Con dei proiettili d'argento?"

"Io non… non sono sicuro che quella leggenda sia vera."

Chris scosse la testa. "E che lo sia o meno, pensi davvero che ti sparerei?"

"Se cercassi di farti del male."

"Non lo farai."

"Non sai cosa…" Dylan si morse il labbro inferiore. "Quando mi trasformo, sono un lupo, Chris. Un lupo vero. Non penso come una persona. Sono un predatore. Voglio cacciare, e quando ho un po' fame voglio uccidere. Voglio sentire la mascella azzannare la carne e voglio leccarmi il sangue dal muso."

"Sì, ho capito, amico." Dalla voce di Chris traspariva la sua irritazione. "Non sei Fufi il barboncino, ma un lupo grosso e cattivo. Ho visto quello che sai fare, ricordi? Ti ho visto uccidere quell'altro lupo. Lo hai fatto a pezzi."

"Allora capisci perché devi rimanere al sicuro."

"Sono al sicuro!" urlò Chris, facendo sussultare leggermente Dylan. "Eri proprio nel mio salotto e avresti potuto farmi a pezzi con molta più facilità di quanto tu abbia fatto con Andy. Ma non è stato così. Mi hai salvato da lui, in realtà. E nei mesi prima che succedesse, prima che sapessi quello che sei, non hai mai provato a farmi del male."

"Ma avrei potuto!"

"Avresti potuto ma non lo hai fatto."

Adesso Dylan stava alzando la voce. "Basterebbe solo un morso, lo sai? Non dovrei nemmeno cercare di ucciderti. Solo un maledettissimo morso e..." Aveva lo sguardo tormentato. "Non me lo perdonerei mai se trasformassi anche te in un mostro."

Chris chiuse gli occhi e cercò di formulare le parole successive nel modo più corretto possibile. Poi guardò Dylan e posò le mani sulle sue spalle tese. "Tu non sei un mostro, Dyl. Tu sei... okay, be', hai un piccolo problemino con una scadenza mensile, e tutto l'ibuprofene al mondo non ti aiuterà. Ma tu mi hai *protetto*. Sono stato... sono stato ferito in passato. A volte da persone che avevano il compito di proteggermi." Ingoiò e si obbligò a continuare. Di solito non parlava di quel periodo del suo passato, non ci pensava mai, ma in quel momento era importante. "Erano dei semplici umani e mi hanno ferito, ma tu non lo hai fatto. Mai. Mi fido di te, Dylan."

Allungò una mano per far scorrere un dito sulla cicatrice sulla sua fronte, di solito nascosta dai capelli, ma Chris sapeva che si trovava lì. Era una di quelle che si era fatto quando lo aveva salvato da Andy, il lupo mannaro. "Mi fido di te," ripeté.

Sembrava che Dylan stesse cercando di non piangere. Al diavolo, Chris *si sentiva* come se stesse cercando di non piangere, e la cosa lo faceva incazzare. Piangere non era da lui. Non aveva pianto a quindici anni quando sua madre era morta di cancro e non avrebbe certo cominciato a singhiozzare adesso.

Così guardò Dylan intensamente. "Ascolta. Sto cercando di far funzionare questa cosa tra noi. Lo stiamo facendo entrambi. E se andrà avanti, dovrai smettere di essere così spaventato e allontanarmi ogni ventotto giorni, e io ho bisogno di vedere quello con cui ho a che fare. Tutto, voglio dire. Non ho avuto modo di vedere molto quella volta, solo parecchio sangue, zanne e peli. Voglio vederti. Ne ho bisogno." E diceva sul serio, perché era più che certo che se non avessero risolto quella questione, sarebbe andato tutto in frantumi. I segreti erodevano le cose buone.

Dopo aver pensato per alcuni momenti, forse Dylan era giunto alla stessa conclusione. "Okay," si arrese. "Il prossimo mese. Ti prenderemo una pistola e, non so, magari possiamo anche pensare ai proiettili d'argento..."

"*Questo* mese. Questa notte." Chris incrociò le braccia e la sua espressione di pura testardaggine esprimeva chiaramente la sua determinazione. Non avrebbe fatto retromarcia. Se Dylan voleva che se ne andasse, avrebbe dovuto prenderlo e portarlo fuori di peso. Poteva essere forte abbastanza da provarci, ma lui avrebbe sicuramente opposto resistenza.

"No, sento... questo mese c'è qualcosa di davvero strano. Non so perché. Ma è come... non lo so. Delle presenze, come se qualcuno mi stesse guardando. Come se potessi vedere qualcosa muoversi, con la coda dell'occhio, però non riesco mai a beccarlo."

"E come fai a sapere che non ti sentirai ancora più strano il prossimo mese? È tutto nella tua testa, Dyl. Sei solo un lupo mannaro come tanti altri. Non c'è nulla di insolito al riguardo."

"Sei incredibile," disse Dylan, rilassando leggermente le spalle.

Sul volto di Chris comparve un sorriso trionfante.

CAPITOLO 2

ANCHE SE restare quando Dylan si trasformava in lupo era stata una sua idea, al momento Chris ci stava ripensando seriamente. Ma non avrebbe condiviso i suoi dubbi con Dylan. Nemmeno per sogno. Invece, scherzò un po' quando Dylan lavò i piatti, poi uscì fuori in giardino. Non era ancora buio, però il sole era già dietro alle colline vicine e l'aria era ancora piacevolmente tiepida. Scosse il pacchetto di sigarette che teneva nella tasca della camicia per farne uscire una, la accese con l'accendino in plastica blu e inalò. Dylan lo guardava male ultimamente per quel vizio, ma il fatto che ci fosse qualcuno che ci tenesse abbastanza da punzecchiarlo lo rendeva felice.

La nicotina, però, non calmò i suoi nervi. In meno di mezz'ora, il sole sarebbe calato e Chris avrebbe guardato il suo amante trasformarsi in un lupo.

Che cazzo! Il mondo era davvero un posto strano.

Accese una seconda sigaretta e aspirò pensieroso. Fino a poco tempo prima, il suo mondo era stato relativamente piccolo. Non era stupido – non molto istruito, quello sì, ma non ignorante. Leggeva un sacco, guardava la televisione, ascoltava la radio. Non usava spesso internet e non se ne era mai interessato molto, ma sapeva che nel mondo c'era ogni genere di persona, ogni tipo di stranezza. Era solo che non aveva interagito molto con nessuna di queste, preferendo rimanere nel suo angolo dell'universo, dove poteva anche non essere importante o rispettato, ma almeno lì aveva un'idea piuttosto precisa da dove sarebbero arrivate le delusioni. Chi lascia la strada vecchia per quella nuova... giusto?

Solo adesso era venuto fuori che la vita era molto più straordinaria di quanto avesse sospettato. I lupi mannari esistevano davvero. E anche gli uomini – be', un uomo, almeno – che voleva Chris per qualcosa di più che una sveltina. Un uomo intelligente, gentile e sexy da morire. Che sapeva essere un bravo amico e, cosa ancora più miracolosa, si era innamorato di lui. Che avrebbe rischiato la sua vita per salvare quella di Chris.

Si chiedeva quali altre sorprese avrebbe avuto in serbo per lui l'universo.

Fece un ultimo tiro, schiacciò il mozzicone sotto il tacco e tornò dentro.

DYLAN CAMMINAVA per la cucina, incapace di star fermo. Aveva gli occhi spalancati, il respiro rapido e i suoi muscoli erano leggermente contratti. Gli ricordava qualcuno che sballava per le metamfetamine... non proprio un bel ricordo.

"Vai a casa, Chris. Dico sul serio."

"No."

Dylan reagì con rassegnata esasperazione. Smise di camminare giusto per potersi passare le mani sul viso. "Questa è davvero una pessima idea."

"Forse." Chris aveva inseguito un sacco di pessime idee nella sua vita. Alcune lo avevano messo nella merda fino al collo, ma alcune – come provarci con il ragazzo sexy, anche se proprio non era il suo tipo, che si era appena trasferito vicino a lui – si erano rivelate bellissime sorprese. Non avrebbe abbandonato il suo posto vicino all'ingresso della cucina.

Dylan grugnì pestando i piedi a terra, fece un gran rumore, pur essendo a piedi nudi. Aprì di scatto uno dei cassetti ed estrasse il coltello con la lama più grande, un coltello da sashimi di quarantacinque centimetri che aveva comprato illudendosi che un giorno avrebbe preparato il sushi. "Allora prendi questo," disse, camminando a passo veloce verso Chris.

Un po' allarmato dal modo in cui Dylan stava sventolando il coltello, indietreggiò verso il muro. "Non ho bisogno di un'arma," protestò.

"Prendilo comunque." Dylan lo allungò nella sua direzione, grazie al cielo porgendolo dalla parte del manico.

Chris lo soppesò. "Quindi, se mi dirai una cosa tipo 'è per mangiarti meglio!', cosa devo fare, sfilettarti? Perché ho visto cosa hai fatto all'altro lupo. Non credo che un coltello con una lama di quasi mezzo metro ti avrebbe rallentato molto."

"Mi sentirei meglio se lo tenessi."

"Vabbè."

Dylan annuì e si tolse la T-shirt arancione. La piegò con cura e la posò sul bancone della cucina.

"Cosa fai una volta che… ti sei trasformato?" domandò Chris. "Ululi alla luna?"

"Corro. Annuso cose. Caccio. Caccio cose, Chris. Le uccido." Aveva l'aria più selvaggia e la voce più roca del solito.

"A mio nonno piaceva cacciare. Mi ha portato con lui un paio di volte. Non ho mai ucciso nulla, ma l'ho visto far fuori un cervo."

"Io ho ucciso un cervo, dei conigli, procioni. Una volta ho preso un pesce. Ho usato i denti, non un arpione. Posso spezzare il femore di un cervo nello stesso modo in cui tu addenti dei biscotti secchi."

Mantenendo un'espressione naturale, Chris annuì. Era strano ascoltare l'uomo con cui andava a letto pronunciare quelle parole. Lo stesso uomo che ascoltava i Decemberists mentre postava su Instagram – che sapeva essere un amante così tenero che Chris a volte lo doveva spingere a essere più violento – adesso era lì nella sua cucina di lusso, con aria vogliosa ed eccitata mentre parlava di distruzione. Era un'esperienza leggermente spaventosa, ma anche elettrizzante. Come mordere del cioccolato e scoprire che il ripieno era al peperoncino.

"Quanto lontano corri?" domandò Chris.

"Lontano. Chilometri. Sarò fuori tutta la notte." Dylan si slacciò i bottoni dei jeans, abbassò la zip e se li tolse. Indossava un paio di boxer grigi, la sagoma grossa del suo sesso in piena vista. Fece scorrere un dito sulle cicatrici sul ventre, ma

156

sembrava essere da un'altra parte con la mente. Sembrava avesse quelle cicatrici da anni piuttosto che mesi. A Chris piacevano. Quando erano a letto, gli piaceva leccarle, sentire il rilievo leggero contro la lingua. Un ricordo del sacrificio di Dylan per salvarlo.

"D'accordo," disse Chris. "Dormirò nel tuo letto questa notte." Ultimamente ci dormiva sempre. Era molto meglio del suo.

"Okay," rispose Dylan distrattamente. Si tolse i boxer e rimase fermo nel mezzo della cucina, così magnifico da togliere il fiato. La cucina non era particolarmente calda, ma sulla pelle di Dylan c'era un leggero velo di sudore. Il petto – di solito coperto da pelo rado e chiaro – adesso sembrava più folto e scuro e le dita continuavano a flettersi come quelle di un pugile in procinto di combattere.

"È pericoloso là fuori?" domandò Chris calmo. "Per te, voglio dire."

"Non proprio. Resto sempre dentro i confini della foresta di Stato. Non credo che i cacciatori siano un problema, mi tengo alla larga dalle strade e non ho nessun predatore. Sono in cima alla catena alimentare." Fece un sorriso un po' da, be', lupo.

Ma il suo volto si fece di nuovo più serio. "Ascolta. Quando io… mi trasformo… fa male. Un bel po'. Quindi forse griderò. Ma è tipo… un dolore buono, perché lo voglio davvero tanto. E non dura a lungo."

"Come una scopata veloce quando sei tutto eccitato e non vuoi perdere tempo con i preliminari."

Dylan aveva l'aria scettica. "Immagino di capire. Basta che mi stai lontano, okay? Probabilmente è davvero brutto a vedersi, ma andrà tutto bene."

"Capito."

Dopo di che rimasero lì fermi, in silenzio tranne che per il respiro affannato di Dylan. Pensandoci bene, anche quello di Chris era pesante e il cuore gli batteva forte. Si accorse di aver stretto la presa intorno al manico del coltello e si costrinse ad allentarla un po'. Stava prendendo in considerazione l'idea di prendersi una birra dal frigorifero quando Dylan ansimò.

Mentre Chris rimaneva incollato al pavimento affascinato e spaventato allo stesso tempo, il corpo di Dylan cominciò a mutare. Gli venne in mente qualcuno che dava forma a una massa di argilla, solo che non c'erano delle mani giganti che manipolavano Dylan, e lui stava gemendo molto più rumorosamente di un pezzo di argilla. Tirò indietro le labbra in una smorfia, e i denti gli si allungarono, diventando più aguzzi. Le articolazioni si deformarono. Si mise a quattro zampe, ma non prima che Chris notasse la turgida erezione del suo amante.

"Immagino che sia in effetti un buon dolore," balbettò Chris.

Dylan non gli prestò nessuna attenzione. Non sembrava più lui: dalla testa la peluria era scesa a coprirgli anche il viso, fino alle spalle, poi giù sulla schiena, le natiche e le gambe. E mentre cresceva, i ricci scomparvero e ogni pelo divenne grigio, più chiaro sotto il ventre e intorno al muso. Perché Dylan adesso aveva un muso, con le labbra e il naso di un nero lucido. Le orecchie si drizzavano sulla testa, e quando Chris fece un piccolo rumore puntarono leggermente verso di lui.

Zampe grandi e pelose avevano preso il posto di piedi e mani. E cosa ancora più rimarchevole, gli era spuntata una coda. Era molto pelosa con la punta nera.

E gli occhi: di solito erano di un colore caldo, ambrato vicino alla pupilla e verde mare sul bordo. Ora erano gialli. Ma la prima volta che lo aveva visto sotto forma di lupo – mezzo morto, coperto dal suo stesso sangue e da quello di Andy – Dylan aveva voltato la testa verso Chris, che aveva notato qualcosa di familiare nei suoi occhi. Allora non avrebbe sicuramente saputo dire cosa, ma nemmeno adesso. Però aveva visto qualcosa in quello sguardo, quindi non era restato sconvolto quanto avrebbe dovuto quando il lupo era collassato per trasformarsi nel suo amante, nudo e a brandelli. Negli occhi del lupo stava vedendo Dylan, e anche se Chris era diffidente da morire, non aveva paura.

Il lupo si stiracchiò come un cane dopo un lungo riposo, poi sollevò la testa per odorare l'aria. Zampettò verso il forno, dove forse alcuni schizzi di grasso della carne erano sfuggiti alle pulizie di Dylan e si leccò la mascella con la lingua di un colore rosa intenso. Forse Chris avrebbe dovuto comprare una bistecca con l'osso in più.

Il lupo scosse il corpo dalla testa alla coda. Era una creatura bellissima, con un manto folto, gli arti lunghi e i muscoli massicci. Se ci fosse stato un concorso di bellezza per lupi mannari, avrebbe vinto il primo premio. A quel punto sembrò accorgersi di Chris, che era ancora schiacciato contro il muro, con quello stupido coltello in mano. Con quell'aspetto così dissimile da un animale domestico, si avvicinò a passo felpato.

"Ah, ciao, Dylan," disse Chris a voce bassa. Non aveva paura, ma non era nemmeno calmo. Sapeva che probabilmente il lupo poteva sentire il cuore che gli batteva all'impazzata, il sudore che gli scorreva sulla nuca.

Il lupo non sembrava né spaventato, né allarmato. Si fece più vicino – così vicino che Chris dovette trattenersi dall'accarezzare il pelo spesso intorno alla collottola – e gli annusò le scarpe. Poi infilò il naso nella mano senza coltello, fiutando rumorosamente. Che il naso fosse freddo e umido significava che stava bene, giusto?

Le orecchie puntavano leggermente in avanti e la coda rigida scodinzolava appena. Chris decise che fosse meglio essere discreti: abbassò un po' le spalle e lo sguardo, cercando di sembrare il più mansueto possibile. "Non significa che hai il diritto di darmi degli ordini quando sei in forma umana. Ed è meglio che non cerchi di montarmi la gamba."

Il lupo emise una specie di sbuffo, però non sembrava arrabbiato. Poi fece una cosa che sconvolse Chris così tanto che gli cadde il coltello al suolo: si alzò sulle zampe posteriori e posò quelle anteriori sulle sue spalle. Non era alto come Dylan in forma umana e non aveva nemmeno lo stesso peso, ma era comunque grosso. E

158

caspita, che denti grandi che aveva! La coda si muoveva ancora con grazia e Dylan era ancora lì, nel profondo di quegli occhi selvaggi.

Con un altro sbuffo, il lupo si allontanò e atterrò sulle quattro zampe. Si diresse verso la porta sul retro – Dylan gli aveva chiesto di tenerla aperta – e si dileguò nell'oscurità.

Chris scivolò lungo il muro fino a ritrovarsi seduto sul pavimento che la lama del coltello aveva leggermente scheggiato. Dylan si sarebbe incazzato.

"Porca merda," esclamò nella stanza completamente vuota. Il suo ragazzo era appena diventato un lupo.

QUELLA SERA cercò di tenersi occupato. Corse a casa sua – facendo finta che non stava guardandosi in giro alla ricerca di segni di lupi mannari – poi si mise a perlustrare la sua libreria stracolma. Quando gli occhi si posarono su una copia consunta de *Il richiamo della foresta*, si lasciò prendere da una risata che aveva un che di isterico. Scelse invece qualcosa di John Grisham.

Tornato nel salotto di Dylan, sedette sulla comoda poltrona in pelle che lui gli cedeva sempre, ma non riuscì a concentrarsi sulla storia. A chi importava qualcosa degli avvocati, comunque?

Nella sua mente affiorò un vago ricordo di sua mamma che sbraitava contro qualche maledetto avvocato, dopo che suo padre se ne era andato una volta per tutte quando era piccolo. Aveva avuto a che fare con degli avvocati quando suo nonno era morto. C'erano state infinite questioni legali – lunghe lettere stampate su carta intestata che erano arrivate nella sua cassetta della posta – quando zio Frank era morto. Aveva lasciato la casa e un appezzamento di terreno piuttosto inutile a un lontano parente e, per qualche motivo, i figli del cugino di terzo grado avevano temuto che Chris contestasse le ultime volontà dell'uomo, quindi gli avevano offerto una piccola somma per tenerlo tranquillo. Lui aveva avuto la tentazione di impugnare il testamento e dirgli di andare a farsi fottere – solo per il piacere di fare il bastian contrario – ma al tempo era a corto di soldi, quindi aveva accettato il denaro. Dato che viveva di fianco alla casa, era un po' preoccupato per quello che avrebbero fatto della proprietà, ma aveva poi scoperto che non avevano fatto nulla. Il posto era rimasto vuoto per anni prima che arrivasse Dylan ad accaparrarselo.

Dylan. Che cosa stava facendo in quel momento, si domandò. Era già riuscito a cacciare qualcosa? Gli sembrava di aver letto o sentito che in Oregon c'erano dei lupi veri – lupi che lo erano tutti i giorni per tutto il giorno, non quelli che lo facevano una volta al mese – ma non sapeva se ce ne fossero nelle vicinanze. E se Dylan li avesse incontrati?

Rinunciando a leggere il romanzo e lanciandolo sul tavolino, si mise in piedi e andò alla finestra. Non vedeva nulla, a parte il riflesso del salotto, e comunque non c'era molto da vedere fuori, solo le colline lontane e i campi di grano che affittava a Bill Gorman. Forse un coyote o due – si facevano vivi abbastanza di frequente –

ma molto probabilmente nessun lupo si aggirava furtivo nei paraggi. Comunque, non riusciva a mandar via quella sensazione inquietante che qualcuno lo stesse osservando, così spense le luci, lasciando il salotto illuminato solamente dalla luce lunare.

Si diresse in cucina con l'intenzione di prendersi una birra, ma rimase di fronte al frigorifero a fissare il contenuto senza vederlo davvero, chiedendosi che odore avesse la foresta per un lupo.

Dylan aveva una vecchia televisione, ma non si era mai preso il disturbo di tirarla fuori dalla scatola. Probabilmente era da qualche parte nel seminterrato, assieme al mobilio della nonna di sua cognata, un sacco di attrezzi per la casa che al momento non utilizzavano, e alcune scatole piene di vecchi documenti scolastici e tesori di famiglia di cui Dylan non aveva il coraggio di sbarazzarsi. Quando volevano guardare l'apparecchio degli idioti, si trascinavano fino a casa di Chris e si stringevano insieme sul divano bitorzoluto. Ma non voleva restare a casa sua da solo quella sera.

Il portatile di Dylan era sul suo tavolo da disegno nell'altra stanza al piano di sotto, la stanza che ultimamente aveva cominciato a chiamare il suo *ufficio*. Pensò di accenderlo, dato che Dylan gli aveva affidato la password settimane prima. Voleva vedere cosa diceva Wikipedia sui lupi. O magari navigare su qualche sito porno. Ma appena si sedette, provò di nuovo quella sensazione, come se qualcuno lo stesse fissando. Ovviamente non c'era nessuno, ma rinunciò comunque a internet e tornò in cucina.

Finì col fare il pane. Gli piaceva perché tutto quell'impastare era puro lavoro manuale – aveva deciso di ignorare il mixer ultimo modello di Dylan – e perché quando era nel forno aveva un aroma assolutamente delizioso, uno degli odori migliori al mondo, assieme a quello del caffè, del bacon e della benzina. Il pane fatto in casa aveva un sapore molto migliore di qualsiasi cosa si comprasse in negozio. Be', eccetto forse in una di quelle panetterie di lusso a Portland, dove non si parlava d'altro che di pane artigianale fatto con farina macinata a pietra, ma la città era a un'ora di distanza.

Appena si fu raffreddato abbastanza da poterlo tagliare, se ne mangiò una fetta spessa cosparsa di burro. Era buono. Lasciò i piatti sporchi perché se ne occupasse Dylan il giorno dopo, diede un lungo sguardo ai canovacci accuratamente piegati e sospirò. Infilò la testa fuori casa ma non sentì altro che il fruscio delle foglie nel vento. Si assicurò di lasciare la porta leggermente aperta, poi si trascinò su per le scale.

Lui e Dylan avevano già rinnovato il bagno principale, installato una doccia grande abbastanza per due, ma quella sera fu la vasca da bagno ad attrarre la sua attenzione. A casa sua non c'era, aveva solo una tremenda doccia di plastica. Quella di Dylan era enorme, con i piedini alla francese, probabilmente risalente alla costruzione della casa. Aveva speso un po' per farla restaurare; adesso brillava nella sua pura e invitante bianchezza. Un cestino di oli da bagno e sali era appeso vicino, uno dei progetti del corso di artigianato della cognata di Dylan: entrambi facevano finta che fosse poco virile ma segretamente li amavano.

Chris aprì il rubinetto e attese che l'acqua si riscaldasse, poi mise il tappo prima di spremere una generosa quantità dell'olio di agrumi di Kay. "Con olio di mandorla e vitamina E!" aveva annunciato allegra. "Per idratare la pelle."

Loro avevano semplicemente borbottato ma la verità era che era buono. Quando Chris lo usava, a Dylan dopo piaceva leccarlo dappertutto; non che quella sera ci sarebbe stato alcun pericolo che succedesse.

Chris rimase a mollo fino a quando la pelle non gli si raggrinzì e l'acqua si raffreddò. Aveva pensato a Dylan per tutto il tempo, preoccupato, chiedendosi dove fosse, ma poi aveva sentito un rumore che lo aveva distolto dalle sue divagazioni. "Dylan?"

Nessuna risposta.

Chris uscì dalla vasca e si asciugò con uno degli asciugamani in bambù biologico di Dylan. "Non sono un cavolo di *panda*," gli piaceva dire lamentandosi, ma doveva ammettere che quegli asciugamani erano molto più soffici di qualsiasi cosa lui possedesse.

Di solito Chris dormiva nudo, che fosse nel letto di Dylan o meno, ma per un qualche motivo si sentiva obbligato a mettersi qualcosa. Rovistò tra i cassetti della biancheria fino a che non trovò un paio di pantaloni di flanella, che indossò. Salì sul comodo letto e spense le luci. Le lenzuola avevano l'odore di Dylan e di sesso e Chris pensò di masturbarsi ma non lo fece. Si addormentò con una velocità sorprendente.

Si svegliò quando il letto tremò. Dapprima Chris si sentì leggermente disorientato, poi si spaventò quando udì un forte ansimare e avvertì qualcosa di pesante muoversi sopra le sue gambe. "Dyl?"

Il lupo si posizionò nello spazio vuoto di fianco a lui, si rigirò due o tre volte e si sistemò. Anche il naso umano di Chris riusciva a sentire l'odore di resina di pino e fango, assieme a un leggero sentore di cane bagnato. Molto lentamente, con grande cautela, spostò la mano fino a quando non fu sepolta nel manto caldo. Il lupo emise un sonoro sospiro di contentezza.

"Notte, Dyl," disse con un sorriso e ben presto si riaddormentò di nuovo.

CAPITOLO 3

DYLAN SI svegliò con l'odore del bacon nell'aria: era affamato da morire. Era in posizione fetale sopra al piumino, ma con una trapunta che ricopriva il suo corpo nudo. Sentendo l'odore di foresta e sangue arricciò il naso, poi scese con attenzione dal letto e si stiracchiò. Aveva alcuni piccoli graffi sul torso – probabilmente era di nuovo colpa dei rovi di more – ma si sentiva magnificamente, come sempre dopo una bella corsa, però avrebbe dovuto lavare le lenzuola un'altra volta.

"Sei sveglio finalmente, bell'addormentata?" La voce di Chris arrivò sopra alle scale e giù per il corridoio fino al bagno. Doveva aver urlato. Invece di farlo anche lui, Dylan batté un piede sul pavimento un paio di volte.

Probabilmente si sarebbe dovuto fare una doccia, ma il profumo della colazione era una tentazione troppo grande. Notò il suo paio di pantaloni da casa preferito lasciato in un angolo, fece un piccolo sorriso e li indossò. Avevano l'odore di Chris. Non si preoccupò di mettersi una T-shirt o dei calzini; anche se era ancora mattino, la giornata era già abbastanza calda e lui tendeva a soffrire di più il caldo nei giorni in cui si trasformava.

Chris era in piedi davanti ai fornelli, con addosso i boxer e la maglietta nera del giorno prima, talmente vecchia che il logo dei ZZ Top era ormai quasi illeggibile.

"Hai cucinato tutto il bacon?" domandò Dylan, raggiungendolo.

"C'è un'altra vaschetta nel frigorifero."

Diede una veloce stretta alla spalla di Chris prima di dirigersi al frigo e tirare fuori la vaschetta di plastica. La aprì con i denti e si infilò un paio di fette di carne cruda in bocca.

"Che schifo, amico."

Dopo avere masticato e ingoiato, Dylan fece spallucce. "A volte è più buona così. Nemmeno ieri notte ho cucinato la cena."

Chris aveva l'aria leggermente preoccupata. "Cosa hai mangiato?"

"Opossum."

"Puah."

Dylan fece ancora spallucce e mangiò dell'altro bacon. Gli sarebbe piaciuto davvero cacciare della selvaggina più grande, come un alce, ma probabilmente da solo non ce l'avrebbe fatta.

Chris scosse la testa. "C'è del pane tostato, se vuoi mangiare da persona civile. E voglio fare delle uova strapazzate."

"Anche le uova mi piacciono crude." E per dimostrarglielo, Dylan ne ruppe un paio in una tazza e se le bevve con un gran rumore, godendo dell'espressione sul viso di Chris. Poi riempì un'altra tazza con del caffè che l'altro aveva preparato e andò a sedersi al tavolo. Quando Chris si unì a lui, Dylan stava spalmando del burro sul pane.

"Wow! Questo pane è incredibile! Lo hai fatto tu?"

"Già. Sarei molto più compiaciuto per il complimento, se il critico gastronomico non si fosse appena mangiato due etti di bacon crudo."

"Ehi, dovresti essere contento che sono facile da soddisfare. Rick ha detto che a Kay è venuta la voglia di frullati, e devono essere di un tipo *particolare* che fanno solo in un posto che sta dall'altra parte della città. Inoltre non gli permette di cucinare nulla che puzzi, altrimenti minaccia di vomitare."

Chris fece una risata strozzata. "Ma Kay starà incinta per quanto? Sei mesi? Con te sarà sempre così."

"Ma solo per uno o due giorni al mese." Dylan vedeva che Chris non era davvero seccato, era solo il suo modo di essere sarcastico, una delle tattiche preferite di Chris quando faceva conversazione.

Per un po' bevvero e mangiarono in silenzio. Dylan ripensava a momenti della notte appena trascorsa. I suoi ricordi licantropi erano sempre un po' confusi e frammentati, forse perché i sensi di un lupo e la sua mente erano molto diversi da quelli di un umano, ma sapeva di essersi divertito e che sarebbe stato soddisfatto per altri ventisette giorni.

Finito il cibo – ingollò almeno quattro fette di pane – guardò dall'altra parte del tavolo. "Non ti sei spaventato... ieri sera. Hai avuto davvero le palle per essere rimasto lì."

"Te l'ho detto. Mi fido di te. E non mi hai mangiato."

Dylan si grattò il mento. Forse avrebbe dovuto farsi ricrescere il pizzetto sotto il labbro. "Non volevo farlo. Sento... il *lupo* sente... che tu sei mio."

Chris fece un gran sorriso. "Perché lo sono, stupido." Il sorriso prese una sfumatura perfida. "Ma forse dovrei comprarti un collare. Un guinzaglio. Farti fare un corso di obbedienza. Ah!" Il resto della frase andò perso quando Dylan schizzò intorno al tavolo e lo afferrò, facendo cadere entrambi sul pavimento.

Era freddo e duro, ma a Dylan non importava, perché Chris era sotto di lui e li separava solo un velo sottile di tessuto. E quando lo baciò, aveva un sapore delizioso, l'alito non sapeva nemmeno di tabacco.

Chris fece scivolare le mani dietro alla vita di Dylan e gli afferrò le natiche. Quando parlò, la sua voce era roca e profonda: "La luna piena ti ha fatto questo effetto? Perché è molto meglio che sbafarsi le uova."

"Sei *tu* che mi fai questo effetto," replicò Dylan, facendo ondeggiare leggermente il corpo così che le loro crescenti erezioni strofinassero l'una contro l'altra.

"Cazzo."

"Anche quello."

Chris ridacchiò e così fece Dylan. Era bello avere qualcuno con cui poter vivere quell'esperienza; non il sesso – be', anche il sesso era fantastico – ma l'intimità, l'amicizia, il *divertimento*.

Mentre Dylan mordeva la mascella di Chris, coperta da una leggera peluria, lui gli abbassò i pantaloni oltre i fianchi e le natiche. Si ritrovò le gambe quasi immobilizzate, ma non aveva comunque l'intenzione di andare da qualche parte. Chris inarcò un po' la schiena e li fece rotolare. Si ritrovò sopra a Dylan, che gli afferrò i boxer. Chris rise e saltò in piedi, fuori dalla sua portata. "Arrivo subito," disse.

Dylan lo guardò mentre si toglieva in fretta la maglietta degli ZZ Top e la lanciava dall'altra parte della stanza, per poi sfilarsi i boxer così in fretta che quasi cadde a terra.

"Gesù," gemette Dylan. Non si stancava mai di vedere il corpo del suo amante. Muscoli duri, pelle olivastra senza l'aiuto di lettini abbronzanti; non importava che periodo dell'anno fosse, sembrava sempre che prendesse il sole nudo. E poi il suo bellissimo sesso, che si stagliava orgoglioso dai riccioli neri.

Chris lo guardò lascivo, si mise in alcune posizioni che forse aveva preso in prestito da delle riviste porno e, per andare sul sicuro, si leccò le labbra e impugnò la propria erezione, facendoci scorrere la mano lentamente un paio di volte. Dylan gemette di nuovo e abbassò la mano per afferrarsi, unendosi alla splendida tortura di Chris. Lui poteva anche essere uno dei mostri delle fiabe, ma in quel momento era Chris quello che aveva l'aria del malvagio. Non si sarebbe sorpreso se al suo amante fossero spuntate una lunga coda rossa e delle corna appuntite.

E il sorriso perverso di Chris aumentò quando, a passo lento, si avvicinò al tavolo della cucina, continuando a toccarsi. Allungò la mano e, usando due dita, raccolse una generosa porzione dal contenitore del burro in vetro verde che Dylan aveva comprato in quel negozio vintage in Hawthorne Street.

"Stai scherzando," disse Dylan.

"Non dirmi che il tizio che si ingozza di uova e bacon crudi fa lo schizzinoso per un po' di lubrificante a base di latticini."

"Ma… finiremo per impiastricciarci."

Chris fece ballare le sopracciglia. "Quando avremo finito, potrai leccarlo." Poi posò un piede su una sedia e cominciò a infilarsi dentro il burro.

"Oh, Dio…" ansimò Dylan, levando la mano dall'uccello perché le cose non finissero troppo in fretta.

La risata di risposta di Chris avrebbe reso orgoglioso il demone più perfido. Era chiaramente eccitato da quello che si stava facendo – e dall'effetto che aveva su Dylan – perché dalla fessura sulla punta fuoriuscì un liquido luccicante. Dylan voleva assaporarlo, fu quindi contento quando Chris si diresse verso di lui con passo spavaldo.

E fu ancora più felice quando si mise a cavalcioni delle sue ginocchia, fece scorrere la mano imburrata su Dylan un paio di volte e poi fece scorrere il membro scivoloso tra le sue natiche. Lentamente e con uno sguardo di pura concentrazione, Chris si impalò.

Avevano sempre usato il preservativo, però dopo aver saputo della licantropia di Dylan e dopo la loro riconciliazione, Chris aveva ringhiato qualcosa sulla fiducia ed entrambi avevano fatto il test. Dylan aveva temuto che le analisi del sangue avessero dei valori falsati a causa della sua condizione soprannaturale, ma si erano rivelate nella norma. Era ancora preoccupato che Chris potesse diventare un licantropo facendo sesso senza preservativo, ma lui era stato irremovibile sull'argomento, e aveva così dovuto ammettere che il sesso spontaneo senza doversi preoccupare del profilattico era una gran cosa.

Dylan imprecò a quella sensazione, ma poi non riuscì a dire un'altra parola quando Chris cominciò a flettere le cosce muscolose, salendo e scendendo.

"Sempre... Cristo!... ho sempre voluto fare il... cowboy," ansimò Chris.

"Iiih-aaah?" Dylan afferrò l'uccello ballonzolante di Chris, che gettò la testa all'indietro e strinse gli occhi, senza rallentare il suo ritmo. "Chris... merda, Chris..."

E poi Dylan trasalì, spinse Chris e cercò di mettersi in piedi con un salto. Avendo ancora i pantaloni alle caviglie, però, finirono entrambi sul pavimento, dolorosamente avvinghiati.

"Ma che cazzo..." cominciò col dire Chris infuriato.

"C'è qualcuno in casa."

Dylan aveva intravisto qualcuno muoversi in corridoio, dietro le spalle di Chris. Questa volta riuscì a mettersi in piedi, sollevando svelto i pantaloni e mettendosi a correre. Chris lo seguì passo passo, ancora nudo.

Non c'era nessuno e la porta d'ingresso era chiusa. Corsero entrambi nel salotto – nessuno nemmeno lì – e nell'ufficio. Niente di niente. Dylan andò alla porta e uscì in veranda, Chris gli era sempre dietro.

Osservarono la strada ghiaiosa, il campo con il grano nuovo, i giardini mesti davanti alle loro rispettive case. Non c'era nessuno. Era passato solo poco tempo da quando Dylan aveva visto qualcuno nel corridoio, l'intruso non poteva essersi allontanato granché.

"Dyl, sei sicuro?"

"Sicurissimo. Ho *visto* qualcuno."

"Chi era?"

"Non lo so. L'ho visto di sfuggita – credo fosse lui – passare davanti alla porta."

"Che aspetto aveva?"

"Capelli scuri. Vestiti chiari." Sapeva che non era una descrizione molto utile, ma era il meglio che poteva fare. Era assolutamente certo di non avere avuto un'allucinazione.

Chris aveva smesso di mettere in discussione la storia di Dylan, doveva dargliene atto. Si grattò una natica; probabilmente si era fatto qualche livido quando lui lo aveva fatto cadere a terra senza tante cerimonie. "Forse è salito di sopra."

"Forse," replicò Dylan.

Tornarono dentro, salirono le scale, ma una veloce indagine non portò alla luce nulla, tranne che un grosso ragno sul soffitto della camera da letto padronale.

"Deve essere uscito," disse Dylan. "Giù per la collina, verso il bosco."

"Deve essere andata così. Mi ha fatto passare la voglia," si rammaricò Chris, rivolgendo uno sguardo triste al suo pene flaccido.

"Scusa."

"Non è colpa tua. Ma perché mai qualcuno dovrebbe entrare da te? Come farebbe ad arrivare qui? Non ho visto auto."

"Non ne ho idea." Dylan si guardò intorno con aria incerta. "Dobbiamo chiamare il 911?"

"La stazione della polizia più vicina è a venti minuti di macchina e non troveranno nulla quando arriveranno qui. Forse potresti fare da segugio tu."

In realtà non era poi una cattiva idea. Scesero le scale di nuovo e si fermarono sull'uscio della cucina. Sentendosi leggermente ridicolo, Dylan inspirò profondamente. Sentì odore di caffè, bacon, pane tostato, burro e quello di Chris, tutti odori che lo distraevano molto e non erano molto utili, date le circostanze. Così inspirò di nuovo, poi ancora. E intercettò... qualcosa di quasi impercettibile, un accenno, un vago sentore.

"Che c'è?" domandò Chris. "Riesci a sentire l'odore di qualcuno?"

"No... C'è qualcosa come di... come di terra. Probabilmente qualcosa che mi sono trascinato dentro tra le zampe la scorsa notte." Sospirò. "Forse me lo sono immaginato."

Chris si avvicinò e lo abbracciò. "Quando ti cavalco, dovresti vedere le stelle. I fuochi d'artificio. Magari Dio e un coro celeste. Non dei tizi che corrono per il corridoio."

Anche se era ancora un po' scosso, Dylan rise e afferrò le natiche *imburrate* di Chris con entrambe le mani. "Sei stato parecchio bravo."

"Bravo? Dylan, sono *spettacolare*."

QUEL MATTINO, mentre stavano lavorando nella camera degli ospiti, Dylan si sentiva ancora un po' inquieto. Continuava a voltarsi in fretta, come se così potesse sorprendere qualcuno che lo fissava, ma a parte Chris non c'era nessun altro. E il fatto che le maledette impronte digitali non volessero venir via dal muro, non importava con quanta forza le strofinasse, non faceva migliorare il suo umore.

"Che diavolo avrà avuto il vecchio sulle mani?" si lamentò gettando lo straccio da parte.

Chris indossava la sua salopette e aveva uno sbaffo di vernice beige su una guancia. Era adorabile. "Ti ho detto di dipingerci sopra e basta."

"Non è così che si deve fare."

"Nessuno ti chiederà di restituire la laurea da architetto se lo farai, amico."

166

"Immagino di no."

Chris agitò in aria il rullo. "Forza. Finiamo qui, poi potremo riprendere dove abbiamo interrotto questa mattina."

Era un pensiero allettante, ma Dylan disse: "Credo di voler fare un riposino. Sono distrutto."

"È quello che succede quando passi le notti a bighellonare nei boschi."

"Io *non* bighellono."

Chris rise in quel modo infuriante che gli faceva venire voglia di togliergli tutti i vestiti di dosso e scoparselo fino a sfondare il materasso. "D'accordo. *Perlustri* i boschi, allora." Lanciò il rullo tra le mani di Dylan. "Allora finiamo di imbiancare. Possiamo farci un riposino e poi scopare. O fare l'inverso. O magari scopare, riposare, scopare. Anche quello mi starebbe bene."

"Hai un'etica del lavoro davvero terribile."

"È solo che ho stabilito bene le mie priorità, tutto qua."

Dylan immerse il rullo nella vaschetta di vernice e cominciò a imbiancare.

Erano una bella squadra. Chris si occupava degli angoli e dei bordi con un pennello, mentre Dylan passava il rullo sulle ampie superfici dei muri. Quando uno dei due lavorava vicino al soffitto, appollaiato sulla scala, l'altro lo aiutava immergendo il pennello nella vernice. Anche se, a dire la verità, ogni tanto ci scappava qualche palpatina.

L'umore di Dylan cominciò gradualmente a migliorare; gli piaceva sempre lavorare con Chris, ma quel giorno stava andando particolarmente bene e si scambiavano battute affettuose e rilassate. Da quando avevano fatto pace, andavano molto d'accordo, e non era mai stato così e Dylan si sentiva il cuore leggero e forte.

In parte la sua allegria era dovuta al fatto che la sera precedente non aveva attaccato Chris. Non gli era passato neanche per la mente. In qualche modo le emozioni del lupo erano diverse da quelle dell'uomo, semplici e non contaminate dall'incertezza, ma non erano poi *così* diverse. Lupo o umano, Dylan amava Chris e non gli avrebbe mai fatto del male; invece, avrebbe fatto qualsiasi cosa in suo potere per proteggerlo. Non doveva più temere per la sua incolumità una volta al mese, perché adesso sapeva che era al sicuro.

Dylan era sollevato al pensiero di potersi fidare di se stesso ed entusiasta della reazione che aveva avuto Chris; quando si era trasformato, la sera precedente, si era aperto completamente a lui, rivelando l'ultimo dei suoi terribili segreti agli occhi del suo uomo. Chris avrebbe avuto tutte le ragioni per essere terrorizzato o disgustato per ciò che aveva visto, per non dire anche spaventato a morte. Ma non aveva avuto nessuna di quelle reazioni. Aveva visto Dylan trasformarsi in una bestia, aveva dormito con un maledetto lupo nel letto, e il mattino dopo aveva salutato Dylan preparandogli la colazione e con del sesso appassionato – anche se interrotto.

E adesso Chris stava canticchiando stonato mentre la pittura gli finiva tra i capelli, e ogni tanto gli faceva un sorriso. Ma quella *non* allucinazione che aveva avuto al mattino era stata strana. Non poteva non pensare che ci fosse un pezzo mancante, qualcosa di davvero importante che gli era sfuggito. Ma al momento non importava perché Chris Nock amava Dylan Warner, architetto e lupo mannaro, e Dylan a sua volta amava Chris.

Capitolo 4

"Ora di sconnettersi, Dyl."

Dylan non sollevò lo sguardo dallo schermo del portatile. "Ma devo finire queste piante e tra due giorni ho il meeting."

"E dall'alba che batti su quella tastiera."

Era vero. Nonostante avessero portato a termine la vigorosa attività cominciata sul pavimento della cucina – sul letto era molto più comoda – Dylan non aveva dormito bene. Forse avrebbe dovuto fare quel riposo pomeridiano. Si era rigirato e svegliato ogni volta che aveva sentito dei rumori; alla fine si era stancamente trascinato fuori dal letto. Aveva lasciato Chris a russare sonoramente ed era sceso al piano inferiore per lavorare un po' su una casa che stava progettando per il leader semi-pensionato di una banda grunge e la sua ragazza tatuatrice.

"Dammi solo un'altra ora," disse Dylan. "Magari due."

"No. È il quattro luglio. Giorno dell'Indipendenza! Non dovresti proprio lavorare."

"Perché ieri me lo sono preso di riposo."

"Be', ti prenderai di riposo anche il resto di oggi." Chris chiuse il portatile di scatto.

"Ehi!" Quando provò a riaprire il computer, Chris lo afferrò per il braccio e lo fece alzare dalla sedia.

"Vai a vestirti," ordinò. "Ho fatto dei piani."

Dylan era incredibilmente sospettoso. "Che tipo di piani?"

"Mettiti in moto e lo scoprirai."

Preghiere, minacce e occhi da cucciolo non fecero sbottonare Chris, così Dylan salì le scale. "Ma che cosa mi devo mettere?" urlò.

"Cosa sono, il tuo consulente di moda? Non importa. Quello che ti metti di solito."

Osservando la cassettiera aperta, Dylan cercò di decidere cosa si metteva di solito. Jeans e T-shirt, probabilmente. Si infilò un paio dei suoi jeans migliori e la T-shirt con lo zombie vegetariano che Rick e Kay gli avevano regalato di recente; calzini e scarpe da ginnastica completarono l'insieme. Si diede una pettinata veloce – aveva davvero bisogno di farseli accorciare – e scese a passo svelto in cucina dove Chris lo stava aspettando.

Guardò la T-shirt di Dylan ed emise una risata strozzata. "Sì, sicuramente avrà un gran successo."

"Perché? Dove stiamo andando? Devo cambiarmi?"

Sollevando gli occhi al cielo con un sospiro, Chris afferrò le chiavi di Dylan dal bancone. "Andiamo."

C'era il sole e la temperatura era assolutamente perfetta. Fischiettando tra sé, Chris guidò la Silverado di Dylan lungo il vialetto sconnesso che conduceva alla strada provinciale.

"Non mi dai nemmeno un piccolo indizio?" insisté Dylan.

"Stiamo andando in un posto dove non vado da quando ero bambino. Voglio dire davvero piccolo. Ci andavo con mamma e papà."

Dylan si voltò per guardare il suo compagno, che era concentrato sulla strada. Chris parlava raramente di sua madre e mai di suo padre. "Hai dei bei ricordi di quel posto?" domandò Dylan a voce bassa.

"Immagino di sì. Sono anni che non ci penso nemmeno, ma ieri quando eravamo… be' qualcosa me lo ha fatto tornare in mente." Fece un gran sorriso.

Dylan ne sapeva quanto prima, ma ormai Chris aveva stuzzicato la sua curiosità, anche se rifiutò di aggiungere anche una sola parola. Li portò in autostrada e, con gran sorpresa di Dylan, non proseguì diretto verso Portland, svoltò invece in Cornelius Pass Road.

"Quindi la nostra destinazione non è nella civiltà," dedusse Dylan.

Chris gli diede un pugno nel bicipite – non proprio piano – e accese la radio. Cantarono insieme in coro, senza mai creare una vera armonia e riuscendo a non stonare solo per caso. Discussero della casa che Dylan stava finendo di progettare e fecero delle ipotesi sul progetto che Stender aveva in serbo per lui. Calcolarono quante crostate di more avrebbero potuto convincere Kay a preparare una volta che fossero giunte a maturazione e si chiesero se la gravidanza l'avrebbe resa più o meno desiderosa di fare delle torte. Dylan raccontò un paio di aneddoti sulla sua socia Matty, e Chris una lunga e spassosa storia di come era entrato in possesso del camion da carico che ogni tanto riusciva a far partire.

Svoltarono altre volte, sempre diretti verso sud. Dylan non aveva ancora idea di quale fosse la loro meta.

Finalmente raggiunsero una piccola città molto trafficata. Le persone camminavano sul fianco della strada – pericolosamente vicini alle macchine – trasportando cuscini per sedersi e borse frigo, destreggiandosi tra passeggini, zaini e bambini iperattivi. Alcune auto erano parcheggiate a una pendenza pericolosa vicino al ciglio della strada che costeggiava un fossato, ma Chris continuò verso il centro della città e si fermò nel parcheggio di un liceo, dove un paio di bei ragazzi con dei cappelli da cowboy gli chiesero cinque dollari per parcheggiare.

Chris e Dylan scesero dal camioncino e si unirono alla folla, dirigendosi verso il centro. Dylan ancora non sapeva come mai ci fosse tutta quella gente, non fino a quando svoltarono un angolo e vide un grosso festone appeso da un lato all'altro della strada.

Si bloccò. Chris si fermò quando se ne accorse. "Cosa c'è?" domandò.

"Stiamo andando a un *rodeo*?"

170

"Sì. In realtà uno dei più grandi." Chris gli si avvicinò, gli tolse il telefono dalla tasca e controllò l'ora per poi riporlo. "Manca quasi un'ora prima dell'inizio dello show. Possiamo andare a prendere i biglietti al botteghino e mangiare qualcosa."

"Ma..."

"*Forza*, Dyl. Scommetto che hanno i corn-dog giganti."

Be', chi poteva dire di no ai corn-dog giganti?

Dylan seguì Chris lungo la strada principale, attraverso un parcheggio, fino all'ingresso del rodeo. Ma molto prima che raggiungessero la fiera, annusò nell'aria gli odori che provenivano da dove erano diretti: cibo fritto, popcorn, fieno, sterco di cavallo e mucca, birra, sudore umano. Nonostante la trepidazione, trovava quegli odori eccitanti. Si chiese che sapore avesse il cavallo, poi scosse la testa per cancellare quel pensiero.

Arrivarono vicini all'arena ma dovettero girarci attorno per prendere i biglietti. La donna di mezza età dietro al bancone indossava una camicia a scacchi rossa con una bandana intorno al collo. "Buon divertimento, ragazzi," augurò porgendo la piccola busta.

Chris prese uno degli adesivi per paraurti e se lo infilò nella tasca di dietro. "Ne hai bisogno per il furgoncino," disse a Dylan strizzando l'occhio, poi lo condusse verso le bancarelle di cibo.

Scoprirono che vendevano davvero i corn-dog giganti, oltre a tutto quello che poteva essere fritto o infilato su un bastoncino. La maggior parte degli altri banchetti sembrava stesse raccogliendo fondi per organizzazioni locali, ricevendo parecchie donazioni. Dylan si prese un fantastico hamburger, una gran porzione di patatine a spirale, una salsiccia gigante che fece sorridere Chris come un dodicenne arrapato e uno strauben con dello zucchero spolverato sopra. "Forse venire qui non è stata una cattiva idea," ammise Dylan, guardando la bancarella che vendeva gli Oreo fritti.

"Forse qualcuno dovrebbe servirti uno di quei buoi su un piatto di carta."

"Non mi dispiacerebbe."

Ma alla fine Dylan riuscì a riempirsi lo stomaco. Passarono un po' di tempo gironzolando tra le giostre a premi e le bancarelle che vendevano cappelli da cowboy, gioielli, T-shirt, segnali in legno e copri lattine. "Magari ti comprerò un cappello prima di andare via," disse Chris. "Ti starebbe bene."

"Non so se sono il tipo da Stetson."

"Allora ne prenderemo uno per me. E magari un paio di gambali." Si chinò e abbassò la voce. "Immaginami con solo quello addosso la prossima volta che vado a fare una cavalcata."

Oh, Dylan se lo immaginava chiaramente, grazie tante e, probabilmente, doveva avere un'espressione intontita mentre si dirigevano verso l'arena.

Gli spalti erano duri, ma in una buona posizione, qualche fila in alto e vicino al centro, con una buona vista della tribuna; perlomeno Dylan pensava fosse una buona posizione. Aveva solo una vaga idea di ciò a cui stava per assistere e non sapeva dove si sarebbe svolta l'azione.

Gli spalti erano gremiti di persone di tutte le età che parlavano, ridevano, mangiavano. Vicino a Dylan e Chris c'erano una famiglia con dei bambini piccoli, una vecchia coppia che si teneva per mano e un gruppo di ventenni. Una bambina con indosso un cappello da cowboy rosa stava mangiando gli Oreo fritti, parlando a perdifiato. In parecchi indossavano stivali da cowboy fatti a mano e avevano tutti l'aria di saperla lunga su recinti per il parto delle vacche e marche di erbicidi.

Lo show cominciò con l'inno nazionale, e probabilmente Dylan se lo sarebbe dovuto aspettare, a giudicare dalla pletora di striscioni e bandiere a stelle e strisce in esposizione. Si chiese se il rodeo fosse sempre così patriottico o solo in occasione del 4 luglio. Un gruppo di ragazze in età da liceo entrò nell'arena a cavallo – principesse del rodeo e la loro regina, immaginò – e rimase colpito dalla velocità a cui galoppavano. Poi fu la volta dei clown del rodeo a bordo di un finto camion dei vigili del fuoco. Dylan si sarebbe anche goduto il loro spettacolo se non fosse stato per l'annunciatore e le sue battute da repubblicano che lo fecero rabbrividire.

Ma fu in particolare una stupida battuta omofoba che lo fece voltare verso Chris e dire: "Sta scherzando, vero?"

Lui fece spallucce. "Probabilmente dicono la stessa cazzata dal 1870. Non sanno ancora cosa sia il *politically correct*."

"È come essere teletrasportati in uno stato repubblicano."

"Prendila come un'esperienza culturale. Come quando sei andato a Barcellona. Che è in Spagna."

Era una frecciatina per un commento poco delicato che Dylan aveva rivolto a Chris mesi prima, quando stavano imparando a conoscersi e Dylan credeva ancora che il suo vicino fosse uno zoticone di campagna. Doveva averlo davvero colpito se Chris se lo ricordava ancora così chiaramente. Dylan pensò di scusarsi di nuovo, ma aveva già detto che era dispiaciuto e non era molto felice che Chris avesse risollevato la questione inaspettatamente. Aprì la bocca per spiegarsi, ma lo show cominciò all'improvviso.

Un enorme animale – un toro – uscì come un'esplosione dal condotto per gli animali e in groppa aveva un uomo che a confronto sembrava particolarmente minuto. Il toro cominciò a scalciare immediatamente e il cowboy ondeggiò in tutte le direzioni, tenendosi a una corda con una mano mentre l'altra volteggiava in aria. Prima perse il cappello, poi il posto sull'animale. Appena atterrato a terra, i clown del rodeo avanzarono in fretta per distrarre l'animale. Il cowboy si lanciò verso la staccionata e la scavalcò.

"Oh," disse Dylan.

Chris rise.

Uscirono parecchi altri uomini in sella a dei tori. Avevano tutti nomi come Colby, Cody, Corey e Dustin, ed erano sicuramente degli atleti incredibili ma, per come la pensava Dylan, completamente pazzi. Alcuni riuscivano a rimanere sul toro per otto secondi; a quel punto si udiva il suono di un corno, loro si lasciavano ruzzolare a terra, si allontanavano e poi il loro punteggio lampeggiava sui tabelloni elettronici.

"Scommetto che fanno davvero fatica ad avere un'assicurazione sanitaria," commentò Dylan.

"Alcuni vincono dei bei soldi con i premi."

"Sono certo che sia di gran consolazione quando passano il resto della vita in trazione."

Dopo la monta del toro fu il turno della cavalcata a pelo – con Chris che ridacchiava ogni volta che veniva dato l'annuncio. I cowboy una volta ancora veniva sbattuti di qua e di là e poi lanciati a terra. Almeno cadevano da un'altezza minore. Poi arrivarono i cavalli non addomesticati, che erano sellati, anche se la cosa non li rallentava.

"Come fanno a rimanere in sella?" domandò Dylan, che non aveva mai cavalcato nulla eccetto un pony da fiera.

Chris fece un sorriso. "Hanno delle cosce forti."

L'evento successivo fu quello dei barili; i concorrenti erano tutte donne e non furono meno spettacolari dei loro colleghi maschi mentre facevano correre i cavalli intorno a dei barili in plastica a una velocità che lasciò Dylan senza fiato.

Comunque, Dylan fu felice di vedere che l'evento successivo – team-roping – era composto nuovamente da uomini. Doveva ammetterlo: gli uomini forti in tenuta da cowboy erano sexy. Decise che avrebbe sicuramente comprato quei gambali per Chris.

Il team-roping consisteva in coppie di uomini che lavoravano insieme per catturare un manzo. Dovevano volerci anni di pratica per essere così in sincrono con un partner. Non riuscì a non chiedersi se alcuni di quei cowboy fossero gay. Almeno qualcuno doveva esserlo, giusto? E quando si esercitavano con la corda e con tutto quello sgroppare, forse...

Chris fece spallucce. "Hai gli occhi lucidi, amico. Stai pensando a tutti i porno con cowboy che hai visto in vita tua?"

Dylan si sentì arrossire. "No."

"Te l'ho detto che ti sarebbe piaciuto."

Ma la reazione di Dylan all'evento successivo non ebbe nulla a che fare con il sesso ma parecchio con lo stupore, con l'aggiunta, forse, di un po' di terrore. Fu infatti il turno dello steer wrestling, che vedeva un cowboy correre sul cavallo al fianco di un manzo, saltare giù, afferrare le corna della bestia e immobilizzarla a terra. Il tutto senza farsi calpestare, infilzare o essere ucciso in un altro modo. I cavalli che partecipavano a quella gara erano incredibili quanto lo erano i cowboy, anche se Dylan non poté non chiedersi che cosa ne pensassero gli animali.

"Chi è che si sveglia un giorno e decide di voler fare questo per vivere?" domandò Dylan, agitando una mano in direzione dell'arena.

"Non so. Uomini a cui piace l'adrenalina."

"Anche a me piace ma non mi vedrai mai farlo."

"Dylan, far proseguire la tua macchina qualche chilometro dopo che si accende la spia della riserva non è adrenalina. E nemmeno portare fuori i secchi della spazzatura il mattino quando passano quelli della nettezza urbana invece che la sera prima. O mangiare qualcosa che è scaduta da un giorno."

Dylan cercò di non dare a vedere di esserci rimasto male ma ebbe scarso successo. "Mi dispiace di essere così noioso," borbottò.

Al che Chris gli diede un pugno sul braccio – proprio nello stesso punto in cui lo aveva colpito prima. "Meno di ventiquattro ore fa eri il maledetto Fenrir, Dyl. Non penso che nessuno lo consideri essere noiosi."

"Fenrir?"

"Un lupo gigante della mitologia scandinava, caro il mio laureato," replicò Chris compiaciuto. "Ho letto un po' ultimamente."

Probabilmente Dylan avrebbe dovuto sentirsi infastidito, solo che ebbe l'improvvisa epifania che Chris non fosse per nulla disturbato dalla sua natura di lupo mannaro; anzi, in realtà lo considerava interessante, addirittura eccitante. Qualcosa su cui valeva la pena fare delle ricerche. Dylan sorrise.

Guardarono le gare successive, rimanendo ad ascoltare degli altri stupidi e offensivi tentativi dell'annunciatore di fare il brillante. Il sedere di Dylan cominciava a fargli male a causa della durezza degli spalti, per il resto si stava comunque divertendo. "Non aspettarti di portarmi a una gara di trattori la prossima volta," disse a Chris, facendolo ridere.

Quando lo show terminò, aspettarono che la folla cominciasse a disperdersi prima di farsi strada verso l'uscita. Si misero in fila per usare le toilette, poi rimasero per alcuni minuti a guardare dei bambini cercare di cavalcare un cavallo meccanico.

"Ho un po' di fame," annunciò Dylan dopo un po'.

"Penso che tu abbia mangiato già tutto quello che vendevano."

"Sei solo invidioso perché ho un metabolismo molto veloce."

"In effetti mi piace la tua silhouette da ragazzina."

Fu il turno di Dylan di dare un pugno a Chris.

Questa volta gustò del tacchino alla griglia, che agitò in aria facendo una pessima imitazione di Enrico VIII, seguito da una pannocchia e una mela caramellata, e prese anche in considerazione l'idea di mangiarsi dello zucchero filato prima di optare per una birra, invece. Chris stava a guardare, in viso uno sguardo di sincera ammirazione. "Ne riesci a mangiare di roba."

"Credo che la questione del lupo bruci parecchie calorie."

"Immagino sia così."

Dylan si pulì le mani su un tovagliolo di carta e passando intorno a un grosso uomo con una T-shirt della NRA (l'associazione nazionale delle armi) lo gettò in un grande cestino di metallo. "Vuoi andare a vedere se quel cappello c'è ancora?" domandò a Chris.

C'era ancora parecchia gente ed era difficile oltrepassare le bancarelle di cibo per arrivare a quelle che vendevano altro. Le due soste di Chris non aiutarono – la prima per ammirare un boccale di birra con inciso un cowboy che domava un cavallo e la seconda per giocare con una spada laser di plastica.

Alla fine raggiunsero una bancarella dove un uomo brizzolato con dei baffi vendeva cappelli da cowboy di tutte le forme e i colori. "Pensi che mi stia meglio un cappello bianco o nero?" domandò Chris.

"Penso ti starebbero bene entrambi. Ma saltiamo quello militare, okay?"

Chris trovò uno specchio e cominciò a provare dei cappelli. Dylan osservò per un po', poi la sua attenzione passò allo stand di fianco che vendeva gioielli e articoli simili.

Fece un cenno distratto al proprietario, che stava aiutando un altro cliente, ed esaminò gli oggetti in esposizione. Vide un elegante accendino – argento e turchese – e anche se non approvava che Chris fumasse, pensò che avrebbe potuto fargli un piccolo regalo. Però poi vide un anello massiccio con la silhouette di un lupo che correva e sorrise tra sé. Lo prese in mano e lo esaminò. Non era un esperto, ma sembrava ben fatto. Si chiese che misura avesse Chris.

Ripose l'anello sul supporto e attese che il proprietario gli prestasse attenzione, ma Chris gli arrivò alle spalle, sorprendendolo leggermente.

"Niente cappello?"

"Non riesco a decidermi. Ho bisogno del tuo consiglio. Dopo tutto è per far felice te."

"Già, okay, Chris. Ero solo..."

Il proprietario lo interruppe. "Posso esservi d'aiuto?"

Dylan lo guardò per la prima volta e quasi rimase senza fiato. Era Chris, be', con trenta anni in più, i capelli quasi tutti grigi, alcuni denti mancanti e la pelle non aveva una bella cera, ma aveva gli stessi vivaci occhi blu. Indossava una vecchia camicia a scacchi e dei jeans sbiaditi.

"Io... io..." balbettò Dylan.

L'uomo aveva spostato lo sguardo su Chris, che osservava con attenzione un pendente composto da un dente di squalo ed era completamente ignaro di quello che stava accadendo.

"Christian?" domandò il venditore con voce roca.

CAPITOLO 5

A CHRIS era piaciuto osservare Dylan al rodeo. Sembrava un pesce fuor d'acqua, il che era divertente; ma si stava comunque svagando e la cosa lo rese felice. Inoltre era certo che in un futuro non tanto lontano avrebbero sfogato la loro fantasia da cowboy.

In effetti, se la stavano spassando tutti e due così tanto che una volta comprato il cappello da cowboy, Chris gli avrebbe proposto di provare le giostre a premi. Avrebbero potuto vincere uno stupido animale di peluche o due e regalarli al nascituro di Kay e Rick. Ma prima avrebbe dovuto scegliere il cappello. Stava avendo delle difficoltà perché, ai suoi occhi, sembrava sempre un cretino, non importava quale provasse. Disperato, si guardò intorno alla ricerca di Dylan e lo trovò alla bancarella di fianco, piegato su un vassoio di gioielli.

Poi il venditore si era avvicinato e lo aveva chiamato *Christian*, cosa che non aveva fatto nessuno da quando sua madre era morta quindici anni prima.

Per alcuni secondi erano restati tutti immobili. I rumori del rodeo – le risate, la musica dalle giostre, un bambino che piangeva – sembravano lontani e ovattati. L'uomo si schiarì la gola. "Christian Nock?" chiese.

Chris afferrò il braccio di Dylan. "Leviamoci dal cazzo," disse cercando di trascinarlo via.

Ma Dylan era ancorato a terra con la bocca spalancata e il venditore fece di corsa il giro della bancarella fino a che non arrivò quasi a toccarlo. "Chris. Gesù, Chris!"

Chris strattonò il braccio di Dylan, facendogli quasi perdere l'equilibrio, ma Dylan si ricompose e lo guardò con aria stupita. "Ha il tuo stesso odore. Non identico, ma... davvero simile."

Per Chris quel commento fu troppo. Lasciò andare Dylan, si voltò e si diresse a passo svelto verso l'uscita del rodeo. La folla nutrita, però, rendeva difficile muoversi velocemente e Dylan e il venditore gli stavano dietro; Dylan gli toccò la spalla.

"Cazzo!" sbraitò Chris e si fermò. Si voltò per guardare i due uomini e fu sorpreso e più che felice quando Dylan si frappose tra lui e il venditore.

Al momento Dylan non aveva pelo da rizzare, ma Chris poteva quasi vedere la sua pelliccia irta e nella sua voce sentì più di un accenno di grugnito. "Tu chi sei?" La risposta era praticamente ovvia a tutti, ma a Chris piacque la reazione del suo uomo. Non aveva mai avuto nessuno che ci tenesse così tanto a lui da proteggerlo.

L'altro fece un passo indietro perché Dylan faceva davvero paura quando era così. "James Nock. Jimmy. Io sono il..."

"Lo stronzo che è sul mio certificato di nascita," lo interruppe Chris.

Jimmy annuì. "Il padre di Christian. Merda. Christian, cerchiamo... cerchiamo un posto..." Si guardò intorno per vedere se ci fosse un luogo tranquillo per parlare.

"Non ho nulla da dirti, stronzo."

"Per favore, Christian. Voglio solo..." Avanzò leggermente, ma Dylan mise una mano in avanti per fermarlo.

"Stai indietro," lo avvertì. Sembrava dicesse sul serio.

Un gruppetto di persone si era fermato lì vicino, dei curiosi che probabilmente speravano ci sarebbe stata una bella rissa. Dylan ringhiò ad alcuni di loro e quelli più vicini si spostarono di alcuni passi. Con la mano che quasi toccava il petto di Jimmy, Dylan voltò la testa per guardare Chris: "Cosa vuoi fare?"

"Voglio andare a casa," replicò Chris, rendendosi conto che doveva sembrare un bimbetto. E al momento era proprio così che si sentiva, spaventato e confuso e sopraffatto dagli eventi.

Jimmy alzò le mani in segno di resa. "Guarda, Christian, concedimi solo qualche minuto. Per favore. Io non... cazzo. Di' solo al tuo amico di farsi indietro, okay?"

"Non è il mio amico... è il mio cazzo di ragazzo! L'uomo che amo."

Jimmy strizzò gli occhi e alcune persone boccheggiarono. Un tizio – un ragazzo giovane con una pettinatura anni ottanta – mormorò: "Froci." Lo sentirono sia Chris che Dylan, che scoprì i denti e sembrò tanto terrificante che l'omofobo sbiancò e si dileguò tra la folla.

"Giusto," disse Chris ad alta voce, rivolto verso Jimmy. "Sono un cazzo di frocio. Ti piace la cosa, Jimmy? Il frutto dei tuoi lombi lo prende in culo e gli *piace*. Si gira sulla pancia e *prega* per averne ancora." Aveva le mani chiuse a pugno e sentiva una stretta al petto.

Dylan gli posò una mano sul braccio. "Andiamo a casa, okay?" Mantenne il tono della voce calmo e basso.

Ma Chris si liberò dalla presa. "Vaffanculo!" Si voltò e si diresse vacillando verso l'uscita. Dylan lo lasciò andare. Oltre a quell'esplosione di emozioni, si vergognava di aver urlato al suo amante in quel modo – in fondo stava solo cercando di proteggerlo – ma odiava la sua debolezza, quel bisogno di essere difeso. Ben presto avrebbe indossato delle camicie con i volant e sarebbe svenuto alla vista di un topo.

Non aveva idea di cosa fosse successo tra Dylan e Jimmy una volta che lui se ne era andato. Tutto quello che sapeva era che in qualche modo riuscì a tornare al furgoncino, lo aprì e salì al posto del guidatore, poi appoggiò le mani e la testa sul volante.

Non alzò lo sguardo quando sentì aprire la portiera del passeggero. Dylan scivolò al suo fianco e la chiuse piano. Rimasero seduti lì a lungo, senza dire una parola.

"Non hai preso il cappello," gli ricordò Dylan gentilmente.

"Fanculo," disse Chris tra le sue braccia, con la stessa dolcezza. All'improvviso si sentiva stanco.

"Scommetto che ne troveremo un altro da qualche parte. Viviamo in campagna, qualcuno deve pur vendere dei cappelli da cowboy. O almeno dei cappelli da baseball con il logo di un trattore."

Chris fece una risata strozzata e girò la testa per guardare il compagno con affetto. "Sei uno stronzo, lo sai?"

"Il *tuo* stronzo." Allungò una mano per tirare i capelli di Chris. "Vuoi che guidi io questa volta?"

"Sì. Okay."

Uscirono dal camioncino, si scambiarono di posto e Dylan li portò fuori città e di nuovo sulla strada di campagna costeggiata da campi e vivai. Non disse nulla, non fece nessuna domanda. Quella era una cosa che Chris adorava di lui: non era il tipo che obbligava le persone a parlare dei propri sentimenti, che estorceva parole dolorose da qualcuno che voleva solo stare seduto tranquillo e lasciare che le cose si calmassero. E sì, il rovescio della medaglia era che Dylan stesso non era esattamente aperto riguardo a quello che gli passava per la testa e a volte Chris doveva essere capace di leggergli nella mente, ma la cosa gli andava bene.

"Grazie," disse Chris quasi sussurrando.

Dylan gli strinse la spalla. "Grazie per il rodeo. Non ci sarei mai andato di mia spontanea volontà. È stato divertente. Un'esperienza culturale." Chris poteva sentire il sorriso nella sua voce.

QUANDO ARRIVARONO a casa, Dylan cominciò ad armeggiare in cucina come se stesse preparando la cena. Chris non aveva molta fame, ma non aveva nessuna intenzione di dover subire l'approssimativa idea di un pasto di Dylan. Gli tolse la padella dalla mano – che cazzo pensava di fare, non ne aveva idea – e disse: "Vai a lavorare al tuo progetto. Cucino io."

"Sei sicuro? Pensavo che sarei riuscito a preparare un paio di hamburger o..."

"Non sono in vena di intossicazione da cibo." Una frase un po' dura, ma la cucina di Dylan era quasi letale: tutto aveva sempre lo stesso identico sapore. "Vai. Troverò qualcosa che valga la pena di mangiare."

Dylan annuì e si ritirò nel suo ufficio. Chris frugò negli armadietti e nel frigo prima di decidere di usare il wok; versò del riso in pentola – ovviamente Dylan ne aveva una elettrica apposita, quella normale non era abbastanza – e cominciò ad affettare delle verdure e del petto di pollo. Avrebbe potuto usare una delle salse in barattolo nel frigo, ma decise di prepararla da zero. Cucinare in quel modo richiedeva così tanta concentrazione da non fargli pensare a nient'altro.

Durante la cena, Dylan cercò di imbastire una conversazione con scarso successo. Chris era incazzato con lui, soprattutto perché anche Dylan avrebbe dovuto essere incazzato e invece si stava comportando davvero bene, come se stesse camminando in punta di piedi nel timore che Chris potesse scoppiare da un momento all'altro. Dio, forse sarebbe davvero esploso. Di certo sentiva che le sue emozioni erano come lava.

Uscì fuori per fumare mentre Dylan lavava i piatti. Qualcosa si muoveva nel buio, ne era certo, anche se non poteva vedere nulla, forse un procione. Non era spaventato, soprattutto con il suo ragazzo licantropo a pochi passi di distanza, chiaramente visibile attraverso la porta sul retro. Rientrò proprio quando Dylan stava mettendo via il wok.

"Vado a casa mia," annunciò.

Dylan aggrottò le sopracciglia. "Sei sicuro?"

"Sì. So che vuoi lavorare al tuo progetto. Non voglio starti tra i piedi."

"Voglio dire, puoi sederti vicino a me e leggere mentre lavoro." Dylan si strinse nelle spalle in modo buffo, poi distolse lo sguardo. "La compagnia è piacevole."

Fu così bello sentire quelle parole che Chris vacillò per un attimo. Ma in fondo al suo cuore sapeva che se fosse rimasto si sarebbe comportato come uno stronzo e probabilmente avrebbero finito col litigare. Dylan non se lo meritava.

"Nah. Vado a guardare la televisione. Se riesci a portarti avanti parecchio, possiamo dedicarci al pavimento della camera da letto domani pomeriggio. Vieni a prendermi quando sei pronto, okay?"

"Okay," rispose Dylan anche se con aria incerta. Fece un passo esitante in direzione di Chris, ma lui lo salutò con la mano e si defilò dalla porta sul retro.

Casa sua sembrava più piccola e malandata che mai. Era come se il posto fosse infestato, perché continuava a immaginarsi suo nonno sul divano, taciturno come al solito, lattina di birra in mano e piatto con un sandwich in bilico sulle ginocchia. O nella piccola cucina, al tavolo in formica mentre posava la sigaretta nel posacenere marrone di plastica, o seduto sulla logora poltrona nel salotto, a sfogliare il *Reader's Digest*. Forse suo nonno era stato felice in un periodo della sua vita, ma se lo ricordava sempre arrabbiato, deluso da tutto e tutti. Non era stato un uomo crudele, anche se aveva picchiato Chris alcune volte, di solito dopo che aveva bevuto e Chris aveva fatto qualcosa di sbagliato. Ma non era stato nemmeno il tipo di uomo che confortava un ragazzo abbandonato dal padre, la cui madre era troppo fatta o preoccupata a pensare a quando si sarebbe sballata di nuovo per prestargli troppa attenzione.

"Fanculo," disse Chris ad alta voce. E fanculo a Jimmy Nock per essere ricomparso nella sua vita dopo che lui aveva smesso di desiderare che si facesse vivo.

Accese la televisione e guardò una stupida sit-com su una famiglia incredibilmente felice, poi una di polizia dove tutti erano attraenti e ben vestiti. Quando terminò, cambiò canale e finì col guardare gli ultimi novanta minuti di *Forrest Gump*. Di solito quel film gli piaceva ma quella sera lo stava irritando.

Andò a dormire prima del solito. Il suo letto era più stretto di quello di Dylan, il materasso fin troppo vecchio e bitorzoluto. Le lenzuola erano molto più ruvide rispetto a quelle in cotone egiziano a cinquemila fili che usava il suo amante. E non riusciva a dormire. Si rigirò per un po', cercando di trovare una posizione comoda. Provò a masturbarsi, perché a volte lo aiutava a prendere sonno, ma il suo uccello non era interessato, così ci rinunciò. Invece prese un libro e si mise a leggere fino a quando non sentì gli occhi secchi, poi spense la luce.

Era ancora completamente sveglio quando sentì un leggero *clic* provenire dalla porta sul retro, poi il grugnito ovattato e l'imprecazione di chi sbatteva contro il mobilio. Rimase immobile quando qualcuno entrò nella sua camera. Sentì il fruscio dei vestiti sulla pelle. Le coperte furono sollevate e il letto affondò.

Dylan si sistemò nudo contro la schiena di Chris e gli avvolse un braccio intorno alla vita. "Ho finito con le piantine," mormorò contro la sua nuca. Il suo corpo era molto caldo.

Chris sospirò e mosse il sedere un po' indietro così che l'inguine di Dylan fosse fermamente a contatto contro di lui, i peli gli facevano un po' di solletico ma il sesso morbido era piacevole. "Dovresti dormire un po'."

"Non ci riesco. Il letto è troppo vuoto."

"Non ho bisogno di essere consolato, Dyl, nessun bisogno."

"Ti assicuro che il motivo per cui sono venuto qui era puramente egoista. Ero solo."

"E arrapato?" domandò Chris, muovendo un po' il sedere.

"Possiamo anche solo dormire se è quello che vuoi."

D'improvviso e con estrema urgenza, Chris non desiderò altro che Dylan. Si rigirò tra le sue braccia fino a quando non furono faccia a faccia, lo tirò in modo che fosse più vicino e premette con forza le loro labbra insieme. Dylan sembrava voler stare al gioco. Aprì la bocca per ricevere la lingua di Chris e gli passò le dita tra i capelli. Si baciarono fino a rimanere senza fiato.

Chris si spinse contro l'amante, fino a fargli premere la schiena sul materasso, poi salì sopra di lui. Gli morse e leccò le clavicole, tra spalla e collo. Sentì l'erezione turgida scavare nel suo ventre, le mani che gli massaggiavano la schiena, mentre lui gli succhiava i capezzoli e faceva scorrere il naso tra i peli del petto. Dio, come adorava la sensazione di quel corpo sotto il suo, le ossa lunghe e i muscoli magri. Amava i suoni che emetteva – ringhi, gemiti e ansiti – e il modo in cui Dylan lo stringeva con così tanta forza, come se avesse paura che potesse scappare via.

Chris non sarebbe scappato.

Scivolò invece sul corpo di Dylan, spostando le lenzuola mentre scendeva. Era una notte afosa, e comunque stavano emettendo calore a sufficienza da soli. Gli affondò la lingua nell'ombelico, facendolo ridere e contorcere, poi leccò la piega dove le gambe si univano ai fianchi. Dylan provò a indirizzare la sua testa leggermente di lato, ma Chris non glielo lasciò fare. Lo torturò ancora un po', usando la lingua e le dita dappertutto fuorché dove l'amante le voleva davvero.

Cedette solo perché Dylan lo stava pregando in modo incoerente e perché il suo corpo voleva di più. Si mosse in fretta verso l'alto, trovò a fatica una bottiglietta di lubrificante dal cassetto del comodino e gliela mise in mano.

"Cosa vuoi?" domandò Dylan.

"Voglio che entri dentro così a fondo da poter sentire il tuo sapore."

Per un attimo a Dylan mancò il fiato. Si riposizionarono, Chris carponi, Dylan in ginocchio dietro di lui. Forse Chris lo aveva stuzzicato troppo a lungo, perché adesso fu il turno dell'amante di essere crudele, e lo *fu*, meravigliosamente. Strinse, sculacciò e accarezzò le natiche di Chris, poi si piegò e leccò delicatamente il solco tra le due sfere di carne, dietro i testicoli e intorno alla fessura. Quando inserì la punta della lingua, Chris imprecò e le braccia gli cedettero, il petto che affondava nel materasso, il viso mezzo nascosto nel cuscino.

Le dita di Dylan erano lunghe, come quelle di un pianista. Le lubrificò e ne fece scivolare due dentro di lui, poi sondò con attenzione alla ricerca del fascio di nervi che faceva sempre imprecare Chris. "Ci siamo persi i fuochi d'artificio stasera," gli disse. "Dovremo farli noi."

Chris avrebbe riso a quella misera battuta, ma era troppo impegnato a mugolare quando Dylan estrasse le dita, tracciò l'esterno della sua apertura e poi le inserì dentro di nuovo.

"Pronto?"

"Se non inizi a scoparmi subito ti ammazzo."

"Allora lo prendo come un sì."

Seguì qualche momento di manovre e riposizionamenti perché Chris voleva la grande intimità che dava la sensazione di pelle contro pelle e Dylan sembrava desiderare lo stesso. Si ritrovarono entrambi in ginocchio con Dylan alle spalle. Quella posizione non permetteva una penetrazione profonda o dei movimenti vigorosi, ma significava che Chris poteva appoggiarsi al petto di Dylan e Dylan strofinare il viso sul collo di Chris e masturbarlo nel contempo, mentre muoveva i fianchi in un ritmo spettacolare.

"Cazzo... cazzo, Dyl, come... Dio!"

Dylan non provava nemmeno a parlare. Forse stava facendo troppe cose contemporaneamente. Ansimava con forza, però, proprio nell'orecchio di Chris, il respiro caldo e umido.

Dylan dava al polso una torsione particolare e muoveva i fianchi con affondi spettacolari. "Sto per..." disse Chris con voce strozzata. "Sto per venire."

"Fallo. Lasciati andare. Lasciati *andare*, Chris."

E Chris lo fece. Dylan stava probabilmente sostenendo tutto il suo peso e riusciva appena a spingersi dentro di lui, ma la cosa non importava molto a Chris, che stava gridando e contorcendosi; era riuscito a fargli vedere i fuochi d'artificio.

Gli ci vollero alcuni minuti per riaversi, a quel punto si accorse che era sdraiato tra le braccia di Dylan, che stava accarezzando il suo fianco nudo.

"Cazzo, Dyl. Non sapevo nemmeno..."

"Oh, sono venuto anch'io. Non ti preoccupare. Sei stato eccezionale."

"Te l'ho detto." Chris sculettò soddisfatto. Gli sembrava che i muscoli gli si fossero sciolti, ed era come se tutti gli angoli duri e spigolosi fossero stati smussati un po'. Il braccio gli pesava piacevolmente addosso.

"Scusa," disse Chris dopo qualche istante.

"Okay. Ehm, per cosa?"

"Oggi. Ti ho fatto fare outing davanti a tutti al rodeo."

Dylan emise un suono come a dire che non gli importava. "Non sono esattamente non dichiarato e non mi importa di quello che degli sconosciuti pensano di me."

"Ma magari non vuoi che la metà degli abitanti dello Stato sappia che vai a letto con me."

"Gesù Cristo! Stai scherzando? Dovunque vada voglio che lo vedano tutti. Farei erigere un cartellone pubblicitario sulla I-5. 'Salve, amici! Ciao a tutti! Guardate con *chi* sto! Guardate chi mi fa entrare nel suo letto!'."

"Sfigato."

"Preferisco *geek*."

Seguì un piacevole silenzio e carezze ancora più piacevoli. "Mi dispiace per mio p... per Jimmy. Per il fatto che si sia presentato così, fuori dal nulla."

"Ti ha sconvolto un po'."

"Sì. Non me lo aspettavo, questo è certo. Non penso quasi mai a lui. Non me lo ricordo per niente. Non credo di averlo visto molto, nemmeno quando c'era, e quando ho cominciato ad andare a scuola se n'è andato. Mamma non parlava nemmeno di lui, tranne che per lamentarsi che non pagava il mantenimento."

La risposta di Dylan fu un po' esitante, come se non fosse sicuro di come l'avrebbe presa Chris. "Non hai nessun bel ricordo di lui?"

"Alcuni. Quel maledetto rodeo, per dirne una. Mi ricordo che vivevamo in una roulotte, ed era mattino e mia mamma non c'era. Forse stava ancora dormendo. Eravamo entrambi in mutande e ridevamo guardando i cartoni, e mi stava facendo mangiare il gelato per colazione." Sospirò. "Credo che ridesse parecchio. Davvero forte."

"Non penso di aver mai visto nessuno de miei genitori ridere," disse Dylan, ricordandogli che erano morti entrambi. "Immagino che a volte lo facessero, ma me li ricordo sempre seri. Che mi insegnavano cose tipo l'essere responsabili."

"Non credo che Jimmy mi abbia mai insegnato nulla. Di sicuro nulla sull'essere responsabile. Non era esattamente un esperto."

"Mmm." Dylan stava tracciando delle figure sul ventre di Chris con i polpastrelli. Si chiese se stesse progettando una nuova casa sulla sua pelle.

"Cosa gli hai detto quando me ne sono andato?"

"Non molto. Voleva il tuo numero di telefono ma gli ho detto di no. Che spetta a te decidere se gli parlerai di nuovo."

"Non so... non so se lo voglio fare."

"Lo posso capire. Non devi decidere questa sera e nemmeno domani. O, be', mai." Dylan si fece leggermente indietro per baciare Chris tra le scapole. "Però devo spezzare una lancia in suo favore… non sembrava gli importasse che sei gay. Mi ha detto di prendermi cura di te."

Chris emise una risata strozzata, ma le parole di Dylan gli furono leggermente di conforto. "Posso farlo da solo."

"Lo so. Ma non devi farlo per forza."

Chris sonnecchiò, poi, ma Dylan continuava a rigirarsi dietro di lui. Alla fine si mise seduto. "Il tuo letto fa schifo, Chris. Andiamo a dormire nel mio."

Non si preoccuparono di mettersi né scarpe né vestiti: uscirono nudi da casa di Chris, camminarono sul patio, attraverso la fila di pioppi e dentro la cucina di Dylan. Le gioie di vivere in campagna. All'ingresso Dylan arricciò il naso. "Dovrò controllare il seminterrato e l'attico domani. Continuo a sentire un odore strano."

"Strano come?"

"Come… non sono sicuro. L'odore del terreno quando scavi una fossa. Come… ehm quella che piace scavare ai lupi a volte. Dopo i roditori."

Chris sorrise all'idea di Dylan in forma di lupo che scavava e la terra che volava alle sue spalle. "Cosa credi che sia?"

"Non ne ho idea. Forse degli scoiattoli o qualcosa che sta costruendo un nido? O… dimmelo tu. Sai meglio di me che tipo di creature si possono trovare da queste parti."

"Ci metteremo alla ricerca delle bestioline domani." Chris fece un gran sbadiglio. "Sono distrutto. Tu mi hai distrutto."

Dylan posò un braccio sulle sue spalle, quello di Chris stava perfettamente intorno alla vita di Dylan. Fianco a fianco, passarono oltre la cucina, lungo il corridoio, su per le scale. Non accesero nessuna luce, Dylan era un fantastico cane guida.

In cima alle scale, disse: "Pensavo che magari domani…" Poi si fermò.

Davanti a loro, alla fine del corridoio, balzellò una figura fluttuante, come un pallone in un giorno ventoso. Brillò leggermente: un uomo magro con i capelli scuri con indosso dei vestiti chiari. I lineamenti e i dettagli erano indistinti come se fosse una foto pixellata. Guardò entrambi e alzò le mani… in segno di minaccia? Di supplica? Dylan e Chris rimasero immobili mentre quell'apparizione fluttuava verso di loro per poi scomparire.

CAPITOLO 6

CONSIDERANDO LA relativa serenità con cui Chris aveva reagito alla notizia che il suo ragazzo era un lupo mannaro, forse non era poi così sorprendente che fosse rimasto calmo in presenza del fantasma. Dylan, invece, sentiva che sarebbe impazzito.

"Un fantasma," ripeté, per quella che forse era la centesima volta. "Abbiamo appena visto un maledetto *fantasma*."

Chris annuì, e quando sbadigliò la mandibola scrocchiò. "Lo so, amico. Ero lì." Erano accoccolati sul letto di Dylan, le coperte rimboccate come dei bambini che si nascondevano da un mostro.

"Era luminoso e fluttuava... ed era davvero inquietante."

"Sì, ma devo dirti, Dyl, che se potessi scegliere tra un fantasma e un lupo mannaro omicida sceglierei il fantasma. Non ha provato a farci male. Be', ha interrotto una bella scopata sul pavimento della cucina, ma è comunque meglio che essere sbranati."

Il cuore di Dylan si fermò per un secondo. Per un secondo esatto; non sapeva che i cuori potessero farlo. "So chi è," disse con voce tremante.

"Sì?"

"Andy. Deve essere Andy."

Chris fischiò. "Povero stronzo. Prima lupo mannaro, poi fantasma. Almeno non è mai diventato uno zombie. Gli zombie sono i mostri più disgustosi."

"Chris!" Dylan si dovette trattenere dallo strangolare il suo ragazzo stranamente allegro. "Non è uno scherzo. Ho ucciso Andy e adesso lui ci tormenta. L'odore che sentivo... è quello della sua tomba." Guardò nervosamente la parte del muro che, se fosse stata trasparente, gli avrebbe fatto vedere la foresta di alberi di Natale dove era sepolto il cadavere di Andy. Cristo! Non era riuscito a sbarazzarsene quando il bastardo era vivo, adesso non se lo sarebbe levato più dai piedi.

Chris sbatté la spalla contro quella di Dylan. "D'accordo. Sarò serio, ma tu devi calmarti. È in giro da almeno qualche giorno e non ha fatto nulla di pericoloso."

"Ma non vuol dire che non lo farà. Magari ci sta semplicemente lavorando. Sai, sta giocherellando. Posso combattere contro le persone e i lupi, Chris, ma non so come comportarmi con i fantasmi."

A Dylan venne in mente che solo qualche anno prima quella conversazione sarebbe stata impensabile. Le sole creature soprannaturali che aveva incontrato erano quelle dei film dell'orrore, di cui comunque non era mai stato un grande fan. E lui non era mai stato un uomo violento. Mai fatto a pugni a scuola. Eppure eccolo lì: un lupo mannaro intento a discutere su cosa fare del fantasma dell'uomo che aveva ucciso.

"Guarda," disse Chris. "È stata una giornata dura. Vecchi padri ed ex morti non dovrebbero presentarsi inaspettatamente. Ma probabilmente nulla ci ucciderà nel letto. Riposiamoci un po' e ci penseremo domani."

"Sì. Okay." Dylan allungò il braccio e spense la luce, e si rannicchiarono insieme dandosi conforto. Dopo pochi minuti sentì il russare leggero di Chris, però Dylan, preoccupato, rimase sveglio ancora a lungo.

IL GIORNO dopo nessuno dei due accennò al padre di Chris. Proprio come Dylan aveva previsto, le impronte nella camera degli ospiti si vedevano ancora da sotto la pittura. Imprecò e ci passò un'altra mano. Poi lui e Chris tirarono via l'orrenda moquette, scoprendo un pavimento in legno che era graffiato e rovinato ma salvabile.

"Prendiamo in affitto una levigatrice?" domandò Chris.

Dylan era stato così preoccupato per il padre di Chris e il fantasma che si era quasi dimenticato di occuparsi dell'imminente incontro con il suo capo. "Sì, possiamo lavorarci nel week-end se vuoi."

La notte prima il fantasma lo aveva spaventato, ma quel mattino era per lo più seccato. Andy era arrivato nella sua vita senza invito. Sì, Dylan era stato colpito dal suo bell'aspetto e lusingato dal fatto che volesse *lui*, lo aveva invitato a casa sua e avevano passato alcuni giorni a fare del sesso piacevole. Ovviamente non aveva avuto alcun sospetto che il suo compagno di letto fosse un lupo mannaro, e una volta saputa la verità – nel modo più duro, con un morso terribile alla gamba che aveva cambiato la sua vita per sempre – si era tenuto a distanza da lui. Quando Andy aveva continuato a farsi vivo a casa sua, Dylan lo aveva costantemente mandato a quel paese. Però Andy aveva persistito. Aveva quasi ucciso Chris e Dylan era stato obbligato ad ammazzarlo per fermarlo. Ma, a quanto pareva, nemmeno la morte era riuscita a tenerlo lontano, perché era tornato a perseguitarli sotto forma di fantasma.

"Dyl, stai rimuginando di nuovo."

"Non ci posso fare nulla."

Chris gli si avvicinò, sfoggiando il suo sorriso più malizioso. "Scommetto che potrei trovare un modo per distrarti."

Ma Dylan scosse la testa. "Io non... E se guarda?" Il solo pensiero gli fece accapponare la pelle.

"Allora lo stronzo si beccherà uno spettacolo coi fiocchi."

"Non posso fare sesso con un fantasma che mi guarda alle spalle! Soprattutto non il suo. E non voglio che... guardi te." Era costretto ad ammettere che era particolarmente geloso di Chris. Gli sarebbe piaciuto dare la colpa al lupo ma, a essere onesti, doveva ammettere che quell'emozione proveniva dall'uomo Dylan.

185

Non aveva mai avuto una relazione come quella che stava avendo con Chris, e non voleva che nulla si intromettesse.

"Quindi non potremo più scopare fino a quando non ci sbarazzeremo di lui?" domandò Chris.

"Io... no."

Chris aggrottò le sopracciglia. "E se andiamo a casa mia?"

"Chris, la tomba di Andy è alla stessa distanza tra casa mia e la tua. Ed è morto sul pavimento del tuo salotto. Cosa gli impedirebbe di perseguitarci anche da te?"

"Non lo so! Nessuno mi ha spiegato come funzionano le leggi dei fantasmi."

"E io non trovo più il mio manuale sul sovrannaturale." Entrambi avevano alzato la voce e Dylan si sforzò di calmarsi. Chris non aveva nessuna colpa e non c'era nessun motivo per urlare con lui.

Chris aveva ancora l'aria arrabbiata. "Sei tu quello con la laurea. Sei tu quello che dovrebbe sapere le cose."

"Chissà come, durante il corso di architettura devo essermi perso le lezioni sui fantasmi."

Sul viso di Chris comparve l'accenno di un sorriso. "Forse avresti dovuto seguire un corso per progettare delle case per i mostri paranormali. Scommetto che avresti potuto farci parecchi soldi. Lo sai, camere a prova di sole per i vampiri, vasche enormi per il mostro della Laguna nera e delle porte davvero alte per Frankenstein."

"Vuoi dire il *mostro* di Frankenstein."

Chris alzò gli occhi al cielo, poi si curvò come se avesse la gobba e biascicò: "Si dice *Frankenstiiin*, non *Frankenstaaain*." Avevano visto parecchi film di Mel Brooks. Chris proseguì con la sua imitazione di Igor per un momento ancora, facendo ridere Dylan. La tensione si dissipò.

"Ci devono pure essere dei libri su questo argomento, giusto?" domandò Chris. "Esorcismi, cose del genere. C'è una libreria esoterica in città? So che ci sono parecchie erboristerie e posti dove curano l'aura e probabilmente un sacco di negozi su Gesù. Magari hanno dei libri utili."

"Forse," disse Dylan dubbioso. Ci aveva già pensato quando aveva davvero capito cosa era diventato. Aveva però resistito al fare ricerche sulla letteratura licantropa, da una parte perché sarebbe stato costretto a prendere atto – nero su bianco – di quello che era, e dall'altra perché aveva paura di scoprire altre verità. E se essere un lupo mannaro fosse stato anche peggio di ciò che già sapeva? Di solito preferiva avere le cose sotto controllo, ma in quel caso l'ignoranza e l'elusione sembravano la soluzione migliore. Rick lo aveva chiamato cacasotto, ma era facile parlare: a lui non cresceva il pelo ogni ventotto giorni.

Chris fece un gesto con la mano in direzione della porta. "Allora, vuoi andare a cercare su internet che librerie ci sono in zona?"

"Non proprio. Immagino che potremmo trovare qualcosa, ma se cercassimo le informazioni solo online resterebbe comunque lo stesso problema: come facciamo a sapere che non hanno scritto un sacco di cazzate? Non sono in grado di valutare se uno è un esperto di fantasmi o meno, e di certo non voglio fare casini. E se peggiorassi le cose?" Non era sicuro di come sarebbero potute peggiorare; un fantasma più grande, più spaventoso, *più* fantasmi? Tutte ipotesi infelici.

"Allora cosa? Abbiamo bisogno di consultarci con qualcuno, giusto? Di persona. Potremmo fare un sacco di domande e capire se sanno di cosa stanno parlando. E dove lo troviamo un esperto di fantasmi? Sulle Pagine Gialle? Magari sono alla voce disinfestazione."

"Non è mica *Ghostbusters*, Chris." Però, appena gli uscirono di bocca quelle parole, gli tornò in mente un episodio.

Frequentava il primo anno di università, era scappato dal suo dormitorio per una sera e stava ammazzando il tempo nell'appartamento leggermente ammuffito dove abitava il suo amico Ery Phillips. Avevano passato la serata a fumare canne e guardare commedie degli anni ottanta con Bill Murray. Avevano appena finito di vedere *Tootsie* ed Ery stava per inserire *Stripes* nel videoregistratore.

"*Ghostbusters* mi piace di più," si era lamentato Dylan. "Perché non possiamo guardarlo?"

"Non ce l'ho."

"Perché no? È divertente." Dylan cominciò a canticchiare la canzone.

Ery aveva scosso la testa. "Perché mia nonna è una spiritualista e dice che è un film offensivo e perché ne ho le tasche piene di sentire parlare di fantasmi, grazie tante."

Ora, undici anni dopo... Dylan sospirò. "Forse ho un'idea."

CHRIS SOCCHIUSE leggermente gli occhi quando Dylan accese il portatile. "Allora tu e questo Ery eravate amici di università."

"Sì. Ci siamo conosciuti al primo anno."

"Era il tuo ragazzo?"

"Non proprio."

"Che cazzo significa?"

"Abbiamo fatto qualcosa un paio di volte, ma senza sviluppi. Non siamo compatibili."

Chris sembrava ancora leggermente seccato e Dylan fece fatica a non sorridere. Gli piaceva che fosse così palesemente geloso. Proprio come Dylan lo era di lui.

"E che razza di nome è Ery?"

"Non so. È così che lo hanno chiamato i suoi genitori, immagino."

"Che nome stupido."

"Forse. Ma è un bravo ragazzo e magari ci può aiutare."

Ma Chris non era pronto ad addolcirsi. "Se è così bravo, com'è che non siete più amici?"

"Non so. Dopo l'università abbiamo perso i contatti." Non era completamente vero. Sì, dopo la laurea si erano visti meno, essendo entrambi impegnati a dare il via alle loro carriere. Ma si erano sentiti abbastanza di frequente, ogni tanto andavano al cinema o a cena insieme. A volte Ery trascinava Dylan in qualche bar gay alla moda, dove Dylan si sentiva sempre come un nerd poco attraente e fuori posto. Poi era successa la faccenda del lupo mannaro e, terrorizzato e spaventato, aveva tagliato i ponti con tutti eccetto i colleghi di lavoro e i familiari più stretti. Si sentiva ancora in colpa. Non aveva nemmeno più il suo numero di telefono; lo aveva perso quando gli si era rotto il cellulare qualche mese prima. Sperava avesse mantenuto il vecchio indirizzo e-mail e che avrebbe avuto voglia di mettersi in contatto con lui.

Aprì il programma di posta elettronica e scrisse una email veloce: *Ehi, Ery. Mi dispiace che sia passato così tanto tempo. Sono uno stronzo ed è davvero una lunga storia, ma avrei bisogno del tuo aiuto. Potresti farmi una telefonata?* Aggiunse il suo numero, nel caso lo avesse perso o cancellato dai contatti. Dopo aver inviato il messaggio, chiuse il portatile con un clic.

Chris era in piedi vicino alla finestra dello studio, con le braccia conserte. Dylan andò da lui e lo strinse da dietro, affondandogli il mento nella spalla. "Per Ery Phillips non provo ora, né mai ho provato, quello che sento per te," lo rassicurò.

"Scusa. Sto facendo lo stronzo."

Dylan sapeva che era davvero difficile per Chris scusarsi. Ed era cosciente che quando si sentiva insicuro o vulnerabile, rispondeva attaccando. Meccanismo di difesa. Loro due insieme avrebbero potuto fare la fortuna di uno strizzacervelli.

"Andiamo a preparare il pranzo," suggerì Dylan. "Cucinerò io."

Come Dylan ben sapeva, la sua offerta fece allontanare Chris, che scosse la testa con determinazione. "Nemmeno per sogno. Forza, tu puoi stappare le birre."

Dopo mangiato, sedettero in salotto per discutere dei piani per l'anticamera che volevano aggiungere adiacente alla cucina. Quella era l'entrata che usavano più frequentemente e Dylan era stanco di portare sporcizia in casa. Voleva uno spazio dove mettere stivali e cappotti, con una porta abbastanza ampia da far passare dei mobili grandi e altre cose che a volte aveva bisogno di spostare. Ma non voleva che quella aggiunta fosse troppo grande e che ci volesse troppo tempo per portarla a termine.

Mentre parlavano, Dylan di tanto in tanto sentiva l'odore della tomba del fantasma e un paio di volte avvertì dei movimenti con la coda dell'occhio, ma durante il pomeriggio il fantasma non aveva fatto nessuna apparizione vera e propria.

Per cena Chris preparò la pizza. La trasportarono fumante a casa sua e la mangiarono di fronte alla televisione. Ma proprio quando stava per cominciare Jon Stewart, il telefono di Dylan squillò. Guardò il display: numero sconosciuto.

"Pronto?"

"Dylan? Sono Ery."

"Ehi! Ah, aspetta solo un secondo." Allontanò il telefono dall'orecchio e guardò Chris. "È Ery."

"Posso andare via se vuoi un po' di privacy."

"Rimani qui," replicò Dylan, guadagnandosi un piccolo sorriso. Riportò il telefono all'orecchio. "Grazie per avermi chiamato, Ery. So di essere stato uno stronzo."

"Già, abbastanza. Mi ero domandato cosa ti fosse successo, ma quando hai smesso di rispondere alle mie email e i messaggi in segreteria..."

"Lo so. C'è una ragione. Una ragione... davvero assurda, in realtà, e comunque non ci crederai mai."

"Adesso di sicuro hai stuzzicato la mia curiosità." Ery non sembrava particolarmente arrabbiato, ma era sempre stato un tipo rilassato. "E questa assurdità è collegata al tuo bisogno di aiuto?"

"Abbastanza."

Dopo una brevissima pausa, Ery domandò: "Come posso aiutarti?"

"Penso sia una di quelle situazioni che è meglio spiegare di persona. Vivi sempre qui vicino? Possiamo incontrarci?"

"Certo. Vivo vicino a Belmont."

Dylan guardò Chris, che stava facendo finta di guardare *The Daily Show* ma con scarso successo. "Sei libero domani pomeriggio?"

"Sì, posso uscire prima dal lavoro. Vuoi che ci incontriamo al bar sulla Trentaquattresima? Diciamo alle tre?"

"Perfetto. Grazie per avermi chiamato, Ery."

Dopo essersi salutati, Dylan si rimise il telefono in tasca. "Allora lo vedi domani," constatò Chris, gli occhi fissi sullo schermo.

"*Noi* lo vedremo domani. E non ti dimenticare che hai anche un appuntamento con Matty. Quindi se vuoi tormentare i miei amici per scoprire delle cose su di me, hai fino a quel momento per pensare alle domande da fare."

Finalmente Chris si voltò per guardarlo. Aveva un gran sorriso in volto.

CAPITOLO 7

QUEL VENERDÌ mattina Chris si sentiva particolarmente nervoso mentre si dirigevano a Portland, ma non voleva darlo a vedere. Era però contento che fosse Dylan a lottare contro il traffico mattutino, perché lui avrebbe potuto tamponare qualcuno o far uscire il pick-up di strada. Invece, si lamentò per la scelta di Dylan riguardo al programma radiofonico – *il radiogiornale del mattino*? Ma per piacere! –, tamburellò con le gambe e desiderò di essere ancora nella casa infestata di Dylan.

Passarono sul lato est del fiume, lasciandosi l'orizzonte del centro di Portland alle spalle. Lo studio di Dylan era situato in un ex edificio industriale convertito anni addietro; presentava una struttura di cemento liscio e metallo scintillante con condotti a vista, le finestre che brillavano nel sole mattutino. Dylan fermò la Silverado davanti all'ufficio. "Se vuoi, parcheggio e possiamo entrare insieme."

"Cosa c'è da vedere?"

"Nulla di eccitante. Roba da ufficio. Scrivanie, computer, carte. Ci sono dei modelli di alcuni dei nostri progetti, però, e quelli sono particolarmente belli."

Chris scosse la testa. "Sembra divertente. Ma penso che passerò." In realtà, sarebbe anche stato interessato a vedere i modelli, ma sapeva che si sarebbe sentito a disagio in quell'edificio scintillante, con tutti che lo fissavano chiedendosi se fosse la giornata del porta-il-tuo-fidanzato-campagnolo al lavoro.

Lasciando il motore al minimo, Dylan uscì dal posto del guidatore così che Chris potesse prendere il volante. Lui gli passò la borsa a tracolla che conteneva il portatile, gli appunti e – per quanto ne sapeva – le chiavi di tutto l'universo. Prima di andarsene, Dylan si sporse e gli diede un bacio deciso sulle labbra. "Buona giornata, caro," disse con un sorriso.

"Falli fuori."

Dylan lo salutò con la mano mentre si dirigeva a passo veloce verso l'edificio.

Adesso Chris aveva tre ore da ammazzare. Cominciò non lontano dallo studio di Dylan, in un posto che vendeva antichità, riproduzioni e accessori per bagno. Si accorse che sarebbe stato particolarmente facile aggiungere un lavandino grande al progetto dell'atrio di Dylan, dato che le tubature della cucina erano nel muro adiacente, sarebbe tornato utile per lavarsi le mani prima di entrare in casa. Usò il telefono per scattare delle foto dei lavandini che avrebbero fatto al caso loro e inviò un messaggio veloce a Dylan: XOXOXO. Quando premette il tasto *invia*, pensò fosse una cosa troppo da ragazzina, ma era già troppo tardi.

La fermata successiva fu in un negozio di fai da te, dove noleggiò una levigatrice. Vicino a casa non c'era la possibilità di farlo, quindi sarebbero dovuti tornare in città per restituirla, ma non prima di una settimana. Mentre era lì, si rifornì di altro materiale di cui avrebbero avuto bisogno per completare il piano superiore. Dylan gli aveva dato la sua carta di credito, il che gli sembrava un po' strano, ma ultimamente le finanze dell'uno avevano cominciato a fondersi con quelle dell'altro. Aveva recentemente convinto il compagno a comprare e installare una copertura per il pianale, che ora gli tornava utile per riporre quello che aveva comprato e tenerlo al sicuro.

Rimaneva ancora parecchio tempo prima di dover passare a prendere Dylan. Chris fece una deviazione verso il negozio di donut che gli aveva fatto conoscere proprio Dylan – quello che aveva le paste con dei sapori strani ma gustosi a forma di pene – e ne comprò una scatola intera. Ne mangiò due mentre oltrepassava il fiume, alla ricerca di librerie.

Dopo aver girato per un po' per trovare un parcheggio, si arrese e ne scelse uno a pagamento. La libreria era enorme, con così tante stanze piene di libri che all'entrata gli avevano consegnato una mappa. Ma tra quelle migliaia di volumi, non riuscì a trovare nulla di utile sui fantasmi e i lupi mannari. Prese un paio di gialli, un gran tomo di Bill Bryson e il *Kama Sutra Gay*. Forse non avrebbe fatto uso di quel volume fino a quando non fossero riusciti a liberarsi del maledetto fantasma, ma almeno poteva portarsi avanti.

Una volta pagato, era arrivato il momento di andare a prendere Dylan. Prima di uscire dal parcheggio, liberò il sedile del passeggero, riponendo la scatola dei dolci al di sotto.

Il traffico era più intenso di quanto si fosse aspettato – non era abituato a guidare in città – e finì per arrivare con qualche minuto di ritardo. Dylan era in piedi di fronte al suo studio con aria impaziente. "Credevo ti fossi dimenticato di me," disse salendo.

"Pensavo di essere io quello con la paura dell'abbandono. Allora dov'è Matty?"

"È partita prima con la sua macchina. Ci prenderà un tavolo."

"Okay. Dove?"

Dylan gli diede le indicazioni e Chris si immise nel traffico. "Allora, com'è andato il meeting?"

"Tutto bene."

"Sei tranquillo, ma la tua testa non è esplosa. Quali sono i piani del grande capo?"

"Vuole che lavori direttamente con lui su questo progetto. C'è un edificio nella città vecchia. Parecchio tempo fa era di proprietà dei federali, e ultimamente è stato usato per ogni tipo di attività. È in condizioni disastrose, ma è stato comprato da una di quelle università for-profit – sai, quelle che fanno pubblicità tutto il tempo in televisione – e vogliono convertirlo in aule e uffici."

Chris si immise sulla corsia di accesso al ponte. "Sembra molto più chiaro di quello che devi fare per le regine dei futon. Immagino che ti daranno delle indicazioni su quello che vogliono."

191

"Sì, lo faranno." Dylan non sembrava molto ottimista. "Questa volta i clienti critici non sono il problema."

"E allora cosa?"

"Progetto case, non spazi commerciali. Le problematiche sono completamente diverse. Inoltre, questo è un edificio storico e ci sono tutte le limitazioni e le leggi del caso da tener presente. Per non parlare delle dimensioni. Più di novemila metri quadri! Un budget di quaranta milioni di dollari, Chris." Dylan aveva parlato agitando le mani, ma adesso stava guardando Chris. "Perché ridi?"

"È una cosa davvero importante e hanno scelto *te*."

Chris riuscì a sentire Dylan deglutire. "Io... già. Ma se..."

"Non dire cazzate. Il tuo capo non ti avrebbe messo in mano un progetto simile se non sapesse che lo puoi portare a termine. *So* che lo puoi fare. Sarai agitato, ansioso e sarà impossibile starti vicino ma li stupirai. Di nuovo." Chris disse quelle parole con profonda convinzione, perché sapeva che erano vere.

Dylan gli strinse la gamba. "Grazie."

Qualche minuto più tardi, Chris parcheggiò il camioncino – questa volta in strada – e camminarono per metà isolato fino al ristorante. Fu sollevato nel vedere che non era di lusso. Dylan indossava una giacca sportiva sopra a una camicia e dei jeans, ma lui sembrava appena uscito da una fattoria.

Il posto era affollato, però appena entrati sentirono una voce che li chiamava. "Ehi! Dylan! Qui!"

Matty li stava aspettando seduta a un tavolo in fondo al locale. Era bassa e rotondetta. I capelli neri lisci erano tagliati in una frangetta e aveva dei grandi occhiali con la montatura rotonda che la facevano sembrare un gufo. Indossava una gonna marrone e una specie di blusa stile country, e quando li salutò, Chris vide che all'interno del braccio aveva il tatuaggio di un pappagallo. "Ciao!" li salutò allegra appena le si avvicinarono. Aveva le fossette. "Sono Matty. Ovviamente."

Chris le strinse la mano. "Chris. Ovviamente."

Si misero a sedere, lessero i menù e ordinarono: fish and chips per Chris, sandwich di carne per Dylan e un'insalata elaborata per Matty. Continuava a guardare Chris di sottecchi, cercando di inquadrarlo.

Per un po' Dylan e Matty parlarono di lavoro, che era probabilmente necessario dato il nuovo grande progetto, e Chris si sentì un po' messo da parte. Però quando Dylan cominciò a parlare di travi portanti, Matty all'improvviso gli diede una pacca sulla spalla. "Basta! Possiamo parlarne dopo. Voglio sapere tutto sull'uomo che ti ha finalmente rubato il cuore." Guardò Chris con aria di attesa, mentre Dylan si stringeva nelle spalle e arrossiva.

"Non c'è molto da dire," intervenne Chris. "Sono solo uno che dà una mano."

"Non è quello che mi è stato detto. Dylan dice che sei davvero bravo come manovale, un mago con i motori e che cucini meglio di uno chef." Sospirò con fare teatrale. "Dio, se scopro che sai fare anche i messaggi, mi butto giù da un dirupo."

"Massaggi non lo so, ma sono bravo con le mani. E altre parti del corpo." Fece ballare le sopracciglia suggestivamente, il che la fece ridere; sembrava che Dylan volesse scomparire sotto il tavolo. Fantastico.

"Ma come fai a sopportare i cambi d'umore di Dylan? Prima condividevamo un ufficio, sai, e a volte è così negativo con se stesso."

"Non è vero," protestò Dylan debolmente. Lo ignorarono entrambi.

Chris continuò: "Lo so. Ho provato a fargli capire che razza di bastardo talentuoso sia. Un giorno forse mi ascolterà."

"Già, e poi si monterà la testa e ci toccherà dire cose tipo: 'Be', lo conoscevamo quando...' E si dimenticherà di tutti noi persone insignificanti. Be', non di te. Tu sei indimenticabile."

Decise che Matty gli piaceva parecchio.

Fu un buon pranzo, e mentre mangiavano, Chris e Matty fecero del loro meglio per mettere in imbarazzo Dylan. Lui intervenne ogni tanto ma per la maggior parte del tempo non fece che guardare prima l'uno e poi l'altra come se stesse rimpiangendo di averli fatti conoscere. Ma Chris si stava divertendo. Matty non lo metteva affatto in soggezione. Venne fuori che le piacevano un paio di serie poliziesche che piacevano anche a lui e che Dylan si rifiutava di guardare, e sapeva le parole di ogni musical che Chris le citò. Rise parecchio e non sembrava pensare che Chris non fosse alla sua altezza. Anzi, quando finirono di mangiare – per una volta fu lui a pagare – lei insistette perché rimanessero in contatto.

"Fatti sentire," gli raccomandò mentre lasciavano il ristorante insieme. "Voglio che mi racconti altre storie fantastiche."

"Ti inviteremo a cena quando saremo andati avanti con i lavori a casa di Dylan," disse Chris. *E dopo che ci saremo liberati del fantasma.*

Lei applaudì. "Sono mesi che muoio dalla voglia di vedere la fattoria. E mangiare qualcosa preparato da te!" Quando si salutarono, abbracciò forte sia Dylan che Chris.

"Sembra che vi siate piaciuti," osservò Dylan infilandosi dietro al volante del camioncino.

"È adorabile."

"Non tanto alle otto del mattino quando devi consegnare un lavoro urgente," replicò Dylan, sorridendo.

"Non abbiamo esagerato, vero? Non ti ho mai visto arrossire così tanto."

"Ero completamente mortificato, ma va bene. Sono davvero contento che siate andati d'accordo. È... non ho mai socializzato molto. È bello."

"Ma non sa nulla del tuo problema mensile."

Dylan scosse la testa. "No. Solo tu, Rick e Kay."

"Penso che reagirebbe bene. Diavolo. Probabilmente creerebbe un blog o una pagina Facebook su Dyl il lupo mannaro."

"Non so..."

"Dovresti saperlo di già, amico. Se non puoi essere onesto con qualcuno su una cosa così importante della tua vita, non puoi avere una gran relazione con loro. Le nasconderesti che sei gay?"

"Certo che no. Penso di averle detto che sono gay la prima volta che l'ho conosciuta."

"Be', è la stessa cosa."

Erano fermi a un semaforo, così Dylan si voltò per guardarlo. "Essere un lupo mannaro non è la stessa cosa che essere gay."

"Non è così diverso. Per certa gente è un segreto profondo e misterioso, tanti ti giudicano e ti fraintendono, pensano ci sia qualcosa di sbagliato in te. Ed è qualcosa di te stesso che non puoi cambiare." Sorrise. "Ovviamente, credo che il sesso tra uomini sia molto più divertente che essere pelosi, ma sembra non ti dispiaccia essere un lupo mannaro fintanto che non uccidi nessuno."

Dylan scosse la testa. "Magari glielo dirò dopo. Dopo che ci saremo sbarazzati di Andy. Vuoi andare a prendere un caffè o qualcos'altro?"

"Mentre aspettiamo di berci un caffè con il tuo ex scopamico? Certo."

INVECE DI bere caffè, finirono col passeggiare senza meta per un po'. Nella zona c'erano degli edifici storici, alcuni piccoli, altri di notevoli dimensioni. Alcuni erano malmessi e una buona parte era stata trasformata in appartamenti, ma altri erano in buono stato, come delle casette di zenzero con le loro rifiniture particolareggiate. Mentre camminavano, Dylan indicò tutti gli elementi che gli piacevano e tutte le aggiunte moderne che pensava fossero sbagliate. Quando parlava di architettura si animava parecchio, ed era piacevole stare ad ascoltarlo, vederlo muovere animatamente le mani.

Entrarono in un paio di negozi. In uno c'era un'area dedicata alle donne incinte e Dylan prese in mano quello che sembrava un grosso tubetto di dentifricio dai colori pastello. "Tra poco sarà il compleanno di Kay. Credi che le piacerebbe?"

Chris prese il tubetto e lesse l'etichetta: "Un prodotto contro le smagliature? Amico, se le compri questa cazzata il prossimo a diventare un fantasma sarai tu."

Dylan finì col prenderle un kit per fare il calco del pancione. "Le piacerà. È un progetto artigianale." E un CD di canzoni che, stando alla commessa, l'avrebbe aiutata a rilassarsi durante le doglie e il parto.

"Dio, non starei nella stessa stanza con lei durante il parto nemmeno se mi pagassero," commentò Dylan quando lasciarono il negozio. "Sto pensando di comprare un giubbotto antiproiettile a Rick. O magari un'armatura."

"Scommetto che saranno dei genitori fantastici." Chris non conosceva davvero bene nessuno dei due, ma li aveva visti in un momento di crisi, con il cadavere di Andy in una pozza di sangue e Dylan mezzo morto nel letto. Erano rimasti calmi e lo avevano aiutato a occuparsi di ogni cosa. E sapeva che amavano e appoggiavano Dylan, il che per lui era più che abbastanza.

194

Dylan chiuse i suoi acquisti nel retro del furgoncino e insieme si diressero al loro appuntamento. Mancavano dieci minuti alle tre. Nella caffetteria c'erano dei prodotti da forno molto invitanti ma decisamente troppo costosi e la musica nel locale era straniera. Il posto non era troppo affollato, alcuni studenti erano chini su iPad e portatili e le due bariste vantavano una notevole collezione di tatuaggi e piercing.

Mentre Chris occupava un posto tranquillo in fondo al locale, Dylan andò al bancone a ordinare i caffè. Li portò e si sedette. "Venivamo spesso qui a studiare. Il posto non era proprio comodo per me, ma non c'erano molte distrazioni e il caffè è buono." Sorrise. "Inoltre ci lavorava un ragazzo bellissimo. Io ed Ery passavamo ore a sbavare per lui."

Chris sapeva che era stupido essere gelosi. Dylan aveva conosciuto Ery – e il barista sexy – molto prima di conoscere lui. Inoltre, Chris si fidava di Dylan. Un uomo che metteva in pericolo la sua vita e che uccideva il suo ex amante per proteggerti non era il tipo che poi si sarebbe andato a divertire in giro. Lo guardò torvo comunque e Dylan alzò gli occhi al cielo. Perlomeno lo staff del bar era composto da sole donne.

Il caffè *era* buono. In passato, Chris si era abituato a bere quello istantaneo perché era semplice ed economico. Anche lui era semplice ed economico. Poi Dylan si era trasferito di fronte a casa sua, e usava solo i chicchi dorati coltivati su terreni fertilizzati da unicorni e raccolti da ninfe vergini, e aveva dovuto ammettere che il suo caffè aveva un sapore decisamente migliore di quello solubile. Adesso sapeva apprezzare un caffè buono e quello che stava bevendo lo era. Stava proprio per dirlo quando la porta del locale si aprì ed entrò un uomo, il cui viso si illuminò non appena scorse Dylan. Si diresse verso di loro correndo.

Ery Phillips era basso, magro e *luminoso*. Indossava una canottiera viola acceso e dei jeans color canarino, con delle sneakers alte bicolore, rosso e arancione. I capelli tinti di biondo si ergevano in punte incredibilmente alte tenute in piedi dal gel. Aveva una borsa a tracolla decorata da teschi rosa brillantati.

Dylan e Chris si alzarono entrambi. Dylan fece un gran sorriso, ma Chris si sentì a disagio da morire.

"Gesù, Dyl. Cosa diavolo ti è successo e come faccio a farlo succedere anche a me? Stai benissimo!"

Dylan fece un cenno in direzione di Chris. "Mi è successo Chris. Chris, ti presento Ery Phillips. Ery, lui è Chris Nock. Tutto il mio... mondo."

Ery spalancò gli occhi, Dylan sembrò imbarazzato dalla sua stessa dichiarazione, e a Chris sembrò che un coro di angeli celestiale stesse cantando nel suo cuore. "Piacere di conoscerti," balbettò.

"Oh mio Dio. Voi due siete... Oh mio Dio. Aspetta." Ery lasciò cadere la borsa su una delle sedie e tirò fuori un telefono dalla tasca posteriore. "Posso fare una o due foto? Gesù, voi due sembrate la copertina di un romanzo d'amore. Solo che siete vestiti."

195

Ovviamente Dylan arrossì, ma Chris rise e si spinse contro il suo fianco, passandogli un braccio intorno alla vita. Non avevano nessuna foto insieme. Magari Ery avrebbe potuto inviargli questa via e-mail.

Ne scattò un paio, infilò il telefono nella borsa e si diresse a passo veloce verso il bancone. Poco dopo tornò di fretta stringendo un enorme bicchiere di carta. Chris pensò che non avesse bisogno di altra caffeina.

"È lui che ti ha tenuto lontano da me?" domandò Ery a Dylan sedendosi.

"No. Io e Chris… è da poco che stiamo insieme."

"Be', deve aver fatto qualcosa, perché non sei mai stato così bello." Ery inclinò leggermente la testa. "Nuovo programma di allenamento?" Si voltò un po' per guardare Chris. "Scommetto che fai il personal trainer."

A Chris il caffè quasi uscì dal naso. "Faccio il tuttofare."

"Okay. Vorrei essere incazzato con te, Dyl, ma ho molta più voglia di sentire quello che hai da dirmi, per cui sarò civile. Cosa succede?"

Dylan guardò Chris, lui fece spallucce e sollevò le mani con i palmi rivolti verso l'alto. Per come la vedeva lui, spettava a Dylan raccontare la storia, dato che lo riguardava personalmente. O fiaba, a seconda di come la si volesse vedere.

Dopo un lunghissimo sorso di caffè – che Dylan probabilmente desiderava fosse molto più forte – posò la tazza e si strofinò il viso. "Okay. Non interrompere però, d'accordo? Perché quello che sto per dirti è impossibile, non è possibile che sia accaduto, però è successo. Potrai fare le tue obiezioni quando avrò finito."

"Be', come introduzione non è male. Spara." Ery si appoggiò allo schienale in attesa. E così fece Chris, anche se sapeva quello che avrebbe detto il suo ragazzo. Dylan si guardò intorno con aria furtiva, come se avesse paura che qualcuno potesse ascoltare. Non c'era nessuno seduto vicino a loro e la musica e il *woosh* della macchina del cappuccino coprivano molto le voci.

"Circa due anni e mezzo fa sono andato in quel bar, Bleachers, e…"

"Finora ti credo," lo interruppe Ery, pur sapendo che non avrebbe dovuto farlo. "Ti piace quel posto triste."

"Non più. Ma ero lì quella notte e ho conosciuto questo tipo, Andy." Dylan sorrise verso Chris per scusarsi. "Questo è successo parecchio tempo prima che conoscessi lui. Andy è venuto a casa mia, abbiamo fatto sesso e poi… e poi mi ha morso."

Dylan fece una pausa, non per creare un effetto drammatico, ma per pensare a come formulare la parte successiva. Ery sembrava confuso. "Morso? Vuoi dire, come una specie di strana pratica BDSM?" Poi sbiancò. "Oh, Dio. Non era sieropositivo, vero?"

"No. Mi ha infettato, però. Andy era un lupo mannaro. Mi ha morso e lo sono diventato anch'io. Non sto parlando metaforicamente. Voglio dire che ogni luna piena mi trasformo in un vero e proprio lupo."

"Non è possibile."

"Lo so. Te l'avevo detto. Ma è vero. Così mi sono trasferito in mezzo al nulla perché non... Devo cacciare una volta al mese. Sono pericoloso. È per questo che mi sono allontanato da te e da quasi tutti. Ho pensato che sarei stato più al sicuro in aperta campagna. Ho comprato una vecchia casa enorme con venti acri di terreno, ed è così isolata che ho solo un vicino." Dylan guardò al suo fianco. "L'indispensabile Chris Nock."

"E indispensabilmente sexy. Non te lo dimenticare," aggiunse Chris.

"E indispensabilmente sexy," concordò Dylan. "Lavoro soprattutto da casa. Il mio capo ama quello che faccio. Io amo Chris. Le cose stavano andando particolarmente bene. Ma Andy non voleva arrendersi. Immagino volesse creare una specie di... branco. Qualcuno con cui correre. Cacciare. Aveva morso delle altre persone prima, ma... erano morte. Continuavo a dirgli di andarsene ma lui tornava sempre. E poi..." Dylan si fermò per farsi coraggio con del caffè. "E poi ha cercato di uccidere Chris. Così io ho ucciso lui, invece."

Era proprio andata così, pensò Chris. Strano ma vero e totalmente logico se si credeva alla premessa iniziale. Ma a giudicare dalla sua espressione, Ery non ci aveva creduto molto.

"Hai *ucciso* qualcuno?" chiese Ery in un gridolino. Le due donne al tavolo più vicino li guardarono poi si voltarono di nuovo.

"Ha agito per autodifesa!" intervenne Chris. "O in mia difesa, in ogni caso. Avevo in mano solo la gamba di un tavolino per tenere a bada un lupo affamato. E Dyl per poco non è stato ucciso anche lui. Lo aveva fatto a brandelli." Diede un colpetto al compagno. "Fagli vedere la cicatrice."

Un po' riluttante, Dylan sollevò i capelli per scoprire il segno sulla fronte. Non era una cicatrice particolarmente impressionante, assomigliava a quella che ci si sarebbe potuti fare andando a sbattere contro qualcosa di spigoloso. Allora Chris gli diede un altro colpetto. "Fagli vedere le altre."

"Non mi spoglio nel mezzo del locale, Chris."

"Non fare il bambino. Solleva la camicia."

Dylan lo guardò in cagnesco ma obbedì; tirò fuori la camicia dai jeans per mettere a nudo buona parte dell'addome. Ery si chinò sul tavolo per avere una visuale migliore. "Oh mio Dio, Dylan!"

Chris annuì. "Avresti dovuto vedere quando è successo. Guarisce davvero in fretta, ma per un po' sembrava un film di Tarantino."

"Di Romero, più che altro," mormorò Dylan. Si infilò la camicia nei pantaloni e bevve un altro sorso di caffè.

Ery si era appoggiato di nuovo allo schienale e stava scuotendo la testa lentamente. "È una cosa grossa da mandar giù."

"Già," confermò Chris con un solidale cenno del capo. "Mi ci è voluto parecchio per farmene una ragione e l'ho visto con i miei stessi occhi."

"E tu sei rimasto con lui anche dopo aver scoperto che è... lui è..."

"Già."

"Wow." Ery puntò un dito verso Dylan. "O mi avete raccontato un mucchio di cazzate o ti sei trovato il ragazzo migliore al mondo."

"Lo so," disse Dylan e strinse la spalla di Chris. "Quindi Andy... Andy è morto. Ma la storia non è finita. Alcuni giorni fa si è fatto vivo un fantasma a casa mia."

Anche se Ery non sembrava ancora credere completamente alla storia del lupo mannaro, annuì con comprensione quando parlò del fantasma. "Che tipo di fantasma?"

"Non sapevo che ce ne fossero di diversi tipi."

"Certo. Si manifestano in ogni modo. Alcuni non riesci nemmeno a capire che li hai lì e altri invece fanno di tutto per farsi vedere. Alcuni sembrano quasi umani, altri per nulla. Alcuni possono muovere gli oggetti, come i poltergeist, e alcuni..."

"Questo se ne deve andare," interruppe Dylan.

"Ah." Ery passò alcuni momenti facendo finta che il suo caffè fosse interessante, poi guardò con gli occhi socchiusi l'esposizione dei dessert. "Ah! *Ecco* perché sei sbucato fuori dal nulla: mia nonna."

La canzone che stava suonando aveva un accompagnamento di sitar e tamburi, e tutti e tre cambiarono posizione sulle sedie. Chris cominciò a pensare che il banana bread avesse un aspetto allettante. Avrebbe scommesso che Dylan ne avrebbe mangiato un po'... era senza fondo. Però di sicuro non valeva i tre dollari e mezzo alla fetta.

"Mi dispiace," mormorò Dylan, guardando il tavolo. "Avrei dovuto parlarti tempo fa. Mi sei mancato, Ery. Sei un caro amico. Lo sei sempre stato." Sollevò lo sguardo. "Avevo davvero paura di poterti fare qualcosa di orrendo. O che... non so. Che fossi disgustato da quello che sono diventato."

Dopo una lunga pausa, Ery guardò Chris. "Non sto dicendo che questa storia del lupo mannaro sia vera. Ma se lo è... Chris, Dylan va in giro a macellare le persone e spargere il terrore nelle campagne? Perché non me lo vedo visto che aveva l'abitudine di farsi il doppio nodo alle scarpe. Lui, il ragazzo che aveva passato tutto il primo anno a convincermi a comprare una polizza assicurativa. Quando trovava dei ragni nel mio appartamento pulcioso, li intrappolava in un bicchiere e li portava fuori."

"Dylan è il ragazzo più buono che abbia mai conosciuto," replicò Chris semplicemente.

"Okay, allora," disse Ery con un sorriso.

CAPITOLO 8

ERY SE ne andò promettendogli che avrebbe organizzato un incontro con sua nonna per quella sera e Dylan si accasciò sul tavolo. Non era nemmeno ora di cena, ma non aveva dormito bene la notte prima e quello era stato un giorno lungo e stancante a livello emotivo. Era felice che Stender e Chris avessero fiducia nelle sue capacità di architetto, e – a dirla tutta – era particolarmente contento della sua nuova sfida lavorativa. Era parecchio rinfrancato dal fatto che Chris e Matty si fossero piaciuti così tanto, anche se leggermente terrorizzato all'idea che potessero escogitare dei modi per cospirare contro di lui. Ed era contento che Ery non gli avesse dato del pazzo, non sembrasse odiarlo, e che avesse anche voglia di aiutarlo con il problema del fantasma.

Ma diamine se aveva bisogno di riposare.

"Vuoi andare in quella libreria?" domandò Chris. "O magari possiamo passare del tempo in un parco o qualcosa del genere. È bello fuori."

A Dylan venne immediatamente un'idea migliore. "Andiamo al camioncino. Tocca a me scegliere una destinazione inaspettata."

"Scommetto che non sarà un altro rodeo."

"Hai indovinato."

Salirono sul camioncino e Dylan li riportò al fiume, verso il centro. Si fermò davanti a un piccolo hotel di lusso in Washington Street. Non era mai stato lì, ma Rick e Kay sì – la notte del loro matrimonio – e gli avevano detto che era davvero bello.

"Rimani qui," ordinò Dylan. "Vado a vedere se hanno una stanza disponibile."

"Un hotel? Dyl, casa tua è solo a un'ora di distanza."

"Ma in questo posto, qualcun altro farà il letto e laverà gli asciugamani. Scommetto che c'è il servizio in camera. Un grande letto. E nessun fantasma." Provò a far ballare le sopracciglia come faceva Chris, ma non era bravo come lui.

Un lento sorriso comparve sul volto del suo ragazzo. "Mi sembra una buona idea."

Prima che Chris potesse protestare che avrebbero potuto trovare un posto più economico, Dylan corse dentro. Riemerse pochi minuti dopo e saltò sul camioncino.

"Non ci vogliono?" domandò Chris.

"Abbiamo una suite con la vista panoramica e ho già fatto il check in." Spense il motore proprio mentre il valletto arrivava a passo svelto. "Dai, Chris. Vediamo cos'hanno nel minibar."

Ma anche se Chris stava cercando di camminare nel suo solito modo spavaldo, Dylan sapeva che era un po' intimidito. Fortunatamente, era appena cominciato l'happy hour e dopo un paio di bicchieri Chris sembrò leggermente più rilassato.

"Non abbiamo vestiti puliti," gli fece presente Chris mentre salivano in ascensore. "E nemmeno gli spazzolini."

"Possiamo comprarli."

Chris non sembrava affatto entusiasta mentre percorrevano il lungo corridoio, i loro passi ovattati sulla moquette spessa. Dylan prestò attenzione agli elementi architettonici, perché l'edificio era stato costruito più o meno negli stessi anni di quello su cui avrebbero presto lavorato. Magari avrebbe potuto detrarre dalle tasse quella notte come ricerca.

Quando aprì la porta della camera, Chris fece alcuni passi e poi si immobilizzò. "Bello."

"Sì. È bella." L'arredamento era piacevole – un po' troppo di tendenza ma con dei tocchi classici – e sul letto c'erano un bel po' di cuscini. Dylan aveva rinunciato alla sua collezione perché Chris lo aveva preso in giro, ma a volte gli mancava ancora. Dylan si diresse alle enormi vetrate e ammirò la vista, poi passò un paio di minuti a controllare il bagno e l'armadio.

Chris era ancora immobile al suo posto; si grattava la nuca, come se avesse paura di rompere qualcosa. "Io e mia mamma, a volte stavamo nei motel per qualche giorno. Quando la cacciavano da casa o si lasciava con uno dei suoi ragazzi. Nessuno di quei posti assomigliava minimamente a questo. Erano economici. Si potevano sentire quelli nell'altra stanza scopare."

"Non posso garantire quanto insonorizzati siano questi muri, ma questa volta saremo noi a fare rumore."

Solo leggermente più sereno, Chris si strinse nelle spalle. "Questa stanza deve costare una fortuna."

"Non poi così tanto. Con l'Associazione automobilistica ho uno sconto. Comunque, me lo posso permettere. Ho ricevuto quel bonus e l'aumento sostanzioso al lavoro, ti ricordi? E non ho speso quasi nulla all'infuori dei lavori in casa."

"Sì. Lo so. Sei pieno di soldi."

Dylan sospirò rendendosi conto che stava davvero mettendo a disagio il suo compagno. Si avvicinò a Chris e lo prese leggermente per le spalle. "Se dovessi pagarti per tutto il lavoro che hai fatto a casa mia, anche tu saresti pieno di soldi."

"Non voglio i tuoi soldi," disse Chris a occhi stretti.

"Per come la vedo io, a questo punto sono i *nostri* soldi." Era da un po' che Dylan ci rimuginava ma sapeva che per Chris sarebbe stato un argomento ostico. Sperava che uno di quei giorni avrebbero potuto sedersi e fare una chiacchierata da adulti su testamenti, assicurazioni e altri argomenti ugualmente snervanti. Non voleva farlo in quel momento, però, stanco com'era ed emotivamente svuotato.

Chris fece una risata strozzata. "Non ho progettato quelle case."

"No, ma mi hai sostenuto quando l'ho fatto. Non sarei riuscito a superare questi ultimi mesi senza di te, Chris. Dico sul serio. Tu sei... io ti vedo come il mio compagno."

Quelle parole gli guadagnarono un sorriso. "Se non sto attento mi ritroverò con l'abito bianco."

"No, ma scommetto che saresti delizioso con lo smoking."

Dylan era sul punto di proporre che si togliessero tutti i vestiti, quando il telefono squillò. "Ciao, Ery." Cercò di non sembrare deluso, dopo tutto gli stava facendo un favore.

"Mia nonna dice che potete venire qui questa sera. Va bene alle otto? Prima gioca a carte."

"Certo, alle otto va bene."

Ery gli diede l'indirizzo, poi attaccò.

Dylan guardò Chris, che stava sfogliando la brochure dell'albergo. "Abbiamo circa novanta minuti."

"Allora facciamo quelle compere. E prendiamoci qualcosa da mangiare."

"Davvero?"

"Se devi pagare un occhio della testa per quel letto, non voglio che mi si faccia fretta. Pretendo di prendermi tutto il tempo e fare quello che voglio con te."

Un gradevole brivido percorse la schiena di Dylan. Adorava quando Chris gli faceva tutto quello che gli andava. Che era più o meno quello che gli faceva lui quando erano a parti invertite, in realtà. "Okay."

Dylan insistette perché andassero da Nordstrom. Chris non ci era mai stato e si guardava intorno con circospezione, come un esploratore appena sbarcato su un pianeta alieno. Dylan lo guidò nella giusta direzione, scelse un paio di pantaloni antracite e una bella camicia rossa, poi lo trascinò nei camerini.

"Provateli," ordinò Dylan.

Chris sorrise. "Questa è la cosa più gay che abbia mai fatto."

"Più gay di fare sesso con un uomo?"

"Sì. Non c'è paragone." Ma entrò nel camerino e, quando uscì, aveva un aspetto magnifico.

Dylan fischiò. "E abbiamo un vincitore."

"Mi sento come se stessi andando a un ballo in maschera."

"Ma non metti in conto l'eventualità che un giorno potremmo voler andare in un posto più elegante di Home Depot o di una birreria con produzione propria e che dovrai metterti qualcosa di più carino di una salopette e una maglietta dei Metallica?"

"Vorresti che mi vestissi così tutto il tempo?"

"No, vorrei che non indossassi mai nulla, tutto il tempo. Però non si può andare sempre in giro nudi."

Il cipiglio non scomparve completamente dal viso di Chris mentre aspettava che anche Dylan si provasse dei vestiti. Chris si rallegrò leggermente quando

201

scelsero della biancheria, soprattutto perché poté fare dei commenti osceni su quale stile avrebbe messo meglio in mostra i suoi attributi e quelli di Dylan. La commessa del reparto non sembrava molto divertita.

Si fermarono per comprare dei prodotti da bagno in una farmacia, poi mangiarono un boccone veloce in un posto che preparava dei burrito costosissimi. "È divertente essere in centro," ammise Chris mentre tornavano all'hotel. "È tutto così comodo."

"Ho sempre pensato che, quando potrò permettermelo, mi piacerebbe comprarmi un appartamento di lusso qui. Adesso però la cosa non funzionerebbe."

"E ti dispiace?"

"Credo che le cose vadano piuttosto bene, in realtà," disse sbattendo la spalla contro quella di Chris.

Scaricarono gli acquisti nella stanza e chiamarono la reception perché gli portassero il furgoncino. Quando uscirono dalla lobby, l'inserviente del parcheggio era pronto a consegnargli le chiavi.

"Allora, dove vive nonna Phillips?" domandò Chris.

"Non lontano, Ladd's Addition."

Era un bel quartiere ma un po' scomodo da raggiungere a causa della planimetria stradale. "Lo sapevi che Ladd ha preso ispirazione dal progetto di L'Enfant a Washington, DC? E L'Enfant da Versailles." Dylan si rese conto di essersi messo in cattedra. "Scusa."

"Grazie, professore." Ma Chris aveva l'aria allegra, sembrava che durante la guida il suo umore ombroso fosse cambiato a uno più positivo.

La nonna di Ery Phillips viveva in un'abitazione stile *Craftsman* color fungo, con vasi enormi blu che adornavano la veranda. Il giardino sul davanti era una cacofonia di colori; a quanto pareva la donna aveva il pollice verde. Anche la casa sembrava in ottime condizioni, il che rallegrò Dylan. Era sempre felice quando le persone si prendevano cura delle loro case, forse perché si immaginava il duro lavoro di qualche architetto – in questo caso senza dubbio deceduto da parecchio – che sudava durante la progettazione. Parcheggiò davanti alla casa e assieme a Chris si diresse a passo spedito verso la porta.

Anche se Dylan sapeva ben poco della nonna di Ery, si era fatto una certa idea mentale di lei. Nella sua testa, aveva lunghi capelli grigi, probabilmente bisognosi di una pettinatina, un naso con la gobba, indossava parecchi strati di abiti larghi, e portava uno scialle nodoso sulle spalle. Ma quell'immagine non sarebbe potuta essere più distante da chi si trovò davanti.

Doveva avere quasi ottant'anni. Aveva la schiena molto dritta ed era elegante, magra, con i capelli biondi perfettamente acconciati e il trucco applicato con precisione. Indossava un abito beige, una blusa rossa e un cospicuo numero di gioielli. "Dylan Warner?" domandò con una pronuncia molto raffinata.

"Sì." Dylan fece un gesto verso il compagno. "E Chris Nock."

"Ovviamente. Sono Delores Phillips. Prego, entrate."

L'interno della casa era arredato con lo stesso gusto e particolarità della proprietaria: tappeti persiani sopra a pavimenti lucidati, scaffali e mobiletti su cui erano esposti manufatti asiatici dalle decorazioni intricate, quadri alle pareti con rappresentazioni di fiori delicati. Non c'era traccia di calderoni e gatti neri. Dylan non sapeva come definire la stanza in cui li aveva condotti, una sala da ricevimento, forse. Ne aveva davvero l'aspetto. Chris non sembrava molto contento di doversi sedere su una filiforme poltrona dorata, ma riuscì a bofonchiare un saluto rivolto a Ery, che stava aspettando con una tazza di porcellana in mano.

"Posso portarvi del te?" domandò la signora Phillips.

Dylan non era un grande appassionato di tè, e probabilmente nemmeno Chris, ma non voleva essere maleducato. "Grazie. Sarebbe fantastico."

Appena la signora Phillips lasciò la stanza, Dylan si sporse verso Ery. "Che cosa le hai detto?"

"Non molto. Nulla su... sai." Fece una patetica imitazione di un lupo ululante. "Non devi dirglielo se non vuoi. Però non le creerebbe nessun problema. Ho solo detto che hai un problema di infestazione."

"Grazie. Davvero, Ery, ti sono davvero debitore."

"Bene. Allora tu dimmi del gemello gay e single del tuo fidanzato."

"Scusa," disse Chris. "Sono unico nel mio genere."

La signora Phillips tornò con un vassoio laccato dove aveva distribuito l'occorrente per il tè. Lo versò nelle tazze e aggiunse lo zucchero prima di sedersi. Chris sembrava un po' ridicolo con la tazza delicata in quella grande mano. Forse anche Dylan aveva l'aria un po' stupida. C'erano dei biscotti, quelli rotondi e burrosi con un pizzico di frutta nel centro. Dylan ne mangiò tre.

"Mio nipote mi ha detto che fai l'architetto, Dylan," esordì la signora Phillips, interrompendo un silenzio leggermente imbarazzante. "Lavori a Portland?"

Bevve del tè per mandar giù i biscotti. "Sì, per la Stender e Associati."

"Sono sicura che sia molto interessante. Anche tu sei un architetto, Chris?"

Chris quasi si strozzò. "No. Io... me la barcameno facendo dei lavoretti, per la maggior parte, nulla di importante."

Dylan sentì il bisogno di mettere in buona luce Chris agli occhi della signora Phillips. "Ha davvero talento con le mani. Per quanto riguarda l'edilizia, voglio dire!" aggiunse in fretta, e si sentì scaldare un po' le guance. "E la meccanica automobilistica. E possiede parecchi acri di terreno coltivabile."

"I miei nonni erano fattori. E i genitori di mio nonno sono stati le prime persone bianche a stabilirsi nella Willamette Valley. Anche la tua famiglia coltiva da generazioni?"

Chris serrò leggermente la mascella, probabilmente lo notò solo Dylan. "Non ne sono sicuro. Non siamo in stretto contatto... Credo di sì, però. So che hanno vissuto per anni nella casa che adesso appartiene a Dylan. Forse l'hanno anche costruita."

"Credo che un senso di continuità di questo tipo possa essere molto rassicurante. Fa bene conoscere le proprie radici."

"Alcune di quelle radici sono marcite," balbettò Chris.

La signora Phillips fece un sorrisetto che aveva un che di regale. "Ciò nonostante…" Fece un gesto impaziente in direzione di Ery, che aveva l'aria un po' dimessa mentre versava dell'altro tè per tutti; nei suoi occhi attenti c'era tuttavia un gran calore mentre osservava il nipote, un profondo affetto che fece sentire Dylan irragionevolmente geloso. I suoi genitori erano già stati in là con l'età quando erano nati lui e suo fratello, e tutti i nonni erano già morti quando Dylan era adolescente.

"Allora," lo incoraggiò la signora Phillips, porgendo il piatto con i biscotti finché Dylan non ne prese un altro, "Ery mi ha detto che siete entrati in contatto con uno spirito."

"Un fantasma, sì."

"E tutti e due avete avuto modo di vedere questo spirito?"

"Solo io l'ho visto di sfuggita, ma la volta successiva lo abbiamo visto bene entrambi. E io avverto anche la sua presenza." Decise di non parlarle dell'odore di tomba, perché non sapeva se un essere umano comune avrebbe potuto sentirlo. Chris pareva non accorgersene, ma a volte il suo olfatto era scarso per colpa del fumo.

"Descrivilo per favore."

"Be'… era luminoso. Ed era…"

"Aveva un aspetto umano?"

"Sì. Un uomo." Aggrottò le sopracciglia. "Ci sono altri tipi di fantasmi?"

Posò la tazza di tè e intrecciò le mani in grembo. "Ovviamente, ogni cosa vivente ha un'energia interna, anche l'organismo più basilare. Quell'energia viene creata nel momento in cui una creatura vivente comincia a esistere e la sua forma cambia a seconda di ciò che influenza l'organismo. Alcune energie sono molto elementari, ovviamente, come quelle dei fili d'erba. E alcune, come quelle di un essere umano, sono enormemente complesse. La nostra energia può essere drenata, distorta e può essere accresciuta. L'amore, per esempio, fa delle cose meravigliose all'energia di una persona." Sorrise a Dylan e Chris, dandogli una specie di benedizione. E anche se la palese approvazione della loro relazione non avrebbe dovuto importare, a Dylan importava e le restituì il sorriso.

"Non vi sto annoiando con la mia lezione, vero, ragazzi?"

Dylan scosse la testa e Chris disse: "Per nulla. Questa rob… queste cose sono interessanti."

"Ho lavorato nelle scuole per parecchi anni, insegnavo inglese al liceo. Immagino ti entri nel sangue, essere un insegnante. Modifica l'energia di una persona." Sorrise modestamente.

Poi la sua espressione si fece solenne: "Quando un essere muore, l'energia viene liberata dalle costrizioni fisiche a cui era legata. Ho letto parecchie opinioni su quello che accade a quell'energia. Mio marito era un fisico e gli piaceva ricordarmi che l'energia non può essere né creata né distrutta, per cui forse trova semplicemente un nuovo corpo. Un filo d'erba muore e un altro vive. O forse molti fili d'erba muoiono e le loro energie combinate si reincarnano, diciamo, in un'ape."

"Wow!" commentò Chris con un sorrisetto. "La prossima volta che taglierò i cespugli di Dylan sarà un po' inquietante; con tutta l'energia delle more morte che girano intorno nell'aria alla ricerca di qualche posto dove atterrare."

Ery era rimasto in silenzio tutto il tempo, ma adesso si era chinato in avanti sulla sedia. "Ho sempre pensato che questo processo sia una cosa buona. Sai, tipo una promozione. Una volta ero un soffione ma – *poof!* – adesso sono una sequoia. E il cambiare sarebbe una gran cosa. Provare cose nuove. Be', essere un'ameba è stato divertente, ma mi chiedo come sia essere un colibrì o un rinoceronte."

"Credo che *tu* sia stato un colibrì," disse Chris, facendo emettere a Dylan una risata strozzata poco elegante.

Ery non si offese. Il suo buon carattere era sempre stato una delle sue qualità migliori. "Ehi, mi sembra una gran cosa. A volte mi piace fantasticare su quello che sono stato nelle vite precedenti. Mia nonna mi ha detto che ci sono persone che credono che alcuni ricordi ci arrivino in sogno, ma sono codificati, perché gli esseri umani potrebbero spaventarsi se sognassero di essere stati una medusa o un cactus."

Mentre Ery parlava, la signora Phillips versò dell'altro tè e Dylan si rese conto che doveva andare in bagno; però sapeva anche che stavano per ottenere delle risposte utili, per cui educatamente si portò la tazza alle labbra e poi domandò: "Allora da dove vengono i fantasmi? Hanno a che fare con quelle energie che vengono liberate, giusto?"

Lei annuì come se lui fosse uno studente che aveva appena fatto correttamente l'analisi logica di una frase. "Non so quanto ci voglia perché l'energia venga riassorbita in un altro ospite. Forse succede immediatamente o forse attende un po'. Magari, a volte, si prende una pausa tra corpi, una specie di vacanza dalla mortalità." Sorrise di nuovo e Dylan si rese conto che da giovane doveva essere stata davvero bella. In realtà lo era ancora. "In ogni caso, di solito questi eventi accadono pacificamente e anche quando assistiamo da vicino lo notiamo a stento. Ero presente quando mio marito è morto e ho percepito chiaramente il momento in cui la sua energia – il suo spirito, la sua anima, comunque lo si voglia chiamare – è andata via. Ma non è stato un evento triste o traumatico. Era come se… si fosse tolto una vecchia giacca particolarmente comoda. Un momento ti sta addosso perfettamente e quello dopo non è altro che del tessuto senza importanza."

Dylan non era sicuro se credere a quello che gli stava raccontando la donna, anche se dovette ammettere che era tanto plausibile quanto l'esistenza di qualcuno che si trasformava in lupo ogni volta che c'era la luna piena. Per lo meno le sue idee erano confortanti. La sua relazione con i suoi genitori era stata in un qualche modo faticosa, soprattutto dopo che si era dichiarato senza volerlo, ma li aveva comunque amati. Sperava che dopo che le loro vite erano state portate via dall'incidente automobilistico, avessero trovato una sorta di pace, o delle vite completamente nuove dentro a dei nuovi corpi. Forse adesso sua madre era un gatto. Li aveva sempre amati.

"Mi dispiace per suo marito," disse Dylan.

"Oh, è successo tanti anni fa, e stava male da un po'. Era pronto ad andare via. E mi piace pensare che forse è ancora in giro vicino a me da qualche parte, nei fiori del mio giardino, forse."

La signora Phillips offrì a Dylan un altro biscotto. "Può capitare che le persone non muoiano così facilmente. Quando non sono ancora pronte ad andarsene, quando le loro morti sono particolarmente traumatiche. Quando sentono che hanno ancora delle faccende da sbrigare. E l'energia non si muove. Può anche conservare un po' della forma dell'ospite precedente, anche se solitamente non particolarmente bene. E questi sono gli spiriti che chiamiamo fantasmi."

Chris guardò Dylan per un secondo e poi si schiarì la gola: "Potrebbero essere rimasti perché vogliono vendicarsi?"

Dylan si sentì stringere il petto, ma la signora Phillips alzò semplicemente le spalle. "Forse."

"E possono… possono *ferire* le persone?"

"Sicuramente le possono scocciare, o spaventare. Credo che la maggior parte degli spiriti sia più smarrita che cattiva. Ma… sì; alla fine, l'energia e la massa sono la stessa cosa. Se lo spirito è molto forte e motivato, potrebbe essere in grado di manifestarsi fisicamente. E allora, se volesse, potrebbe fare del male a qualcuno. Però dovrebbe fare pratica. Ci vorrebbe tempo. E, probabilmente, lo sforzo fisico non potrebbe essere sostenuto molto a lungo."

Non sembrava che a Andy ci fossero voluti molto tempo o pratica, rifletté Dylan. Doveva essere stato davvero incazzato. E se da vivo era un bastardo ostinato, perché avrebbe dovuto essere diverso da morto? Gli era però un po' di conforto sapere che probabilmente non sarebbe stato una minaccia ogni ora del giorno e della notte.

Chris tamburellava i piedi con impazienza. Forse anche lui aveva bisogno del bagno. Poi si grattò la nuca, però, e chiese: "Come ci si sbarazza di questi spiriti arrabbiati?"

"Si può provare a ignorarli. Alcuni di loro sono semplicemente alla ricerca di una reazione, come un bambino viziato, e se non riescono a ottenerla vanno via."

"Già, ma a questo piace guardare mentre noi… mmh, non penso che possiamo ignorarlo."

Dylan sentì il viso diventargli paonazzo mentre Ery sghignazzava dietro la tazza.

Grazie al cielo, la signora Phillips fece finta di non aver capito. "Se avete bisogno di un approccio preventivo, vi consiglio di scoprire quali siano le sue motivazioni e poi di risolvere il suo conflitto."

Be', non sarebbe servito a nulla. Dylan e Chris si scambiarono delle occhiate e fu Dylan a parlare: "E se sapessimo qual è la sua motivazione e il suo, ehm…"

206

"Essere arrabbiato con noi," terminò Chris per lui.

La signora Phillips si appoggiò allo schienale. "Ah. Capisco." Quindi aggrottò le sopracciglia. "Ma mi sembra difficile che uno spirito appena liberato sia capace di manifestarsi fisicamente."

"Difficile o impossibile?" domandò Dylan.

La donna sospirò sommessamente. "Non impossibile."

"Allora cosa facciamo?" domandò Chris. "Questo tizio... anche prima di morire non era certo il benvenuto. Per nulla. Dubito che la morte abbia migliorato il suo carattere."

"Capisco." Si alzò in piedi un po' lentamente, come se le sue articolazioni fossero rigide, andò da Ery e gli arruffò i capelli. Il nipote si abbassò ed emise un lamento, ma era chiaro che gli piaceva. "Ery mi ha detto che sei un brav'uomo, Dylan, e mi fido del suo giudizio. E se sei un brav'uomo, allora lo deve essere anche Chris. Per cui presumo che l'antipatia di questo spirito nei vostri confronti sia ingiustificata."

"Non è proprio ingiustificata," disse Chris. "Voglio dire, posso capire perché è arrabbiato con noi. Ma la verità è che ha avuto esattamente quello che meritava."

Lei annuì. "Ci sono alcuni metodi per sbarazzarsi degli spiriti quando non sono i benvenuti. Alcuni sono piuttosto drastici, purtroppo, come bruciare la dimora infestata. Immagino che il fuoco interrompa il flusso di energia."

Al pensiero della sua amata casa avvolta dalle fiamme Dylan tremò. "C'è... c'è dell'altro?"

"Sì, ti ricordi cosa ho detto dell'amore? L'amore può trasformare le energie, cambiarle dal negativo al positivo. Nel caso di uno spirito che non trova pace, l'amore potrebbe aiutarlo a dargli conforto e a rescindere finalmente i legami che ha creato per se stesso."

Chris scosse la testa. "Non c'è speranza che riesca mai voler bene a quel figlio di buona donna. Non posso, non dopo che... non dopo quello che ha fatto. E non penso che nemmeno Dylan abbia nessuna intenzione di farlo."

Dylan non aveva mai amato Andy. In realtà lo conosceva appena. Fisicamente avevano legato abbastanza e avevano passato alcuni giorni a fare sesso selvaggio, ma anche prima che si trasformasse in un lupo e lo mordesse, Dylan era stato più che cosciente che per loro non c'era nessun futuro. Non gli era nemmeno stato poi così *simpatico*. Era arrogante ed egoista. Non aveva voluto parlare molto, solo scopare, dormire, e mangiare. Poi aveva trasformato il mondo di Dylan in un inferno. Si ricordò di averlo osservato mentre inseguiva e uccideva un uomo che faceva jogging in periferia e gli vennero in mente i suoi macabri accenni ad altri omicidi simili. E di quando aveva visto Andy nel salotto di Chris, con Chris chiuso in un angolo, indifeso. "No, non posso."

La signora Phillips non sembrò affatto sorpresa. "Ma forse questa persona aveva una famiglia. Dei buoni amici. Qualcuno che potrebbe ricordare allo spirito i bei tempi che avevano preceduto quelli cattivi. Se riusciste a trovare questa persona e a persuaderla a visitare casa vostra, credo che il vostro spirito potrebbe essere liberato."

Dylan si mise in piedi, chiese di poter usare il bagno e scappò via. Qualche minuto più tardi, in piedi nel piccolo spazio, mentre si lavava le mani nel lavandino blu polvere guardando la sua immagine riflessa in uno specchio dorato, si sentì più disperato che sollevato. Non sapeva nulla di Andy, nemmeno il suo cognome. E di sicuro non aveva idea di dove trovare qualcuno che amava quello stronzo. E se avesse trovato quella persona, come diavolo sarebbe riuscito l'uomo che aveva ucciso Andy a persuaderla ad andare da lui ed esorcizzare il fantasma?

Sarebbe stato più semplice fare scorta di acceleranti per le fiamme.

CAPITOLO 9

DYLAN RIMASE in silenzio mentre guidava fino al loro albergo di lusso; Chris vedeva che era immerso nei suoi pensieri.

"La nonna del tuo amico è interessante," osservò Chris cauto. "Non quello che mi aspettavo."

"Nemmeno io."

"Casa sua sembrava una specie di museo. O, non saprei, una galleria d'arte."

"Era bella."

Chris provò a fare ancora conversazione, ma Dylan rispose a monosillabi, così alla fine rinunciò. Perlomeno il tragitto fu breve. Dopo che il fattorino prese in consegna il pick-up, rimasero fermi sul marciapiede per alcuni momenti.

"Vuoi andare a bere qualcosa? Scommetto che potremmo trovare un bar dove non linceranno un paio di froci se facciamo qualcosa di pazzesco come tenerci per mano." Chris sapeva che a volte Dylan desiderava ci fossero dei posti vicino casa dove poter andare ogni tanto, solo per rilassarsi, bersi qualche birra ed essere loro stessi. L'unica volta che aveva portato Dylan in un locale dalle loro parti, Chris era stato assalito nel bagno da un paio di tizi che si ricordavano di lui quando succhiava cazzi nei cubicoli. Dylan lo aveva salvato da quei ritardati e quella era stata la prima volta che aveva percepito qualcosa di pericoloso in lui, anche se aveva pensato più alla CIA o alla mafia che a una bestia pelosa soprannaturale.

"Ci sono dei bar gay qui vicino," disse Dylan. "Ma se non ti dispiace, preferisco andare di sopra. Mi sto addormentando in piedi."

Era stato un giorno lungo e pieno di avvenimenti e Dylan sembrava particolarmente distrutto.

"Va bene," lo accontentò Chris. "Ci godremo la musica house e i go-go boys un'altra volta."

Dylan era troppo stanco perfino per rispondergli con un'alzata di occhi al cielo. Semplicemente si voltò ed entrò in albergo; Chris lo seguì.

Quando raggiunsero la camera, però, Chris si era reso conto di alcune cose: primo, buona parte del motivo per cui Dylan aveva speso una piccola fortuna per quella stanza era perché potessero scopare senza la presenza di fantasmi; secondo, al mattino sarebbero tornati alla fattoria e, date le difficoltà nel mettere in atto l'esorcismo della signora Philip, sarebbe passato un bel po' di tempo prima che potessero farlo di nuovo. Infine, Dylan era più teso di una corda di violino e aveva bisogno di qualcosa che lo facesse rilassare.

Dylan aprì la porta e la tenne aperta per Chris, poi afferrò la busta di plastica bianca con gli articoli da bagno che avevano comprato quel giorno. "Vado a lavarmi."

"Fai pure. Io vedo cosa c'è alla televisione."

Ma appena Dylan si chiuse nel bagno, Chris si spogliò in fretta. Sentiva l'acqua scorrere e tutti i piccoli rumori che erano diventati un familiare rituale serale. Dylan faceva i gargarismi prima di andare a dormire e usava sempre il filo interdentale, il che era una buona cosa, perché gli diede il tempo di prendere dal minibar due bottigliette di whiskey, che probabilmente gli sarebbero costate più di una bottiglia intera. Svitò i tappi e ingollò il contenuto di una in un singolo sorso, poi appoggiò l'altra sul tavolo.

Quindi cominciò a toccarsi.

Non gli ci volle molto per diventare duro. Non dovette fare altro che pensare a Dylan. Al modo in cui si sentiva quando si muoveva dentro di lui; il dolce dolore dei denti sulla sua spalla, sui capezzoli; le mani callose che gli percorrevano la pelle. Il modo in cui a volte lo guardava quando stavano... be', facendo l'amore, come se avesse ricevuto un regalo incredibile, come se non potesse credere di essere così fortunato. I grugniti non completamente umani che a volte emetteva al culmine della passione, e i sospiri leggeri quando si coccolavano dopo l'amplesso.

Sentì lo scarico del gabinetto, poi ancora l'acqua nel rubinetto. A quel punto si mise carponi. Per fortuna la moquette era molto spessa.

Dylan uscì dal bagno con indosso solo i boxer, vide Chris e si immobilizzò. Aveva la bocca spalancata, come se volesse dire qualcosa ma si fosse dimenticato cosa.

Chris strisciò fino a lui, molto lentamente, cercando di ancheggiare il più vistosamente possibile. Si fermò per recuperare la seconda bottiglietta di whiskey dal tavolo e la trasportò tenendola in bocca fino a Dylan, che era ancora immobile. Stupefatto, col respiro leggermente affannato.

Quando lo raggiunse, Chris si alzò sulle ginocchia e gli porse la bottiglia. Dovette premergliela nella mano, e anche allora, lui non fece altro che prenderla. Era troppo impegnato a osservare Chris che si masturbava.

"Oh Dio," sussurrò Dylan.

"No, ma non mi stupisce che tu ci abbia confuso." Questa volta Chris aggiunse un movimento circolare con i fianchi.

Senza togliergli gli occhi di dosso, Dylan si portò la bottiglia alla bocca e bevve. Tremò e tossì un po'. Chris gliela prese e la lanciò piano da parte. Andò a rotolare sotto una poltrona imbottita blu e oro.

"Chris..."

Non rispose, almeno non a parole. Invece si avvicinò a carponi, andando quasi a toccarlo. Sorrise. Poi si appoggiò leggermente a lui e posò la bocca sul crescente rigonfiamento dei boxer.

Il cotone non aveva un gran sapore. Ma non gli importava, perché poteva sentire il sesso di Dylan inturgidirsi, pulsare mentre faceva scorrere i denti delicatamente sulla sua asta.

Mantenne le mani occupate continuando a toccarsi, ma Dylan non sapeva bene cosa fare con le sue. Gliele posò sulle spalle, stringendo la presa ogni volta che incrementava la pressione sul suo sesso.

Ma quando Dylan si mosse e cominciò ad abbassarsi i boxer, Chris gli afferrò svelto il polso. "Ah-ah."

"Ma..."

"No." Con uno sguardo ammonitore, lasciò andare le sue braccia e lo afferrò per i fianchi, poi lo spinse facendolo girare su se stesso. Così si ritrovò a pochi millimetri dal suo fondoschiena.

Anche sotto il cotone, il culo di Dylan era spettacolare. Davvero, pensò Chris, si sarebbe dovuto prendere del tempo per ammirarlo più spesso. Le spalle erano larghe e il torso tonico avvolto da muscoli magri, il ventre piatto, i fianchi stretti e le natiche sode. Stavano perfettamente nei palmi delle sue mani, così le strinse un po' mentre leccava la pelle salata sulla parte bassa della schiena. Si dovette impedire di scopargli la gamba. "Non sono un cane," borbottò tra sé.

Dylan provò a voltarsi per guardarlo. "Eh?"

"Nulla." E per cambiare argomento in modo soddisfacente, prese l'elastico dei boxer con i denti e li spinse verso il basso.

Spogliare un uomo senza usare le mani era più difficile di quanto si potesse pensare. Ma era un'attività piacevole, perché si ritrovò a distanza ravvicinata dalle rotondità carnose di Dylan, la sua fenditura scura e i soffici peli. Alla fine fu costretto a usare le dita per abbassare i boxer e liberare il sesso ballonzolante. Evitò di toccarlo, anche se vedeva che lui non aspettava altro. Lasciò cadere i boxer appena superati i glutei, poi gli avvolse le mani intorno ai fianchi per assicurarsi che rimanesse immobile. Portò le labbra molto vicino a una delle natiche – ma senza toccarla – e respirò.

Dylan emise un gemito un po' disperato. "Mi fai morire."

Chris non si lasciò fare fretta. Soffiò sulla pelle di Dylan, fece scorrere la lingua sulle fossette allettanti, molto lentamente, giù fino alla fessura. Lasciò andare una mano così da poterla infilare tra le cosce – Dylan allargò le gambe per quanto glielo permettevano i boxer – e gli solleticò il perineo, la pelle delicata dei testicoli.

"Chriiiis." Sembrava un vero e proprio lamento, e lui rispose con una risata perfida.

"Ti preoccupi troppo, Dyl. Devi imparare a rilassarti e prendere le cose come vengono."

"Verrebbero molto più velocemente se la smettessi di stuzzicarmi."

Quelle parole fecero guadagnare a Dylan una sonora sculacciata, seguita da una serie di baci calmanti. Chris si ricordò però dell'aria stanca che aveva avuto mentre raggiungevano la loro camera e gli fece un po' pena. Si alzò e voltò Dylan per abbracciarlo. Chris era leggermente più basso di Dylan, così il suo sesso gli pungolava lo stomaco e i boxer arrotolati ai fianchi gli premevano contro i testicoli.

"Cosa vuoi, piccolo?" gli mormorò Chris nell'orecchio. Non usava spesso dei vezzeggiativi, e Dylan non lo faceva mai, ma quello sembrava un buon momento per farlo.

Dylan aveva il viso affondato nella spalla di Chris e fu difficile capire la sua risposta. "Voglio te."

"Bene. E come mi vuoi?"

Ci fu una breve pausa mentre Dylan prendeva in considerazione le possibilità. Una buona parte del suo corpo pesava su Chris, cosa che trovava piacevole. "Ti voglio dentro di me," disse infine.

"Davvero?"

"Davvero."

Di solito era Chris la parte passiva della loro relazione. Forse era un po' egoista da parte sua, ma essere scopato sul letto – o sul pavimento o contro il muro – con forza, farsi massaggiare la prostata dal sesso grande di Dylan, era quello il modo in cui preferiva farlo. Il che andava bene, perché di solito Dylan era più che contento di essere attivo. Ma non significava che non gli piacesse variare. E Chris capiva che dopo una giornata dura come quella, poteva aver voglia di stare sdraiato e lasciare che qualcun altro prendesse in mano il proverbiale *timone*. Inoltre, dopo tutte le attenzioni che Chris aveva prestato al culo incredibile del suo amante, sarebbero rimasti entrambi delusi se lui e quel sedere non avessero fatto una conoscenza più approfondita quella sera.

"Mi sembra un'ottima idea," disse Chris.

Si abbassò quel che bastava per fargli scorrere i boxer lungo le gambe e Dylan usò la sua testa per tenersi in equilibrio mentre sollevava un piede e poi l'altro, restando completamente nudo. Poi Chris si rialzò, prese Dylan per mano come se fosse una vergine timida il giorno delle nozze e lo guidò verso il letto.

Seguì una breve pausa, in cui Dylan rimase fermo mentre Chris spostava i milioni di cuscini. Li odiava e non capiva perché qualcuno avesse deciso che fossero un elemento decorativo piacevole. Tolse di mezzo il piumone soffice, poi – finalmente – fece sedere l'amante sul letto.

Dylan si sdraiò sulla schiena, le gambe leggermente divaricate, le braccia allargate e rilassate, e sorrise verso Chris. "Ti amo."

Se lo erano detti già qualche volta, di solito quando Dylan era completamente dentro Chris, o poco dopo, quando si cullavano in un calore appiccicoso e rilassato, ma non lo dicevano mai all'improvviso, così schiettamente, come fosse un dato di fatto.

Essere svenevoli era troppo da ragazzine, per cui Chris gli fece solo un sorriso. "Idem. Credo significhi che le nostre energie stanno… non so. Crescendo? Lampeggiando? Qualunque cosa facciano le energie."

"Decisamente."

Chris dovette correre velocemente in bagno per prendere la boccetta di lubrificante dal sacchetto della farmacia. Quando tornò, Dylan era girato sullo stomaco.

Guardò il culo del suo uomo per un momento prima di salire sul letto al suo fianco. Spruzzò una generosa porzione di lubrificante sulla pelle invitante – facendo tremare leggermente Dylan – e usò un dito per prepararlo.

"Sei bravo," gli disse. "Dovrei fartelo fare più spesso."

"Non mi dispiacerebbe. Soprattutto quando posso farti fare *questo*." Applicò della pressione sulla prostata, facendolo ansimare e sollevare un po' il sedere.

Ben presto, Chris fu dentro Dylan. Cercò di controllare la sua velocità mentre affondava in lui, per poi uscire quasi completamente. Dylan grugniva a ogni spinta, le molle cigolavano e Chris sciorinò una serie di imprecazioni soffocate. Sicuramente chiunque fosse nella camera accanto si stava godendo un impressionante sonoro. A Chris non importava. Dylan era stretto e caldo intorno al suo sesso e così maledettamente fantastico.

Fu lui a venire per primo, gridando e contorcendosi sotto Chris. A quel punto Chris si aspettava di dover uscire. Sapeva che Dylan doveva essere dolorante e doveva avere una gran voglia di girarsi e mettersi a dormire. Ma stoicamente proseguì, dondolando in sincrono con i movimenti di Chris, fino a che anche lui gridò e collassò sopra al suo corpo.

"Pesi."

"Alcuni di noi non hanno il metabolismo super umano degli uomini lupo."

"Alcuni di noi devono respirare."

"Se non riuscissi a respirare, non saresti così sarcastico," ribatté Chris, ma rotolò al fianco di Dylan.

Dylan gli si fece subito vicino e sembrò addormentarsi immediatamente. Il che voleva dire che era lui quello che si sarebbe dovuto alzare e scoprire quale fosse la giusta sequenza di interruttori per spegnere le luci, per poi riuscire a tornare a letto percorrendo la stanza sconosciuta al buio. Inciampò in uno di quegli stupidi cuscini. Ma quando risalì sul letto, Dylan si girò in modo che le coperte coprissero entrambi.

"Hai vinto tu," disse Chris.

"Cosa ho vinto?"

"La tua sorpresa è stata più bella della mia. Mi piace ancora il rodeo, ma negli alberghi di lusso posso fare sesso."

"Vorrei potessimo restare qui per sempre. Dimenticarci di fantasmi e lavoro…"

"E Jimmy Nock." Chris non aveva scordato la comparsa a sorpresa di suo padre, anche se aveva fatto finta che non fosse accaduto e che quel covo di vipere di emozioni ancora vive non fosse stato disturbato.

"Anche lui. Chris, mi dispiace di averti messo in questo casino."

"La mia vita era molto noiosa prima che tu ti trasferissi. Adesso no." Gli arruffò i capelli, cosa che Dylan odiava. "Decisamente non è noiosa."

"Si può avere una vita interessante anche senza mettersi in pericolo di morte."

"Forse. Sono comunque contento di non essere capitato con un bed and breakfast vegano o con una fattoria di tofu biologico come vicini di casa."

Già, pensò, stringendosi di più a Dylan. Avrebbe scelto sempre il pericolo mortale se significava che avrebbe avuto il suo uomo per sempre.

CAPITOLO 10

DYLAN DORMÌ magnificamente fino a tardi, aspettando che arrivasse la colazione con il servizio in camera che Chris aveva ordinato. Fu Chris a trasportare il vassoio fino al letto. "Meglio se mangi e muovi il culo. Tra poco ci sbatteranno fuori."

"Ieri ho chiesto se potevo fare il check out più tardi," disse Dylan tra uno sbadiglio e l'altro. "Abbiamo tempo fino all'una."

"Per cui abbiamo tempo di scopare ancora prima di metterci in moto."

"Sono contento che tu abbia chiare le tue priorità."

"Sempre."

Dylan si sedette sul letto, nudo a gambe incrociate, e mangiò salsicce e uova, una buona macedonia e un muffin di mirtilli. E c'era anche il caffè caldo e buono. Chris aveva ordinato toast alla francese ma era riuscito a versare la maggior parte dello sciroppo su Dylan, ovviamente non per sbaglio, perché una volta finito di mangiare lo leccò tutto.

Sazi e appiccicosi, furono contenti di scoprire che la doccia poteva ospitare tutti e due.

Anche se il giorno prima Chris si era lamentato dello shopping e dei vestiti che Dylan aveva scelto per lui, indossò di nuovo i pantaloni e la camicia rossa. Dylan fu tentato di strapparglieli di dosso. "Stai bene vestito così."

"Questo significa che tu ti metterai la salopette?"

"Certo, ma non sarò sexy come te."

Raccolsero tutte le loro cose e si diressero alla lobby, dove Dylan fece il check out. Chris ebbe un sussulto quando sentì la cifra totale, ma per Dylan ne era valso ogni singolo centesimo.

Una volta che gli fu consegnato il pick-up, Dylan imboccò Washington Street.

"Vuoi andare da qualche parte prima di dirigerci verso casa?"

"No, solo… cazzo! Mi sono dimenticato di questi." Con la coda dell'occhio, Dylan vide Chris scavare sotto il sedile. Chris si tirò su dopo un momento con una scatola rosa stretta tra le mani. "Hai ancora fame?"

"Sempre. Hai preso quelli con lo sciroppo agrumato?"

Chris gli passò un donut all'arancia e Dylan masticò felicemente mentre si muovevano lentamente nel traffico.

ERA BELLO essere a casa, eccezione fatta per il fantasma. Chris corse a casa per mettersi uno dei suoi jeans più sporchi e una T-shirt, e anche Dylan si cambiò. Trascinarono la levigatrice per pavimenti e gli altri strumenti al piano superiore.

"Maledizione!" imprecò Dylan quando entrarono nella stanza degli ospiti.
"Cosa?"

Dylan indicò il muro di fianco alla finestra, dove le impronte erano nuovamente visibili.

Chris si avvicinò e le guardò socchiudendo gli occhi. "Ma non ci hai passato, tipo, dieci mani di vernice?"

"Te l'ho detto che non sarebbe servito a nulla."

"Be', a questo punto credo che la tua sola opzione sia abbattere il muro."

Ma Dylan era troppo testardo per farlo. Si ripromise che avrebbe passato un blocca macchia e altre mani di vernice dopo aver finito di levigare il pavimento.

La stanza era già pronta perché potessero passare la levigatrice: i segni lasciati dalle scarpe e i chiodi che sporgevano erano stati sistemati e stuccati. Dylan non aveva mai usato una levigatrice prima di allora, così guardò Chris per un po' prima che fosse il suo turno. Dovettero ripassare il pavimento più volte con carte vetrate di diversa grana, spazzando e passando l'aspirapolvere ogni volta. Finita la parte più grossa, usarono il tagliabordi di Chris e la rotorbitale per sistemare angoli e spessori.

"Sta venendo bene finora," disse Chris, asciugandosi il sudore sulla fronte. "E se cenassimo? Possiamo cominciare a lucidare dopo."

"Dovrei cominciare a lavorare al nuovo progetto che mi ha assegnato Stender. Devo fare parecchie ricerche. Che ne dici se per oggi finiamo qui?"

Chris si strinse nelle spalle. "Okay."

Dylan non aveva visto il fantasma tutto il giorno, ma mentre camminavano nel corridoio, sentì quell'odore di terra. "Aspetta!" urlò verso Chris, sollevando una mano. Si bloccò con un piede a mezz'aria.

Il fantasma aveva fatto di nuovo la sua comparsa, questa volta tra loro e le scale. Nonostante la luce del tardo pomeriggio che si stagliava sul pavimento del corridoio, era luminoso, anche questa volta sospeso nell'aria, e oscillava gentilmente, i tratti somatici e la sua forma indistinti.

"Togliti dai piedi, cazzo!" urlò Chris.

Dylan ebbe la strana sensazione che stesse cercando di comunicare qualcosa, anche se non aveva idea di cosa potesse dirgli la forma sovrannaturale di Andy. Forse stava solo cercando la forza di vomitargli addosso un ectoplasma.

Si avvicinò di qualche centimetro e Dylan e Chris indietreggiarono. Ma in realtà non avevano nessun posto dove andare. Avrebbero potuto trovare riparo in una delle camere da letto, ma sarebbero comunque stati con le spalle al muro a meno che non fossero saltati fuori dalla finestra. O avrebbero potuto tirare giù la scala e salire nell'attico, ma così sarebbero stati ancora più lontani da terra.

Quando il fantasma si avvicinò ancora di più, Dylan si frappose tra lui e Chris. Lasciò che un po' di rabbia crescesse dentro di lui, cosa non difficile date le circostanze. Con le mani chiuse a pugno e gli occhi socchiusi urlò: "Stai alla larga. Non ti volevo quando eri in vita e non ti voglio adesso. Libera la tua energia e vattene!"

Anche se uno di loro aveva un coltello, gli stronzi che avevano minacciato Chris nel bagno del locale si erano spaventati abbastanza a quell'espressione da darsela a gambe. Uno se l'era anche fatta addosso. Ma il fantasma non sembrava sentirsi minacciato. Il che aveva probabilmente un senso. Dylan avrebbe potuto fare a pezzi un essere umano, ma era chiaramente limitato di fronte a quella figura spettrale.

Era comunque pronto a farsi avanti. Non gli avrebbe permesso di toccare Chris in nessun modo. Sperò che, se fosse venuto il momento, sarebbe riuscito a distrarre il fantasma abbastanza a lungo da dare il tempo a Chris di scappare. Chris, ovviamente, testardo com'era, non sarebbe andato da nessuna parte.

Decise di cambiare tattica. "Guarda," disse al fantasma con il tono più pacato che gli riuscì, "mi dispiace per come sono andate le cose, davvero. Non ti avrei fatto del male se non te la fossi presa con Chris. Lo amo, Andy. Non puoi accettarlo? Lascia andare la tua rabbia e magari riuscirai a trovare pace." Era un buon consiglio.

Ma il fantasma non scomparve. Invece, sembrò agitarsi parecchio. Tremò in un modo che gli fece dolere la testa di Dylan, come luci stroboscopiche che giravano troppo in fretta, e i suoi margini divennero confusi fino a perdere ogni sembianza umana. Poi, con gran sollievo di Dylan, scomparve.

"Merda," disse Chris.

"Già."

"Tu facevi davvero paura, però."

"Grazie."

Mentre Chris preparava degli hamburger, non parlarono del fantasma ma di vernici per pavimenti. Chris parlò dell'idea di installare un lavandino nell'anticamera e gli mostrò le foto che aveva fatto dei vari modelli. "Mi piace questo." Dylan indicò un modello stile fattoria. "Le dimensioni sono buone e la porcellana starà molto meglio dell'acciaio inox."

"Bello. Sarà abbastanza facile, potrei farlo io se mi lascerai lavorare alle tue tubature."

Dylan ignorò di proposito il terribile doppio senso. "Mi fido al cento per cento di te."

Dopo aver rassettato la cucina, si spostarono nel salotto e sedettero vicini sul divano. Chris lesse un libro tascabile e Dylan navigò un po', facendo delle ricerche preliminari sull'edificio a cui avrebbe lavorato, alle regolamentazioni e alle restrizioni del caso. Non era dell'umore di pensare alle considerazioni che avrebbe dovuto tenere a mente per rendere lo spazio adatto a una università; lo avrebbe fatto un altro giorno.

Tutto considerato, fu una serata tranquilla. Non per la prima volta, Dylan fu profondamente grato a Chris per la sua compagnia. Se fosse stato bloccato in casa tutto da solo, come aveva pensato all'inizio, probabilmente a quel punto sarebbe

217

impazzito dalla solitudine. Si chiese come Chris fosse riuscito a sopportare così tanti giorni e notti da solo in quella specie di capanna, prima con la sola inquietante compagnia di suo zio che lo fissava dall'altra casa e poi senza nemmeno lui. In quel momento, Chris sembrava contento quanto Dylan e affamato di contatto fisico mentre stava accoccolato al suo fianco.

Dylan si imbatté in un sito web con delle foto della Portland del passato. Navigò tra le immagini, sorridendo ogni volta che riconosceva un luogo familiare. Poi trovò una veduta di Sandy Boulevard, tra la fine degli anni cinquanta e l'inizio dei sessanta; sullo sfondo c'era una tavola calda e le macchine erano allineate sulla strada, ma a catturare la sua attenzione fu un ragazzo appollaiato su una motocicletta, una sigaretta che gli pendeva dalle labbra, un'espressione derisoria mentre guardava dritto in macchina.

"Oh!" esclamò Dylan colpito da un'idea.

Chris si tirò su e lo guardò. "Cosa?"

"Penso... penso mi sia venuta un'idea su come rintracciare i familiari di Andy."

COMINCIARONO LA giornata brontolando un po' perché non potevano fare sesso. Chris non si sarebbe tirato indietro, ma Dylan non aveva nessuna voglia di essere colto nuovamente in flagrante dal fantasma. Era già difficile camminare per casa con la sensazione che qualcuno lo stesse osservando, temendo che qualcosa di luminescente gli comparisse davanti da un momento all'altro.

Chris preparò la colazione con l'aria imbronciata e furono un po' bruschi tra loro mentre lucidavano il pavimento appena levigato. Non aiutava che fosse una giornata molto calda e il sudore gli colasse negli occhi mentre lavoravano. Avevano quasi finito quando Dylan si appoggiò alla macchina lucidante e sospirò: "Lo hai seppellito, vero?"

Chris era carponi che lavorava all'ultimo angolo, applicando la vernice con un pennello. Guardò Dylan da dietro la spalla: "Sì, non proprio la cosa più piacevole che abbia mai fatto. Perché? Non dovevo?"

"No, non ti sto dando la colpa. Sono grato che tu abbia sistemato il casino che ho fatto. Mi chiedevo solo... in che cosa lo hai sepolto?"

"Terra."

"No, intendo che vestiti."

"L'ho avvolto in un lenzuolo e basta. Non aveva nulla addosso quando è morto."

Dylan annuì. Aveva ucciso Andy quando erano entrambi in forma di lupo, e anche se si era trasformato in umano proprio alla fine, i suoi abiti non erano riapparsi magicamente. "Quindi non hai mai trovato i suoi vestiti?"

"No, forse erano vicini alla sua motocicletta, ma di quella se ne è occupato tuo fratello. Io non ne so nulla. Avevo altre cose in mente; come farti tornare in salute in modo da poterti uccidere con le mie stesse mani."

"Quello… quello che hai fatto è stato davvero fantastico. Voglio dire, occuparti di me anche se eri davvero arrabbiato."

Chris si sedette sulle cosce e si strofinò il dorso della mano sulla fronte. "Sei stato proprio un cazzone a non credere che stessi dicendo la verità. Ma non ho smesso di amarti." Poi inclinò la testa. "Perché all'improvviso vuoi sapere dove sono i vestiti di Andy?"

"Volevo trovare un portafogli o qualcosa di simile. Speravo di non dover riesumare il corpo per farlo."

"Be', non dovrai metterti a scavare nella tomba, ma non so se Rick abbia trovato un portafogli o cose simili."

"Quando avremo finito qui lo chiamerò."

Mentre portavano a termine i lavori, videro entrambi una forte luce muoversi davanti all'entrata della porta, come se qualcuno stesse correndo velocemente per il corridoio. Ma ovviamente quando controllarono non trovarono nessuno. Si fecero entrambi una doccia – separatamente, senza perdere tempo, a causa del fantasma – e Chris confessò che avrebbe voluto riposare per un po', perché il caldo e la lucidatura gli avevano fatto venire il mal di testa. "Dormi qui," disse secco Dylan. "Casa mia è più fresca della tua." Nessuno dei due aveva l'aria condizionata, ma la casa di Dylan aveva i soffitti più alti, il che aiutava un po'. Chris si spogliò e si sdraiò sul letto di Dylan con le gambe e le braccia allargate come una stella marina e sorrise quando lo vide trascinare un ventilatore dal seminterrato, inserire la spina e puntarlo nella sua direzione.

Non volendo disturbare Chris, Dylan portò il telefono in cucina e si sedette al tavolo a sorseggiare una birra fresca.

Rick rispose al secondo squillo. "Ehi, fratellino. Come va?"

"Stiamo rifinendo il pavimento. E tu, come la stai passando la domenica?"

"Abbiamo trascorso tutta la mattina a discutere di soldi per il bambino. È finita in lacrime solo due volte."

"Già, be', ho sentito dire che le donne possono diventare davvero emotive quando sono incinte. Immagino siano gli ormoni."

"Oh, sì, è così. Ma sono stato io quello che ha pianto." Rick sospirò rumorosamente e abbassò la voce. "Sono spaventato a morte, Dyl. So che Kay ne ha ancora per sei mesi, ma solo adesso sto realizzando la cosa. E se sarò un papà di merda?"

"Sarai fantastico."

"Ma come faccio a saperlo? Forse papà pensava di essere fantastico anche lui e sappiamo entrambi che non era così. Immagino ci abbia provato, ma è sempre stato… ho sempre sentito che mi stava giudicando. E il modo in cui lui e la mamma ti hanno allontanato quando hanno scoperto che sei gay. Non voglio fare una cosa del genere a mio figlio."

"Non lo faresti." Dylan provava del risentimento nei confronti dei suoi genitori, anche se erano morti da più di dieci anni. Li aveva amati, e il fatto che

219

non potessero accettare chi fosse lo aveva fatto a pezzi. Si era sempre chiesto se col tempo se ne sarebbero fatti una ragione. Avrebbe voluto avere la possibilità di sistemare le cose quando erano ancora in vita, forse con l'aiuto di uno psicologo. Era sicuro però che suo fratello sarebbe stato un padre di tutt'altro genere.

"Non mi hai telefonato per sentirmi lamentare, immagino," disse Rick, "scusami."

"Sentiti libero di lamentarti quanto vuoi, Ricky. Ma hai ragione, quando ho fatto il numero avevo altri motivi."

Dall'altra parte della linea Dylan sentì stappare qualcosa e sorrise immaginandosi suo fratello con in mano una birra fresca, proprio come lui. "Che succede?" chiese Rick.

"Ho... ho una specie di problema."

"Un problema che non sia una crisi esistenziale causata dalla mia incombente paternità, lo accetto volentieri."

"No, a meno che Chris non mi stia nascondendo qualcosa." Bevve un gran sorso della sua birra. "È una storia lunga, più o meno, e non voglio che tu ci rimanga invischiato."

"Perché l'ultima volta che ci hai tenuto all'oscuro di qualcosa è andato tutto così bene," rispose Rick secco.

Dylan fece una smorfia. "Già, lo so. Almeno non sto nascondendo nulla a Chris. Ascolta, per il momento non è successo nulla di brutto, e se dovesse essere così te lo dirò, okay? Hai già le tue preoccupazioni."

Ci fu una lunga pausa mentre Rick elaborava quello che gli era stato detto. "Allora perché hai chiamato?"

"Ehm... quando Andy... quando hai trovato la moto di Andy, hai trovato anche i suoi vestiti?"

"No. Nemmeno il casco."

Probabilmente non lo usava. "Dov'era la moto?"

"Un paio di chilometri sulla strada provinciale, parcheggiata sul ciglio. Perché?"

"Te l'ho detto che è una storia lunga. Che cosa ne hai fatto?"

Ci fu un'altra pausa, questa volta Rick mandò giù un po' della sua birra. "Me ne sono dovuto sbarazzare."

"Lo so. Mi dispiace che tu abbia dovuto farlo."

"Dylan, sono un amministratore di database. Non ho esattamente molta esperienza su come sbarazzarsi delle prove... di un omicidio di una creatura soprannaturale. Ho fatto il meglio che ho potuto."

Dylan cominciava a preoccuparsi. "Che cosa ne hai fatto, Rick?"

"L'ho... l'ho gettata nel tuo laghetto."

Gli ci volle un momento per elaborare quello che aveva detto. "Hai gettato una motocicletta nel mio *laghetto*?"

220

"Sì, mi sono sentito un po' in colpa. Era una bella moto. Ma non sono riuscito a pensare a un posto migliore. Così l'ho guidata fino alla fattoria, svuotata di benzina e olio, trasportata fino al laghetto e l'ho gettata dentro. Mi avevi detto che l'acqua era parecchio profonda ed è troppo fangosa e verde per potere vedere il fondo così ho pensato che lì sarebbe stata ben nascosta. È un problema? I poliziotti ti sono alle calcagna?"

Dylan tremò. "No, non ho nessuno alle calcagna. Non esattamente. È solo... ho bisogno di trovare delle informazioni su Andy. Pensavo di poter usare il numero di targa e il bollo dell'assicurazione."

"C'era una bisaccia. Non ho guardato dentro. È ancora attaccata alla motocicletta, immagino."

"Ed è stata parecchi metri sott'acqua per un mese. Fantastico." Dylan si passò il vetro freddo sulla fronte sudata.

"Dylan..."

"Non è un problema, Rick. Scusa se ti ho disturbato."

"Ma che cosa sta succedendo?"

"Cosa ne dici se ci vediamo il prossimo week-end e ti aggiorno, okay?" Con un po' di fortuna il suo problema sarebbe stato risolto a quel punto.

"Odio quando fai così il misterioso, Dyl. Ma va bene, ci vediamo il prossimo week-end."

Finita la telefonata, Dylan si scolò il resto della birra, poi gettò la bottiglia nel contenitore di plastica che teneva fuori della porta. Si stava riempiendo parecchio; presto sarebbe dovuto andare al centro di riciclaggio. Magari sarebbe anche riuscito a convincere Chris a pulire il casino che aveva sul patio sul retro. Non gli sarebbe dovuto importare se Chris voleva decorare la sua veranda come un sudista del ventunesimo secolo, ma un po' gli urtava.

Dylan rimase nell'ombra dietro casa sua per un po', a guardare verso la discesa che conduceva al laghetto. "Cazzo," esclamò prima di rientrare in casa.

Decise di preparare dei sandwich. Magari avrebbe portato il pranzo a Chris. Lui si sarebbe lamentato perché gli piaceva pensare che Dylan non fosse capace di prepararsi nemmeno un toast da solo, ma era da dieci anni che si preparava da mangiare ed era riuscito a rimanere in vita. Chris non sarebbe morto per un sandwich al prosciutto.

Stava per tirare fuori l'affettato dal frigorifero quando qualcuno bussò alla porta.

La prima cosa che gli venne in mente fu che forse c'era della posta da firmare, ma poi si ricordò che era domenica. Nessun altro si presentava senza chiamare prima. Nessuno eccetto Andy, ma probabilmente un fantasma non si sarebbe preso il disturbo di bussare. Stringendosi tra le spalle, chiuse il frigorifero e si diresse a passo felpato verso la porta.

Jimmy Nock era fermo sulla veranda.

Era chiaro che aveva cercato di darsi una ripulita: i capelli grigi erano pettinati all'indietro e la camicia azzurro chiaro era nuova e inamidata, come appena tolta dal cellofan. Sembrava nervoso da morire e sorpreso di vedere Dylan.

"Ehm... salve. Non so se ti ricordi di me..." Jimmy si toccò la tasca della camicia alla ricerca di sigarette, senza trovarne, e lasciò ricadere le braccia ai fianchi.

Dylan si appoggiò allo stipite della porta. "Mi ricordo."

"Io, oh, stavo cercando Christian. Non sapevo se vivesse qui o meno ma ho pensato di fare un tentativo. Mi chiedevo se sapessi dov'è."

"Cosa vuoi?" Dylan cercò di mantenere un tono di voce neutrale ma sapeva che da lui doveva trasparire un certo livello di ostilità. Aveva visto lo stato emotivo di Chris dopo essere scappato da suo padre al rodeo.

"Volevo solo parlargli. Questo è tutto, lo giuro." Jimmy si guardò le scarpe e poi sollevò di nuovo lo sguardo. "Voglio solo parlare."

Dylan non riuscì a non commuoversi. Forse perché Jimmy assomigliava così tanto a suo figlio, con gli stessi occhi blu che riuscivano a esprimere sfida, speranza e vulnerabilità allo stesso tempo. "Non penso voglia parlarti," disse Dylan, gentilmente.

"Concedimi... solo dieci minuti. Cinque. Gesù, è passato così tanto tempo... e devo... ho delle cose che ho bisogno di dire. Per favore. Sono suo padre."

"Tu non sei nulla per me."

Dylan si voltò sentendo quella voce inattesa. Chris stava percorrendo in fretta il corridoio diretto alla porta. Era a petto nudo, arruffato dal sonno e i jeans erano abbottonati per metà.

Jimmy fece un piccolo passo in avanti, poi indietreggiò. "Christian, per favore, voglio..."

"Mi chiamo Chris, stronzo, e non mi importa un cazzo di quello che vuoi. Vai via."

"Okay. *Chris*. Possiamo solo parlare? Possiamo rimanere qui. Se vuoi, il tuo... può rimanere anche il tuo ragazzo."

A quel punto Chris era a pochi centimetri di distanza da Dylan. "È davvero gentile da parte tua dargli il permesso di rimanere a casa sua. Non so se ti immaginavi che ci sarebbe stata una specie di riunione di famiglia, ma non andrà così, perché tu non sei la mia famiglia. Dylan è la mia famiglia. Tu sei solo uno stronzo sconosciuto che si farà arrestare se non se ne va."

Chris stava praticamente urlando, e Jimmy sembrava ancora più angustiato.

"È meglio che vai, Nock," disse Dylan.

Jimmy non era di costituzione robusta come suo figlio, e in quel momento si era come rattrappito e sembrava davvero piccolo. Indietreggiò un po' ma non scese dalla veranda. Invece si scavò nelle tasche. Per un breve momento, Dylan pensò che il vecchio stesse prendendo un'arma, così si piantò davanti a Chris.

222

Ma Jimmy non fece altro che tirare fuori un vecchio e liso portafogli. Lo aprì e con le mani leggermente tremanti, prese un biglietto da visita. "Mi sposto parecchio, perché partecipo a diverse fiere, show e roba simile. Non ho un cellulare. Ma il numero qui è di una mia amica. La sento tutti i giorni, quindi se mi lasci un messaggio lo riceverò abbastanza in fretta."

Chris emise un suono che somigliava a un grugnito e Dylan non si mosse. Jimmy si strinse nelle spalle e con molta attenzione posò il biglietto da visita sul tavolino vicino alla porta.

Jimmy guardò Chris. "Per favore. Chiamami, figliolo." Poi fece un cenno in direzione di Dylan, si voltò e scese le scale. Dylan lo osservò mentre camminava lentamente sul vialetto ghiaioso; zoppicava leggermente. Salì su un vecchissimo pick-up con una capote malconcia e andò via.

"Puoi bruciare il biglietto," ringhiò Chris prima di dirigersi in cucina a passo pesante.

Invece Dylan se lo infilò nella tasca.

CAPITOLO 11

DISCUTERE SU come recuperare una motocicletta dal laghetto di Dylan per poter rintracciare i familiari di un lupo mannaro morto e, se tutto fosse andato bene, sbarazzarsi di un fantasma, era a dir poco pazzesco. Comunque molto meglio che discutere di quel cazzone che voleva farsi passare per il padre di Chris.

"Se distruggi la diga di terra, il laghetto si svuoterà," osservò Chris. Poi diede un altro morso al sandwich. Dylan aveva insistito a prepararli ed erano troppo secchi. Inoltre la carne era troppo spessa e il sandwich aveva davvero bisogno di qualcosa in più, forse del peperoncino. Però Chris non si lamentò.

"Non ho idea di come sfondare una diga, Chris. Sono un architetto, non un ingegnere civile. E di sicuro non saprei come ricostruire la diga una volta recuperata la motocicletta. Non voglio rinunciare al mio laghetto."

Chris annuì. Anche a lui non piaceva quell'idea. "Potresti ingaggiare qualcuno. Probabilmente ci sono delle ditte specializzate nel ripescare veicoli dall'acqua. Come quando qualcuno non vede una curva e finisce nel Columbia o roba simile."

"Ma poi dovrei spiegare perché c'è una motocicletta nel laghetto e perché mi ci sono volute settimane per tirarla fuori. Penso sarebbe meglio non avere testimoni."

"Potremmo pescarla noi con una gru." Chris diede un altro morso al sandwich e lo mandò giù con del latte.

"Dici che riusciremmo a portare una gru fino a lì?"

"Non sarebbe facile." La strada era stretta e ripida, e il perimetro dell'acqua circondato da alberi e vegetazione troppo cresciuta.

Dylan posò il sandwich mezzo mangiato sul piatto. "Penso che non abbiamo bisogno di tutta la motocicletta. Almeno spero di poter prendere quello di cui ho bisogno dalla bisaccia. Sempre che l'acqua non abbia rovinato tutto."

"Quindi?"

"Quindi mi tufferò e andrò a prenderla. L'acqua non è così profonda. Ce la posso fare."

"Potrei farlo io."

"Tu puoi rimanere sulla terra asciutta e rianimarmi se faccio casino." Dylan gli fece un sorrisetto. "Almeno io ho l'assicurazione sanitaria nel caso mi faccia male e finisca in ospedale."

"Pensi che quelli del pronto soccorso riuscirebbero a capire che sei un lupo? So che le analisi del sangue sono risultate normali, ma se i dottori facessero delle indagini più approfondite?" Quello era uno dei motivi per cui Chris non aveva portato Dylan all'ospedale dopo il combattimento con Andy. Ripensandoci, aveva scommesso di grosso con la vita di Dylan, ma in quel momento non stava pensando chiaramente. Essere quasi ridotti a brandelli nel proprio salotto e poi vedere un lupo trasformarsi nell'uomo di cui ti eri innamorato e con cui stavi condividendo il letto erano cose che confondevano particolarmente le idee di una persona.

"Hanno già scavato abbastanza nelle mie budella, grazie mille," proclamò Dylan. "Spero solo di uscirne incolume."

"Incolume?" domandò Chris pensieroso.

"Eh?"

"Se incolume significa illeso, allora colume vuole dire che ti fai del male? Perché non ho mai sentito nessuno usare quella parola."

Dylan diede un morso al panino e masticò per un momento. "Una calamità è quando succede qualcosa di brutto, dovrebbero avere la stessa etimologia, ma colume non esiste. Come mai questa divagazione lessicografica?"

"Sto cercando di distrarti dal fare una cosa stupida."

"Ottimo tentativo, ma il tuo metodo non funzionerà fino a quando non ci sbarazzeremo di Andy. E prima recupero quella bisaccia prima il suo fantasma se ne andrà. Spero."

Chris sapeva che Dylan aveva ragione, ma non significava che ne fosse rallegrato. "Allora lo farai adesso?"

"Tra un po'. Non si può fare il bagno appena dopo mangiato, giusto? Mia mamma lo diceva sempre. A volte in estate ci portava alla piscina pubblica, ma mai prima che fosse passata un'ora dopo il pranzo. Credi che qualche bambino sia davvero morto perché ha provato a fare delle vasche venti minuti dopo aver mangiato?"

"Ne dubito." Chris si voltò leggermente e guardò fuori dalla finestra, anche se da quell'angolazione poteva vedere solo alberi e cielo. "Quando vivevo qui con mio nonno, ci venivo sempre e nuotavo nel laghetto di zio Frank. A nessuno importava se avevo appena mangiato. E non sono mai morto."

"Ti manca lui? Tuo nonno, voglio dire. Il mio non l'ho mai conosciuto."

Chris fece spallucce. "Immagino di sì. Mi ha preso con sé quando mamma era troppo esaurita per occuparsi di me, e poi quando è morta. Non deve essere stato semplice. Non ero un bambino facile. Ma lui non era un uomo felice. Non parlava molto. Una volta che ha smesso di lavorare alla fattoria e ha affittato i campi, non faceva altro che stare seduto a leggere. E a fare i cruciverba." Chris sorrise a quel bel ricordo. "Quando sono diventato più grande, a volte mi chiedeva di aiutarlo quando si bloccava su una parola." Lo aveva sempre lusingato un po' che suo nonno pensasse che fosse abbastanza intelligente da essere utile in una situazione simile.

Dylan annuì e spinse delle briciole intorno nel piatto, formando delle linee nette, per poi romperle, e riformarle.

"E tu?" domandò Chris dopo un po'. "Ti mancano i tuoi?"

"A volte. Ma non eravamo davvero compatibili. Nemmeno quando ero piccolo. Pensavo di essere stato adottato o di essere un bambino sostituito dalle fate

o qualcosa di simile. Ma non è che la mia infanzia sia stata terribile. Non come…"
Si fermò d'improvviso.

"Non come la mia," terminò Chris per lui.

Dylan aveva l'aria dispiaciuta. "Non volevo dire…"

"Non è un problema. Per la maggior parte la mia è stata una merda, non si discute. Non serve a nulla cercare di abbellirla. Ma mi sono anche divertito."

"Già, anch'io. Una volta – avevo circa otto anni, penso – siamo andati tutti sulla costa per un week-end. Non andavamo quasi mai in vacanza. Papà diceva che si buttavano via i soldi. Ma per qualche motivo, quella volta ci siamo messi tutti in macchina e siamo andati a Lincoln City. I miei avevano affittato un appartamento, così io e Rick avevamo una stanza per noi. Abbiamo mangiato la zuppa di vongole e curiosato tra le pozze d'acqua riempiendoci le tasche di sassi e conchiglie. Ed entrambe le notti che abbiamo passato lì, mio padre e mia madre ci hanno fatto restare alzati fino a tardi, cosa che non facevano mai, in spiaggia seduti sui gavitelli a tremare e ad ascoltare le onde, e mi ricordo che i miei genitori ridevano tra loro mentre io e Rick cercavamo di individuare le costellazioni. È stato davvero bello."

La voce di Dylan si era abbassata mentre parlava e lo sguardo puntava lontano. Sembrava davvero giovane. Poi si diede una scossa. "Scusa. Mi sono lasciato trasportare. Andiamo a controllare il pavimento, okay?"

Per cambiare, Chris lavò i piatti – non erano molti – mentre Dylan aspettava, poi salirono al piano superiore, dove l'odore di vernice per legno era ancora forte nonostante le finestre fossero aperte. Guardarono con aria critica il pavimento rifinito. "È asciutto," disse Chris. "Meno male che fa caldo."

"Sì, pensi che dovremmo dare un'altra mano? Sulla latta c'è scritto che è facoltativo, ma ce n'è un sacco." Ne avevano comprata parecchia perché Dylan aveva pensato che in seguito ne avrebbe avuto bisogno per le altre stanze.

"È tuo il pavimento."

Dylan lo guardò in modo strano, un'espressione che non sapeva come interpretare. "Voglio dare un'altra mano. Te la senti? Posso farlo da solo se ti fa ancora male la testa."

"No, sto bene." In realtà, Chris stava sperando che gli venisse il mal di testa, perché allora avrebbe potuto pregare di fare un altro riposino e ricevere le amorevoli attenzioni di Dylan – un asciugamano fresco sulla fronte, forse – invece di pensare a padri e fantasmi.

Ma appena Chris fu intrappolato nel suo angolo con la lattina di vernice e il pennello e Dylan cercò di schiarirsi la gola, seppe che c'erano dei problemi. "Cosa?" chiese Chris.

"Stavo solo pensando."

"E?" Chris sapeva di essere aggressivo, ma aveva una certa idea di quello che sarebbe seguito.

"Tuo pad... Jimmy è venuto qui a vedere te. Credo che si sia anche messo in ghingheri per farlo. Penso abbia qualcosa da dirti. Forse non ti farebbe male ascoltarlo."

"Non devo ascoltare una singola parola di quello che ha da dire quel bastardo. Non gli devo un cazzo."

"Lo so. Non è quello che volevo dire. Forse sarebbe meglio se gli parlassi per un po'."

Chris emise una risata strozzata derisoria. "Già, certo."

Dylan stava passando l'applicatore di vernice in lana di agnello sul pavimento con lo sguardo lontano da Chris. "Davvero. Ti potrebbe aiutare a lasciarti tutto alle spalle. Magari smetteresti di darti così tanto la colpa."

"Come?" Chris guardò Dylan incredulo. "Io non mi do la colpa di nulla. Se ne è andato perché è una testa di cazzo, non per colpa mia. Ero solo un bambino."

"Cazzate, Chris. Forse è quello che ti racconti, ma c'è una parte di te, nel profondo, che pensa che se ne sia andato perché c'era qualcosa di sbagliato in te. Che pensa che tua madre sia morta perché c'è qualcosa di sbagliato in te."

Chris si sentiva leggermente nauseato. "Non sapevo che avessi preso anche una laurea in psicologia, caro il mio universitario," commentò con sarcasmo.

"Non ne ho bisogno. È quello che provavo *io*. È come mi sento a volte. Quando i miei genitori hanno praticamente deciso di ignorarmi quando hanno scoperto che sono gay, una parte di me ha sentito che meritavo quel trattamento perché c'era qualcosa di sbagliato in me."

"Non c'è nulla di male a essere gay. Sei tu quello con la T-shirt con l'arcobaleno. Lo sai."

La risata di Dylan fu molto più sarcastica che divertita. "Sì, e so anche che l'incidente dei miei genitori non ha nulla a che fare con me. Solo che non lo so sempre *qui*." Fece una pausa abbastanza lunga per battersi il palmo contro il petto. "E forse non so tutto quello che c'è da sapere su di te, Chris Nock, ma sono abbastanza sicuro che tu sia bravo a darti la colpa almeno quanto lo sono io."

Chris non rispose immediatamente; invece passò la vernice lungo il bordo del muro sotto la finestra. Quando alzò lo sguardo, vide che le impronte digitali erano ancora lì, il che gli ricordò quanto potesse essere testardo il suo ragazzo riguardo a certe cose. Ma anche lui era testardo e non voleva parlare con Jimmy. Il solo pensare di farlo muoveva in lui delle emozioni spiacevoli e gli faceva venire voglia di vomitare. "Non lo farò," mormorò alla fine, cosciente di sembrare un bambino dell'asilo arrabbiato.

La risposta che seguì fu gentile. "D'accordo. Ma magari riflettici, okay? Per favore?"

Chris stava per rispondere – dicendo esattamente cosa, non lo sapeva – ma dal piano di sotto si sentì un gran rumore. Lui e Dylan si guardarono allarmati, lasciarono cadere gli attrezzi e corsero verso le scale.

"Porca merda!" esclamò Chris quando arrivarono in cucina.

227

Quando Dylan lavava i piatti, metteva sempre immediatamente via pentole, utensili e piatti, come se a breve potesse arrivare qualcuno a scattare delle foto per una rivista di arredamento. Chris, d'altra parte, aveva lasciato fuori i piatti usati per i sandwich e il bicchiere, con l'intenzione di riporli più tardi, o forse di risparmiare un po' di tempo riutilizzandoli per cena. Adesso, però, i piatti e il bicchiere erano nel mezzo del pavimento della cucina, in frantumi.

"È impossibile che siano caduti da soli." Il che era vero, perché ovviamente l'impatto era avvenuto a quasi mezzo metro dall'armadietto.

"Deve essere stato il fantasma."

"Magari non gli piaceva il decoro sui piatti."

Si aspettava che Dylan lo guardasse male, invece aveva un'aria leggermente terrorizzata. Il che non era una cosa buona, perché Chris sapeva che il suo ragazzo, il lupo mannaro, non si spaventava facilmente. "Significa che il fantasma ha imparato a essere solido." Dylan scosse la testa. "Significa che potrebbe fare male... a uno di noi due."

Chris spostò con il piede un pezzo di ceramica rotto. "Perché non lo ha fatto, allora? Invece di lanciare in giro i piatti della cucina, avrebbe potuto... non so. Lanciarci la spatola o colpirci con una latta di vernice."

"Non lo so."

"Sei tu quello che fino a poco fa era un esperto di psicologia, Dyl."

Quello fece accigliare Dylan; era comunque molto meglio che vederlo spaventato. "Non sono uno psicologo per fantasmi."

"In realtà, se ti dovessi stancare di progettare case, fare lo psicologo per le creature soprannaturali potrebbe essere la tua carriera perfetta. Affrontare i problemi di dipendenza dei vampiri, prescrivere Paxil ai lupi mannari – da prendere una volta al mese –, dire agli zombie che la loro fame di cervelli è solo una proiezione mentale."

Dylan gli diede una spinta che quasi lo fece cadere. "Stronzo," disse non riuscendo a non fare un sorrisetto.

Chris si diresse alla dispensa che Dylan aveva incluso nella sua nuova cucina. "Puliamo questo casino e andiamo a nuotare."

CAPITOLO 12

Dylan vedeva che Chris stava facendo del suo meglio per allontanare il disagio che provava per la presenza del fantasma, e apprezzava il suo sforzo, anche se avrebbe voluto comunque correre a nascondersi sotto le coperte come un bambino piccolo. Che razza di uomo lupo si faceva spaventare da uno stupido fantasma? Un uomo lupo che sapeva che il fantasma aveva degli ottimi motivi per essere arrabbiato e un uomo lupo che aveva qualcuno da proteggere, ecco chi.

In altre circostanze, la loro escursione sarebbe stata divertente. Dylan si era rinfrescato nel laghetto già un paio di volte – e anche al lupo piaceva nuotarci – ma lui e Chris non ci erano mai andati insieme. In un'altra situazione, avrebbero potuto fare il bagno nudi, avrebbero potuto schizzarsi e rincorrersi. Avrebbero anche potuto trovare un posticino sul bordo dell'acqua per fare sesso tra le foglie e il fango.

Percorsero la discesa; Chris commentò che nonostante avesse usato la cesoia da non molto c'erano ancora parecchi rovi di more, poi stimò quante torte sarebbero riusciti a convincere Kay a preparare per loro. Delle vespe ronzavano intorno a un troncone e Dylan si ricordò che avrebbe dovuto chiedere a Chris quali procedure usare per sbarazzarsi degli insetti. Un paio di corvi si chiamarono a vicenda dalle cime degli alberi di Natale selvatici. Non c'era segno di attività umana a distanza d'occhio e d'orecchio, ma Dylan sapeva che delle minute creature si nascondevano tra i prati e animali di taglia più grande correvano nei boschi lontani.

L'acqua del laghetto era immobile, rifletteva gli alberi che lo circondavano; dal lato più lontano, la famiglia di papere che lo abitava li stava guardando. Della cucciolata erano sopravvissuti solo due piccoli – non era Dylan il responsabile della predazione – e adesso sembravano quasi adulti, per cui era abbastanza ottimista per il loro futuro.

"Sei sicuro di volerlo fare?" domandò Chris. "Perché sono ancora disposto a farlo io."

Senza davvero pianificare la cosa, Dylan lo afferrò e lo strinse a sé in un abbraccio intenso. "So che lo faresti tu. Ma rimani qui, okay?"

Per tutta risposta Chris ringhiò e lo strinse a sua volta.

Dylan si tolse i vestiti in fretta, li posò sul tronco di un albero morto, e lasciò che Chris lo osservasse pieno di desiderio. Guardò gli argini del laghetto, alla ricerca di un qualche indizio su dove Rick potesse aver fatto affondare la motocicletta. Ma in quel periodo dell'anno le piante crescevano in fretta, e ogni traccia che avesse potuto lasciare era scomparsa. Il punto doveva essere abbastanza vicino alla strada, perché la maggior parte del laghetto era praticamente inaccessibile agli esseri umani, per non parlare di qualcuno che trasportava una moto piuttosto grande, perciò la strategia migliore sarebbe stata di cominciare nelle vicinanze e spostarsi più in profondità.

Entrò in acqua. Il fango si infilò tra le dita dei piedi; non era certo che quella sensazione gli piacesse. Era più fredda di quanto si fosse aspettato, ma non era poi così male. Si sentiva comunque surriscaldato. Il dislivello era notevole, si ritrovò subito con l'acqua ai fianchi e poi al petto. Diede uno sguardo veloce al viso ansioso di Chris e si immerse.

Da bambino, Dylan era stato un geek magretto e goffo, il naso sempre immerso nei libri. Un anno suo padre lo aveva iscritto alla Little League di baseball, ma si era rivelato un disastro. Aveva passato più tempo a sognare a occhi aperti di diventare un astronauta e a esaminare la complessa struttura dei soffioni che a prestare attenzione alla palla. A scuola era sempre uno degli ultimi a essere scelti in una squadra, assieme ad Amanda Forswith e al tragicamente miope Billy Gonzalez. Il nuoto era l'unico sport in cui era bravo, e anche in quel caso non abbastanza da essere ammesso nella squadra del liceo. Perlomeno conosceva gli stili di base e poteva nuotare nel laghetto senza annegare.

Ora il suo corpo era più forte di quanto avesse mai osato immaginare e i suoi movimenti più certi, più coordinati. Se avesse potuto fare le selezioni adesso, di sicuro lo avrebbero preso nella squadra dell'università. Si tuffò e trascinò le mani sul fondale, tastando a tentoni alla ricerca della motocicletta sommersa. L'acqua era talmente torbida che chiuse gli occhi.

Le sue dita sfiorarono parecchi oggetti: rami di alberi, rocce, nugoli di foglie marcescenti. Ogni volta che risaliva in superficie per riprendere fiato, guardava Chris, che lo teneva sotto controllo. A volte lo salutava agitando la mano.

Dylan entrò e uscì dall'acqua il più metodicamente possibile. Era un po' sorpreso dalla velocità con cui l'acqua diventava profonda; si era spinto sempre più lontano a ogni respiro. Poi le mani sfiorarono qualcosa di liscio e gommoso. Il cuore cominciò a battergli per l'eccitazione, fino a quando non continuò con la sua esplorazione e decise che l'oggetto in questione non poteva essere un copertone e che non era collegato a nulla di artificiale. Lo portò comunque in superficie.

"Trovato qualcosa?" urlò Chris.

Dylan si tenne a galla guardando l'oggetto che aveva in mano. "Credo sia un vecchio paio di stivali da pescatore."

"Oh."

Dylan fu tentato di nuotare fino a riva e mollare gli stivali. Non gli piaceva l'idea che nel suo lago ci fosse della spazzatura. Ma avrebbe potuto perdere traccia di dove aveva già cercato, così a malincuore fece riaffondare la sua scoperta sul fondale.

Trovò dell'altra spazzatura. Un altro stivale, questo arrivava all'altezza delle caviglie. Un groviglio di fibre sintetiche. Alcuni utensili arrugginiti. Un mucchio di plastica gialla che non riuscì a identificare. Un secchio di metallo con un buco sul fondo. E anche uno pneumatico, ma che era appartenuto a una bicicletta.

"I tuoi parenti erano degli zozzoni," urlò senza fiato verso Chris.

"Allora denunciali a quelli della protezione ambientale. Dyl, hai l'aria distrutta. Fai una pausa."

"No," rispose tuffandosi di nuovo.

Sentì dei pesci sfiorargli le gambe alcune volte e sul fondo c'erano delle specie di lumachine. Sapeva che lontre e castori a volte si avventuravano nel laghetto, e si domandò se fossero nelle vicinanze, magari chiedendosi cosa stesse facendo quel pazzo di un uomo. Gambe e braccia cominciavano ad affaticarsi e aveva sempre più difficoltà a riprendere fiato. Chris imprecava contro di lui incessantemente ogni volta che riaffiorava in superficie, ma Dylan aveva smesso di provare a rispondergli.

E poi le dita toccarono qualcosa di duro e liscio. Combattendo l'istinto di spingersi in superficie, tastò in giro fino a riconoscere quello che stava toccando: un manubrio.

"Maledizione, Dylan, questa volta ho pensato che fossi affogato davvero. Esci prima che…"

"L'ho trovata!"

Chris lo guardò incredulo. "Hai trovato la motocicletta di Andy?"

"Sì, a meno che non ce ne siano due."

"Bene. Allora…"

Ma Dylan non sentì il resto, perché era di nuovo sott'acqua. La motocicletta era a una gran profondità. Molto più in fondo di quanto dovesse essere un piccolo lago di una fattoria. Ma la trovò di nuovo, mezza sepolta dalla fanghiglia. Passò una mano sul veicolo fino a che non arrivò sul retro e, con suo gran sollievo, toccò qualcosa che gli ricordò una borsa.

La strattonò per provare a liberarla ma era scivolosa e la cinghia era incastrata. Allacciata, forse, o attaccata al telaio. Non riusciva a trovare nessun modo per liberarla, e anche se tirava con più forza che poteva, rimaneva ostinatamente attaccata. Era rimasto sott'acqua così a lungo che si sentì girare la testa quando tornò in superficie, e davanti agli occhi vide dei punti neri.

Chris era entrato nel lago fino alle ginocchia ed era in piena crisi isterica. "Dylan! Maledizione, stronzo! Esci da questo caz…"

"Ho trovato la bisaccia," ansimò Dylan. "Non riesco… non riesco a liberarla… Ho bisogno di un coltello." Oh, ed era così *stanco*. Gli sembrava che i muscoli fossero elastici sfibrati.

Chris imprecò contro di lui per alcuni momenti ancora prima di togliersi i vestiti di dosso. Nudo, si piegò sui suoi jeans – cosa divertente per Dylan anche se era così indebolito – rovistò nelle tasche, poi si mise in piedi con un oggetto in mano. Bravo il vecchio Chris, con il suo coltellino milleusi. Avrebbe dovuto fare il boy scout.

Mentre Dylan si sforzava di rimanere in piedi, Chris nuotò verso di lui con alcune bracciate poderose. Teneva il manico del coltellino stretto tra i denti come se fosse in un film di Tarzan. Appena gli fu vicino, Dylan prese il coltello, ma Chris gli afferrò il braccio prima che potesse tuffarsi di nuovo.

"Gesù, Dyl. Riesci a stare a stento a galla. Lascia che..."

"No. So dov'è. Torno subito." Prima che Chris potesse ribattere, prese un gran respiro e si immerse di nuovo.

Questa volta il fondale sembrava molto più lontano, come se negli ultimi minuti fosse in qualche modo sprofondato. L'acqua era davvero fredda. Non sentiva quasi nessun rumore, solo il battito attutito del suo cuore. Continuò ad andare a fondo, fino a che quasi non si aspettò di vedere i cancelli di un inferno. E quando non fu più certo di riuscire a proseguire, toccò la motocicletta.

Gli ci volle qualche altro secondo per trovare la bisaccia. Poi dovette liberarla, cosa che si rivelò difficile. I piedi continuavano a salire verso l'alto, la sua presa era debole e la cinghia spessa e scivolosa. E tutta la sua gran forza era esaurita. Eppure era sicuro che se non avesse preso la bisaccia *in quel momento*, non l'avrebbe mai più ritrovata.

Quando riuscì finalmente a tagliare la cinghia, i polmoni gli bruciavano e faceva fatica a distinguere il basso dall'alto. Ma infilò la bisaccia sotto un braccio e spinse con tutta la sua forza, sperando che stesse andando nella direzione giusta. Si sentì affrancato quando vide la luce sopra di sé anche se gli sembrava incredibilmente lontana.

Non riusciva più a muoversi.

Quello era un modo stupido di morire.

Qualcosa afferrò il suo braccio libero. Dylan cercò di allontanarsi ma non ce la fece. Tutto ciò che riuscì a fare fu di tenersi stretta la bisaccia e cercare di non perdere conoscenza. E poi si ritrovò a respirare di nuovo, meraviglioso ossigeno che correva dentro di lui mentre Chris quasi lo teneva sollevato tra le braccia, e lo trascinava a riva.

"Sei un cazzo di idiota! Tu maledetto testardo, stupido, cazzo di *scemo*!"

Dylan giacque inerte sulla riva del laghetto, le gambe ancora nell'acqua, troppo esausto per ridere.

LA MAGGIOR parte delle persone avrebbe avuto difficoltà a essere arrabbiata con qualcuno mentre faceva il bagno al catalizzatore della loro furia, ma Chris ci riuscì perfettamente.

"... stupido idiota testardo, vuoi sempre fare il cazzo di *eroe*, mai che ascolti nessuno, ti credi immortale..." Chris continuava a dire le stesse cose da un po'. Dylan teneva gli occhi chiusi, la testa sopra un asciugamano piegato che Chris aveva adagiato sul bordo della vasca. Non sarebbe riuscito a muovere un singolo muscolo, ma fortunatamente non doveva farlo. Per quanto dure fossero le parole di Chris, i suoi movimenti erano gentili mentre faceva scorrere la salvietta sul suo petto dolorante.

Era già la seconda volta che Chris riempiva la vasca, la prima era diventata tutta marrone e verde per la fanghiglia che gli si era accumulata tra i capelli e sul corpo. Anche Chris era sporco, visto che aveva dovuto trascinare Dylan su per la salita e dentro la casa, ma si era fatto una doccia veloce quando aveva messo Dylan in acqua a mollo. Adesso erano entrambi nudi e puliti, e Dylan stava quasi dormendo.

"Voglio guardare nella bisaccia." Un enorme sbadiglio quasi ingoiò le sue parole.

"Domani."

"Ma…"

"Se in tutto quel casino c'è qualcosa di utile, domani sarà ancora lì. L'unica cosa che farai oggi è mangiare qualcosa per cena e andare a dormire."

"Ma se il fantasma…"

"Se posa anche solo una delle sue dita spettrali sulla borsa che ti è costata quasi la vita, lo faccio a pezzi da solo."

Dylan sorrise pigramente all'immagine che le parole di Chris avevano evocato. Non credeva che potesse fare davvero qualcosa al fantasma, ma ci avrebbe provato sicuramente. "Posso mangiare a letto?" domandò. "Voglio solo dei cereali o qualcosa di simile. Sono troppo stanco."

"Tu che non hai fame deve essere uno dei segni dell'Apocalisse."

"Ah."

A Dylan non importava di restare nella vasca mentre l'acqua si raffreddava e il suo corpo diventava tutto grinzoso, ma alla fine Chris lo pescò fuori. Arrivò barcollando al letto, che aveva il delizioso odore del suo amante, e si lasciò cadere sulle lenzuola fresche.

"Torno subito," disse Chris. Sembrava un po' preoccupato, come se Dylan potesse decidere di saltare fuori dal letto e scomparire in sua assenza.

Ma non c'era pericolo. Riusciva a stento a tenere gli occhi aperti. "Okay."

Credeva che si sarebbe addormentato immediatamente, e in effetti cominciò a perdere conoscenza. Ma era ancora più o meno conscio quando sentì un'altra presenza nella camera. Si sforzò di aprire gli occhi e non fu particolarmente sorpreso di trovare il fantasma che oscillava come un'alga tra onde gentili.

"Vai via." Dylan non aveva la forza di sembrare convincente, e ovviamente il fantasma lo ignorò. Ancora non riusciva a distinguere i suoi lineamenti, il che era un po' frustrante. Soprattutto perché c'era qualcosa di lui che lo turbava, qualcosa che avrebbe dovuto notare ma non ci riusciva. Era come avere una parola sulla punta della lingua.

Il fantasma si avvicinò di qualche centimetro, fino a quando non fu ai piedi del letto. Dylan si chiese se sarebbe riuscito a passare attraverso il legno e il materasso.

Forse sarebbe riuscito anche a passare attraverso *lui*; quello era un pensiero decisamente inquietante.

"Non otterrai nulla in questo modo," gli disse. "Sei già morto e non posso cambiare la cosa. Vuoi che ti chieda scusa? Va bene. Mi dispiace di averti ucciso. Adesso *per favore* puoi liberare la tua energia nel grande aldilà? Magari ti incarnerai in qualcosa di davvero figo."

Ma invece di andare via, il fantasma si agitò. Tremò e lampeggiò, e Dylan era quasi certo che avesse emesso un suono simile a una parola, ma non era riuscito ad afferrarla. Con un gran lampo che gli fece chiudere gli occhi, scomparve.

Un attimo dopo, Chris entrò nella camera trasportando un vassoio carico di piatti. Il cibo aveva un odore fantastico, anche se Dylan non aveva fame.

"Parli da solo?" domandò, posando il vassoio sul comodino.

"No. Fantasma."

"Ah, vi siete fatti una bella chiacchierata, allora?"

"Non mi è mai piaciuto avere un coinquilino," commentò Dylan, ma si accorse della smorfia di Chris. "Eccetto te," aggiunse piano.

Chris si occupò del cibo facendo finta di non aver sentito. Ovviamente, la verità era che lui non viveva ufficialmente con Dylan. Aveva uno spazzolino nel bagno e un pettine, ma non un rasoio; e tutti i vestiti erano a casa sua. Dormiva nel suo letto tutte le notti, cucinava nella sua cucina ma continuava a chiamare la casa grande *la casa di Dylan*. Anche se a volte Chris aveva suggerito di fare dei lavori, era Dylan quello che prendeva tutte le decisioni.

Era stupido da parte di Chris tenere la sua roba in quella decrepita catapecchia quando Dylan aveva così tanto spazio. Al diavolo, Dylan sarebbe stato entusiasta di mettere delle mensole nuove per i suoi libri, e lo avrebbe felicemente aiutato a trasportare fin lì la televisione. Ma vivere insieme ufficialmente, quello era un grande passo. E anche se Dylan sapeva dentro di sé che nulla avrebbe potuto minare l'amore che provava per quell'uomo e che non avrebbe mai voluto un altro partner, non aveva ancora chiesto a Chris di vivere con lui. Anche Chris aveva evitato l'argomento. Molto probabilmente voleva mantenere la sua indipendenza. Dopotutto aveva passato la maggior parte della vita da solo. Magari non era ancora davvero pronto per... unirsi a lui.

Chris gli portò un piatto, delle posate e un tovagliolo di carta, mettendogli tutto in grembo. "Non ti imboccherò. Lo dovrai fare da solo." Andò a prendere un piatto prima di sedersi vicino a lui.

"Cos'è questo?" domandò Dylan, toccando il cibo con la forchetta. Riuscì a identificare delle patate e una specie di formaggio, poi dei grumi verdi che immaginò fossero della verdura e altri marroni che probabilmente erano carne.

"Mangia e scoprilo da te."

Dylan si mise in bocca una forchettata. Masticò un paio di volte e poi strinse gli occhi in direzione di Chris. "Fegato?"

234

Chris agitò la forchetta in direzione di Dylan. "Non mi dire che non ti piace. Mangi i conigli crudi. Di sicuro non avrai problemi a mandar giù un po' di fegato di manzo."

"Il *lupo* mangia i conigli crudi."

"Non sei tu il lupo? Perché nei suoi occhi vedo te. E nei tuoi, lui."

Dylan esitò prima di rispondere. "Non so. È difficile da spiegare. È un po' come quando ti prendi una sbronza astronomica e fai tutte le cose che non fai mai quando sei sobrio, e poi te le ricordi a fatica. Tipo così." Mangiò un altro boccone. "Comunque è davvero buono. Ero solo sorpreso. Dove hai preso il fegato di manzo?"

"Il tuo frigorifero. L'ho comprato un po' di tempo fa. Ho pensato che il ferro e le vitamine ti avrebbero aiutato a guarire."

"Be', è saporito."

"Lo preparavo spesso, friggendo anche un po' di patate e qualsiasi cosa avessi a disposizione. Anche mio nonno diceva che era buono."

Dylan ripulì il piatto e bevve un bicchiere d'acqua, ma ormai tutte le sue forze erano esaurite. Notò appena Chris che portava via i piatti e si addormentò profondamente molto prima che lui facesse ritorno.

CAPITOLO 13

NEGLI ULTIMI anni Dylan era stato testimone di parecchi eventi incredibili e strani. Ma a volte pensava che la cosa più stupefacente fosse svegliarsi di fianco a quel bellissimo uomo – anche se spesso si teneva tutte le coperte per sé. Si svegliò e gli fece un gran sorriso allegro. Dopo anni di solitudine, erano ancora sorpresi di essersi trovati.

"Riposato bene?" chiese Chris con voce roca.

"Sì."

"Senti dolore?"

Dylan contrasse alcuni muscoli. "No." Quello era uno dei vantaggi di essere un lupo mannaro: guarigione super veloce.

Il sorriso di Chris si fece più lascivo. "Bene." Allungò il braccio per accarezzare l'alzabandiera di Dylan.

Era una sensazione bellissima, ma Dylan gli afferrò il polso. "Il fantasma," sussurrò come se fossero su un palcoscenico teatrale.

"Che vada a farsi fottere. Tu fotti me invece." Chris scivolò sotto le coperte e cominciò a stuzzicare Dylan con la lingua e le dita.

Dylan si guardò in giro con aria furtiva prima di tirare le coperte sopra la testa.

A differenza della sua prima relazione al college, lui e Chris non dovevano tenersi i jeans addosso, abbassati fino alle cosce e le magliette tirate su intorno al collo. Non dovevano soffocare i loro gemiti o cercare dei luoghi nascosti. Non sarebbero stati interrotti da sua madre. Però era eccitante lo stesso nascondersi sotto le coperte, zittirsi a vicenda e poi scoppiare a ridere, palparsi come adolescenti disperati. Inoltre, senza l'aiuto della vista, gli altri sensi diventavano più importanti: gli odori inebrianti di Chris, sapone, sudore e sesso, il sapore salato sulla sua lingua, il leggero frusciare delle dita callose lungo l'interno delle cosce.

Le loro teste non fecero capolino da dietro le coperte fino a quando non furono entrambi stanchi e senza fiato. Chris si voltò per guardare Dylan. Gli leccò le labbra. "Lupo mannaro. È quello che si mangia a colazione."

Dylan gli diede una spinta col dito. Con forza.

Chris rise e si precipitò fuori dal letto, fuori portata. Aveva l'aria un po' selvaggia e completamente dissoluta. "Che piani abbiamo per oggi, capo?"

"Capo? Quando mai hai fatto qualcosa che io ti ho chiesto di fare?"

"Ti ho ascoltato con attenzione l'altro giorno quando mi hai ordinato di scoparti."

Questa volta Dylan gli lanciò un cuscino.

Chris saltò agilmente di lato schivandolo. "Vuoi finire la camera degli ospiti?"

"No. Devo vedere cosa c'è in quella maledetta bisaccia. Ma penso di dover fare del lavoro vero prima. Stender si aspetta dei progressi molto presto." Non aggiunse che se la bisaccia avesse avuto una qualche utilità, il contenuto lo avrebbe probabilmente distratto dal lavoro per un po'.

"Se vuoi, posso finire la camera degli ospiti mentre tu fai le tue cose da architetto. Non c'è molto da fare... riposizionare le cornici, pulire un po'..."

"Dipingere sopra a quelle impronte un'altra volta."

"Posso farlo io."

Dylan si fece la doccia e si vestì, poi mangiò il pane tostato e il bacon quasi crudo che Chris aveva scaldato in padella. Chris andò a casa sua a cambiarsi e lui accese il portatile. Mentre lavorava, se ascoltava con attenzione, poteva sentirlo muoversi al piano di sopra, che martellava ed era preso dai lavori di ristrutturazione. Solo di recente Dylan aveva imparato quanto fosse piacevole quel tipo di compagnia.

Fu in grado di fare un bel po' di ricerca sull'edificio su cui avrebbe lavorato e si appuntò delle idee su come convertirlo. Una serie di aree relax, alcune come luoghi di incontro, altre più silenziose. Gli studenti avrebbero potuto caricare i loro computer, tablet, telefoni e rilassarsi mentre bevevano caffè, chiacchieravano o studiavano. In realtà, avrebbe suggerito di includere uno spazio per un bar al pianterreno. E un'area verde sul tetto sarebbe stata una gran risorsa. Avrebbe dovuto scoprire che tipo di peso poteva sopportare il tetto, ma avrebbe scommesso che avrebbero potuto piantare dei lussureggianti sempreverdi e degli alberi di dimensioni più ridotte. Un giardino pensile avrebbe aiutato a contenere i costi di raffreddamento e riscaldamento e le perdite d'acqua e sarebbe stato una specie di oasi. Magari avrebbero anche potuto mettere una serra per le classi di botanica o per coltivare dei prodotti biologici per il bar.

Stava studiando delle foto della facciata dell'edificio che dava a nord, chiedendosi se le finestre fossero abbastanza grandi per convertire parte del secondo piano in una galleria d'arte, quando sentì qualcosa rompersi al piano superiore. Sembrava vetro.

"Chris?" urlò Dylan. "Tutto bene?" Corse lungo il corridoio.

Chris arrivò correndo in cima alle scale. "Sto bene. La finestra è rotta, però."

"Cosa è successo?"

"Quel maledetto fantasma ha lanciato il martello contro il vetro. Mi piaceva quel martello. Meglio che sia ancora intatto."

"Te lo... voleva lanciare addosso?"

Chris scosse la testa. "No. Ero dall'altro lato della camera, a togliere lo scotch di carta dallo stipite."

Dylan non sapeva se essere spaventato o rassicurato. "Credo sarebbe meglio se dessi un'occhiata alla bisaccia."

Gli ci volle qualche minuto per spegnere il computer e intanto Chris andò a prendere il martello caduto a terra sotto la finestra infranta. "Non è rotto," annunciò al suo rientro. "Ma c'è un casino da pulire là fuori. Non voglio che ti tagli una zampa con tutto quel vetro."

"Non sarebbe fantastico se i fantasmi facessero le pulizie invece di spiare le persone e fare danni?"

Chris fece una risata strozzata. "Solo tu potresti volere un fantasma delle pulizie."

A quanto pareva, la notte prima Chris aveva lasciato la bisaccia nel seminterrato. Di certo Dylan non voleva quella cosa fanghigliosa in cucina o nel salotto, così si diresse a passo pesante giù dagli scalini scricchiolanti assieme a Chris. Era un bel seminterrato a prova di infiltrazioni e con una serie di finestrelle per la luce naturale. Le pareti erano state stuccate e dipinte di grigio. Una piccola parte era stata divisa tempo addietro per essere usata come dispensa per il cibo in scatola, e c'era anche un piccolo bagno non terminato che era però collegato alle tubature della casa. La maggior parte dello spazio era occupato dai mobili che Dylan stava conservando per Kay e Rick, poi c'erano alcuni scatoloni che non si era mai preso il disturbo di svuotare. Aveva anche una lavatrice e un'asciugatrice, anche se stava pensando che avrebbe installato dei modelli più piccoli nella cabina armadio della camera da letto quando l'avrebbe ristrutturata. Avrebbe fatto le scale molte meno volte il giorno dedicato al bucato.

Contro uno dei muri stava un tavolo di legno. Era stato il tavolo da cucina di Dylan nella sua vecchia casa ma stonava in quella attuale. Adesso, lui e Chris mangiavano su un tavolo costruito con i materiali di recupero di un vecchio granaio. A Chris piaceva dire a Dylan che era stato davvero stupido ad avere speso una piccola fortuna su un tavolo artigianale quando lui stesso era proprietario del granaio a pochi metri dalla porta sul retro. In ogni caso, il tavolo del seminterrato era un luogo ideale per appoggiare strumenti e materiali per ciò che erano in procinto di fare. Chris aveva steso un telo di plastica e ci aveva posato sopra la bisaccia. Un po' di acqua fangosa si era accumulata sul telo.

"Probabilmente era una pelle di qualità," disse Chris, indicando l'ammasso ancora umido.

"Oh, merda! Ho perso il tuo coltello, vero?"

"Non è un problema. Ne ho un altro. Di certo non ti farò tuffare in quel lago per trovarlo."

Era una cosa buona, perché Dylan non aveva nessuna intenzione di rivivere il giorno precedente. "È davvero profondo. È strano."

Chris fece un sorriso. "Quando c'entri tu, tante cose lo sono."

Dylan toccò con un dito la bisaccia. Era in pelle nera, con una fila di borchie intorno al bordo; il lembo aveva due grosse fibbie. Provò a slacciarle, ma la pelle era come accartocciata e il metallo distorto, così finì per usare un paio di cesoie.

La maggior parte del contenuto della borsa, esposto all'acqua del laghetto per settimane, era fradicio e rovinato. Dylan trovò del tessuto stropicciato – sembravano una maglietta a maniche lunghe e dei jeans – viscidi di fango, un lettore mp3 pieno

238

di sabbia e un paio di scarpe da tennis che avevano acquisito una sfumatura verde. C'era un coltello da caccia in una guaina e una scatola di biscotti in metallo che conteneva un accendino e dell'hascisc.

"Andy fumava," disse Chris. "A meno che non fosse per scopi medicinali."

Nessun portafogli, con grande disappunto di Dylan. Però c'era un astuccio in vinile rosso. Tirò la zip ed esultò vedendone il contenuto: dei documenti.

"Immagino abbia senso. Anche Andy era abbastanza sveglio da avere un contenitore a prova d'acqua per le cose importanti. Siamo in Oregon, dopo tutto."

"Allora, cosa sono?" Chris si avvicinò e cercò di guardare da dietro la spalla di Dylan.

I documenti erano in buone condizioni. Probabilmente Andy non si era preso il disturbo di rinnovarli da parecchio tempo. Dylan li aprì con attenzione.

La motocicletta era intestata a qualcuno di nome Andrew T. Milligan. "Andrew," disse con voce bassa Dylan. "Non mi era mai venuto in mente che si chiamasse Andrew. Mi chiedo cosa significhi la lettera T." C'era anche un indirizzo.

Chris fece una risata strozzata. "Il tuo amico licantropo veniva da Sherwood? Passava il tempo con Cappuccetto Rosso e suo fratello Robin?"

A volte il senso dell'umorismo di Chris era un po' irritante. Dylan decise di ignorare il commento. "È possibile che non abitasse lì da parecchio tempo. Quando l'ho conosciuto, avevo avuto l'impressione che fosse…"

"Libero come il vento?"

"Be', senzatetto, sì. Ma in un modo spensierato e ribelle."

Guardarono entrambi i documenti come se il sommo mistero dell'universo – o perlomeno il segreto per esorcizzare un fantasma – potesse svelarsi ai loro occhi se li avessero fissati abbastanza intensamente. Ma il cielo non si aprì e alla fine tutto ciò che Dylan aveva guadagnato dalle sue avventure acquatiche era il nome completo di Andy e un luogo dove aveva abitato a un certo punto nel passato.

"Le nostre doti da investigatori privati lasciano a desiderare," concluse Chris. "Com'è che con tutta la tua istruzione non hai mai imparato a violare i database segreti del governo o a riprogrammare i satelliti spia?"

"Probabilmente riuscirei a rintracciare delle persone con l'olfatto, ma solo se è un odore recente."

Chris gli diede una pacca sul sedere. "Non molto utile in questo momento ma buono a sapersi, Fido."

Dylan copiò l'indirizzo dai documenti sulla sua app degli appunti. Poi li piegò e li infilò nell'astuccio in vinile. Non era certo su cosa farsene delle cose di Andy. Gettarle nel cestino sembrava una cosa sbagliata, ma di sicuro non li avrebbe ributtati nel laghetto. Dopo averci riflettuto alcuni istanti decise che, per il momento, avrebbe lasciato tutto sul tavolo. Magari li avrebbe seppelliti di fianco alla tomba.

"Andrò lì oggi," annunciò. "Adesso."

"D'accordo. Ci andremo."

"Chris, tu non devi..."

"Se credi che ti lascerò andare da solo, sei più stupido di quanto pensassi." Chris aveva incrociato le braccia e le sue labbra erano strette in una linea rigida. Era chiaro che discutere con lui lo avrebbe solo fatto arrabbiare e avrebbe rimandato la partenza.

"Troviamo un modo per sistemare temporaneamente la finestra e andiamo. Tanto vale che restituiamo la lucidatrice e ne compriamo una nuova. E poi possiamo fermarci da qualche parte per pranzo. Possiamo fare una specie di gita."

"Ho un grande telo di plastica da usare per la finestra se vuoi."

Dylan gli sorrise. "Perfetto."

Salirono al piano superiore. Chris trotterellò verso casa sua per recuperare il telo, mentre Dylan prendeva la lucidatrice nella camera degli ospiti. Ne avrebbe avuto bisogno anche per la camera padronale ma quello era un progetto che non avrebbe cominciato tanto presto. Anche se avesse risolto il problema del fantasma, il nuovo lavoro lo avrebbe tenuto occupato per un po'.

Il pavimento aveva un bell'aspetto, però; in realtà lo aveva tutta la camera. Chris aveva riposizionato i cornicioni e tolto quasi tutto lo scotch. Oltre a sostituire il vetro, tutto ciò che restava da fare era montare un nuovo lampadario – che aveva già comprato – appendere delle tende e trovare un modo per coprire quelle cazzo di impronte.

Si diresse alla finestra e guardò verso i pioppi. Sorrise quando scorse una visione fugace di Chris che usciva dal retro di casa sua e attraversava il suo patio schifoso con un grande telo di plastica blu piegato tra le braccia. Dylan ricordò la prima volta che aveva visto Chris fermo in piedi nello stesso punto. Si era avventurato fuori – senza nulla addosso a parte una T-shirt – per fare la pipì dal bordo del patio.

Chris lo salutò con la mano passando tra lo spazio in cui mancavano gli alberi. "Mi stavi spiando di nuovo?" gridò.

"Stavo sperando che fossi senza pantaloni anche questa volta."

"Si può organizzare. Se tu non insistessi così tanto sul... porca merda!" Chris si fermò all'improvviso sotto la finestra e guardò l'erba.

Dylan infilò la testa fuori per vedere cosa stesse osservando Chris. "Cosa? Cosa c'è?"

"Il vetro." Chris alzò lo sguardo verso di lui, con un'espressione divertita in volto. "Tutto il vetro è stato raccolto in un gran mucchio."

"Ma... come?"

"Deve essere stato il fantasma."

"Ma..." Dylan scosse la testa. Non capiva. Piuttosto che continuare a urlare congetture, fece cenno a Chris di correre dentro. Un minuto dopo, Chris entrò a passo svelto nella camera.

Aiutò Dylan a misurare la lunghezza della finestra, e poi posizionarono il telo. La luce che splendeva attraverso la plastica blu dava alla camera una strana atmosfera subacquea che ricordò a Dylan del tempo che aveva passato in fondo al laghetto. "Andiamo prima che si faccia troppo tardi," borbottò.

Erano ad alcuni chilometri di distanza, il motore che rombava lungo la statale con Dylan al volante, quando Chris interruppe il silenzio. "Tu hai detto che volevi un fantasma di servizio."

"Non ha nessun senso. Perché avrebbe dovuto raccogliere il vetro? Credi stia… non so… mettendolo da parte per usarlo come un'arma?"

"Sembra un'idea sofisticata per un rimasuglio di energia. Nemmeno così intelligente. Ci sono un sacco di cose molto più comode che potrebbe tirarci dietro."

"Mi chiedo se la signora Phillips saprebbe dirci cosa sta succedendo."

"Vuoi domandarglielo? Potremmo fermarci a casa sua."

Dylan scosse la testa. "Non oggi. Occupiamoci prima del resto."

"A cominciare dal pranzo."

CAPITOLO 14

CHRIS INSISTÉ perché mangiassero hamburger per pranzo. Quelli buoni, con della carne decente, del formaggio saporito e con dei milk-shake al lampone per mandarli giù. Gli piaceva osservare Dylan mangiare perché lo faceva con grande entusiasmo e anche perché gli portava alla memoria dei piacevoli ricordi di tutte le altre cose che era capace di fare con la bocca. Forse Dylan pensava la stessa cosa, perché quando Chris si leccò il sale delle patatine dalle dita, lui emise un gemito.

Restituire la levigatrice fu molto meno divertente, poi presero le nuove lastre di vetro e le posarono con cautela sul camioncino. "Stai attento ai dossi," lo avvisò Chris.

"Lo farò. Immagino tu sappia come installarle? Non l'ho mai fatto."

"Sì. Ho anche gli strumenti giusti."

"Sei un uomo dalle mille risorse."

Chris fece ballare le sopracciglia allegramente. "Come se non lo sapessi."

Sherwood era parecchio distante dal negozio dove avevano comprato i vetri, e la maggior parte del percorso passava attraverso un'autostrada molto trafficata. Chris odiava essere bloccato in mezzo ad altri veicoli, lo rendeva claustrofobico. A Dylan piaceva ricordargli che c'erano parecchi lati negativi del vivere in mezzo al nulla, ma il traffico non era tra quelli. Chris sarebbe potuto restare nel bel mezzo della statale che passava vicino a casa sua senza vedere una macchina per ore. Si era rivelata una cosa scomoda solo quando era ragazzino e aveva provato a fare l'autostop. A volte aveva finito col camminare per chilometri e chilometri o aspettare là fermo, di solito inzuppandosi completamente sotto la pioggia.

"Dio, non mi manca tutto questo," disse Dylan, interrompendo i suoi pensieri.

"Non ti piacerebbe fare ancora il pendolare?"

"No. Il drive-thru era buono, ma le tue colazioni sono molto meglio."

Chris voltò la testa perché non vedesse il suo sorriso. Non solo per il complimento, perché sapeva che Dylan apprezzava la sua cucina, ma anche perché gli aveva ricordato che non era depresso, là sperduto tra i boschi. Erano mesi che diceva che intendeva rimanere alla fattoria, che non si sarebbe arreso e scappato in città. Chris cominciava finalmente a credergli.

Usò il telefono di Dylan come navigatore per portarli all'indirizzo esatto di Sherwood. Un tempo era stata una cittadina immersa nella campagna quasi come la zona in cui abitavano loro, ma durante gli anni la periferia l'aveva assorbita. Attualmente la maggior parte dei residenti lavorava in città o per qualche compagnia high-tech nelle vicinanze. La strada dove erano diretti – Saturn Way

– era in una di quelle aree dove ogni casa era identica all'altra e tutti i nomi delle strade prendevano spunto dal tema spaziale.

"Come fanno quelli che abitano qui a trovare casa loro?" si domandò ad alta voce. "Probabilmente entrerei nella casa sbagliata."

"Non è un'architettura molto fantasiosa. Ma la maggior parte delle persone non può permettersi di avere la casa costruita su misura."

"Probabilmente vuole una casa come tutti gli altri e andare a cena nello stesso Olive Garden o Applebee. Poi guardano gli stessi stupidi programmi alla televisione, e se pensano di essere intelligenti, leggono gli stessi libri che qualcuno gli ha detto che sono dei bestseller e quando si alzano il giorno dopo, si vestono tutti allo stesso modo."

Dylan si fermò a un incrocio e guardò Chris per un lungo momento. "Non tu. Tu sei originale. Unico."

"È una cosa buona o no?"

"Oh, decisamente buona. Davvero buona. Non tornerei mai ad avere di nuovo un fidanzato in serie."

"No, probabilmente ordineresti le tue scopate su un catalogo di lusso."

"Be', ho finito di fare shopping adesso."

Chris sapeva che non avrebbe dovuto avere bisogno di quelle piccole rassicurazioni, e probabilmente Dylan si stava stancando di fornirgliele, ma gli faceva piacere sentirglielo dire.

Dylan fermò il camioncino davanti a una casa a due piani beige con un garage doppio. Una Chevy Malibu color marrone con l'emblema del pesce a simboleggiare Gesù era parcheggiata nel vialetto erboso, un animale di pezza era appollaiato sul finestrino posteriore.

Dylan spense il motore ma non uscì dal camioncino. Rimase seduto in silenzio per alcuni lunghi minuti a fissarsi il grembo, fino a quando Chris non riuscì più a stare zitto: "Cosa dirai?"

"Non ne ho la minima idea." Con un sospiro, Dylan estrasse le chiavi dall'accensione e aprì la portiera.

Chris era al suo fianco mentre si incamminavano verso la casa e salivano sulla veranda, una patetica miniatura di quella che adornava la casa di Dylan. Passarono di fianco a una bandiera decorativa, su cui era raffigurato un faro con le parole *Dio è la nostra luce*. Una campana a vento a forma d'angelo era appesa vicino, silenziosa in quel giorno senza vento.

"Senti… qualche odore?" sussurrò Chris.

"Il gatto di qualcuno ha pisciato vicino alla porta d'ingresso. Nient'altro." Dylan suonò il campanello.

Non dovettero attendere molto perché la porta si aprisse. La donna di fronte a loro doveva avere circa sessant'anni. Piuttosto alta e rotondetta, aveva dei pantaloni da tuta gialli e una maglietta dello stesso colore con dei fiori viola stampati. I capelli grigi erano acconciati con ricci ordinati.

"Sì?" disse, osservando entrambi con attenzione.

Dylan fece un piccolo passo in avanti. "Ehm, salve. Io… mi chiamo Dylan e lui è Chris."

"Do i soldi alla *mia* chiesa e non voglio comprare riviste o cambiare il satellite della televisione." Sembrava fosse in procinto di sbattergli la porta in faccia.

"Oh, non siamo… Non è per questo che siamo qui. Io… stiamo cercando qualcuno in realtà. Una specie di… una vecchia conoscenza, immagino. Credo vivesse qui una volta. Andy Milligan?"

In un istante la sua espressione cambiò da diffidente a ostile. "Sei uno di *loro*, vero?" inveì.

Dylan la guardò incredulo. "Loro?"

"Lo vedo dal modo in cui parli e dalla tua faccia… Non voglio del sudiciume come te vicino a casa mia!"

"Ma…"

"Vai via o chiamo la polizia e ti faccio arrestare per violazione di domicilio. Sul serio!" Questa volta chiuse la porta sbattendola davvero. Chris la sentì girare la chiave.

Dylan rimase fermo lì fino a quando Chris lo prese per il polso e lo trascinò via. "Quella vecchia strega non ti sarà di nessun aiuto. Forza."

Dylan oppose tanta resistenza da rendere il tragitto verso il camioncino molto lento. Lo avevano quasi raggiunto quando qualcuno urlò: "Ehi! Aspettate!" Una donna arrivò correndo dal lato della casa. Assomigliava parecchio all'altra, indossava lo stesso tipo di vestiti, ma era più magra e più giovane di almeno vent'anni. Sicuramente la figlia.

Dylan e Chris si fermarono al fianco del camioncino e aspettarono che li raggiungesse. "Siete amici di Andy?" domandò senza fiato.

I due si scambiarono degli sguardi. Chris lasciò che Dylan gestisse la cosa. "Ah, io… lo conoscevamo," disse Dylan, poi sussultò leggermente per avere usato il passato

Fortunatamente, la donna non sembrò accorgersene. "Mi chiamo Tammy. Sono sua sorella. Mi dispiace che mia mamma sia stata maleducata. Lei… ha delle idee molto radicate su questo tipo di cose." Si avvicinò e abbassò la voce. "Ha ragione lei? Voi… siete come lui?"

Dopo aver guardato per un istante Chris, Dylan si strinse nelle spalle. "Non credo di capire cosa vuoi dire."

"Voi… sapete cosa voglio dire…" Agitò le mani e sembrava essere a disagio. "Vi trasformate?"

"Io sì," rispose Dylan dopo una breve pausa.

"Oh, anche tu?" Pose la domanda a Chris.

Lui scosse la testa, ma non prima che Dylan si frapponesse fra loro in un istintivo gesto protettivo, probabilmente non necessario, ma che alleggerì comunque il cuore di Chris.

Tammy sembrava un po' confusa. "Pensavo giraste solo tra di voi. È quello che dice mia mamma. E ha detto che quello che è successo a Andy... avere una maledizione come quella... è stata la punizione di Dio perché era... sbagliato."

"Sbagliato?" domandò Dylan.

"Lo sai. Omosessuale."

"Non c'è nulla di sbagliato nell'essere gay."

Li guardò di nuovo con attenzione, il suo volto diceva che aveva capito. Fece un passo indietro. "È un peccato. Lo dice la Bibbia."

"Certo. La stessa parte che dice che mangiare i cheeseburger con il bacon è un peccato. Andrò all'inferno anche per quello?" Anche se le parole di Dylan erano aggressive, il suo tono era rassegnato, leggermente triste.

"Non è la stessa cosa. Non lo è. L'omosessualità è *sbagliata*. Mamma aveva detto ad Andy che nessuno di noi avrebbe avuto nulla a che fare con lui se non avesse chiesto perdono a Gesù. Ci sono delle persone con cui potete parlare, sapete? Psicologi e parroci. Possono aiutarvi a fare la scelta giusta. La buona scelta."

Dylan posò il suo braccio forte intorno alle spalle di Chris, avvicinandolo a sé. "Essere gay non è una scelta. Ma anche se lo fosse, sceglierei Chris perché *lui* è la scelta giusta. *Lui* è la mia salvezza."

Cazzo. Se c'era una cosa che Chris non avrebbe fatto di sicuro era scoppiare a piangere di fronte a quella donna. Però abbracciò Dylan, molto stretto.

Tammy aveva le sopracciglia aggrottate. "Non è naturale. È per questo che Dio vi ha maledetti."

"Mi dispiace che la pensi così. Essere rifiutato dalla sua famiglia deve aver distrutto Andy."

Sul volto della donna affiorò il rimpianto, ma fu subito sostituito da un'aria risoluta. "Lo abbiamo dovuto fare. Abbiamo pregato per lui per tanto tempo. È colpa di Andy per aver seguito... i suoi istinti perversi. Se invece avesse chiesto aiuto al Signore, il Signore lo avrebbe condotto sulla strada giusta e quell'uomo non lo avrebbe morso. Non lo avrebbe trasformato in una bestia."

"Quale uomo?" domandò Dylan in tono secco.

Per un momento Chris era certo che lei non avrebbe risposto, ma poi afflosciò le spalle. "Siete davvero suoi amici?"

"Stiamo cercando di aiutarlo," replicò Dylan. Il che non era esattamente una bugia.

"Ha detto che l'uomo che lo aveva morso era morto. Ma c'erano queste persone con cui stava. A Gresham. Tanto tempo fa. Ma ha detto che se avessimo cambiato idea un giorno... Non cambieremo idea. Non è mio fratello."

La voce di Dylan tremò un po' quando domandò: "Hai l'indirizzo di Gresham?"

Lei annuì e tirò fuori una piccola rubrica dalla tasca. Sulla copertina c'era l'immagine di una croce luminosa. La aprì, strappò una pagina e la passò a Dylan. "Ecco. Se lo vedete, ditegli che sto cercando di perdonarlo con tutta me stessa. Che sto ancora pregando per lui."

Dylan prese il pezzo di carta senza dire nulla. Poi si voltò e condusse Chris verso il camioncino. Quando misero in moto, Tammy era ancora ferma sul marciapiede a guardarli.

DYLAN NON andò a Gresham.

In realtà per più di un'ora, non li condusse in nessun posto in particolare, guidando senza direzione, girando e rigirando per la periferia. Non disse nulla, e Chris fece lo stesso, però mantenne la mano sulla coscia di Dylan, strizzandola ogni tanto.

Quando Dylan entrò in un centro commerciale, Chris pensò che volesse fare benzina, invece parcheggiò il camioncino di fronte a un anonimo bar che si chiamava Bleachers. Spense il motore.

"Vuoi bere?" domandò Chris, sorpreso.

"Non è proprio uno sport bar. Immagino lo fosse una volta, ora non più. Adesso è un bar gay. Un bar davvero noioso per uomini noiosi. La televisione sempre sintonizzata sulla MSNBC. Uomini sposati che vogliono farsi una sveltina prima di tornare dalle mogli, o tizi che si staccano dai computer giusto il tempo per fare un pompino nei bagni."

"Non mi sembra il posto che frequenterei."

"Io lo facevo. Ery mi prendeva in giro, ma mi sentivo a mio agio qui. Non un pesce fuor d'acqua."

"Dyl, tu…"

"È dove ho conosciuto Andy."

"Oh."

Le lunghe dita di Dylan stringevano forte il volante, le nocche sbiancate. Chris era leggermente preoccupato che spaccasse la plastica – era *forte* quando era preso dalle sue emozioni – ma non disse nulla. Non spostò la mano dalla coscia.

"Era davvero sexy e ha scelto me, e quella era l'unica cosa che mi importava. Nessuno bello come lui mi aveva mai guardato due volte. Così siamo andati a casa mia e abbiamo scopato per un paio di giorni. E poi lui… be', sai quello che ha fatto."

"Bastardo!" sbottò Chris.

Dylan si voltò per guardarlo. "Ma forse una volta non lo era. Poi la sua famiglia lo ha ripudiato, e…" Con un gemito leggero, Dylan si strofinò il viso, poi lasciò cadere di nuovo le mani. "Non riesco a immaginare come sarebbe stata la mia vita senza Rick e Kay, senza di te. Sarei così… Non sono uno che ha bisogno di una montagna di amici, ma di alcuni sì. Tutti hanno bisogno di qualcuno, altrimenti sei solo, solo…"

"Lo *so*," disse Chris, perché era così. Non era stato un desiderio di autodistruzione che lo aveva spedito nei bagni dei locali e delle stazioni di servizio. Per quanto spesso si dicesse che era forte, che stava bene da solo, aveva comunque passato anni sentendosi come se la sua vita si stesse lentamente disintegrando. Fino a quando non aveva incontrato Dylan.

Posò una mano sulla guancia di Chris. "Avevo una piccola famiglia, un paio di amici. Anche i miei genitori, non erano esattamente entusiasti quando del mio coming out, ma non mi hanno ripudiato. Mi hanno fatto rimanere a casa loro, e quando sono morti, ho ricevuto i soldi dell'assicurazione e i loro averi. E poi ci siamo trovati io e te. Andy non ha mai avuto nulla del genere. Mi ha quasi rovinato e ha ucciso delle persone, ma forse... forse era semplicemente solo."

Abbracciarsi sui sedili anteriori di un camioncino era scomodo, ma riuscirono comunque a farlo. Dylan era caldo e solido tra le sue braccia.

Poi si separarono. "Vuoi entrare?" domandò Chris.

"No."

Dylan riaccese il motore. Fece benzina alla stazione all'angolo e si immise nel traffico. Non andò lontano; dopo solo alcuni isolati, entrò nel parcheggio di un grande centro commerciale che aveva un reparto alimentari di qualità, alcune boutique e dei ristoranti. C'era anche un grande bar; Dylan parcheggiò la macchina lì vicino. "Ti dispiace? Una tazza di caffè non ci starebbe male."

"Nessun problema."

Per essere un pomeriggio infrasettimanale, il posto era particolarmente affollato. Dylan non saltava all'occhio tra gli altri avventori, ma Chris aveva i vestiti da lavoro e si sentiva un po' a disagio. Almeno riuscì a ordinare un caffè senza passare per un idiota. Dylan ordinò qualcosa che richiese l'uso di un frullatore e un gigantesco muffin ai mirtilli.

Un'intera facciata era costituita da una grande vetrata. Delle madri sedute ai tavolini esterni chiacchieravano mentre i loro bambini giocavano alla fontana lì vicino. Dylan e Chris scelsero un tavolo in un angolo relativamente tranquillo.

Chris non sapeva che cosa stesse passando nella testa del suo ragazzo mentre giocherellava con il telefono, ma era certo che non fosse cosa da poco. Il telefono di Chris era molto basilare – solo quello di cui aveva bisogno – così lesse un po' il giornale e guardò i passanti. Tutti gli altri sembravano così contenti, così normali. Si chiese quale fosse il loro segreto. Forse anche qualcuno di loro era un lupo mannaro o era perseguitato dal fantasma del suo ex. Magari qualcuno era stato abbandonato dai genitori o cresciuto da tossicodipendenti. Di sicuro alcuni dovevano aver fatto cose di cui si pentivano profondamente e dovevano aver passato dei momenti in cui si erano sentiti disperati e soli.

Passarono parecchio tempo al bar. Non parlarono molto, a volte Dylan dava un'occhiata a Chris, gli faceva un piccolo sorriso, e lui ricambiava.

Quando Dylan si alzò in piedi per stiracchiarsi, le madri e i bambini erano andati via. "Ti dispiace se ci fermiamo da un'altra parte?"

"Gresham?"

"No, non oggi."

"Okay. Certo."

Avevano quasi raggiunto la loro destinazione prima che Chris capisse dove stavano andando. "Casa di Rick e Kay?"

"Sì, dovrebbero essere tornati dal lavoro a quest'ora. Ti dispiace?"

"No."

Chris moriva dalla voglia di sapere quali fossero le intenzioni di Dylan ma tenne la bocca chiusa. Era chiaro che non avesse voglia di parlare, e lui non voleva insistere.

Kay sembrò sorpresa quando aprì la porta e se li ritrovò davanti. "È successo qualcosa?" domandò ansiosa, facendoli accomodare. Rick arrivò a passo svelto dalla cucina, ancora con la camicia e la cravatta del lavoro.

"È tutto a posto," disse Dylan. "Volevo solo... ma vi stiamo disturbando."

Fu Kay a rispondere: "No. Stavamo solo decidendo che cosa mangiare per cena. Tutto quello che vuole Rick mi fa venire il voltastomaco. Volete unirvi a noi, ragazzi?"

"Non voglio disturbare."

Rick sorrise. "Tu, fratellino, disturbi sempre. Chris, d'altra parte, è un piacere averlo qui."

Dylan gli mostrò il medio.

"Molto presto dovrai smetterla con quei gesti, Dyldo. Non potrai essere di cattivo esempio con Junior."

"Sono sicuro che tu non sarai per nulla un buon esempio, cazzone."

Kay alzò gli occhi al cielo. "Ragazzi. La qui presente donna incinta sta morendo di fame. Allora cosa fate?"

Dopo essersi consultato con Chris, Dylan accettò l'invito. Finirono con l'ordinare della pizza, metà per amanti della carne e metà con pollo e pomodori a dadini. Mentre aspettavano che venisse consegnata, chiacchierarono di bambini e dei lavori di casa, poi si sedettero al tavolo della cucina per mangiare.

Chris non aveva passato tanto tempo con il clan di Dylan, ma gli piaceva. Gli piaceva l'appoggio che gli davano, senza badare al suo orientamento sessuale o a che specie appartenesse, e apprezzava la facilità con cui avevano fatto posto a lui nelle loro vite. Né Rick né Kay avevano mai lasciato intendere che disapprovassero di Chris in alcun modo o che pensassero che non fosse all'altezza di Dylan. In realtà, poco dopo la morte di Andy, quando Chris si stava ancora occupando di Dylan ed era così arrabbiato con lui che avrebbe voluto farlo a pezzi da solo, Rick lo aveva chiamato e ringraziato per essersi preso cura di suo fratello. E giorni dopo la loro riconciliazione, Kay si era fermata alla fattoria, per lasciare un altro carico di oggetti di sua nonna. Aveva preso Chris in disparte mentre Dylan era occupato e gli aveva fatto sapere quanto fosse contenta che lui fosse ritornato nella vita del cognato.

Adesso stavano mangiando la pizza. Dylan e Rick bevevano birra, Chris acqua – si era offerto di guidare – e Kay sorseggiava uno shake di proteine che in teoria doveva essere salutare. Scherzarono e si presero in giro. Fu divertente guardare

248

Dylan tornare piccolo mentre interagiva con il fratello maggiore, sembravano un paio di teenager troppo cresciuti. Poi Kay fece delle domande a Chris perché stava pensando di passare dalla sua Toyota a un furgoncino o un SUV; Rick aveva scoperto che Chris era un fan dei Seahawks, quindi cominciarono una lunga discussione su difensori e ricevitori che fece sbadigliare Dylan e Kay. I due fecero finta di suicidarsi per rendere la cosa nota.

Dopo cena si spostarono nel salotto. Dylan sedette sul divano vicino a Chris, che si agitava irrequieto.

"Si tratta della motocicletta?" domandò Rick. "Ci dirai perché ne hai bisogno?"

"Ha... ha a che fare con un fantasma."

"Un *fantasma*?"

Dylan sospirò e si guardò le ginocchia. "Sì. Ma non è per questo motivo che siamo qui. Io e Chris eravamo... be', è una lunga storia. Ho scoperto delle cose su Andy. Alcune cose me le avevo immaginate, ma per qualche motivo oggi la cosa mi ha davvero colpito. Comunque, volevo dirvi quanto vi apprezzi davvero. Quanto sia contento che voi ci siate sempre per me."

"Oh mio Dio," disse Rick, sconvolto. "Stai morendo."

Dylan lo guardò. "Non è nelle mie intenzioni."

"Allora perché ci stai dicendo queste cose?"

Nonostante la serietà della situazione, Chris ridacchiò. Amava Dylan con tutto il cuore, ma il suo ragazzo non era esattamente un campione quando si trattava di condividere le sue emozioni. Dylan gli diede una gomitata.

"Ho pensato che fosse importante farvelo sapere. Siete davvero fantastici."

Chris decise che tanto valeva che dicesse la sua. "Già, lo siete davvero. Grazie per... essere stati così accoglienti. Immagino di non essere proprio il cognato ideale."

Rick non era molto più bravo nell'esprimere i suoi sentimenti. Sedeva nella sua poltrona, contento ma a disagio. Kay, invece, saltò giù dalla sedia e avvolse sia Dylan che Chris in un forte abbraccio profumato di pizza. Stava piangendo. "Sono gli stupidi ormoni," disse singhiozzando quando si fece indietro, sorridendo e asciugandosi gli occhi.

CAPITOLO 15

DYLAN AVEVA bevuto qualche birra da Kay e Rick, così quando andarono via fu Chris a mettersi al volante. Era calato il buio ed era una di quelle belle serate estive in cui il calore aleggia nell'aria abbastanza a lungo da essere piacevole e tutti vogliono restare fino a tardi sulle verande o nei caffè. Quando Dylan era bambino, le notti come quelle gli piacevano – gli sembrava che le responsabilità della scuola fossero a milioni di anni di distanza e i suoi genitori davano il permesso a lui e Rick di girare in bicicletta per il vicinato fino a tardi, di solito con quasi nulla addosso eccetto pantaloncini e infradito. Ricordava chiaramente il petto che gli diventava appiccicoso mentre mangiava un ghiacciolo e braccia e gambe sempre ricoperte da morsi di zanzara. Cavolo, si ricordava esattamente l'odore della lozione solare. Aveva sempre dei graffi su gomiti e ginocchia e uno di quegli stupidi tagli di capelli che gli faceva sua madre. Rick vinceva tutte le loro sfide, ma a Dylan non importava perché faceva finta che la sua bicicletta potesse volare, come quella di Elliott in *E.T.*

"Tutto bene?" domandò Chris a bassa voce.

"Sì. Sono… gli ultimi giorni sono stati davvero impegnativi."

"Almeno non puoi lamentarti di esserti annoiato."

Dylan ridacchiò. "Non mi ricordo quando è stata l'ultima volta che mi sono annoiato."

Percorsero altri chilometri. La cosa buona era che, essendo abbastanza tardi, non c'era molto traffico. Dylan desiderava un po' della pace e calma della sua fattoria. Osservò le mani forti di Chris che reggevano il volante. Gli piacevano quelle mani: i calli guadagnati col lavoro onesto, le dita che nonostante tutte le lavate restavano sporche, i grossi polpastrelli che con la stessa facilità potevano eseguire lavori delicati o di costruzione pesante, e che riuscivano a farlo tremare e gemere.

"Sai, a Kay e Rick piaci davvero. Non fanno tanto per fare."

Chris lo guardò per un secondo poi riportò l'attenzione sulla strada. "Sì."

"Matty si è subito innamorata di te, l'ho capito immediatamente, e penso che tu piaccia anche a Ery."

"Dove vuoi andare a parare?"

"Non sono l'unico che riesce a vedere che ragazzo in gamba sei. È chiaro praticamente a tutti, appena hanno la possibilità di conoscerti."

Chris emise una derisoria risata cavallina ma non riuscì a nascondere la contentezza. "Vuoi andare a Gresham domani?"

"No, mi metterò sotto e mi porterò avanti con il lavoro. Venerdì ho un altro incontro con Stender. E voglio presentarmi con un sacco di buone idee."

"Sarà così," disse Chris con sicurezza. "Ma avrò bisogno di aiuto se vuoi che sistemiamo quella finestra domani."

"Okay." Sarebbe stata una buona scusa per prendersi una pausa dal portatile. Amava lavorare con Chris, soprattutto quando sapeva quello che stava facendo, perché Dylan si sentiva un principiante. Chris era un maestro nato; anche se non sembrava rendersene conto, era giustamente sicuro di sé, delle sue abilità di costruttore e ristrutturatore. Il che all'improvviso fece nascere una domanda. "Chris? Come hai imparato a fare lavori tipo riparare le finestre? Te lo ha insegnato qualcuno?"

"Mio nonno era bravo a riparare le cose. Quando ero bambino, non gli dava fastidio se stavo a guardarlo. A volte lasciava anche che lo aiutassi. Poi, crescendo, ho dovuto imparare le cose con una certa velocità se volevo fare la spesa per mangiare. Se vedevo che il tetto di qualcuno aveva bisogno di essere riparato, gli dicevo che avrei potuto farlo a un prezzo molto economico. E poi cercavo di capire come fare." Sorrise. "Avevo una serie di libri sull'edilizia e la ristrutturazione. Li avevo comprati per qualche dollaro a una svendita. Erano vecchi, ma certe cose non cambiano molto nel corso degli anni."

Dylan era colpito. Gli ci erano voluti quattro anni di università, mesi e mesi di stage formativo, studi assidui per gli esami di Stato e parecchio praticantato prima che fosse in grado di fare il suo lavoro. E anche adesso, anche dopo i suoi recenti successi, in un certo qual modo era ancora incerto sulle sue capacità.

Era così perso nei suoi pensieri che gli ci volle un po' per rendersi conto che Chris era uscito dall'autostrada. Stavano saltellando lentamente e con cautela lungo una strada buia e sconosciuta, dove gli alberi si infittivano ad ambo i lati e non erano visibili altre macchine. "Dove stiamo andando?" domandò Dylan.

Chris gli regalò solo un sorriso enigmatico. Probabilmente se lo meritava, dopo il modo in cui lo aveva trascinato in giro per la periferia tutto il giorno.

Si addentrarono nella foresta. Una parte della mente di Dylan – al momento abbastanza profonda ma ancora cosciente – prese nota che quello sarebbe stato un bel posto dove correre e che c'era parecchia selvaggina nell'area. Probabilmente non era quello il motivo per cui Chris li stava portando in quel posto, ed era il momento sbagliato del mese per avere quel tipo di pensieri, ma non poté fare a meno di archiviare quell'informazione per poterla utilizzare in futuro.

Il furgoncino rallentò e si fermò. Dylan non sapeva se Chris avesse scelto quel posto per qualche motivo specifico o semplicemente a caso. A ogni modo, spense il motore e scese. Dylan lo seguì sul retro, dove Chris passò qualche minuto a rovistare, con attenzione, a causa del vetro, e con qualche difficoltà per la mancanza di luce, ma alla fine trovò quello che stava cercando: una vecchia coperta che Dylan teneva nel pick-up, per la maggior parte come imbottitura per i mobili e altri oggetti che potevano graffiarsi o ammaccarsi.

Con la coperta sotto il braccio, Chris raggiunse il ciglio della strada. Gli odori della vegetazione folta erano molto intensi e Dylan poteva sentire il rumore delle piccole creature che frusciavano tra le foglie. Da qualche punto lontano provenne il richiamo di un gufo.

"Riesci a vedere bene questo sentiero?" domandò Chris indicandolo.

Non era proprio un sentiero, solo una pista stretta che si era formata tra gli alberi. Delle nuove piante erano cresciute nel mezzo e le radici degli alberi la rendevano sconnessa. "Sì," replicò Dylan. Doveva ammettere che gli piaceva la sua vista notturna sovrannaturale.

"Allora è meglio se fai strada tu, perché io non vedo un accidente."

"Come faccio a fare strada se non so dove sto andando?"

"Basta che segui il sentiero, genio."

Era largo abbastanza per una persona sola, così Dylan andò per primo, con Chris che si aggrappava alla sua spalla. Lo avvisò di alcuni ostacoli e tenne i rami lontani così che non gli finissero in faccia. Anche se Dylan non sapeva ancora quale fosse la loro destinazione, il cuore gli batteva all'impazzata per l'eccitazione di trovarsi in un posto così selvaggio, per l'intimità di essere da solo insieme al compagno e così lontano dalla civilizzazione.

Inspirò profondamente. "Un puma è stato qui vicino," disse quasi in un sussurro. L'odore del felino gli fece prudere il collo e male alla mascella.

Anche Chris teneva bassa la voce. "Ci mangerà?"

"No, l'odore è di un paio di giorni fa."

"Sei bravo come un cane da caccia, vero?"

"I miei sensi sono anche più acuti quando sono un lupo. Non so... non so spiegare cosa si prova."

"Come quando Dorothy atterra a Oz e tutto è in Technicolor?"

Dylan fece una risata. "Una cosa del genere."

Dopo quasi cento metri, il sentiero girava drasticamente sulla destra e cominciava a salire su una collina ripida, dove aghi di pino secchi scricchiolavano sotto i loro piedi. Poco dopo gli alberi finirono e il terreno divenne molle e coperto da un'erba soffice che emanava un odore dolce. Mentre raggiungevano la cima della collina, Dylan vide che si trovavano al di sopra di una radura circolare. Sentiva il rumore e l'odore dell'acqua che scorreva nelle vicinanze, un ruscelletto di sorgente, però non poteva vederlo.

Chris se lo trascinò dietro, poi si fermò e si abbassò per stendere la coperta sull'erba. "Ti piace?"

"Come fai a conoscere questo posto?"

"Siamo solo a quindici chilometri da casa. Quando ero bambino ho fatto campeggio qualche volta. Quando ne avevo bisogno... quando volevo scappare da qualsiasi cosa mi angosciasse, venivo qui. Non mi ricordo di come l'ho trovato la prima volta."

Mentre Dylan si girava lentamente esaminando il luogo, Chris si tolse le scarpe e il resto dei vestiti.

"Cosa stai facendo?" gli domandò, leggermente sconvolto.

"Mi sembra abbastanza chiaro." Completamente nudo, si lasciò cadere sulla coperta. Si sdraiò sulla schiena con le mani dietro alla testa a mo' di cuscino, e le gambe comodamente divaricate. "Ti unisci a me?"

"Ma siamo in pubblico."

"Guardati in giro. Credi davvero che qualcun altro si farà una passeggiata?"

Dylan si guardò bene intorno, annusò profondamente l'aria e ascoltò i rumori che li circondavano. Non aveva avvertito la presenza di nessun umano, eccetto Chris, ovviamente. Chris, nudo e sorridente, che – oh, cazzo! – si stava accarezzando il sesso, che diventava sempre più duro.

All'improvviso, a Dylan non importò più che qualcuno fosse nelle vicinanze. Si tolse sandali e vestiti e si sdraiò di fianco a Chris.

"Guarda in alto," lo invitò Chris.

"Preferisco guardare te."

"Bene, ma guarda lo stesso."

Dylan obbedì, tirando indietro la testa per ammirare il cielo. La luna era calante, le stelle padrone del firmamento. Luccicavano come gioielli infilati a casaccio in una collana e lo disorientarono leggermente. Erano le stesse stelle che brillavano sopra casa sua, ovviamente, ma non si prendeva spesso il disturbo di stare a guardarle, anche in quelle rare occasioni in cui il cielo era limpido.

"Bello," sussurrò.

"Anche questa è energia, vero? Magari certe persone quando muoiono diventano delle stelle."

"Sei molto poetico questa sera."

"Speravo mi avrebbe aiutato a portarti a letto."

Dylan si voltò su un fianco e si premette contro Chris. "Non siamo a letto."

"È per scoparti meglio."

"Ehi, quella è la mia battuta."

Chris aprì la bocca per rispondere, così Dylan lo zittì con un bacio. Amava baciarlo. Era già stato con altri ragazzi – con il suo partner di chimica all'università, con Ery Phillips prima che decidessero che stavano meglio come amici che come amanti, con alcuni degli uomini che aveva rimorchiato – ma la maggior parte dei suoi partner sessuali voleva scopare, non baciarsi. E anche quando aveva baciato in precedenza, non era mai stato così soddisfacente. Chris aveva un sapore così buono. Sempre, non importava cosa avesse mangiato o se si era appena svegliato. Non lasciava che la barba gli crescesse troppo, così non prudeva mai. Gli piaceva essere al comando di quei baci, spingere la lingua dentro la bocca di Dylan tanto quanto Dylan si spingeva dentro il corpo di Chris. Ed emetteva quei piccoli rumori, dei mugolii disperati, che probabilmente riusciva a sentire solo un lupo mannaro, e gli afferrava i capelli come se avesse intenzione di non mollare più la presa.

Dylan avrebbe potuto baciare Chris tutta la notte. Ma in qualche modo Chris era riuscito a mettersi sopra di lui, e adesso, mentre continuavano a baciarsi, l'azione

253

si era concentrata verso il basso, dove i fianchi ondulavano, le mani afferravano, accarezzavano e stringevano.

"Questa è stata... davvero... una buona idea," ansimò Dylan. Ed era così. Non solo perché voleva dire che erano sfuggiti al loro fantasma guardone, ma anche perché qualcosa sull'essere nudi e fare sesso nel mezzo del nulla, in un luogo selvaggio, era incredibilmente eccitante. Ultimamente aveva imparato a lasciare che i suoi istinti più primitivi prendessero il sopravvento una volta ogni tanto e non solo nelle notti di plenilunio. Lo faceva stare *bene*. Era leggermente inebriante, in effetti, ma la presenza di Chris bastava a ricordargli di non lasciarsi andare troppo. Era ironico, davvero, che Dylan fosse stato ammansito da uno come Chris. Ma l'ironia gli piaceva parecchio.

Chris ringhiò – ancora ironia! – e scivolò verso il basso. Mentre lui si contorceva, Chris lo leccò e mordicchiò. Dylan tremò quando le tracce umide evaporarono. Chiuse gli occhi e si concentrò unicamente sui suoi altri sensi: l'udito, l'olfatto, oddio, il tatto. La coperta pungeva un po', e l'erba spuntava da sotto il tessuto. Si concesse completamente a Chris e non provò ad ammutolire i grugniti, i lamenti, le grida.

Quando divenne tutto troppo intenso, Dylan afferrò Chris per le braccia e fece rotolare entrambi. Gli occhi dell'amante erano spalancati e brillavano alla luce delle stelle, e aveva il viso leggermente arrossato. Il cuore gli batteva rapido come quello di una preda, tanto che gli fece venire voglia di divorarlo. E così fece: si piegò per ingoiare il sesso turgido fino alla base.

"Cazzo, sì!" urlò Chris con voce roca, poi gli afferrò i capelli, stringendo abbastanza forte da fargli provare un po' di dolore. Dylan aveva la sensazione che il suo amante non sarebbe durato molto e, a essere onesti, anche lui era prossimo all'orgasmo. Tutto in quel momento gli sembrava avvolto da un senso di urgenza, non per paura o disperazione, ma semplicemente dal bisogno animale di sentirsi bene e far sentir bene anche il compagno.

Chris inarcò la schiena come un cavallo selvaggio da rodeo. Dylan si masturbò con vigore e velocità, il naso pieno dell'odore di Chris, la lingua che registrava il buon sapore salato.

"Sto per... cazzo, Dyl, non posso... sto per..."

Dylan non fece altro che aumentare il ritmo.

Chris fu preso da uno spasmo estatico e urlò qualcosa di indecifrabile; Dylan venne nel momento in cui Chris gli fiottò nella gola.

Allora Dylan si mise in ginocchio, lasciò cadere la testa all'indietro e ululò.

RIPOSARONO PER un po', lì sotto le stelle. Si vestirono in un bel silenzio, poi Dylan li ricondusse sul sentiero verso il furgoncino, e Chris li guidò per i pochi chilometri fino a casa.

Da Dylan la luce della veranda era accesa come quelle del salotto, perciò aveva un aspetto accogliente e caldo anche se un fantasma vi si aggirava furtivo. Indugiarono insieme all'esterno mentre Chris fumava una sigaretta. Ultimamente ne fumava molte meno ma non aveva ancora smesso. Erano appoggiati contro la ringhiera – che aveva bisogno di essere ridipinta – a osservare le volute di fumo che si sollevavano in aria.

"Hai passato un'altra lunga giornata. Posso dormire a casa mia, Dylan."

"Vorrei che non lo facessi."

Chris abbassò la testa ma non nascose il sorriso. "Okay." Scese dalla veranda per spegnere la sigaretta e gettò il mozzicone nel bidone adibito a quello scopo che teneva vicino ai gradini. Aveva l'aria stanca mentre risaliva. Anche per lui era stata una giornata lunga.

"Chris," cominciò a dire Dylan.

"Sì?"

"Io… nulla." Ma non si trattava di nulla. Stava quasi per chiedere a Chris di trasferirsi da lui. Ma le parole non volevano uscire. Non perché non lo desiderasse, ma perché non era sicuro della risposta di Chris.

Osservarono le falene volteggiare e lanciarsi verso le luci della veranda. Dylan immaginò che le lampadine fossero un richiamo tanto forte quanto per lui lo era la luna. Si chiese se ci fossero altre creature mannare oltre ai lupi e concluse di essere particolarmente fortunato, in un certo senso. E se si fosse trasformato in una lumaca mannara invece?

"Hai ancora quel biglietto?" domandò Chris dopo un po'.

"Quale biglietto?"

"Quello che ha lasciato qui. Jimmy."

Oh. "Sì. È nel cassetto delle cianfrusaglie in cucina. So che mi hai detto di sbarazzarmene, ma…"

"Lo chiamerò."

Dylan cercò di tenere il tono della voce neutrale. "Ah?"

"Sì, lascerò che lo stronzo dica quello che ha da dire, immagino. Solo questa volta."

"Cosa ti ha fatto cambiare idea?" domandò Dylan, anche se forse conosceva già la risposta.

"Forse… forse un giorno quella Tammy sarà dispiaciuta di aver tagliato fuori dalla sua vita Andy. Forse anche sua madre lo sarà. Lo dubito, ma non si può mai sapere. Ma è troppo tardi per loro. Non lo vedranno mai più. Non potranno mai più scusarsi per averlo trattato come una merda."

Dylan posò una mano sulla spalla di Chris. "Tu non sei loro. Hai tutto il diritto di essere arrabbiato con tuo padre e di non volerlo nella tua vita di nuovo."

"Già, lo so. Ma non voglio pentirmene un giorno. E penso che me ne pentirei sul serio se non gli parlassi mai più piuttosto che il contrario."

"Okay. Va bene qualsiasi cosa tu pensi sia meglio. E se vuoi…"

255

Crash!

Il rumore provenne dal piano superiore, sul retro della casa. Dylan e Chris corsero verso la porta d'ingresso, lungo il corridoio, su per le scale. La finestra era già rotta, così Dylan si chiese cosa diavolo avesse rotto il fantasma questa volta. Appena accese la luce, ebbe la risposta: il suo portatile era in mille pezzi sul pavimento, plastica, vetro e pezzi di metallo erano sparpagliati in giro, come se il computer fosse stato lanciato da una grande altezza. Ma non fu quello che gli fece mancare il fiato e imprecare. Scritte sul muro vicino alla finestra con uno spesso pennarello nero, c'erano due lettere: F A.

CAPITOLO 16

DYLAN ERA molto meno isterico di quanto Chris avesse previsto. Forse aveva vissuto fin troppe cose strane e ne era anestetizzato, o forse aveva ancora delle endorfine che gli scorrevano nel corpo dopo la loro scopata all'aperto. Ovviamente Dylan faceva il backup dei dati ogni giorno – aveva impostato il computer perché si avviasse automaticamente, e tutti i file venivano inviati verso qualcosa che aveva chiamato cloud – per cui non aveva perso nulla del suo lavoro. Diamine, Dylan era Mister Sicurezza. Probabilmente faceva un doppio backup di tutto.

"Hai una qualche idea di cosa significhino le lettere F A?" domandò Chris mentre lo aiutava a pulire quel casino.

"Non ne ho la più pallida idea. Però penso che non avesse finito. Guarda." Smise di passare la scopa sul pavimento e puntò le setole verso il muro. "Lì c'è un punto, come se il fantasma avesse provato a scrivere un'altra lettera."

"Forse voleva scrivere *fanculo* ma non si ricordava più come."

Dylan lo guardò con aria seccata e si rimise a spazzare. "A parte il fatto che il fantasma sembra diventare sempre più intraprendente, voglio sapere perché ce l'ha con questa camera. Deve aver trasportato il mio computer fino a sopra. Perché non lo ha semplicemente fatto a pezzi sotto?"

"E poi il pennarello. Anche quello non era qui."

"E perché il mio portatile?"

"Forse voleva aggiornare il suo stato su Facebook."

Dylan non lo guardò nemmeno.

Finito di ripulire, spensero tutte le luci nella casa e si prepararono per andare a letto. Quando si misero sotto le lenzuola, erano troppo stanchi per fare altro che appiccicarsi l'uno all'altro e tirare su le coperte.

"Immagino dovrò andare a comprarmi un computer domani," disse Dylan, poi fece uno sbadiglio enorme. "Proverò ad alzarmi presto. Verrai con me?"

"E cosa facciamo con la finestra?"

"Per il momento mettiamo il vetro nel seminterrato. Ho paura che se lo installiamo il fantasma lo romperà di nuovo."

Chris gli diede un sonoro bacio sulla guancia. "Okay. Allora domani compreremo il computer."

CHRIS SOGNÒ leoni di montagna che mangiavano computer portatili e indossavano croci di plastica attaccate al collo. Doveva essersi agitato parecchio, perché quando si svegliò, Dylan lo teneva stretto tra le braccia, come se avesse provato a tenerlo fermo. A Chris non importava. Gli piaceva essere abbracciato. Infatti, rimase a letto fino a quanto riuscì a sopportarlo, ma poi cominciò a sentire che gli stava venendo un crampo alle braccia. Riuscì a scivolare fuori dalla presa di Dylan senza svegliarlo.

La foschia mattutina aleggiava sulle colline dall'altra parte dei campi di grano. Rimase sulla veranda di Dylan per un po', a fumare e ammirare il panorama. Amava quelle colline. Fin da bambino, ogni volta che se ne allontanava troppo gli mancavano, e gli occhi gli facevano meno male non appena le vedeva. Negli ultimi anni c'erano stati dei momenti in cui le sue finanze erano state così limitate che perdere la fattoria era stata una possibilità reale. Ma aveva sempre trovato un modo per saldare i debiti, perché perdere la vista di quelle colline avrebbe significato perdere l'anima. Non era sicuro che sarebbe sopravvissuto.

Ma non provava la stessa cosa per la casa. Mentre si dirigeva verso il patio e la porta sul retro, si rese conto che stava diventando sempre più angusta e brutta. E solitaria. Dylan poteva avere anche un vero fantasma, ma la casa di Chris era infestata tanto quanto la sua, dai ricordi, e molti non erano particolarmente allegri.

Si lavò nella doccia di plastica ricoperta di muffa, si fece la barba, si pettinò e si cambiò i vestiti; scelse quelli più o meno presentabili, visto che sembrava ci sarebbe stata un'altra uscita. Era da un po' che voleva portare delle cose da Dylan, ma non voleva sembrasse un'imposizione. Già, era abbastanza sicuro che la sua storia con Dylan avesse delle fondamenta, forse sarebbe durata per sempre, ma la possibilità che non fosse così lo spaventava a morte. Forse aveva paura che se avesse trasportato un paio di T-shirt e dei jeans, avrebbe rovinato l'intera cosa.

Era in piedi nel suo salottino, sorridendo al ricordo della prima volta che aveva fatto sesso con Dylan. Proprio lì, contro quel brutto divano. Ma poi i suoi ricordi andarono ancora più in là nel passato – molto più indietro – e si ricordò di quando sedeva lì da bambino, ad ascoltare suo nonno e suo padre litigare. A quel tempo non aveva capito il motivo della discussione o, forse non se lo ricordava, ma sapeva che era spaventato e che avrebbe voluto che qualcuno lo stringesse e gli dicesse che sarebbe andato tutto bene. Non lo aveva fatto nessuno.

"Non fare la femminuccia," mormorò Chris tra sé.

Si diresse fuori casa e mentre passava sotto i pioppi, sollevò lo sguardo verso il quadrato di plastica blu dove avrebbe dovuto esserci una finestra. Era strano, ma non aveva esattamente paura del fantasma, era più che altro arrabbiato. Quel maledetto aveva fatto agitare Dylan e lo aveva spinto ad andare a ficcare il naso nel passato di Andy. A Chris non importava quanto incasinata fosse la famiglia di Andy, non lo avrebbe mai perdonato per quello che aveva fatto al compagno.

Sapeva che Dylan non si sarebbe svegliato ancora per un po', così si prese del tempo per preparare una colazione un po' elaborata: era una sua ricetta, una specie di rotolo lievitato ripieno di pezzettoni di salsiccia e cipolle caramellate. Aveva un profumo davvero fantastico.

Come sapeva sarebbe accaduto, l'odore svegliò Dylan e lo trasportò fino in cucina. Indossava solo dei boxer con Scooby-Doo che erano adorabilmente da sfigati, aveva la barba incolta e i capelli sparati in ogni direzione.

Senza dire una parola, Chris gli passò il frullato che aveva appena preparato: lamponi, banana, yogurt e una spruzzata di succo d'arancia.

Dopo il primo sorso, Dylan si ritrovò con dei baffi di color rosa. "Come facevo a svegliarmi senza di te?"

"Devo pur guadagnarmi il mio mantenimento." Chris stava scherzando solo in parte. Era da un po' che rifiutava di farsi pagare da Dylan, però era lui che metteva i soldi per la spesa e il carburante. Aveva anche insistito per pagare la sua bolletta dell'elettricità, dicendo che visto che guardava la televisione da lui stava utilizzando la corrente. E sì, Dylan con il suo bonus e l'aumento generoso poteva permetterselo, mentre l'unica entrata che stava ricevendo Chris era il pagamento per l'affitto dei campi da parte di Bill Gorman. Ma quello non significava che stava scroccando; voleva contribuire in ogni modo possibile.

Dylan bevve dell'altro frullato prima di stringere forte Chris con un solo braccio.

Chris fece scivolare una mano sotto la sua vita per palpare il sedere muscoloso, e per un momento si appoggiarono l'uno all'altro, condividendo un po' di forza e incoraggiamento. Dio, come lo faceva sentire bene.

Dylan divorò la colazione, invece Chris mangiò più lentamente. Dopo spostarono le lastre di vetro dal furgoncino e le trasportarono nel seminterrato, con la speranza che il fantasma non pensasse che fossero un facile bersaglio. Dylan insisté per lavare i piatti della colazione; il cielo non volesse che una pentola sporca rimanesse sui fornelli per un paio d'ore. Poi Chris gli fece compagnia quando si fece la doccia, la barba e si vestì.

Erano quasi fuori casa quando Chris si fermò. Fece un gran respiro, poi si diresse verso l'unico posto nella cucina dove regnava il caos: il cassetto delle cianfrusaglie. Lì Dylan teneva i documenti da classificare, ricevute, garanzie e manuali di istruzioni; pezzi di cose che si erano rotte e che un giorno forse sarebbero state riparate, come il termometro esterno high-tech che indicava temperatura, velocità del vento e umidità; circa una dozzina di penne, metà non funzionanti e un paio di matite con le punte rotte. E c'era un biglietto da visita.

Dylan attese in silenzio mentre Chris lo prendeva. Sul davanti era raffigurato un drago che sputava fuoco disegnato come se fosse un tatuaggio. *Gioielleria Wyvern Hand-Forged*, c'era scritto in lettere spiraleggianti. E sotto, in un font più piccolo, *Tasha Fredericks*. C'erano anche un indirizzo email, una pagina web e un numero di telefono.

Prima di perdere coraggio, Chris marciò verso Dylan e afferrò il suo telefono dalla tasca della camicia. Come spesso faceva, aveva lasciato il suo in giro da qualche parte. Digitò il numero scritto sul biglietto.

259

Fu un po' sorpreso quando qualcuno rispose dopo il primo squillo. "Pronto?" La voce della donna era roca e profonda, come se fumasse da anni.

"Ah, parlo con Tasha?"

Dei grossi cani stavano abbaiando dall'altra parte della linea. "Sì, come posso aiutarla?"

"Io, ehm... c'è Jimmy Nock?" Avrebbe voluto avere un tono più deciso, invece era spaventato a morte.

Seguì una lunga pausa, poi la donna domandò, con molta cautela: "Sei Chris?"

Non aveva idea di chi fosse lei o quale fosse il suo rapporto con Jim. Non avrebbe dovuto essere di nessuna importanza se aveva sentito parlare di lui. Ma, per la miseria, importava. "Già," rispose scorbutico.

"Tesoro, non è qui. È a una fiera al posto mio a Chico. Ma sarà davvero contento di sapere che hai chiamato. Cosa vuoi che gli dica?"

"Digli che... sono disposto ad ascoltarlo."

"Oh, tesoro! Non posso dire quanto mi faccia piacere sentirtelo dire. Jimmy ne sarà..." Tirò su col naso e poi tossì. "Grazie mille. Lo riempirà di gioia."

Si salutarono, poi Chris rimise il telefono nella tasca di Dylan. "Andiamo," disse sfiorandolo mentre usciva di casa.

DOVEVANO ANDARE in un centro commerciale per vedere dei computer. Era uno di quei centri commerciali di periferia, stracolmo di teenager, bambini urlanti nei passeggini e un inspiegabile numero di negozi di scarpe. Di quante cazzo di paia di scarpe aveva bisogno la gente? Chris ne possedeva tre paia – delle scarpe da ginnastica malconce, degli stivali da lavoro resistenti e un vecchio paio di scarpe eleganti e ancora in ottimo stato che aveva comprato per il funerale di suo nonno – e gli bastavano e avanzavano. Ovviamente Dylan aveva l'armadio pieno, con scarpe lucide per il lavoro, stivali alla moda, sandali e mocassini eco-sostenibili e vegani fatti di canapa. Quest'ultimo paio era bruttissimo.

Passarono parecchio tempo nel negozio di computer, con Dylan che con attenzione man mano circoscriveva le sue scelte fino ad arrivare alle due opzioni finali. Chris cominciava a innervosirsi e lo trascinò alla mensa per bersi un gran caffè. "È solo un computer," disse quando si sedettero. "Ti puoi permettere di comprarne uno nuovo."

"Lo so. È solo che... non so. Sono altre decisioni da prendere." Abbassò la testa, nascondendo il viso tra le braccia incrociate, così il resto che aveva da dire uscì soffocato. "Perché i miei problemi non possono semplicemente sparire?"

"E che divertimento ci sarebbe?"

Qualche istante dopo, Dylan sollevò la testa per sorseggiare dell'altro caffè. Chris fece un sorriso. "Kay ha un aspetto fantastico, vero? Non si vede ancora, ma è chiaro che quello che si dice sulle donne incinte è vero, perché era raggiante. Forse è semplicemente estasiata di aspettare un bambino."

"È così."

"Pensi che si trasformerà in una di quelle mamme hippy, con la carruba biologica, i canti in sanscrito e le scuole Montessori?"

"Non so. Me la vedo più come una mamma sportiva. Ma scommetto che vorrà rifare la stanza del bambino molto presto. Non ti stupire se verremo arruolati per imbiancare e costruire scaffali. E mettere insieme la culla. Rick non sa far nulla di manuale."

Chris annuì. "Sarò contento di dare una mano." Gli piaceva sentirsi incluso.

L'effetto della caffeina sembrava aver alleggerito l'umore di Dylan. "Rick mi ha detto che hanno avuto una lunga discussione sul secondo nome l'altro giorno. Non sanno nemmeno se sarà un bambino o una bambina, eppure litigano per i nomi. Tanto i secondi nomi non li usa nessuno, eccetto i genitori quando sono arrabbiati con te e i giornali quando sei accusato di omicidio."

"Ho sempre odiato il mio," ammise Chris.

"Qual è? Dio, dovrei sapere il tuo secondo nome, no?"

"Nemmeno io so il tuo."

Dylan fece una smorfia. "Buckley," mormorò.

"Buckley?"

"Come William F. Te l'ho detto che erano dei veri conservatori. Il secondo nome di Rick è Reagan."

Chris rise a squarciagola. "Il mio non ha nessun valore ideologico, è Francis. E non credere che Chrissy Francis non sia stato preso in giro per anni per colpa dei suoi nomi da ragazza."

Gli occhi di Dylan si incresparono quando rise. "Non c'è nulla da ragazzina in te." Poi inclinò la testa di lato con aria pensosa. "Francis. Come zio Frank?"

"Non so." In realtà, Chris non aveva mai dato molta importanza a come i suoi genitori avessero scelto il suo nome. Aveva sempre pensato che fosse stata una scelta molto casuale; forse aveva vinto il nome scelto da chi era riuscito a bersi più chupiti, o il nome del pusher preferito di sua madre.

"Ah." Dylan aveva delle dita lunghe, dita intelligenti – da artista – che in quel momento stavano strappando l'angolo del tovagliolo. "Sai, abbiamo passato tutto questo tempo insieme, ma ci sono un sacco di cose che non sappiamo l'uno dell'altro. Per esempio, non so quando è il tuo compleanno."

Chris gli sorrise. "Il quindici di settembre e mi aspetto un bel regalo. Come quella fresatrice che è un po' che tengo d'occhio. Il mio colore preferito è il blu, sono allergico alla penicillina, mi piace di più il cioccolato alla vaniglia e odio i fagioli lima, mi piace di più stare sotto ma a volte mi sta bene fare un'eccezione, ho perso la verginità con una ragazza quando avevo quattordici anni, non sono mai stato più a est del confine con l'Idaho e sono innamorato di un lupo mannaro proprietario di una casa infestata da un fantasma." Si appoggiò allo schienale, a braccia conserte. "Ecco. Adesso sai tutto."

Dylan lo guardò sorpreso, poi un sorriso gli comparve lentamente sulla faccia. "Tre novembre, e come regalo voglio il roast beef che hai fatto quella volta e il pane alle cipolle, e quella torta alle spezie con la glassa alla crema al formaggio. E sembra mi sia innamorato di un ragazzo molto intelligente travestito da zotico di campagna." Si alzò. "Davvero a *quattordici* anni?"

Anche Chris si alzò. "Precoci. Si chiamava Crystal e aveva tre anni più di me. Sapevo già di essere frocio, ma quale quattordicenne si perderebbe l'occasione di fare sesso?"

Tornati al negozio di computer, non ci volle molto perché Dylan prendesse una decisione. Il nuovo portatile era più sottile rispetto a quello vecchio e aveva uno schermo più grande. Comprò una nuova borsa a tracolla; fu tentato di prenderne una che sembrava una console Nintendo, poi optò per una più professionale in pelle marrone anticata.

Mentre lasciavano il negozio, un paio di teenager li fissò: una ragazza con circa un milione di piercing e i capelli tinti di rosso e un ragazzo con l'eyeliner, capelli ingellati e vestiti dai colori accesi. A Chris venne in mente una versione più giovane dell'amico di Dylan, Ery. E siccome le braccia di Dylan erano troppo piene per difendersi, Chris gli diede un'energica strizzata al culo, poi rise vedendo gli occhi sgranati dei due ragazzi.

CAPITOLO 17

L'INDIRIZZO CHE Tammy gli aveva fornito era fuori dal centro di Gresham. Apparteneva a una casa diroccata persino meno invitante della catapecchia di Chris. Il giardino sul davanti era desolato ed erboso, a parte dove erano parcheggiate delle vecchie auto, e di fianco c'era un basso edificio in metallo che una volta doveva essere stato adibito a uso industriale ma adesso aveva un aspetto anche peggiore della casa.

"Immagino che non tutti i lupi mannari abbiano una predisposizione per il design come te," commentò Chris mentre Dylan parcheggiava il furgoncino.

"Immagino di no," sospirò Dylan. Si sentiva un nodo allo stomaco e voleva solo andare a casa, ma doveva risolvere la situazione del fantasma. "Forse dovresti rimanere qui."

"Nemmeno per idea, José. Vengo con te."

Dylan cercò di sembrare sicuro di sé quando percorse a passo svelto il marciapiede crepato che conduceva alla porta d'ingresso. Chris riuscì a mantenere un passo abbastanza spavaldo, ma era bravo a farlo. Non c'era veranda, solo una porta con un gran bisogno di essere ridipinta e una finestra spaccata coperta da quello che sembrava essere un lenzuolo. Dylan si preparò a bussare, ma la porta si aprì per rivelare un uomo che doveva avere all'incirca quarantacinque anni. Di qualche centimetro più basso, tutto muscoli nodosi sotto una canottiera sporca e dei jeans slavati. I capelli e la barba erano lunghi e brizzolati ed era parecchio abbronzato. Aveva l'aria scocciata.

"Cosa sta..." cominciò col dire, poi si fermò e allargò le narici, assottigliò gli occhi e serrò la mascella. Andy era l'unico lupo mannaro che Dylan aveva conosciuto, però avvertì immediatamente la natura dell'uomo che aveva di fronte. Aveva degli odori umani – sudore, birra acida, sporcizia – ma anche dell'altro, qualcosa di puramente animale. D'istinto Dylan si posizionò di fronte a Chris. Sentì il battito accelerare, poi i capelli rizzarsi sulla nuca.

Senza spostare gli occhi scuri da Dylan, l'uomo urlò: "Venite qui! Venite tutti!" Dalla casa arrivarono delle grida di risposta, e in pochi secondi tre uomini e due donne fecero capannello alle sue spalle. Erano tutti lupi mannari. L'odore combinato dei loro corpi era soprafacente.

"Chi cazzo siete?" ringhiò l'uomo.

"Dylan Warner. Sono... conoscevo Andy. Andy Milligan."

L'uomo uscì dalla porta seguito dal branco. Dylan indietreggiò di alcuni passi, quasi inciampando in Chris.

263

"Figlio di puttana," disse l'uomo sputando a terra. "Avrei dovuto saperlo che quel frocio non sarebbe stato capace di tenere le zampe a posto. Dove cazzo è?"

Andare lì era stato chiaramente uno sbaglio. Quelle persone non avrebbero trasmesso amore al fantasma più di quanto avevano fatto la madre e la sorella di Andy. Ma era troppo tardi per scappare con la coda tra le gambe.

Sperando che la sua paura non trapelasse, Dylan drizzò la schiena. "È morto."

Il gruppetto mormorò e il leader sputò di nuovo a terra. "Mi risparmi del lavoro, allora."

"Tu chi sei?"

"Mi chiamo Chester. Sono il capo qui. Dimmi che diavolo ci fai nel mio territorio, con il tuo succhiacazzi a rimorchio."

Dylan sentì Chris inspirare per prepararsi a dire qualcosa – probabilmente qualcosa che li avrebbe fatti ammazzare – così fece un altro passo indietro e gli diede una gomitata. Chris imprecò ma si zittì.

"Non mi intratterrò," disse Dylan a Chester. "E non voglio creare nessun disturbo. Speravo solo che avessi delle informazioni su Andy. Sul suo passato. Aveva degli amici, delle persone che gli piaceva frequentare?"

"Perché?"

Probabilmente la verità non avrebbe fatto male a nessuno. "Perché il suo fantasma mi sta perseguitando e voglio sbarazzarmene."

Chester esplose in una risata sorpresa e così fecero gli altri. Si rilassarono anche un po', il che era una cosa buona. "Ti dirò quello che so di quello stronzo. Era un perdente, un patetico frocio, che vendeva il culo come una puttana qualsiasi. E aveva fatto colpo sul mio Mikey. Di solito Mikey se la faceva con le zoccolette, ma immagino che quel mese gli fosse venuta voglia di un po' di carne."

Il branco rise a quel tentativo di essere divertente; Dylan no.

Chester sollevò un dito sporco e lo punto verso Dylan. "Io ho delle regole. Una è che non lascio che qualcuno si aggreghi al branco senza il mio permesso. Questa è una di quelle più importanti, subito dopo viene: '*chiudi quella cazzo di bocca e fai quello che ti è stato detto'.*" Si voltò leggermente per guardare in malo modo quelli che aveva dietro, come se fossero in procinto di insorgere contro di lui. Abbassarono tutti lo sguardo con aria sottomessa, poi Chester guardò di nuovo Dylan. "Ma Mikey non è riuscito a resistere al culo striminzito di Andy, vero? Non era la prima volta che Mikey mi disobbediva, ma è stata di sicuro l'ultima." Il suo sorriso rivelò dei denti sorprendentemente bianchi e affilati.

Sembrava che quello fosse troppo per Chris. "Hai ucciso uno dei tuoi?" gli domandò.

"Sono miei e ci posso fare il cazzo che voglio. E se a qualcuno non piace, possono sfidarmi per prendere il controllo del branco."

Agli occhi di Dylan, nessuno di loro sembrava avere molta voglia di combattere contro Chester. Anche se stavano lanciando delle occhiatacce sia a lui che a Chris, il linguaggio dei loro corpi indicava la deferenza verso il leader.

Dylan fece un respiro. "Okay. Quindi Mikey è… andato. E che mi dici di Andy?" Chester fece spallucce. "Ho immaginato che non fosse colpa sua se si era fatto portare sulla cattiva strada. Gli ho detto che poteva correre con noi fintanto che si teneva l'uccello per sé e obbediva agli ordini. Avresti dovuto vederlo mentre strisciava sulla pancia per ringraziarmi."

Dio, pensò Dylan. Rifiutato dalla famiglia, l'amante assassinato, poi Andy si era umiliato di fronte a quei mostri nella speranza di rimanere in compagnia. "Cosa è successo?" domandò, sorpreso di essersi arrabbiato così tanto per conto di Andy.

"Per un po' è andata bene. Ma poi si è messo delle strane idee in testa e ha smesso di ascoltare. Gli ho lasciato la scelta tra vivere e morire, che era molto più di quanto meritasse." Fece di nuovo spallucce. "Se n'è andato. Gli ho detto che lo avrei lasciato in pace se mi fosse stato alla larga e non avesse morso nessun altro. Non voglio altri branchi che corrono da queste parti. Immagino fosse troppo stupido per darmi ascolto."

"Era solo," disse Dylan a bassa voce.

"Era un idiota. E adesso è un idiota morto. E un cazzo di fantasma." Chester ridacchiò in modo sgradevole, poi l'espressione diventò fredda. "Quanto ci vorrà perché tu lo morda?" domandò, puntando il mento in direzione di Chris.

"Non lo farò."

"Lo dici adesso, ma quando la luna è piena, ululerai un'altra canzone."

Chris dovette intromettersi di nuovo. "È da quando è diventato un lupo che gli sto vicino e non mi ha toccato con un dito. Mi ha *salvato*. Solo perché tu non ti sai controllare non significa che lui non lo sappia fare. È meglio di così."

Chester emise un profondo grugnito.

Dylan chiuse le mani a pugno e grugnì a sua volta. Per un momento l'unica cosa che desiderò fu di affondare i denti in quel collo irsuto, sentire la carne che cedeva e il sangue caldo schizzare. Sapeva che avrebbe perso la battaglia – c'erano fin troppe persone per riuscire a prevalere da solo – ma aveva la sensazione che avrebbe almeno potuto sconfiggere Chester prima di essere ucciso.

Forse Chester aveva la stessa sensazione, perché per un istante nei suoi occhi vide affiorare la paura. Allungò le braccia ai fianchi come se stesse impedendo al resto del branco di spingersi in avanti. "Ti lascerò andare via da qui oggi, Dylan Warner. Ma se rivedrò la tua faccia da schiaffi o se sento che stai formando un tuo branco… be', non sarò più così gentile."

"Nessun problema," rispose Dylan con lo stesso tono. E per quanto non volesse voltare la schiena a Chester e il resto del branco, decise che camminare a ritroso verso il furgoncino non sarebbe stato molto dignitoso. Probabilmente sarebbe inciampato in qualcosa e caduto col sedere per terra. Quindi si girò, afferrò il braccio di Chris e ritornò al veicolo a passo misurato. Chester e gli altri, immobili di fronte al giardino, li osservavano. Dylan mise in moto.

265

"Be', è stato divertente," sbottò Chris dopo un paio di chilometri. Sembrava stranamente allegro. "Facevi davvero paura, Dyl. Il modo in cui hai fissato quel figlio di puttana, credevo se la sarebbe fatta addosso."

"Stavano quasi per ucciderci," replicò Dylan stanco.

"Ma non lo hanno fatto, perché sei molto più duro tu di tutti loro messi insieme." Chris lo disse con tale convinzione e soddisfazione che, invece di controbattere, Dylan gli fece un sorriso.

Però, dopo alcuni minuti, si sentì in obbligo di avvertirlo. "Non siamo in un film di Tarantino, Chris. Non è un gioco."

"Ma lo è, almeno per qui tipi lì. È come il gioco dei mimi, giusto? Non so come fossero prima di diventare lupi mannari; ma poi qualcuno li ha morsi e hanno visto un sacco di film e show televisivi su come i lupi mannari devono comportarsi ed è quello che fanno, quello a cui giocano. Non come te. Tu sei ancora un po' geek e un maniaco delle pulizie, e ascolti ancora della musica che non ascolta nessuno e mangi cibo solo perché è l'ultima moda, e fai il tuo lavoro e ami la tua famiglia. Loro sono finti, Dyl. Sei tu il lupo mannaro vero."

Il sorriso di Dylan si fece più intenso, perché erano state delle belle parole e ovviamente gli erano venute dal cuore. Ma dentro di sé era ancora preoccupato e per nulla vicino a risolvere il problema del fantasma.

Si fermarono per il pranzo e questa volta optarono per il messicano. Chris cercò di convincere Dylan a fare un'altra fuga sessuale, ed era stato tentato, ma doveva proprio mettersi a lavorare. Se si fosse presentato a mani vuote venerdì, dubitava che Stender si sarebbe bevuto la storia del fantasma licantropo che gli aveva distrutto il portatile.

Dylan cercò di placare Chris con una controfferta. "Vieni con me in città venerdì. Potremo stare di nuovo all'albergo o cercarcene uno nuovo."

"Non mi basta una scopata veloce alla settimana. Non siamo mica sposati."

Dylan non aveva capito se si stesse lamentando o meno. Forse Chris voleva che il loro rapporto fosse più formale? Stava aspettando che gli facesse la fatidica domanda? Sembrava poco probabile: se era quello che voleva davvero, sarebbe stato perfettamente capace di mettersi in ginocchio e proporsi a Dylan. A meno che non fosse insicuro e avesse paura che lui lo rifiutasse, in tal caso forse *stava* aspettando che *Dylan* facesse qualcosa, e i suoi dubbi aumentavano man mano che lui tergiversava. Oppure riteneva che il matrimonio fosse una cosa per ragazze e gli avrebbe riso in faccia se avesse chiesto un'unione civile o qualcosa di simile; in quel caso Dylan ne sarebbe stato devastato.

Gesù, stare insieme a qualcuno era *dura*.

Non parlarono molto durante il resto del tragitto verso casa. Arrivati alla fattoria, Chris scomparve dentro casa sua senza una parola e nemmeno uno sguardo da dietro le spalle, invece Dylan andò nel suo ufficio per configurare il nuovo portatile. Era un bel computer, più veloce di quello vecchio e con uno schermo con una risoluzione maggiore. Sperò che il fantasma non se la sarebbe presa anche con quello.

Ci volle un po' per installare i programmi, poi dovette scaricare i file dal cloud. Parlò con Matty, che era in ufficio, via Skype, e le lanciò alcune idee. Non era coinvolta in quel progetto in via ufficiale, ma ci teneva ai suoi suggerimenti e sapeva che sarebbe stata lusingata se l'avesse coinvolta. Le piacque il suo concetto per l'università, in particolar modo il giardino pensile. "Dovresti parlare a Stender per le certificazioni di ecosostenibilità," gli consigliò. "Potrebbe essere difficile con un vecchio edificio come questo, ma l'Empire State Building recentemente è riuscito a ottenere un certificato oro, quindi scommetto che potresti farcela tranquillamente."

"Ottimo piano, Matty. Grazie."

"Puoi scommetterci. Allora, quando porterai quel bel bocconcino di nuovo in città?"

"Bel bocconcino? Non credo che a Chris piacerebbe sapere che lo chiami così."

"Be', mi piace. E voi due siete così carini insieme che mi fate venire il mal di denti. Siete adorabili."

La cosa buona del parlare tramite Skype era che poteva vedere la sua espressione acida. "Siamo uomini adulti, Matt. Non siamo *adorabili*."

Lei agitò la mano in un gesto sprezzante. "Oh, siete *troppo* adorabili. Il modo in cui riesce a provocarti fino a farti arrossire e gli occhi da pesce lesso con cui vi guardate... Caspita, Dylan, sono contenta che tu abbia resistito fino a quando non hai trovato quello giusto."

Non si sentiva molto a suo agio a discutere di quell'argomento. A stento parlava della loro relazione con Chris, figuriamoci con Matty. D'altra parte, il suo punto di vista era più obiettivo, anche di quello di Kay o Rick. "Come fai a dire che è quello giusto? Abbiamo solo pranzato insieme."

"Lo vedo. Siete più sintonizzati di una radio." Puntò un dito verso la webcam e lo agitò. "Ascoltami, Dylan, e non fare casino stavolta. Sono brava con queste cose. Ho fatto conoscere la mia amica a un ragazzo quando eravamo al liceo, e adesso sono sposati da una vita e sono ancora pazzi l'uno per l'altra. Tu e Chris... chi è quello?"

Stava ancora fissando lo schermo, ma il suo sguardo era diretto sopra le spalle di Dylan. Lui si voltò, ma l'ufficio era vuoto. Quando si trovò di nuovo faccia a faccia con Matty, lei aveva ancora l'aria perplessa. "Potrei giurare di aver visto qualcuno alle tue spalle."

"Qualcuno tipo chi?" domandò Dylan con cautela.

"Un tizio. Il padre di Chris, forse? Lo frequentate?"

Dylan non aveva mai parlato della famiglia di Chris con lei. "No, non lo frequentiamo."

"Strano. Be', forse è stato un malfunzionamento della linea."

"Probabilmente. E penso sia meglio che mi rimetta al lavoro. Grazie per l'aiuto, Matty."

"E i consigli sul tuo rapporto," disse lei con un gran sorriso.

Scosse la testa con affetto. "Ci vediamo venerdì. Pranzo?"

"Ovviamente. Ciao, Dylan!"

Dopo aver terminato la chiamata, Dylan si alzò dalla sedia e fece un giro di perlustrazione per la casa. Non trovò traccia del fantasma – nessun danno, grazie al cielo – ma continuava a sentire quell'odore di tomba. Alla fine, decise che non avrebbe fatto molto in quello stato, così si trascinò verso il seminterrato e prese la bisaccia di Andy. Ripose i documenti della motocicletta nella borsa assieme al resto degli oggetti e poi, bisaccia in mano, salì al pianterreno e fuori dalla porta sul retro. Si fermò per prendere il badile appoggiato al muro.

Chris aveva sotterrato Andy nel mezzo della proprietà di Dylan, nella natura selvaggia che una volta era stata un vivaio di alberi di Natale. Non era un brutto luogo di sepoltura; non sarebbe dispiaciuto a Dylan stesso. Era piuttosto appartato, non si vedevano né case né strade, e l'aria era fresca e profumata di pino. C'erano sempre parecchi uccelli nella zona, inclusa una famiglia di quaglie e vari animali vivevano nelle vicinanze o erano di passaggio. Dylan aveva visto una cerva e il suo cucciolo tra quegli alberi solo pochi giorni prima. Fiori selvatici davano un tocco di colore ai verdi e marroni delle felci e degli alberi; le farfalle e le api erano indaffarate con i fiori appena sbocciati. Era un posto rigoglioso, un posto che sia l'uomo che il lupo sarebbero stati contenti di avere come luogo di riposo finale.

Solo che Andy non si stava risposando, vero?

Delle nuove piante ricoprivano già la terra che era stata disturbata, ma Dylan trovò con facilità il piccolo tumulo di pietre che aveva costruito per marcare la tomba di Andy. Scavò un buco profondo lì vicino, e ci gettò dentro la bisaccia prima di ricoprirla di terra. "Mi dispiace di non poterti ridare anche la motocicletta," disse mentre lavorava. "Ma non mi rituffarei in quel laghetto per nulla al mondo."

Quando il terreno fu di nuovo piatto, Dylan si appoggiò al manico del badile e guardò in direzione delle pietre. "Mi dispiace davvero, Andy. Non sei stato fortunato. La tua famiglia, Mikey, il branco di Chester... e anch'io... tutti ti abbiamo abbandonato. Non posso volerti bene. Non dopo quello che mi hai fatto e non dopo che hai quasi ucciso Chris. E tutti gli altri... quante persone hai ucciso, Andy? Non posso proprio volerti bene. Ma posso... capire cosa hai provato. E ti posso augurare la pace."

Dylan inclinò la testa all'indietro così da poter guardare il cielo azzurro. "Amo Chris. Lo amo davvero, con tutto il cuore. È come ha detto Matty. È lui quello giusto. Dimentichiamoci della rabbia, okay? Non ti è servita quando eri in vita e non ti servirà in nessun modo adesso. Lascia *correre*. E lascia me e Chris in pace. Per favore."

Non ci fu nessun lampo in risposta. Nemmeno un fruscio di foglie.

Dylan sospirò, prese il badile, e si diresse verso casa con passo pesante.

Passò le due ore successive a lavorare al nuovo computer. Buttò giù una piantina molto abbozzata e una lista di suggerimenti. Dei muri scorrevoli potevano essere una buona idea per accomodare classi di numero diverso. Avrebbero però dovuto trovare il modo di renderli insonorizzati. Si ricordò dei suoi giorni all'università: ogni volta che aveva un esame, sembrava che la classe nella stanza adiacente stesse guardando un film a tutto volume.

Per tutto il tempo che lavorò, sentì di nuovo un forte odore di terra, anche se poteva dipendere dal fatto che in effetti nella terra ci aveva scavato. Non vide nessun fantasma e non udì nulla se non il ticchettare delle sue dita sulla tastiera, ma per tutto il tempo avvertì la sensazione di essere osservato.

Proprio quando il suo stomaco cominciò a borbottare e stava cominciando a chiedersi che fine avesse fatto il suo ragazzo, sentì la porta sul retro sbattere. "Stai ancora lavorando?" domandò Chris un attimo dopo vicino all'ingresso.

"Sì. Ho fatto parecchio, però. Tu cosa hai fatto tutto il pomeriggio?"

"Mi sono sepolto dentro l'Impala che ho dietro casa. Un ragazzo me l'ha regalata l'anno scorso dopo che l'ho aiutato a montare gli armadietti della cucina Non funzionava e sua moglie non la voleva più nel vialetto. Penso che se ci investissi un po' di soldi e tempo, riuscirei a farla funzionare di nuovo."

"Se c'è qualcuno che può farlo, quello sei tu." Il sorriso di Dylan diventò più grande quando Chris arrivò alle sue spalle e cominciò a massaggiarle. "A Matty verrà un attacco quando le dirò che sai fare anche i massaggi." Appoggiò la testa contro il ventre di Chris.

Lui gli sorrise dall'alto. "Lo sai che sono bravo con le mani."

"Bravo abbastanza da prepararci la cena? O hai già mangiato?"

Chris sembrò leggermente colto di sorpresa. "Non avrei mangiato senza di te. Forza. Immagino che saresti in grado di farti un'insalata. Con una stretta supervisione."

"Okay, ma ho dell'altro lavoro da fare questa sera."

"Per adesso fai una pausa."

Dylan annuì, si mise in piedi e si stiracchiò. Sperava che dopo cena sarebbe riuscito a persuadere Chris a restare con lui, magari a leggere un libro mentre lui continuava a lavorare come uno schiavo. Gli piaceva sapere che era lì, anche se erano impegnati in attività differenti.

Chris preparò qualcosa con del petto di pollo, dei noodles e una salsa davvero incredibile, i cui ingredienti, con fare compiaciuto, si rifiutò di divulgare. Anche l'insalata di Dylan era passabile. Mentre mangiavano, Chris parlò di quello che aveva intenzione di fare con l'Impala, modifiche che suonavano misteriose alle orecchie di Dylan. Sapeva guidare, controllare olio e pressione dei pneumatici e, se proprio era messo alle strette, anche cambiare una ruota. Era divertente vedere Chris così entusiasta e così sicuro di sé mentre parlava di argomenti di cui era esperto.

Dylan lavò i piatti, poi mangiarono delle coppe di gelato al cioccolato e menta – questa volta non fatto in casa – anche se Dylan si chiese se avrebbe dovuto accennare alla costosa macchina per fare il gelato nascosta in uno degli armadietti. L'aveva vista in un catalogo e aveva deciso che fare il gelato era una buona idea, poi però non ci si era mai messo. Avrebbe potuto usarla Chris. Oppure avrebbe passato una mezz'ora a prenderlo in giro per aver comprato un utensile da cucina inutile. Dylan decise che glielo avrebbe detto un'altra volta.

I cucchiai grattavano rumorosamente contro le ciotole.

"Stavo pensando," disse Dylan sorprendendo anche se stesso.

"Sì?"

"Se Stender sarà contento di quello che ho fatto finora e riuscirò a portarmi parecchio avanti... voglio dire, davvero avanti, cosa ne diresti se ci prendessimo una vacanza?"

Chris lo guardò a occhi stretti. "Vacanza?"

"Sì. Come fanno le persone, lo sai. Soprattutto d'estate. Potremmo passare qualche giorno sulla costa, o magari andare a Seattle. Amo Seattle. C'è il museo EMP, ci sei mai stato?"

"No."

"È... lo ha progettato Frank Gehry, ed è una *struttura* che ha assomiglia agli intestini di un alieno, con tutte queste curve, e le mostre non sono niente male. Potremmo prendere un battello, vedere lanciare il pesce al mercato di Pike Place. Potremmo stare in un bell'albergo e passare tutto il giorno e tutta la notte a letto."

Chris lo stava semplicemente guardando. Dylan non capiva cosa stesse pensando. Così decise di usare una tattica leggermente diversa. "Hai detto che non ti sei mai spinto a est. Se volessi, potremmo andare... non lo so. Dappertutto: Chicago, New York." Provò un sorriso smagliante. "Potremmo visitare la capitale. O magari vuoi stare in mezzo alla natura? Potremmo andare a vedere il Grand Canyon o Yellowstone o Yosemite o... *per favore* potresti smetterla di fissarmi in quel modo e dire qualcosa?"

"Scusa." Chris abbassò la testa e guardò la sua coppa vuota. "È solo che... è una cosa che ho capito solo ora."

"Cosa?"

"È... è un mondo nuovo per me." Alzò lo sguardo. Gli angoli della bocca puntavano leggermente verso l'alto, ma nei suoi occhi c'era una certa solennità. "Non sono il tipo che va in vacanza, Dyl. Se sono fortunato, trovo un posto appartato dove fare campeggio per qualche giorno. Non vado a Seattle per ammirare l'architettura e di certo non gironzolo per Washington, DC."

"Non dobbiamo farlo se non vuoi," disse Dylan.

Chris scosse la testa. "Non è quello. Non so se voglio perché non ci avevo mai pensato prima. È come se... se non avessi pensato di farmi crescere le ali per volare fino a Marte. Non lo avevo nemmeno preso in considerazione. E adesso ho... ho qualcuno." Inspirò a fondo ed espirò. "Ho capito. E tu sei così fuori dalla mia

270

portata, e sei una creatura soprannaturale che mi ha salvato, e c'è un fantasma, e la tua famiglia non mi odia, e se vogliamo possiamo salire su un aereo e volare dove vogliamo. È un po' sconvolgente."

Dylan si allungò per prendere la mano di Chris. "Che tu ci creda o no, lo stesso vale per me. Nemmeno io," agitò la mano in aria senza indicare nulla in particolare, "nemmeno io avevo preso in considerazione nulla di tutto questo. Ma Dio, sono davvero contento di avere avuto la fortuna di incontrarti. Possiamo parlare di vacanze più tardi, okay?"

Un po' della tensione abbandonò il viso di Chris. "Sì. Diamine, magari richiedo il passaporto."

Mentre Dylan metteva via i piatti, Chris salì al piano di sopra per prendere un libro che aveva lasciato a metà dal comodino. Insieme si diressero nell'ufficio, dove Chris si sedette sulla poltrona e Dylan alla scrivania. Premette il pulsante di accensione, pronto a lavorare alla sua lista di idee per la scuola.

Solo che non c'era più.

Al suo posto, c'erano lettere ripetute, in un carattere enorme in grassetto, che coprivano tutta la pagina: F&*IGLIA FAMI(UHY FAMIGLIA NOCK FAMIGLIA ODI#TUT FAMIGLIA NOCK GUARIRE FAMIGLIA FAMIGLIA GUARIRE.

CAPITOLO 18

"Non hai fatto casino con i miei file di Word, vero?" La voce di Dylan sembrava strana.

"Certo che no. Sai com'è l'accordo: tu stai lontano dalla cucina e io dai tuoi file. Perché?"

Dylan annuì, solo una volta. "Questa non puoi perdertela."

Sentendo il tono strangolato della voce di Dylan, Chris si alzò immediatamente e percorse a passo svelto la stanza. Si fermò dietro alla sedia e guardò lo schermo. "Che *cazzo*?"

"I programmi dei computer, sono solo elettroni, giusto? Quindi sono energia? Penso che il fantasma abbia imparato a scrivere al computer."

"Ma..."

"Mi sono sbagliato. Maledizione, Chris, sono saltato subito alle conclusioni e non ho *pensato*... non ho visto quello che avevo davanti agli occhi."

Chris scosse la testa. "Nemmeno io, ero completamente accecato." E poi, perché sentiva che qualcuno doveva farlo, pronunciò quella verità che era diventata chiara a entrambi: "Non è Andy. È il fantasma di zio Frank."

Dylan era sprofondato su una delle sedie in cucina e aveva tutta l'aria di uno che si sarebbe buttato giù da un ponte. Era già alla terza birra e si stava dando la colpa di ogni cosa. "Avrei dovuto saperlo. Era così maledettamente *ovvio*."

"Non proprio. Frank è morto da anni; è Andy quello che ha appena tirato le cuoia. Inoltre Andy è sepolto proprio lì, invece penso che Frank sia in qualche tomba dalle parti di Hillsboro."

"Sono partito dal presupposto sbagliato e non l'ho mai messo in discussione, nemmeno con tutti gli indizi che il fantasma aveva lasciato. Dio, Chris! Le impronte digitali, tutto quello che ha combinato nella camera degli ospiti, il fatto che il fantasma non ha mai provato a farci del male..." Finì la bottiglia con un gran sorso e la posò sul tavolo, poi cercò di afferrare quella di Chris, che era ancora quasi piena.

Lui la mise fuori dalla sua portata. "Sì, vediamo tutti gli indizi adesso, ma non erano poi così chiari fino a poco fa. Non è che abbiamo l'ultima edizione della *Guida al comportamento dei fantasmi*."

"Avrei dovuto *capirlo*!"

Chris si irritò. "Perché? Perché tu sei così intelligente e io così stupido che non ci si può aspettare che riesca a risolvere qualcosa da solo?"

"Non è quello che volevo dire."

"Guarda che non sei il centro dell'universo. Il fantasma può anche aver infestato casa tua, ma è venuto fuori che non è nemmeno il tuo fantasma. È una mia responsabilità quanto tua. E così hai fatto un cazzo di sbaglio. Sai che problema! Io li faccio tutto il tempo." La voce di Chris era diventata stridula. Era stanco che Dylan si prendesse la colpa di tutto, come se pensasse che Chris fosse troppo debole per prendersi le sue responsabilità.

Dylan lo guardò. "Io sono uno dei tuoi errori?" domandò a bassa voce.

"Oh, santo cielo! Come cazzo ti viene in mente? Perché ti avrei detto un milione di volte che sei la cosa migliore che mi sia mai capitata allora?"

"Perché ho dato per scontato che il fantasma fosse un mio problema. Perché ti ho trascinato in giro per tutto lo Stato cercando di trovare i conoscenti di Andy, e perché ho rischiato che ti uccidessero quando ti ho trascinato dal branco di Chester." Per la maggior parte del tempo, Dylan dava l'idea di essere molto sicuro di sé. Era solo in momenti come quelli che Chris ritrovava le sue profonde insicurezze.

Chris scosse la testa. "Sei un caso disperato." Si alzò in piedi, portò la bottiglia al bancone e la posò accanto al lavandino. Poi tornò al tavolo ma restò in piedi. "Non mi hai trascinato da nessuna parte, sono voluto venire io. E nessuno è rimasto ucciso, nemmeno quando abbiamo parlato con quei bigotti a Sherwood. E sei un grande idiota e ti amo, stronzo." Deglutì. "Ti amo."

Mentre fissava Chris dalla sedia, Dylan sembrava perso e molto giovane. Così lui gli girò intorno, afferrò la sedia, e la fece scivolare da sotto il tavolo. Prima che Dylan potesse protestare o alzarsi, Chris si spostò di fronte a lui e gli si mise a cavalcioni. Afferrò la stoffa della camicia e si tenne stretto.

Dylan soffocò un singhiozzo e avvolse le braccia intorno al suo corpo. "Anch'io ti amo, Chris." Fu difficile udire le parole che arrivarono attutite contro il suo petto, ma Chris sapeva quello che aveva detto.

Rimasero in quella posizione per un po'. Fu bello. Sicuro e consolante, *giusto*, come se al mondo non ci fosse posto migliore.

Poi Dylan indietreggiò un po' per guardare Chris. "È una cosa seria."

"È solo un fantasma. Ripensandoci è più simile a Casper che…"

"Non sto parlando del fantasma. Intendo noi. Noi facciamo sul serio. Noi siamo…" Rise leggermente. "Siamo una cosa seria."

"Avrei potuto dirtelo settimane fa. Se non fossimo una cosa seria, ti avrei mollato una volta scoperto che non mi avevi detto che sei un lupo."

"Lo so."

Chris percepiva sotto le mani i respiri profondi di Dylan, che poi gli afferrò le spalle. "Se siamo seri possiamo smetterla di fare le cose a metà?"

"Non capisco cosa vuoi dire."

"Sii il mio… non sono sicuro di quale sia la parola migliore. Il mio compagno. Sì. E possiamo smetterla con casa mia, casa tua e smettere di discutere su chi paga cosa. Facciamo che tutto è nostro. Anche il fantasma." Dylan fece un piccolo sorriso.

A Chris si mozzò il respiro e gli si attaccò la lingua al palato. Si sentiva la testa girare un po' anche se aveva bevuto solo qualche sorso di birra. Quando non rispose immediatamente, però, il panico cominciò a riempire gli occhi di Dylan. Chris si morse le labbra. "Quindi non vuoi dire solo sul serio, ma anche per sempre."

"Ce lo siamo già detti che le fondamenta sono solide. Quando progetto una casa, la progetto perché duri una vita intera. E tu vuoi che le case siano solide, no?"

"Sì, lo voglio," disse Chris, e poi rise quando si rese conto di quello che aveva detto. "Non è che ti aspetti una specie di cerimonia? Con i cocktail biologici serviti nelle giare di vetro e delle ragazze vestite da hippy con collane di fiori. E un fotografo con dei tatuaggi ironici, con l'orecchino dilatatore e la barba che gli arriva fino al petto."

"Sì. E poi metterà tutte le foto su Instagram." Dylan si avvicinò di nuovo. "Se vuoi possiamo fare una cerimonia formale, ma a me non importa. L'unica cosa che voglio sei tu."

Anche Chris non ci teneva alle formalità, non è che avesse qualcuno da invitare, ma gli piaceva l'idea di qualcosa di permanente.

Abbassò leggermente la testa e cominciò a leccare e succhiare il lobo di Dylan, che reagì con un gemito e fece scivolare le mani fino alle sue natiche. Bello. "I capelli stanno diventando un po' lunghi," brontolò Chris, facendo scorrere le dita tra le sue ciocche.

"Vuoi che li tagli?"

"No. Così posso aggrapparmi meglio." Spostò i fianchi leggermente in avanti per incastrare l'inguine contro quello di Dylan, poi passò un dito sulle labbra e sotto, dove prima aveva il pizzetto. Riprese a mordicchiargli il lobo dell'orecchio, che all'improvviso gli sembrò molto gustoso.

"Chris!" Dylan provò ad allontanarlo con poca convinzione. "Il fantasma!"

"Adesso?" Chris si guardò in giro per la cucina e non vide nulla di spettrale. "Ascolta, zio Frank!" disse a voce alta. "Io e il mio compagno siamo in procinto di diventare molto intimi. Se non ti vuoi godere tutto lo spettacolo, vai a svolazzare da qualche altra parte per un po'." Diamine, forse il vecchio *voleva* guardare. Da vivo aveva passato parecchio tempo a spiare fuori da quella finestra.

Vedendo che Dylan era ancora dubbioso, Chris impose la sua decisione muovendo i fianchi e succhiando sotto l'orecchio del compagno, cosa che lo faceva sempre impazzire.

"Oddio," esclamò Dylan, stringendo più forte le natiche di Chris, dimenticando ogni obiezione.

La sedia della cucina non era molto comoda, ma non riuscirono ad arrivare al letto di Dylan, no, il *loro* letto. Raggiunsero il salotto, dove si spogliarono. Dylan piegò Chris sullo schienale del divano e cominciò a leccargli la spina dorsale con una lentezza che lo faceva impazzire.

Chris amava la forma del corpo di Dylan, il modo in cui combaciava con il suo. Amava il membro di Dylan che scivolava nella sua fessura e le mani che gli stringevano i fianchi tanto da lasciargli dei lividi, il respiro caldo contro la sua pelle. Le dita di Dylan intorno al suo sesso si dimostrarono molto più capaci delle sue, mentre i denti aguzzi gli pizzicavano appena la nuca, i capelli troppo lunghi gli solleticavano le guance. A differenza degli altri uomini che lo avevano scopato, Dylan era sempre tenero, attento, ma non *troppo*, grazie al cielo, perché gli piaceva anche essere un po' maltrattato. E a essere onesti, la consapevolezza che l'uomo alle sue spalle avrebbe potuto ucciderlo in un istante ma non lo aveva fatto, e non lo avrebbe mai fatto, gli riscaldava il ventre, gli faceva formicolare i testicoli e accelerare il battito cardiaco. Chris coglieva l'ironia della situazione. Dylan era la persona più pericolosa che avesse mai conosciuto, eppure l'unico con cui poteva abbassare completamente la guardia.

Abbassò la testa, inarcò la schiena e spinse in fuori le natiche, sperando che Dylan capisse il suggerimento. E Dylan lo fece: afferrò la bottiglia di olio di oliva che Chris aveva preso mentre uscivano dalla cucina baciandosi e glielo fece scorrere tra le natiche, senza nemmeno lamentarsi dello spreco di quell'olio extra vergine importato, un condimento da trenta dollari al litro.

In effetti, l'olio era un bonus per il sempre affamato Dylan, che si mise in ginocchio, gli divaricò le natiche e si dedicò alla sua fessura. Ben presto Chris iniziò a imprecare ad alta voce e a strofinarsi contro il divano.

Chris era ormai al punto di rottura quando Dylan si alzò di nuovo. "Sei pronto per me?" gli domandò con voce roca.

"Mi impalerò da solo con il tuo uccello se non ti sbrighi."

Ma Dylan non si lasciò fare pressione. Applicò dell'altro olio – parecchio, tanto che Chris aveva l'odore di uno stuzzichino italiano – e infilò le dita scivolose dentro di lui, spingendo e allargando e inclinandole nel modo giusto.

"Dyl!" Chris era in procinto di fare quello che aveva detto: stava per sbattere l'amante a terra e saltargli sopra.

"Mmm," mugolò Dylan contro la sua spalla, distraendolo dal suo piano. E poi, grazie al cielo, allineò il suo sesso e lo fece scivolare dolcemente nel suo corpo.

Dylan tendeva a iniziare in silenzio quando facevano sesso, ma più si eccitava più gridava, e quello a sua volta mandava su di giri il motore di Chris. Dylan lo fece affondare contro il divano con abbastanza forza da spostarlo, e il suono di pelle che sbatteva contro pelle e dei respiri affannati furono quasi coperti dalla sua litania di *Oh Dio, sì, così!* e dalla serie di parole inintelligibili e grugniti di Dylan. Probabilmente era una buona cosa che non avessero vicini per chilometri.

Chris venne con forza, tenendosi al divano con tutto se stesso e ansimando per incamerare ossigeno, poi ogni muscolo del suo corpo si tese e poi si rilassò, liberandolo, fino a quando non si accorse nemmeno del grido di Dylan prima che collassasse sulla sua schiena. I loro corpi si fusero sul pavimento in un pasticcio di olio e sudore.

CAPITOLO 19

UN PICCOLO rumore svegliò Dylan nel cuore della notte. Non si mosse – non avrebbe potuto farlo facilmente, visto come Chris gli stava attaccato – ma aprì gli occhi e inalò l'odore di terra.

Il fantasma aleggiava ai piedi del letto, il viso era ancora poco definito ma più dettagliato. Forse era perché Dylan sapeva che non era Andy, ma non avvertiva più nessuna minaccia, invece gli sembrò triste, alla ricerca di qualcosa.

"Mi dispiace," sussurrò Dylan il più silenziosamente possibile.

Chris si mosse leggermente e mormorò qualcosa ma non si svegliò.

Dylan gli passò una ciocca di capelli dietro all'orecchio. "Finalmente sei riuscito a metterti in contatto con noi," disse Dylan al fantasma. "Sappiamo chi sei. Cercheremo di aiutarti, okay?"

Il fantasma brillò più intensamente.

"Non sono sicuro di quello che vuoi, quindi se potessi dircelo sarebbe fantastico. Solo, per favore, non distruggere più nulla, okay? E stai attento quando c'è Chris. È importante."

Il fantasma annuì, forse, poi scomparve.

IL GIORNO dopo c'era un messaggio sul computer. Dylan non lo vide subito. Per prima cosa lui e Chris fecero di nuovo l'amore – questa volta lentamente e pigramente – e poi si fecero una doccia. Dopo una colazione a base di uova e bacon, Chris non sapeva se sistemare o meno il danno del fantasma nella camera degli ospiti o trasportare dei vestiti e dei libri da casa sua a quella di Dylan. Scelse la prima opzione.

"Avrei bisogno di altre mensole. E un altro comodino, se non vuoi che porti quello mio schifoso."

Dylan sorrise. "*Noi* abbiamo bisogno di altre mensole. Posso prendere del buon legno venerdì quando vado in città e tu potrai costruirle, caro il mio factotum. E per il comodino, possiamo sceglierne uno nuovo insieme."

Chris sollevò gli occhi al cielo. "Un paio di scatole del latte o dei blocchi di cemento con del compensato andranno benissimo, cara Martha Stewart." Ma Dylan vedeva che lo stava solo prendendo in giro, e gli mostrò il medio allegramente.

Chris andò al piano di sopra per passare il blocca macchia sulla scritta e preparare la finestra per ripararla. Dylan avviò il portatile, ma appena aprì il file del programma di scrittura, vide delle parole che non aveva scritto lui: GUARIRE FAMIGLIA AIUTO AIUTO AIUTO.

Gli sembrava un po' troppo disperato per i suoi gusti, però era colpito che il fantasma avesse capito come operare il computer anche da spento. Sfortunatamente, sebbene zio Frank si stesse sforzando, quello di cui aveva bisogno non era ancora molto chiaro. *Guarire famiglia.* Che cosa voleva dire?

Quando Chris fece ritorno al pianterreno, fischiettando allegramente, Dylan aveva trovato una possibile soluzione.

"Mi sembra che tu abbia un piano," gli disse Chris, forse un po' preoccupato.

"È così. Chiamerò Ery. Cosa ne pensi di ricevere degli ospiti?"

Ery era molto più entusiasta di quanto si fosse aspettato Dylan. Ancora meglio, quando lo richiamò qualche minuto più tardi, lo informò che a sua nonna era davvero piaciuta l'idea di fare una gita in campagna, che era ansiosa di conoscere il fantasma e che era più che disposta a recarsi da loro immediatamente se erano d'accordo.

Dylan guardò Chris. "Sì, sarebbe fantastico, venite pure." Poi gli diede le indicazioni per raggiungerli e riattaccò.

Dylan riuscì a lavorare ancora un po', invece Chris passò l'ora successiva per preparare del pane a lievitazione veloce che aveva sempre un profumo meraviglioso. Aveva un atteggiamento strano riguardo alle sue abilità da fornaio – sempre un po' imbarazzato, come se saper preparare del cibo delizioso lo rendesse meno uomo – così Dylan si assicurò di palpare il culo del compagno con molta virilità.

La Mini Cooper di Ery arrivò borbottando per la strada qualche minuto dopo che il pane era stato sfornato. Dylan e Chris uscirono sulla veranda per accogliere i loro ospiti. Anche questa volta Ery indossava dei vestiti dai colori sgargianti – ricordava un fiore tropicale con la passione per i prodotti per capelli – e la signora Phillips indossava un completo molto costoso e una collana di perle. Ery la aiutò a uscire dalla macchina, ma l'anziana riuscì a raggiungere con cautela la casa senza nessun aiuto. Aveva un bastone molto elegante di legno intarsiato che usò solo sul terreno sconnesso.

Dylan pensò che prima o poi avrebbe dovuto costruire un vero vialetto, qualcosa di piacevole e accogliente ma non troppo formale. Magari avrebbe usato dell'ardesia. Più tardi avrebbe chiesto a Chris che ne pensava.

Ery offrì il braccio alla nonna per aiutarla a salire le scale. Lo aveva fatto automaticamente, come se fosse una vecchia abitudine, e Dylan sorrise. Ery era un bravo ragazzo, ed era carino vederlo così affezionato a qualcuno. Sapeva che aveva sempre avuto una relazione solida con i genitori, che però si erano trasferiti a Minneapolis parecchi anni prima.

"Grazie per essere venuti, e così in fretta," disse Dylan quando gli ospiti gli furono di fronte.

"Sono in pensione," lo rassicurò la signora Phillips. "Posso fare quello che voglio quando voglio, fintanto che il mio vecchio corpo collabora."

277

Ery annuì. "E io non sono andato al lavoro perché non mi sarei perso per nulla al mondo una visita a casa tua *e* una seduta spiritica."

Sua nonna lo guardò un po' male. "*Non* è una seduta spiritica. Farò semplicemente una chiacchierata con lo spirito."

"Sì, nonna." Quando Ery sorrideva in quel modo, sembrava avesse dodici anni.

Chris mantenne aperta la porta e tutti entrarono in casa. L'atrio non era esattamente spettacolare – non avevano ancora cominciato ad arredarlo – ma la signora Phillips annuì con approvazione quando entrarono in salotto. "Che piacere vedere una vecchia e grande casa come questa che viene trattata con le dovute maniere! Moltissime persone si arrenderebbero e ne costruirebbero una nuova."

"Be', io progetto case moderne, quindi per me anche quelle hanno il loro valore," fece presente Dylan. "E questa ha ancora bisogno di parecchio lavoro. Ma credo che quando un edificio ha un buono scheletro, vale la pena conservarlo, nonostante i parecchi sacrifici." Con la coda dell'occhio vide Chris sorridere alle sue parole. Bene, era proprio l'effetto che aveva voluto ottenere.

Chris si offrì di far fare un giro agli ospiti, che accettarono volentieri, anche se la signora Phillips disse che sarebbe rimasta al pianterreno. Fu un susseguirsi di *ooh* e *aah* quando videro l'ufficio, la cucina e il bagno degli ospiti, ed entrambi concordarono sulla necessità di aggiungere un disimpegno sul retro. La signora Phillips fissò con nostalgia fuori dalla finestra della cucina. "Mi piacerebbe così tanto girare tra i campi con voi ragazzi. È una proprietà bellissima."

Chris indicò i rovi di more. "Laggiù c'è un laghetto che confina con la foresta dello Stato. Il resto del terreno di Dylan è occupato da vecchi alberi di Natale ormai cresciuti."

"Non è anche la tua terra?"

Fece spallucce. "Io ho la catapecchia qui vicino e dei campi. Una volta era una proprietà unica, ma anni fa c'è stata una disputa familiare. Probabilmente è per questo che il fantasma è arrabbiato."

"Ery mi ha detto che avete sbagliato a interpretare le azioni dello spirito."

"È colpa mia," disse Dylan, ignorando Chris che alzava gli occhi al cielo. "Io credevo fosse qualcuno… che mi porta rancore. Ma adesso siamo certi che si tratta di qualcun altro."

"Sembra una storia interessante."

"Immagino di sì. Vuole sedersi e ascoltarla?"

Tornarono tutti nel salotto, dove la signora Phillips ed Ery trovarono da sedere. Poi Chris e Dylan andarono in cucina dove discussero velocemente su cosa servire. "Non abbiamo tè," osservò Dylan scontento.

"Rilassati. Prepara del caffè e se a lei non piace, abbiamo acqua e latte."

Venne fuori che alla signora Phillips il caffè non piaceva, ma si accontentò dell'acqua e fu entusiasta del pane speziato di Chris. "Devi darmi la ricetta! Oggigiorno non uso molto il forno, ma per questo farò un'eccezione."

Per una volta fu Chris ad arrossire ed essere leggermente in imbarazzo. Era uno spettacolo adorabile e Dylan si sarebbe accertato di dirglielo dopo.

Presto, comunque, la conversazione dalle ricette passò all'infestazione. "Raccontatemi di questo spirito," li incoraggiò.

Dylan e Chris si guardarono, e fu Chris che cominciò a parlare. "È mio zio Frank. Prozio Frank, in realtà. Viveva in questa casa ed è morto sette, otto anni fa. Però, non so come mai all'improvviso sia così arrabbiato. Finora nessuno aveva mai visto il suo fantasma."

"È uno dei familiari coinvolti nella disputa a cui hai accennato prima?"

"Sì. Frank si arruolò nell'esercito e suo fratello, mio nonno, gli portò via la ragazza e fece costruire la catapecchia qui di fianco, la terra fu divisa e non si parlarono mai più. Strano, però... sono morti solo a pochi mesi di distanza. Mio nonno per primo."

La signora Phillips si stava picchiettando seria il mento con un dito elegante. "Credi che sia a causa di questo litigio che il fantasma non può riposare in pace?"

"Sì, probabilmente. Ha scritto delle cose... ha provato prima sul muro, poi ha capito come usare il portatile di Dylan."

Questo la sorprese e la divertì anche un po'. "Be', immagino che anche gli spiriti si debbano tenere al passo coi tempi. Cosa ha scritto?"

"Un sacco di cose sulla famiglia: guarire, famiglia, cose simili. Non esattamente Tolstoj."

La signora Phillips gli lanciò lo sguardo di rimprovero da insegnante che ogni tanto rivolgeva a suo nipote. Dylan fu sollevato di averlo scampato, però forse significava che il loro ospite aveva preso Chris in simpatia. Be', chi poteva fargliene una colpa? Chris era... accattivante, una volta superata la facciata da rustico campagnolo.

"Gli spiriti fanno molta fatica a esprimersi verbalmente. Forse questo è uno dei motivi per cui ci ha messo così tanto a manifestarsi, stava cercando di raccogliere le forze per comunicare." Sorrise con affetto in direzione di Chris e Dylan. "Non credo quella fosse l'unica ragione, però."

Ery si mise in piedi e la raggiunse, poi le posò un braccio sulle spalle. "Scommetto che so quello che stai pensando, nonna. Dyl, Chris, da quanto siete insieme, ragazzi?"

Be', la risposta a quella domanda era un po' difficile, così nessuno dei due lo fece immediatamente. Dipendeva da quello che uno intendeva con la parola *insieme*. Avevano cominciato a lavorare insieme subito dopo che Dylan si era trasferito, a marzo, e avevano fatto sesso poco dopo, ma la loro vicinanza emotiva era nata successivamente. Era stato solo quando Chris aveva scoperto la natura di licantropo di Dylan – che aveva causato un litigio e poi una riconciliazione – che si erano impegnati davvero l'uno con l'altro. "Alcune settimane, all'incirca," rispose Dylan infine.

279

"Giusto. Quindi voi due vi siete legati sentimentalmente e zio Frank ha fatto la sua comparsa dopo quel momento. È quello che ha detto la nonna l'altro giorno, quando l'amore è nell'aria, gli spiriti vanno su di giri."

"Quindi io e Dyl siamo come una batteria per gli spiriti?" domandò Chris.

"Proprio così. Gesù, non sono un fantasma ma posso sentire le scintille fra di voi. Sono così geloso, ragazzi."

La signora Phillips diede un buffetto sulla mano del nipote. "Anche tu troverai le tue scintille, caro. È meglio aspettare quello giusto piuttosto che buttarsi in qualcosa di stupido per pura disperazione."

L'espressione di Ery suggeriva che avevano avuto quel tipo di discussione già parecchie volte.

Ma Dylan voleva tornare al punto principale. "Bene, quindi zio Frank probabilmente era pentito di aver litigato con suo fratello e quel rimpianto gli impediva di andare avanti. E adesso finalmente è riuscito a trovare le energie per lamentarsene. Ma cosa vuole che facciamo? Non sa che suo fratello è morto da più tempo di lui? Non vedo come possiamo riconciliarli adesso."

La signora Phillips si voltò verso Chris. "Il resto della famiglia va d'accordo?"

"Non c'è nessun resto della famiglia. Solo io." Dopo una breve pausa, aggiunse: "E mio padre, che se ne è andato quando ero all'asilo." Non disse nulla della recente ricomparsa di Jimmy.

"Credi che voglia che tu contatti tuo padre?" domandò la signora Phillips.

"Non so perché dovrebbe importargli. Per quanto ne so, non avevano nessun rapporto quando Frank era vivo. E io non ho mai parlato di lui. Non lo vedevo mai, eccetto quando ci guardava attraverso la finestra del piano di sopra."

La signora Philips porse il piatto del pane vuoto a Ery, e lui a sua volta lo diede a Dylan. Si allisciò la gonna e aggiustò la collana di perle: "Se mi perdonate, cercherò di mettermi in contatto con lo spirito. Perché nel frattempo non continuate il tour della casa?"

Sia Chris che Ery sembravano dispiaciuti di perdersi qualsiasi cosa fosse in procinto di fare, ma Dylan fu leggermente sollevato. Ne aveva già abbastanza del soprannaturale. Dopo essersi assicurati che la signora Phillips non avesse bisogno né di mangiare né di bere, la salutarono. Quando lasciarono la stanza, non stava facendo nulla di più elettrizzante che tenere gli occhi chiusi.

La camera degli ospiti odorava ancora di vernice, e né le impronte digitali né il pennarello erano più visibili. Chris aveva tolto il telone dalla finestra per poterla riparare. Non era prevista pioggia, per cui era abbastanza sicuro lasciare l'apertura scoperta, fintanto che nessuna creatura selvaggia decideva di entrare.

"Cosa ne farai di questa camera?" domandò Ery.

Rispose Dylan: "È solo una camera degli ospiti, ma dormiremo qui per un po' quando rifaremo quella padronale."

"Avete parecchi progetti, eh?"

"Sempre. Ma Chris è davvero bravo con queste cose. Sto imparando molto da lui."

Chris gli diede una gomitata. "Sa già che siamo innamorati, Dyl. Non devi essere così palese."

Dylan lo pungolò con un dito. Con forza. "Ma è la verità."

Dopo aver sbirciato fuori dalla finestra, Ery si voltò di nuovo verso di loro. Sembrava leggermente nervoso. "Sapete, se avrete bisogno di un paio di mani in più, potete chiamare me. Sono libero la maggior parte dei weekend. Non sono un esperto, niente del genere, ma di solito non sono proprio un imbranato."

Chris e Dylan si scambiarono degli sguardi, poi Dylan rispose: "Ci piacerebbe avere il tuo aiuto, Ery. Grazie per l'offerta."

"Non voglio fare quello che regge il moccolo o…"

"Non sarebbe così. Mi manca passare del tempo con te." Dylan gli fece l'occhiolino. "Mi dispiace davvero di averti tagliato fuori dalla mia vita in quel modo. È stata una cosa da stronzi. Sei un bravo amico."

Guardò Chris, leggermente preoccupato che il suo compagno stesse fumando dalla gelosia, ma non era così. Al contrario, fece un gran sorriso prima di dare una pacca sulla schiena a Ery. "Abbiamo sempre bisogno di qualcuno che lavora gratis, amico. Vieni quando vuoi." Fece ballare le sopracciglia. "Però bussa prima di entrare, okay?"

Dalla sua espressione si vedeva che Ery era sollevato; fece un sorriso veloce. "Lo farò. Ma se mi dimentico di bussare, mi accerterò di avere il telefono impostato su video, perché scommetto che insieme siete troppo sexy."

Fantastico. Fu il turno di Dylan di arrossire di nuovo.

FECERO UN giro rapido della fattoria. A Ery il laghetto piacque, però si innamorò davvero del piccolo granaio. Al momento era vuoto, ma Dylan aveva pensato che un giorno sarebbe stato un buon garage. Ery aveva un'altra idea. "Diventerebbe uno studio perfetto! Magari si potrebbero mettere dei lucernari, c'è così tanto spazio."

Dylan si ricordò che Ery si guadagnava da vivere con le sue opere d'arte, ma aveva anche sempre amato dipingere per divertimento. Preferiva le tele grandi su cui poteva passare e spruzzare come una reincarnazione di Jackson Pollock. Non era il tipo di arte che piaceva a Dylan, ma lo aveva visto dipingere alcune volte e sembrava divertirsi.

"Sai cosa," disse Dylan. "Tu ci dai una mano una volta ogni tanto e un giorno convertiremo questo spazio in uno studio, e potrai usarlo quando vorrai."

"Davvero?"

"Certo," confermò Chris, vincendo il timore tardivo di Dylan che potesse obiettare. Gesù, se stava per chiedere a Chris di essere il suo compagno, avrebbe dovuto ricordarsi di consultarlo in anticipo quando si trattava di decisioni di quel tipo. Cercando di comunicare quella decisione silenziosamente, Dylan gli fece un sorriso mesto. Chris gli mostrò allegramente il medio.

La signora Phillips li attendeva serena, il bastone appoggiato sulle gambe. "Vi siete divertiti, ragazzi?"

"Mi daranno uno spazio da usare come studio in cambio del sudore della mia fronte," replicò Ery. "E il laghetto è davvero carino. Ci sono delle papere. E anche more a non finire. Anche voi prenderete degli animali, ragazzi? Delle capre forse. Ho sempre pensato che avere delle capre sarebbe fantastico."

Dylan si schiarì la gola. "Probabilmente non è una delle migliori idee."

"Perché no?" Ery sgranò gli occhi. "Oh! Già, okay."

La signora Phillips sembrava perplessa. "Non ti piacciono gli animali?"

Che diavolo, pensò Dylan. Quella donna era stata così gentile da aiutarli e con pochissimo preavviso. Doveva essere onesto con lei. "Sono un lupo mannaro," sospirò.

Lei lo guardò incredula, poi guardò Chris ed Ery, come se si aspettasse che uno di loro ammettesse che era tutto uno scherzo, ma i due si limitarono ad annuire. "A volte non ci sento molto bene, caro. Per caso hai detto che sei un *lupo mannaro*?"

"Sì."

"Ah. È... una condizione con cui sei nato?"

"No. L'ho presa. Dal ragazzo che all'inizio pensavo fosse il fantasma, in realtà."

"Capisco." E inaspettatamente, il suo viso fu illuminato da un sorriso. "Ma non è fantastico? Compirò ottantaquattro anni a settembre, e ancora la vita non finisce di stupirmi. Sembra ci sia sempre qualcosa di nuovo sotto il sole. O sotto la luna, in questo caso."

Chris emise una sonora risata ed Ery si unì a lui. Dylan era così contento di aver dichiarato la sua identità senza che nessuno afferrasse torcia e forcone che l'unica cosa che riuscì a fare fu sorridere mestamente.

La donna fece un gran sorriso indulgente verso di loro prima di tornare seria: "Mi piacerebbe moltissimo parlare di questa cosa nel dettaglio in futuro, ma sono una signora anziana, la strada del ritorno è lunga, ed è quasi ora di cena. Lasciate che vi racconti dello spirito..."

Dylan decise che fosse meglio sedersi. Chris si mise alle sue spalle. "Vada avanti," dissero all'unisono, facendo ridacchiare tutti nella stanza.

"In realtà non posso parlare con gli spiriti a parole, ma posso ricevere delle immagini da loro. Mi ricorda gli albori della televisione, ben prima che voi nasceste, quando mio marito muoveva l'antenna continuamente per ottenere solo figure confuse e sgranate. Mi faceva venire il mal di testa e non ho mai preso l'abitudine di guardare quel marchingegno." Scosse leggermente la testa. "Lo spirito mi ha inviato delle tue immagini, Chris, e anche di Dylan. E c'era un uomo più grande che presumo sia il padre di Chris – vi assomigliate molto, voi due – e dei flash molto veloci di altre persone. Una coppia giovane di sposi, credo, e altri uomini e donne della vostra età. E molte immagini di quella che penso essere la fattoria. O forse sarebbe più preciso se dicessi *le fattorie*."

"Okay," disse Chris. "Allora cosa significa?"

"Solo quello che ha scritto lo spirito, in realtà. Famiglia. Vuole riunire quello che rimane della tua famiglia. Ho avuto la netta sensazione che lo voglia non tanto per sé quanto per te, Chris. Per tutti voi. Ha capito tardi quanto sia preziosa la famiglia e vuole che tu capisca la stessa cosa."

Le dita di Chris scavarono dentro le spalle di Dylan. "E se... e se non faccio pace con Jimmy? Se non riesco?" Sembrava perso e Dylan avrebbe voluto abbracciarlo e tenerlo stretto, invece posò una mano sopra la sua.

"Questo spirito non ha nessuna intenzione di farti male," spiegò la signora Phillips. "Di sicuro non ti punirà se non lo farai."

"Ma non si darà nemmeno pace, vero? Zio Frank sarà sempre intrappolato sotto forma di fantasma."

"Non è un tuo problema, caro. Tu devi fare quello che pensi sia meglio per te e per coloro che ami."

Aveva l'aria stanca. Doveva essersene accorto anche Ery, perché andò svelto da lei ad aiutarla a mettersi in piedi. Mentre si dirigeva a passo lento verso la macchina, con al fianco Ery e Dylan molto vicino, Chris si dileguò in cucina. Quando tornò, aveva in mano un pacchetto avvolto nell'alluminio. "Il resto del pane."

Lei lo prese con un sorriso. "Grazie. Me lo godrò domani a colazione. Non ti dimenticherai di mandarmi la ricetta."

"La farò mandare da Dyl a Ery per email."

La signora Phillips scosse la testa leggermente. "Le meraviglie dell'età moderna!"

Dylan le aprì la portiera. "Grazie per averci aiutato."

"Il piacere è stato mio. Spero davvero che potremo incontrarci presto di nuovo, così potrò chiederti qualcosa di più su questa storia del lupo mannaro."

"Certo."

Con l'aiuto di Dylan, riuscì ad abbassarsi sul sedile. Ery mise il bastone sul sedile posteriore e lei tenne in grembo il pane. Sorrise a Chris. "Siete dei bravi ragazzi. Sono certa che prenderai la decisione giusta e tutto si risolverà per il meglio. A mio marito piaceva prendermi in giro per il mio ottimismo, mi chiamava Pangloss, sapete. Ma ho la tendenza ad aspettarmi il meglio dalle persone, e in tutti i miei lunghi anni, non sono rimasta delusa spesso."

Chris e Dylan salutarono con la mano mentre la macchina si dirigeva verso la strada di campagna. Poi rimasero fermi lì.

"Dyl, io..." cominciò col dire Chris.

E Dylan cedette all'impulso a cui aveva resistito così a lungo: avvolse le braccia intorno a Chris e lo avvicinò a sé. "Ti amo," mormorò. "Ti amo e risolveremo questo problema. Nessuna decisione oggi. Nessuna fretta."

283

Dopo un breve silenzio, in cui lasciò che tutto il peso di Dylan gravasse su di lui, Chris si fece un po' indietro. "Ho fame. Andiamo a cercare qualcosa da mangiare."

"Mi hai tolto le parole di bocca."

Si tennero per mano mentre rientravano a casa.

CAPITOLO 20

GIOVEDÌ IL fantasma restò a guardare Chris lavorare. Lui non poteva vederlo, ma avvertiva la sua presenza. A volte ci parlava, persino, chiacchierando di quello che stava facendo – "Scaldo lo stucco" – o ricordandosi di quando era bambino e sgattaiolava nella proprietà di Frank per nuotare o salire sugli alberi. Gli sembrava che il fantasma stesse ascoltando attentamente, anche se Chris non sapeva se capiva davvero quello che stava dicendo; magari gli faceva piacere avere compagnia dopo tutti quegli anni.

Dylan lo aiutò per un po', tenendo fermo il vetro mentre Chris installava i punti di fissaggio, poi scomparve nel suo ufficio per lavorare al progetto, lasciando Chris e il fantasma a loro stessi.

Quando la finestra fu sistemata, Chris tornò a casa sua per armeggiare con l'Impala. Era magnifico, davvero, stare all'aperto a torso nudo con una giornata così bella, mezzo dentro a una vecchia macchina e con un frigo pieno di birra a portata di mano, sapendo che una bella doccia e un brav'uomo lo stavano aspettando dentro casa. Per pranzo Dylan portò addirittura un paio di sandwich e si sedette al suo fianco sul cofano di una vecchissima Pontiac marrone, e mangiò ascoltando Chris che parlava di riparazioni meccaniche. I sandwich erano anche abbastanza decenti.

Poco prima dell'ora di cena, Chris si fece una doccia. Si eccitò pensando al suo ragazzo, così finì col scendere già nudo e con un'erezione, trascinò Dylan lontano dal portatile e lo cavalcò con energia come un cowboy di rodeo.

Per cena mangiarono uova strapazzate con chorizo e queso fresco, tortillas e della frutta.

"Verrai in città con me domani?" domandò Dylan. "Potremmo pranzare di nuovo con Matty."

"Sono quasi vicino a mettere in moto la macchina. E dobbiamo anche fare la spesa."

Dylan sembrò leggermente rammaricato; a Chris fece piacere ma si strinse nelle spalle e mandò giù un altro boccone. "Okay. Vuoi che ti compri qualcosa?"

"Mmh." Gli venne in mente un'idea che lo fece sorridere maliziosamente. "Ti ricordi quel negozio vicino alla libreria? Sai quello con i giocattoli? Potresti prendere qualcosa lì."

Gli occhi di Dylan divennero distanti mentre considerava le varie possibilità. "Avevi, ehm… avevi qualcosa di preciso in mente?"

Chris pensò. Dilatatore? Manette? Magari una benda per gli occhi in pelle o un perizoma in seta? "Sorprendimi," disse.

Quella sera guardarono la televisione a casa di Chris e dopo la portarono alla casa grande e la sistemarono sopra al tavolo nel salotto. Dylan aggrottò la fronte criticamente. "Dobbiamo prendere una pedana o appenderla al muro?"

"Come vuoi tu, amico."

"Ma vivi qui anche tu."

Chris posò le mani sulle spalle di Dylan. "Ascolta, Dyl. Non mi importa particolarmente di che colore dipingi un muro o se l'armadio che compri è di legno di quercia o di noce. Tu ti occupi di quelle cazzate, e io mi assicurerò che le nostre macchine siano funzionanti e che non mangiamo schifezze, okay?"

"Una partnership?" Dylan domandò con un sorriso.

"Quindi decidi tu dove vuoi mettere la TV e io mi occuperò di trasferire il contratto del satellite a questo indirizzo."

"Dobbiamo avere la parabola sul tetto?"

Chris gli diede una pacca. "La metterò in un posto dove non fa troppo da zotici, okay?"

Dylan sospirò. "D'accordo. Basta che non cadi dal tetto e ti spacchi la testa. Non sei assicurato."

Chris alzò gli occhi al cielo, ma in realtà gli piaceva l'idea di qualcuno che si preoccupava per lui. A nessuno sulla faccia della terra era mai importato se fosse assicurato o meno.

CHRIS ALZÒ lo sguardo mentre stava preparando la colazione, e la vista di Dylan che scendeva le scale quasi gli tolse il fiato. Indossava un paio di jeans costosi, una camicia verde che metteva in risalto il colore dei suoi occhi e una cravatta grigio blu. Si era sistemato i capelli, almeno per il momento, ed era sbarbato di fresco. Sembrava un uomo importante. "Ti sei dato una bella ripulita," mormorò Chris mentre trasferiva del bacon su un piatto con della carta assorbente colorata.

"In teoria oggi è il venerdì *casual*, ma non so se vale anche per me visto che il resto della settimana non sono lì. Inoltre, credo che i miei vestiti più belli si sentissero un po' trascurati."

"Possiamo andare in qualche ristorante elegante per il mio compleanno – da qualche parte dove fanno delle buone bistecche – e mi metterò quello che mi sono comprato la settimana scorsa."

"Conosco proprio il posto giusto. Fanno anche degli anelli di cipolla incredibili."

Dopo aver finito di mangiare, Dylan cominciò a portare via i piatti, ma Chris lo allontanò. "Faccio io. Solo questa volta. Tu vai a guadagnare il pane." E poi gli diede il tradizionale bacio portafortuna.

Dopo che Dylan se ne fu andato, Chris gironzolò per casa. Non gli capitava da un po' di essere da solo, il che era una buona cosa, ma poteva sopravvivere ad alcune ore di solitudine in vista di una felice riunione. Inoltre, in quel modo poteva ascoltare la musica che piaceva a lui invece di quelle patetiche canzoni alternative di gente che non aveva finito il conservatorio e che non sapeva cosa fare con la chitarra.

Andò a controllare la finestra al piano di sopra. Lo stucco non era ancora abbastanza asciutto per poter dipingere, ma con il bel tempo che continuava sarebbe stato pronto il giorno dopo. Poi lui e Dylan avrebbero potuto appendere le tende che Dylan aveva scelto e portare i mobili dentro. Entro lunedì, sarebbero stati pronti per divertirsi a distruggere la camera padronale. A Chris piaceva davvero tanto buttare giù i muri.

Ma adesso i grandi spazi aperti lo stavano chiamando, i grandi spazi aperti e l'Impala quasi funzionante. Mise un paio di birre in una borsa frigo e si diresse a quella specie di rottamaio che era il retro di casa sua.

Amava che le vecchie macchine avessero tutto quello spazio sotto il cofano e meno parti meccaniche. L'Impala era semplice, una belva senza complicazioni, che rombava e ruggiva se la trattavi bene. Ma considerando che il suo ragazzo era un lupo mannaro, forse l'analogia felina non era la più azzeccata. Lavorava fischiettando tra sé, fermandosi ogni tanto per un sorso di birra. Per pranzo mangiò in fretta un sandwich.

Chris era dentro fino al collo negli intestini dell'Impala quando sentì arrivare una macchina. Non era il rumore della vecchia Jeep del postino e non era il potente rombo della Silverado di Dylan. Questo motore sferragliava e ansimava, e quando il veicolo fu vicino, sentì il cigolio delle molle usurate. Si pulì le mani in fretta su uno straccio, afferrò la birra e fece il giro della casa, giusto in tempo per vedere Jimmy Nock scendere da un vecchio pick-up Ford con la capote arrugginita.

Anche Jimmy si accorse di lui e si fermò sui suoi passi. Si fissarono per qualche secondo. "Tasha ha detto che hai chiamato," disse infine.

Dopo una pausa, Chris replicò: "Già."

"Allora posso... Mi piacerebbe davvero parlare con te, figliolo."

Chris si irrigidì sentendo quella parola, ma riuscì a non dire nulla. Bevve un gran sorso dalla bottiglia. "Ne vuoi una?" domandò.

"Non bevo più. Sono quasi cinque anni che sono sobrio."

"Meglio per te."

O Jimmy non colse il sarcasmo o decise di ignorarlo. Si avvicinò di qualche passo, ma con cautela, come se non fosse sicuro di quale sarebbe stata la sua reazione. Chris rimase fermo, tra l'erbaccia che gli arrivava alle ginocchia.

"Possiamo parlare?" domandò Jimmy.

"Immagino di sì." Chris prese in considerazione la scelta di un posto migliore per la loro conversazione. Si sentiva stupido a rimanere lì, ma non aveva così tanta voglia che Jimmy entrasse in casa. Per la prima volta, desiderò che Dylan avesse comprato quelle sedie costose che voleva mettere sulla veranda della casa grande. "Da questa parte," si decise infine, inclinando la testa in direzione della casa piccola.

Jimmy si mantenne a distanza mentre seguiva Chris. Diede un'occhiata al patio sul retro ma non disse nulla delle lattine, bottiglie e dei mobili rotti abbandonati in giro. Sorrise un po' quando vide la collezione di furgoni e macchine. "La Pontiac era di mio padre, vero? Mi ricordo quando l'ha presa. Comprata usata da un tizio a St. Helens. Era così orgoglioso di quella macchina."

"Non funziona. Da anni."

"Già." Jimmy annuì. Guardò Chris appoggiarsi alla scavatrice, posò la birra, e pescò un pacchetto di sigarette dalla tasca. Chris ne accese una senza offrirgliela. Lui tirò fuori le sue.

Fumarono in silenzio per un po', senza guardarsi negli occhi.

Jimmy spense il mozzicone col tacco e si infilò le mani in tasca. Indossava dei jeans scoloriti con una camicia di flanella infilata nella cintura, la cui fibbia era decorata – forse per opera di Tasha –, e indossava degli stivali da cowboy a punta. Si schiarì la gola: "Gli ultimi vent'anni non sono stati facili per me."

Chris lo aveva capito dalle rughe sul suo viso e dalla stanchezza nei suoi occhi ma tutto quello che disse fu: "Allora? Pensi che per me sia stato uno spasso? Adesso... *adesso* le cose vanno proprio bene. Ma da poco."

"Vuoi che venga anche l'altro ragazzo qui mentre parliamo?"

"Il mio compagno? Non è qui."

Jimmy aggrottò le sopracciglia. "Ti ha lasciato?"

"*Dylan* non mi lascerà," sbottò Chris. "Dylan è un essere umano decente."

"Io ero... ho provato a essere decente anch'io. In un modo incasinato, forse, ma ci ho provato."

Chris scosse la testa e lanciò il mozzicone a terra. Non sapeva come avrebbe dovuto reagire. L'uomo che aveva davanti a sé voleva essere perdonato? Perché non sapeva se avrebbe potuto farlo, soprattutto se Jimmy si fosse inventato delle scuse per come si era comportato.

"Nulla di quello che hai fatto è stato decente. Hai un'idea di cosa sia stato crescere con mia madre come unico genitore? La maggior parte del tempo non sapeva nemmeno che c'ero e per il resto... aveva i suoi *ragazzi*. Un sacco. Di solito non era mai sobria abbastanza per mettersi tra me e loro, e anche quando avrebbe potuto fare qualcosa', be', pagavano l'affitto, no? Non poteva permettersi di farli incazzare." Dopo aver detto quelle cose si sentì in bocca un sapore acido e amaro. Non aveva mai parlato di loro con nessuno, nemmeno con Dylan, che era un uomo intelligente e di sicuro c'era arrivato da solo.

La mascella di Jimmy tremò: "Mi dispiace."

"Non abbastanza."

Chris si voltò e si diresse a passo pesante verso casa. Voleva entrare, sbattere la porta e ubriacarsi. Ma quando si fermò sul patio, qualcosa gli fece alzare lo sguardo in direzione dei pioppi. Vide la finestra che aveva appena installato e, dall'altro lato del nuovo vetro, un viso sfocato ma con un'espressione ansiosa.

"Cazzo," imprecò Chris tra sé. Si sedette sul bordo scheggiato della ringhiera, lasciando ciondolare le gambe, e aspettò che Jimmy lo raggiungesse. La prima volta che aveva visto Dylan era stato attraverso quella finestra. Chris era un po' ubriaco ed era uscito per fare pipì. Aveva sollevato lo sguardo e solo per un secondo aveva pensato che fosse tornato il vecchio e che lo stesse fissando. Qualche minuto dopo, dopo essere entrato in casa ed essersi messo dei jeans, Chris aveva visto meglio il suo nuovo vicino. Era sexy da morire, così sexy che quasi gli era venuto duro solo a guardarlo. Ma aveva uno di quegli stupidi pizzetti sotto il labbro, jeans di marca e una T-shirt con la stampa di uno stereo portatile vintage. E si era messo a fissarlo con quel presuntuoso di un agente immobiliare, come se fosse stato un opossum spiattellato da una macchina sulla strada.

Ma Dylan aveva comprato il posto, ci si era trasferito e in parte per solitudine e in parte per attrazione Chris si era convinto a dargli una chance. Anche Dylan aveva dato una possibilità al suo vicino bifolco.

Ed ecco a cosa li aveva portati.

Jimmy sedeva sulla ringhiera del patio, ad alcuni passi di distanza da Chris. Si accesero un'altra sigaretta.

"Che cosa ti ricordi di me, Chris? Di quando eri bambino?"

"Non molto."

Con gran sorpresa di Chris, Jimmy sembrava più sollevato che dispiaciuto. "Sono stato un padre di merda. Voglio che tu sappia, però, che un figlio lo volevo. Ed ero contentissimo quando sei nato, anche se ero spaventato a morte. Ci immaginavo..." Si fermò per fare un tiro di sigaretta. "Sai com'era mio padre. Non diceva mai una parola. Era come se non lo conoscessi anche se era sempre in giro. Mi ero ripromesso che avrei fatto meglio con mio figlio, che non avrei... che saremmo stati legati."

"Be', non è andata così," disse Chris in tono piatto.

"No. Avevo delle buone intenzioni, Chris, davvero. E tu, Dio, eri un bambino incredibile! Così intelligente. Io non sono intelligente, non lo sono mai stato. Ma tu imparavi così in fretta, senza che nessuno ti dovesse insegnare nulla. Hai imparato a leggere a tre anni, e ancora non so come. *Sesamo apriti*, forse."

Chris lo guardò incredulo. Tra tutte le cose che si era aspettato di sentire, la testimonianza della sua intelligenza non era sulla lista. Nessuno gli aveva mai detto che era intelligente. Be', Dylan lo faceva a volte, ma lui era di parte.

Forse incoraggiato da Chris, Jimmy continuò: "Quando eri poco più che un bambino, smontavi le cose, come la mia sveglia, mi facevi arrabbiare così tanto, fino a quando non ho capito che la maggior parte delle volte le rimettevi insieme di nuovo e nel modo giusto. E quando tornavo a casa... Chris, magari tornavo da qualche lavoro di merda, contento solo di aver guadagnato qualcosa, e tu urlavi *Papà!* E mi correvi incontro con un gran sorriso. Nessuno era mai stato così felice di vedermi."

289

A Chris venne in mente un ricordo: correva verso suo padre, che era grosso e forte, lo sollevava in aria, lo lanciava e lui rideva e urlava dalla gioia. Suo padre odorava di sudore e concime.

"Se ero così fantastico perché te ne sei andato?" domandò. Questa volta spense la sigaretta vicino a un vaso di fiori.

"Non me ne sono andato perché c'era qualcosa che non andava in te, Chris. Non c'entra nulla."

"*Non sei tu, sono io,*" disse Chris sarcastico. "È la solita storia."

"Ma *ero* io. Io e tua mamma non andavamo d'accordo. Io bevevo, lei, be', non so cosa stesse facendo. Droghe, altri uomini. Se provavo a parlarle, lei mi incolpava, mi diceva che se combinava casini era perché io rendevo la sua vita misera." Si strinse nelle spalle. "Magari era così davvero. Alla fine era una cosa reciproca."

Jimmy aveva un anello al dito medio della mano destra. Cominciò a giocherellarci, rigirandolo nervosamente come se fosse troppo stretto. "Volevo portarti via. Stavo per lasciarla e portarti via con me. Non so dove. Qui immagino. Immagino che mio padre ci avrebbe accolti e io avrei potuto ricominciare da zero."

Chris non lo stava guardando. Non voleva vedere la sua espressione. Era già difficile sentire il dolore nella sua voce, era difficile soprattutto perché lui stava cercando di indurire il suo cuore. "Ma non lo hai fatto," lo rimproverò Chris con voce roca.

"Un giorno sono tornato a casa dal lavoro. Avevo già bevuto un po' in un bar, al tempo lo facevo per trovare il coraggio di affrontare tua madre. E poi ho bevuto ancora. Al diavolo, me le avevi portate tu quelle birre. Era una cosa che facevi, portarmi delle lattine e aprirle per me, sorridente, contento di essere d'aiuto. Mi sono ubriacato ben bene quella sera. Lo facevo spesso. E io e tua mamma stavamo litigando e tu hai detto qualcosa da saputello. Non so cosa. Ricordo di averti preso in braccio e di averti sgridato e tu hai cominciato a piangere e io ho gridato ancora…"

Jimmy smise di parlare, si voltò e guardò Chris. Lui lo fissò a sua volta, dritto in quegli occhi che assomigliavano tanto a quelli che ricambiavano il suo sguardo ogni volta che si specchiava. "E?" lo incalzò Chris, quasi gentilmente.

"Ti ho spezzato il braccio." Jimmy fece un respiro profondo, poi lasciò uscire l'aria lentamente. "L'ho *sentito* spezzarsi come legna secca. Te lo ricordi?"

Chris si ricordava vagamente di aver portato il gesso, che gli prudeva e gli dava fastidio. Non era qualcosa che associava a suo padre, in parte perché non ricordava esattamente quando fosse successo. Anche un paio dei fidanzati di sua madre lo avevano spedito all'ospedale, e quando era bambino era caduto da alberi, tetti e biciclette. Scosse la testa.

Jimmy aveva una strana espressione. "Pensavo te lo ricordassi benissimo," mormorò. Poi, più chiaramente, aggiunse: "Me ne sono andato dopo che è successo. Tua mamma stava per far venire la polizia e comunque ho pensato… Cazzo mi *vergognavo* così tanto. Avevo fatto del male a un bambino. Fatto male al figlio che amavo." Questa volta gli si spezzò la voce e distolse lo sguardo.

Chris, però... Chris sentì una strana leggerezza nel cuore. Non importava quello che gli aveva detto Dylan o chiunque altro, e nonostante il buonsenso, si era sempre dato la colpa dell'allontanamento di suo padre. Aveva pensato che ci fosse qualcosa di fondamentalmente sgradevole in lui, qualcosa che aveva portato entrambi i suoi genitori a rifiutarlo e tenuto suo nonno sempre freddo e distante. Ma adesso, se quello che aveva raccontato Jimmy era vero, lui lo aveva abbandonato per un senso distorto dell'amore.

"Ma perché non sei tornato? Una volta che sono cresciuto, voglio dire. Non mi hai mai mandato nemmeno un biglietto di auguri."

"La mia vita non era migliorata dopo che me ne sono andato," raccontò Jimmy. "Bevevo ancora. E combinavo ancora casini. Mi spostavo parecchio. Sono finito in prigione qualche volta. E poi, qualche anno fa, mi sono preso un brutto spavento. Stavo guidando ubriaco e sono andato a sbattere contro un'altra macchina. C'era tutta una famiglia in quel SUV. Bambini piccoli. Grazie a Dio nessuno si è fatto niente di grave. Io ero quello messo peggio. Ho passato parecchio tempo in ospedale. Ma per una volta la fortuna è stata dalla mia parte e sono finito in un tribunale che si occupa di crimini causati da abuso di droghe e alcolici invece di quello normale. Il giudice, che Dio la benedica, invece di chiudermi in cella mi ha mandato in riabilitazione. Non era la prima volta che provavo a rimanere sobrio, ma quella volta ha funzionato."

Jimmy portò la mano al taschino della camicia, come se stesse per prendere un'altra sigaretta, ma poi la abbassò al fianco. Riprese a giocherellare con il suo anello. "Ha funzionato e ho cominciato a funzionare anch'io ed è da allora che non bevo. E ho incontrato Tasha. Lei... è speciale. Crea gioielli... be', questo lo sapevi, e mi ha dato una chance, lascia che venda le sue cose a fiere e rodeo. Me la cavo bene." Fece un sorrisetto. "Tasha riesce a sopportarmi."

Chris saltò dal patio dentro l'erbaccia. Aveva le spalle rivolte verso Jimmy. "Comunque non ha mai provato a metterti in contatto con me. Non è così difficile trovarmi, sono anni che vivo qui. Ma non ci hai mai provato, fino a quando non ci siamo visti al rodeo."

"Avevo paura."

Chris si voltò per guardarlo. "Paura di cosa?"

"Te. Che... mi odiassi. Sapevo che doveva essere così, ma fintanto che non ti avessi visto, non avrei dovuto affrontare la cosa. So che è stato da vigliacchi da parte mia. Il mio sponsor degli alcolisti anonimi e Tasha me ne hanno dette di tutti i colori per questo motivo. Ma non sono un uomo forte, Chris. Non come te. Il modo in cui mi hai guardato al rodeo, e poi su quella veranda..." Agitò una mano verso casa di Dylan. "So che mi hai guardato così perché me lo meritavo ed è stata la cosa che mi ha spaventato più di qualsiasi altra in vita mia."

291

La voce di Jimmy era diventata strozzata. Fece un chiaro sforzo per cercare di controllarsi, poi scese dal patio e si avvicinò a lui, abbastanza da poterlo toccare. Chris si stupì nel rendersi conto che era più basso di lui di circa cinque centimetri.

"Quando ti ho visto al rodeo," disse Jimmy, "è stato come se la mia più grande paura e la più grande speranza si fossero realizzate. Dopo... be', erano anni che non sono stato così vicino a bere di nuovo. Ma non l'ho fatto. E ho capito che... hai qualcuno che ti ama, vero? Sembra quel Dylan attraverserebbe il fuoco dell'inferno per te."

"Lo farebbe," affermò Chris con certezza.

"Bene. Ho pensato che forse avevi bisogno di sapere tutta la verità. Sono anni che mi avvelena, figliolo. Se non puoi perdonarmi lo capisco. Ma ho bisogno che tu sappia che ti voglio bene, e che eri un bambino eccezionale... e a giudicare da come ti sta accanto Dylan, scommetto che sei un uomo eccezionale."

C'era una parte dura e cattiva di Chris che voleva odiare quell'uomo. Voleva dirgli quanto le sue decisioni avessero rovinato la sua vita, e voleva dargli un pugno nello stomaco e dirgli di andarsene dalla sua proprietà. Forse per un po' la cosa lo avrebbe fatto sentire bene.

Ma alzò di nuovo lo sguardo verso i pioppi. Il fantasma era alla finestra, stava solo guardando. Quando era stato in vita, Zio Frank aveva passato anni proprio lì, le dita aggrappate al muro, lasciando dei segni sudici sulle pareti gialle. Forse sempre arrabbiato, forse provava un senso di perdita e rancore. E poi sembrava avere deciso che non valesse più la pena rimanere attaccati a quell'odio, che portando rancore al fratello che gli aveva fatto un torto Frank aveva perso fin troppo. Sfortunatamente, quella comprensione era arrivata tropo tardi, dopo che suo fratello era morto e sepolto, quando anche la sua salute andava deteriorandosi e viveva in una grande casa che aveva parecchio bisogno di essere riparata.

Chris non voleva essere come lo zio Frank, quindi lasciò andare la rabbia.

Fu facilissimo, proprio come far cadere un peso. E appena lo fece, sentì quell'incredibile leggerezza. Qualcosa lo aveva tenuto a terra per così tanto che adesso gli sembrava di poter prendere il volo come un palloncino. Le ginocchia quasi gli cedettero per il sollievo, così si aggrappò alla ringhiera per sostenersi.

E per la prima volta in venticinque anni, Chris sorrise a suo padre.

Non si abbracciarono né piansero. Ma Jimmy ricambiò il sorriso, sembrando d'improvviso più giovane di parecchi anni. E quando gli porse la mano, Jimmy la strinse. Fermamente. Le mani erano dure e callose come le sue.

"Perché non entri?" offrì Chris. "Ti posso dare dell'acqua fresca da bere almeno."

"Mi piacerebbe."

Chris lo condusse alla casa grande, il che sembrò sorprendere leggermente Jimmy, ma per un qualche motivo a Chris sembrava la cosa giusta da fare. "Lo sai, non sono mai entrato qui," disse Jimmy, guardandosi intorno. "Sono cresciuto proprio laggiù ma non ho mai messo piede qui dentro. Una volta ero veramente geloso, ero stipato in quella piccola casa con mamma e papà, e zio Frank aveva questa casa grande tutta per sé."

"Non credo che Frank se la godesse molto."

"Ti ho dato il suo nome, sai."

Chris si fermò e lo guardò incredulo. "Davvero?"

"Il tuo secondo nome, già. Christian era stata un'idea di tua mamma. Quando era incinta aveva trovato Gesù. Lo ha perso subito dopo averti partorito."

In un certo senso quella rivelazione non sorprese Chris. Ma era l'origine del suo secondo nome che lo interessava maggiormente in quel momento. "Perché mi hai dato il suo nome? Eravate amici?"

"No. Mai scambiato una parola. Ma mio papà era così triste per averlo perso e troppo testardo per fare qualcosa. Frank… lo vedevo che guardava, e scommetto che anche lui aveva dei rimpianti. Ho pensato che se ti avessi dato il suo nome, le cose si sarebbero calmate un po'. Gli ho mandato il biglietto con l'annuncio della tua nascita." Jimmy emise una risata leggera. "E ho trovato una busta a casa di papà, ma con su scritto il tuo nome. Dentro c'erano cento dollari. Nessun biglietto. Gli hai mai parlato?"

"Non esattamente. Ma in un certo senso lui parlava con me."

"Cosa vuoi dire?"

Che diavolo! pensò Chris. Anche Jimmy faceva parte della famiglia. "Vieni a sederti. Ho una storia da raccontarti."

Si diressero in cucina ma, prima che ci arrivassero, Chris sentì il rumore di un altro veicolo. Non di Dylan – non era lo stesso suono ed era troppo presto perché tornasse a casa – ma sembrava una macchina grande. "Aspetta," disse a Jimmy.

Suo padre lo seguì lungo il corridoio, fuori dalla porta, sulla veranda. Una Suburban si fermò davanti a loro. Era un modello vecchio, le parti in metallo erano ammaccate e la vernice bianca graffiata. Si fermò, ma il motore rimase acceso. Tutte e quattro le portiere si aprirono e ne uscì un gruppo di persone.

Chris riconobbe subito il guidatore. "Cosa ci fate qui?" gridò.

Chester avanzò di qualche passo verso la casa, il branco alle sue spalle. Fece un sorriso lento e maligno. "Ho deciso che non mi piaceva l'idea di un bastardo e della sua cagna nel mio territorio. Facciamo piazza pulita."

Chris afferrò il braccio di Jimmy e lo trascinò dentro casa, poi sbatté la porta. La chiuse, spinse suo padre, che aveva l'aria confusa, lungo il corridoio. "Che cazzo. Corri!"

CAPITOLO 21

DYLAN NON avrebbe dovuto sentirsi nervoso per l'incontro con Stender. Il suo lavoro non era in pericolo, nemmeno il suo permesso di lavorare da casa. Il castello delle regine dei futon a Beaverton non era nemmeno stato completato, ma stava già facendo parlare parecchio di sé. Era stato intervistato da una rivista importante e un paio di studi di architettura avevano chiamato per tastare il terreno nel caso Dylan volesse cambiare squadra. Qualsiasi cosa accadesse quel giorno, non sarebbe rimasto senza lavoro, senza casa e disperato.

Però era nervoso.

Fece un sorriso incerto alla receptionist quando entrò nello studio, poi si diresse verso la stanza che in passato aveva condiviso con Matty. La collega adesso la condivideva con Brian, di cui si lamentava spesso. Era un bravo architetto, ma era anche ossessionato dai Trail Blazers, portava del cibo puzzolente al lavoro e aveva la tendenza a parlare da solo quando lavorava.

Sia Brian che Matty sollevarono lo sguardo quando lui bussò alla loro porta. Brian fece una smorfia e si rituffò sullo schermo, invece Matty sorrise e disse: "Pronto per fare un figurone?"

"Lo spero."

"Pranzo con te e Chris dopo?"

"Chris è rimasto a casa. Ha una serie di cose da finire. Io sono libero, però, se riesci a sopportarmi da solo."

"Già, immagino di sì." Gli fece l'occhiolino. "Buona fortuna. Non che tu ne abbia bisogno."

Fin dall'inizio Stender gli aveva spiegato che loro due sarebbero stati a capo del progetto, ma che ci avrebbero lavorato anche altre persone. Anche se l'incontro di quel giorno avrebbe coinvolto solo lui e il suo capo, il meeting si sarebbe tenuto nella grande sala che affacciava sul fiume. "Ci sono delle buone energie in quella stanza," aveva spiegato Stender al telefono.

Era un po' in anticipo e la stanza era vuota quando arrivò. Tentennò per un momento sulla scelta del posto in cui sedersi, poi accese il portatile. Avendo imparato la lezione da una delle sue riunioni precedenti, fece una visita veloce al bagno, anche per controllare capelli e cravatta. Era appena tornato nella sala quando Stender entrò in pompa magna. Come sempre, indossava dei jeans firmati e una T-shirt nera a maniche lunghe, probabilmente doveva aver pagato una fortuna per entrambi. Sorrise a Dylan e lo sorprese prendendo la sedia al suo fianco invece che dall'altra parte del tavolo.

294

"Non sto più nella pelle all'idea di vedere le tue proposte, Dylan." Aveva portato un iPad invece del portatile, stava usando uno stilo per aprire delle immagini e un'app per prendere appunti.

"Grazie. È stata un po' una sfida per me. In senso buono, ovviamente!"

Stender aveva un sorriso che diceva che non valeva la pena di preoccuparsi di niente nell'intero universo. Dylan si chiese se si esercitasse a usare quel sorriso durante le sue sedute di meditazione. "Sono certo che sei all'altezza della situazione. Non voleva essere un test sulle tue capacità, Dylan. Sto solo provando a farti uscire un po' dal tuo guscio così che tu possa superare i tuoi limiti. È da lì che scaturisce la vera creatività."

"Apprezzo la tua fiducia."

"Dylan, se mi soddisferai, in uno o due anni potrai diventare socio. Sarebbe un bel risultato per un uomo giovane come te. Ho l'impressione che la Stender & Warner, PLLC, spaccherebbe il mondo."

Dylan degluti a fatica. Già, nessuna pressione, assolutamente nessuna pressione. "Grazie," quasi squittì.

Il capo si aggiustò gli occhiali. "Devo ammetterlo, ero un po' scettico sul lasciarti lavorare da casa. Di solito, trovo che quando gli architetti passano tempo insieme e si scambiano idee nasce un amalgama creativo. In quell'ambiente, la produttività e l'originalità di tutti migliora. Ma adesso, grazie a te, non sono più scettico. Qualsiasi cosa tu abbia trovato in periferia sembra abbia funzionato molto bene per te."

"Mi piace lì. Amo la mia casa, il mio compagno." *La mia libertà*, avrebbe potuto aggiungere. "Mi vengono un sacco di buone idee quando sono a casa mia."

Stender annuì. "L'attività fisica può liberare la mente e permetterle di cercare delle nuove strade." Parlava sempre in quel modo, come se non facesse altro che leggere manuali di aiuto per aumentare la creatività. Dylan si domandò se anche a letto parlasse in quel modo: *Vedi, mia cara, se metti le gambe in quella posizione, abbiamo un accesso più vantaggioso alla tua fonte di ispirazione.*

Dylan dovette mordersi la lingua per sopprimere una risata inopportuna.

Con un respiro profondo per calmarsi, aprì il file con la sua lista di idee. "Questo è solo una specie di brainstorming per il momento," spiegò. "Non sto suggerendo necessariamente di fare così."

"Ottimo."

Lesse la lista spiegando nel dettaglio punto per punto. Stender non ebbe una reazione particolarmente animata, a parte annuire e chiedere qualche spiegazione. Era difficile capire quello che stava pensando ma non sembrava inorridito. E Dylan fu abbastanza sicuro di aver visto un lampo di entusiasmo sul suo volto mentre descriveva il giardino pensile. Mentre stava per raggiungere la conclusione, Dylan aggiunse: "Matty ha avuto la grande idea di prendere in considerazione le certificazioni di biocompatibilità. Ho fatto un po' di ricerca e penso che potremmo farcela. È una cosa che l'università potrebbe usare a scopo pubblicitario e sarebbe anche un buon argomento di vendita per i futuri contratti commerciali del tuo studio."

"Del *nostro* studio," lo corresse Stender.

"Ho buttato giù degli abbozzi che incorporano queste idee, giusto per farti capire cosa ho in mente. Dovrò lavorare ancora sulla fattibilità di alcune opzioni, però, e i costi."

"Va bene. In questo momento delle bozze di idee sono tutto quello che voglio."

Dylan gli mostrò le piantine. Stender lo lasciò parlare per tutto il tempo di nuovo, anche se indicò alcune cose e fece delle domande. E fece anche dei suggerimenti, che Dylan interpretò come un buon segno: se avesse odiato le sue idee, non avrebbe dato consigli per migliorarle.

Dylan terminò la sua presentazione, si appoggiò allo schienale della sedia e guardò il suo capo che sfoggiava il sorriso del Buddha.

Dopo una pausa squisitamente dolorosa, Stender annuì: "*Questo* è esattamente quello che mi aspettavo da te, Dylan."

Lui emise un lungo e udibile sospiro di sollievo.

Stender continuò: "Alcune delle tue idee dovranno essere modificate e dovrai verificare il costo di ogni singola voce. Ho delle mie idee personali, che ti invierò in una mail dettagliata lunedì o martedì. Puoi rispondere entro venerdì, a quel punto potremo incontrare tutto il team. Voglio che tutti siano sulla stessa lunghezza d'onda quando faremo venire i clienti."

Sentendosi leggermente stordito, Dylan si limitò ad annuire. Forse riuscì a dire qualche parola prima che Stender gli stringesse la mano per poi uscire con leggerezza dalla sala conferenze. Dylan posò la testa sul tavolo e attese che il suo cuore riprendesse a battere normalmente.

Quando si sentì di nuovo nel pieno delle sue capacità, prese il telefono e chiamò Chris, ansioso di condividere la notizia. Ma non ci fu nessuna risposta. Nulla di insolito, Chris non aveva ancora l'abitudine di tenersi il telefono vicino. Non aveva mai avuto bisogno di rimanere in contatto con nessuno, però Dylan lo aveva obbligato a ricordarsi di controllarlo periodicamente per vedere se c'erano dei nuovi messaggi. Non che non si fidasse di lui o che avesse manie di controllo, era solo che gli mancava. E dopo l'incidente quasi mortale con Andy, si preoccupava per lui.

Si inserì la segreteria telefonica. "Ehi, Chris. Va tutto bene. Mi manchi. Adesso vado a pranzo e farò un paio di commissioni, ma sarò a casa molto prima di cena. Fammi uno squillo quando puoi, per favore."

Attaccò il telefono e spense il computer.

LUI E Matty presero ognuno la loro macchina per andare al ristorante a cui lei era molto affezionata: il Northwest Twenty-Third. Il cibo lì era buono, ma Dylan aveva sempre creduto che fosse la loro spettacolare vetrina dei dessert che aveva fatto diventare la sua amica una loro fedele cliente. Come sempre, parcheggiare in quella zona era difficile; gli mancava la sua vecchia Prius e il modo in cui si infilava negli spazi stretti.

Matty sapeva già che il meeting mattutino era andato bene, ma quando si incontrarono all'ingresso del ristorante gli diede comunque un grosso abbraccio.

"Quando tornerai a casa, Chris si congratulerà come si deve?" domandò.

Lui arrossì, probabilmente era quello l'effetto che voleva ottenere. "Come mai questo interesse per la mia vita sessuale?"

"Moltissime donne etero pensano che il sesso tra uomini sia davvero eccitante. Immagino sia come gli uomini etero a cui piace vedere sesso tra donne, solo che non sono certa che il mondo del porno abbia compreso le possibilità di mercato che ci sono."

Lui scosse la testa. "Magari dovresti aprire una nuova attività."

"Forse dovrei. Tu e Chris potete essere le mie prime star."

Dylan provò a immaginare come sarebbe stato fare sesso davanti alle telecamere. Lo stomaco gli si ribaltò e avvampò. "Non credo proprio."

"Che guastafeste."

Furono portati a un tavolo vicino alla finestra. Il cameriere era un bel ragazzo che fece di tutto per corteggiare Dylan, mantenendo comunque un'aria professionale. Anche dopo un paio di anni, non era ancora abituato all'attenzione che riceveva. Prima che Andy lo mordesse, quasi nessuno lo guardava due volte. Per un po' quel tipo di ammirazione gli era piaciuta – almeno rendeva gli incontri veloci una cosa più che sicura – ma adesso non più. Il suo cuore era occupato. Provava a emanare un'aura di indisponibilità che però non funzionava. Preferiva uscire con Chris perché lui fulminava con lo sguardo chiunque prestasse attenzione a Dylan, marcando il territorio molto chiaramente.

Appena il cameriere prese le loro ordinazioni – pasta per entrambi – Dylan controllò il telefono. Nessuna chiamata persa.

"Qualcosa non va?" domandò Matty.

"Speravo che a questo punto Chris mi avrebbe richiamato. Credevo avrebbe voluto sapere com'era andata." Fece spallucce. Probabilmente era immerso nelle sue riparazioni meccaniche e aveva perso la nozione del tempo.

"Siete davvero come dei gemelli siamesi. Te l'ho detto."

"Mmh."

Cambiò argomento per parlare del progetto dell'università e lei fu entusiasta di ascoltare maggiori dettagli. Sembrò soddisfatta che Stender avesse gradito l'idea delle certificazioni di biocompatibilità, e quando Dylan le disse che il loro capo aveva parlato di una probabile partnership, squittì a voce abbastanza alta da far girare i clienti al tavolo vicino. Poi cambiarono completamente discorso e lei si lamentò della sua mancanza di appuntamenti amorosi e chiese il suo parere su una vacanza alle Hawaii che voleva prenotare per l'autunno. La pasta era buona, e Matty persuase Dylan a fare a metà di una fetta di zuccotto al cioccolato come dessert.

Chris non chiamò. Lui e Matty fecero a metà anche con il conto, poi si abbracciarono di nuovo e camminarono in direzioni separate verso le loro macchine. Provò a chiamare di nuovo ma non ottenne nessuna risposta.

Prese in considerazione l'idea di tornare direttamente alla fattoria ma pensò che Chris ci sarebbe rimasto male se non gli avesse portato nessun regalino a luci rosse. Diamine, ci sarebbe rimasto male anche lui. Salì sul furgoncino e guidò fino al sexy shop. Di nuovo, gli ci volle un po' di tempo per parcheggiare, e dovette sopportare gli sguardi torvi di pedoni e ciclisti che erano arrabbiati per il suo mezzo di trasporto per nulla ecologico.

Fare compere al negozio fu divertente. Lui e Chris c'erano passati vicino ma non erano mai entrati. I commessi – un ragazzo con una cresta da mohicano colorata e una ragazza con dei bicipiti impressionanti e parecchi tatuaggi – lo salutarono allegramente. Non era uno di quei posti squallidi dove i clienti giravano furtivamente con l'impermeabile e dove avrebbe avuto paura di toccare qualsiasi cosa senza usare un gel antibatterico. Quel negozio era grande e ben illuminato; gli oggetti in pelle, pizzo, plastica e finta pelliccia, lattice e metallo erano tutti disposti in modo attraente e allettante.

Era difficile prendere una decisione. Non aveva mai usato dei giocattoli, era sempre stato un po' diffidente delle pratiche troppo hard. Non sapeva esattamente che tipo di gusti avesse Chris e cosa l'avrebbe fatto agitare.

Finì col prendere un cesto pieno di oggetti: una paletta rivestita in finta pelliccia nera, una benda rossa per gli occhi, un anello fallico in pelle nera con un vibratore incorporato, e un dilatatore sorprendentemente bello in vetro trasparente e viola. Il solo pensare di usare quelle cose con Chris gli faceva sentire i pantaloni troppo stretti. Stava per andare alla cassa, ma mentre si incamminava passò davanti a una vetrina di collari e finì per sceglierne uno in pelle nera con delle borchie in metallo scintillante. Magari se lo sarebbe potuto mettere la prossima volta che Chris avesse fatto una delle sue battute sui cani.

La commessa scambiò quattro parole sul tempo mentre passava tutto sotto lo scanner e gli domandò se avesse bisogno di batterie.

Tornando al furgoncino, si rese conto di aver passato molto più tempo di quanto avesse voluto nel negozio. Sarebbe dovuto tornare di nuovo, ma con Chris stavolta. Lo immaginò fugacemente con dei gambali in pelle nera e nient'altro. Forse quel rodeo aveva lasciato un segno permanente sulla sua psiche.

Chris non lo aveva richiamato e nemmeno gli rispondeva.

Il traffico sembrava muoversi piuttosto lentamente e mentre guidava imprecò costantemente, alle altre macchine che impedivano il suo progresso, e a se stesso per quello che era sicuro fossero delle preoccupazioni inutili. Gli sembrava anche di sentire l'odore di terra smossa del fantasma di zio Frank, il che era impossibile.

Però tallonò, cambiò corsia e disturbò gli altri automobilisti, e quando finalmente riuscì a imboccare l'autostrada, guidò il più velocemente possibile.

Le ruote del furgoncino lasciarono solchi sulla ghiaia del vialetto, facendola volare dietro il camioncino. Dopo la curva, vide due macchine sconosciute: un Ford pick-up con un carrello, che si ricordò di aver visto l'ultima volta che Jimmy Nock aveva fatto visita alla fattoria, e un Suburban malconcio che non riconobbe.

Calmati, cercò di convincersi, frenando di colpo. Forse Jimmy aveva portato degli amici. Ma il cuore gli batteva forte nel petto e gli si era formato sulla pelle un leggero velo di sudore. Estrasse con forza le chiavi dall'accensione e saltò fuori dall'abitacolo.

"Chris!" gridò, mentre correva. "Chris!"

Non ci fu risposta. Ma mentre si avvicinava alla veranda sentì un forte odore. Era familiare... lo aveva già sentito giorni prima a Gresham: Chester e il suo branco.

La porta era spalancata, ma non in un modo accogliente. Qualcuno aveva dato un calcio lasciando un buco e poi, molto probabilmente, era riuscito ad aprirla. Quando entrò in casa, stava ancora urlando. "Chris! maledizione, Chris, dove sei?"

Quando non ci fu nessuna risposta, si fermò e fece dei respiri profondi. Poteva sentire l'odore del suo compagno, ovviamente. Anche quello di un altro uomo, uno che fumava delle sigarette a buon mercato e passava il tempo vicino ai metalli caldi e che aveva un odore simile a quello di Chris: Jimmy. E poi c'era l'olezzo dei lupi mannari. Cinque o sei di loro, pensò, era difficile a dirsi. L'unica cosa che lo confortò fu che non sentì odore di sangue. L'odore tombale del fantasma era molto forte e Dylan non ebbe il tempo di chiedersi che cosa significasse.

Obbligandosi a muoversi lentamente, seguì gli odori lungo il corridoio verso la cucina. Anche la porta sul retro era aperta, questa volta senza nessun segno di rottura. Era possibile che Chris avesse fatto retromarcia e che in quel momento fosse all'interno della casa, ma Dylan decise che era improbabile. Seguì l'odore fuori dalla casa.

Non aveva mai pensato granché dei segugi, ma adesso li vedeva sotto tutta un'altra luce. Vero, sotto forma umana i suoi sensi erano un po' ovattati, ma aveva l'impressione che anche come lupo avrebbe avuto difficoltà a trovare la pista giusta in mezzo a quella confusione di odori nel giardino. Chris ci aveva passato parecchio tempo dall'ultima volta che aveva piovuto davvero, per cui il suo odore era dappertutto. Lo stesso valeva per quelli di Jimmy e del branco, ma i loro si incrociavano con quello di altre decine di odori lasciati da una varietà di mammiferi, serpenti, uccelli e anche insetti.

Quando Dylan era stato davvero piccolo, a volte sua madre lasciava che si divertisse curiosando nella sua scatola dei gioielli. Forse anche allora si sarebbe dovuta fare delle domande sull'orientamento sessuale del figlio minore. Ma a Dylan piaceva guardare gli orecchini brillanti e le spille scintillanti e passava lunghi periodi a cercare di separare i grovigli che formavano le collane.

299

Era proprio quello che stava facendo in quel momento: separava alcuni odori che desiderava seguire da altri non importanti.

Dopo un tempo infinito, si ritrovò ai bordi del laghetto. Ma lì perse gli odori di Chris e Jimmy completamente, e anche dopo aver passato parecchi minuti alla ricerca frenetica delle loro tracce, non riuscì a trovarli di nuovo. "Chris! Chris! Chris!" Come prima gridò, ma senza nessun risultato.

Ciò che riuscì a trovare, però, furono le tracce di Chester e del suo branco, che si era allontanato dal laghetto e aveva percorso la salita. Dylan si sentì leggermente rincuorato. Forse avevano perso Chris e Jimmy e avevano rinunciato a seguirli. O forse, sussurrò una voce più pessimista, Jimmy e il suo compagno erano stati condotti via tra le loro braccia. O giacevano morti sul fondo del laghetto.

Si accorse che stava emettendo un suono disperato, un lamento, e si obbligò a zittirsi.

Non riusciva a decidere sul da farsi: cercare ancora intorno al laghetto – magari attraversare la foresta fino all'altro lato – o seguire gli intrusi su per la collina? Alla fine scelse l'ultima opzione. Mentre camminava, prese in considerazione l'idea di chiamare il 911, ma a che scopo? Come avrebbe giustificato al dipartimento dello sceriffo la presenza di lupi mannari? Inoltre, i poliziotti avrebbero impiegato più di venti minuti ad arrivare e avrebbe potuto essere troppo tardi. Non sapeva quanto tempo fosse già trascorso da quando Chester e gli altri erano arrivati.

Dylan seguì l'odore di Chester tra gli alberi di Natale, fino alla tomba di Andy, poi fino alla fila di pioppi. Cominciò a correre quando vide la porta sul retro di Chris di nuovo aperta. L'ultima volta che era successo, Dylan aveva scoperto Chris messo all'angolo nel suo salotto da Andy in forma di licantropo.

Questa volta non c'era nessun lupo a casa di Chris. Nemmeno Chris era lì. Chester sì, assieme a quattro membri del suo branco: tre uomini e una donna. Occupavano tutto lo spazio nel salottino. I libri erano sparpagliati dappertutto, strappati; i vecchi e brutti mobili erano stati fatti a pezzi; e per qualche motivo il branco sembrava leggermente coperto di fuliggine.

"Dov'è?" urlò Dylan in direzione di Chester, che aveva in mano un libro.

Chester fece un sorrisetto e strappò il libro in due, poi lo lanciò lontano. "La tua cagna è un topo di biblioteca, vero?"

"Dov'è? Che cazzo vuoi?"

Mentre Dylan urlava, due degli uomini scivolarono alle sue spalle, chiudendo la sua via di fuga attraverso la porta sul retro. Chester e gli altri si disposero a ventaglio formando un cerchio intorno a Dylan; Chester gli stava direttamente di fronte.

"Vogliamo te, ovviamente. Non ci dispiacerebbe prendere anche la tua cagna, ma è te che vogliamo."

Il cuore di Dylan batteva all'impazzata e il pranzo gli pesava sullo stomaco. Dalle parole di Chester non capiva se Chris era stato ferito, però era abbastanza chiaro che lui era nella merda fino al collo.

300

"Eravamo d'accordo che se mi fossi tenuto alla larga mi avreste lasciato in pace. E l'ho fatto. Perché siete qui?"

Forse Chester faceva pratica con il suo sorriso tanto spesso quanto Stender, ma quello del licantropo era di pura cattiveria. "Ho cambiato idea. Ho deciso che era troppo pericoloso avere un lupo solitario in giro. Ho degli agganci, così non è stato troppo difficile rintracciarti con la tua targa."

Dylan non era particolarmente interessato a *come* quegli stronzi lo avessero trovato. "Non sono un lupo, per la miseria. Sono un uomo. E non mi frega un cazzo…"

"Tu sei una *bestia*," ringhiò Chester, facendo un passo avanti. "Stai cercando di convincerti di essere un uomo normale con un piccolo problemino a scadenza mensile, ma sono cazzate. Una scatola di tampax non risolverà quello che ci affligge. Possiamo anche camminare su due gambe adesso, ma nel profondo, dove davvero conta, siamo *animali*. E tu hai invaso il mio territorio."

"Questa è la *mia* terra!" urlò Dylan. "Siete voi gli intrusi."

Un altro sorriso malvagio. "Forse è giunto il momento di espanderci un po'."

Dylan guardò Chester e si rese conto del suo errore fatale. Quando avevano parlato, a Gresham, entrambi avevano capito che Dylan probabilmente era il più forte tra i due. Si era detto che non importava perché non aveva nessun desiderio di guidare un branco o altre stronzate di quel genere. Però era esattamente quello che voleva Chester. Per lui, Dylan era una minaccia che doveva essere eliminata se voleva preservare la sua posizione.

In quel momento, Dylan era circondato, ma era chiaro che anche Chester si sentiva con le spalle al muro. Non era una bella situazione.

Obbligandosi a controllare il respiro e tenere calma la voce, Dylan cercò di nuovo di sdrammatizzare la situazione. "Questo non è necessario. Non voglio sfidarti. Voglio solo…"

"Non mi fotte un cazzo di quello che vuoi, ragazzo!" Spruzzi di saliva volarono dalle labbra di Chester. Avanzò e così fecero i suoi compagni.

Dylan fece per prendere il telefono dalla tasca. I poliziotti non sarebbero arrivati in tempo, ma doveva fare *qualcosa*. Appena lo ebbe in mano, uno degli uomini alle sue spalle scattò in avanti e gli afferrò il braccio. Dylan riuscì ad allontanarlo con una spinta, però fece cadere il telefono. Balzò lontano e la donna lo fece allegramente a pezzi con lo stivale.

Quello era il secondo telefono che perdeva in un attacco quell'anno.

Però ci provò di nuovo: "Sistemiamo la cosa da persone ragionevoli."

Chester scosse la testa. "No. La sistemeremo da lupi."

E con grande orrore di Dylan, Chester cominciò a trasformarsi.

Dylan aveva visto un uomo trasformarsi in lupo solo una volta, ma allora si stava trasformando dolorosamente anche lui per la prima volta, e non era stato in condizioni di osservarlo. Adesso, però, ebbe una visione molto ravvicinata del viso di Chester che si allungava, il muso e i denti che diventavano lunghi e affilati, mentre il suo corpo si piegava e contorceva – i vestiti che si strappavano nel processo – e una pelliccia grigia cresceva dalla pelle come un video al rallentatore di un campo di grano che germogliava. Chester gemeva e ululava. Gli occhi castani diventarono d'oro; le orecchie appuntite, completamente ricoperte da lunghi ciuffi di pelo, e gli spuntò una lunga coda.

"Ma non c'è la luna piena," sussurrò Dylan. E in effetti erano prossimi alla luna nuova; inoltre, mancavano ancora parecchie ore al tramonto. Ma quello che aveva appena visto era inconfutabile, come era innegabile che gli uomini e la donna stavano anche loro attraversando le loro dolorose trasformazioni.

Pensò di scappare via. Ma lo avrebbero preso appena avessero cominciato a correre. E comunque dove sarebbe scappato? Non sapeva ancora dove fosse Chris, se fosse al sicuro o meno. Fintanto che rimaneva lì, gli intrusi avrebbero avuto una distrazione.

In pochi minuti Dylan si ritrovò in piedi nel salotto di Chris tra lo sfacelo dei suoi averi, circondato da un branco di lupi.

Una terribile certezza si fece spazio nel suo cuore. Non c'era nulla che potesse fare per sopravvivere a quell'incontro. E peggio di ogni altra cosa, una volta che avessero ucciso lui, non c'era nulla che potesse fare per impedire al branco di trovare e fare a pezzi anche Chris. Sempre che non lo avessero già fatto.

Dolore, rimpianto e autocommiserazione lo colpirono con una forza tale che a stento riuscì a restare in piedi, e non lasciarono spazio alla paura. Ma c'era anche un'altra emozione, una che sembrava quasi deliziosa, che gli pompava tra le vene: rabbia. Anche la rabbia che aveva provato quando aveva visto Andy attaccare Chris impallidiva a confronto della furia che provava in quel momento. Andy, almeno, era stato il suo alfa, e aveva provato – anche se in un modo completamente contorto – a costruire una famiglia. Chester voleva solo distruggere.

E all'improvviso lo stesso valeva per Dylan.

Dentro di lui c'era una porta, una a cui aveva fatto la guardia con molta attenzione per più di due anni, anche se non era cosciente della sua esistenza. Era fatta di un legno spesso, grezzo, tenuto insieme da ferro pesante. Adesso, Dylan l'aveva scardinata.

Quel cambiamento riverberò in lui in tutta la sua ferocia. Le ossa e i tendini si assemblarono in nuove forme quando si mise a quattro zampe. La schiena si piegò lasciandolo agonizzante, si sentì tirare la mascella e la testa, che si distorsero, e sentiva come se la pelle fosse strofinata da dentro da lana di acciaio. Era fantastico. Di solito riusciva a togliersi i vestiti prima di trasformarsi, ma il suo corpo li aveva già fatti a brandelli. Li allontanò con un calcio impazientemente. Abbassò la testa, alzò le labbra per scoprire le zanne, e un ringhio scaturì dalla profondità del suo petto.

Dylan non aspettò che gli altri attaccassero. Non riusciva più a pensare chiaramente *perché* era infuriato per quello che avevano fatto gli intrusi. Tutto quello che sapeva era che aveva bisogno di sentire i denti affondare nella carne.

Balzò.

Chester fu preso di sorpresa. Forse non era mai stato sfidato davvero. Guaì quando il peso di Dylan lo buttò a terra, poi cercò di rimettersi in piedi. Ma Dylan aveva già la mascella chiusa stretta intorno alla sua gola. Il sapore inebriante del sangue fresco gli riempì la bocca e gli sforzi del lupo sotto di lui erano deboli e vani.

Se fossero stati solo loro due, Dylan avrebbe vinto facilmente. Era più giovane e più forte di Chester e si era trovato subito in vantaggio. Aveva molte più ragioni per combattere. Ma non erano solo loro due.

Un altro lupo si lanciò contro Dylan, la bocca diretta alla gola. A causa del modo in cui Dylan premeva contro Chester, l'altro animale riuscì solo a graffiarlo con i denti, afferrando per la maggior parte solo il pelo. Poi un altro lupo si lanciò dall'altra parte e i rimanenti due gli affondarono i denti nelle zampe e nello stomaco.

Lasciò andare la presa che aveva su Chester e morse uno degli altri lupi. I denti sfiorarono un muso, facendo guaire e ruzzolare all'indietro la bestia; adesso Chester era libero e stava cercando di rimettersi a quattro zampe. Un gran peso atterrò sul corpo di Dylan e dei denti affilati affondarono nella sua schiena. Ululò e cadde di lato, si liberò dall'aggressore, poi indietreggiò sanguinando contro il muro. Cinque paia di occhi gialli erano fissi su di lui; nessuno aveva la minima scintilla di misericordia umana. Però, Dylan non aveva paura, almeno non come un uomo. Stava per morire. Ma prima del suo ultimo respiro, avrebbe fatto più danni possibile a quei bastardi.

CAPITOLO 22

CHRIS DOVEVA ammetterlo: quando gli aveva detto di correre, il suo vecchio lo aveva fatto, e senza fermarsi a fare domande. E anche parecchio in fretta, anche se quando erano finalmente riusciti a raggiungere il laghetto, respirava affannosamente.

Non aveva un piano di fuga. Stava semplicemente agendo d'istinto. Il buon senso e l'esperienza gli dicevano che Chester e il suo branco non avrebbero avuto problemi a entrare dentro casa e poi abbattere ogni porta che si fossero trovati davanti, per cui nascondersi all'interno non avrebbe funzionato. Chiamare la cavalleria – i poliziotti, Dylan, la cazzo di Guardia Nazionale – anche quella non era un'opzione, perché il telefono di Chris era sul bancone della cucina nella casa grande. Non sarebbero comunque stati d'aiuto; nessuno sarebbe arrivato alla fattoria in tempo per essere utile. Essere isolati da qualsiasi vicino era una gran cosa quando Chris voleva girare a chiappe all'aria o quando Dylan si ricopriva di pelo, ma non quando significava che l'aiuto di qualcuno era a più di tre chilometri di distanza. Anche la strada provinciale era lontana, e non era mai trafficata.

Se si fosse messo a correre a tutta velocità attraverso il campo di grano, forse Chris sarebbe riuscito a scappare. Non Jimmy, però. E anche se Jimmy ancora non era in cima alla lista delle sue persone preferite, non lo avrebbe mai lasciato in pasto ai lupi.

Così avevano oltrepassato i rovi di more che portavano al laghetto. Quando raggiunsero l'acqua, sentì una serie di esplosioni ovattate, seguite da urla di paura. Non sapeva che diavolo fossero, e non sarebbe di sicuro rimasto lì ad aspettare. Si tuffò in acqua. "Sai nuotare?" gridò dietro alle sue spalle.

"Una volta," fu la risposta affannata che ricevette.

Il laghetto non era particolarmente ampio e, dopo poche bracciate, Chris si avvalse dei rami per raggiungere la sponda opposta. Si voltò per dare una mano a Jimmy.

Il dislivello in quel punto era davvero forte, e dappertutto c'erano felci e rami della vegetazione incolta e probabilmente anche della quercia velenosa. Dylan forse non aveva difficoltà a correre lì quando era a quattro zampe, ma per chi stava su due gambe era una sfida. Chris strattonò il braccio di Jimmy fino a quando non furono fuori dall'acqua, poi lo trascinò a terra. "Spero non riescano a trovarci qui."

"Trovarci?" Il povero Jimmy stava davvero facendo fatica a riprendere fiato.

Si sentirono altri rumori provenire dalla collina, seguiti da altre urla. Poi le voci si fecero più vicine, così Chris si portò un dito alle labbra e sperò con tutto se stesso che Jimmy riuscisse a calmare il suo affanno. Stava chiaramente sforzandosi di essere il più fermo e zitto possibile, glielo doveva riconoscere.

Qualcuno entrò nell'acqua. "Devono essere andati nel bosco," disse una voce maschile sconosciuta. "Io e Pete possiamo andare a prenderli."

"No." Quella voce Chris la riconobbe: Chester. "Non sono una vera minaccia. Possiamo prenderli dopo. Per il momento, dobbiamo scovare il lupo."

"Magari non è qui. Non ho visto il suo furgoncino."

"Allora gli faremo una gran bella festa di benvenuto."

Le dita di Chris si chiusero a pugno, e gli ci volle tutta la sua forza di volontà per non uscire di corsa dal bosco e mettersi alla ricerca di quel figlio di buona donna. Ma sapeva di cosa era capace un lupo mannaro, figuriamoci un branco, così strinse i muscoli e rimase nascosto.

Una donna disse: "Che *diavolo* è successo nella casa? Non voglio rimanere in giro se succederanno altre cose simili."

"Già," intervenne un altro. "Quelle scariche elettriche facevano davvero *male*."

Chris aggrottò le sopracciglia. Di cosa stavano parlando?

Ma fu Chester a dargli la risposta. "Deve avere qualche tipo di sistema di sicurezza high-tech o qualcosa del genere. Rimarremo fuori dalla casa grande. Tanto non è lì. Paula, tu rimani qui e facci un fischio se la cagna esce dal bosco. E tieni le orecchie aperte se ti chiamo."

"Okay." Paula non sembrava particolarmente entusiasta di quell'incarico. Nemmeno Chris, perché fintanto che ci fosse stato qualcuno di guardia, lui e Jimmy sarebbero rimasti bloccati nel bosco. Non era molto comodo, e peggio ancora, non aveva modo di avvisare Dylan.

"Hai un telefono?" sussurrò con voce più bassa possibile.

Jimmy scosse la testa con aria solenne.

Cazzo. Avevano di fronte un branco di lupi mannari e alle spalle chilometri e chilometri di bosco. Chris aveva nei jeans un coltellino e probabilmente sarebbero riusciti a fare delle armi alla buona con i rami, ma non sarebbe bastato. Inoltre si uccidevano solo i vampiri con i bastoni acuminati, no?

Foglie e insetti solleticavano le spalle e la schiena nuda di Chris, e i jeans bagnati gli sfregavano le cosce.

Jimmy era sdraiato supino e finalmente era riuscito a riprendere fiato. Si spostò di alcuni centimetri in modo da essere davvero vicino a Chris. "Chi sono?" domandò, mimando le parole invece di pronunciarle.

Be', quella era una storia particolarmente lunga, no? "I cattivi."

"Hanno armi?"

Chris non aveva risposta per quella domanda. "Non so. Ma sono davvero pericolosi."

"Come?" Jimmy era sorprendentemente calmo, e Chris si rese conto che durante gli anni suo padre doveva avere avuto la sua razione di guai. Probabilmente non come questo, però.

Be', avevano del tempo da ammazzare, e se Chris non si fosse distratto, avrebbe fatto qualcosa di stupido. "Sono dei lupi mannari."

"Cosa?"

"Lupi mannari. Già, esistono davvero. Anche Dylan è un lupo mannaro. Si trasforma quando c'è la luna piena. L'ho visto io stesso, più di una volta." Sospirò. "C'è anche un fantasma. Zio Frank sta infestando la casa di Dylan, a dire il vero. Era questa la storia che stavo per raccontarti."

Jimmy lo guardò come se stesse seriamente mettendo in discussione la sua sanità mentale. Chris non poteva fargliene una colpa. Era un ragazzo molto pratico e non avrebbe creduto a una sola parola di tutte quelle cazzate se non le avesse vissute in prima persona. Poi Jimmy fece spallucce, forse pensando che il pericolo più imminente era un problema molto più pressante che lo stato mentale del figlio. "Cosa facciamo?"

"Aspettiamo," rispose Chris triste. Aspettare fino a quando Chester non si fosse annoiato e poi fosse andato via, cosa improbabile, o quando Dylan avesse fatto la sua comparsa e avrebbe dovuto confrontare il branco feroce da solo.

Cazzo.

Fu una lunga, lunghissima attesa. Più rimaneva sulla terra e le foglie, più il suo stomaco si stringeva. Jimmy fece alcune domande sui lupi mannari, come se stesse provando a credere alla storia che gli aveva raccontato, ma per la maggior parte del tempo rimase anche lui in silenzio. Chris sapeva che Dylan ci sentiva molto bene e probabilmente anche Paula.

Ogni tanto la brezza trasportava delle voci dalla fattoria; erano chiare ma non abbastanza distinte da essere decifrate.

Chris cercò di trovare un modo per raggiungere la strada. Avrebbe potuto aspettare che Dylan arrivasse e dirgli di togliersi dai piedi. Ma la topografia del luogo non era dalla sua parte. Il laghetto era nel mezzo, come il groviglio impenetrabile dei rovi di more che passavano sul retro della proprietà di Chris. Avrebbe dovuto usare la scavatrice con la cesoia tempo addietro, ma non si era aspettato che avrebbe avuto bisogno di una via di fuga. Forse sarebbe riuscito a trovare una scappatoia nel bosco, ma non era mai stato lì, nemmeno da bambino. Si sarebbe facilmente perso e inoltre avrebbe fatto rumore.

Dio, non si era mai sentito così inutile e indifeso. Dylan sarebbe potuto correre in suo soccorso e salvarlo da un lupo mannaro assassino, ma tutto quello che lui poteva fare era nascondersi tra i cespugli come un maledetto codardo.

Non aveva un orologio, quindi non sapeva quanto tempo fosse passato, quando sentì gridare il suo nome. "Dylan," sibilò, poi si morse la lingua per non rispondere. Cominciò a tremare per la tensione, imprecando a bassa voce quando sentì Dylan chiamarlo di nuovo.

"Non posso lasciare che lo uccidano in questo modo," disse in un lamento.

Jimmy lo afferrò al polso. "Chris, cosa…"

"Devo *provare*," rispose. E cominciò a farsi strada in direzione del laghetto. Quando sentì che Jimmy lo seguiva passo passo, Chris si voltò e lo guardò male. "Rimani *qui*."

Jimmy scosse la testa. "Ti ho appena trovato. Non ti lascio andare senza combattere."

In altre circostanze, Chris sarebbe rimasto colpito, magari anche un po' commosso. Adesso era spaventato a morte.

Approcciò il laghetto giusto in tempo per vedere la schiena di Dylan mentre scompariva sulla cima della collina. Chris lo avrebbe chiamato, ma una donna era accucciata dietro a un cespuglio. Paula, senza dubbio, doveva aver provato a nascondersi. Troppo vigliacca per attaccarlo da sola. O forse avrebbe aspettato fino a quando Dylan non si fosse distratto per poi sorprenderlo alle spalle.

Tirò fuori il suo coltellino, aprì la lama, e fece deliberatamente abbastanza rumore da attirare l'attenzione della donna. Lei girò la testa di scatto nella sua direzione, con un sorriso feroce, poi guardò di nuovo la collina, come se stesse decidendo cosa fare. Doveva aver preso una decisione, perché si tolse le scarpe, lo sguardo fisso su Chris; lui aspettò che facesse la sua mossa con il coltellino in mano. Sentì un fruscio e un rumore di rami spezzati al suo fianco quando Jimmy ne staccò uno dall'albero più vicino.

Prima che Paula si tuffasse in acqua, si trasformò.

Chris aveva visto Dylan trasformarsi da poco durante l'ultimo plenilunio. Ma anche se la ragazza stava cercando di ucciderlo, e anche se era dall'altra parte del laghetto invece che nella stessa stanza, la trasformazione fu incredibile. Il suo corpo si allungò e contorse in modi che non avevano nulla di umano; i vestiti si strapparono e caddero a terra.

"Santa madre di Dio," sussurrò Jimmy.

"Te lo avevo detto."

"Pensavo avessi detto che ci voleva la luna piena. Non c'è nessuna luna, Chris."

"Lo so. Credo ci sia qualcosa di cui non sono al corrente. Dylan ha perso il manuale."

La lupa si tuffò con destrezza nell'acqua e cominciò a nuotare nella loro direzione. Nuotava come nuotano i cani, ma era brava e si stava avvicinando velocemente. Chris sentì degli strani rumori provenire dal suo stomaco. Aveva visto da vicino di cosa era capace una di quelle bestie e quanti maltrattamenti potevano sopportare, riuscendo comunque a imbastire una lotta mortale. Il suo coltello e il bastone di Jimmy non sarebbero serviti a un cazzo. Ma era tutto quello che avevano.

"Forza, Fufi," gridò Chris con molta più spavalderia di quanta ne sentisse davvero. "Vieni a prendermi."

E poi Paula scomparve sotto l'acqua con un guaito strangolato.

"Ma che cazz..." dissero Jimmy e Chris all'unisono.

La testa e le zampe anteriori del lupo comparvero di nuovo, ma stava chiaramente facendo fatica a rimanere a galla e spingersi in avanti. Guaì e si

307

dimenò nell'acqua, poi si immerse completamente, come se fosse stata strattonata con forza.

Non ritornò in superficie.

Chris si voltò verso Jimmy e si guardarono increduli. "Dylan dice che c'è un sacco di spazzatura là sotto. Deve essere rimasta incastrata in qualcosa."

Jimmy annuì ma senza convinzione.

Era un mistero inquietante, però Chris non aveva tempo di mettersi a giocare a Sherlock Holmes in quel momento. Saltò nel laghetto.

"Chris! Potrebbe esserci qualcosa di..."

Ignorò quell'avvertimento. Già, avrebbe potuto esserci qualcosa di pericoloso nell'acqua, ma di certo c'era qualcosa di mortale dall'altra parte del laghetto. E c'era Dylan. Chris nuotò il più in fretta possibile. Quando raggiunse l'altra sponda si fermò solo per un momento. Il tempo per scuotersi e asciugarsi come un cane e dare una mano a Jimmy, che lo aveva seguito fedelmente. Insieme corsero su per la collina.

La casa grande sembrava vuota, la porta sul retro era aperta. Poi Chris notò un rapido movimento a lato, proprio sotto la camera degli ospiti. Ciò che vide brillava e pulsava spasmodicamente. Zio Frank, senza dubbio. Stava puntando una delle braccia spettrali verso i pioppi.

"Jimmy, il mio telefono è in cucina. Chiama la polizia."

"E tu cosa..."

Non attese che finisse di fare la sua domanda, invece corse verso casa. Mentre si avvicinava, sentì ringhi e brontolii e qualcosa di pesante che andava in frantumi. Aumentò la velocità, ma prima di raggiungere gli alberi, qualcosa sbatté contro la sua schiena così forte da farlo cadere a terra.

Per un momento non riuscì a muoversi. Il colpo gli aveva tolto il respiro e gli sembrava che qualcosa stesse ridistribuendo i suoi organi interni. Faceva *male* da morire. Credeva che gli avessero sparato. Ma quando riuscì a mettersi seduto, non vide né sangue, né ferite, però avvertì una strana sensazione sotto pelle e lungo la schiena, una specie di costrizione, una vibrazione che gli fece venire in mente quella volta che aveva infilato un coltello nel tostapane.

"Ma che cazzo?" mormorò, non per la prima volta quel giorno.

Era particolarmente riconoscente di essere riuscito a rimettersi in piedi. Si sentiva leggermente dolorante. Ma non aveva importanza, perché la lotta dentro casa sua proseguiva.

Stupidamente, e senza speranza di far nulla se non ritardare l'inevitabile, corse fino al suo patio e dentro casa.

Era piena di lupi. Erano tutti molto grossi, stipati nel suo salottino. Grossi e spaventosi, con il pelo irto e i denti sanguinanti. Non ebbe nessuna difficoltà però a identificare il suo lupo: quello nell'angolo, che aveva il pelo abbastanza simile al colore dei capelli di Dylan e che aveva delle brutte ferite sul muso e sul corpo.

Dylan lo vide per primo e spalancò gli occhi. Abbaiò qualcosa che non poteva essere altro che un avvertimento. Non doveva essere un esperto per capire che gli aveva detto di scappare. Un paio di lupi si voltò per ringhiare contro di lui. Chris sollevò il suo stupidissimo coltello. "Fatti sotto." Fu orgoglioso del fatto che la sua voce non avesse vacillato.

Poi parecchie cose accaddero nello stesso momento, così velocemente che non riuscì a seguirle tutte: Dylan saltò in avanti, affondando i denti nel collo di uno degli animali che era stato distratto da Chris. Gli altri saltarono contro Dylan e il sangue coprì le pareti.

Un lupo magrolino con il manto nero si voltò e si diresse verso Chris, che fece un passo indietro verso la porta. Sollevò la lama. E dentro di sé sentì *sorgere* un flusso di energia così forte che fu come se un'esplosione atomica fosse avvenuta nel suo stomaco. Fuoriuscì gracchiando da lui e colpì il lupo che lo stava attaccando con un nauseante sfrigolio. L'animale cadde a terra, contorcendosi con la bava alla bocca.

Ma quello non fu tutto. L'energia continuò a emanare da lui, colpendo tutti i lupi – Dylan incluso – facendoli accasciare all'istante, come marionette a cui vengono tagliati i fili. E l'energia colpì i libri distrutti e i mobili rovinati, colpì i muri, e scivolò dentro l'isolante dei muri e dentro i fili elettrici.

Si sentì un *boato* forte abbastanza da assordarlo, e in un solo istante le fiamme avvolsero ogni cosa.

All'improvviso Chris si sentì debole come un gattino appena nato. Ma non pensò. Corse nella stanza il più velocemente possibile per quanto le sue gambe di gelatina glielo permettessero, girò intorno al branco che ancora si contorceva a terra, e afferrò Dylan alla collottola sanguinante. Poi tirò con tutta la sua forza, trascinando il compagno sopra agli altri lupi, fuori dalla stanza sul patio, e lungo lo spiazzo erboso sul retro di casa sua.

Collassò a terra. Poteva sentire il calore della casa che bruciava alle sue spalle, ma tutta la sua attenzione era concentrata su Dylan, che stava perfettamente immobile. "Dyl? Gesù, Dylan?"

Il lupo ferito si contorse come il riflesso in uno specchio deformante, poi un uomo prese il suo posto, nudo e sanguinante, la pelle leggermente bruciacchiata in alcuni punti.

Chris si gettò su di lui, cercando di capire se ci fossero ancora delle pulsazioni, ma il suo cuore batteva così all'impazzata che non riusciva a capirlo.

"Chris! Spostati!" Jimmy lo afferrò per il braccio e cercò di metterlo in piedi. "L'incendio!"

Chris guardò suo padre. "Aiutami a portarlo via."

Fu Jimmy a fare tutto, tirando il corpo immobile di Dylan fino a quando non fu a una distanza di sicurezza. Chris si trascinò dietro di lui, poi si accasciò in ginocchio al fianco di Dylan.

Quando Dylan riaprì gli occhi, tutto il suo mondo cambiò prospettiva.

"Ch–Chris?" disse Dylan con voce rauca.

Chris riuscì a rispondere solo con un pianto roco.

Jimmy rimase calmo. Entrò in casa e prese dei jeans e una T-shirt per Dylan. Quando furono di ritorno, Dylan aveva smesso di sanguinare ed era seduto, intontito e dolorante ma non prossimo alla morte. Chris si lasciò cadere al suo fianco, così Jimmy aiutò Dylan a mettersi i vestiti.

La casetta bruciava e si sentì il rumore distante delle sirene.

"Cosa... Come... Chris..." Dylan non sembrava essere in grado di mettere insieme una frase coerente.

Chris si sdraiò al suo fianco. "Va tutto bene. Andrà tutto bene."

Dylan cercò di sorridere. "Mio eroe."

I POLIZIOTTI arrivarono, seguiti a breve dai paramedici e i vigili del fuoco. Il posto pullulava di gente in divisa che faceva un sacco di domande. Dylan era troppo confuso per rispondere ma rifiutò categoricamente di essere portato in ospedale, nonostante le minacce dei paramedici.

Fu Jimmy a raccontare la storia più coerente alle autorità: era andato a trovare suo figlio, nella speranza di una riconciliazione, quando un camion di criminali aveva fatto la sua comparsa. Avevano minacciato Jimmy e Chris, e loro erano andati a nascondersi nel bosco. Quando Jimmy e Chris avevano pensato che fosse sicuro uscire allo scoperto, gli intrusi avevano accerchiato Dylan nella piccola casa e stavano per picchiarlo a sangue. Chris era corso ad aiutarlo, c'era stata un'esplosione – probabilmente aveva preso fuoco la sigaretta mal spenta da qualcuno – e Chris era riuscito a trarre in salvo solo Dylan.

Alla fine i vigili del fuoco avevano spento le fiamme. Fortunatamente, l'incendio non era divampato fino alla collezione di macchine di Chris, ma della sua casa non rimanevano che delle rovine fumanti. Dentro trovarono una serie di corpi carbonizzati.

I poliziotti fecero controllare la targa del camion di Chester e scoprirono che era stato arrestato parecchie volte. Sembravano aver creduto alle storie che avevano raccontato Jimmy e Chris, e che non erano poi così dissimili dalla realtà. Un paio di detective promise che avrebbero fatto ulteriori indagini ma Chris non ebbe l'impressione che avrebbero avuto problemi da quel punto di vista. Qualcuno portò via il camion di Chester.

Era già buio quando Jimmy e Chris aiutarono Dylan su per le scale fino alla camera da letto. "Sporcherò le lenzuola," mormorò Dylan.

"Potremo lavarle domani, Martha Stewart." Chris lo aiutò a spogliarsi, poi gli rimboccò le coperte.

Jimmy preparò in fretta uno stufato per tutti. Era un bravo cuoco. Chris si era dimenticato di quella sua abilità. Dylan riuscì a mandarne giù solo qualche boccone prima che le sue energie si esaurissero completamente. "Devo chiamare Rick," sospirò.

Chris scosse la testa. "Dormi. Lo chiamerò io."

"Casa tua non c'è più. Tutto quello che avevi..."

"Non avevamo appena deciso che *questa* è anche casa mia adesso? E tutto ciò che conta per me è qui." Chris diede una pacca sulla spalla di Dylan, che sorrise mentre gli occhi gli si chiudevano.

Chris si alzò stancamente e si incamminò verso la porta.

"Anche tu dovresti dormire," disse Jimmy. "Qui non c'è altro da fare."

"Dopo che avrò chiamato il fratello di Dylan."

"Ti porto il telefono. Ti dispiace se poi lo uso per chiamare Tasha?"

"No, fai pure."

Jimmy annuì. "Quanto le posso dire?"

"Dille tutto. Non mi importa."

"Penserà che ho ripreso a bere," replicò Jimmy con una risata secca.

"Jimmy? Ti spiace fermarti qui stasera? Il divano al piano di sotto non è male. Penso che noi tre dovremmo fare una bella chiacchierata domani."

Jimmy fece un gran sorriso. "Immagino di poterlo fare."

Quando Jimmy scese le scale, Chris si tolse i jeans sporchi per infilarsi un paio di boxer puliti di Dylan. Poi salì sul letto e, dato che nessuno lo stava guardando, diede al compagno addormentato un tenero bacio romantico sulla fronte. "Ti amo, Dylan Warner," sussurrò.

I passi nel corridoio annunciarono il ritorno di Jimmy. Aspettò che Chris facesse una telefonata veloce a Rick e Kay – Calmati, ho pensato che voleste saperlo, è tutto finito adesso, vi chiameremo domani mattina – poi Jimmy prese il telefono, si girò e camminò fino alla porta della camera.

"Ehi," sussurrò Chris.

Jimmy si voltò per guardarlo.

"Sei stato... sei stato incredibile." Fece un respiro profondo. "Grazie, papà."

Il sorriso che ricevette dall'uomo avrebbe potuto illuminare il cielo notturno.

Ma quando Chris si appoggiò al cuscino e si accoccolò a Dylan, si rese conto che i ringraziamenti non erano finiti. Non era sicuro se il destinatario fosse ancora nei paraggi per sentirlo, ma lo doveva dire comunque. "Grazie, zio Frank," sussurrò. "Hai salvato la famiglia."

Non poteva esserne certo, ma pensò di aver visto con la coda dell'occhio un piccolo bagliore felice.

Capitolo 23

Le raffiche di vento di novembre si abbattevano contro la casa, ma dentro tutto era caldo e accogliente. Le candele alla soia senza profumo che Dylan aveva ordinato su Etsy bruciavano sulla mensola del caminetto, ma era stato Chris ad accenderle.

Dylan sedeva sul divano, leggermente intontito. Chris non era sicuro del motivo per cui il suo compagno avesse quell'espressione: forse per il sesso davvero soddisfacente con le bende, reso più eccitante dall'uso dell'anello fallico di cui avevano goduto per quasi tutto il pomeriggio; forse per i regali di compleanno incartati impilati al suo fianco; o forse a causa del piccolo gruppo di persone in attesa.

Chris si chinò per sussurrare nell'orecchio di Dylan: "Tutto bene?"

Dylan annuì e Chris gli strinse una spalla. Diamine, magari l'espressione sul volto di Dylan era dovuta al fatto che al momento aveva un fantastico dilatatore di vetro dentro di sé. Aveva permesso che Chris glielo infilasse prima di scoprire che gli aveva organizzato una festa di compleanno a sorpresa. Più tardi ne avrebbe probabilmente pagato le conseguenze. Non vedeva l'ora.

"Non dovevi disturbarti," disse Dylan.

"Lo so. Ma dovevo ripagarti per quello che hai fatto tu a settembre." Quella era stata la prima volta da quando era bambino che aveva festeggiato il suo compleanno. Dylan gli aveva comprato la fresatrice che aveva tanto desiderato, riempito di abiti eleganti e portato in città a mangiare bistecca e anelli di cipolla. E al loro rientro, ad attenderli c'era stata un'altra sorpresa, questa volta per mano di Jimmy: una nuova e luccicante roulotte Airstream. Dylan aveva poi messo Chris sul furgoncino e avevano passato una settimana a guidare lungo la costa e campeggiare, facendo poco altro a parte scopare, dormire e guardare il mare.

"Ma... una festa?" obiettò Dylan.

"Una riunione di famiglia. Forza. Poi c'è anche la torta." Chris si stava riferendo alle famose torte di Kay, due varietà preparate con i frutti di bosco della fattoria. "Fate attenzione, tutti! È ora di scartare i regali."

Ci vollero alcuni minuti perché tutti si sistemassero. Kay e Rick avevano passato del tempo con Rachel, la moglie di Stender, probabilmente a parlare del testamento che avevano stilato. A due mesi dal parto, Kay era rotonda e raggiante. Dal canto suo Stender, accanto alla finestra, aveva esaminato da vicino la muffa del legno. La signora Phillips, seduta a fianco di Tasha, aveva ammirato uno dei suoi gioielli. Jimmy, Ery e la figlia adolescente di Tasha, Hayleigh, avevano discusso se Hayleigh avrebbe fatto bene a studiare arti grafiche al college o meno. E Matty era quasi appiccicata al figlio di Tasha, Kevin, che faceva il dentista, era schietto e un po' rotondetto, e lui e Matty si erano piaciuti subito.

Gli ospiti si erano raggruppati con entusiasmo per vedere Dylan aprire i regali. Si pulì le mani nervosamente sui jeans. "Sono fin troppi, ragazzi."

"Ma ci piace farti dei regali!" disse Kay. "Adesso sbrigati!"

Le sorrise e poi prese il primo pacco dalla carta sgargiante.

Stender e Rachel gli avevano regalato un piccolo modello del suo progetto dell'università, i cui lavori erano cominciati il mese precedente. La maggior parte delle proposte di Dylan erano state accettate. Tutti erano elettrizzati per il giardino pensile e il progetto prevedeva che gli studenti del corso di finanza gestissero il bar come parte del loro programma di studi.

Matty gli aveva regalato un enorme libro su Frank Gehry e una serie di dvd gay porno, il che fece arrossire Dylan e tutti risero. "Me li presti quando hai finito di guardarli?" domandò Ery con un sorrisetto, guadagnandosi un buffetto scherzoso dalla nonna.

Tasha e Jimmy avevano portato dei gioielli: un anello in argento con una sagoma di un lupo che completava quello che avevano dato a Chris a settembre e un altro con le iniziali C e D elaborate insieme in un bel disegno. Li indossò subito entrambi.

Da parte di Ery ricevette un dipinto astratto che Dylan giurò avrebbe appeso sopra al camino. La signora Phillips gli diede un libro antico sugli spiriti. Kevin e Hayleigh insieme gli avevano regalato dei biglietti per il concerto di una band che Chris non aveva mai sentito nominare e che probabilmente avrebbe odiato, ma che fece saltare di gioia Dylan sulla sedia.

Kay aveva mandato Rick fuori alla macchina per prendere i loro regali. Era rientrato bagnato e lievemente scontento. Kay gli prese il pacchetto di mano e lo lanciò sulle ginocchia di Dylan. Lui la annusò. "Com'è che hai odore di gatto?"

Fu Rick a rispondere: "Perché siamo pazzi, ecco perché. Stiamo per avere un bambino e l'altro giorno abbiamo adottato un gattino."

"Già," aggiunse Kay. "È adorabile! L'ho trovato nel parcheggio al lavoro. Qualcuno deve averlo abbandonato. Non è una cosa orrenda?" Tirò su con il naso. Gli ormoni esacerbavano le sue emozioni. "Ma adesso ha un posto sicuro dove vivere. Il veterinario ha detto che Frankie ha circa quattro mesi."

Chris e Dylan si scambiarono degli sguardi stupefatti. "Frankie?" si meravigliò Dylan.

"Come il secondo nome di Chris." Allungò la mano per dargli un pizzicotto. "Il nostro gattino ha gli stessi identici occhi grandi e blu."

Chris decise che su certe cose fosse meglio non indagare. Osservò Dylan scartare con attenzione il suo regalo – ovviamente lui non era uno che strappava la carta – per rivelare una scatola di legno. Aprì subito anche quella. All'interno c'era tutto l'occorrente per il giardinaggio: rastrelli a mano, kit di sementi, cazzuole e simili, parecchi pacchetti di semi e un paio di libri sempre sull'argomento.

Kay sorrise. "So che avevate intenzione di fare un orto dove c'era la casa di Chris una volta. Abbiamo pensato che avreste potuto iniziare a progettarlo durante l'inverno."

"Grazie, ragazzi. Sarà divertente." Un certo luccichio negli occhi di Dylan significava che stava già progettando la disposizione di piante eccessivamente elaborate.

Ripose la scatola vicino ai piedi e guardò il suo bottino. "Wow. Non mi sarei mai aspettato… Mi sento preso alla sprovvista." Sorrise ai suoi familiari e agli amici. "Grazie."

Ma Chris scosse la testa. "Non hai ancora finito. Non hai ancora scartato i miei regali."

Lo sguardo impaurito sul volto di Dylan fece ridere tutti. Chris fece ballare le sopracciglia. "Non ti preoccupare. *Quelli* li ho conservati per dopo. Ma ho preso alcune cose che possono essere aperte in pubblico."

"Mi hai già dato tutto quello che voglio, Chris."

Tutte le donne nella stanza tubarono, e anche Ery. Dylan arrossì ma mantenne il contatto visivo con Chris. Chiaramente voleva assicurargli che diceva sul serio, ma Chris lo sapeva già.

"Mi dispiace ma non si possono fare cambi." Dal punto della libreria dove le aveva nascoste in precedenza, Chris prese quattro buste marroni. Le aveva numerate in modo da sapere in che ordine dargliele.

Dylan scosse la prima, fece spallucce e la aprì con attenzione. Ci infilò dentro la mano, poi aggrottò le sopracciglia estraendo il contenuto. "Un passaporto?"

"Aprilo."

Dylan lo fece, rivelando una foto poco lusinghiera e goffa di Chris. "È il tuo."

"Lo so, genio. Ho fatto la richiesta io stesso. Ho pensato che fosse meglio essere pronti in caso un giorno volessi *rapirmi*. Magari potremmo andare a Barcellona." Rispose con un sorriso timido in direzione di Dylan. "Okay, questo è il prossimo."

Posò il passaporto al suo fianco e prese la seconda busta. Tutti attesero con impazienza mentre esaminava le carte che aveva trovato dentro. "Un estratto conto?"

"Un conto di risparmio. Il primo per me. Voglio intestarlo anche a tuo nome. E se vuoi parlarmi anche di un piano pensione, sono disposto ad ascoltare."

A quelle parole ricevette un sorriso da orecchio a orecchio. Era parecchio tempo che Dylan lo pressava per fare dei programmi per il futuro per le emergenze. Gli veniva l'orticaria a sapere che Chris lasciava che i soldi gli passassero per le mani, senza preoccuparsi molto delle emergenze. "Gesù, Chris. È davvero un grosso passo per te. Grazie."

"Non è finita qui."

Nella terza busta c'erano degli altri documenti, questa volta molti di più. "Ti risparmio la lettura per il momento. Mi hanno aiutato Rachel e Stender." Chris fece un respiro profondo. "È un contratto per un'unione civile. Stilato con tutti i crismi.

314

So che abbiamo detto di non aver bisogno di cose del genere, ma Rachel dice che è una buona idea per le tasse, inoltre secondo Stender posso essere incluso nella tua assicurazione sanitaria. Ma se non vuoi firmare, va bene lo stesso perché..." Si accorse che stava farneticando e si zittì.

Questa volta Dylan sembrò contento e Chris scorse un luccichio nei suoi occhi. "Lo firmerò. Però, una piccola cerimonia non ci starebbe male. Voglio vederti con lo smoking."

Okay, magari in fondo al cuore, Chris era segretamente sollevato che Dylan volesse regolarizzare la loro relazione. A parte il funerale di suo nonno, non c'erano state delle occasioni formali nella sua vita: nessuna laurea, nessun matrimonio di amici, nulla, e sentiva che qualcosa di importante come quella doveva essere celebrata in modo speciale. "Okay," disse semplicemente.

Kay e Matty squittirono, letteralmente; Kay corse verso di loro e, a causa del suo pancione, l'abbraccio fu davvero scomodo. "Posso aiutarvi con i piani?" domandò.

"Non potrei immaginare niente di diverso," rispose Chris. "Ma ho un'altra cosa per te, Dyl."

"Sì?"

Chris gli porse l'ultima busta. "Rachel mi ha aiutato anche con questa."

Dylan estrasse degli altri documenti. Erano scritti in un linguaggio ufficiale e c'erano un milione di posti dove firmare o apporre le sue iniziali. "Che cos'è?"

"Se firmiamo entrambi, con quelle carte riuniremo le due fattorie in un'unica proprietà e saremo... Come si dice, Rachel?"

"Co-intestatari. Avrete gli stessi diritti sull'intera proprietà."

"Oh." Un piccolo suono, ma il volto di Dylan esprimeva tutta la sua contentezza.

Con attenzione mise da parte tutti i fogli, si alzò e abbracciò Chris. E Chris lo abbracciò a sua volta. Quell'abbraccio era così stretto che entrambi facevano fatica a respirare, ma a Chris non importava. Per alcuni minuti, tutto scomparve: lavoro, amici, famiglia, proprietà, e si trovarono uniti come una cosa sola.

Chris nascose il viso contro le spalle larghe di Dylan e fece fatica a non piangere. Sapeva che la vita non sarebbe stata tutta arcobaleni e petali di rosa. Avrebbero litigato per le faccende domestiche, finanziarie e la musica da ascoltare. Dylan si sarebbe angosciato per il lavoro e preoccupato per le sue mutazioni da lupo mannaro. A volte Chris si sarebbe sentito insicuro e irritabile e sarebbe stato sarcastico. E forse ci sarebbero stati degli altri strani episodi soprannaturali. Ma si amavano e si appartenevano. Avrebbero costruito una bellissima casa e una bellissima vita, con delle forti fondamenta e una solida struttura che sarebbe durata per anni. Tutto quello che contava era già loro.

"Forza," disse Dylan, allontanandosi leggermente. Aveva gli occhi un po' gonfi. "Penso che ci siamo guadagnati quella torta."

"Già." Chris diede una pacca sul sedere a Dylan, facendolo contorcere piacevolmente a causa del dilatatore. "Credo di sì."

315

THE GIG – L'INGAGGIO

"Non lo so, Chris. Queste centrifughe per insalata non mi convincono."

Il tizio che aveva pronunciato quella frase era, senza ombra di dubbio, la creatura più sexy su cui Travis avesse posato l'occhio sano.

Snello, sicuro di sé, con una bocca generosa. Senza pensare, Travis si aggiustò la benda sull'occhio e ne approfittò per dare un'altra sbirciata. Già, era sexy, nonostante il berretto a maglia sudamericano da fattone, con le nappe e i paraorecchie. Indossava un giaccone blu da operaio su cui spiccava una targhetta per il nome, che aveva quasi sicuramente acquistato da uno di quei negozietti da hipster di Portland, un ironico contrappunto ai jeans da centocinquanta dollari. Era sexy anche mentre contemplava uno scaffale di centrifughe per insalata, aspettandosi apparentemente che lo convincessero in qualche modo.

Anche il suo amico Chris doveva aver pensato che la centrifuga fosse un oggetto stupido, perché sbuffò sonoramente. Travis pensò che indossasse il giaccone a quadri e la T-shirt slavata dei ZZ Top senza ironia. Anche Chris era carino – più basso, più muscoloso, capelli scuri, con un atteggiamento strafottente – ma non aveva il magnetismo *animale* dell'amico.

Non che Travis avrebbe dovuto notarli. Quel giorno il suo ruolo era di fare da sostenitore morale al suo amato, Drew, che stava qualche corsia più in là, immerso in un dibattito interiore sulle teiere. Drew aveva lasciato cadere la sua vecchia teiera mentre la lavava, il giorno prima, e l'incrinatura non poteva essere riparata. Il suggerimento di Travis, che milioni di americani trovavano che le bustine di tè funzionassero comunque benissimo, era bastato a guadagnarli un'occhiata mortale seguita dalla versione acustica alla chitarra della melodia di *I'm So Bored with the USA* dei Clash. In quale altro modo poteva comunicartelo un fidanzato con l'afasia che stai dicendo una stronzata?

Ed erano finiti lì – quando mancava mezz'ora alla prima esibizione in pubblico di Drew –, a cercare di calmargli i nervi con un'eccitante spedizione per l'acquisto di una teiera, un'attività che si stava dimostrando più mentalmente stancante di quanto Travis si fosse aspettato. Per questo si era spostato al reparto degli strani accessori da cucina, e stava immaginando un loro uso a luci rosse quando aveva visto il ragazzo attraente. Travis aveva una relazione stabile per la prima volta nella vita, vero, ma bisognava capirlo: quel tipo era da togliere il fiato, e Travis era cieco solo a metà.

L'adone sospirò rumorosamente. "Forse dovremmo prendere un piatto da portata. O una di quelle pentole da forno a forma di castello."

"Non devi prendergli niente. Sono ricche. Se vogliono qualcosa, possono prenderselo da sole."

"Ma è una festa per l'inaugurazione della casa. Dovremmo trovare qualcosa che comunichi calore…"

317

"L'hai progettata tu, Dylan, la maledetta casa. Di certo ce l'hai messo il riscaldamento."

A Dylan sfuggì un suono esasperato, che assomigliava molto a quello che faceva Drew quando Travis si dimostrava particolarmente ottuso, e Chris gli diede una pacca energica sulla spalla. "Non dovremmo farlo quando hai poca caffeina in corpo e sei vicino a quel periodo del mese. Perché non ci facciamo un caffè?"

Dylan sospirò e annuì, e i due si allontanarono, lasciando Travis a scervellarsi sul commento di Chris. *Quel periodo del mese.* Allora... Dylan era biologicamente una donna? Lui – o lei? – sembrava piuttosto mascolino. Travis si complimentò mentalmente per una fluidità di genere così efficace. Stava ancora riflettendo sulla questione quando Drew si avvicinò, con una teiera per mano. Una era rotonda e di vetro, e sembrava uscire da un museo di arte moderna. L'altra era in ceramica, con uno stile vagamente asiatico e una sorta di lucidatura blu fumo. Drew le sollevò per mostrarle a Travis.

"Non so. Non lo bevo nemmeno. Non ho nessunissima opinione in materia."

Ma Drew restò fermo, con un'espressione infastidita.

"E va bene. Quella." Travis indicò quella in ceramica: era probabilmente quella più difficile da rompere.

Drew gli sorrise. Dio, quello gli mozzava sempre il fiato. Quel tizio, Dylan, poteva anche essere bello, ma Drew era meraviglioso. Aveva zigomi affilatissimi, occhi blu ancora più penetranti, e non riusciva mai a domare le onde morbide dei capelli castani. Farlo sorridere era diventato uno dei lavori di Travis negli ultimi mesi. Praticamente il suo unico lavoro, dovette ammettere mentre andavano alla cassa. Guardò incupito Drew che dava la teiera al cassiere e prendeva il portafoglio. Travis avrebbe voluto sborsare lui il denaro per regalarla a Drew, ma non riceveva un salario da mesi e i suoi risparmi si erano assottigliati.

Dopo aver completato l'acquisto, Drew afferrò i manici della borsa di carta e uscì a passo pesante dal negozio di casalinghi nell'oscurità di una serata di inizio primavera. Le sue labbra piene erano tirate in una linea sottile e Travis riusciva praticamente a sentirlo che digrignava i denti. Sembrava che il suo compagno stesse per andare al patibolo.

Travis fece del suo meglio per sembrare allegro. "Vuoi prendere qualcosa da mangiare? Forse abbiamo tempo per un sandwich."

Drew scosse il capo e finse di vomitare.

"Va bene, capito. Magari mangiamo dopo il concerto."

Travis avrebbe voluto offrire a Drew una cena in un bel posto, ma ovunque andassero sarebbe stato Drew a pagare. Non che gli importasse, perché era un uomo generoso. Aveva i soldi dell'indennizzo per l'incidente d'auto che gli aveva provocato l'afasia e riceveva i diritti dei libri che aveva scritto prima che la sua vita cambiasse così drammaticamente. L'ultima volta che Travis si era lamentato di essere un mantenuto, Drew aveva alzato gli occhi al cielo e aveva mimato un'elaborata rappresentazione di qualcuno che veniva servito, e qualcun altro che

318

agitava una palma, che era sfociata in un soddisfacente incontro di lotta sul divano del soggiorno. Elwood, il gatto, li aveva guardati sdegnato.

Con quel ricordo erotico che spingeva in un angolo i pensieri tristi di povertà e inutilità, Travis diede a Drew un'amorevole strizzata al sedere. Avrebbe trovato senza dubbio una ricompensa di natura non monetaria per il suo ragazzo. "Vedrai come festeggeremo stanotte, tesoro." Gli lanciò un sorriso lascivo per essere ancora più chiaro.

Drew reagì con uno sbuffo irritato, ma un po' di tensione abbandonò il suo corpo. Circondò con un braccio la vita di Travis e continuarono a camminare fianco a fianco.

Travis aveva sempre pensato che il P-Town Café non fosse un nome invitante per un locale che serviva soprattutto bevande. Ma era un bel posto, nonostante il nome stupido, con muri dipinti in colori vivaci, comode sedie spaiate, e baristi che riuscivano a percorrere la linea sottile tra l'essere troppo entusiasti e l'essere troppo scanzonati. Un piccolo palco era stato allestito a un'estremità del locale, con una sedia e un microfono. Quando entrarono nel locale, Drew lanciò uno sguardo di panico in quella direzione, poi si voltò con decisione dall'altra parte.

Travis si impegnò a fargli raggiungere il bancone.

"Ciao!" li salutò la donna tatuata, con i piercing e i capelli rosa, che stava pulendo la vetrina delle paste. "Siamo pronti per te, Drew. Vuoi qualcosa mentre aspetti?"

Drew fece un breve cenno col capo. Travis sospettava che il compagno avrebbe voluto qualcosa di più forte di un tè Darjeeling. La barista gli passò una tazza spessa e un contenitore di acqua bollente, con il filo di una bustina da tè che spuntava da sotto il coperchio, poi versò a Travis una bella tazza di caffè nero carissimo. Almeno quello Travis poteva permetterselo. Quando le allungò la banconota da dieci dollari, però, lei scosse la testa. "Offre la casa stasera, ragazzi."

"Sì! Caffè gratis," disse Travis mentre lui e Drew trovavano un tavolo quasi davanti al palco. "Vedi, ci hai già guadagnato qualcosa."

Con un'occhiata scura e per nulla divertita, Drew appoggiò le sue cose per il tè sul tavolo, mise la borsa su una sedia vuota, poi appese il cappotto sullo schienale. Sembrava che volesse sedersi, ma lo sguardo gli cadde sulla chitarra appoggiata al muro accanto al palco: diventò pallidissimo. Senza nemmeno fare un gesto di scusa, si lanciò verso il bagno.

Dopo aver brevemente considerato se andare ad aiutare Drew – e aver scartato l'idea perché Drew si sarebbe seccato con lui per essere stato nei paraggi mentre era in crisi – Travis si sedette. Se stava rivolto al palco, non riusciva a vedere altro, soprattutto perché gli mancava un bel po' di visione laterale, così girò la sedia dall'altra parte, per il momento, e si guardò attorno con attenzione.

Quasi la metà delle sedie era occupata. I presenti avevano più o meno la sua età – intorno ai trent'anni – e molti stavano digitando sui portatili o sui tablet. Nessuno sembrava spaventoso, anche se supponeva che li avrebbe trovati terrificanti se gli

319

fosse toccato salire sul palco. Naturalmente, non aveva nessun talento musicale, quindi se avesse suonato sarebbe stato il pubblico a spaventarsi, con ogni probabilità.

Mentre prendeva un sorso di caffè, riconobbe i due uomini seduti poco distante da lui: Dylan e Chris del negozio di casalinghi. Dylan si era tolto quel berretto stupido e Travis notò i suoi scarmigliati riccioli biondo scuro. Si vedeva subito che erano due amanti nel bel mezzo di un litigio. Non stavano parlando. Dylan fingeva di essere concentrato sul computer, mentre Chris teneva un tascabile in mano. Negli ultimi sei mesi, però, Travis aveva vissuto con una persona che non poteva parlare ed era diventato piuttosto bravo a leggere il linguaggio del corpo. Quei due erano irritati l'uno con l'altro nel modo tipico di due persone che condividevano il letto.

Senza farsi notare, fece scivolare la sedia un po' più vicino a loro, fingendo di essere interessato al giornale che qualcuno aveva lasciato sul suo tavolo. In realtà, stava guardando i due che si lanciavano occhiatacce. Nessuno di loro diceva una parola, ma quando Dylan si alzò per riempirsi di nuovo la tazza di caffè, prese anche quella di Chris e tornò poco dopo con entrambe le tazze piene. Travis si nascose dietro al giornale per celare un sorriso.

Drew tornò dieci minuti più tardi e si sedette. Sembrava verde dalla nausea e gli tremò la mano quando bevve un po' di tè, che doveva essere ormai tiepido.

"Andrà tutto bene," lo rassicurò Travis. "Sarai bravissimo. O... be', in bocca al lupo."

Ma Drew scosse il capo con impazienza. Poi, avendo apparentemente deciso che fosse il momento di cambiare argomento, indicò il giornale e alzò le sopracciglia.

"No, non c'è niente di interessante."

Non era quello che Drew voleva chiedere. Piegò il giornale in modo che la parte inferiore della pagina iniziale fosse visibile, poi puntò il dito sull'indice. Oh. Gli annunci.

"Niente. Ho anche guardato online oggi. Non ci sono posti da operaio in città e nessuno sta cercando disperatamente un tornitore con un occhio solo. Forse dovrei cercare da McDonald. O Walmart. Potrei fare quello che dà il benvenuto." Stava scherzando, ma non tanto. Era arrivato al punto che anche il lavoro più semplice a salario minimo gli sembrava meglio di niente.

Drew gli afferrò la mano e la strinse prima di alzarla alle labbra e baciargli le nocche. Guardò nei suoi occhi con un accenno di sorriso e Travis capì quello che il suo compagno gli stava dicendo: che anche se era disoccupato, Travis era un uomo valido. E Travis sapeva che Drew lo intendeva sul serio. Un giorno, forse, avrebbe cominciato a crederci anche lui.

Si stavano ancora guardando negli occhi quando Rhoda, la proprietaria del locale, si avvicinò. Era una donna imponente, come una nave da guerra che si muoveva al massimo della velocità, ma aveva sempre un sorriso caloroso per i clienti. E stava sorridendo in quel momento. "Non vedevo l'ora che arrivasse oggi, Drew. Sei pronto?"

Drew non lo sembrava, tuttavia riuscì ad annuire.

"Benissimo! Ti presento, se per te va bene."

Travis si sentì sollevato. Quando le aveva spiegato i loro piani un paio di settimane prima – con Drew che stava accanto a lui, con un'espressione sorpresa e leggermente omicida –, le aveva illustrato brevemente la condizione di Drew, soprattutto perché fosse consapevole che sapeva suonare ma non poteva cantare. Travis era rimasto impressionato quando lei gli era sembrata più preoccupata che impietosita, e il suo atteggiamento aveva probabilmente convinto Drew a smettere di aggrottare la fronte e afferrare quell'opportunità. "Un po' di musica strumentale potrebbe essere un bel cambiamento," aveva detto Rhoda. "Un bel sottofondo per gente che vuole studiare o lavorare. Proviamoci."

Ma non avevano discusso i particolari di come sarebbe iniziata la performance e a Travis non piaceva l'idea di Drew abbandonato muto sul palco, senza nessuna spiegazione al pubblico. Era un bene che Rhoda lo presentasse.

Ed eccola là, che attirava tutta l'attenzione anche solo per le sue notevoli dimensioni. Il sistema di amplificazione si interruppe nel bel mezzo di una canzone di Leonard Cohen.

"Salve a tutti!" Non aveva bisogno di un microfono, la sua voce si amplificava da sola. "Il P-Town Café ha qualcosa di speciale in serbo per voi stasera. Drew è un vero duro di poche parole, ma credo che vi piacerà quello che le sue dita faranno per voi."

Ci furono delle risatine, che sembrarono rilassare un po' il suo uomo. E brava Rhoda. Poi Drew si alzò e raddrizzò le spalle.

Anche Travis si alzò per sussurrargli nell'orecchio: "Ricordatelo. Guarda me e fai finta che sono nudo."

Drew prese un respiro profondo e si recò sul palco, dove Rhoda gli strinse la mano prima di allontanarsi.

Travis girò di nuovo la sedia. Per l'ora successiva avrebbe avuto l'occhio solo per Drew.

Anche se Travis sapeva bene quanto fosse nervoso il suo compagno, era quasi sicuro che nessuno nel pubblico avrebbe notato come si mordeva il labbro e strizzava gli occhi mentre accordava la chitarra. A loro, probabilmente, sarebbe sembrato rilassato, un professionista. Non un tizio che si era esibito in pubblico solo sui gradini d'ingresso di casa sua. Travis dava la schiena al resto degli avventori, ma anche se non li vedeva, sentì calmarsi le chiacchiere fino a un sussurro d'attesa.

Dopo qualche arpeggio di prova, Drew alzò la testa e guardò dritto verso Travis. Travis gli sorrise a trentadue denti, cercando di trasmettergli quanto fosse orgoglioso di lui, quanto coraggioso pensava che fosse. Quanto lo amasse. E forse anche lui aveva imparato a comunicare senza parole, perché Drew gli sorrise e gli fece persino l'occhiolino. Poi cominciò a suonare.

Drew aveva passato le ultime settimane ad agonizzare sulle canzoni da eseguire. Aveva deriso i suggerimenti di Travis, che, lo doveva ammettere, comprendevano un numero improponibile di canzoni di Merle Haggard e Dwight

321

Yoakam. Alla fine Drew aveva usato l'iPad che aveva regalato a Travis per Natale, scegliendo e trascinando le icone finché non aveva trovato una scaletta che lo soddisfaceva. Aveva passato ore a memorizzarla e giorni a praticarla, a volte modificandola un po'.

Ora, mentre Drew suonava, Travis pensò che le scelte fossero buone. La musica era varia, del blues vecchio stile, un brano folk o due, il rock classico alla Eric Clapton/George Harrison, un paio di canzoni punk riarrangiate come ballate, una spruzzata di grunge. Gli aveva perfino sorriso mentre suonava *Okie from Muskogee*. Dopo aver eseguito un po' di pezzi, Drew si rilassò del tutto, come se si stesse esibendo solo per Travis e Elwood nel loro soggiorno.

E sebbene Travis non vedesse le espressioni dei volti nel pubblico, nessuno di loro stava chiacchierando oltre un sussurro, e nessuno si stava alzando rumorosamente per andarsene. Alcuni si stavano facendo riempire ancora i bicchieri, e nuovi clienti stavano entrando nel locale, ma tenevano le voci basse e ordinavano cose che richiedevano il minimo di macinazione e mescolamento.

C'era di bello, nella musica di Drew, che dopo un po' smettevi di notare che non cantava, perché le note che suonava diventavano le sue parole. Travis non conosceva i testi di tutte le canzoni. Non era nemmeno certo che *avessero* dei testi. Ma non era difficile comprendere i pensieri e le emozioni che Drew stava trasmettendo mentre suonava ogni pezzo.

Quando, alla fine, Drew appoggiò la chitarra e fletté le dita, tutti applaudirono entusiasti.

Travis fu il primo ad alzarsi e a raggiungere il palco. Avrebbe voluto stringere Drew tra le braccia e dargli un bel bacione, ma decise che avrebbe potuto rovinare la sua aria dignitosa. Riuscì comunque ad abbracciarlo brevemente e dargli un bacino sulla guancia.

"Ho amato ogni secondo," sussurrò. "Ti sei divertito?"

Drew sorrise e annuì.

Quello era stato lo scopo di tutto, in fondo: divertirsi. E forse mostrare a Drew che, anche se non poteva più scrivere, poteva ancora condividere qualcosa con la gente, c'era un altro modo per trasportarla per un po' in un altro mondo.

Rhoda arrivò, raggiante. Strinse la mano a Drew e poi a Travis. "È stato fantastico, ragazzi. Mi è piaciuta la varietà dei brani. Torneresti martedì prossimo? Vorrei fare un po' di pubblicità."

Travis stava quasi per rispondere per Drew, poi si morse la lingua. Drew sembrava comunque ansioso di rispondere per conto suo, e annuì ancora. Le sue labbra si sollevarono appena in un sorriso sbalordito.

"Eccellente! Sono davvero contenta, Drew." Gli strinse di nuovo la mano prima di allontanarsi.

Una piccola folla si raccolse intorno a loro. La prima ad avvicinarsi fu una ragazza con lisci capelli biondi e un maglione coloratissimo. "Ciao," disse un po' timida. "Io, ah, è stato davvero bello. Qual era quella canzone che hai suonato? Sai." Canticchiò qualche nota.

Drew fece una piccola smorfia, come gli succedeva spesso quando degli estranei gli parlavano, e infilò una mano nella tasca della camicia. Senza dubbio stava cercando uno dei biglietti con il suo nome e la sua condizione. Ma Travis lo fermò con una mano sul braccio. "È *Me and the Devil Blues*. Robert Johnson."

"Grazie," disse la ragazza. Prese il telefono e cominciò a digitare, probabilmente per farsi una nota. Poi rivolse a Drew un caldo sorriso e si allontanò.

Altri vollero parlare a Drew, per chiedergli di una canzone o dirgli che avevano apprezzato la sua musica. Nessuno sembrò perplesso che Travis rispondesse per lui. Forse pensavano che il silenzio fosse una parte del personaggio artistico di Drew – come quelli che chiedono che vengano tolti tutti gli M&M's marroni – o forse pensavano che il silenzio fosse una forma di espressione. Comunque sembravano contenti, eccetto per il tipo che era un po' deluso che Drew non avesse un CD da vendere. Drew alla fine cominciò a mostrare un po' di stanchezza. Non era più abituato a fare tanta conversazione con gli estranei. Furono entrambi un po' sollevati quando l'ultimo fan si allontanò.

"Pronto a mangiare qualcosa?" chiese Travis.

Un segno di assenso.

"Hamburger? Pizza? Bistecca? Qual è il tuo vizio?"

Drew mimò delle bacchette.

"Ah. Mandarin Garden o Chen's King?"

Dopo una breve pausa, Drew formò una corona sulla testa con le dita.

"Bene. Chen va bene anche a me. Mi sento un po' da maiale mu shu stasera."

Drew impiegò qualche istante per rimettere la chitarra nella custodia. Indossarono i cappotti e Travis prese la borsa con la teiera. Mentre attraversavano il locale, la gente li salutava con un gesto del capo o della mano e sorrideva. Non Chris e Dylan, però, che erano immersi in una conversazione. Travis pensava che fosse meglio così che non parlarsi.

"Aspettate!" li chiamò Rhoda mentre stavano per uscire. Li raggiunse di corsa e gli porse qualche banconota. "Non scordatevi il vostro compenso!"

Drew prese i soldi, cinquanta dollari, con un piccolo gesto di ringraziamento, poi li infilò nel portafoglio.

Era un segno di quanto Travis amasse Drew che non si sentiva geloso. Però provò forse una piccolissima fitta, solo perché Travis avrebbe voluto guadagnare qualcosa anche lui. Ignorò però la sensazione, circondò le spalle di Drew con un braccio, e uscirono.

"Ehi! Ragazzi!"

Avevano percorso meno di mezzo isolato quando la voce li chiamò. Si voltarono e videro due uomini che si affrettavano a raggiungerli. Proprio Chris e

Dylan. Dylan aveva la borsa del portatile su una spalla e quello stupido cappello in mano.

Drew e Travis aspettarono che li raggiungessero. Dylan aveva falcate potenti ed era sorprendentemente veloce. Sembrava che Chris faticasse a stargli dietro.

"Ah, scusate," disse Dylan quando si fermò. "Volevamo parlarvi prima che usciste."

"Che c'è?" chiese Travis.

"Ehm, mi chiedevo... sono Dylan Warner, comunque, e questo è il mio partner, Chris Nock."

Abituato com'era a leggere le espressioni, Travis non poté fare a meno di notare il sorriso compiaciuto di Chris a quella presentazione. Dovevano essere una coppia recente. Travis si chiese quale fosse la loro storia, perché non avrebbe mai immaginato che quei due fossero amici, men che meno amanti. Però non si poteva mai dire. Non molto tempo prima, avrebbe riso se qualcuno gli avesse suggerito che sarebbe andato a vivere con un attraente ex romanziere che soffriva di afasia.

"Sono Travis. E lui è Drew, ma lo sapevate già."

"Sì, ciao. Be', mi chiedevo, ehm, se..." Dylan sembrava a disagio.

Chris sbuffò rumorosamente. "Dobbiamo andare a una festa per la nuova casa di queste due regine del futon, perché Dyl gli ha disegnato una casa cazzuta. E credo che ci si aspetti che portiamo un regalo, no, ma tutte le idee di Dylan sono davvero scarse."

Travis si aspettava che Dylan fosse infastidito dalle parole del compagno, invece fece un sorrisetto. "Scarsissime. Ma non più. Ora penso che potremmo regalargli... voi."

Drew e Travis sgranarono gli occhi, poi si scambiarono delle occhiate. "Ehm, non siamo in vendita," disse Travis.

"Ma possiamo noleggiarvi? Intendo... Cristo. Scusate. Voglio dire..."

Chris lo interruppe. "Quello che vuole dire è che sarebbe fico se Drew potesse esibirsi alla festa. Potremmo pagarvi almeno duecento dollari per la serata. E tutte le more congelate che volete. Ne abbiamo un sacco."

"Sapete che Drew non canta, vero?" precisò Travis.

"Vabbè, quello che è. Ha suonato da Dio."

Travis guardò Drew, che era forse un po' stupito. Lui gli diceva da mesi che suonava bene. Forse avrebbe cominciato a crederci.

Dylan sembrava imbarazzato. "Non manca molto. Abbiamo rimandato e rimandato. Il prossimo sabato sera? A Beaverton."

Il loro calendario sociale non era molto fitto. A parte il concerto di Drew al caffè, l'altro avvenimento della settimana era stato un appuntamento dal veterinario per una vaccinazione di Elwood. Il gatto non aveva apprezzato.

Drew fece il minimo segno di assenso. Poi mosse la mano avanti e indietro tra lui e Travis.

324

Travis sorrise ai due uomini. "Okay. Sembra divertente. Se posso infilarmi alla festa. Non canto o suono, ma io e Drew veniamo in coppia."

Dylan sembrò incredibilmente sollevato. "Non è un problema. In realtà speravo che anche tu fossi parte del regalo."

"Le tue regine del futon hanno bisogno di un cameriere con un occhio solo alla festa? Perché farei probabilmente schifo."

"No. Io... scusa. Non intendevo ascoltare, ma vi ho sentiti parlare, prima che Drew cominciasse a suonare."

"Devi avere un udito notevole."

Chris sbuffò una strana risata. "Ma che orecchie grandi che hai..." Dylan si voltò e gli lanciò un'occhiataccia. Travis non capiva. Le orecchie di Dylan erano di una dimensione perfettamente normale. Chris sembrava pensare che tutto fosse divertente, però, perché ammiccò con le sopracciglia rivolto a Dylan e sghignazzò.

Dylan scosse la testa con un'affettuosa esasperazione. "Ignoratelo. A volte è come se avesse dodici anni. Comunque ho sentito che stai cercando un lavoro da tornitore."

Travis era circospetto. "Già."

"Bene. Perché Cassidy e Pomegranate, sono le proprietarie della fabbrica di futon, e hanno questo enorme macchinario che... non so cosa fa, esattamente. Prepara le imbottiture dei futon, credo."

"Sì, ci hanno fatto fare un giro della fabbrica un paio di settimane fa," aggiunse Chris. "Bello da vedere. Il macchinario è enorme e ci sono batuffoli di cotone ovunque."

Dylan riprese la conversazione. "Ma la macchina ha quasi sessant'anni. A volte si rompe e non trovano più i pezzi. Hanno una grossa officina in fabbrica, veramente ben attrezzata, ma il tizio che la gestisce ha deciso di trasferirsi in Alaska. Il suo ultimo giorno è venerdì, credo. Pom e Cass cominceranno a mettere annunci per trovare qualcuno, ma penso... penso che stiano cercando qualcuno che può sopportare un po' di stranezza, capisci?"

Chris rise dal naso. "Come il fatto che tutto l'ambaradan si ferma due volte al giorno per una meditazione di gruppo obbligatoria."

Il cuore di Travis accelerò. "Quindi volete..." Non riuscì a costringersi a finire la frase per la paura di aver frainteso alla grande.

Dylan rispose. "Vorrei che le incontrassi, per vedere se potreste trovarvi bene. Non so quanto bravo sei con quel lavoro – credo che dovrai convincerle – ma se sei valido, scommetto che ti prenderanno subito. Credo che nessuna delle due stia pregustando con entusiasmo il processo di assunzione."

Si sentiva travolto. Uomini di bell'aspetto non ti inseguivano per la strada per offrire un lavoro al tuo ragazzo *e* a te. Sembrava solo fortuna, e a Travis era capitato un solo grande colpo di fortuna nella vita: quando aveva incontrato Drew.

325

Immaginava fosse grosso abbastanza da aver consumato tutto il karma positivo che l'universo gli aveva riservato.

Ma Drew stava indicando Travis e annuendo a Dylan e Chris, con un chiaro messaggio: Travis avrebbe incontrato le regine del futon.

"Fantastico!" Dylan bilanciò le sue cose per un momento prima di infilarsi il berretto e pescare il telefono da una tasca. "Lasciami il tuo numero, va bene? Ti chiamo domani con i dettagli."

Mentre Travis gli dava il numero, Drew estrasse uno dei suoi biglietti. Lo porse a Chris, indicando la stampa che spiegava la sua disabilità. Chris dovette stringere gli occhi nella luce fioca della strada. Dopo che lo lesse, si mise il biglietto in tasca e sorrise. "Ho il problema opposto, amico. Mi caccio in tutti i tipi di guai perché non riesco a tenere il becco chiuso."

Drew sorrise e indicò Travis, che doveva ammettere che c'era verità in quell'accusa. Era noto per il suo blaterare.

E tra loro quattro passò uno strano momento di comprensione: si accorsero che nessuno di loro era perfetto, ma erano tutti amati. Travis aveva abbandonato la sua precedente teoria che Dylan fosse una donna, così si domandò quale fosse il suo problema, a parte avere un gusto orrendo per i cappelli. Sentì che quei due avrebbero potuto diventare loro amici. Sarebbe stato fantastico. Per varie circostanze, lui e Drew non si erano avvicinati a nessuno in città, se non l'uno all'altro, ed erano pronti ad allargare la cerchia.

Dylan aveva messo via il telefono. "Ti chiamo domani. Grazie per aver accettato di essere i miei regali per l'inaugurazione."

"Idea mia," annunciò Chris. "Molto meglio di una cazzo di centrifuga per l'insalata. E faresti meglio a darti da fare stanotte per ringraziarmi."

Dylan arrossì appena, il che lo rese adorabile. Mugugnò qualcosa che sembrava un assenso.

Si salutarono e le coppie si diressero in direzioni opposte. Travis e Drew avevano una tale energia nel passo che stavano in pratica saltellando. "Sembra che forse ci guadagneremo lo stipendio tutti e due di nuovo."

Drew lo costrinse a fermarsi e appoggiò la custodia della chitarra, poi gli prese il volto tra le mani. Quando sorrise gli si formarono delle rughette agli angoli degli occhi. Travis non aveva bisogno che il suo amante mettesse in parole quello che stava pensando.

"Sì. Ti amo anch'io. Con o senza un lavoro. Ti amerei anche se fossimo due barboni per strada. Ma adesso… Un lavoro mi aiuterà a sentirmi degno di te, va bene?"

Stupido, davvero. Travis poteva parlare benissimo, ma a volte non era bravo a esprimere quello che voleva dire. Drew doveva essere un esperto di pensieri inespressi, perché annuì e si premette contro di lui per un lungo bacio lento.

Quando si separarono, Travis considerò se suggerire di saltare la cena e andare dritti a letto. Lo stomaco vuoto di Drew però gorgogliò, facendoli ridere entrambi.

Cibo cinese e poi a letto, decise Travis. Sì, ecco il piano. Aspettò che Drew riprendesse la chitarra, poi si presero a braccetto e si affrettarono a raggiungere Chen per il loro leggendario mu shu. Forse anche una calda zuppa agrodolce e qualche involtino. Ehi, avevano cinquanta dollari da spendere.

Già, pensò Travis. Sarebbe stato fantastico.

FIN DENTRO LE OSSA

CAPITOLO 1

"NON CREDEVO fossi uno che si eclissa, Ery." Chris sorrise e gli passò un bicchiere di vino bianco.

Ery si accorse che quello che teneva stretto in mano era vuoto e fece volentieri cambio. "Non mi eclisso."

"Ti apposti?"

"Dormi con il dizionario sotto il cuscino?" Ery bevve un sorso di vino. Era di buona qualità, di certo molto più costoso di quello che comprava lui da Trader Joe. "Comunque, mi sto riposando. Rilassando."

"E nemmeno credevo fossi capace di rilassarti, amico."

Chris si strattonò la camicia e la cravatta come se fossero in procinto di strozzarlo. L'unica volta che Ery aveva visto il suo amico in vestito era stato alla loro unione civile, quando Dylan era riuscito a convincerlo a mettersi lo smoking. Probabilmente quel pomeriggio era stato troppo emozionato perché gli importasse cosa avesse indosso, ma quella sera era chiaro che avrebbe preferito la sua T-shirt sdrucita e i jeans sbiaditi.

Bevve un altro sorso di vino. Forse Chris era a disagio come un pesce fuor d'acqua ma Ery aveva l'impressione che degli insetti gli stessero strisciando sotto la pelle e sullo stomaco. Non si sentiva per niente rilassato. "Dov'è Dylan?" domandò.

Chris agitò la mano verso la sala affollata. "Sta chiacchierando con il suo capo e uno dei clienti più grossi dello studio. Mi sono stancato di sentire parlare di tetti a mansarda, portici e Dio solo sa di cos'altro stessero discutendo." Nonostante le lamentele, Ery vedeva che era orgoglioso del suo compagno, diventato da poco uno dei partner dello studio di architettura.

"Ultimamente Dylan si sta muovendo nelle alte sfere, vero?"

"Già. Ma quando torna a casa mi assicuro che non si dia troppe arie."

Nonostante Ery non si sentisse a suo agio, non riuscì a non ridere allo sguardo lascivo del suo amico. "Gli ricordi quali sono le sue priorità, eh?"

"Sempre."

Chris era riuscito a trovare una bottiglia di birra; si appoggiò al muro di fianco a Ery, sorseggiando lentamente. Osservarono un uomo con un abito elegante e una donna con indosso una collana, che sicuramente era costata più dell'intero salario annuale di Ery, studiare una grande statua di bronzo.

"L'adoro!" commentò la donna. "È la concettualizzazione perfetta del cambiamento climatico. Geniale!"

Serio in volto, il suo compagno annuì. "Esattamente. Soprattutto il modo in cui la superficie dell'opera rappresenta lo scioglimento dei ghiacciai e l'impatto sulle città costiere. E qui dove l'artista…"

"La storia del riscaldamento globale è una stronzata." Fu una donna magra, di età indefinibile e che aveva subìto una considerevole serie di interventi chirurgici, a interrompere la loro conversazione. "È solo l'ennesimo complotto progressista per riuscire a controllare la libertà d'impresa."

La donna con la collana aggrottò la fronte. "Ne abbiamo già parlato, Jenn. La maggior parte degli scienziati è concorde…"

"La maggior parte degli scienziati credeva che le persone fossero controllate dai loro umori, e che lo sperma fosse composto da minuscoli esseri umani. Questo non significa che fosse vero." Jenn si portò una ciocca di capelli dietro all'orecchio. "Inoltre, sono tutti pagati per fabbricare questo tipo di rapporti. E i media ci cascano come polli."

L'uomo scosse la testa. "Non è vero. E non puoi negare che il cambiamento climatico sia già in atto. Che mi dici della siccità che stiamo vivendo?"

"Certi anni c'è la siccità e in altri ci sono le alluvioni." Jenn fece spallucce. "Si bilanciano. Comunque, a me questo tempo *piace*. Caldo e non così deprimente per mesi."

"Solo perché tu vieni dalla *California*," ribatté l'altra donna con la collana. Enunciò il nome dello Stato come se fosse una parola orrenda; l'uomo annuì.

Jenn emise una risata strozzata. "E voi siete arrabbiati perché quest'anno non si potrà sciare."

Stavano ancora discutendo quando si allontanarono rendendo impossibile ascoltare quello che si stavano dicendo.

"Gesù," commentò Chris dopo un altro sorso di birra. "Ecco perché non stai socializzando. In momenti come questi vorrei che Dyl si potesse trasformare. Mi piacerebbe vedere questa gente in preda al panico."

Per un momento Ery si dilettò all'idea di un lupo mannaro scatenato che ringhiava contro Jenn per poi urinare sulla statua del cambiamento climatico. Ovviamente Dylan non si sarebbe trasformato. Diventava un lupo mannaro solo quando era al sicuro nella sua fattoria o nella foresta adiacente, e non avrebbe lasciato che nessuno gli fosse vicino eccetto Chris. Una soluzione abbastanza responsabile ma deludente, date le circostanze. Che gusto c'era a essere amici con una creatura soprannaturale se non si poteva terrorizzare un gruppetto di idioti?

Ery rimase appoggiato al muro e Chris si avvicinò alla statua per osservarla da vicino. Passò un paio di minuti a piegare la testa da una parte all'altra prima di tornare da lui. "A me sembra un capodoglio che sta partorendo un pianoforte."

Ery provò a non ridere ma con scarsi risultati. Dio, adorava Chris, era completamente diverso da tutte le altre persone che frequentava. E non era di sicuro il tipo che si era immaginato avrebbe finito con lo stare assieme a Dylan, ma Ery era davvero felice che lo avessero fatto.

330

Il suo buonumore svanì immediatamente. "L'hanno venduta per quarantamila dollari."

Chris fece una smorfia. "Che idioti."

"Almeno una parte andrà in beneficenza." Era vero. Tutti gli artisti avrebbero donato parte dei loro guadagni a un centro di accoglienza per adolescenti senza tetto.

"Se avessi quarantamila dollari da buttare via, li darei direttamente ai ragazzi, non li sprecherei per questa cagata." Chris arrossì leggermente e lanciò un'occhiataccia a Ery. "Non mi riferisco alle tue cose, amico. I tuoi dipinti non sono brutti."

"Ma non stanno vendendo."

"Quello sì." Chris agitò la bottiglia in direzione di un grande quadro che Ery aveva dipinto di un cielo azzurro con delle strisce sfumate tipo nuvole. Al centro c'era una spessa linea a zig-zag, come la registrazione di un sismografo o un elettroencefalogramma. Delle piccole macchie rosse e delle sfumature accennate di verde completavano l'effetto.

Ery sospirò. "Lo ha comprato Stender." Il socio anziano dello studio di Dylan. Ery avrebbe dovuto essere contento che una delle sue opere sarebbe presto stata appesa in uno degli studi di architettura più importanti della città, dove parecchie persone lo avrebbero visto. Però era quasi certo che Dylan lo avesse convinto a comprarlo mosso dalla pietà, solidarietà o per semplice amicizia. Ery voleva che i suoi quadri fossero comprati perché le persone ci avevano visto qualcosa, perché gli piacevano davvero.

Chris doveva essersi accorto della sua espressione triste, perché gli tolse di mano gentilmente il bicchiere vuoto. "Vado a vedere se riesco a trascinare via Dylan da qui. Poi ti permetterò di portarci in qualche discoteca dove ti potrai trovare un ragazzo e ballare fino a quando non ti verrà da vomitare."

Ery provò a rallegrarsi a quell'idea. Cercava spesso di portare Dylan e Chris in qualche posto divertente, se non altro per far vedere a tutti che era amico della coppia più bella di tutta l'area metropolitana di Portland. Ma quella sera era più in vena di un posto tranquillo dove avrebbe potuto deprimersi a suo piacimento. Diede una pacca sulla spalla di Chris. "Certo. Vi aspetto qui." Appoggiò di nuovo la schiena contro il muro, come se anche lui fosse parte integrante della mostra.

Di solito non era una persona timida. Alla maggior parte delle esposizioni girava da un gruppo all'altro, ammirava le altre opere, parlava con gli amici, flirtava con i ragazzi carini. Si divertiva. Non quella sera.

Il problema era che di solito i suoi dipinti erano esposti in bar e ristoranti, o magari in uno spazio comune che si trovava tra uno studio di yoga e un negozio di biciclette. Tutti bevevano birra e nessuno indossava la cravatta, se non per ironia. C'erano parecchie persone con tatuaggi e piercing, ma niente chirurgia plastica o collane che valevano decine di migliaia di dollari. E se riusciva a vendere qualche dipinto, allora benissimo, aveva qualche soldo in più in tasca, ma non se ne faceva un gran problema. Non importava.

Quella sera sì, però. Erano presenti critici d'arte e persone con le tasche piene di soldi. La mostra era fuori dalla sua portata. Aveva ottenuto l'invito solo grazie a Dylan, perché lo studio era uno degli sponsor più importanti. Quella sera avrebbe avuto la possibilità di farsi conoscere, di realizzare il suo sogno, lasciare il suo lavoro e diventare un artista a tempo pieno.

E non sembrava sarebbe andata così.

Nessuno stava lanciando verdura marcia contro i suoi dipinti, il che avrebbe dovuto essere una consolazione. Però non avevano nemmeno ricevuto molta attenzione. Erano tutti presi a svuotarsi le tasche per i cetacei del cambiamento climatico.

Triste, si stava fissando le scarpe quando una mano lo toccò sulla spalla. Alzò la testa e vide Dylan sorridergli. Dio se aveva un bell'aspetto. Teneva Chris a braccetto.

"Sembrate saltati fuori dalla copertina di una rivista," commentò.

Chris emise una risata strozzata. "E che rivista sarebbe? *Homo Vogue?*"

Dylan alzò gli occhi al cielo. "Andiamocene da qui prima che mi trovi Jack Everson e inizi a parlare della sua facciata nel dettaglio."

"La sua facciata, eh?" Chris fece ballare le sopracciglia. "Dovrei essere geloso?"

"Devi per forza rendere tutto una battuta volgare?"

"Sì, devo."

Erano adorabili insieme. Ery sospirò per la decima volta. "Andiamo, ragazzi."

Dovettero fermarsi prima a salutare la coppia che aveva tenuto l'evento. Ma i due erano chiaramente molto più interessati a Dylan che a Ery, per cui lo scambio fu breve. Qualche minuto più tardi, i tre uscirono nella notte straordinariamente calda per essere ottobre.

"Noi abbiamo parcheggiato nel garage," disse Dylan, indicando la direzione. "Tu?"

"Anch'io."

"Guido io, poi ti portiamo a casa noi. Puoi venire in centro domani a riprendere la macchina, giusto?"

"Immagino di sì." Emise un altro sospiro pesante. "Ascolta, possiamo... non so... andarci a prendere un caffè o qualcosa di simile?"

Dylan e Chris si scambiarono delle occhiate veloci. "Certo." Fu Chris a rispondere. "Ma così ti perderai Dyl scatenarsi in pista."

"Anche il suo modo di ballare è migliorato?" Quando Ery lo aveva conosciuto al college, Dylan era carino in un modo molto goffo e geek. Per un qualche motivo, essere diventato un lupo mannaro aveva reso il suo corpo molto più muscoloso e aveva accresciuto il suo magnetismo, così adesso dovunque andasse tutti si voltavano a guardarlo. Però lui aveva occhi solo per il suo compagno.

332

Chris rise. "No, sembra sempre che abbia le convulsioni quando balla."

"Ehi!" protestò Dylan senza convinzione.

Ery scosse la testa. "Sarà per un'altra sera. Credo di essere distrutto."

Mentre Chris mormorava qualcosa sulla prossimità della fine del mondo dato che Ery non aveva energie, arrivarono davanti a uno Starbucks. Niente di che, ma si sarebbero dovuti accontentare. Mentre Dylan e Chris ordinavano da bere, Ery riuscì a trovare dei posti in un angolo. Il locale era piuttosto affollato e rumoroso; la musica si sentiva appena, tanto meglio. Non aveva voglia di ascoltare retro-pop o bossanova o qualsiasi altro genere volessero promuovere quella settimana quelli dei piani alti. Se fosse stato a casa, probabilmente avrebbe scelto Stravinsky o Bartók. Qualcosa di deprimente, dell'Europa dell'est. Il tipo di musica che dovrebbe essere accompagnata da vodka e sigarette senza filtro.

"Ecco," disse Dylan, posando un bicchiere sul tavolo. "Tre cucchiaini di zucchero, giusto?"

Ery sorrise. "Sì."

Chris e Dylan si sedettero entrambi di fronte a lui, il che lo fece sentire come se fosse a un colloquio di lavoro. Dylan si era preso un frappuccino, Chris aveva scelto un caffè ristretto. Dylan lanciò sul tavolo un paio di sacchetti di carta. "Biscotti con le scaglie di cioccolato e pane ai frutti di bosco. Non fare complimenti."

"Grazie." Ery non aveva fame e nemmeno bisogno di aggiungere calorie alla sua dieta, però i dolciumi non sarebbero andati sprecati. Dylan mangiava sempre; diceva che era dovuto al suo strano metabolismo. Ery avrebbe desiderato davvero poter mangiare senza mettere su peso.

"Mi dispiace che tua nonna non sia riuscita a venire questa sera," disse Dylan spezzando un biscotto.

"Già. Voleva farlo. Si sarebbe anche divertita. Ma sta invecchiando, capisci? Ha detto che si sarebbe stancata troppo." Ery non voleva pensarci. Anche se i suoi genitori erano fantastici, aveva sempre avuto un rapporto speciale con sua nonna. Era una donna incredibile. Anche adesso che lui aveva superato i trenta, continuava a credere che fosse in grado di rispondere a tutte le domande dell'universo.

Decise di cambiare argomento. "E voi due cosa avete combinato, ultimamente?"

"Il solito," rispose Chris. Poi aggrottò la fronte, si allentò la cravatta e se la tolse, lanciandola verso Dylan. "Molto meglio. Abbiamo quasi finito con il bagno, poi metterò delle nuove scaffalature nella nicchia del soggiorno. E rimetteremo in funzione il camino." La vecchia fattoria di Chris e Dylan era in un costante stato di ristrutturazione, cosa che non sembrava importare a nessuno dei due.

Dylan ridacchiò. "E Chris ha comprato questa... questa *cosa* che dice riuscirà a mettere in funzione."

"Non è una *cosa*. È una Oldsmobile 442 degli anni settanta, e quando avrò finito di metterci le mani sarà un capolavoro."

"È come *Christine*," sussurrò Dylan come se fosse su un palcoscenico. "Solo che invece di uccidere le persone, la macchina si mangia tempo e soldi."

333

Ery si appoggiò allo schienale e continuò ad ascoltare i suoi amici battibeccare. Non importava quanto fossero sarcastiche le loro battute, non smettevano di toccarsi: spalla contro spalla, una mano stringeva l'altra velocemente poi andava ad arruffare con affetto i capelli. E qualsiasi cosa stesse combinando Chris sotto il tavolo, nascosto alla vista di Ery, di certo stava facendo arrossire e sussultare il suo partner.

Dylan finì il primo biscotto e attaccò il secondo. "È un po' che non ti fai vedere allo studio."

Chris e Dylan avevano trasformato il piccolo granaio della fattoria in uno studio per Ery e gli avevano fatto chiaramente capire che poteva usarlo in ogni momento, eccetto nelle notti di plenilunio. All'inizio ci era andato quasi ogni week-end e ogni tanto anche dopo il lavoro, per divertirsi a ricoprire le tele di colore. Gli piaceva l'edificio, che conservava ancora un leggero sentore di paglia. Di giorno c'erano le rondini e la sera i pipistrelli facevano la loro comparsa da dietro i travetti.

Ma negli ultimi mesi la frequenza delle sue visite era andata scemando. Era da settimane che non ci andava.

"Sei stato preso con il lavoro?" indagò Dylan.

"Immagino di sì. Ho un nuovo cliente; sto ridisegnando il logo e le insegne per una catena di supermercati. Il che è elettrizzante proprio come sembra. E sto facendo delle illustrazioni per un manuale di studenti di infermieristica."

"Oh."

Mentre Dylan mangiava con gusto evitando il contatto visivo, Chris si slacciò i primi bottoni della camicia e iniziò a piegare un tovagliolo per farne un origami. Ery osservò un gruppo di studenti universitari seduti a un tavolo vicino. Avevano tutti i loro libri di testo e i portatili aperti ma sembravano passare la maggior parte del tempo al telefono. Poi la sua attenzione si concentrò sul bancone; uno dei baristi aveva l'aria leggermente familiare. Forse il breve incontro di una notte. O forse no. Il tizio non sembrò accorgersi di lui.

Per un motivo che Ery non comprese, Dylan sussultò improvvisamente. Lanciò un'occhiataccia verso Chris, che sollevò un sopracciglio con aria d'attesa.

"Tra un paio, ehm, di settimane faremo un viaggio," annunciò Dylan.

"Ancora campeggio?" L'anno precedente Dylan aveva sorpreso Chris comprando un camper Airstream nuovo di zecca, e gli piaceva usarlo per raggiungere la costa o le montagne ogni tanto.

"No. Chris non ha neanche un timbro sul suo passaporto, quindi dobbiamo porre rimedio. Europa."

"Wow! È fantastico! Avete già deciso dove?"

Fu Chris a rispondere. "Barcellona. È in Spagna." Per un qualche motivo ridacchiò e Dylan si adombrò. "Anche Parigi. Passeremo una settimana in tutte e due le città."

Per il suo venticinquesimo compleanno sua nonna aveva regalato a Ery un viaggio a Parigi. Lo aveva accompagnato il ragazzo che frequentava a quel tempo e si erano divertiti da morire, passando ore intere al Louvre, ma era stato il Museo d'Orsay ad avergli rubato il cuore. Aveva ammirato rapito i dipinti degli impressionisti, fantasticando che un giorno anche i suoi lavori avrebbero avuto una simile ubicazione. Ah. Ci sperava poco ora.

"Ricordatemi di darvi i nomi di un paio di discoteche a Le Marais," suggerì. "Non potete farvi un viaggio così lungo senza apprezzare la vera Parigi gay."

"Lì farò una figura ancora più da campagnolo," disse Chris tristemente.

Ma Ery scosse la testa. "Stai scherzando? I ragazzi francesi ti mangeranno vivo. Mangeranno *vivi* entrambi."

I suoi amici assunsero un'espressione scettica. Dylan non era ancora convinto di essere diventato un sex symbol, e Chris sembrava pensare che il mondo intero lo vedesse come un bifolco senza speranza invece di un uomo attento, brillante e talentuoso. La loro scarsa fiducia in se stessi avrebbe dovuto seccarlo, invece trovava la cosa affascinante. "Vi divertirete tantissimo," commentò.

Chiacchierarono per un po' di Parigi e Barcellona. Dylan fece finta che stare seduto per undici ore filate sull'aereo di fianco al suo frenetico compagno lo avrebbe fatto disperare. Chris continuò a lamentarsi del fatto che in Europa Dylan avrebbe voluto assaggiare mille piatti strani e pretenziosi. Gli studenti lasciarono il loro tavolo e ben presto una donna di mezza età con una ciocca di capelli tinti di rosa prese il loro posto. Anche lei era munita di portatile, però invece di fissare il telefono, cominciò a digitare sulla tastiera come un'ossessa. Ery si chiese cosa stesse scrivendo.

Chris e Dylan cominciarono a scambiarsi di nuovo degli sguardi eloquenti. Probabilmente stavano pensando che era giunto il momento di affrontare la loro ora di macchina per raggiungere casa. Se Ery fosse stato un vero amico, li avrebbe lasciati andare senza fare storie. Non era dell'umore di tornare nel suo appartamento deprimente – sempre troppo freddo o troppo caldo – e i suoi vicini avevano dei gusti musicali orrendi. Così rimasero seduti per un po'.

Alla fine, Chris esplose: "Oh, Santo cielo! È impossibile far dire all'uomo lupo qualcosa d'importante." Diede una spallata a Dylan abbastanza forte da farlo sussultare. "Dobbiamo parlare di qualcos'altro a parte croissant e baschi, Ery."

Dylan si morse il labbro, con l'aria di chi stava per subire un doloroso intervento odontoiatrico. "Che succede, Ery?" domandò alla fine.

"Che vuoi dire?"

"Voglio dire... ultimamente mi sembri un po' distante."

Fu il turno di Ery di distogliere lo sguardo. "La mostra di stasera è stata un po' un fallimento. Mi ha un po' ferito nell'orgoglio."

"Non intendo solo stasera. Non stai usando lo studio. Non hai..." Dylan agitò le mani senza controllo.

Chris si intromise per tradurre quel gesto. "Non svolazzi più."

Ery lo guardò con gli occhi spalancati. "Svolazzi?"

335

"Già. Di solito sei sempre in movimento, parli senza sosta, sorridi a tutti. Sei mister Simpatia. Ma adesso… be', guardati. Non sei nemmeno vestito come al tuo solito."

Guardandosi i vestiti, Ery fece spallucce. "Sono in giacca e cravatta. penso sia abbastanza normale."

"Per qualcun altro forse. Di solito sembri uscito dal Mago di Oz. La versione in Technicolor."

Chris non aveva tutti i torti. La giacca e i pantaloni erano color antracite e la camicia blu carta da zucchero L'unico indumento colorato era la cravatta: rossa con un surfista disegnato a mano.

Dylan e Chris sembravano preoccupati. Questa volta almeno Ery riuscì a non sospirare. "Il lavoro mi ha divorato l'anima." Non riuscì a evitare un gesto drammatico: abbassò la testa lentamente fino a quando la fronte non andò a poggiare sul tavolo. Odorava di biscotti e disinfettante.

"È davvero così terribile?" domandò Dylan con cautela.

Ery alzò la testa dal tavolo. "Sai cosa ho fatto oggi? Ho disegnato un uomo con un catetere attaccato al pene. E ho dovuto cercare di decidere tra quindici identiche sfumature di verde per il nuovo logo del supermercato. Di solito riuscivo a passare tranquillamente tutto il giorno su queste cose, e quando avevo tempo libero, potevo fare della *vera* arte e sfogarmi." Era stato felice, mentre gettava pittura dappertutto come fossero colate di arcobaleno. Si era sentito un po' come un bambino il primo giorno di vacanze estive, ma ultimamente quella sensazione era andata svanendo.

"Non puoi cercarti un altro lavoro?" domandò Chris.

"No. Voglio dire, sì, forse. Ma non credo che servirebbe. È troppo tardi. Ho ucciso la mia musa."

Alla mostra, un uomo dai capelli argentati accompagnato da un ragazzo molto più giovane che doveva essere il suo fidanzato o suo nipote si era fermato davanti a uno dei dipinti di Ery e lui, tutto orecchie, aveva orbitato intorno ai due. "Mi piacciono i colori," aveva commentato l'uomo più anziano. "E il modo in cui la composizione è leggermente disarmonica. Ma nel complesso, ehm, manca di originalità. L'artista non mi comunica nulla."

Il giovane aveva annuito. "È troppo imitativo. Non dice nulla di nuovo."

Quelle parole lo avevano ferito, in gran parte perché credeva fossero vere. Ery non aveva provato la solita gioia quando lo aveva dipinto. Aveva *pensato* parecchio a quel quadro, lo aveva pianificato con attenzione, includendo intenzionalmente delle citazioni di De Kooning e Gorky, ma alla fine era risultato quasi freddo come l'illustrazione di un pene in cui era stato inserito un tubicino.

"Sembra che la tua fonte d'ispirazione si sia prosciugata," commentò Dylan, poi fece una smorfia. "Scusa. Devo aver ascoltato Stender troppo a lungo."

"No, no, hai ragione. Di solito avevo così tante idee che facevo fatica a tenere il passo. E adesso? Nada."

"È triste, amico," commentò Chris mentre Dylan scuoteva la testa con empatia. Ery si sentì leggermente meglio dopo aver condiviso quello che provava. Ultimamente non aveva nemmeno confessato a sua nonna quello che gli passava per la mente, anche se non gli erano sfuggiti gli sguardi preoccupati di lei. Non era uno che si lamentava, di solito, e non voleva lagnarsi, ma negli ultimi tempi si sentiva come se qualcosa di importante si fosse rotto dentro di lui, come se una parte di lui fosse venuta a mancare.

"Ehi," disse Dylan. "Magari cambiare aria potrebbe esserti d'aiuto. Vieni in Europa con noi."

Ery emise una risata strozzata. "A reggere il moccolo?"

Chris sorrise. "Nah. Scommetto che sei divertente in vacanza. Potresti portarci in quelle discoteche di cui hai parlato."

A essere sinceri l'idea lo allettava parecchio. Anche se Ery aveva delle vacanze ancora da sfruttare, non aveva molti soldi. Non poteva permettersi di darsi alla bella vita. "Grazie, ragazzi. Siete carini. Ma, credo che resterò qui." Però, fu colpito da un'altra idea: "Ma mi prenderò dei giorni di ferie. Non vi scoccia se uso lo studio, vero?"

"Lo abbiamo costruito per te," disse Dylan. "Ci puoi stare quanto vuoi. In realtà, mentre siamo via, ti dispiacerebbe dare un occhio alla proprietà? Kay si è offerta di farlo, ma dovrebbe portarsi dietro la bambina, ed è una peste. Adesso cammina." Rabbrividì.

Chris annuì energeticamente "Già, buon'idea. Inoltre, non penso che vostra cognata voglia stare lì con la mocciosa se dovessimo essere di nuovo invasi da fantasmi o un branco di lupi mannari." Stava sorridendo, ma non aveva esagerato. L'anno precedente, la fattoria era stata infestata da un fantasma e un gruppo di lupi poco simpatici aveva cercato di uccidere Dylan e Chris.

"Posso occuparmi dei fantasmi, ma non saprei che fare con i lupi mannari."

"Io li ho dovuti affrontare due volte," disse Chris. "Se non sono come Dylan, suggerisco di gridare come una scolaretta e darsela a gambe. È quello che ho fatto io."

Dylan strinse le spalle di Chris. "Non è vero. Mi hai salvato."

"Però prima ho strillato e sono scappato. Non ti ho salvato fino a quando zio Frank non mi ha dato i *superpoteri*."

"No, no. Tuo padre mi ha detto com'è andata: stavi già correndo verso di me e il branco quando Frank si è messo di mezzo; se il suo fantasma non ti avesse aiutato, ti saresti gettato nella mischia e ti avrebbero fatto a pezzi. Scemo," aggiunse con tono affettuoso.

Continuarono a battibeccare per un momento, ma mentre lo facevano i loro sguardi erano adoranti. Ery doveva ammetterlo: era al novantanove per cento felicissimo che si fossero trovati e che avessero costruito una bella vita per loro stessi, ma c'era quell'un per cento che lo rendeva geloso marcio. E non perché si pentisse del fatto che, dopo aver sperimentato tra loro ai tempi dell'università, lui e Dylan avessero riconosciuto che sarebbe stato meglio se fossero rimasti semplicemente amici. Era stata di sicuro la decisione migliore. Era solo che... caspita, voleva quello che avevano loro.

Forse Dylan aveva ragione. Una vacanza e un cambio d'aria lo avrebbero aiutato. Di certo male non avrebbero fatto. "Certo, penserò io alla casa. Mi ci accamperò mentre voi siete via, se non è un problema."

"Quando vuoi," dissero Chris e Dylan quasi all'unisono. Risero tutti e tre.

"Siete adorabili. Diventerete una di quelle vecchie coppie che finiscono l'uno la frase dell'altro." Ery sorrise. "Grazie. Mi farà bene. Al diavolo! Magari si facesse viva qualche creatura soprannaturale. Quello sì che mi darebbe una svegliata."

"Attento, il tuo desiderio potrebbe avverarsi," lo avvertì Chris. "Vicino a Dylan succedono delle cose strane."

Dylan protestò. "Ehi! Il fantasma era roba *tua*."

"Certo, certo. Tu sei solo responsabile per i licantropi assassini."

"Che parolone, caro il mio ragazzo di campagna."

"Conosco parecchie parole forbite, signorino. Come *castigo* e *penitenza*." Chris fece ballare le sopracciglia maliziosamente.

Ery si appoggiò allo schienale e osservò i suoi amici con un leggerissimo tuffo al cuore, un tuffo che forse stava a significare che le cose sarebbero migliorate. Sorrise e finì il biscotto di Dylan.

CAPITOLO 2

ERY AVEVA ribattezzato la sua Mini Cooper *Bee* perché era di un giallo sgargiante e aveva il tettuccio a strisce nere. Quel giorno sentiva che l'auto era felice di essere sfuggita al costante *parti-fermati-riparti* delle vie cittadine. Scorreva contenta lungo la strada di campagna e il sole, incredibilmente caldo per la stagione, la faceva luccicare nella sua luce.

Anche Ery era felice. Aveva infilato dei vestiti, del cibo e dei libri nel bagagliaio, chiuso il suo appartamento, salutato con la mano i vicini che ascoltavano musica polka a tutto volume, e si era messo in marcia per la fattoria. Dopo settimane di autocommiserazione e stagnazione, anche solo mettersi in movimento lo aveva fatto sentire bene. Lasciare l'ufficio il giorno prima era stato particolarmente soddisfacente. Si sentiva come se stesse bigiando la scuola, a diciassette anni, solo che non c'era pericolo che qualcuno lo andasse a dire ai suoi genitori e non sarebbe stato mandato nell'ufficio del preside Morris.

Povero preside Morris. Cosa aveva fatto nella sua vita precedente per essere diventato preside di una scuola?

Ery svoltò per lasciare la strada di campagna e immettersi sul vialetto accidentato che conduceva alla casa dei suoi amici. Adesso che la vecchia catapecchia di Chris era andata in fumo, quello era l'unico edificio in vista. Al posto della vecchia abitazione di Chris c'era ora un orto, con un elegante pergolato che Dylan aveva progettato e Chris costruito. Avevano progettato di piantare degli alberi da frutto ma poi avevano rimandato a causa della siccità. L'orto, però, aveva un bell'aspetto. Ery si chiese chi avesse scelto di piantare le rose e i girasoli.

Dall'altro lato del viale, sullo sfondo delle sagome arrotondate delle colline, il grano dorato aspettava di essere mietuto. Ery non era mai stato attirato dalla vita di campagna, ma capiva perché Dylan si fosse innamorato di quella terra. E probabilmente il fatto che il suo vicino fosse un gran pezzo d'uomo doveva aver contribuito alla sua infatuazione.

I suoi amici erano sul portico. Chris fumava una sigaretta, sorseggiando da una bottiglia di vetro scuro. Dylan era preso con il telefono, ma alzò lo sguardo e lo salutò con la mano. Non dovette fare fatica con il parcheggio parallelo, né corse il pericolo di toccare le portiere delle altre macchine. Eccetto per l'Airstream, il furgone di Dylan e la collezione di veicoli diversamente funzionanti di Chris, Bee aveva tutto lo spazio per sé.

Dopo essere uscito dalla macchina e aver aperto il baule – per chi possedeva una Mini era l'unico modo di definirlo, non bagagliaio, era una regola – Ery afferrò un sacchetto della spesa e disse: "Ehi, ragazzi. Siete pronti per la vostra avventura?" Si diresse verso la casa.

"Abbiamo fatto i bagagli," rispose Chris. "Mister disturbo ossessivo compulsivo sta controllando gli orari di partenza per la terza volta."

"A volte li cambiano all'ultimo minuto," replicò Dylan sulla difensiva.

Ery fece un gran sorriso. "Siete sicuri che non volete che vi accompagni all'aeroporto? Dovremmo prendere il vostro furgone, ma…"

"Nah," lo interruppe Chris. "Troppa fatica. Per un paio di settimane lo possiamo lasciare tranquillamente nel parcheggio. Così potrai cominciare a godere subito del tuo *ritorno alla natura*."

A essere onesti, a Ery non dispiaceva risparmiarsi il viaggio, però non poteva non offrirsi di accompagnarli.

"Metto via questa roba," disse. "Ragazzi, non state già partendo, vero?"

Dylan controllò l'ora sul telefono. "Tra trenta minuti. Ehi, non fare complimenti se vuoi stare a casa nostra invece che nell'appartamento. Decidi tu quale camera." Fece spallucce. "Sta a te."

Ery non poté non sorridere a quell'offerta. Quando Chris e Dylan avevano convertito il vecchio granaio in uno studio, avevano sorpreso Ery ricavando da parte della struttura un appartamento. Il piccolo spazio conteneva del mobilio essenziale, ma c'era tutto il necessario: una camera da letto che faceva da soggiorno con vista sul laghetto, un cucinino e un bagno con una bella doccia. Erano anche riusciti ad accessoriarlo con una lavatrice che faceva anche da asciugatrice. Gli avevano detto che l'avevano studiata in modo che potesse passarci la notte ogni volta che voleva così da sentirsi davvero a casa sua. Si era commosso un po', il che aveva messo in imbarazzo Dylan. Era davvero fortunato ad avere degli amici del genere.

"Starò nel granaio. Così, nell'improbabile caso che la mia musa rifaccia la sua comparsa nel mezzo della notte, sarò pronto."

Gli ci vollero tre viaggi per trasferire tutte le sue cose nel granaio, poi dovette riporre la spesa nel frigorifero. Decise che avrebbe disfatto i bagagli più tardi, dopo aver salutato i suoi amici. Quando arrivò davanti alla casa, Dylan e Chris stavano discutendo su chi avesse messo più cose inutili nelle valigie.

"Ha tipo dieci caricatori diversi lì dentro," commentò Chris, indicando il bagaglio di Dylan. "Si sta portando dietro un negozio di elettronica."

"Almeno i miei cavi sono leggeri. Sei tu quello con tutti quei libri."

"Bisogna avere qualcosa da leggere, di sicuro non imparerò il francese o lo spagnolo."

"Hanno libri in inglese lì. O potresti prenderti un Kindle."

Chris emise una risata strozzata. "Così ci sarà bisogno di un altro caricatore."

Ery abbracciò Dylan e poi Chris. "Divertitevi. Mandatemi delle foto così mi farete ingelosire per bene. E portatemi un ragazzo spagnolo."

Dylan sorrise. "Usa tutto quello che vuoi nella casa; il frigorifero è praticamente vuoto, ma ci sono surgelati e scatolame vario."

"E tutti gli elettrodomestici immaginabili," bofonchiò Chris. Era lui quello che cucinava sempre, ma Dylan non riusciva a non comprare ogni genere di gadget elettronico.

Dylan fece finta di non aver sentito. "Ci sono anche altri asciugamani e tutto il necessario per il bagno se ne hai bisogno. Le chiavi sono sul bancone. E anche i numeri di emergenza: quello di Rick e Kay, e del padre di Chris. Non dovresti avere problemi a chiamarmi, però tienili se dovesse esserci un problema urgente."

"Sono certo che andrà tutto bene. E io starò bene. Sarò come Picasso." Rifletté per un momento. "C'è qualcosa di cui mi devo occupare nella fattoria?"

"No," rispose Chris. "L'impianto d'irrigazione a goccia è programmato. E tutto il resto è autonomo."

Dylan sembrò un po' a disagio. "Ehm... il laghetto. Se... se ti immergi, fai attenzione." Guardò Chris, che annuì.

Ery era perplesso. "Attenzione a cosa? È infestato dagli squali?"

I suoi amici esitarono schiarendosi la gola all'unisono; alla fine fu Dylan a rispondere: "È solo che è strano. Di solito quando io e Chris ci nuotiamo non succede nulla, ma una volta, mentre stavo cercando qualcosa sul fondo, quando abbiamo avuto a che fare con zio Frank, ho scoperto che è molto più profondo di quanto dovrebbe essere. E uno dei lupi mannari che voleva ucciderci... ehm..."

Chris finì la frase per lui: "La donna lupo è saltata dentro e non è mai più uscita. Forse è rimasta intrappolata in qualche diavoleria nascosta là sotto, o forse no. Non lo so."

Okay. Quello *era* strano. Ery fece spallucce. "Non so nuotare. E nessuno dovrebbe nuotare in Oregon a fine ottobre. È contro natura."

Salirono sul furgone, Chris dietro al volante mentre Dylan continuava a elencare le cose di cui Ery doveva essere messo al corrente: dove conservavano gli spazzolini di riserva e il fatto che il supermercato più vicino avesse un pessimo assortimento di prodotti biologici. Ery non sapeva se gli fosse venuta un'altra crisi di disturbo ossessivo compulsivo o stesse cercando di distrarre Chris perché era nervoso per il viaggio. Forse entrambe le cose. Il potente motore del furgone ruggì prendendo vita, ed Ery li salutò con la mano mentre si allontanavano. Tossì un po' a causa del polverone che avevano alzato, poi andò nel granaio a disfare le valigie.

LA PRIMA cosa che decise di fare dopo aver riposto i vestiti fu decorare l'appartamento. I muri erano interessanti: il legno era stato recuperato da una struttura che era crollata in una fattoria a pochi chilometri di distanza. Avevano personalità e delle venature interessanti, ma erano grigi. Come il pavimento in cemento. Il mobilio era delizioso retrò. Era appartenuto alla nonna di Kay, e Dylan lo aveva conservato nello scantinato prima di utilizzarlo nel granaio. Ma l'appartamento aveva tanto colore quanto una vecchia foto in bianco e nero.

341

Per rallegrare il posto, una volta terminato qualche quadro lo avrebbe appeso. Adesso tutto quello che doveva fare era dipingere.

Giusto.

Per prima cosa si preparò un'insalata per pranzo; stava per accingersi a mangiarla quando si rese conto che le verdure appena colte l'avrebbero parecchio migliorata, così corse nell'orto e raccolse dei pomodori. Poi decise che sarebbe stato un peccato che tutti quei fiori andassero sprecati, perché dal granaio non li poteva vedere e di certo quando Dylan e Chris sarebbero tornati ci sarebbero stati già la pioggia e il freddo, così ne raccolse alcuni, insieme a degli aromi che aveva scoperto in un angolino. Poi si riposò un momento per ammirare una ragnatela con un bellissimo ragno al centro e a osservare un bruco mangiucchiare una foglia.

Tornò al granaio, dove perse parecchio tempo a cercare un contenitore adatto ai fiori. Nell'appartamento non c'erano vasi. Alla fine trovò un vasetto per le conserve nascosto dietro a delle assi di legno nello studio, si sbarazzò degli insetti morti e lo lavò prima di sistemare i fiori a suo gradimento e posizionarli al centro del tavolo.

L'insalata era deliziosa. Sarebbe stata ancora meglio se avesse preparato lui stesso il condimento invece di usare l'aceto balsamico che si era portato dietro. Su internet cercò delle ricette per i condimenti delle insalate, ne trovò una che gli piacque e stilò la lista degli ingredienti. Controllò anche la sua mail, Twitter e Tumblr. Gli ci volle un po' di tempo. Si distraeva facilmente.

Finalmente arrivò il momento di mettersi a dipingere, dopo aver guardato fuori dalla finestra per un po'. Era rapito dalla bellezza della natura e tutto il resto, ma era giunto il momento di attingere nuovamente alla fonte creativa, giusto?

Chris doveva aver usato il Bobcat di recente, perché i rovi di more erano stati potati abbastanza da lasciare intravedere la discesa che conduceva al laghetto. Non riusciva a scorgere l'acqua a causa dell'angolazione della collina, ma si vedeva bene la foresta quasi impenetrabile di sempreverdi dietro al laghetto. Non era di proprietà di Chris e Dylan, apparteneva allo Stato e sembrava non finisse mai. Quando si trasformava in un lupo mannaro, a Dylan piaceva esplorarla, anzi, in realtà amava andarci a caccia. Ery tremò leggermente, immaginandosi il suo amico dai modi pacati trasformarsi in un predatore assassino.

Cosa provava Chris ad avere un compagno con dei poteri soprannaturali? Ery non metteva in discussione i fenomeni paranormali, dato che sua nonna era una spiritista, però una cosa era parlare di creature ultraterrene o addirittura con loro, una faccenda completamente diversa era intrattenere una relazione amorosa.

Qualcosa si mosse vicino al laghetto, ma Ery non riuscì a capire di cosa si trattasse. Nonostante gli snack mensili di mezzanotte di Dylan, parecchi animali selvatici passavano per la fattoria. Questo era di dimensioni notevoli, grande come un cervo o un coyote, tanto da far muovere il rovo. Socchiuse gli occhi, ma tutto ciò che riuscì a vedere furono delle foglie in movimento e uno scoppio di colore improvviso.

Si riscosse. Se avesse continuato a procrastinare avrebbe perso la luce naturale.

Passeggiò per lo studio facendo l'inventario delle scorte. Su alcune tele, per la maggior parte quelle di grandi dimensioni, aveva già eseguito l'imprimitura; sugli scaffali, che Chris aveva montato per lui, c'era un'ampia selezione di colori e pennelli; c'era poi un cavalletto, anche se Ery a volte preferiva lavorare con la tela stesa sul pavimento o appesa al muro. Quando aveva usato lo studio più assiduamente, si era anche trascinato dietro dei blocchi e delle matite per fare degli schizzi, qualche tavolozza, una vasta gamma di colori acrilici e a olio e un paio di vasetti di vernice. Aveva tutto ciò che gli occorreva per cominciare. Eccetto l'ispirazione.

"Maledizione, testa vuota!" disse ad alta voce. I bambini lo chiamavano così quando andava scuola: Ery testa-vuota. Quel soprannome non gli aveva dato fastidio più di tanto, in parte perché sapeva di essere piuttosto sveglio e in parte perché si riferivano a lui anche con epiteti peggiori. Ery la-fatina era uno di quelli meno crudeli. Anche se, fin dalle elementari, lui non si era mai sentito a disagio a causa del suo orientamento sessuale, per i suoi compagni non era stato altrettanto.

Tornava a casa piangendo e i suoi genitori erano pronti ad abbracciarlo e dirgli che lo amavano esattamente per quello che era, chiedendogli se volesse parlare di quegli atti di bullismo con la scuola. Il loro appoggio era sempre incredibile, ma il giorno seguente doveva affrontare di nuovo quei visi ostili e ritrovarsi con il cuore spezzato a causa del loro rifiuto di accettarlo per quello che era. Al liceo aveva finalmente accumulato un gruppo di amici che lo sostenevano e aveva iniziato a fregarsene di quello che dicevano gli altri, ma arrivare a quel punto era stato davvero difficile!

Non erano bei ricordi. Ma forse era proprio quello di cui aveva bisogno in quel momento: delle emozioni turbolente che facessero da combustibile per il suo lavoro. L'arte è dolore, giusto? Tutti sapevano che gli artisti migliori erano delle anime in pena. Probabilmente chi viveva una vita perfettamente felice stava a casa a ricamare gatti in ceste di vimini a punto croce.

Scelse la tela più grande: un metro e venti per uno e cinquanta; gli sarebbe piaciuto averne una anche più grande, ma non erano economiche. Se la sarebbe fatta bastare.

Non aveva intenzione di fare uno schizzo preliminare. Scelse dei colori, quasi a caso, li stese sulla tavolozza e li mescolò. Poi cominciò a dipingere. Non si permise di fare delle pause, nemmeno per indietreggiare un attimo e osservare la tela nel suo insieme. Era come se stesse raccogliendo le idee; il suo era un tentativo di costruire una linea diretta con la sua musa trascurata e ormai scheletrica. "Sei lì?" domandò continuando a lavorare. "Riesci a sentirmi?" Se l'era sempre immaginata come una donna anziana, il naso leggermente aquilino e i capelli con un disperato bisogno di un buon balsamo. Vestiva in modo inappropriato per la sua età semplicemente perché le piaceva e imprecava come un marinaio. Non le importava della sfumatura di verde che Planet Foods usava nel suo logo. Tanto non avrebbe fatto la spesa da loro: si nutriva solo di gelato e barrette di cioccolato, perché le muse non dovevano preoccuparsi delle calorie o di mangiare sano.

Non la sentì rispondere alla sua chiamata, però non significava che non fosse lì. Il segreto stava nel continuare a lanciare la pittura sulla tela sperando che il genio defluisse da lui.

Ma non servì.

Si dovette fermare per prendere dell'altro colore, e quando si voltò verso la tela, emise un gemito per ciò che vide: aveva coperto solo in parte la superficie, dato che lo spessore dei pennelli non permetteva di dare delle grandi pennellate. L'area che aveva dipinto era complessa, ricca di linee arzigogolate dai molteplici colori e divisa in due parti da una grande colonna con due forme oblunghe sottostanti.

Aveva dipinto il pene di qualcuno.

Era un *bell'*organo sessuale, dai colori vivaci e i peli pubici lussureggianti. Era difficile capirne le proporzioni in assenza del resto del corpo, ma probabilmente era di dimensioni non modeste, una lunga asta e dei testicoli generosi. Felicemente eretto. Più o meno anatomicamente corretto, se non si contavano i colori. Ma era pur sempre un pene e non aveva nessun valore artistico. Non era nemmeno sexy, con la sfumatura verde dei testicoli, per non parlare della linea gialla che fuoriusciva dal glande, che poteva essere un sottilissimo getto di urina o il tubicino di un catetere.

"Cazzo!"

Se la musa di Ery era ancora viva, era fin troppo arrabbiata con lui per essergli di aiuto.

CAPITOLO 3

ERY ABBANDONÒ il suo pene policromo e passò il pomeriggio e la serata a leggere un giallo. Per cena mangiò dell'altra insalata accompagnata da un piatto al curry. Andò a letto presto ma fece fatica ad addormentarsi. Attraverso la finestra aperta, sentiva lo sbattere d'ali dei pipistrelli e il bubolare dei gufi. Anche il fruscio delle foglie: forse era il vento o qualche animaletto. Con l'abbassarsi della temperatura, le travi del granaio scricchiolavano.

Durante la notte si svegliò più volte con le coperte attorcigliate intorno alle gambe e i rimasugli sfuggenti dei suoi sogni inquietanti. Si dovette anche alzare per usare il bagno, e già che c'era fece una deviazione verso il frigorifero per bere dell'acqua. Si fermò per guardare fuori dalla finestra, ma anche se la luna aveva appena cominciato la sua fase calante, era tutto in ombra. Dylan aveva detto che i lupi mannari avevano davvero un'ottima vista notturna. Non sarebbe stato male avere quel tipo di superpotere.

Tornò nel letto ma ebbe ancora difficoltà a prendere sonno. Si sentiva come se si stesse dimenticando di qualcosa, ma non riusciva a capire cosa. O come se avesse dovuto accorgersi di qualcosa. Non era la prima volta che passava la notte nel granaio, e non riusciva a trovare nulla di diverso dal solito quella notte. Sprimacciò il cuscino, rassettò la coperta e poi rispolverò il suo vecchio trucco da bambino di contare i respiri per prendere sonno.

Doveva aver funzionato perché si risvegliò con il sole che entrava dalla finestra scaldandogli il viso. Non si era preso il disturbo di chiudere le tende la notte prima. In aperta campagna non c'erano problemi di privacy. Quando controllò il telefono, fu sorpreso di scoprire che erano le dieci passate. Non aveva messo in programma di dormire così tanto.

Uscì dal letto, si lavò, rasò, vestì, ma senza preoccuparsi di darsi una pettinata. Indossò un vecchio paio di jeans con macchie di pittura e una T-shirt che usava per dipingere. Invece di prepararsi una colazione veloce, decise di chiamare sua nonna.

"Ti sei sistemato, caro?" domandò lei quando rispose. Non aveva l'identificatore di chiamate; le bastava l'intuito.

"Già. È un posto davvero confortevole. Non c'è nessuno che suona la polka."

"Spero proprio di no. Non è troppo tranquillo, vero?"

Il suo tono leggermente preoccupato lo fece sorridere. "No, è proprio quello che ci voleva. Il luogo perfetto per una crisi esistenziale."

Emise un sospiro sdegnato. "Sei sempre così drammatico su queste cose. So che non sei felice, Ery. Tutti hanno dei momenti duri, ma tu sei forte e la tua natura è troppo allegra per rimanere depresso troppo a lungo."

345

"Ma non riesco a dipingere, nonna. Voglio dire, non riesco a dipingere niente di *buono*." Arrossì al pensiero di lei di fronte alla tela del giorno prima. Non era una moralista, lo sapeva, ma era pur sempre sua nonna, santo cielo.

"Ti ricordi quando ti volevi vestire da Peter Pan per Halloween? Non volevi che i tuoi ti comprassero il costume così hai passato giornate intere a farne uno da te. Sei venuto da me in lacrime perché non ti stava venendo come volevi tu."

"Avevo sette anni."

"E ti stavi sforzando troppo. Quando ti sei finalmente rilassato e ti sei dato il permesso di essere soddisfatto di qualcosa che non fosse perfetto, hai cominciato a divertirti. Tutti hanno detto che eri adorabile. Ho ancora le foto."

"Nonna, avevo *sette* anni. Adesso ne ho trentuno."

La sentì ridacchiare. "E sei sempre il solito ostinato. Il lavoro duro e la perseveranza sono encomiabili, ma non puoi forzare le cose. Quando sarà il momento giusto perché accada qualcosa di speciale, avverrà."

"Stiamo parlando della mia arte o della mia vita amorosa?" domandò sospettoso.

"Entrambi, mio caro."

Era da anni che gli diceva la stessa cosa, e non ne era così convinto, tuttavia si sentì leggermente confortato.

"Avevi bisogno di qualcosa, nonna? Posso venire in città."

"No, sto benissimo. Edna passerà a prendermi presto. Andiamo fuori per pranzo, poi giocheremo a carte e ci fermeremo al mercato al ritorno, ma sei stato davvero carino a chiedermelo. Adesso, divertiti nella fattoria. Magari un po' di esercizio all'aria aperta ti farà bene."

"Giusto." Si strofinò il viso con la mano libera. "Chiama se hai bisogno di qualcosa."

"Certo. Ti voglio bene, Ery."

"Ti voglio bene anch'io, nonna."

Mangiucchiando una mela, Ery si trascinò nello studio. Era uno spazio che qualsiasi artista gli avrebbe invidiato. Chris e Dylan avevano installato due lucernai, sfruttando appieno l'alto soffitto, e delle grandi finestre esposte a nord, affacciate su un gruppo di alberi di Natale che si erano inselvatichiti, regalavano una luce meravigliosa. Lo studio era spazioso, c'erano parecchi ripiani e anche un lavandino profondo. A lavori terminati Ery aveva installato un impianto audio per poter ascoltare la musica mentre lavorava.

Forse, pensò entrando, il dipinto del giorno prima non era male come se lo ricordava. Dopo tutto, Keith Haring aveva dipinto peni eretti dai colori vivaci e tutti amavano le sue opere.

Lentamente, Ery si voltò per guardare il suo lavoro.

Era peggiore di quanto ricordasse.

Sembrava che un gigante verde avesse usato il suo membro come pennello. Era grottesco, ma non interessante come potevano essere le opere di Bosch ed

Ernst. Il solo guardarlo gli faceva venire voglia di piangere. "Grazie mille, musa," borbottò.

Eseguì una triplice imprimitura e si sentì molto meglio dopo.

Invece di rimettersi al lavoro di nuovo, lasciò lo studio per sistemarsi nell'appartamento con il suo iPad. Dopo aver guardato tre episodi di *Lost* su Netflix, mangiò gli avanzi del piatto al curry e controllò le sue e-mail e i suoi account di social media.

Tornato nello studio, la tela bianca sembrava prenderlo in giro.

Forse gli avrebbe fatto bene uscire all'aria aperta. Prese il blocco per gli schizzi e un paio di matite, si infilò le scarpe da ginnastica e si avventurò all'esterno. Era una giornata meravigliosa, il cielo di un azzurro brillante con delle fievoli scie lasciate dagli aeroplani. Gli uccelli cinguettavano. I vivaci colori autunnali adornavano la fila di alberi decidui che costeggiava il campo di grano. Gli parve di sentire l'odore del lago, umido e verde; dopo l'avvertimento criptico di Chris e Dylan, gli sembrò leggermente misterioso.

Si incamminò tuttavia nella direzione opposta, oltrepassò la casa e l'orto seguendo il viottolo ghiaioso verso la strada di campagna. Gli piaceva camminare. Viveva a tre chilometri dal suo posto di lavoro e, a meno che il tempo non fosse davvero inclemente, si spostava a piedi. Gli faceva bene fare esercizio e Bee si risparmiava la fatica. Però la campagna era diversa. Preferiva i marciapiedi e la possibilità di fermarsi a bere un caffè. Gli piaceva sbirciare le vetrine dei negozi, leggere i menu dei ristoranti e fermarsi ad accarezzare i cani che incontrava sul suo percorso. Soprattutto se accompagnati da ragazzi carini.

Lì non c'erano bar, né persone che portavano a spasso i loro amici a quattro zampe, e nessuna vetrina interessante. Era comunque piacevole passeggiare, esaminare le piante a bordo della strada e ascoltare il ronzio degli insetti. La strada era tranquilla. Quando un'ora più tardi tornò alla fattoria, aveva visto solo una mezza dozzina di macchine e delle mucche leggermente stupite dalla sua presenza.

Aveva avuto intenzione di dirigersi allo studio, ma si ritrovò a oltrepassarlo, superando i rovi selvatici, poi a scendere il sentiero che conduceva al laghetto. Notò che il livello dell'acqua era più basso rispetto al solito, ma la coppia di germani reali non sembrava badarci. Sguazzavano contenti, fermandosi ogni tanto per immergere le teste nell'acqua. Non sapeva perché vedere le loro code alzate lo facesse ridere. Si sedette sul terreno soffice, si posò il blocco da disegno sulle gambe e fece uno schizzo veloce dei due animali. Il disegno lo fece ridere, così ne fece un altro – questa volta inserendo maggiori dettagli – delle anatre sul banco opposto: la femmina era raggomitolata a schiacciare un pisolino e il maschio faceva la guardia. Era impossibile non essere affascinati dalle anatre. Erano carine, non finivano mai di starnazzare.

Completato il secondo disegno, Ery si fece più indietro per appoggiare la schiena contro un albero. Posò il blocco al suo fianco. Con il sole che gli scaldava la testa e le spalle, chiuse gli occhi per ripararsi dal riflesso della luce. Assonnato si accorse di stare per addormentarsi, poi decise che non gli importava. Lasciò che il sonno lo avvolgesse come un'onda calda.

QUANDO SI svegliò, pensò subito di stare sognando.

Era scivolato contro il tronco dell'albero e il sole del tardo pomeriggio proiettava delle ombre lunghe intorno a lui. Aveva i crampi alle gambe, il sedere gli faceva male e sospettava di avere degli insetti tra i capelli. Ma non aveva nessuna importanza, perché davanti a lui c'era un uomo nudo.

Aveva muscoli affusolati sotto una pelle fin troppo pallida anche per la media degli abitanti della zona nordest del Pacifico. Sembrava completamente glabro, o forse i peli erano molto chiari; le gocce d'acqua, che scivolavano dal suo torso, luccicavano sul suo pene non circonciso. Aveva incredibili occhi verde chiaro e, anche se bagnati, i capelli erano lunghi e bianchi. Ma il viso era giovane, non più di vent'anni, con il mento leggermente appuntito, la bocca grande, gli zigomi prominenti.

Gli era così vicino che sgocciolava sul suo blocco da disegno. Aveva la testa leggermente inclinata, come se stesse osservando intensamente i disegni delle anatre.

"Questa è proprietà privata!" gridò Ery.

Il ragazzo sembrò scioccato come se gli avessero sparato. Senza dire una parola, si voltò – *sedere da urlo*, non riuscì a non notarlo – fece di corsa i pochi metri che lo separavano dal laghetto e si tuffò in acqua.

Ery si alzò barcollando e seguì i passi del ragazzo, ma anche se attese per parecchi minuti, non ricomparve. Le anatre starnazzarono dal lato opposto del laghetto come per disapprovazione.

"Cazzo! Cazzo, cazzo, cazzo, cazzo, cazzo." Ery continuò a percorrere il perimetro del laghetto, bagnandosi completamente le scarpe, senza addentrarsi più in profondità delle sue caviglie. Era affogato? Non c'era nessun segno di lui. Aveva solo una vaga idea di come fosse formato il lago, sapeva che c'entravano un ruscello e una diga di terra, però non vedeva nessuno dei due. La vegetazione era troppo rigogliosa eccetto che per la parte sabbiosa su cui si trovava lui.

Non aveva idea di cosa fare. Anche se avesse avuto il telefono con sé, i soccorsi avrebbero impiegato parecchio tempo ad arrivare. Fin troppo per salvare qualcuno che stava affogando.

Gesù, e se la creatura del lago – l'essere di cui gli avevano parlato Chris e Dylan – avesse afferrato quel ragazzo proprio come aveva fatto con la donna lupo? E se avesse afferrato anche Ery? Non che avesse intenzione di immergersi. A stento riusciva a nuotare a cagnolino.

"Ehi? Ehi?" gridò di nuovo.

Ma l'unica risposta che ricevette fu l'eco delle sue urla.

348

Dopo aver passato parecchi minuti correndo avanti e indietro senza alcun risultato, Ery risalì la collina. Il ragazzo doveva pur essere arrivato da qualche parte; la fattoria non aveva vicini. Mentre correva sul viottolo ghiaioso, pensava che avrebbe trovato la macchina dello sconosciuto. Ma non fu così. C'erano solo Bee, l'Airstream e la pletora di rottami di Chris. Non sentiva rumori di motori né vedeva della polvere sollevata da un veicolo appena partito.

Doveva agire; non poteva non far *nulla*. Gesù! Era un adulto che doveva essere in grado di gestire quel tipo di situazioni da solo. Pensò di chiamare Dylan e Chris, ma da loro erano le tre del mattino, e che diavolo avrebbero potuto fare dall'altra parte del mondo? Prese in considerazione l'idea di chiamare sua nonna, ma sarebbe stato ridicolo. *Sei un adulto, ricordi?* Fece una lista mentale di amici e familiari, ma non gli venne in mente nessuno adatto a quel genere di situazione. Be', sua cugina Gina aveva fatto la bagnina, ma probabilmente non sarebbe stata di molto aiuto. E viveva a Denver; non era esattamente in grado di salvare il pallido sconosciuto.

Ery finì per correre dentro la casa, trovò il telefono fisso di Chris e Dylan e digitò il 911. Dovette spiegare più volte al centralinista quello che era successo, poi ebbe delle difficoltà a fornire le indicazioni. Gli indirizzi stradali erano molto più facili in città.

Quasi quindici minuti più tardi sentì il suono delle sirene. La prima ad arrivare fu la macchina dello sceriffo; seguì l'autocarro dei vigili del fuoco che sferragliava e sobbalzava sulla strada sterrata. In altre circostanze, Ery sarebbe stato elettrizzato alla vista di quel plotone di uomini muscolosi che improvvisamente lo avevano circondato, però al momento si sentiva agitato e spaventato.

Tutti corsero in direzione del laghetto. Il cielo si stava scurendo, per cui i soccorsi usarono le torce per illuminare l'area. Ovviamente, non c'era traccia di nulla di strano.

Uno dei poliziotti era un ragazzo giovane e abbronzato che sembrava essere appena sceso dal suo trattore. Con il fisico muscoloso e l'espressione onesta, sarebbe stato molto più a suo agio con una salopette e un cappello con il logo di un trattore che nella sua uniforme color kaki. Aveva in mano il blocco di schizzi di Ery. "Questo è suo, signore?"

"Sì."

"E non ha spostato nulla dalla scena?"

"No, nulla. Non ho toccato nulla."

Il vice annuì. "E non ha sentito arrivare nessun veicolo?"

"No."

"Signore? Quanto ha bevuto oggi?" Il poliziotto fece alcuni passi verso di lui.

"Nulla! Voglio dire, ho bevuto del caffè e dell'acqua. Questo è tutto."

"Mm-mmh." L'agente era più giovane di Ery, Santo Cielo, ma in un qualche modo riusciva a sembrare paternalistico. "E ha preso farmaci, legali o meno che siano?"

Ery sputacchiò leggermente. "Non ho preso nessuna droga! Non uso droghe." Be', ne *aveva* fatto uso in passato, soprattutto quando era stato studente, ma con il tempo non aveva più avuto bisogno di usare delle sostanze chimiche per divertirsi, ed era da più di un anno che non fumava hashish. "E non sono nemmeno pazzo," aggiunse prima che il poliziotto potesse domandarglielo.

Il vice sembrò non credergli. "Signore, non c'è nessun segno che indichi che qualcuno sia stato qui. Né vestiti né scarpe. È sicuro che non si sia trattato di, ehm, uno scherzo dell'immaginazione?" Sollevò le sopracciglia e agitò il blocco per gli schizzi in aria come a dire che tutti sapevano che gli artisti erano pazzi.

"Era qui," insisté Ery.

Rimasero per un'altra ora. Dato che arrivare al bosco sulla riva opposta era impossibile senza bagnarsi, nessuno ci provò. Ma controllarono in giro per la fattoria, passando al setaccio il granaio e la casa, addirittura il camper e le macchine. E non trovarono nulla.

Infine, l'agente più anziano diede un biglietto da visita a Ery. "Se dovesse vederlo di nuovo o trovare qualcosa, ci chiami."

"Ma non avete intenzione di dragare il laghetto o...?"

"Signore, le operazioni di ricerca e salvataggio costano parecchi soldi e siamo in pochi a servire l'intera contea. Non possiamo andare a caccia di fantasmi."

"Non era un fantasma."

"*Se* dovesse scoprire qualcosa, ci chiami. Se dovessero saltar fuori delle prove, prenderemo in considerazione l'idea di fare altre indagini. Ma per il momento tutto quello che possiamo fare è compilare il verbale." L'espressione sul suo volto descriveva lo scarso entusiasmo che quell'attività gli procurava.

A Ery non venne in mente nessuna motivazione né incentivo che potesse far continuare le ricerche. Chiese che tenessero le orecchie aperte nel caso ricevessero delle segnalazioni di persone scomparse, li ringraziò e li guardò andare via.

CAPITOLO 4

ERY PASSÒ la serata indeciso se chiamare Dylan e Chris o mandargli un messaggio. Alla fine scelse di non contattarli, principalmente perché non voleva rovinare un viaggio appena cominciato. Di sicuro gli sarebbe stato difficile divertirsi a Parigi e Barcellona se avessero saputo che un tipo era affogato o scomparso sulla loro proprietà.

Era impensabile che si mettesse a dipingere quella sera e non gli interessava guardare altri episodi di *Lost*. Invece navigò su internet senza scopo e passeggiò per lo studio trovando dei lavoretti non necessari da fare. Si mise quasi a piangere quando gli tornò in mente che forse per colpa sua era morto un uomo: aveva spaventato lo sconosciuto urlando e spingendolo a tuffarsi in acqua. E magari, se si fosse tuffato subito anche lui, avrebbe potuto salvarlo pur non sapendo nuotare bene. E comunque: che cazzo ci faceva nella fattoria?

Ery passò la scopa nel granaio, togliendo le ragnatele. Lo stomaco gli si contorceva per la rabbia e il senso di colpa. Quando andò a letto – presto anche quella sera – si assicurò di chiudere le tende.

Al suo risveglio, anche se non se li ricordava, era certo di aver fatto dei sogni strani. Si alzò poco dopo, bevve del caffè e mangiò il pane tostato con calma. Si sentiva più calmo della sera prima, ma ancora irrequieto. Continuò a osservare il blocco da disegno e le piccole macchie sulla carta dove erano cadute le gocce d'acqua che poi si erano asciugate.

Alla fine si diresse nello studio, ripose la grande tela su cui aveva dipinto e poi nascosto il pene e al suo posto ne prese una piccola. Ci lavorò tutto il mattino e il pomeriggio, fermandosi solo per mangiare un boccone e stiracchiarsi un po'. Finì di dipingere proprio mentre il sole stava tramontando. Era una raffigurazione dettagliata e realistica, quasi fotografica, di un'anatra reale. Gli ricordava leggermente una natura morta del Rinascimento, solo che il suo soggetto era ancora vivo invece che essere appeso a un gancio o appoggiato senza vita sul ripiano di un tavolo. E non lo avrebbe di sicuro definito un capolavoro. Era più uno scarabocchio che aveva impiegato ore e ore a eseguire.

Almeno non era un pene.

Il giorno seguente chiamò sua nonna, ma non accennò al possibile annegamento. Lei non gli chiese come stavano andando le cose, il che fu un sollievo. Invece chiacchierarono dell'imminente intervento della sua amica Marianne e di un libro che sua nonna aveva appena finito di leggere sull'epidemia di peste bubbonica del diciannovesimo secolo a San Francisco. Gli disse che i suoi genitori stavano

351

pensando di vendere la casa a Minneapolis e trasferirsi di nuovo sulla costa occidentale. Sarebbe stato bello, pensò Ery. Voleva bene ai suoi genitori.

Dopo aver salutato sua nonna, andò a fare la spesa. Gli altri clienti dell'emporio Fred Meyer lo fissarono. Non era vestito con colori particolarmente sgargianti: skinny jeans rossi e una T-shirt raffigurante Alice nel paese delle meraviglie sotto a un cardigan nero. E delle scarpe alte da ginnastica gialle. D'accordo, forse era un po' esotico per quel posto, ma era comunque un look in cui si sentiva a suo agio. Fintanto che non lo avessero cacciato dal paese.

Ritornò alla fattoria e ripose la spesa, poi andò nello studio e osservò il dipinto dell'anatra per un po'. All'improvviso fu preso da uno strano impulso. Afferrò il quadro, una tela bianca, qualche colore e si trascinò verso il laghetto, dove, notò immediatamente, non c'era traccia di uomini nudi.

Posizionò il quadro con l'anatra su un ramo a portata di mano. Sì, era assolutamente ridicolo, e il dipinto sarebbe stato completamente distrutto quando finalmente avrebbe cominciato a piovere. Ma gli piaceva l'idea che i germani reali avrebbero avuto nel frattempo un dipinto appeso nel loro salotto, se così lo si poteva definire. Lo stavano guardando dall'altro lato del laghetto e immaginò che gliene fossero grati.

"È all'ultima moda," disse rivolto ai volatili. "Arte Volatile. Siamo assolutamente all'avanguardia qui. Potete dire ai vostri amici che la conoscevate prima che diventasse di moda. Nel caso siate delle anatre hipster."

Se il vicesceriffo lo avesse sentito in quel momento lo avrebbe fatto internare.

Posizionò il piccolo cavalletto nell'area sabbiosa. Aveva portato con sé una tela di taglio medio e una selezione di colori a olio molto costosi. Invece di creare una delle sue composizioni astratte aveva voglia di dipingere un panorama. Il che era strano, ma non si sarebbe lamentato adesso che aveva un minimo di ispirazione. Sollevò la matita e tracciò uno schizzo veloce del laghetto e degli alberi prima di passare ai colori.

"Lo chiamerò: *Scena di un probabile crimine*," annunciò alle anatre, che non sembrarono particolarmente colpite da quelle parole.

Cominciò a dipingere senza intoppi. Scelse un albero in particolare da ritrarre nel dettaglio e si divertì davvero a utilizzare diverse sfumature di verde. Dipinse anche alcuni degli alberi vicini, ma solo le loro sagome, come se l'esemplare realistico potesse suggerire i particolari di tutti gli altri. Gli piacque l'effetto d'insieme: un'interessante combinazione di realismo e astrattismo.

Ma mentre si preparava a dipingere l'acqua, si ritrovò a mescolare dei toni giallo ocra con il blu oltremare, assieme al bianco titanio. Il risultato fu una tonalità di pelle molto chiara, il colore giusto per un paio di gambe muscolose e levigate.

"Merda." Ery non aveva avuto intenzione di dipingere davvero la scena del crimine o la vittima, ma una volta iniziato non riuscì più a fermarsi. Creò un bellissimo uomo nudo con i capelli bianchi bagnati e gocciolanti, lo sguardo leggermente perplesso e i piedi immersi nell'acqua del laghetto.

Ery stava ancora dipingendo quando la luce cominciò ad affievolirsi. La tela non era completa; osservandola nella luce calante della sera, sentì che per lui andava *bene*, come un puzzle sul punto di essere terminato. Era da parecchio tempo che non provava quella sensazione con una delle sue opere.

Protestò con la sua musa mentre trasportava le suppellettili su per la collinetta. "Allora era *questo* di cui avevi bisogno per darti una bella svegliata: una morte. Forse pensi di essere nell'antica Grecia, avevi bisogno di un sacrificio." Delle emozioni stranamente contrastanti si agitavano in lui: gioia per aver finalmente dipinto qualcosa di buono, e senso di colpa e dispiacere per la fonte della sua ispirazione.

Dopo avere riposto colori e pennelli e posizionato il dipinto sul cavalletto, Ery si lavò, preparò del petto di pollo sauté e della pasta. Fu una cena soddisfacente, durante la quale continuò a leggere il suo giallo. Dopo aver riassettato il cucinino e fatto il carico della lavatrice, si rannicchiò sul vecchio divano con il libro e un bicchiere di vino. La musica di Debussy usciva dallo stereo. Per essere un uomo in crisi, Ery si sentiva particolarmente bene. Rimase sveglio fino a tardi e si addormentò quasi immediatamente.

IL SOGNO di quella notte fu particolarmente vivido. Forse era un effetto secondario del risveglio della sua musa. Sapeva che era un sogno anche mentre lo stava sognando: camminava sul pavimento di cemento senza far rumore, con indosso i pantaloni del pigiama viola; apriva la porta dello studio e si avvicinava alla figura bianca luminescente che stava di fronte al cavalletto.

L'uomo nudo si voltò per guardarlo. Nel sogno non era bagnato e, nel bagliore lunare che penetrava dal lucernaio, sembrava argento liquido. "Appartieni a questo posto adesso?" domandò l'uomo; la voce era roca, come se non parlasse mai e con un leggero accento straniero.

"Bado alla casa mentre Chris e Dylan sono via."

L'uomo inclinò la testa leggermente. "Ami Chris Nock quanto lo ama Dylan?"

"Oh... no." Gesù, voleva forse dire che a livello inconscio era attratto dal suo amico? "La nostra è solo una relazione platonica. Siamo buoni amici."

"Come ti chiami?"

"Ery."

L'uomo emise una risata leggera e agitò le mani vicino al viso. "Airy?"

"Con la E. Tu chi sei?"

"Stroemkarlen." Sorrise rivelando una fila perfetta di denti bianchi. "Karl, immagino."

Fantastico. Il suo subconscio era abitato da stranieri morti. Ma si rese conto che forse il sogno serviva ad aiutarlo a espiare il suo senso di colpa. Be', non si sarebbe tirato indietro "Mi dispiace di averti spaventato. Mi hai colto di sorpresa. Non avevo intenzione di farti male."

353

Karl sembrava indifferente. "Stavi proteggendo la proprietà dei Nock. E non mi hai fatto male. Vedi?" Allargò le braccia come se volesse mettere in mostra il suo corpo incolume.

"Ah, bene." La mente di Ery stava cercando di liberarsi dalle sue responsabilità. Be', bastava che funzionasse.

"Grazie per il regalo. È molto bello. Prima mi piaceva molto la motocicletta, ma adesso questo è il mio preferito." Karl sorrise timidamente. "Sei un bravo artista."

Ery impiegò un momento a comprendere a cosa si stesse riferendo, anche se non capiva cosa c'entrasse la motocicletta. "Vuoi dire l'anatra."

"Sì, mi dispiace che l'acqua lo rovinerà in fretta, ma ne avrò il ricordo. Nessuno mi aveva mai regalato qualcosa di così bello." Si voltò per indicare il dipinto sul cavalletto. "E adesso stai dipingendo me?"

"Immagino... di sì."

Karl fece un gran inchino. Quando si rialzò, si stava mordendo il labbro inferiore e gli occhi gli luccicavano. "Grazie. È un onore."

"Sono... È..." provò a rispondere, ma Karl stava camminando lentamente verso di lui – era di una bellezza sconvolgente – ed Ery era completamente paralizzato.

L'uomo si fermò solo quando gli fu abbastanza vicino da potergli posare le mani sulle spalle nude. Erano quasi alti uguali. Le mani erano gelate e avevano un sentore terroso e fresco, come la primavera. Le labbra erano di un rosa pallido, ma morbide e umide, come se se le fosse appena leccate. "Mi piacciono i colori vivaci che indossi," commentò. "Come una farfalla o un fiore." Allungò il braccio per accarezzargli la testa. "E i tuoi capelli sono molto interessanti."

Quando era stato più giovane, Ery si era tinto delle ciocche di rosso, blu o verde. Adesso, però, i capelli erano del suo colore naturale, castano, eccetto che per un'area più chiara sul davanti. Da quando era arrivato alla fattoria non si era preso il disturbo di sistemarseli e nel sogno aveva i capelli arruffati. "Grazie?" rispose incerto. La direzione che stava prendendo quella conversazione lo stava mettendo a disagio.

"Era da tanto tempo che non toccavo qualcuno," disse Karl triste. "Non è un problema se ti tocco?"

"Non... ehm, non penso che sia una buona idea."

Karl portò le braccia ai fianchi e chinò la testa. I capelli gli nascondevano il volto. "Mi dispiace. Non volevo offenderti."

"Non sono offeso. È solo che non ho voglia di sognare di fare sesso con un uomo morto."

A quelle parole Karl alzò la testa. "È quello che pensi?"

"Be', sì."

Dopo una breve pausa, Karl scosse leggermente la testa. "Forse dovrei venire da te alla luce del giorno, così saprai che esisto davvero. Non mi urlerai addosso, vero?" Il tono della sua voce era leggero, come se stesse scherzando, ma poi la sua espressione si fece seria. "Per favore, Ery. Vieni al laghetto domani. Voglio... mi piacerebbe poter parlare con qualcuno per un po'. Mi piacerebbe parlare con *te*. Per favore?" Alzò la mano e sembrò stesse per sfiorargli la guancia, ma si fermò.

Era stupido fare una promessa a un uomo in un sogno, ma Ery non riuscì a rifiutare. Karl sembrava così vulnerabile. "Okay," rispose.

Karl fece un gran sorriso. "Grazie!" E senza dargli nessun avvertimento, si sporse in avanti per baciarlo.

A Ery era sempre piaciuto baciare. A volte aveva il sospetto che la sua bocca fosse la sua zona erogena più sviluppata, seconda solo al suo sesso. Gli piaceva l'intimità dei baci, i respiri condivisi, la vicinanza del viso dell'altro uomo, il modo in cui poteva assaporare e sentire il suo compagno. Non era quindi poi così sorprendente che l'uomo nel suo sogno baciasse divinamente. Le labbra erano morbide come apparivano, e la lingua scivolosa e agile, con un leggero sapore di menta. I denti sembravano affilati. E *Dio*, emetteva dei mugolii che gli attraversavano la bocca fino ad arrivare alla sua, scendendo poi lungo la sua colonna vertebrale fino all'inguine.

Se fosse stato possibile, Ery sarebbe vissuto di baci come quello al posto del cibo.

Le sue dita rimasero incastrate nei lunghi capelli di Karl, che sembravano della stessa consistenza della seta. Karl gli appoggiò le mani sui fianchi, avvicinando i loro corpi, facendogli capire che anche il suo sesso si era inturgidito.

Ery emise un gemito quando Karl si tirò indietro e disse: "È stato bello, ma adesso dormi, Ery. Ci vediamo domani." Si diresse verso la porta che conduceva all'esterno.

"Aspetta! Chi *sei*?"

Con la mano sulla maniglia, Karl lo guardò da sopra la spalla con un sorriso triste. "Te l'ho detto. Stroemkarlen. Buona notte, Ery." Una corrente fredda entrò prima che chiudesse la porta con fermezza.

Come se fosse in trance, Ery si trascinò verso il letto. Si chiese se si sarebbe ricordato del sogno il giorno seguente. Se i testicoli gli avrebbero fatto ancora male. Dio, era da quando era ragazzino che non faceva sogni erotici, ma in quel momento c'era quasi andato vicino. Si sdraiò, rimboccò le coperte, e si addormentò immediatamente.

Si svegliò con il ricordo del sogno così vivido in lui che riusciva quasi a sentire il sapore di Karl nella sua bocca e la sensazione che aveva provato quando gli aveva toccato i capelli. "Forse questo è anche peggio che dipingere dei peni," disse tra sé. "Adesso stai anche facendo degli strani sogni erotici." Forse sarebbe dovuto andare in discoteca, incontrare qualcuno e fare sesso sul serio.

Intontito, si strofinò il viso e andò nello studio, con tutte le intenzioni di controllare il suo lavoro alla luce del mattino.

Sul cavalletto, dall'altra parte della stanza, c'era qualcosa di fronte alla tela, qualcosa che non riuscì a identificare. Quando fu abbastanza vicino da poterla toccare, capì di cosa si trattava: una pietra grande come un pugno con delle striature grigie e rosse, levigata a lucido.

CAPITOLO 5

PER LA seconda volta in meno di quarantotto ore, Ery si spaventò. Continuò ad andare avanti e indietro per lo studio e l'appartamento, fermandosi di quando in quando per guardare fuori dalla finestra. Prese il biglietto da visita che gli aveva dato il vicesceriffo, quasi venti volte, ma finiva per riporlo di nuovo. I poliziotti non sarebbero stati molto più di aiuto di quanto lo erano stati quando li aveva chiamati la prima volta, e non c'era modo di raccontare quello che era successo senza essere arrestato o fatto allontanare dalla zona. *Vi ricordate del ragazzo nudo annegato, agenti? Be', è tornato – sempre nudo – e ci siamo sbaciucchiati e mi ha lasciato una pietra.* Sì. Non sembrava un'idea geniale.

Anche se continuava a girare per lo studio, Ery finiva sempre con il ritrovarsi davanti al cavalletto, con in mano la pietra. Stava perfettamente nel palmo della sua mano, e quando la mise controluce, sembrava essere composta da centinaia di sfumature rosse e grigie. Se avesse voluto dipingerla, avrebbe dovuto usare parecchi colori.

Riprese in considerazione l'idea di contattare Dylan e Chris, ma ci ripensò. Li avrebbe lasciati alla loro *joie de vivre* finché potevano godersela. Inoltre, non aveva una gran voglia di raccontare l'avventura della notte precedente ai suoi amici o a sua nonna: avrebbero di sicuro sollevato un sopracciglio metaforico per il fatto che aveva pomiciato con così tanta disinvoltura.

Ma davvero, che *diavolo* stava succedendo? Chi era Karl e che cosa voleva?

E perché il solo pensare a lui gli faceva arricciare le dita dei piedi e battere forte il cuore?

Alla fine decise che l'approccio più diretto – anche se forse quello meno saggio – era andare al laghetto e vedere se Karl avrebbe fatto la sua comparsa. Però non ne era per nulla convinto. Si sentiva ansioso per quello che sarebbe potuto succedere se si fosse fatto vivo e sospettava che si sarebbe sentito rifiutato, stupidamente, nel caso non fosse apparso.

Trovò un compromesso. Si infilò un paio di jeans, senza prendersi il disturbo di pettinarsi, chiaro segno che non gli importava nulla se avesse visto Karl o meno e che di certo non stava cercando di fare colpo su nessuno. E sì, Ery poteva anche indossare un maglione a rombi rosa e verdi, colori sgargianti come quelli che Karl aveva ammirato, ma si trattava solo di una coincidenza. Quel mattino faceva un po' freddo e quel maglione era uno dei più caldi che si era portato dietro.

A parte le anatre, nessuno lo stava aspettando al laghetto. Rimase fermo un momento, osservando una libellula scorrere sull'acqua, prima di rendersi conto che il dipinto dell'anatra era scomparso. Controllò alla base dell'albero nel caso fosse caduto, ma non vide nulla. Non sapeva che conclusioni trarne. "Posso farvene un altro," disse rivolto ai suoi amici pennuti.

Si sedette sul tronco di un albero caduto. Era strano. Le persone non finivano mai di lodare la pace e la tranquillità della campagna, ma a lui non sembrava affatto calma. Vero, non si sentivano suonare i clacson o stridere i freni, la gente che strepitava al cellulare, niente sirene, musica assordante o bambini che urlavano. Ma gli uccelli cinguettavano sugli alberi e gli insetti ronzavano. In lontananza sentì il rombo di un motore. Forse il tizio che aveva affittato il campo di grano stava usando il trattore. Una brezza leggera fece frusciare le foglie e scricchiolare i rami, e quando qualcosa si mosse sotto la superficie dell'acqua – un pesce? –, emise un leggero *plip-plop*.

Un rumoroso sciabordio spaventò Ery e Karl emerse dal laghetto.

Uscì dall'acqua con un gran sorriso, nudo come sempre. Scosse la testa per raccogliersi i capelli, spargendo gocce scintillanti nell'aria come se fossero dei piccoli gioielli. "Sei venuto!" annunciò mettendo piede sulla spiaggetta.

"Ehm, sì." Ery si trattenne dal saltare in piedi e indietreggiare. "Da dove arrivi?"

Karl indicò alle sue spalle.

"No," disse Ery. "Voglio dire prima. Come hai fatto a entrare nel laghetto?"

"Mi sono tuffato." Karl sorrise come se Ery gli avesse fatto una domanda divertente, quindi gli si avvicinò e si sedette al suo fianco.

Distrattamente, Ery si domandò se il tronco dell'albero fosse scomodo a contatto con la pelle nuda.

"Ti è piaciuto il mio regalo?" domandò Karl.

"Io... sì. È molto bella. Grazie. Dove l'hai presa?"

Di nuovo, Karl indicò il laghetto. "Era da parecchio tempo che l'avevo con me. È una delle mie preferite perché mi piacciono i colori. Ho pensato che ti si addicesse."

"Grazie."

Karl gli si avvicinò, in modo che il suo fianco sfiorasse quello di Ery. Sembrava contento di star seduto lì a osservare le anatre con lui.

"La scorsa notte..." cominciò a dire Ery, ma non era certo su come continuare la frase.

"Mi dispiace. Non ho il permesso di stare nella casa, ma ho pensato che il granaio non contasse." Karl sembrava esitante e insicuro. "Forse. E non sono riuscito... ti ho visto, e sei così bello. E volevo vedere che cosa stavi dipingendo. Non mi aspettavo di essere io il soggetto del tuo quadro! È stata una bella sorpresa."

Ery stava ancora pensando alle prime parole di Karl. "Chi lo ha detto che non hai il permesso di entrare in casa? Cosa vuoi dire?"

"È la regola. Non posso andare dove vivono le persone a meno che non sia invitato."

Vampiro! pensò Ery, il che era ridicolo. Era disposto a credere che i vampiri esistessero – dopo tutto, uno dei suoi migliori amici era un lupo mannaro – e Karl era pallido come una delle creature della notte. Ma il sole stava splendendo su di lui e non c'era traccia di fumo. A meno che quella parte della mitologia sui vampiri non fosse vera. Le sue uniche fonti di informazione sull'argomento erano *Nosferatu* e *Buffy*.

"Non sei un vampiro, vero?" Quella sì che era una domanda che non si era mai immaginato di fare.

Karl rise. "No, decisamente non sono un non-morto. E succhiare il sangue? Che schifo." Si girò leggermente sul tronco per guardare Ery. "E tu invece? Tu cosa sei?"

"Sono un artista. Che è molto meno interessante che essere un vampiro, e pagato leggermente meglio."

Karl rise di nuovo. "D'accordo, allora. Parlami di te, per favore. Della tua vita. Vivi qui vicino?"

"La mia vita è davvero noiosa. Vivo a Portland e…"

"La città!" Karl spalancò gli occhi. "Tutte quelle persone! Ci sono stato solo una volta, giusto per dare un'occhiata, ma c'era troppa confusione. Tutte quelle navi, piccole e grandi, e i ponti e i… muri di cemento intorno al fiume. Era interessante, ma ero contento di essere tornato di nuovo a casa."

"E dov'è *casa*?"

Karl ignorò la domanda. Posò una mano sul ginocchio di Ery e strinse leggermente. "Mi racconti dell'altro, per favore? Su… su quello che fai ogni giorno in città. E hai una famiglia?"

Ery stava quasi per rispondergli. C'era qualcosa di così persuasivo nell'intensità dello sguardo di Karl e la vicinanza del suo corpo. Di certo non era la prima volta che un ragazzo aveva mostrato interesse per lui, ma non ricordava quando qualcuno lo aveva guardato così intensamente, come se fosse la creatura più affascinante sul pianeta. E non riusciva a non ripensare a quanto bello fosse stato il loro bacio, a quanto soffici fossero le labbra di Karl e alla morbidezza setosa dei suoi capelli.

Maledizione, doveva sapere che cosa stava succedendo!

"Chi *sei* tu?" domandò. Sembrò più un lamento che una richiesta.

Karl sospirò e gli angoli della sua bocca si piegarono verso il basso. "Nessuno. Stroemkarlen. Non faccio mai nulla di interessante e non mi succede mai nulla – be', quasi mai – e non ho mai nessuno con cui parlare. Non ho i bei colori che hai tu e non so come… come fare le cose. Come fai tu. Penso che nessuno creda che esisto davvero."

Resistendo all'impeto di abbracciarlo per consolarlo, Ery strinse forte gli occhi. Quando li riaprì, guardò a terra. Aveva le scarpe infangate. Anche i piedi di Karl erano sporchi, ma la terra si stava seccando e scagliando. I suoi piedi erano pallidi come il resto della sua pelle, non molto lunghi e con la pianta larga.

E le dita erano unite da una membrana connettiva.

"Non sei umano, vero?" sussurrò Ery.

Karl si scostò. Sedeva con le spalle ricurve, la testa abbassata in modo che i capelli gli nascondessero il viso. "No."

"E non sei un fantasma o un vampiro e nemmeno un lupo mannaro, e queste sono tutte le creature sovrannaturali che conosco."

Dopo un momento, Karl sollevò la testa e lo guardò. Le sopracciglia chiare e sottili erano aggrottate. "Non sembri... credevo saresti stato più sorpreso. Di solito la gente lo è."

"Be', di solito le persone non hanno una nonna che vede i morti o un buon amico che si trasforma in un lupo mannaro una volta al mese."

Karl annuì. "Dylan si trasforma in un bellissimo lupo. Alcuni dei miei simili riescono anche a cambiare forma, ma io no." Fece una pausa poi aggiunse a bassissima voce, come se fosse un segreto di cui vergognarsi. "E non so nemmeno suonare uno strumento,".

"Chi sono i tuoi simili?"

"Te l'ho detto: stroemkarl, fossegrim, nix."

Solo l'ultima parola gli sembrò familiare. "Nix?" Ery si morse il labbro, cercando di ricordarsi che cosa significasse.

"Spirito d'acqua," suggerì Karl. "Hai sentito parlare di noi?"

"Forse. Un po'." Non c'erano nix su *Buffy*, per cui non conosceva la loro storia. Poi gli venne spontanea una domanda: "Quindi stroemkarlen è, ehm, la specie a cui appartieni. Ma come ti chiami?"

Karl si alzò e camminò verso l'acqua. Con i piedi immersi nel laghetto e la schiena rivolta verso Ery, disse: "Non ho un nome."

"Tu non... Cosa vuoi dire?"

"Chi ti ha chiamato Ery?"

"I miei genitori. Hanno usato un enorme libro di nomi per bambini e hanno fatto una lista, ed Ery era l'unico nome su cui si sono ritrovati d'accordo." Se avesse avuto la meglio suo padre, lo avrebbe chiamato Sam, che aveva un suono tronco e banale. Ma sempre meglio del nome preferito di sua madre: Sativa. *Non l'avevamo capito che negli anni settanta fumavi le canne, mamma.*

"Non ho genitori."

Ery sapeva tutto delle api e degli uccelli, ma doveva essersi perso la lezione sulla riproduzione degli spiriti. "E come sei stato, ehm..."

"Creato? Da un mago per fare da guardia a un porto. Non si è preso il disturbo di darmi un nome. E non mi ha fatto molto bene. Quando ho trovato altri esseri come me, loro..." Per un momento sembrò turbato ma la sua espressione cambiò immediatamente. "Allora sono venuto qui."

Ery si ritrovò in piedi. Attraversò la spiaggetta e si immerse nel laghetto. Avvolse le spalle di Karl con un braccio. "Allora va bene se continuo a chiamarti Karl?"

La creatura si girò per abbracciarlo e posò la testa sulla sua spalla. Aveva i capelli ancora bagnati. "Sì, per favore," mormorò.

Ery lo abbracciò a sua volta. Gli piaceva abbracciare tanto quanto essere abbracciato. Anche un abbraccio platonico gli dava conforto ed energia. Non importava che avesse i piedi bagnati e il maglione. "Non so nulla di spiriti d'acqua," disse. "Ma a me sembri ben fatto."

Tenendo Ery un po' più stretto, Karl riuscì a scuotere la testa. "No, te l'ho detto, non posso trasformarmi e non so suonare nessuno strumento."

Quando si era svegliato, quel mattino, Ery non si era aspettato che si sarebbe ritrovato a confortare un nix. Ma Karl sembrava sentirsi a suo agio tra le sue braccia, e quando Ery gli accarezzò la schiena, scoprì che la sua pelle era molto morbida sopra quei muscoli duri. Riuscì a non essere scioccato quando Karl cominciò a baciarlo sul collo.

"Sei molto gentile con me," tubò Karl.

Erano tutte così volubili quelle creature? Ery si sentiva come stordito. E i piedi gli si stavano congelando. "Possiamo, ehm, andare a riva?"

Karl si separò da lui, gli afferrò la mano e lo trascinò sulla spiaggetta. Invece che sul tronco, lo fece sedere a terra, e lui fece lo stesso incrociando le gambe, posizionandosi al suo fianco e appoggiando la testa sulla sua spalla. Le anatre li osservavano dall'altro lato del laghetto, leggermente scandalizzate. Forse erano dei volatili omofobi. O semplicemente moralisti.

Le scarpe da ginnastica bagnate gli davano fastidio, per cui Ery se le tolse. Un gesto che Karl doveva aver approvato perché ridacchiò. "Puoi toglierti anche i vestiti. Mi piacerebbe vederti senza."

"Fa, ehm, un po' freddo. Tu non hai freddo?"

"Il freddo non mi dà fastidio. Da dove vengo, un lago come il mio sarebbe stato ghiacciato per tutto l'inverno e le sponde coperte dalla neve. Nevica raramente qui," aggiunse con malinconia.

"Come ci sei finito qui, in questo lago?"

Forse era stata una domanda azzardata, perché Karl fece un'altra smorfia. "Gli altri stroemkarl non volevano che restassi. Mi cacciarono nel mare. Ma il mare… oh, è davvero grande e io ero solo un piccolo spirito, e mi sentivo così solo. Seguivo le navi. Le seguii per anni e anni, e nuotai in così tanti posti, ma non mi sentivo a casa in nessuno. Seguii una barca su un fiume e rimasi per un po'. Mi piaceva la vegetazione intorno alla riva."

Il fiume Columbia? Ery si chiese quando fosse successo – quanti anni avesse Karl – ma non voleva interromperlo adesso che stava finalmente raccontando la storia della sua vita. Inoltre, dettagli del genere non erano importanti in quel momento, non con Karl che sembrava così triste. Gli strinse la spalla, il che lo fece avvicinare a sé.

"Un giorno stavo percorrendo un ruscello quando trovai questo laghetto. Avrei potuto continuare, ma ero stanco ed era un posto sicuro dove fermarsi. E quando mi svegliai il mattino dopo, vidi un ragazzo – un giovane umano – ed era molto carino. Stava lavando dei vestiti. Rimasi a spiarlo per un po'."

361

"Chi era?"

"Uno dei Nock. Henry Nock. Be', in quel momento non lo sapevo. Ma rimasi a osservare e scoprii che viveva qui con la sua famiglia. Al tempo la casa era nuova, e i Nock erano dei fattori, e io... Un giorno mi feci vedere da Henry." Scosse la testa con aria mesta. "Non riuscì a resistere, proprio come con te."

Dylan gli aveva accennato che la casa aveva più di cento anni, ma Ery non si era reso conto che la famiglia di Chris ci avesse vissuto così a lungo. Si chiese se Henry assomigliasse a Chris. Se era così, non c'era da meravigliarsi che avesse catturato l'attenzione di Karl.

Lo spirito d'acqua sospirò. "Fu Henry a chiamarmi Karl. E lui... diventammo amanti. Non mi ero mai immaginato quanto potesse essere bello toccare qualcuno in quel modo." Si girò per guardarlo in volto. "Anche tu hai avuto degli amanti?"

Senza nessuna ragione, Ery arrossì. "Ah, sì."

"Bene! Allora sai cosa si prova. Era *meraviglioso*. Ma era ancora più bello quando ci sedevamo e mi raccontava dei libri che aveva letto. E le cose divertenti che aveva fatto la sua famiglia. Dovevamo fare attenzione. Nessuno dei familiari di Henry poteva sapere di me. Di noi. Ma riuscivamo sempre a trovare del tempo da passare insieme. E così feci del laghetto la mia casa."

Quando Karl non proseguì, Ery seppe che il suo racconto non avrebbe avuto un finale felice. Come avrebbe potuto essere altrimenti? Ma doveva chiederglielo. "Cosa è successo, Karl?"

Per un lungo momento non ci fu nessuna risposta, e quando Karl cominciò a parlare, la sua voce era un basso gracchiare. "Henry cominciò a venire sempre meno spesso al laghetto. Diceva di essere molto occupato. Forse lo era davvero. Gli umani sono sempre impegnati. Ma poi smise di venire per sempre. Lo aspettai... mi aggiravo furtivo intorno alla casa e in giro per la fattoria, ma non lo vedevo. E un giorno sentii sua madre parlare con suo padre e dirgli che la moglie di Henry aspettava un bambino."

"Moglie!"

"Henry si era trasferito e aveva messo su famiglia. Non lo rividi mai più."

Ery era arrabbiato. "È terribile! Come ha potuto farti una cosa del genere! Capisco che a quel tempo delle unioni dello stesso sesso non se ne parlava nemmeno, ma non mi importa. È stata una cosa brutta da fare."

Gli occhi di Karl brillavano, ma le lacrime non scesero. "Henry mi aveva detto una volta che non potevo amare perché non ho un'anima. Credo sia per questo che se ne andò."

"Stronzate!" Ery si alzò in piedi di scatto. "Era solo un codardo che cercava delle scuse. Mia nonna è una specie di esperta su... be', non le chiama anime. Ma è la stessa cosa. Dice che ogni essere vivente ha un'energia; anche le muffe più piccole o i moscerini. L'energia non è solo ciò che ci tiene in vita. È quello che fa di noi... noi. Anche tu hai l'energia."

Rallegrato, anche Karl si alzò. "Davvero?"

"Certo. E… come ti faceva sentire Henry? Non fisicamente, ma qui." Ery indicò il suo cuore e la sua testa.

"Mi rendeva felice. Ogni volta che mi veniva a trovare, non m'importava più di nulla. Non possedevo molto, ma se avessi avuto un tesoro, lo avrei dato a lui. Per lui avrei dato la mia vita."

"A me sembra che fossi innamorato," osservò Ery, che amava la sua famiglia e i suoi amici ma non era mai stato *innamorato*.

Karl si strinse attorno le braccia. "Grazie, Ery. Per avermi creduto."

Ery gli sorrise.

"Quando Henry se n'è andato, mi ha fatto male. Avevo pensato di partire, ma sapevo che mi sarei sentito solo ovunque fossi andato, così ho finito per restare. Mi piace questo posto." Karl allargò le braccia per indicare il laghetto, gli alberi, tutta l'area circostante. "E i Nock non hanno mai saputo di me, ma a volte lasciavano cose nell'acqua e io dicevo a me stesso che erano dei regali. E la cosa mi faceva sentire un po' meglio."

Ery si ricordò di quello che gli aveva detto Dylan e domandò: "Ma il tuo laghetto è molto più profondo di quanto sembri, vero?"

"Sì. Mi piace avere un po' di spazio."

"Ah." Ery decise di non chiedere se Karl avesse dragato il fondo del lago o se avesse usato la magia per renderlo più profondo. "Dylan me ne aveva parlato."

Adesso Karl sembrava arrabbiato. "Pensavo volesse portar via la motocicletta. Non avevo capito che Chris lo amava. Gli ho quasi… quasi fatto del male. Mi dispiace." Abbassò il capo.

"E la donna lupo? Quella che è scomparsa?"

Karl alzò la testa di scatto, lo sguardo intenso. "Questa terra è dei Nock. Voleva fare del male a Chris e a suo padre. Li ho protetti."

"Come… come hai protetto il porto."

"Sì."

Ery tremò, e non perché aveva i piedi gelati. Karl non aveva l'aria pericolosa, ma si chiese di cosa potesse essere capace. Non gli sembrava cattivo, ma aveva imparato che i fantasmi operavano secondo un codice morale molto diverso da quello degli umani. Forse lo stesso valeva per gli spiriti d'acqua.

"Sei arrabbiato con me?" domandò Karl. Aveva quasi l'aria di un bambino che si aspettava di essere punito.

"No, certo che no. Hai salvato i miei amici."

"Oh." Karl si illuminò.

Ery non aveva mai conosciuto nessuno così emotivamente aperto. Si sentiva un po' frastornato dai suoi stessi sentimenti, che si ammassavano confusi in lui. Forse sarebbe stata una buona idea rimettersi a sedere.

Appena si lasciò cadere sul tronco, Karl fece lo stesso, questa volta posizionandosi davvero vicino a lui. "Sono felice che tu sia qui," disse Karl. "Non dovremmo rivelarci agli esseri umani. Ma tu sei diverso. Tu sei… sei buono."

La verità era che Ery cercava di non deludere le aspettative di sua nonna. Provava davvero a essere gentile con gli altri, e siccome anche lui era leggermente fuori dalla norma, tollerava qualsiasi tipo di eccentricità. Faceva del volontariato per delle buone cause e quando poteva donava del denaro. Ma non era di sicuro un santo. Sapeva essere egoista e meschino. Ed era stato accusato spesso di fare troppe scenate. In passato aveva avuto spesso avventure di una notte. "Non mi conosci davvero," disse a Karl. "Potrei essere un serial killer. O un repubblicano."

"Lo vedo che sei buono. L'ho capito guardando i tuoi dipinti, credo che ci sia un po' del tuo spirito in ognuno di essi. E poi l'ho saputo per certo quando ci siamo baciati." Sorrise in modo civettuolo. "È stato davvero un bel bacio. Possiamo farlo di nuovo?"

"Io..." Ery sorrise. "Non penso sia una buona idea."

"Perché no?"

"La scorsa notte l'ho fatto solo perché credevo che fosse un sogno."

Karl rimase in silenzio per qualche istante, pensieroso. "Henry mi raccontava dei suoi sogni," disse alla fine. "Ma non penso di capire cosa siano."

"Tu non... non sogni?"

Karl scosse la testa. "Henry diceva che era perché non ho un'anima."

Più Ery sentiva parlare di Henry, meno gli piaceva. Ma non lo disse, dato che ovviamente Karl a quell'idiota ci aveva tenuto parecchio. Lo capiva perché anche lui a volte si era infatuato di veri bastardi. "Be', ieri sera pensavo fossi un sogno. E a volte nei sogni facciamo delle cose che non faremmo mai da svegli. È molto freudiano."

"E perché non mi baceresti da sveglio? Perché sono un uomo?"

"Ah, no. In realtà per me quello è un vantaggio. Sono un sei sulla scala Kinsey."

"Allora perché non sono umano?"

"No... no, immagino non sia un elemento determinante per me." Dopo tutto, Chris e Dylan gli avevano dimostrato che un partner non completamente umano poteva comunque essere amorevole e fantastico. Dylan aveva rischiato la vita per salvare quella di Chris, due volte.

Karl incrociò le braccia e sembrava in procinto di mettere su un gran broncio. "Non dirmi che non mi trovi attraente. Ti ho sentito la scorsa notte. E vedo il modo in cui mi guardi."

Il fatto era che Ery stava facendo fatica a spiegare anche a se stesso a cosa fosse dovuta la sua riluttanza. Il bacio della notte precedente era stato incredibile. Se avessero continuato a pomiciare, probabilmente sarebbe venuto anche al solo contatto prolungato delle loro labbra e il leggero strofinare dei loro corpi. E non è che si aspettasse un anello di fidanzamento per andare a letto con qualcuno. Negli ultimi dieci anni, la sua vita amorosa era consistita solamente di sveltine e incontri di una notte, con alcune brevi e complicatissime storielle tanto per gradire.

Ma forse era *quello* il problema. Era da un po' di tempo che desiderava avere qualcosa che non servisse solo per togliersi la voglia. Sua nonna diceva sempre che un giorno sarebbe arrivato qualcuno di speciale, e cavolo se le aveva creduto. Ultimamente si era rinchiuso in una torre, in attesa che arrivasse il principe Azzurro a dorso di un unicorno che lo portasse via con sé.

"È solo che non è una buona idea," ripeté Ery. Si alzò e si pulì i jeans con il dorso della mano anche se non ce ne sarebbe stato bisogno. "Penso che tornerò al granaio."

Karl si chiuse in se stesso, l'incarnazione dell'avvilimento. Ery si chiese pigramente se i cambiamenti d'umore del nix fossero più una posa che altro, ma si sentì un nodo in gola quando notò quelle spalle curve. "Mi dispiace, Karl. Sono solo un po' turbato, okay? E desidero rimettermi a dipingere."

"Dirai a Chris e Dylan di mandarmi via?" domandò a voce bassissima.

"No! Certo che no! Questa è anche casa tua."

Karl alzò la testa con un'espressione speranzosa. "Non sei arrabbiato con me? Non mi odi?"

Gesù. "No, certo che no. Guarda, possiamo ancora chiacchierare." Dio, non ci poteva credere che gli stava facendo il discorso del possiamo-essere-amici. "Questa sera, forse?"

"Sì!" Karl sorrise e saltò in piedi con un balzo. "Sì, per favore!"

"Okay, allora," disse Ery, un po' impacciato.

Prima che potesse raggiungere la cima della collinetta, Karl lo chiamò: "Ery?"

Si voltò e lo vide in piedi sulla riva del laghetto: era bello, strano e triste.

"Tornerai davvero?"

"Lo prometto."

Karl sorrise, salutò con la mano e si tuffò in acqua senza emettere quasi nessuno schizzo.

CAPITOLO 6

NEL TUO laghetto vive uno spirito d'acqua.

Ery si sentì solo leggermente in colpa mentre inviava il messaggio a Dylan. Dopo tutto non gli stava chiedendo di *fare* nulla. Era giusto per farglielo sapere, tipo: *penso che il rubinetto del lavandino della cucina perda un po'* o *il postino vi ha lasciato un pacco.* E non era nemmeno tanto tardi in Europa.

Entro pochi minuti, ricevette risposta: *Uno spirito d'acqua.*

Ery scrisse di nuovo. *Nix. Si chiama Karl.*

Probabilmente Dylan e Chris dovevano averne discusso per un po', perché Dylan si prese del tempo per rispondere. *Pericoloso?*

Sono abbastanza sicuro di no. Però ha ucciso quella donna lupo. Dice che lui protegge la terra dei Nock.

Altri problemi per i Nock. E io che credevo di essere l'unico con dei problemi con il soprannaturale.

Ery sorrise tra sé, immaginandosi un Chris sorridente mentre dava delle pacche sulla spalla di Dylan. Insisté per ricevere una risposta. *Siete strani tutti e due. È per questo che vi voglio bene.*

Hai bisogno di una mano con il nix dei Nock? Gesù, sono diventato il re dell'allitterazione.

No, è tutto a posto. Voi vi state divertendo?

Paris est magnifique. Attento, Ery.

Il mio secondo nome è attento.

Appoggiò il telefono e pensò al da farsi. A essere sinceri avrebbe voluto dipingere. Le dita premevano per stringere il pennello ma i suoi pensieri continuavano a riportarlo alla straordinaria creatura che viveva nel laghetto. Alla fine Ery avviò il portatile e fece delle ricerche.

Scoprì che, sebbene su internet ci fossero milioni di informazioni sugli spiriti d'acqua, nessuna era di particolare utilità. Sì, alcune delle cose che aveva letto confermavano quello che gli aveva detto Karl, ma parecchie altre sembravano totalmente false. Per esempio, Karl non sembrava interessato al tabacco da fiuto o alla vodka, e di certo non somigliava a un cavallo o a un drago. Ma aveva anche scoperto delle cose interessanti: una fonte paragonava gli spiriti d'acqua alla cocca della freccia e un'altra citava una poesia su un nix che era triste perché non aveva l'anima. "Stronzate," mormorò Ery tra sé.

Trovò un dipinto di un nix, creato da un tizio svedese nel diciannovesimo secolo. L'artista era diventato pazzo a causa della sifilide, fatto quello non del tutto

366

confortante. Ma il dipinto in sé era bello e lo stroemkarlen assomigliava un po' a Karl. Forse il pittore aveva visto davvero uno spirito d'acqua.

Anche se alcune delle fonti online dicevano che i nix inducevano le persone a suicidarsi annegandosi, Ery non si sentiva particolarmente preoccupato. Karl non gli era sembrato propenso a farlo annegare. Inoltre, alcune delle fonti attestavano che i lupi mannari erano famelici, mostri assassini, eppure per la maggior parte del tempo Dylan era tranquillo e particolarmente puntiglioso.

Ery rinunciò alle ricerche online e chiamò sua nonna.

"Ciao, tesoro. Mi fa piacere sentirti."

"Ciao, nonna. Com'è andata la partita a carte?"

"Oh, non lo so. Siamo un gruppo di vecchiette. Vogliono tutte parlare delle loro malattie e dei mariti deceduti. Sono tentata di ravvivare un po' le cose. Magari la prossima volta prenderò in prestito una di quelle riviste che nascondevi sotto il materasso e la farò passare tra le ragazze."

"Nonna!"

Lei rise. "Oh, lo so. Oggigiorno guardano tutti i video. Non legge più nessuno."

Non riuscì a non sputacchiare prima di rispondere: "Se lo fai, devi invitarmi."

"Affare fatto, caro. Come sta andando il tuo soggiorno alla fattoria?"

Notò che non gli aveva fatto una domanda specifica sulla pittura. "In realtà molto bene. Credo di aver ritrovato la mia musa."

"Oh, ma è meraviglioso! Sapevo che sarebbe successo."

Per un attimo prese in considerazione l'idea di parlarle di Karl. Ma sarebbe stato molto meglio se lo avesse fatto di persona. Probabilmente sua nonna sarebbe stata entusiasta di scoprire delle cose nuove, e voleva che avesse tutto il tempo di fargli delle domande. E sperava che gli avrebbe dato dei suggerimenti su come affrontare i suoi sentimenti in subbuglio. Gesù, era davvero un uomo patetico. "Perché non ci vediamo a pranzo domani?"

"Hai intenzione di tornare in città?"

"Sì," mentì. "Ho bisogno di comprare degli altri materiali per dipingere."

"Be', mi piacerebbe pranzare insieme."

"Ti vengo a prendere alle undici e mezza?"

"Perfetto. Passa una buona giornata, caro."

Dopo aver riattaccato, si sentì un po' meglio, come se avesse fatto *davvero* qualcosa. Si diresse in cucina per prepararsi il pranzo.

Passò tutto il pomeriggio a lavorare. Fu così assorbito dal suo lavoro che il tempo passò in fretta e, quando alzò lo sguardo, fu sorpreso di scoprire che il sole era quasi tramontato. Il dipinto era quasi terminato. Aveva catturato la brama di Karl nel minimo particolare, un paio di anatre realistiche nuotavano sull'acqua, ma per la maggior parte lo sfondo era rimasto astratto.

367

"Penso sia meglio di quello dello svedese," disse Ery ad alta voce. Ma non era il suo lavoro migliore. Quello che voleva fare davvero era mettersi di nuovo all'opera sulla tela grande, solo che, invece di un pene, avrebbe dipinto un paesaggio mescolando degli elementi astratti con altri realistici, ammiccando al labile confine tra reale e immaginario. Avrebbe dipinto un bellissimo spirito d'acqua, che ammaliava chi lo osservava e forse lo metteva anche un po' a disagio. "Il nix avrà un pene, senza i colori dell'arcobaleno però."

E pensare al sesso di Karl non era una delle idee migliori, a quanto stava scoprendo.

Ery si fece una doccia, e mentre si insaponava e strofinava, si masturbò velocemente, pensando a Karl e sentendosi come se fosse tornato ai suoi anni adolescenziali. Dopo mangiò qualcosa in fretta. Infine si infilò una giacchetta leggera, afferrò una torcia e si diresse al laghetto.

Questa volta Karl lo stava aspettando. Sedeva sulla spiaggetta e giocherellava con un piccolo oggetto.

Ery si sedette di fronte a lui a gambe incrociate. La torcia creava delle strane ombre sul terreno e illuminava di un tono leggermente sinistro la pelle di Karl.

"Hai dipinto oggi?' domandò Karl.

"Sì."

"Perché dipingi?"

Grattandosi la testa, Ery prese in considerazione la domanda. Era un po' come se qualcuno gli avesse chiesto perché respirava. "Devo," rispose infine. Avrebbe continuato a dipingere, anche se non avesse prodotto nulla di meglio che peni multicolore o dei noiosi loghi di supermercato.

Karl annuì. "Quell'energia di cui mi parlavi... la tua anima? Penso che un po' finisca nella tua arte."

"Forse. Di sicuro quando dipingo qualcosa di buono."

"Succede a tutti. A Chris quando ripara le cose. Sono stato a guardarlo. Anche Henry era bravo con le mani. E ho visto uomini che mettevano lo stesso amore quando navigavano o pescavano. O Dylan quando va a caccia come lupo. Deve essere bello, investire se stessi in qualcosa del genere." Sospirò, ma poi il suo umore cambiò di nuovo e sorrise. "Ti ho portato un regalo."

"Non devi farmi nessun regalo."

"Ma voglio farlo. Apri la mano."

Obbedì un po' esitante. Karl gli posò qualcosa di leggero sulla mano ed Ery inclinò la torcia per vedere cosa fosse.

Una conchiglia. Aveva una bellissima spirale e il brillante bianco madreperla era striato di arancione. "È la conchiglia di un nautilus?" domandò.

Karl fece spallucce. "Non conosco i nomi degli animali."

"Non proviene dal lago." Ery non era esattamente un esperto di creature marine, ma era di sicuro un nautilus, che viveva nell'oceano.

"No, viene da lontano. Ho portato... ho portato alcune cose con me quando sono venuto qui. Avevo una sacca di rete che tenevo legata alla vita."

Ery si immaginò Karl nuotare per chilometri e chilometri, raccogliendo piccoli tesori come souvenir, conservandoli per decenni mentre rimaneva da solo nel suo piccolo laghetto. Tenne la conchiglia nel palmo della mano. "Non posso portartela via."

"Perché no?" domandò Karl, aggrottando la fronte.

"Ha un gran valore. Non puoi..."

Ma Karl fece un gran sorriso. "È vero! Sapevo che lo avresti capito. La maggior parte delle persone direbbe che è solo una conchiglia, nulla di importante o speciale. Ma *tu* ne riconosci il valore. È per questo che voglio che la tenga tu."

Capendo che non avrebbe potuto rifiutare il regalo senza offenderlo, Ery appoggiò la conchiglia con attenzione al suo fianco. "Grazie. Troverò un posto sicuro dove riporla." *E*, non aggiunse, *penserò a te ogni volta che la guarderò*.

Soddisfatto di se stesso, Karl si sdraiò con la testa vicina al fianco di Ery. Prese la torcia e puntò il raggio a casaccio, disegnando delle fantasie di luce sugli alberi sulla sponda opposta del laghetto. Sorrise divertito come un bambino piccolo.

"Deve diventare davvero buio quaggiù," iniziò a dire Ery. A causa dei confini della proprietà e la mancanza di edifici, le uniche luci della notte erano quelle della luna e delle stelle.

"Ho un'ottima vista. Mi aiuta quando nuoto in profondità. E ci sento anche bene."

"Oh. Be', è una cosa buona."

"Mmm." Karl appoggiò la torcia sul grembo di Ery e gli si avvicinò leggermente. Alcune ciocche dei capelli si sparpagliarono sui suoi jeans. Sembrava leggermente assonnato, pensò Ery, o forse era solo pigro. Languido. Gli appoggiò una mano sul ginocchio. "E così che sono i sogni?" domandò.

"Ehm... non lo so. La maggior parte dei miei sogni sono abbastanza strani."

"Oh, ma questo è molto *strano* per me! Un bellissimo uomo che parla con me. È come se avessi un amico." Fece una pausa e sbatté le palpebre. "*Siamo* amici, Ery?"

"Sì, immagino di sì."

"Grazie. Anche Henry era mio amico, ma è passato così tanto tempo..."

Ery avrebbe voluto toccarlo. In particolare, avrebbe voluto far scorrere le dita sul petto glabro di Karl, per vedere se la pelle era morbida come la ricordava, per dipingere dei disegni invisibili sulle spalle e tra i capezzoli rosa. Si mise seduto aiutandosi con le mani. Ascoltò l'acqua infrangersi contro il bagnasciuga. Da qualche parte in lontananza, un coyote ululò.

"Non hai altri amici?" domandò Ery. "Non ci sono altri nix qui?"

"No. E comunque non mi vorrebbero con loro. È colpa dello stregone."

"Quello che... ehm..."

"Che mi ha creato." Karl si mise a sedere in fretta, così vicino che le sue ginocchia premettero contro quelle di Ery, poi gli posò le mani sulle cosce. Le dita erano incredibilmente spesse, ma non erano palmate. "Non sono mai riuscito

369

a cambiare forma. Non so se l'abbia fatto di proposito o solo perché era distratto. Non importa. Ma gli altri nix si trasformavano in delfini e nuotavano più veloce di me, o diventavano uccelli e volavano via, o delle seppie e cominciavano a parlare tra loro con colori lampeggianti che io non potevo capire.

"Poi c'era la musica. Gli altri suonavano… be', una specie di flauto. La musica è molto bella. Ed è anche importante. È il modo in cui gli innamorati si corteggiano e gli amici si rilassano. Ma se provavo io, non uscivano altro che note stonate."

Alle medie Ery era stato l'unico ragazzo dichiaratamente gay. Non era la stessa cosa di non essere capaci di trasformarsi in un polpo o partecipare a una performance musicale, ma sapeva cosa voleva dire sentirsi un escluso. "Mi dispiace," disse.

"Ma non era solo quello. Ero stato creato per fare da guardia al porticciolo. Lo stregone mi aveva istruito di controllare le imbarcazioni che partivano e quelle che arrivavano, e ascoltare quello che si dicevano i marinai. E la maggior parte delle notti veniva vicino all'acqua, per chiedermi quello che avevo sentito. Erano trafficanti o pirati? Alcuni dei marinai avevano intenzione di fare del male al principe?"

"Eri una specie di spia."

Karl alzò leggermente le spalle. "Immagino di sì. A essere sinceri, credo soprattutto che lo stregone si sentisse solo. Sono persone che in genere vengono evitate, credo."

Ery pensò che avesse un senso. Doveva essere dura per un mago avere una vita sociale normale. "Quindi voleva solo chiacchierare?"

"In parte, sì. Ascoltava i miei resoconti e poi mi raccontava di una bella ragazza che aveva visto al porto o una pozione su cui stava lavorando. E il problema era che mi *piaceva* stare ad ascoltarlo. Ascoltare i suoi racconti umani e osservare gli altri uomini sulle navi e sui porticcioli. La maggior parte dei miei simili non vuole avere nulla a che fare con gli uomini, Ery, ma non io. Eppure pochi umani vogliono essere amici con creature come me." Sorrise tristemente e strinse velocemente la mano di Ery. "Tranne te."

Ery si sentì caldo dentro e lo stomaco annodato, come un pretzel appena uscito dal forno. Era una sensazione che lo metteva a disagio ma che non era totalmente spiacevole. Si schiarì la gola. "Vuoi vivere tra gli umani, allora? Passare per uno di loro?"

"Non posso. Non posso vivere troppo lontano dall'acqua o passare troppo tempo fuori o morirò." Gli tremò un angolo della bocca. "Immagino che potrei trovare una casa da qualche parte davvero vicina a un fiume, ma i vicini si chiederebbero perché continuo a saltarci dentro. Inoltre, come vivrei? La gente ha bisogno di soldi. Non ho nulla eccetto che… pietre e conchiglie. E alcune cose che sono state gettate nel mio laghetto nel corso degli anni."

Be', non aveva torto. Probabilmente uno spirito d'acqua non aveva molte competenze commerciali. E c'erano anche altre complicazioni, come il fatto che Karl non invecchiava. La gente se ne sarebbe accorta.

Karl diede una pacca sulla gamba di Ery. "Non essere così triste. Mi piace la mia casa qui. Sono contento di averla. È solo che a volte mi sento un po' solo."

"Sai, Chris e Dylan sono davvero due bravi ragazzi." E nessuno dei due è estraneo a... cose inusuali. Potreste frequentarvi!"

"Grazie. Magari lo farò. Ma sono molto impegnati. E poi sono una coppia, no?" "Certo. Ma hanno anche degli amici. Come me."

Karl emise una risata leggera. "Scommetto che non hanno altri amici come te." A disagio, Ery si strinse nelle spalle. "Io non posso... rimarrò qui solo per un po'. Ben presto dovrò tornare a casa mia e al mio lavoro. Ma posso venire a trovarti qualche volta se ti fa piacere. Tanto vengo comunque qui per usare lo studio."

Karl sollevò una mano avvicinandola al viso di Ery per poi riabbassarla, quindi annuì impercettibilmente. "Per favore. Fallo."

"Lo farò," promise Ery.

Avrebbe voluto poter promettere di più, ma non era così stupido. Non poteva garantire nulla a Karl se non un'amicizia senza impegno. Gesù, perché la cosa lo faceva stare così male? Lo aveva appena conosciuto, e poi tutta la situazione era a dir poco... bizzarra.

"Devo andare," disse. Prese la conchiglia e la torcia e con grazia si alzò. "Mi sta venendo un po' freddo."

Anche Karl si mise in piedi. "Ti vedrò domani?" domandò speranzoso.

"Non lo so. Dovrò andare in città e voglio dipingere ancora. Ho un sacco di idee in testa."

Forse perché Karl sembrava così dispiaciuto. Forse perché la conchiglia era così liscia nella sua mano. O forse era solo perché Karl era nudo, etereo e da togliere il fiato. Un'altra idea balenò nella mente di Ery, che agì senza nemmeno pensare: si chinò e baciò la guancia morbida di Karl.

Lo spirito d'acqua sembrò sorpreso, ma solo per un breve momento. Poi emise un suono flebile – una specie di mugolio – e gentilmente abbracciò Ery. Questa volta si baciarono sulla bocca. Le mani occupate di Ery resero la posizione leggermente scomoda, ma il sapore salato di Karl era più importante, così come il leggero solletico dei suoi capelli sul collo, e il suo cuore che gli batteva forte contro il petto.

Quando Ery, senza fiato, interruppe il bacio, il sesso duro di Karl premeva nella conca del suo fianco, mentre il suo pulsava racchiuso nei jeans stretti. Sarebbe stato facile togliersi quei pantaloni e prendersi molto di più di un bacio da Karl. Ma Ery fece un passo indietro, sciogliendo il loro abbraccio.

"Devo andare," gracchiò.

"Buona notte, Ery," disse Karl prima di scomparire nell'oscurità.

CAPITOLO 7

ERY SI svegliò prima dell'alba, evento straordinario per lui. Non aveva dormito molto bene – si era svegliato in continuazione da sogni che non riusciva a ricordare – ma si sentiva stranamente pieno di energie. Senza prendersi il disturbo di farsi la doccia e togliersi il pigiama, s'infilò un maglione e dei calzini e si diresse nello studio.

Chris e Dylan avevano installato il riscaldamento solo nell'appartamento, quindi lo studio era freddo. Ery preparò i colori e i pennelli e una gigantesca tazza di caffè. Tenne la tazza tra le mani per scaldarsele un po'. Appena riuscì a impugnare il pennello, si mise all'opera sul dipinto di Karl e il lago, aggiungendo delle pennellate di verde e blu per terminarlo. Socchiuse gli occhi osservando il lavoro completo e poi annuì. "Può bastare, Ery," disse. Era un bel lavoro. Forse il suo dipinto migliore. Però la sua mente era già rivolta alla tela grande.

Durante le sue conversazioni con altri artisti, Ery aveva imparato che molti di loro visualizzavano chiaramente l'opera nelle loro menti ancor prima di posare il pennello sulla tela. La sua amica Lilli, che dipingeva soprattutto nudi femminili ispirati a Warhol, gli aveva detto una volta: 'Per me è quasi come avere quei disegni prestampati. Riempio semplicemente gli spazi vuoti.'

Ma il lavoro di Ery era sempre stato molto più spontaneo. Incominciava con la scintilla di un'idea – magari un colore o una forma, o a volte un movimento che aveva catturato la sua attenzione – e poi continuava da lì. Quello era un metodo che aveva sempre funzionato per lui, in parte perché era così distante dal suo lavoro di grafico, dove doveva eseguire tutto secondo delle specifiche commerciali. E di solito quell'approccio spontaneo funzionava particolarmente bene, anche se non ultimamente. E il pene multicolore ne era un esempio lampante.

Quel giorno però, Ery sapeva esattamente quello che avrebbe dipinto. Se lo immaginava come se esistesse già nella realtà. Ne conosceva già ogni dettaglio, anche se l'unico modello era la conchiglia che brillava alla luce del sole sullo scaffale lì vicino.

Era così entusiasta di cominciare che stava quasi per cancellare il pranzo con sua nonna. Lei avrebbe capito. Ma no, aveva davvero bisogno di allontanarsi dalla fattoria per un po' prima di gettarsi tra le braccia forti di Karl.

BEE SEMBRAVA felice di scorrazzare di nuovo nel traffico. Forse si era sentita trascurata o aveva avuto paura che Ery l'avesse abbandonata nel rottamaio di Chris. "Non succederà mai, tesoro," disse Ery, dando una pacca sul cruscotto. In quel momento però si rese conto che la tela grande non sarebbe mai entrata in macchina. Dylan l'aveva portata alla fattoria mesi prima con il furgone; ma se il lavoro gli fosse riuscito bene come sperava, presto avrebbe dovuto chiedere al suo amico di riportarla indietro.

Mentre l'autostrada si faceva sempre più trafficata, Ery si accorse che la città gli mancava. Dylan e Chris potevano anche essere felici in aperta campagna, ma lui dopo un po' non ce la faceva più con tutta quella pace e tranquillità. Aveva bisogno di attività, colori e sprazzi di caos. Aveva bisogno di parlare con le persone.

Ma in quel momento aveva bisogno di un bagno.

Parcheggiò alla bell'e meglio davanti a casa di sua nonna, corse sul viottolo e suonò il campanello. Si trattenne a fatica dal saltellare da un piede all'altro mentre aspettava che arrivasse lentamente alla porta. Appena lei aprì, si piegò per darle un bacetto veloce sulla guancia, poi le passò davanti in fretta. "Arrivo subito!" urlò.

Al suo ritorno, lei lo stava aspettando pazientemente. "Saresti dovuto andarci prima di partire," disse con un sorriso.

"Il traffico era più lento di quanto mi aspettassi." Le diede un abbraccio. Si ricordò di quando le sembrava incredibilmente alta; adesso era parecchi centimetri più bassa di lui e la sua pelle sembrava così fragile. La schiena era sempre molto dritta, si vestiva ancora elegantemente – quel giorno indossava dei pantaloni color crema e una blusa verde – e come sempre i capelli erano accuratamente acconciati. Ma aveva più di ottant'anni e quando usciva di casa usava il bastone.

"Sei pronta, nonna?"

"Quasi. Metto via i piatti della colazione e prendo la borsetta."

"Posso aiutarti?"

"Non essere ridicolo. Mi piace sentirmi utile, caro. Ci metterò pochi minuti."

Andò in cucina; Ery sentì il rumore dei piatti e dell'acqua che scorreva. Si avvicinò alla libreria e prese il gabbiano cloisonné che adorava fin da bambino. In realtà amava tutta la casa di sua nonna. Vero, l'arredamento era un po' all'antica per i suoi gusti, ma aveva un'aria raffinata senza sembrare pretenzioso. I soprammobili e le stampe erano stati acquistati durante i viaggi che i suoi nonni avevano fatto in gioventù: vetro soffiato di Murano, una caffettiera di ottone da Istanbul, un vaso di ceramica da San Francisco. La casa era un edificio a un solo piano degli anni venti, con diversi elementi in legno all'interno e con un giardino colorato all'esterno. I ricordi più belli della sua infanzia erano legati a quel luogo.

"Vedo che stai di nuovo tubando con il mio gabbiano."

Ery sorrise e rimise a posto la statuetta. "Un giorno volerà dritto a casa mia."

"Avrei dovuto fargli prendere il volo anni fa, ma poi non avrei mai più rivisto mio nipote."

"Voglio più bene a te che al gabbiano, nonna."

"Sì, lo so. Ti piacciono anche i miei portacandele in argento." Gli occhi le brillarono di divertimento. "Hai bisogno di nuovo del bagno prima di uscire, Ery?"

"Credo di essere a posto."

Riuscì a impedirsi di aiutarla a fare l'unico scalino della veranda. La nonna odiava quando qualcuno era troppo attento con lei. Raggiunta la macchina, però, le tenne il bastone quando si abbassò per sedersi nel posto del passeggero. Si sentiva sempre un po' in colpa perché le era difficile salire e scendere da Bee, ma la macchina le piaceva. "Ha personalità, caro, proprio come te."

"Dove stiamo andando?" domandò Ery prima di mettere in moto.

"Dappertutto eccetto quel mausoleo."

Circa un anno prima, Ery l'aveva portata in un ristorante tranquillo dove suonavano musica classica e il menu aveva subìto pochissimi cambiamenti negli ultimi cinquanta anni. Sua nonna non ne era stata contenta e da allora non aveva smesso di prenderlo in giro.

"Qualcuno al lavoro mi ha parlato benissimo di un ristorante vietnamita che si trova in una traversa di Foster road," propose lui.

"Sembra delizioso."

Mentre guidava nel traffico non chiacchierarono, perché sua nonna era dell'opinione che il guidatore dovesse prestare la massima attenzione al volante. Però la radio non era un problema, così ascoltarono NPR. Il reporter stava intervistando uno scienziato sulla siccità. Sua nonna emise dei rumori di disapprovazione ascoltando le cattive notizie.

Dall'esterno il ristorante non sembrava un granché, però c'era un comodo parcheggio. E quando entrarono nel locale, nell'aria aleggiava un buon profumo. Inoltre, il cameriere era molto carino e guardò Ery con interesse. Li fece accomodare a un bel tavolo vicino alla vetrina e gli portò i menu. "Fatemi sapere se avete bisogno di qualcosa," disse, il sorriso rivolto maliziosamente a Ery.

Quando li lasciò soli, Ery studiò il menu. "Vuoi prendere gli involtini primavera come antipasto?"

"Non penso proprio, ma tu fai pure se ne hai voglia, caro."

"Meh. Non ho così tanta fame."

Il cameriere ritornò di lì a poco. Fece un cenno del capo verso sua nonna. "Ha deciso cosa ordinare, signora?"

"Prenderò il pho, per favore, con le carni miste. In una ciotola piccola, e anche del tè caldo."

Poi il cameriere si rivolse a Ery. Si piegò in avanti come se volesse sentire meglio. "Ci sono anche i piatti del giorno," disse.

"Prenderò quello che ha preso mia nonna, ma nella ciotola grande, grazie. E un gran bicchiere d'acqua con del ghiaccio. Grazie." Il clima arido e il viaggio in città gli avevano messo sete.

Il cameriere sembrò leggermente dispiaciuto quando andò via e sua nonna allungò la mano per toccare quella di Ery. "Va tutto bene, tesoro?" Sembrava preoccupata.

"Sto bene."

"Ma quel bel ragazzo stava flirtando con te e tu non hai ricambiato. Che succede?"

Si appoggiò allo schienale e aggrottò la fronte. "Non devo per forza flirtare tutto il tempo, nonna. Non sono un libertino."

"Non ho mai detto che lo fossi." Lo guardò come se fosse tornato a essere il bambino che rubava le caramelle dal vasetto di vetro nel suo salotto. "Ma ti conosco bene, Ery Phillips, e se non stai prestando attenzione al cameriere, c'è qualcosa non va." La sua voce si ammorbidì. "Si tratta di uno dei tuoi quadri?"

"No, quello sta andando bene. Davvero bene. Questa mattina ho finito un dipinto fantastico e sto per cominciarne un altro." Non accennò all'anatra. O al pene.

"Ma è meraviglioso! Allora perché sei così cupo?"

"Non sono cupo. Sono solo... pensieroso. Ho un sacco di cose in mente."

Lei inarcò le sopracciglia ma non disse nulla. Per alcuni minuti rimasero in silenzio. Entrambi osservarono gli altri avventori del locale: al tavolo vicino, una coppia di giovani genitori stava cercando di convincere la loro bambina a mangiare i noodles invece di provare a indossarli; alle loro spalle, tre uomini in giacca e cravatta discutevano ad alta voce di un collega di nome Chuck, che aveva appena ricevuto una promozione a loro dire immeritata. Il resto dei clienti rappresentava un vasto spettro di umanità: dal ragazzo che consegnava il carico di Pepsi alle giovani donne eleganti all'altro lato della sala.

Il cameriere arrivò con teiera e tazze e cercò nuovamente di catturare lo sguardo di Ery; lui lo guardò con aria di scusa. Era *davvero* carino. In altre circostanze, Ery gli avrebbe sicuramente chiesto il numero di telefono ancor prima di finire la zuppa. Si accontentò invece di osservare le sue natiche sode mentre si allontanava dal tavolo.

Bevve un sorso di tè, si scottò la lingua e posò la tazza. "Nonna? Sai qualcosa di creature soprannaturali, ehm, che non siano fantasmi?"

"Spiriti, caro." Credeva che il termine *fantasma* fosse fuorviante e leggermente offensivo.

"Be', sì. Ma voglio dire, cosa mi dici degli spiriti che non sono mai stati in vita?"

"Non credo di aver capito quello che vuoi dire."

Sospirò. "Hai mai sentito parlare dei nix? Gli spiriti d'acqua?"

Lei sorseggiò il tè e, ovviamente, non si scottò. "Immagino che sotto ci sia molto di più che mera curiosità."

"Abbastanza."

Lei attese, ma quando lui non offrì nessun altro dettaglio, la sua espressione si fece pensierosa. "Vediamo. Ne ho sentito parlare. Credo siano un po' come le fate." Ery ridacchiò, il che le fece scuotere la testa. "*Sii serio*, Ery. Non hai più dodici anni."

"Scusa," disse, anche se non era davvero dispiaciuto. Considerato che lui e Karl si erano baciati due volte e che Karl si era eccitato quando lo avevano fatto, *fate* sembrava essere un termine assolutamente appropriato.

"Be', so che ci sono parecchie leggende sui nix, ma non ho idea di quanto siano veritiere. Non credevo nemmeno che esistessero davvero. Ma se è per questo, fino all'anno scorso ti avrei detto che i lupi mannari erano delle figure mitologiche." Finì il suo tè e se ne versò dell'altro. "Hai conosciuto dei nix, Ery?"

"Solo uno."

Stava decidendo che dettagli condividere quando il cameriere arrivò con i pho e un'espressione in volto che era educata, professionale e leggermente dispiaciuta. "Posso portarvi dell'altro?"

"Non adesso," rispose Ery. "Grazie."

Il silenzio regnava supremo mentre sua nonna si gustava il brodo. Era molto più brava di lui con le bacchette. Si domandò come e quando avesse imparato a usarle. Aveva forse viaggiato in Asia da giovane, o forse era solo una prova del suo amore per i ristoranti cinesi? Avrebbe dovuto scoprire di più sulle sue avventure giovanili. Non sapeva nemmeno quando o perché avesse deciso di fare l'insegnante, o se fosse uscita con qualcuno prima di accasarsi con suo nonno. Avrebbe forse voluto avere più di un figlio? Che cosa faceva nel tempo libero quando era stata adolescente? Sembrava sempre così contenta e sicura di sé, ma doveva anche lei aver avuto delle difficoltà nella vita. Quali erano state?

Ma quel giorno si doveva parlare di nix.

"Un nix vive nel laghetto di Chris e Dylan," disse Ery. "Si chiama Karl."

"Capisco," rispose, senza scomporsi.

"È vecchio. È arrivato da qualche posto lontano, ma vive lì da quando è stata costruita la casa. Non dovrebbe farsi vedere dalle persone, credo, quindi la maggior parte del tempo non lo fa. Chris e Dyl non sapevano che fosse lì."

Lei annuì e mangiò uno straccetto di carne. "Ma da te si è fatto vedere."

"Sì. Stavo dipingendo e penso di aver stuzzicato la sua curiosità. Credo sia attratto da... dalle cose belle. Colori vivaci e simili."

Dopo una pausa lunga e significativa, sua nonna domandò: "Ed è attratto da te?"

"Io... Già." Ery posò le bacchette e si strofinò il viso con le mani. "Si sente davvero solo, nonna. Il suo ultimo amico lo ha mollato, un centinaio di anni fa circa. Ha vissuto una vita triste, credo. Ma è interessante... e dolce. Mi ha fatto dei regali. E in alcune circostanze può dimostrare un'indole assassina. Ha ucciso una donna lupo, ma lo ha fatto solo per salvare Chris. Dice che protegge la terra dei Nock. E Dio, è davvero bello e non indossa vestiti. E ci siamo baciati due volte, ma la prima volta credevo di essere in un sogno. E non può trasformarsi o suonare il flauto come gli altri nix perché lo stregone che lo ha creato ha fatto uno sbaglio, il che è davvero un problema perché i suoi simili non vogliono avere nulla a che fare con lui."

Si fermò per riprendere fiato.

"Vi siete baciati?" domandò sua nonna con un'espressione neutrale.

"Ho appena rigurgitato all'incirca un milione d'informazioni e questo è quello che ti ha colpito di più? Non l'omicidio?"

376

"Non dire *rigurgitare* mentre stiamo mangiando," lo rimproverò sua nonna. "E tu sei preoccupato per la tua incolumità quando sei vicino a questo nix?"

"No. Karl non mi farebbe del male." Ery non era sicuro del motivo per cui ne fosse così convinto, ma era così.

"Mi fido del tuo giudizio. E sono abbastanza certa che sia il fatto che vi siete baciati che ti preoccupa."

Infilzò una delle verdure che galleggiava nella ciotola. "È stato davvero un bel bacio," borbottò.

Lei gli sorrise. "È passato *molto* tempo per me, e forse le usanze sono cambiate, ma ai miei tempi, caro, *davvero un bel bacio* era considerato una cosa *buona*. Tuo nonno, per esempio... gli dicevo che era bello e che aveva un gran senso dell'umorismo, ma sono stati i suoi baci a farmi innamorare di lui. E altre cose a farmi restare."

Ery guardò la sua zuppa pho e arrossì furiosamente. Oddio. Sì, aveva voluto sapere di più sul passato di sua nonna, ma l'unica cosa peggiore di essere informati sulla vita sessuale dei propri genitori era essere informati su quella dei propri nonni.

"Sai che non è quello il punto, nonna."

"Allora qual è?"

Ery fece fatica a trovare le parole per spiegare un problema che non aveva chiaro lui stesso. "Bacia bene. Un sacco di ragazzi lo fanno. Non ho mai avuto difficoltà a trovare qualcuno da baciare. Come lui." Indicò il cameriere, la cui schiena era rivolta verso di loro mentre portava del cibo a un altro tavolo. "E sì, forse molti dei ragazzi che ho frequentato erano di una bellezza più classica di quella di Karl, ma non ha importanza. Non sono certo che sia quello che voglio continuare a fare. Amare e lasciare, intendo. Forse voglio di più. Solo che non *trovo* niente di più, e forse non lo troverò mai, quindi non dovrei essere così *esigente*. Dovrei essere entusiasta di avere uno spasimante che vive nel laghetto della fattoria."

Sua nonna lo guardò a lungo. Poi lo indicò puntando una bacchetta. "Ti dirò una cosa, caro, e la prenderai nel modo sbagliato. Ma deve essere detta. È ora che cresci."

"Cresci?" disse con voce squillante. "Ho un lavoro rispettabile, pago tutte le bollette in tempo, sono registrato per votare, faccio la raccolta differenziata, pago le tasse e vado dal dentista con regolarità. E ascolto la radio pubblica!" Si accorse che stava urlando e cercò di abbassare il volume della voce. "Ho un fondo pensione," sibilò.

"Vedi? Te lo avevo detto che ti saresti offeso." Fece un respiro profondo. "Sei un giovane molto responsabile. Ma caro, essere adulti implica molto di più che essere responsabili. Devi anche decidere quello che vuoi essere."

"Voglio essere un artista." Era cosciente di essere indisponente.

"Non *cosa*. Chi. Che tipo di uomo sei, Ery?"

Stava pensando a quella domanda quando il cameriere arrivò. "Desiderate qualcos'altro?" domandò.

Ery scosse la testa. "No, grazie. Solo il conto, per favore."

"Certo. Posso portare via i piatti o dovete ancora finire?"

La nonna di Ery incrociò le bacchette nella ciotola. "Ho finito, grazie."

Quando il cameriere se ne andò, Ery la guardò con le sopracciglia aggrottate. "Non ti piaceva? Non hai mangiato molto."

"Era delizioso. È solo che non ho più un grande appetito come una volta."

Si sentì stringere lo stomaco. "Tutto a posto, nonna?"

Lei rise. "Sto bene. Sono solo vecchia. E ho paura di essere arrivata al punto in cui il mio corpo sta diventando più una seccatura che altro." La sua espressione doveva aver tradito il suo shock, perché gli prese la mano. "Oh, smettila, Ery. Sai benissimo come la penso sulla morte. Ho avuto una vita lunga, felice e fortunata, e quando verrà il momento che il mio spirito lasci il mio corpo, accoglierò con gioia l'evento. Non vedo l'ora di passare a miglior vita."

A livello intellettuale, Ery poteva accettarlo. Sua nonna credeva che ogni energia vivente subisse una trasformazione, e quindi la morte non era altro che una possibilità di rinascere, un'opportunità per nuove avventure. Le esperienze di Ery, e anche quello che era successo con il fantasma dello zio di Chris, Frank, lo inducevano a pensare che quello che aveva detto sua nonna fosse vero. Ma, maledizione, Ery non voleva che lei si reincarnasse in un cespuglio di rose, un giaguaro o il bambino di qualcuno. La voleva lì, con lui, per dargli consiglio.

A tal proposito, non si era dimenticata della piega che aveva preso la loro conversazione. "Ery, tu sei un bravo ragazzo. Sono così orgogliosa di te! E lo sono anche i tuoi genitori. Voglio che tu lo sappia. Qualsiasi direzione prenderà la tua vita, ti vorremo sempre un gran bene."

Abbassò la testa e cercò di non mettersi a piangere. "Grazie, nonna."

"Quindi, per quanto riguarda la tua vita personale, vuoi davvero sistemarti? O è solo qualcosa che senti di *dover* fare perché molti dei tuoi amici lo stanno facendo?"

"Se saltassero dalla finestra, lo farei anch'io?" Sospirò. "Mi ricordo quello che mi diceva mamma."

"Be', vale ancora. Se sei contento di essere uno spirito libero, fare sesso liberamente, be', avventurosamente, non c'è nulla di male. Fintanto che fai sesso protetto, ovviamente. Non tutti hanno bisogno di essere la metà di una coppia monogama. E se vuoi cercare qualcosa di più stabile, va bene anche quello. Accertati solo che sia quello che vuoi, e non quello che *pensi* di dover volere."

"E se non lo sapessi?" domandò. Cercò di dirlo in modo che non sembrasse un piagnucolio.

Lei ridacchiò. "Be', potresti parlare con uno psicologo. Per alcuni funziona. Ma tesoro, fai quello che senti che è giusto per te, basta che tu non faccia male a nessuno. Alla fine, dobbiamo realizzare solo le nostre aspettative personali."

Ery fece una pausa mentre il cameriere, strizzando l'occhio e facendogli un altro sorriso, gli portava il conto per poi andare a servire gli altri clienti. Seguì una

378

breve discussione su chi avrebbe pagato. Vinse Ery. Lasciò una bella mancia, per ogni evenienza.

"Non pensi che sono uno di facili costumi se ho delle avventure? Anche se lo faccio con dei nix?"

"No, caro. Potrei essere un po' gelosa, ma *non* penserò che sei uno di facili costumi."

ERY RIPORTÒ sua nonna a casa. Mentre la accompagnava alla porta, lei si reggeva al suo braccio. "Vedi?" disse, cercando le chiavi nella borsetta. "Mi basta un pranzo in città per stancarmi. Adesso ho bisogno di fare un riposino."

"Anche a me non dispiacerebbe."

"Torni alla fattoria oggi?"

"Sì. Voglio dipingere."

Allungò la mano per arruffargli i capelli. "Bene. Ma guida con attenzione." Aprì la porta ed entrò in casa. "Hai bisogno di usare il bagno, caro?"

Ery alzò gli occhi al cielo. "Sono a posto."

"Be', buona giornata. E grazie per il pranzo. È stato delizioso."

"Grazie per i consigli, nonna."

"Oh, prenderai la decisione giusta in un modo o nell'altro. Solo ricorda: non ti accontentare. Non aver paura di sperimentare un po'! Tutti dovremmo provare qualcosa di impossibile una volta ogni tanto."

Si abbassò per baciarla sulla guancia dalla pelle sottile come la carta. "Grazie, nonna. Ti voglio bene."

Lei gli arruffò di nuovo i capelli. "Ti voglio bene anch'io, mio spirito luminoso."

Quando aveva detto che anche lui aveva bisogno di riposare, non stava scherzando. Si era svegliato fin troppo presto. Mentre usciva dal parcheggio, prese in considerazione l'idea di guidare fino al suo deprimente appartamento per farsi una pennichella. Invece si diresse verso Hawthorne, trovò da parcheggiare e curiosò in giro per un po'. Molti stavano approfittando del bel tempo fuori stagione, seduti ai tavolini sui marciapiedi con i cani o i passeggini a sorseggiare i loro caffè.

Ai tempi dell'università, Ery aveva passato parecchio tempo in quel quartiere. Lui e i suoi amici avevano trascorso ore a bere caffè o birra, lamentarsi degli studi, vantarsi delle loro avventure sessuali e risolvere i problemi del mondo mangiando pizza. Andavano a vedere i film che proiettavano al Bagdad. Gli tornò in mente di quando, seduto di fronte a Dylan in un bar di Hawthorne, l'amico gli aveva raccontato che i suoi genitori erano morti in un incidente stradale qualche giorno prima. Il volto era stato serio e gli occhi senza una lacrima; i suoi genitori avevano appena scoperto che era gay e non ne erano stati molto contenti. Ma il riserbo non gli aveva permesso di parlare del suo dolore e senso di colpa. Così Ery lo aveva tenuto per mano e aveva pianto per lui, e quando lo aveva salutato Dylan aveva avuto un'aria molto meno tesa. Ovviamente era stato molto più giovane al tempo, ed era successo prima che diventasse un lupo mannaro, quindi era più geek che sexy. Ma era pur sempre la stessa persona: affidabile, un po' cauto, leale, intelligente.

Si ricordò anche di alcuni appuntamenti amorosi in quella strada. Non molti. Di solito rimorchiava un ragazzo in un bar o in discoteca, e anche se poi finivano a casa dell'uno o dell'altro, non si rivedevano mai più. Ma una volta ogni tanto conosceva qualcuno mentre faceva shopping o tramite un amico in comune, e si bevevano qualcosa insieme mentre parlavano delle loro vite. Però era sempre un po' in imbarazzo in quelle situazioni. Ery aveva paura di parlare troppo o essere troppo diretto. E se chi aveva di fronte lo avesse trovato strano? Forse non avrebbero apprezzato il suo gusto leggermente eccentrico nel vestirsi. Forse volevano solo fare sesso e tornare a casa loro.

A ogni modo, vicino all'appartamento in cui viveva c'erano bar e locali, luoghi che poteva raggiungere a piedi senza il problema di dover parcheggiare. Uno di questi, il P-Town, era noto per la musica dal vivo, e una volta alla settimana il suo amico Drew si esibiva con la chitarra. Ery andava spesso ai suoi concerti e di solito sedeva assieme al compagno di Drew, Travis. Erano due ragazzi in gamba. Drew non poteva parlare a causa di una lesione cerebrale, ma Travis lo faceva per entrambi e aveva l'incredibile capacità di riuscire a comunicare con il suo uomo. Ery dubitava che sarebbe mai riuscito a capire qualcuno così bene.

Perciò, anche se aveva passeggiato per quella strada parecchie volte, quel giorno Ery si stava guardando attorno con occhi nuovi. Dopo un po' prese un caffè e si mise a sedere, a osservare i colori e le forme delle macchine che gli passavano davanti. Origliò le conversazioni delle persone che aveva intorno: siccità, economia, gruppi musicali, film, bambini, ma gli sembravano tutti alieni, come se lui fosse un antropologo venuto da un altro pianeta.

Ery aveva parecchi amici; avrebbe potuto chiamarne alcuni in quel momento. Era un giorno infrasettimanale, ma alcuni di loro potevano assentarsi per un po' senza tanti problemi. Avrebbero potuto dargli dei consigli.

Ma tenne il telefono in tasca e continuò a sorseggiare il caffè.

Nessuno si fermò al suo tavolo per offrirgli delle risposte ai dilemmi che lo assillavano.

Si fermò in una gastronomia per acquistare qualche prelibatezza, e solo quando fu il momento di pagare si chiese cosa mangiasse Karl. Frutti di mare? Ery era uscito con un ragazzo che era così allergico ai crostacei che sarebbe morto se avesse assaggiato anche un solo gambero. Mangiare fuori era come passare sotto le forche caudine, con Tony che faceva domande ai camerieri sugli ingredienti e su come era stato trattato il cibo. Il che era abbastanza ragionevole, supponeva Ery, ma poi Tony mandava sempre le ordinazioni indietro perché erano troppo cotte o troppo poco, o perché i condimenti non erano quelli giusti, o perché le verdure non erano abbastanza fresche. Dopo tre settimane di frequentazione, Ery era rimasto sorpreso che nessuno chef gli avesse ancora messo un pezzo di granchio nelle fettuccine. Sorpreso e leggermente dispiaciuto, perché almeno si sarebbe risparmiato il supplizio di doverlo lasciare.

Durante il tragitto verso la macchina, si fermò davanti alla vetrina di un negozio di musica. Spartiti musicali e tamburi, per la maggior parte. I suoi piedi lo portarono all'interno.

"Hai bisogno di aiuto?" domandò il ragazzo con l'aspetto da hippie dietro al bancone. Stava sfogliando un catalogo voluminoso.

"Ehm... non so." Non aveva avuto davvero intenzione di entrare. "Ho un amico a cui... a cui piacerebbe suonare uno strumento. Ha provato con il flauto ma non ha funzionato. Hai dei consigli?"

"Che tipo di musica vuole suonare?"

Ery ascoltava musica classica quando lavorava e tutto quello che riusciva a ballare quando usciva. "Non lo so. Deve essere qualcosa che non ha bisogno di elettricità, però." Perché non c'erano prese della corrente vicino al laghetto, e l'acqua e l'elettricità erano pericolose se usate insieme.

"Percussioni? Arco? A corde?"

"Ah..." Ery si guardò velocemente in giro e una vetrinetta sul muro più distante catturò la sua attenzione. Pensò a quanto fosse espressivo il suo amico Drew con la sua chitarra nonostante non potesse parlare. Riusciva ad avere una conversazione completa con dei semplici accordi, e quando lo ascoltavi, potevi sentire ogni sua emozione come se fossero le tue. Travis gli aveva confidato una volta che, negli anni dopo l'incidente, prima che lui e Drew si conoscessero e innamorassero, la chitarra doveva aver salvato il compagno, impedendogli di impazzire per l'isolamento.

Ery indicò la vetrina. "Una di quelle, forse?"

"Sì, è una buona scelta. È uno strumento versatile. Non ci vuole molto a imparare a suonarla, e qualche accordo di base basta per far colpo sulle ragazze." Inclinò leggermente la testa. "O i ragazzi." Lasciando aperto il catalogo, uscì da dietro al bancone e attraversò il negozio. Rimase fermo per un momento davanti alle chitarre, accarezzandosi la barba che stava ingrigendo. "Quanto vuoi spendere?"

"Non molto?" Ery sperava che la sua musa rimanesse attiva, il che significava che avrebbe dovuto sborsare altri soldi per comprare del materiale.

Il negoziante annuì. "Guarda. Se non sei sicuro che il tuo amico si appassionerà, compragli qualcosa che non costa molto, per cominciare. E se poi gli piacerà, potrà sempre prendersi qualcosa di più costoso."

Era una cosa sensata. Dieci minuti più tardi, Ery stava percorrendo il marciapiede, chiedendosi come far entrare una chitarra nel minuscolo bagagliaio di Bee.

CAPITOLO 8

SULLA VIA di ritorno si ritrovò imbottigliato nel traffico dell'ora di punta, e quando arrivò alla fattoria il sole stava tramontando. *Non c'è più tempo per dipingere oggi*, pensò dispiaciuto. Ma sorrise quando aprì il baule.

Si fece una pasta veloce per cena, indossò il cappotto e afferrò la chitarra e la torcia. Quella sera sembrava essere tutto molto tranquillo e i suoi passi facevano un gran rumore. Karl aveva detto di avere un buon udito; riusciva a sentirlo?

Doveva essere così, perché quando Ery vide il laghetto, notò che Karl era fermo nelle acque basse, gocciolante e con un gran sorriso in volto. "Sei qui!" esclamò mentre Ery gli si avvicinava. "E... oh! Che cos'è?"

Ery praticamente percorse la collina saltellando. "Una sorpresa."

"Per me?"

"Be', non c'è nessun altro a parte te, quindi sì."

Karl si mise a saltellare per l'eccitazione. Ma quando cominciò a corrergli incontro, Ery allungò il braccio per fermarlo. "Aspetta! Penso sia meglio se ti asciughi un po' prima."

Karl osservò il suo corpo come se si fosse accorto per la prima volta di essere bagnato. Poi si scosse come un cane, facendo abbassare la testa a Ery e ridere; raccolse i lunghi capelli e se li portò dietro alla schiena. "Sono abbastanza asciutto?"

"Immagino di sì." Però Ery non lasciò andare la chitarra nella custodia. Forse uno strumento in legno non era il regalo migliore per uno spirito d'acqua. Forse *nessun* regalo sarebbe stato adatto. Avrebbe potuto urtare i sentimenti di Karl o rivangare dei vecchi ricordi dolorosi. O potevano esistere degli strani tabù culturali sugli strumenti a corda tra i nix. O forse... oh, *smettila*.

"Ecco," Ery grugnì, allungandogli la chitarra.

Ancora con un gran sorriso in volto, Karl prese con attenzione la chitarra nella custodia e la osservò attentamente. "È bella!" esclamò. "Mi piace la forma."

Gesù. "Quella è solo la custodia, Karl. Per trasportarla e conservarla. Il vero regalo è dentro."

"Oh!" Karl posò gentilmente lo strumento a terra. E si accovacciò di fianco. Dopo un attimo trovò le chiusure, le aprì, e gentilmente rimosse la chitarra dalla custodia; spalancò gli occhi e ansimò. "È bellissima, Ery!"

Non lo era davvero. Era un modello base. Di sicuro non era di un legno pregiato né aveva gli interni in madreperla che vantavano i modelli più costosi. "Sai che cos'è?" domandò Ery.

Karl scosse la testa. Poi allungò la mano e toccò una delle corde che emise un leggero suono metallico. Sorpreso, emise un mugolio, seguito da una risata. "Fa rumore!"

"È uno strumento musicale. Ehm, se vuoi imparare a suonarla. È una chitarra. Lascia che ti mostri." Ery posò la torcia, puntando il raggio verso di sé. Prese la chitarra, si infilò la tracolla, e tenne lo strumento come se stesse per mettersi a suonare. In realtà non ne era capace, ma fece vedere in fretta a Karl come produrre dei suoni pizzicando le corde, e come premerle contro il manico ne modificasse i suoni.

Ancora seduto sui talloni, Karl era a bocca aperta. "Ho già sentito suonare questi strumenti prima. Ma non sapevo come si chiamassero o che aspetto avessero."

"Adesso lo sai." Ery si tolse la chitarra e la ripose nella custodia. "Ci sono dei plettri dentro, se vuoi usarli. Posso prenderti degli spartiti o delle istruzioni o…" Non sapeva nemmeno se Karl sapesse leggere. I nix sapevano leggere e scrivere?

"Perché me l'hai regalata?" domandò Karl.

"Perché…" Incrociò le gambe sedendosi di fronte a lui. "Quando ero all'università conoscevo una ragazza, Mary Lynn. Voleva essere un'artista, ma non era brava a disegnare o a dipingere, e come scultrice faceva pena. Però si impegnava tantissimo. Ti spezzava un po' il cuore. Poi un giorno qualcuno le ha regalato una macchina fotografica, un vecchio modello russo analogico. E ha cominciato a scattare delle foto incredibili. Voglio dire, davvero pazzesche. L'ultima notizia che ho di lei è che è famosa e ha fatto delle mostre a New York."

Karl aveva l'aria perplessa. "Così… hai comprato una chitarra?"

"Mary Lynn voleva essere un'artista. Lei *era* un'artista, aveva semplicemente bisogno di uno strumento diverso per far sbocciare il suo potenziale. Forse, per diventare un musicista, hai bisogno anche tu di uno strumento diverso." Abbassò la testa per evitare il suo sguardo. "Non ti deve piacere per forza. La posso portare indietro. O potremmo provare qualcos'altro. I bonghi?"

"Lo hai fatto per me?"

Ery annuì. Quando alzò la testa di nuovo, il viso di Karl era raggiante e le lacrime gli scorrevano sulle guance. Ery era certo che non fosse l'acqua del laghetto.

"Sei un amico meraviglioso," disse Karl con voce roca. "Posso?" Indicò la custodia.

"Certo. È tua."

Da come Karl prese in mano la chitarra da poco prezzo si sarebbe pensato che fosse l'oggetto più sacro al mondo. Sedette a terra con le gambe incrociate, muovendosi lentamente, e si appoggiò lo strumento sul grembo. Abbassò la testa per potersi infilare la tracolla. Poi passò qualche minuto ad accarezzare il legno della cassa con le dita e a sfiorare le corde.

"Si usano quelle specie di viti per accordarla," suggerì Ery. "Se ne hai bisogno ti posso comprare un diapason, immagino."

383

Karl scosse la testa. Era uno spirito d'acqua nudo che sedeva al buio sulla sponda di un laghetto. Eppure la chitarra non stonava affatto su di lui. Incerto, pizzicò le corde e sembrò deliziato dai risultati. "Così bello," mormorò, più tra sé che rivolto a Ery.

Ery appoggiò le mani sul soffice terreno dietro la schiena e rimase a guardarlo. Gli era sempre piaciuto fare regali, ma non aveva mai visto nessuno così entusiasta nel riceverne uno. Si ricordò del suo undicesimo compleanno, quando i suoi genitori gli avevano comprato una scatola in legno completamente fornita di materiali artistici *professionali,* non il genere da poco prezzo per bambini; capiva bene come si sentiva Karl.

Per un lungo periodo nessuno dei due parlò. Karl era assorbito dalla chitarra e provava diverse combinazioni di movimenti delle dita e della mano. Ery lo guardava completamente rapito. Gli piaceva il modo in cui i suoi capelli continuavano a cadergli davanti, e lui se li tirava indietro con impazienza. Il modo in cui lo spazio tra le sue sopracciglia chiare creava una V mentre si concentrava e il fatto che di tanto in tanto la lingua appuntita facesse capolino a uno degli angoli della bocca. E più di tutto, il modo in cui Karl lo guardava ogni tanto, con gli occhi verdi colmi di felicità.

E poi successe una cosa strana. Be', qualcosa di ancora più strano. Ery si accorse che i casuali strimpellii erano diventati delle note, e quelle note cominciavano a intrecciarsi insieme in una melodia; un motivo semplice, ma non c'erano dubbi che fosse una canzone.

"Sto suonando," sussurrò Karl. "Suonando davvero."

Ery si sentì un nodo alla gola. Dovette deglutire due volte prima di poter rispondere. "Davvero. Mi piace molto."

Karl all'improvviso si tolse la chitarra e la ripose nella custodia. Si diresse verso di lui così rapidamente che fece cadere la torcia a terra, e il raggio andò a puntare contro gli alberi. Ma non aveva importanza, perché quando Ery si rialzò, si trovò abbracciato al nix commosso.

"Grazie, Ery. Oh, grazie davvero. Non puoi sapere…" Karl tirò su con il naso. "Significa molto per me. Sei così gentile."

"Sono davvero contento che ti piaccia." Ery gli diede un bacio veloce sulla guancia, solo perché non riuscì a trattenersi.

"E posso tenerla? Davvero?"

"Certo. Hai un posto dove resterà all'asciutto? Penso che l'umidità non le faccia bene."

"Posso creare un riparo con dei rami."

Ery non era sicuro che sarebbe stato sufficiente, ma ci avrebbe pensato; forse gli sarebbe venuta in mente un'idea migliore. Magari uno di quei capanni di plastica che usavano i giardinieri. E dato che non prevedevano ancora pioggia, per il momento dei rami sarebbero bastati.

Karl sospirò rumorosamente e appoggiò gran parte del peso del suo corpo contro Ery, il che non gli dispiacque affatto. "Non sono mai stato così felice. Anche tu a volte ti senti così, Ery? Come se il tuo cuore fosse troppo grande per restare dentro al petto?"

Era proprio così che Ery si sentiva in quel momento, ma non lo disse. Strinse forte Karl e baciò di nuovo i suoi capelli umidi. "Sono contento che ti sia piaciuto il regalo." Poi si allontanò leggermente. Che ne dici se ti lascio un po' di tempo a fare pratica? Sono abbastanza stanco."

"D'accordo," disse Karl, e nell'oscurità Ery non riuscì a decifrare la sua espressione.

Si salutarono – Karl lo ringraziò ancora profusamente – ed Ery recuperò la torcia prima di incamminarsi verso casa. All'interno dell'appartamento, si preparò per andare a letto. Non aveva mentito: era davvero esausto.

Quella sera faceva un po' freddo, ma preso da un capriccio spalancò la finestra. Fu ricompensato da una brezza che trasportò alcune note strimpellate. Era una melodia allo stesso tempo triste e ammaliante, che gli riportò alla mente una fiaba marina. "Gesù," borbottò. "Penso che Karl sia una sirena. Un *tritone*."

Si stese, si rabboccò le coperte e spense la luce. Non era ancora vicino a prendere delle decisioni per la sua vita, ma mentre rimaneva sdraiato ad ascoltare frammenti di canzoni che giungevano fino a lui, di una cosa era certo: rendere Karl felice era molto importante.

ERY SI svegliò presto e si diresse immediatamente nello studio. Appoggiò la tela più grande sul cavalletto e mescolò dei colori sulla tavolozza. Si immerse subito nel lavoro, incurante del freddo mattutino e dello stomaco borbottante, come se fosse stato colto da una specie di trance. Una volta un suo insegnante di psicologia aveva fatto una lezione sul processo creativo e aveva discusso il concetto del *fluire*, lo stato in cui una persona era completamente immersa in quello che stava facendo: scrivere, costruire, ballare o giocare. Era un'esperienza che non provava spesso, ma quel mattino ci era riuscito. Doveva trattarsi dello stesso fluire che aveva indotto i Greci a ipotizzare che esistessero le muse, perché le idee e la creatività sembravano arrivare dal nulla, quasi senza sforzo, per riversarsi sulla tela.

Solo quando Ery iniziò a sentire i crampi alle mani e la schiena cominciò a fargli male si concesse una pausa. Aveva dipinto senza interruzioni per la maggior parte del tempo e fu sconvolto di scoprire che il pomeriggio era quasi finito. Non ricordava l'ultima volta che era stato così concentrato. Il lavoro procedeva bene, poteva *avvertire* il successo nelle sue dita. Era una sensazione meravigliosa. Forse Karl avrebbe provato la sensazione del fluire con la sua nuova chitarra.

Si preparò un sandwich ben farcito e una zuppa, e quando si sedette al tavolo del cucinino prese il telefono. Aveva ricevuto un paio di messaggi da alcuni amici e una e-mail di lavoro, ma fu un messaggio di Dylan a catturare la sua attenzione.

Tutto ok? Nessun problema con il nix?

Ery sorrise. *Gli ho comprato una chitarra.*

Anche se era molto tardi in Europa, Dylan rispose in fretta. *Mandi dei messaggi incredibilmente surreali. Non vedo l'ora che ci racconti tutto quando torniamo.*

Forse ci sarà un concerto ad accogliervi al vostro ritorno. E poi aggiunse: *Vi state divertendo?*

Chris mi ha portato in una delle discoteche che ci avevi consigliato. Sono un po' ubriaco. E faccio schifo a ballare anche in Francia.

Ery ne dubitava. Dylan si era sempre sentito troppo a disagio per divertirsi in discoteca ai tempi dell'università. Era convinto che fossero tutti meglio di lui. Il che era stupido, perché anche se *era* sempre stato hipster e geeky, era sempre stato anche piuttosto carino. E adesso che si era trasformato in una specie di dio dei lupi, faceva sbavare gli uomini. E si muoveva con una grazia inconsapevole che doveva essere magnetica sulla pista da ballo.

Scommetto che tu e Chris avete dovuto allontanare la popolazione gay con un bastone. Un baton.

Smettila. Aahahah.

Okay, gli alcolici francesi non avevano migliorato il senso dell'umorismo di Dylan. *Vai a dormire Dyl.*

Non posso. Chris è appena uscito dalla doccia e sta cercando di sedurmi.

Ery emise una risata strozzata. Oh, avrebbe di certo conservato quella conversazione per quando Dylan fosse stato sobrio. *Quindi non dovresti smettere di messaggiarmi e prenderlo?*

Non ci fu risposta, così pensò che Dylan avesse seguito il suo consiglio o si fosse addormentato all'improvviso. Ma proprio quando Ery stava per alzarsi per lavare i piatti, il telefono vibrò di nuovo.

Sono Chris. L'uomo lupo è completamente partito. Ho fatto delle foto.

Ti darò una bella somma per vederle. Ery ridacchiò.

Le potrei usare per ricattarlo in futuro.

Ottimo piano. Adesso vai a molestare il tuo fidanzato.

Mio marito, vuoi dire. Notte Ery.

Notte.

Gli tornò in mente la cerimonia della loro unione civile e quanto erano stati belli i suoi amici con indosso gli smoking, anche se Chris non aveva mai smesso di allentarsi il papillon come se lo stesse strozzando. Drew aveva suonato delle canzoni d'amore fino a quando il padre di Chris non aveva dato inizio alla cerimonia. Si era fatto ordinare ministro per posta per l'occasione, quanto era stato carino? I volti di Chris e Dylan erano stati colmi di una gioia così profonda e toccante che Ery aveva cominciato a piangere. Sua nonna gli aveva passato un fazzoletto. Durante le promesse la voce di Chris si era spezzata. L'amore, l'impegno, la permanenza... era chiaro che significavano molto per Chris, che aveva passato gran parte della sua vita da solo.

386

Ma Ery non era mai stato da solo. Aveva una famiglia che lo amava e accettava e molti amici. Non aveva bisogno di un partner per essere completo.

Lavò i piatti, poi decise che la luce diurna non sarebbe durata abbastanza a lungo per prendersi il disturbo di riprendere in mano i pennelli. Si mise il cappotto e si diresse verso il laghetto.

Appena uscì, sentì la musica. Non era forte, e non era una melodia che aveva sentito prima, ma era molto dolce. Guidò Ery velocemente sul sentiero, oltre i cespugli di more, la cima della collina e giù verso il laghetto.

Karl era seduto sul tronco dell'albero, intento a suonare. Aveva gli occhi chiusi e non si accorse del suo arrivo. Ery si sentì un po' in colpa perché lo stava spiando in un momento in cui non sapeva di essere osservato, ma si fermò comunque a guardarlo.

Karl stava piangendo. Le mani si muovevano sicure sulla chitarra, estraendone note tristi, e il viso era bagnato di lacrime. Era così bello, così triste, e gli diede una tale stretta al cuore che fece fatica a battere. *Dovrei rientrare.* Ma i suoi piedi non si mossero. Anche il suo respiro sembrava difficoltoso.

La canzone continuò per un lungo periodo. A Ery vennero in mente acque fredde e grigie e cieli plumbei. Tremò e si strinse nel cappotto. Delle note stridule gli ricordarono il grido di un gabbiano, altre note lunghe risuonarono come sirene da nebbia, e un turbinio di accordi dissonanti evocarono un maestoso temporale.

Poi Karl aprì gli occhi e vide Ery, e la musica si fermò.

"Non…" cominciò a dire Ery, poi si schiarì la gola. "Continua a suonare."

Ma Karl posò con attenzione la chitarra nella custodia ai suoi piedi e camminò fino alla salita. Senza dire una parola lo avvolse in un abbraccio. Non era la prima volta che succedeva e le loro intenzioni non erano sempre state platoniche. Ma questa volta era diverso. Karl, così freddo che Ery si sentì ghiacciare attraverso i vestiti, emise un lamento e cercò di affondare nel corpo di Ery.

"Per favore," sussurrò Karl nel suo orecchio.

Era possibile che la musica di Karl avesse funzionato come un incantesimo su Ery, come le canzoni ammaliatrici delle sirene mitologiche. Ma Ery non si sentiva stregato. Se avesse voluto, avrebbe potuto districarsi dalla presa di Karl, scusarsi a bassa voce e correre verso il granaio. Ma non voleva farlo.

Intrecciò le dita sulla nuca della creatura, nei lunghi capelli umidi, e premette le labbra contro le sue. Karl socchiuse la bocca immediatamente in modo da far entrare la lingua di Ery e farla danzare con la sua. La sua bocca dentro era salata e umida. Il sapore gli ricordava quello della zuppa di miso, che era una cosa buona. Gli piaceva la zuppa di miso. Anche la bocca di Karl era fredda come il resto del suo corpo, ma si riscaldò subito, rubando il calore di Ery, che lo concesse volentieri in cambio dei fuochi d'artificio che gli scoppiarono dietro alle palpebre chiuse e dell'offerta dei mugolii di Karl, che ingoiava come se fossero un gustoso dessert.

Mentre il bacio proseguiva, Ery liberò le dita dall'intreccio e lasciò che scivolassero verso il basso. Tastò le spalle muscolose, il rilievo della colonna vertebrale, la pelle morbida che si riscaldava al suo tocco, poi le natiche sode.

Karl inarcò la schiena più volte, poi si fece leggermente indietro, con gli occhi spalancati e senza fiato. "Possiamo, Ery? Per favore, di' di sì!"

Be', sì.

Ery non disse nulla, in realtà, ma strizzò una natica di Karl in assenso. Si lasciarono cadere a terra – evitando fortunatamente i rami del cespuglio di more – e il corpo di Karl fece da coperta a quello di Ery, regalandogli l'inebriante vista dei suoi lunghi capelli, del viso sorridente, e del cielo blu sopra di lui. Forse era dovuto all'inclinazione del terreno, ma appena Karl gli strofinò il naso sul collo e sul viso, si sentì come se stesse cadendo verso l'alto, rotolando con Karl in un vasto vuoto.

"Ery?" disse Karl. Stava cercando di abbassargli la zip del cappotto. Ery lo fece per lui, poi ansimò quando lo spirito gli sollevò il maglione e gli posò le mani ghiacciate sul petto. Ansimò ancora più rumorosamente quando cominciò a succhiargli un capezzolo mentre gli tirava gentilmente i peli del petto.

Ery fece scorrere le mani su ogni parte del corpo di Karl a cui aveva accesso. Il nix non fermò le sue dita agili e la bocca intraprendente, premendosi voglioso contro il tocco di Ery, agitandosi e contorcendosi come una creatura marina, solo molto, molto più sexy. Coprì lo stomaco di Ery di baci e gli leccò l'ombelico, prendendosi il tempo di leccare come se stesse assaggiando qualcosa di delizioso. Ma il bottone e la zip dei jeans di Ery lo confusero. Emise un lamento di frustrazione e lo guardò negli occhi: "Aiuto."

Ridacchiando, Ery si slacciò i jeans e li abbassò, assieme alle mutande, fino a oltre le ginocchia. Non poteva toglierseli completamente perché indossava ancora le scarpe e con Karl sopra di lui non riusciva a districare i calzoni ingarbugliati alle caviglie. Non era preoccupato, però, non con tutta quella pelle meravigliosa che premeva contro la sua.

"Sei bellissimo," disse Karl sollevandosi per osservare con comodo il corpo di Ery. "Perché ti copri con così tanti vestiti?"

"Pensavo ti piacessero i miei vestiti colorati."

"Così mi piaci di più," disse Karl, spingendo il corpo contro il suo. Anche lui preferiva non avere vestiti addosso.

"Be', fa un po' freddo per stare nudi. E poi c'è anche il rischio di essere arrestati."

"Se fossi uno stroemkarlen, potresti essere sempre nudo e non sentiresti il freddo."

"Sarei un pessimo nix. Non so nemmeno nuotare."

Karl smise di accarezzarlo e lo guardò con aria sciocca. "Non sai nuotare?"

"So agitare le braccia. Da bambino avevo spesso male alle orecchie, così non ho mai imparato."

"Te lo insegnerò. Quando l'acqua sarà calda di nuovo, verrai a nuotare nel mio laghetto. E ti farò vedere casa mia."

Quell'offerta implicava una permanenza che metteva Ery a disagio, ma Karl sembrava fin troppo felice perché lui esprimesse i suoi timori. "Mi piacerebbe vedere casa tua," disse, il che era vero.

Karl riversò le sue attenzioni sul suo corpo con rinnovato entusiasmo. Il terreno graffiava le natiche di Ery, una pietra tagliente spingeva tra i suoi reni, e aveva freddo. Inoltre, c'era la possibilità che le zanzare potessero approfittare di quel momento per assaporare le parti più gustose della sua anatomia. Ma quando Karl lo baciò di nuovo e premette l'inguine contro il suo, tutte le sue preoccupazioni svanirono. Ery lo baciò con così tanta passione che gli mancò il fiato, e posò le mani dove poteva sentire i glutei massicci contrarsi.

Era strano. Ery avrebbe dovuto sentirsi un po' indifeso, bloccato com'era dai vestiti e sovrastato da una creatura soprannaturale. Karl era chiaramente molto forte. Più forte di lui, che era un po' debolino, ma forse anche più forte di qualsiasi altro essere umano. Aveva ucciso una donna lupo, fatto quasi annegare Dylan, e il suo amico era un nuotatore ed era molto forte. Però le carezze di Karl erano gentili e sensuali, ed Ery si sentiva completamente al sicuro sotto di lui.

Karl gli baciò la mascella, poi le clavicole. Stuzzicò i suoi capezzoli, pizzicandoli leggermente. "Ti piace, Ery? Che cosa ti piace?"

"Molto. Mi piace questo."

Karl si immobilizzò, il viso contro il petto di Ery, in modo che non vedesse la sua espressione. "È passato… tanto tempo. E non ho… voglio farti stare bene, Ery."

"Guarda quanto mi stai facendo sentire bene, Karl." Ery gli prese la mano e la posò sul suo sesso, che era incredibilmente turgido e umido di liquido seminale. "Oh."

E si rivelò una mossa astuta, perché oltre a dare a Karl un po' di fiducia per cominciare a muoversi di nuovo, la sua mano era adesso nella posizione perfetta per accarezzarlo. Le dita erano morbide. Suonare la chitarra gli avrebbe fatto venire i calli? Ma quel pensiero non aveva importanza, perché avevano ripreso a baciarsi. Karl, molto abilmente, allineò i loro membri. Era forte abbastanza da rimanere in equilibrio con un braccio solo così da poter accarezzare entrambi contemporaneamente e lasciare libero Ery di inarcare la schiena e divertirsi con il sedere magnifico dello spirito d'acqua.

Quando Karl divaricò leggermente le gambe, Ery lo lesse come un invito. Premette le dita della mano destra nel solco tra le sue natiche e sfiorò la sua fessura.

Karl emise un lamento in una lingua che lui non riconobbe. Sembrava stesse imprecando. Inarcò la schiena, chiaramente desideroso che continuasse. Ery lo accontentò infilando leggermente il dito più lungo nel suo corpo. Era ancora abbastanza cosciente da chiedersi se quell'intrusione gli stesse facendo male, ma Karl fugò il suo dubbio imprecando di nuovo e velocizzando i movimenti della mano e dei fianchi.

Il fluire poteva verificarsi anche durante il sesso, anche se il professore di Ery non ne aveva mai accennato. Di solito Ery era sempre molto cosciente di quello che stava facendo e con chi, dove si trovava, e quello che sarebbe successo dopo l'amplesso. Ma in quel momento... stava agendo senza muoversi o pensare. Era solo concentrato su quello che *stava provando*, e si sentiva così *bene*! Anche Karl doveva provare lo stesso, perché le sue parole divennero incomprensibili, poi seguirono delle urla, una via di mezzo tra una canzone e delle grida.

L'orgasmo di Karl arrivò per primo. Il suo seme era freddo e della consistenza di un gel. Ery lo usò per lubrificare il suo sesso e abbandonarsi completamente all'amplesso. Non tornò sulla terra per un po' e, quando lo fece, l'atterraggio fu sorprendentemente morbido.

Karl ansava, il peso del suo corpo premeva su quello di Ery. Con gran forza lo afferrò per i fianchi, ma a lui non importava. La presa dello spirito era come un'àncora.

"Sta... piovendo?" domandò Ery dopo un po'.

Karl sollevò la testa ed entrambi guardarono il cielo. Ery non aveva notato che si era scurito mentre facevano sesso; se lo avesse fatto, avrebbe pensato che il sole era tramontato. Però, anche se le sfumature arancioni erano ancora visibili intorno alle cime degli alberi, una nuvola pesante aveva fatto la sua comparsa. Delle grosse gocce di pioggia cadevano sui loro corpi.

"La chitarra!" gridò Ery.

Karl saltò in piedi e corse dove aveva lasciato lo strumento per chiudere in fretta la custodia. Si guardò in giro e poi la nascose tra i rovi di more. "Smetterà di piovere tra qualche minuto," disse.

Ery si alzò tremando, scuotendosi rametti e terriccio di dosso, e cercò di rivestirsi. Il suo inguine e l'ombelico erano bagnati e appiccicosi. "I nix prevedono il tempo?"

"Non proprio. Ma le nuvole passeranno quando sarò un po' più calmo." Sul suo viso comparve un sorriso triste. "Non l'ho fatto apposta, ma tu sei così bravo..."

"Aspetta." Ery socchiuse gli occhi allacciandosi i jeans. Che schifo. Mutande umide. "Cosa vuol *dire*, le nuvole se ne andranno quando sarai più calmo?"

"Mi sono eccitato. E quando mi eccito molto..." Alzò le spalle.

"Stai cercando di dirmi che quando ti ecciti, fai *piovere*?"

"Sì. Quando ho capito che Henry non sarebbe più tornato, ho creato un temporale così forte da far alzare il livello dell'acqua del lago fino alla collina." Aggrottò la fronte. "Penso di aver rovinato dei raccolti. Non ne avevo intenzione. Non riesco sempre a controllarmi."

"Porca miseria."

"Non è nulla di speciale. Lo sanno fare tutti i miei simili. Si tratta solo di mettersi in contatto con l'acqua."

Ery scosse la testa incredulo. Gli si stavano bagnando i capelli. "Nulla di speciale? Hai degli altri superpoteri?"

390

Stava scherzando, ma Karl si scurì in volto. "Scusa," borbottò, fissando a terra. "Scusa se ti ho fatto arrabbiare."

Quasi inciampando nei propri piedi, Ery corse verso di lui e appoggiò le mani sulle sue spalle. "Non sono arrabbiato. Solo sorpreso. Non ho mai fatto sesso con qualcuno che può influenzare il tempo."

Dopo aver osservato il volto di Ery per un po', Karl si rilassò. Un sorriso comparve sul suo volto. "È la prima volta che viene a piovere quando faccio sesso. Nemmeno con Henry. È stato… sei stato davvero bravo."

A essere sinceri, Ery pensava che avesse fatto quasi tutto Karl. Ricambiò il sorriso. "Tu sei stato incredibile. Ma Gesù, adesso ho davvero bisogno di farmi una doccia."

Karl sollevò lo sguardo. "Ha quasi smesso di piovere. Puoi pulirti nel mio laghetto."

"Grazie." Ery si strinse nelle spalle di Karl. "Ma penso di aver bisogno di acqua calda, capisci?"

"Oh. Certo."

"Ma posso rimanere qui un altro po', se vuoi."

A quelle parole Karl sorrise di nuovo. "Grazie. Ma tu hai freddo e a me piacerebbe tornare a suonare la chitarra. Va bene?"

"Sai, se lascio la finestra aperta, posso quasi sentirti suonare. È bello."

Il sorriso di Karl si fece più intenso. "Davvero? Mi farà piacere sapere che mi stai ascoltando."

Si accarezzarono quando si salutarono con un bacio. Ma poi Karl si preoccupò che Ery potesse inciampare a causa del buio incombente, lo prese per mano e lo accompagnò su per la collina. Ebbero così altro tempo per baciarsi, che sarebbe potuto trasformarsi in un altro round di rimozione dei vestiti, peccato che avesse davvero freddo. Gli battevano i denti. E il terreno era fangoso.

Karl attese in cima alla collina fino a quando Ery non scomparve dietro l'angolo del granaio. Si voltò e lo salutò con la mano, e riuscì a stento a scorgere la mano pallida di Karl che lo salutava a sua volta.

CAPITOLO 9

LA DOCCIA bollente era meravigliosa, ed Ery rimase sotto il getto fino a che l'acqua non cominciò a raffreddarsi, ma quando uscì dal bagno si sentiva ancora dolorante e affaticato. Anche affamato; non aveva mangiato molto quel giorno. Si stava un po' stancando di cucinare per se stesso. In città, andava fuori a pranzo e a cena parecchie volte durante la settimana. Si preparò delle uova strapazzate con del prosciutto, del formaggio e delle verdure. Sedendosi al tavolo, si chiese come mai i suoi due amici non avessero delle galline, soprattutto visto che Dylan spesso gli decantava le virtù delle uova biologiche. Poi gli sovvenne l'ovvia risposta.

"Aah," disse, inforcando parecchio cibo. I lupi mannari probabilmente adoravano le galline allevate all'aperto.

Essere una creatura sovrannaturale doveva essere grandioso, tra super poteri e sensualità accentuata, ma presentava anche degli inconvenienti. Dylan aveva il terrore di fare del male alle persone. Era fortunato ad avere un lavoro che gli permetteva di organizzarsi in accordo con il suo *problemino* mensile, e ancora più fortunato ad avere trovato Chris come partner. Ma in ogni caso, Dylan non poteva dimenticarsi mai quello che era. E proprio perché era un lupo mannaro, lui e Chris avevano rischiato di rimanere uccisi due volte. Anche la loro vacanza in Europa era stata programmata nel dettaglio per evitare di ricreare una versione vera di *Un lupo americano a Londra* o, in quel caso, a Barcellona. Essere un lupo mannaro aveva certamente dei lati negativi.

Poi c'erano quelli che non potevano nascondere la propria natura sovrannaturale, che non potevano passare per umani ventisette giorni su ventotto. Come, per esempio, i nix.

Mentre finiva la cena, Ery non riusciva a non pensare a Karl. Gesù, un'ora dopo, una doccia dopo, si sentiva ancora elettrizzato. E nonostante le uova, riusciva ancora a sentire il sapore di Karl nella bocca.

Ery aveva perso la verginità a sedici anni quando aveva fatto visita al suo amico Tommy per una sessione di studio non particolarmente incentrata sulla trigonometria. Negli ultimi quindici anni, aveva fatto tutto quello che un uomo poteva fare con un altro uomo e, occasionalmente, con due o tre. Per rispondere all'immortale domanda di Jimi Hendrix, sì, Ery aveva fatto esperienza.

E l'interludio di quella notte con Karl non era stato molto diverso dai suoi amoreggiamenti con Tommy: solo un po' di strusciamenti mezzi vestiti. Ma mentre sedeva nell'appartamento capiva che si era trattato di molto di più di un incontro occasionale. E non sapeva bene cosa farsene di quella consapevolezza.

Be', per quella sera, forse non pensarci avrebbe funzionato. Dopo aver lavato i piatti ed essersi preparato un caffè decaffeinato, accese il portatile e lanciò l'app di Netflix. Ma prima di scegliere un film, si alzò, attraversò la stanza e spalancò la finestra.

Il profumo della pioggia era passato. Il breve temporale di Karl era già stato assorbito dal terreno assetato. Le note morbide della chitarra provenivano dalla collina, attraverso la finestra, fino al cuore di Ery.

"Gli avrei dovuto comprare dei bonghi," borbottò.

O LA sua musa si stava rifacendo del tempo perduto o lo stava punendo per averla trascurata. Qualunque fosse il motivo, lo svegliò proprio quando il cielo stava assumendo il colore dell'indaco, dandogli il tempo di prepararsi una tazza di caffè e del pane tostato, ma sentiva comunque l'impellente bisogno di mettersi al lavoro. Di lì a poco si ritrovò davanti alla tela grande, con la tavolozza e il pennello in mano.

I colori del mare profondo dominavano l'insieme. Aveva rappresentato l'acqua con toni di blu, grigio e verde; la mancanza di luce solare indicava la lontananza dalla superficie. Nella parte inferiore del quadro era raffigurata la sabbia, delle forme angolari simboleggiavano le rocce e le alghe, e pennellate di colori pallidi delle piccole creature marine. Alcuni pesci nuotavano all'interno, ovali allungati con pinne triangolari e ondulate, ma non erano la parte centrale dell'opera.

Il dipinto aveva due punti focali, anche se fino a quel momento ne aveva completato solo uno: la conchiglia di un nautilus che giaceva sul fondo dell'oceano; il suo luccichio era così realistico che l'osservatore era tentato di afferrarla. Ery aveva dipinto la conchiglia così nel dettaglio che sembrava essere stata estrapolata da un libro di biologia. Era una precisione che contrastava nettamente con i contorni appena accennati e le semplici pennellate di colore con cui aveva rappresentato altri oggetti della composizione, ed Ery sperava che quella scelta comunicasse l'importanza della conchiglia.

Poi c'era l'altro punto focale, al momento appena abbozzato. Avrebbe dipinto anche quello nel dettaglio; un uomo o, più precisamente, uno spirito d'acqua. Lo avrebbe raffigurato con i capelli bianchi ondeggianti e la pelle chiara. Nudo, ovviamente, fluttuante vicino al fondo del mare senza pesci o altre creature viventi nelle immediate vicinanze. Circondato dalla vita acquatica, eppure solo. Un braccio alzato, le dita avrebbero quasi toccato la conchiglia. Lo spettatore si sarebbe domandato se fosse in procinto di raccogliere la conchiglia o se l'avesse appena appoggiata. Il nix sarebbe stato rivolto verso l'osservatore, la sua espressione neutrale, gli occhi come laser di un verde intenso. Lo spettatore avrebbe interpretato i suoi pensieri e le sue emozioni come poteva, a seconda dei propri desideri e bisogni.

Ery era certo che l'opera completa sarebbe stata incredibile; il pennello volava sulla tela. Non aveva bisogno di un modello: *conosceva* il corpo che stava dipingendo. Come la pelle avvolgeva i muscoli lisci, il broncio leggero del labbro superiore e il mento quasi appuntito. Conosceva quelle dita forti, e il modo in cui lo facevano sentire...

"Oh!" disse una voce alle sue spalle.

Ery fu talmente colto di sorpresa che il pennello gli volò via di mano andando a finire dall'altra parte della stanza. Forse aveva anche urlato.

Karl era nel granaio, leggermente chinato a osservare un altro dipinto: il suo ritratto vicino al laghetto. Con la chitarra al collo, era raggiante.

"Non ti ho sentito entrare," disse Ery. Andò a recuperare il pennello.

Karl non lo guardò nemmeno. "Questo è... Ery, questo è così bello! È così che mi vedi davvero?"

"In realtà, stavo pensando che non ti rende giustizia. Quello nuovo sarà meglio." Indicò con la mano il dipinto a cui stava lavorando.

Anche se Karl sembrava riluttante ad abbandonare il dipinto più piccolo, si avvicinò al cavalletto e poi davanti alla tela. Ansimò e poi si zittì.

"Non è ancora finito, ovviamente," precisò Ery; all'improvviso si sentiva nervoso. Di solito nessuno vedeva i suoi lavori prima che fossero completati. "Finora sono riuscito a fare solo i piedi, ma sto..."

"Non ho mai visto nulla di così meraviglioso. Cattura perfettamente la sensazione di nuotare nell'oceano. Quando sono circondato dall'acqua, e non c'è nessuna..." Guardò Ery. "Nel mare, non ho mai trovato casa. Non come nel mio laghetto. È piccolo e forse nemmeno tanto interessante, la maggior parte dei miei simili non vivrebbe mai in un posto del genere. Ma per me è *casa*. Lo capisci, vero?"

"Penso di sì."

Karl riportò lo sguardo sul dipinto. "Perché mi stai facendo il ritratto, Ery? Ci sono così tante altre cose che potresti dipingere."

"Ti dà fastidio?" A Ery non era mai venuto in mente di chiedere il permesso.

"No!" Karl fece spallucce. "Non ho mai pensato di essere così interessante."

"Sì, Karl. Sei decisamente interessante."

Karl si guardò. "Perché sono bello da vedere?"

"No. Voglio dire, sì, lo sei, sicuramente. Ma c'è molto di più. Sei... speciale." A Ery non venne in mente una parola migliore.

E forse alla fine fu la parola giusta, perché Karl fece un gran sorriso, gli occhi che gli brillavano. "Non sono mai stato speciale prima," sussurrò.

Accidenti. Prima o poi avrebbe dovuto imparare a tenere la bocca chiusa. Riuscì ad accennare un sorriso mentre tornava vicino alla tela e verso Karl. "Il lavoro sta procedendo molto bene. Lo finirò in un paio di giorni. Prima di tornare in città."

"Oh." Il viso di Karl si fece serio. "Sì, presto devi andare a casa."

394

"Sì. Ho un lavoro. Però Dylan e Chris torneranno. Gli ho parlato di te e non vedono l'ora di conoscerti."

"Non gli importa che sono qui?"

Ery scosse la testa e controllò che il pennello fosse pulito. "No, certo che no. Non conoscono tutta la storia, ovviamente, ma sospettavano che ci fosse qualcosa di strano nel laghetto. Penso che fintanto che prometti di non stare in mezzo ai piedi a Dylan quando si trasforma in lupo, saranno contenti di averti come vicino."

Karl non sembrò sollevato a quella notizia. Si aggiustò i capelli dietro alle orecchie e guardò la porta. "Vuoi che vada così puoi rimetterti a lavorare?"

Avrebbe voluto dirgli di sì e che si sarebbero incontrati dopo il tramonto, ma Karl sembrava così vulnerabile, ed Ery non voleva stare da solo. Però voleva dipingere. Poi gli venne un'idea. "Ehi. Ti piacerebbe suonare la chitarra mentre lavoro? Di solito ascolto la musica nello studio, ma non l'ho ancora accesa oggi. Inoltre, sei molto più bravo di qualsiasi artista sulla mia playlist."

Sembrava che i nix potessero arrossire, perché una leggera sfumatura di rosso colorò le guance di Karl mentre abbassava lo sguardo. "Davvero?"

"Davvero. Mi piacerebbe molto."

All'inizio Karl si sedette sul pavimento, ma Ery pensò che sarebbe stato scomodo perché il cemento era freddo e duro. Le uniche sedie nel granaio erano quelle con la schiena rigida della cucina e il divano era troppo pesante per poterlo portare fuori dall'appartamento. Così Ery fece un compromesso, andando a prendere un paio di cuscini dal divano.

Appena Karl si sedette, sembrò riacquistare la sua allegria. "Sono così morbidi!"

"Credo di sì. Sono solo cuscini."

"Non ho mai usato delle cose umane prima."

A quelle parole Ery fu colto di sorpresa. "Mai?"

"Be', a volte le persone gettano delle cose nel mio laghetto. Come la motocicletta. Ma non le so usare davvero. Faccio solo… finta."

Ery si leccò le labbra. "Sei mai stato in una casa prima?"

"Solo questa. Ho, ehm, sbirciato dalle finestre della casa di Dylan e Chris, però, ma prima che venissero a vivere qui. È stata vuota per parecchio tempo. Mi rendeva così triste. Credi che le case si sentano sole?"

"Forse." Dopotutto stava parlando con uno spirito d'acqua che faceva piovere. Tutto era possibile. "Vuoi fare un giro?"

Gli angoli della bocca di Karl si sollevarono. "Non adesso. Voglio che tu finisca il dipinto."

"Okay." Ery tornò alla tela e intinse il pennello nella tavolozza.

Appena il pennello toccò la tela, Karl cominciò a suonare. La musica era incredibilmente delicata, e le note rimbalzavano sulle travi in un modo che sembrava soddisfare Karl, perché riusciva a incorporare gli echi nella sua melodia. Anche questa volta la canzone ricordava l'oceano. Anche se il dipinto stava già procedendo bene prima che lo spirito arrivasse, la chitarra sembrava incoraggiare Ery a trovare nuovi dettagli da includere: un'increspatura d'acqua, fronde d'alghe semi nascoste. Ma in particolare la musica lo stava aiutando a dipingere il nix perché, in un modo indefinibile, quella canzone *rappresentava* Karl. Forse emanava un po' della sua energia spirituale, proprio come l'energia di Ery fluiva nel quadro.

Ery avrebbe potuto continuare a dipingere per ore, ma il suo stomaco emise un rumoroso borbottio che fece ridere Karl e lo fece smettere di suonare. "Dovresti mangiare qualcosa," disse. In un qualche modo gli ricordò sua nonna.

"Lasciami finire solo questa parte…"

Karl si alzò e si avvicinò a lui. "Devi prenderti cura di te stesso."

Contro la sua volontà, Ery lasciò cadere il pennello sulla tavolozza. "Va bene. Non assillarmi." E poi con voce più gentile disse: "Andiamo. Possiamo fare il giro adesso."

Condusse Karl nell'appartamento. Anche se il posto non aveva nulla di speciale, lo spirito d'acqua si guardava in giro con gli occhi sgranati. Si diresse lentamente al tavolo e osservò il portatile di Ery. "Cos'è *questo*?" domandò d'un fiato.

Così Ery finì per spiegargli ogni singolo oggetto nella stanza, il che gli ricordò moltissimo una scena della *Sirenetta* e trovò difficile non mettersi a ridacchiare. Ma Karl non sembrò offendersi. Anche lui rise osservando degli oggetti che aveva notato in giro. "Hai così tanti vestiti!" osservò aprendo i cassetti. Tirò fuori un paio di slip di Ery – verde lime e piuttosto succinti – e scosse la testa. "E non solo per tenerti al caldo."

"È… per moda, immagino."

"Come i pesci che amano mostrarsi a vicenda con dei colori vivaci."

"Forse." Con delicatezza Ery prese l'indumento intimo e lo ripose nel cassetto.

Karl trovò il cucinino particolarmente affascinante. Emise degli *ohhh* e degli *ahhh* davanti al forno e al microonde e rise davanti al lavandino. "Acqua ogni volta che vuoi! Vedi, puoi richiamare l'acqua anche meglio di un nix."

"Si chiama idraulica, Karl, non magia."

Bagnandosi il petto con un po' d'acqua – ma evitando con attenzione la tracolla della chitarra – Karl tremò. "A me sembra proprio magia."

Ery aprì il frigorifero. "Mi preparo un sandwich. Ne vuoi uno?"

"È… una cosa che si mangia?"

"Sì."

"Non ho mai assaggiato il cibo umano."

Ery si voltò per guardarlo. "E che cosa mangi allora?"

"Nulla."

"*Nulla*? Ma allora come…?" Ery agitò le mani vagamente indicando il corpo di Karl.

"È l'acqua che mi sostenta."

"Oh." Be', ha senso, pensò Ery. Prese tutto il necessario per la farcitura, con Karl che lo osservava attentamente mentre preparava i sandwich. Poi si sedettero uno di fronte all'altro al piccolo tavolo.

"È, ehm, un po' strano essere osservato mentre mangio," disse Ery.

"Mi dispiace. Posso andarmene."

Ery gli afferrò la mano. "Resta. Stavo solo facendo un'osservazione, non mi stavo lamentando. Ti disgusta che io mangi?"

"No. È interessante." Karl sorrise. "E strano. Cominci con… con il pane e la carne e quella roba bianca e gialla che non so cosa sia, e poi entrano nel tuo corpo e diventano… Ery."

Be', Ery non aveva mai considerato il cibo in quel modo. Da quel punto di vista, mangiare *era* un po' strano. "Allora oggi sono un tacchino," disse.

Karl gli diede un buffetto sulla mano. "Sei un tacchino molto carino."

Finito di mangiare ripresero il tour della casa. Karl fu completamente ammaliato dal bagno. Aveva un'idea piuttosto vaga sulle escrezioni umane – trovò anche quelle strane ma non disgustose – ma non aveva mai visto un gabinetto prima di allora. Gli raccontò che durante la sua amicizia con Henry c'era stato un bagno esterno proprio dietro alla grande casa. Era certo che il gabinetto moderno fosse molto meglio. E si innamorò in particolar modo della doccia. Così tanto, infatti, che posò la chitarra sul letto e passò venti minuti buoni sotto il getto dell'acqua, alternando la temperatura e la pressione.

Ery lo osservò, divertito e leggermente eccitato.

"L'acqua calda è *fantastica!*" disse Karl entusiasta. Gli lanciò uno sguardo lascivo. "Ma non come il calore che emani tu."

A disagio, Ery dondolò da un piede all'altro. "Dovrei rimettermi al lavoro. Suonerai ancora un po' per me?"

"Sì!"

Gli passò un asciugamano per non farlo sgocciolare dappertutto. A Ery sarebbe piaciuto asciugare quel bellissimo corpo, ma mantenne le mani lungo i fianchi. *Solo perché vuoi qualcosa non significa che dovresti averla*, ricordò a se stesso.

Quando riprese in mano il pennello, Karl si sistemò allegramente sui cuscini e ricominciò a suonare. Una volta ogni tanto Ery distoglieva lo sguardo dalla tela, e Karl gli sorrideva. Era bello avere compagnia al di là dell'intrattenimento musicale. Le poche volte che aveva provato a dipingere con degli amici vicino, lo avevano interrotto costantemente o si erano spazientiti per l'attesa. Ma Karl non fece nessuna delle due cose. Rimase semplicemente seduto a suonare, e per quanto poteva vedere lui, sembrava perfettamente contento di farlo.

Ery smise di dipingere solo quando tramontò il sole. Anche Karl cessò di suonare la chitarra. "Hai le mani stanche anche tu?" domandò Ery, stirandosi le dita.

Karl si guardò le mani. "Immagino di sì. Non ci ho fatto caso." Sollevò la testa verso di lui. "È stata davvero una bella giornata."

"Concordo."

"Posso tornare domani?"

Il cuore di Ery batté più velocemente. Stupido cuore. Mantenendo la voce ferma e un fare disinvolto per quanto gli riuscì, rispose: "Certo. Mi piacerebbe."

Quando Karl si alzò, l'abbraccio che seguì fu del tutto naturale. E ben presto, si trasformò in qualcosa di più, tanto che Karl appoggiò la chitarra ed Ery si dimenticò di quanto fosse stanco e dolorante. Lo spirito d'acqua aveva un buon odore, come la spiaggetta. Come mai non se ne era accorto prima? Si era quasi dimenticato di quanto fosse delizioso il sapore della sua bocca, di quanto fosse liscia la sua pelle.

Sembrava che di lì a poco si sarebbero ritrovati sul pavimento, il che non era la migliore delle idee. Il cemento sarebbe stato di certo più scomodo del terreno vicino al laghetto. Ery avrebbe *dovuto* accompagnare Karl alla porta, invece si ritrovò a prenderlo per mano e condurlo verso il letto.

A Karl il letto piacque. Rimbalzò sul materasso ed emise delle esclamazioni sulla morbidezza delle coperte. Quando vide i cuscini rise. Ma il letto fu solo una distrazione momentanea, perché poco dopo tirò la camicia di Ery. "Posso vederti completamente nudo questa volta?" domandò.

Con una leggera esitazione, Ery cominciò a spogliarsi. Non si vergognava del suo corpo, ma di sicuro nessuno lo aveva mai definito palestrato. Era magrolino, lo era sempre stato. La palestra non gli piaceva e non gli capitava spesso di sollevare qualcosa di più pesante di un pennello. Gli piaceva camminare, a volte anche fare escursionismo, ma nulla di più. Invece Karl aveva il fisico perfetto del nuotatore, cosa poco sorprendente. E sì, lo aveva visto quasi completamente nudo, ma si trovavano all'aperto. Nel piccolo appartamento, tutto sembrava più intimo e vicino.

Ma mentre Ery si spogliava, Karl non sembrò essere deluso. Anzi, tutt'altro. Si allungò sul letto appoggiando la parte superiore del corpo sui cuscini, gli occhi spalancati. Si morse il labbro inferiore, accarezzandosi il sesso turgido. Con un movimento lento e una presa salda, senza mai distogliere lo sguardo.

A Ery non importavano le dimensioni. Per lui ogni pene aveva il suo perché. Gli tornò in mente il vecchio detto: *Non conta la grandezza della barca, ma il movimento nell'oceano.* Ma a dirla tutta, quello che aveva davanti agli occhi non era un piccolo gommone. Il membro di Karl era piuttosto lungo ed elegante. Affusolato, con un bel colore dove il glande spuntava dal prepuzio.

"Ery?" lo chiamò Karl, e lui si accorse di essersi immobilizzato. Si tolse le scarpe e sfilò i jeans assieme alle mutande multicolore. Adesso aveva indosso solo i calzini, e se esisteva un modo sensuale con cui toglierseli lui di sicuro non lo aveva mai imparato. Ma aveva sempre pensato che tenerli quando si faceva sesso era un po' da sfigati, così si abbassò per sfilarseli.

"Mi piacciono i tuoi peli," disse Karl come se lo stesse annunciando.

Timidamente, Ery si guardò. Non era molto peloso, eccetto che sul petto e la peluria sull'addome che si univa al pube. "Mi sono stancato di depilarmi," spiegò.

"Non so cosa significa."

"Non importa."

"Che cosa rappresenta quel tatuaggio?"

Ery era riuscito a finire la scuola d'arte senza farsi nemmeno un tatuaggio eccetto il gabbiano cloisonné di sua nonna che aveva disegnato e si era fatto tatuare sopra al cuore. "È solo... non lo so. È un uccello."

"Vieni qui, per favore, Ery. Voglio toccarti."

Anche lui lo voleva. Camminò fino al letto e ci si lasciò cadere sopra vicino a Karl, che immediatamente lo avvolse in un abbraccio stretto. Cominciarono a baciarsi, e fu bello come Ery aveva imparato ad apprezzare, ma questa volta lasciarono che le mani esplorassero i corpi. Ery amava la pelle setosa proprio sopra le natiche di Karl, e Karl sembrava avere un debole per i peli del corpo di Ery.

Poi all'improvviso Karl indietreggiò leggermente, il suo sguardo particolarmente intenso. "Sapore," disse spazientito e iniziò a leccare il collo e le spalle di Ery, succhiò i suoi capezzoli fino a quando Ery emise un mugolio patetico, e fece scorrere la lingua sul suo addome. Gli mordicchiò gentilmente la pelle sopra i fianchi e, quando lui allargò le gambe, Karl vi si infilò, strofinando il naso contro i suoi testicoli.

"Hai un buon sapore," disse Karl. "Salato. Come il mare."

"Mmm," replicò Ery. Al momento aveva difficoltà a usare le parole. Quando, un momento dopo, Karl prese il suo sesso in bocca e cominciò a leccare e succhiare, Ery riuscì solo a dire qualcosa tipo "Oddio" e "Ancora, per favore" e "Gesù, sì!". La bocca di Karl era fredda come la sua pelle, ma non diminuì in nessun modo il piacere che gli procurava.

Karl era bravo. Ery non sapeva se dipendesse dal fatto che era uno spirito d'acqua o se fosse una sua particolare abilità, e in realtà non gli importava. Karl riusciva a prendere il suo sesso completamente nella gola, emettendo dei suoni che lo facevano impazzire di desiderio.

Disperato, Ery gli afferrò i capelli e cercò di tirarlo verso l'alto. "Sto per... Dio, sto per..."

Ma Karl non si mosse. Anzi aumentò il ritmo, abbassando e alzando la testa, accarezzando i peli sulle cosce di Ery con una mano e la pelle sensibile vicino ai testicoli con le dita dell'altra. Ery non aveva molto spazio, ma spinse con i fianchi e Karl ingoiò tutto quello che lui gli diede.

"Karl..." mugolò. Strizzò gli occhi sopraffatto dalle sensazioni. Ma non aveva ancora raggiunto il culmine: con un suono strozzato, Ery venne, svuotandosi nella gola dello spirito d'acqua.

Karl continuò a succhiare fino a quando la stimolazione si fece troppo intensa ed Ery gli diede dei colpetti sulle spalle. Quando sollevò la testa, si stava leccando le labbra leggermente gonfie con un'aria molto soddisfatta. "Sei delizioso."

"Credevo..." Il cuore di Ery batteva ancora forte e lui faceva fatica a respirare. "Credevo che ingerissi solo acqua."

"Il tuo seme non è molto diverso dall'acqua di mare." Karl sorrise. "E molto più buono." Si alzò andando a coprire metà del corpo di Ery, posandogli la testa vicino al collo, e sospirò contento.

"Ah… Posso ricambiare il favore," si offrì.

Karl ridacchiò. "Non ce n'è bisogno." Afferrò la mano di Ery e la spostò sul suo inguine, dove il suo sesso era umido e non eretto.

"Sei venuto semplicemente succhiandomi?"

"Mmh-mm."

Wow. Era davvero sexy

Karl sembrava contento di restare nella posizione in cui si trovava, e a Ery non importava. Per un po' si lasciarono cullare dalla sonnolenza. Poi il telefono di Ery squillò.

"Maledizione. È mia nonna." Lei aveva delle capacità sovrannaturali che le permettevano di sapere sempre quando era lui a chiamarla; Ery invece aveva riconosciuto la suoneria.

Karl si sollevò così che Ery potesse alzarsi per prendere il telefono. Se si fosse trattato di qualcun altro, avrebbe lasciato che si inserisse la segreteria.

"Ciao, nonna. Va tutto bene?"

"Tutto bene, caro. Ma tu sembri essere senza fiato. Tutto a posto?"

Guardò Karl e arrossì. "Sì, è solo che ho dovuto correre per prendere il cellulare."

"Dovresti fare più esercizio."

"Sì, nonna," rispose, alzando gli occhi al cielo.

"Ho parlato con i tuoi genitori questa sera."

Sentì un crampo allo stomaco. "Dio, stanno bene?"

"Stanno bene," rispose con un sospiro. "Stiamo tutti bene, ma dicono che è parecchio che non ti fai sentire."

"Mia mamma mi segue come uno stalker su Facebook." Il che era vero. Metteva *mi piace* a ogni suo post e periodicamente gli postava ricette e nuove storie in bacheca. Era come ai vecchi tempi, quando gli mandava stralci di giornali e coupon, solo che così anche i suoi amici ne erano testimoni.

"Ery Phillips, Facebook *non* è la stessa cosa che una vera chiacchierata. I tuoi genitori ti vogliono bene. Si preoccupano per te. So che scrivere una lettera è chiedere troppo, ma di sicuro una telefonata la puoi fare."

Amava sua nonna, ma era davvero brava a farlo sentire in colpa, e a volte sembrava dimenticarsi che non aveva più dodici anni. Però non valeva la pena discutere. "Va bene. Chiamerò domani."

"Ottimo. E tutto il resto sta andando bene?"

Non sapeva se stesse cercando di carpire delle informazioni sul suo dipinto o su Karl. Quale fosse il caso, non se la sentiva di parlarne in quel momento. "Sì, la mia musa mi sta comandando a bacchetta."

"Sono contenta di sentirtelo dire, caro. Be', allora ti lascio andare. Ti voglio bene."

"Anch'io ti voglio bene, nonna. Magari quando sarò in città possiamo andare di nuovo a pranzo insieme."

"Ci conto."

Quando Ery posò il telefono, Karl lo stava osservando con la testa leggermente inclinata. "Un tuo parente?" domandò.

"Sì. Di tanto in tanto a mia nonna piace ricordarmi dei miei obblighi familiari."

"È bello avere una famiglia?"

Ery attraversò la stanza per andare a sedersi vicino a Karl sul letto. "Sì, per la maggior parte. Ma sono fortunato perché ho una famiglia fantastica." Intrecciò le dita con quelle di Karl. "Ti rende triste il fatto di non averne una?"

"Non lo so. La mia gente, noi non... Gli spiriti d'acqua hanno delle tresche tra loro. A volte rimangono insieme per alcune settimane. Però passano ad altro in fretta. E i figli nascono già cresciuti e se ne vanno subito. Scorrono, come l'acqua. La maggior parte dei nix non vive nemmeno nei laghi. Ama i fiumi e i mari."

"Ma tu?"

Karl voltò la testa per guardarlo. "Il mio lago mi piace."

Dopo alcuni istanti di silenzio, Karl districò gentilmente la sua mano da quella di Ery e si alzò. "Meglio che vada."

"Puoi restare."

"Ho bisogno di tornare in acqua." Osservò lo studio. "Posso tornare comunque domani?"

Ery saltò in piedi. "Certo! Vorrei che lo facessi."

"Bene. E la mia chitarra la posso lasciare qui stanotte?"

"Non vuoi suonarla più?"

"Sono stanco." Karl prese il viso di Ery tra le mani. "Mi hai distrutto."

Insieme, uscirono dall'appartamento e attraversarono lo studio, dove il freddo fece tremare Ery. Era molto più facile essere nudi per i nix. Però non faceva così freddo per rinunciare a un ultimo bacio e osservare Karl scomparire nell'oscurità.

401

CAPITOLO 10

KARL ARRIVÒ a mezzogiorno. Questa volta entrò facendo abbastanza rumore da non cogliere Ery di sorpresa. Si diresse immediatamente alla pila di cuscini e alla chitarra e cominciò a suonare. Ogni volta che sbirciava da dietro la tela, Ery vedeva l'espressione preoccupata di Karl, ma evitò di fargli delle domande fino a quando non si prese una pausa.

"Metto su un caffè," disse. "Hai bisogno di qualcosa?"

Ancora strimpellando, Karl scosse la testa.

Ery riempì la caffettiera al lavandino dello studio che usava per pulire i pennelli, poi versò il caffè e si appoggiò al muro mentre aspettava.

"Va tutto bene?" domandò alla fine.

"Sì," rispose Karl, anche se il suo sguardo era preoccupato.

Allontanandosi dalla caffettiera, Ery attraversò la stanza e si accovacciò di fronte a lui. Gli posò una mano sul ginocchio. "Che cosa c'è? Ho fatto qualcosa di sbagliato?"

Dopo aver messo la chitarra da parte, Karl sorrise. "No. Tu sei meraviglioso. È solo…"

"Cosa?" Ery avrebbe voluto strozzarlo. *Quello* era uno dei tanti motivi per cui la relazione tra lui e Dylan non aveva funzionato ai tempi dell'università. Provare a farlo parlare delle sue preoccupazioni e dei suoi sentimenti era come scavare una vena d'oro con uno stuzzicadenti. Era una cosa che lo faceva impazzire. Si chiedeva come Chris riuscisse a sopportarlo. Forse era più bravo a scavare.

Karl si guardò le cosce, dove aveva appoggiato le mani. Con voce flebile disse: "Credo di aver fatto un sogno."

Per un attimo folle, Ery pensò che intendesse un sogno *bagnato*, che non era fuori luogo essendo uno spirito d'acqua. Si ricordò della sua prima polluzione notturna, di come era andato in panico, aveva tolto le lenzuola, cambiato il pigiama e infilato tutto nella lavatrice. Sua madre, ovviamente, aveva subito capito quello che era successo. Solitamente i quattordicenni non erano così desiderosi di rifarsi il letto. Quella sera i suoi genitori gli avevano parlato delle api e degli uccelli; diciassette anni dopo, il ricordo lo metteva *ancora* a disagio. Ed era stata proprio quella sera che aveva confessato ai suoi genitori che preferiva i ragazzi alle ragazze. Non erano stati particolarmente presi alla sprovvista.

E poi Ery si ricordò di una cosa che Karl gli aveva detto qualche giorno prima. "Credevo che avessi detto che i nix non sognano."

"Non lo facciamo."

"Ma…"

"Stavo dormendo. Trascinato dalla corrente. E…"

"Aspetta. È un po' che volevo chiedertelo. Come respiri sott'acqua?"

Lo sguardo di Karl gli fece capire di aver fatto una domanda stupida. "Branchie." Mosse il collo gonfiandolo e sulla pelle ai lati comparvero profondi tagli senza sangue. Poi mosse il collo di nuovo e scomparvero.

"Porca puttana!" Ery posò le dita su ambo i lati del collo di Karl e gli accarezzò la pelle. Lo aveva baciato in quei punti già parecchie volte e, come in quel momento, anche durante quei baci aveva solo percepito la pelle morbida. "Come riesci a farlo?"

"Branchie in acqua, polmoni sulla terra," replicò Karl. "È facile."

"Gesù." Ery perse l'equilibrio, ritrovandosi seduto a terra di fronte a Karl. "Mi dispiace. di averti interrotto. Ti stavi facendo cullare dal laghetto…"

"Stavo dormendo. Ma non davvero. Mi sono ritrovato nel porto dove sono stato creato e stavo cercando di origliare le conversazioni di alcuni marinai, ma non riuscivo a capire quello che dicevano. Era strano. Tutto continuava… a cambiare," disse riprendendo fiato. "Avevo paura."

Aveva ancora un'aria stressata. Sperando che fosse d'aiuto, Ery strinse entrambe le ginocchia di Karl. "I sogni possono fare paura anche quando si è abituati a sognare."

"Poi ho sentito lo stregone chiamarmi, così ho nuotato fino a riva. Solo che quando sono arrivato, non era lui. Eri tu, Ery, e indossavi il cappotto lungo di pelliccia che di solito indossava lui. Ma avevi il telefono con te. Stavi parlando, ma non riuscivo a capire nemmeno quello che dicevi tu. Credo che stessi parlando di qualcosa di importante. Mi hai fatto una domanda e ti sei arrabbiato quando non ti ho saputo rispondere."

"Dio, Karl. Mi dispiace."

Karl provò a fare un sorriso. "So che non eri davvero tu. Non devi scusarti. Ma nel… nel sogno pensavo fossi davvero tu. Ti sei allontanato dall'acqua assieme a un altro uomo. Lui si è voltato per guardarmi e ho visto che era Henry. Ve ne siete andati entrambi, anche se io ho chiamato il tuo nome. E poi… poi c'era l'acqua… l'acqua del porto ha cominciato a prosciugarsi. Come succede nella tua doccia. Mi sono svegliato senza fiato."

"Cavolo. È orribile." A volte Ery faceva dei sogni che cominciavano bene, con lui che volava in alto. Però poi cominciava a precipitare verso la terra e si svegliava di soprassalto nel suo letto, madido di sudore e con le palpitazioni.

"Credevo di stare per morire," disse Karl con voce roca. "Ma dopo un po' mi sono calmato e ho capito quello che era successo. Ery, io non posso sognare. Non l'ho mai fatto prima. E non ho mai sentito parlare di un nix che lo *abbia* fatto."

Ery si sentiva disorientato tanto quanto Karl. Cercò di calmare il tremolio nella sua voce, perché era inutile che fossero entrambi spaventati. "Cosa credi che significhi?"

"Non lo so," rispose Karl in un lamento. Poi Ery si accorse che lo spirito stava tremando – non per il freddo – e lo avvicinò a sé in un abbraccio un po' maldestro. Gli accarezzò la schiena con dei movimenti circolari.

Forse era prevedibile, ma dopo alcuni minuti Karl sembrò volere più conforto di quello che poteva dare un semplice abbraccio, così si baciarono. Ben presto si ritrovarono sul letto di Ery, impegnati in un appassionato sessantanove.

Seguirono delle carezze. Poi si fecero la doccia a turno – non era grande abbastanza per entrambi – ed Ery si cucinò il pranzo. Karl assaggiò un pezzo di formaggio, definendolo interessante, poi lo sputò. Per lo meno era più allegro. Rise anche quando Ery diede mostra delle sue abilità da giocoliere facendo roteare in aria delle mele per circa dieci secondi prima di farle cadere a terra. "È per questo che non uso mai i coltelli," disse Ery, piegandosi per recuperare la frutta.

Karl lo aiutò a lavare i piatti. Non molto bene, ma era stato gentile a provarci. Gli piacquero le bolle di sapone e scherzando ne mandò alcune nella direzione di Ery. "Hai telefonato ai tuoi genitori?"

"Come? Mia nonna ti ha assunto per tormentarmi?"

"Be'? Lo hai fatto?"

Ery sospirò e asciugò una ciotola. "Sì, abbiamo fatto una chiacchierata entusiasmante sul tempo, gli stivali che mia mamma ha comprato in saldo questa settimana, e il tecnico della caldaia che ha cercato di convincere i miei a comprarne una nuova dopo che si è rotta la valvola."

"Ti vogliono bene."

Dopo aver posato la ciotola, Ery si voltò per guardare Karl. "Sì, è vero."

Una volta terminato con i piatti, tornarono nello studio. Ery lavorò sul volto del nix – gli occhi erano davvero complessi – e Karl suonò la sua musica triste e coinvolgente. Il tempo volò.

Giunta la sera, Ery cominciò a lavare i pennelli e Karl posò la chitarra. Ery lo accompagnò alla porta. "Pensi che starai bene?" gli domandò.

Karl sospirò rumorosamente e si appoggiò a lui. "Sì."

"Ma se farai un altro sogno?"

"Non mi dispiace sognare. È solo… che è stato molto strano."

Ery cercò di immaginarsi cosa si dovesse provare avendo passato tutta la vita senza aver mai sognato per poi cominciare a farlo improvvisamente. Doveva essere, se non spaventoso, per lo meno sconcertante. "Aspetta." Karl lo guardò incuriosito ed Ery entrò nell'appartamento per tornare subito dopo correndo. "Ecco," disse, mettendo qualcosa nella mano di Karl.

"Una… catena?"

"Una collana. Nulla di costoso. Ma è in acciaio inossidabile, quindi non si arruggerà." Attaccato alla collana c'era un piccolo pendente: un unicorno in smalto il cui corno aveva tutti i colori dell'arcobaleno. Sua madre glielo aveva regalato anni prima quando stava cercando di dimostrare quanto sostenesse l'orientamento sessuale di suo figlio e il suo gusto estetico. Gli piaceva molto. Era un buon modo di dire al mondo: *Sì, sono gay. E allora?* Ma era da un po' che non lo indossava, però se lo era portato nel beauty case come se fosse un talismano che gli rammentava quei cari ricordi.

"È molto carino," disse Karl. Stava sorridendo ma sembrava ancora un po' confuso.

"Non devi indossarlo se non vuoi. Lo puoi tenere nel tuo laghetto."

"Lo voglio indossare."

Mentre allacciava la catena intorno al collo di Karl, non gli sfuggì l'ironia di una creatura mitica in carne e ossa che ne indossava una fittizia. Sempre che gli unicorni fossero fittizi. Non ne era più così sicuro.

"Ti sta bene," disse, perché era vero.

"Grazie. Non ho mai avuto dei gioielli."

Ery baciò Karl sulla guancia liscia. "Quando ero bambino, facevo parecchi incubi. Credevo che una strega cattiva vivesse sul ventilatore del soffitto." Fece spallucce quando Karl aggrottò la fronte. "Sì, era strano. Comunque mi svegliavo sempre gridando. Così una notte, quando mio padre venne a rimboccarmi le coperte, posò una statuina di Han Solo sul mio letto. Ah, è… una figurina di plastica a forma d'uomo. Gesù, forse è colpa di mio padre se sono diventato gay."

Karl stava aspettando pazientemente ma era probabile che si stesse chiedendo dove volesse arrivare con quella storia. Ery gli accarezzò la spalla. "Mio padre mi ha detto che Han Solo mi avrebbe protetto dalla strega e da qualsiasi altro mostro. Ero grande abbastanza da sapere che si trattava solo di un giocattolo, ma sai cosa? Dopo, ogni volta che qualcuno mi inseguiva nei miei sogni, Han Solo si faceva vivo e gli sparava."

"Hai dei bravi genitori," disse Karl.

"Lo so. Ma il punto è che l'unicorno è il tuo Han Solo. Se farai un altro brutto sogno, magari l'unicorno magico ti potrà aiutare."

Era un'idea stramba, ma Ery si sentiva stranamente responsabile per l'incubo di Karl – ne era stato parte integrante, dopotutto – e quella era la soluzione migliore che gli era venuta in mente.

Karl strofinò l'unicorno e poi sorrise a Ery. "Gli unicorni sanno nuotare?"

"Questo sì."

"I tuoi regali sono incredibili."

Ery guardò i suoi dipinti: uno completo, l'altro quasi sul punto di esserlo. Ricambiò il sorriso. "Anche i tuoi."

QUANDO KARL tornò saltellando nello studio il giorno dopo, era estatico. "Ha funzionato! L'unicorno ha funzionato!"

Ery stava mescolando dei colori, ma posò la tavolozza per poterlo abbracciare. Karl era ancora un po' bagnato. "Hai fatto un altro sogno la scorsa notte?" domandò.

"Sì, ero in mezzo al mare, ma non c'era nulla intorno a me, nulla eccetto che acqua. Niente pesci o alghe. Nuotavo, ma mi sentivo perso e continuavo a nuotare in cerchio. Era orrendo. Ma poi è comparso l'unicorno! Si chiama Skuld ed è femmina."

"Oh. Okay." Dato che Ery aveva dato un nome alla sua macchina, non poteva certo criticare Karl per aver battezzato l'unicorno magico. "Ti ha aiutato?"

"Ha nuotato con me. Mi ha portato su un fiume e il fiume è diventato uno ruscello e poi siamo arrivati al mio laghetto. Skuld è scappata nel bosco, ma non penso si sia allontanata molto." Aggrottò leggermente le sopracciglia. "Dovrò avvertirla di fare attenzione al lupo mannaro quando ritornerà Dylan."

Ery lo guardò sorpreso. "Ah... era solo un sogno, Karl."

Karl fece spallucce, indifferente. "Forse. Ma penso che le creature dei sogni abbiano una loro energia. Proprio come noi."

Senza dubbio, mettersi a discutere con uno spirito d'acqua dell'esistenza di un unicorno che aveva bisogno di stare alla larga da un lupo mannaro era una strada che avrebbe condotto alla follia. Ery sorrise e diede un buffetto sul braccio di Karl. "Sono davvero contento che ti abbia aiutato."

"Anch'io!" Poi Karl lo sorprese afferrandolo ai fianchi e cominciando a farlo ballare. La sua gioia era contagiosa, ed Ery non fu sorpreso quando il loro ballo improvvisato li condusse nell'appartamento e finì con loro che cadevano sul letto. Quel mattino fecero l'amore in modo esuberante e giocoso, solleticandosi e ridendo mentre si stuzzicavano a vicenda.

Poi, mentre giacevano con le braccia e le gambe intrecciate, cercando di riprendere fiato, Ery si rese conto di non essersi mai *divertito* così tanto facendo sesso.

La testa di Karl poggiava sulla spalla di Ery mentre giocherellava con i peli del suo petto, tirandoli delicatamente, intrecciandoli tra le dita, creando delle forme. "Forse, adesso che mi hai regalato Skuld, farò anche dei bei sogni."

"Spero di sì." Ery gli accarezzò i capelli, districando alcune ciocche. "Ma perché pensi di aver cominciato a sognare?"

Karl esitò un momento prima di rispondere. "Penso dipenda da te."

"Me?"

"La tua... energia umana. Se riesci a trasmetterne anche solo un po' ai tuoi dipinti, perché non anche a me?"

Ery non sapeva cosa pensare a riguardo. Le parole di Karl avevano senso, ma gli facevano anche venire le palpitazioni, e non sapeva bene il perché. "Ma allora perché non hai mai sognato con Henry?"

"Perché non ho mai passato tanto tempo con lui come faccio con te."

"Ma credevo..."

Le dita di Karl smisero di muoversi, ma mantenne la mano sul petto di Ery. "Veniva al laghetto. Parlavamo un po', facevamo sesso. In fretta, perché qualcuno poteva scoprirci, o perché aveva del lavoro da finire. Poi se ne andava via." Si tirò su un gomito così da poter vedere Ery in volto. "Il sesso è bello. Ma la tua compagnia è anche meglio."

Merda. Altre palpitazioni. "Karl... lo sai che non posso rimanere, vero? Tra qualche giorno dovrò tornare a casa."

"Lo so. Ma mi verrai a trovare qualche volta? Per usare il tuo studio?"

"Sì."

"Bene. E quando lo farai, verrai al laghetto a chiamarmi?"

Gesù. "Certo. Siamo amici."

Karl fece un gran sorriso, ma il suo sguardo espressivo conteneva un accenno di dispiacere. "E anche quando non lo farai, quando non potrai essere qui, avrò dei bei ricordi. E Skuld. E la mia chitarra! Non avrei mai creduto di avere così tante cose."

Se Karl aveva così tanto, perché Ery all'improvviso si sentiva così vuoto?

IL LAVORO sulla tela grande proseguì molto bene. Karl si presentava ogni mattina per suonare mentre Ery dipingeva, e ogni giorno a un certo punto finivano a letto. Quando Ery faceva una pausa per mangiare, Karl sedeva con lui al tavolo, assaggiando ogni cosa, parlando dei suoi sogni o di uno dei suoi viaggi, poi aiutava Ery a lavare i piatti. Ogni sera, al tramonto, tornava al laghetto. Ery usava quel tempo per controllare le e-mail, i social media e i messaggi sul telefono, per chiamare sua nonna e assicurare i suoi amici che non era scomparso dalla faccia della terra. Guardava dei film. E quando andava a letto, sognava Karl. Al suo risveglio, si diceva che non aveva significato nulla. Era ovvio che lo sognasse: passavano tutto il giorno insieme, Ery lo stava dipingendo, ed era da giorni che non vedeva nessun altro.

Erano delle belle giornate e passavano molto in fretta.

La sera prima del ritorno di Chris e Dylan, Ery e Karl si ritrovarono davanti alla tela. "È incredibile," disse Karl, con tono riverente. "Hai dipinto esattamente quello che provo."

Ery era leggermente sopraffatto dalla situazione. A livello istintivo sapeva che il dipinto era davvero bello. Non era solo il lavoro migliore che avesse prodotto, ma arte con la A maiuscola. "Dovresti averlo tu," disse con tono calmo.

"Non vuoi che lo vedano altre persone? Sarebbe un peccato, Ery."

"È che... penso di aver rubato un po' della tua energia, Karl. Non è giusto che lo tenga io."

Karl avvolse i fianchi di Ery e strinse. "Non stai prendendo nulla che non sia disposto a darti. Voglio che vedano tutti quello che sai fare. E poi, se lo tenessi io, si rovinerebbe." Avvicinò la testa a quella di Ery. "Non puoi appendere un quadro in un lago."

Ery pensò al dipinto dell'anatra ma non ne fece cenno. "D'accordo, allora. C'è un gallerista a cui mi piacerebbe farli vedere." Con una mano indicò anche la tela più piccola.

"Ne farai degli altri?"

"Già." Aveva parecchie idee; la sua musa aveva fatto una lista. "Ma avrò bisogno di altri colori e dovrò prendere in prestito il furgone di Dylan per portare qui le tele grandi."

Il giorno precedente, aveva mostrato a Karl delle immagini su internet di alcuni dei suoi artisti preferiti, spiegandogli come quegli uomini e quelle donne fossero ricordati e ammirati ancora anni e anni dopo la loro morte. Karl era rimasto leggermente colpito dal ritratto dello stroemkarlen dell'artista svedese, ma erano stati *La grande onda* di Hokusai e alcuni dipinti di Monet a entusiasmarlo davvero. Anche le piscine di Hockney gli erano piaciute parecchio.

"Diventerai famoso?" domandò Karl.

"Non so," rispose Ery. "Vorrei solo riuscire a guadagnare abbastanza da poter lasciare il mio lavoro odioso."

"Ed essere felice?"

Ery lo guardò. "Già."

Anche quando, di lì a poco, il sole tramontò, Karl non sembrava voler andar via. Ery ne fu grato. Usò quasi tutti gli avanzi di cibo per preparare una cena bizzarra: cereali, fette di cheddar, un'arancia, e una panna cotta nel microonde. Karl assaggiò tutto ma fu particolarmente sorpreso dall'asprezza dell'arancia. Dopo aver lavato i piatti, Ery riportò i cuscini sul divano. Lui e Karl si sedettero vicini, per guardare *Alla ricerca di Nemo* sul portatile. Karl lo adorò.

Quando Ery cominciò a sbadigliare, Karl gli sorrise. "Sarà meglio che vada."

"Non devi farlo." Ery spostò con eloquenza lo sguardo sul letto. Quel mattino si erano già masturbati a vicenda, ma era pronto per qualcosa di più coinvolgente. A dire il vero, quello che desiderava era proprio quello che Karl non aveva ancora fatto. "Vuoi scoparmi?"

Karl spalancò gli occhi. "Vuoi dire…"

"Ti voglio dentro di me. Per favore."

"Io… non ho mai…" Karl deglutì così forte che Ery riuscì a sentirlo.

"Tu e Henry non lo avete mai fatto?"

"Lui lo ha fatto. Non voleva che io lo facessi."

Ovviamente. "E con gli altri nix?"

Karl scosse la testa. "No."

Sperando che non la interpretasse come una molestia, Ery gli accarezzò il ginocchio. "Non è un problema. Quello che abbiamo fatto è stato fantastico. O posso penetrarti io se tu vuoi…"

"Voglio farlo." La voce di Karl era diventata un sussurro. "Ma se non sono bravo?"

Ery dovette mordersi il labbro per non ridere. "Garantisco che qualsiasi cosa farai sarà fantastica. Gesù, tu mi fai quasi venire solo baciandomi."

408

Negli occhi di Karl comparve una scintilla e sulle sue labbra un sorriso lascivo. Si lanciò su Ery, facendogli quasi male e togliendogli il fiato. Poi provò a sfilargli i vestiti di dosso continuando a tenere le labbra premute contro le sue.

Forse non sarebbero riusciti a raggiungere il letto.

Armeggiando entrambi con il bottone e la zip dei pantaloni di Ery, tolsero finalmente tutti i vestiti. Karl, ovviamente, era completamente nudo eccetto che per la sua collana. Spinse Ery contro i cuscini prima di sdraiarsi sopra di lui. Dio, era magnifico sentire la pelle dello spirito contro la sua. Inoltre, in quella posizione, Ery riusciva a toccargli le natiche. *Dovrei dipingere il suo culo*, pensò con la vista appannata. *È un capolavoro.*

Si baciarono per un po', lasciando che le dita vagassero, condividendo i loro mugolii. I loro membri erano appoggiati l'uno contro l'altro, ma i fianchi di Karl erano immobili, ed Ery non aveva abbastanza presa per muoversi. Era bello non doversi concentrare sulle proprie zone erogene e, con Karl sopra di lui, ogni parte del suo corpo lo era diventata. Si eccitò anche quando gli accarezzò le sopracciglia. E Dio, quelle dita forti e lisce lo suonavano come se fosse una chitarra, estraendo da lui una melodia di mugolii, grugniti e vocali smorzate.

Altre volte Ery era venuto così, grazie a quel gioco sessuale, con lo sperma tra il suo addome e quello di Karl, il sentore salato del seme di Karl mescolato al suo. Ma quella sera voleva di più. Spinse contro le spalle di Karl. "Mi voglio girare, piccolo."

Karl si mosse alla svelta, nessun segno della sua solita grazia. Anzi, stava quasi per cadere a terra. Ery si mise a pancia in giù, allargò le gambe quanto poté, e guardò da sopra la spalla per sorridergli. "Mi hanno detto che questo è il mio lato migliore."

Con una mezza risata, Karl diede dei buffetti sulle natiche di Ery. "Ed è davvero carino."

Ery ancheggiò in approvazione. "Fallo ancora un po'."

Karl non si tirò indietro e gli strinse e accarezzò i glutei. Poi si mise in ginocchio, di fianco al corpo di Ery, e cominciò a leccarlo. Iniziò dalla pelle della nuca, per poi spostarsi sulle spalle e scendere sulla colonna vertebrale. Dopo aver leccato, soffiava sulla pelle, facendolo tremare. A volte invece lo mordicchiava – gentilmente – o gli faceva scorrere i denti sulla pelle. Fu lento ed erotico, e anche quando le sue attenzioni rimasero concentrate sopra la cintola, Ery dovette trattenersi dallo sfregarsi contro i cuscini.

Ma poi alla fine Karl gli toccò il sedere. Ery non riusciva a vedere quello che stava facendo – angolazione sfavorevole – e aveva comunque gli occhi socchiusi. Tuttavia, avrebbe tranquillamente dichiarato sotto giuramento che la lingua di Karl faceva delle cose di cui nessun umano era capace. Perse quasi ogni controllo quando infilò quell'agile appendice meravigliosa nel suo corpo. Ma Ery stava aspettando qualcosa di più grande e duro.

Con un tremendo sforzo di volontà e parecchia forza bruta, Ery si voltò sulla schiena. Guardò Karl, i suoi occhi ora scuri e i capelli come veli di seta. "Continuiamo a letto," disse Ery. "C'è più spazio."

Karl scese dal divano e lo aiutò ad alzarsi. Ery non riuscì a tenere le mani a posto e fece quasi inciampare entrambi prima che riuscissero a raggiungere il letto. Dopo essersi rotolati ancora un po', Ery decise che voleva avere piena vista dell'azione che sarebbe seguita. Si sdraiò sulla schiena con le ginocchia piegate e un cuscino sotto il sedere; Karl lo fissava con la bocca leggermente aperta, come se non fosse sicuro della sua prossima mossa.

"C'è del lubrificante lì dentro," disse Ery indicando il comodino. L'avevano già usato altre volte per masturbarsi a vicenda. Karl aveva detto che non gli piaceva il sapore, ed Ery si era chiesto se avrebbe preferito dei gusti diversi. La farmacia più vicina era però a più di mezz'ora di distanza, e lui non aveva avuto modo di uscire per comprarne dell'altro.

Prima di quella sera, aveva anche pensato al sesso sicuro. Di solito era molto attento, in parte perché lo aveva promesso ai suoi genitori e a sua nonna. Non faceva mai sesso senza protezione e si sottoponeva periodicamente agli esami. Ma non aveva preservativi lì alla fattoria. Il lubrificante lo aveva portato perché sapeva che si sarebbe masturbato. Non aveva idea se Dylan e Chris avessero dei preservativi a casa loro, dato che erano monogami da tempo e uno dei due era un lupo mannaro.

I risultati degli ultimi esami erano negativi. E oltre al fatto che Karl era uno spirito d'acqua, l'ultima volta che aveva fatto sesso i genitori di Ery non erano nemmeno nati.

Senza preservativi quindi.

Karl tolse il tappo dalla bottiglietta. "Mettitene un po' sulle dita," lo istruì Ery. "È da un po' che non lo faccio. Sarò stretto."

"Oh." La voce di Karl era un'ottava più alta del solito. Sorrise, seguendo le sue istruzioni, poi con attenzione tracciò i contorni della sua fessura.

Con troppa attenzione in realtà. Ery era già molto eccitato. "Non sono così delicato, Karl. Nemmeno immortale."

Karl infilò un dito dentro di lui, e *oh*, era bello. Ma non abbastanza. "Ancora," disse Ery impaziente con voce roca.

Per uno che diceva di non sapere quello che stava facendo, Karl fece un bel lavoro per dilatare Ery. Osservava il suo volto con sguardo avido e quando scopriva un'angolazione particolare o un movimento che era particolarmente bello, doveva leggerlo nell'espressione di Ery, perché Karl lo faceva di nuovo. Per caso o fortuna, aveva trovato la sua prostata, facendolo impazzire di desiderio. "Sono pronto adesso," ansimò.

"Sei sicuro?"

"Santo Cielo, Karl. Scopami!"

Con un luccichio diabolico negli occhi, Karl premette un po' di lubrificante sul suo sesso e si accarezzò molto lentamente. Se, in quel momento, avesse dichiarato all'improvviso di essere un demone invece che un nix, lui gli avrebbe creduto. Ery osservò una goccia di liquido fuoriuscire dalla punta del glande e cadere sulla coperta. "Oh, cazzo," gemette.

Forse Karl ebbe pena per lui, ma molto probabilmente anche lui non riuscì più a trattenersi. Si posizionò tra le gambe di Ery, allineò il sesso con la sua apertura e spinse i fianchi in avanti.

Ery era davvero pronto. Mentre Karl affondava nel suo corpo, si sentì allargare e percepì giusto un accenno di bruciore. La sensazione di avere un pene dentro di lui senza la barriera del lattice era così insolita che Ery non riusciva a capire se il sesso di Karl fosse diverso da quello di un umano. Comunque fosse, non aveva nulla di cui lamentarsi.

"*Herrejävlar*," disse Karl con un gemito. Guardò in basso, dove i loro corpi si univano, poi il volto di Ery. Aveva l'aria di aver appena scoperto una nuova religione. "È... è così bello."

"È ancora meglio quando ti muovi," suggerì Ery.

"Non... non penso che durerò molto se lo faccio."

Ery rise. "Anch'io esploderò come un razzo, quindi non ci sono problemi."

Anche Karl rise; fu strano, dato che era dentro di lui, poi cominciò a spingere e Ery chiuse gli occhi. Se avesse dovuto dipingere la sua espressione, nessuno sarebbe stato in grado di dire se fosse ritratto un dolore squisito, un piacere intenso, o un'estasi religiosa. Forse Ery lo *avrebbe* dipinto davvero. Lo avrebbe intitolato *Estasi*.

Poi smise di pensare e si abbandonò semplicemente alle sensazioni. Si sentiva come se stesse volando nell'aria o sfrecciando nell'acqua. Non importava, in ogni caso stava lievitando, e ogni centimetro del suo corpo vibrava e formicolava. La sua vista, che di solito era molto acuta, era diventata bidimensionale e quella periferica non registrava più i colori, e lui vedeva solo Karl, il bel Karl.

Sentì un forte battito e pensò si trattasse del suo cuore. Forse lo era, ma si accorse anche che aveva cominciato a piovere forte sul tetto del granaio.

Stringeva le lenzuola nel pugno. Nessuno dei due stava toccando il suo sesso, il che gli andava bene, perché non credeva che sarebbe riuscito a sopportare altre sensazioni. Gli bastava sentire Karl muoversi dentro di lui, sentire i grugniti e le imprecazioni sconosciute, vedere sopra di lui quel bellissimo volto rapito dall'estasi.

La sua esplosione lo colse di sorpresa. Inarcò la schiena e il collo, ed emise un suono che non sembrò umano alle sue stesse orecchie. Dopo alcuni momenti anche Karl raggiunse l'orgasmo, perdendo il ritmo e poi immobilizzandosi, ancora a fondo nel corpo di Ery.

Si lasciò cadere su di lui sospirando; a quel punto Ery raddrizzò le gambe e fu leggermente dispiaciuto quando il sesso di Karl perse l'erezione lasciando il suo corpo. Cercò di consolarsi stringendolo forte.

411

"Tutto bene?" domandò Karl con voce roca.

Ery riuscì a trovare un po' di energia per tirargli leggermente i capelli. "Perfetto."

"Sei incredibile."

"Mmm. Anche tu."

Ery non avrebbe voluto essere in nessun altro posto al mondo eccetto a letto con Karl. Con un grande sforzo, si tolse il cuscino da sotto il sedere e rimboccò le coperte sopra i loro corpi.

Karl sospirò nell'orecchio di Ery. "Dovrei andare."

"Non ancora," protestò Ery sonnacchioso. Sbadigliò. "Voglio tenerti ancora stretto."

Forse anche Karl voleva rimanere, perché non si mosse. Il suo respiro era stato affannato durante e dopo il sesso, ma adesso si era regolarizzato. Si addormentarono insieme.

CAPITOLO 11

ERY AVEVA visto delle foto delle tempeste di polvere, quando i venti alzavano il terreno delle fattorie nelle Grandi Pianure, e fu proprio ciò che sognò quella notte. Si aggirava tra soffocanti nuvole di polvere, alla ricerca di un oggetto prezioso. Mentre camminava, tossendo e inciampando, fu colto da un forte senso di urgenza. Cercò di fare più in fretta, ma banchi di sabbie mobili facevano affondare i suoi piedi, rallentandolo.

Si svegliò ansimando e con il batticuore. *Dove diavolo era Han Solo?* Voltò la testa, intenzionato a svegliare Karl per chiedergli in prestito il suo unicorno.

Al suo fianco si ritrovò un cadavere essiccato.

Ery emise un grido, indietreggiò e cadde dal letto con le coperte attorcigliate ai piedi. Cercò di districarsi, ma era proprio come nel sogno: ogni suo movimento era rallentato come se si stesse muovendo nella melassa. Non riusciva a respirare. Fu preso da orribili singulti come se avesse dei frammenti di vetro in gola; non riusciva a smettere di tremare.

Quando finalmente riuscì a liberarsi, ebbe paura di guardare il letto. Però lo *fece*, e ciò che vide lo frastornò così tanto da farlo quasi svenire. Era un corpo maschile con i capelli bianchi lunghi. Rattrappito – come una mummia – la pelle rugosa come un'antica pergamena, e al collo un piccolo unicorno colorato.

"Oh Dio! Karl! Karl!"

Karl non sbatté nemmeno le palpebre.

Ery si sentiva svenire. Voleva svegliarsi e scoprire che si era trattato solo di un orrendo incubo. Invece allungò il braccio per toccare il petto di Karl.

La pelle aveva perso la sua morbidezza, adesso era come cuoio asciugato al sole. Però, pur se impercettibilmente, il cuore di Karl batteva ancora.

"Karl? Gesù, Karl, per favore!" Ery gli scosse le spalle, ma l'unico risultato fu che la testa si girò sul cuscino con un movimento senza vita.

Dio, che cosa doveva fare? Si mise alla ricerca frenetica del telefono, ma una volta trovato, si immobilizzò tenendolo nel palmo della mano. Se avesse chiamato il 911 e il vicesceriffo e i vigili del fuoco si fossero fatti vivi, che cosa gli avrebbe detto? *Portatelo all'ospedale dei nix!* Ery dubitava che al pronto soccorso avrebbero saputo cosa fare per Karl.

Ery non era mai stato bravo con le emergenze. La mente gli si annebbiava. Ma in quel momento non poteva permettersi il lusso di andare in panico. "Pensa, maledizione!" urlò.

Acqua.

413

Lasciando cadere il telefono a terra, corse nel cucinino. Prese un bicchiere, riempiendolo fin all'orlo, e tornò di corsa al letto rovesciando l'acqua dappertutto. "Karl? Bevi per favore." Gli sollevò la testa e tenne il bicchiere contro le labbra secche. Ma l'acqua non fece altro che scivolare sul mento e il collo.

Ery stava piangendo. "Ingoia, Karl. Per favore! Devi ingoiare!" Ma non importava quanto urlasse o tenesse premuto forte il bicchiere contro la sua bocca, Karl non reagiva.

Un imbuto. Forse con quello sarebbe riuscito a fargli entrare dell'acqua in gola. Tirò fuori ogni oggetto da cassetti e credenze, ma non trovò nessun imbuto. Forse avrebbe avuto più fortuna nella casa grande, ma lì la cucina era enorme, ed Ery non se la sentiva di abbandonare Karl così a lungo.

Si era sempre considerato agnostico, ma se esisteva *davvero* un Dio – o esistevano delle divinità – era giunto il momento che facesse un miracolo. Ery balbettò una preghiera, probabilmente incomprensibile, ma le parole non importavano, perché il significato era solo uno: *Non lasciate che Karl muoia.*

Poi notò qualcosa attraverso le lacrime, dove l'acqua era caduta sul corpo di Karl la pelle sembrava meno secca, un po'… più viva. Forse… forse Karl non aveva bisogno di berla perché funzionasse.

Ery gli rovesciò il bicchiere in testa.

Quasi immediatamente, Karl emise un gemito. Gli occhi si mossero sotto le palpebre chiuse e le dita si contrassero sulle lenzuola.

La disperazione si trasformò in speranza, e la speranza rilasciò una carica di adrenalina dentro di lui. Non faceva sollevamento pesi e aveva pochissima forza nella parte superiore del corpo, ma passò le braccia sotto quello di Karl, lo sollevò e si diresse in fretta in bagno. Arrivatoci, lo lasciò cadere in posizione fetale sul pavimento della doccia e la aprì al massimo.

Per un lungo momento non accadde nulla. Ery cadde in ginocchio e cercò di non darsi per vinto. Ma poi Karl cominciò a muoversi, ed Ery si strinse il più possibile nel vano doccia, e si portò la testa dello spirito sulle ginocchia. Gli spostò i capelli dal viso e accarezzò gentilmente una guancia. "Karl? Karl, cosa posso fare?"

Lo spirito d'acqua aprì gli occhi lentamente. All'inizio lo sguardo era vago, l'espressione confusa. "Ery," disse con un filo di voce.

Se Ery non fosse stato già seduto, sarebbe caduto a terra per il sollievo. Cominciò a piangere di nuovo, riusciva a parlare a fatica. "Di cosa hai bisogno, Karl?"

Indicò il telefono della doccia. "Quello."

"Okay."

Ery rimase seduto, Karl sdraiato, e l'acqua continuò a scorrere. Ben presto non ci fu più acqua calda. A Karl non sembrava importare, ma Ery era nudo e bagnato, e cominciò a tremare. Lentamente, e tenendosi alla gamba di Ery per sostenersi, Karl riuscì a mettersi a sedere. Fece un mezzo sorriso. "Sei bagnato."

"Gesù, Karl." Ery lo avvolse con le braccia. "Che cazzo è successo?"

"Sono... stato lontano dall'acqua troppo tempo." Lo baciò sulla guancia. "Asciugati e riscaldati. Io starò bene."

Ery non voleva lasciarlo andare, ma il suo corpo era quasi in preda alle convulsioni. Si alzò maldestramente, afferrò un asciugamano e si strofinò con forza. Lasciando la porta aperta, corse in camera, dove trovò i jeans appallottolati e il suo maglione. Se li infilò in fretta prima di ritornare in bagno.

Karl sedeva nella doccia, appoggiato al muro. Non aveva più un aspetto cadaverico, sembrava solo esausto. "Ho bisogno di tornare al laghetto. Non riesco... Potresti aiutarmi ad arrivarci?"

"Certo! Ma sei sicuro che..." Ery guardò preoccupato il telefono della doccia.

Karl cercò di mettersi in piedi. Rifiutò l'aiuto di Ery e si servì del muro. Rimase fermo a riprendere fiato per un momento. "Le scarpe, Ery. O ti farai male ai piedi camminando sul sentiero."

Al momento i suoi piedi non erano la preoccupazione più importante, ma corse a prendere le scarpe da ginnastica e le indossò. "Non c'è nient'altro che posso fare?"

"No, dopo aver passato un po' di tempo nel mio laghetto starò bene." Karl scosse la testa. "Mi dispiace, Ery."

"Ti dispiace! Ti ho quasi ucciso." Ery si asciugò il viso umido e sporco di moccio.

Karl si trascinò verso di lui e passò il braccio intorno alle sue spalle, poggiando il peso del corpo. Non sapendo quanto ancora sarebbe riuscito a resistere, Ery cominciò a dirigersi immediatamente verso lo studio.

"Non mi hai quasi ucciso," disse Karl mentre camminavano. Respirava a fatica fissandosi i piedi, come se si dovesse concentrare per muoversi.

"Sì, ieri sera te ne stavi andando e io ti ho chiesto di restare."

"Ho centinaia di anni, Ery. Sono responsabile delle scelte che faccio." E poi a voce bassa aggiunse: "Mi è piaciuto dormire con te."

"Gesù, anche a me è piaciuto. Ma non vale la pena rischiare la vita, no?"

Karl non rispose.

Passarono davanti alla chitarra, uscirono dallo studio e camminarono lungo il sentiero, procedendo lentamente. Il terreno era fangoso per l'acquazzone della notte prima, ed Ery doveva stare attento a non perdere l'equilibrio facendo finire entrambi a terra. Fortunatamente arrivarono in fondo senza incidenti.

Karl aveva l'aria debole e stanca, ma riuscì a rimanere in piedi da solo per abbracciare Ery. "Grazie, Ery. Di tutto."

"Per..." La voce di Ery si spezzò. Tirò su con il naso. "Sei sicuro di stare bene?"

"Starò bene presto. Devo solo galleggiare per un po'."

"Tornerò più tardi per vedere come stai." E per salutarti.

Karl lo strinse. "Bene. Basta che mi chiami. Ti sentirò."

"Porterò la tua chitarra. E vuoi... vuoi che ti presenti a Dylan e Chris? Saranno qui tra qualche ora."

Allontanandosi leggermente, Karl accennò un sorriso. "Sì, per favore. Mi piacerebbe molto."

Ery avrebbe voluto dire molto di più ma non trovava le parole. Inoltre, non sembrava che Karl sarebbe riuscito a rimanere in piedi molto a lungo. "La scorsa notte…" cominciò a dire.

"È stata la più bella della mia vita. Fare l'amore con te e poi… è stato così bello dormire assieme, Ery. Magari lo sognerò proprio adesso."

Ery annuì e fece un passo indietro. "Sogni d'oro."

Dopo avergli fatto un sorriso incredibile, Karl si voltò verso il laghetto. Più che tuffarsi ci si gettò dentro. Scomparve completamente e presto anche le increspature sull'acqua si dissolsero.

Dall'altra parte del laghetto, le due anatre lo guardarono con disapprovazione. "Vegliate su di lui," disse con voce roca. Poi tornò al granaio.

L'APPARTAMENTO ERA nel caos più assoluto. Le lenzuola erano umide e odoravano di sesso, il pavimento e il bancone della cucina erano ricoperti di una miriade di oggetti, e nel bagno c'era acqua dappertutto. Ery passò parecchio tempo a ripulire. Lavò e mise ad asciugare le lenzuola e gli asciugamani e mangiò gli ultimi avanzi di cibo. Rassettò lo studio, organizzando i colori e i pennelli. Alla luce del giorno, i dipinti erano ancora belli come se li ricordava.

Ma mentre Ery si teneva occupato, la sua mente era concentrata su Karl. Si sentiva ancora molto in colpa per quello che era successo. E cosa ancora peggiore, non faceva che ritornare alla loro conversazione. *Sono responsabile delle mie scelte*, aveva detto Karl. Aveva forse scelto di dormire con Ery *sapendo* che sarebbe potuto morire? Se Ery avesse dormito ancora un po', se quell'incubo non lo avesse svegliato proprio allora… Non riuscì a finire quel pensiero.

Perché diavolo Karl aveva rischiato la sua vita per passare la notte nel suo letto?

Ery non voleva pensare nemmeno alla risposta a quella domanda.

Mentre lavorava, il suo sguardo continuava a dirigersi verso la porta. Voleva andare al laghetto per vedere come stava Karl. Sapeva che non avrebbe dovuto farlo, doveva rimanere indisturbato per potersi riposare e riprendersi. Ma se non si *fosse* ripreso? Continuava a immaginarsi un corpo pallido a faccia in giù nelle acque verdi, il leggero barlume del sole riflesso nella collana che portava al collo e le anatre che nuotavano preoccupate nelle sue vicinanze. Allontanò quel pensiero.

Stava spazzando il pavimento dello studio sforzandosi di non pensare quando sentì il rombo di un grosso motore. Posò la scopa e si infilò la giacca, poi lasciò il granaio e si diresse verso la grande casa. Svoltò l'angolo proprio mentre Dylan e Chris iniziavano a svuotare il bagagliaio.

"Ehi!" urlò Dylan, salutando con la mano.

Ery ricambiò il saluto e li raggiunse. Dylan non si faceva la barba da qualche giorno e Chris aveva i capelli arruffati come se si fosse appena svegliato, ma sembravano entrambi felici e rilassati.

"Com'è andata?" domandò Ery.

"È stato incredibile," rispose Chris, sollevando una valigia pesante. "Vogliamo tornarci."

Dylan guardò il suo compagno con uno sguardo adorante e leggermente goffo prima di riportare l'attenzione su Ery. "È stato davvero incredibile. Dio, voglio costruire una casa come quella di Gaudì. Pensi che un tetto a mosaico stonerebbe con il resto della casa?" Indicò la fattoria in stile fine diciannovesimo secolo.

"Di sicuro la renderebbe molto particolare," replicò Ery. "Ma è casa vostra. Dovete fare quello che credete sia meglio Tanto non avete vicini, nessuno potrà lamentarsi."

"A proposito di vicini, che succede con... ah..." Dylan indicò il laghetto con un cenno della testa.

Ery fece una smorfia. "Ehm... Gli farebbe piacere conoscervi. Posso fare le presentazioni prima di andare via, se volete."

"Non te ne devi andare solo perché siamo tornati."

"Grazie." Ery abbozzò un sorriso. "Ma mi aspettano in miniera."

Chris appoggiò la valigia e si avvicinò. "Tutto bene, amico? Ti vedo un po'... spento."

Ery non aveva voglia di parlare della sua giornata, non in quel momento. Non credeva che ci sarebbe riuscito senza avere una crisi di nervi, e né a lui né ai suoi amici sarebbe piaciuto. Avrebbe cercato di contenersi fino a quando non fosse arrivato a casa. Poi avrebbe messo su *Brokeback Mountain* e si sarebbe addormentato con gli occhi rossi per il pianto.

"Sono solo un po' stanco," rispose Ery. "Ho dipinto parecchio."

Dylan e Chris si scambiarono degli sguardi – uno di quegli scambi telepatici da coppia di lunga data – ed Ery non aveva idea di quello che stavano pensando, e nemmeno aveva voglia di chiedere.

Dylan aveva con sé la sua borsa a tracolla e due piccole valigie e le appoggiò a terra. "Possiamo dare un'occhiata? E poi ci potrai presentare a... lui." Un altro gesto ansioso verso il laghetto.

Ery si era immaginato che dopo un volo molto lungo, il jet lag e tutto il resto, i suoi amici avrebbero preferito entrare in casa e riposarsi. Se fosse stato un buon amico gli avrebbe detto di rilassarsi, disfare le valigie e poi avrebbero pensato alle presentazioni. Ma voleva risolvere tutto subito e andare a casa. "Certo. Andiamo."

Dylan e Chris lasciarono i bagagli e lo accompagnarono al granaio. Nello studio, indicò i quadri e alzò lo sguardo verso le travi polverose. Quando non sentì dire nulla per alcuni minuti, si fece coraggio e li guardò. Entrambi stavano osservando il dipinto in silenzioso stupore.

Chris lo guardò. "Porca merda," sussurrò, poi tornò a guardare il quadro. Dylan non disse nulla, ma aveva gli occhi spalancati e la bocca leggermente aperta.

Ery si mangiucchiò le dita. "Ehm..."

Con un'espressione paragonabile a uno stato di shock, Dylan finalmente lo guardò. "Porca merda, Ery. È l'unica cosa che riesco a dire... porca merda."

Quello sembrava il massimo del giudizio artistico di cui i suoi amici erano capaci. Ery era abbastanza sicuro che fosse una cosa positiva; era raro che Chris rimanesse senza parole. "Io, ehm, voglio farne degli altri. Ho bisogno di altre tele. E c'è un tizio a cui voglio mostrarli. Julio. È il proprietario di una galleria e..." Si morse il labbro. "Mi aiuterai a trasportare i quadri quando saranno pronti? Altrimenti affitterò un furgone."

"Cazzo, Ery," disse Chris. "Il tizio della galleria sbrodolerà quando li vedrà. Certo che ti aiuteremo."

Dylan annuì con vigore. "Sono geniali, Ery. Davvero geniali, cazzo."

Nonostante la giornata fosse iniziata quasi tragicamente e lui fosse stato travolto da una valanga di emozioni, Ery si crogiolò in quei complimenti. Dylan non imprecava spesso, per cui le sue lodi gli sembrarono sincere. "Grazie. La mia musa è tornata all'appello."

"Questo, ehm, tizio nei dipinti..." Dylan agitò una mano. "È...?"

"Karl. Forza. Non vede l'ora di conoscervi, ragazzi."

Dylan e Chris si scambiarono un altro sguardo pregno di significato, e quando Ery si piegò per mettere la chitarra nella custodia e poi se la mise in spalla i suoi amici avevano entrambi le sopracciglia sollevate. "È sua," disse Ery leggermente sulla difensiva.

Dopo qualche altro momento passato a osservare i dipinti, i tre si diressero alla porta. "Ah, Dyl?" disse Ery mentre cominciavano a percorrere il sentiero. "So che sembra un po' strano, ma forse c'è un unicorno immaginario che si aggira nel bosco."

"A sentirti parlare sembrerebbe che ti sei fatto di funghi magici," disse Chris.

"Sono settimane che non bevo, nemmeno la birra."

Fu solo Dylan a sembrare preoccupato. "Un unicorno immaginario?"

"Sì, si chiama Skuld. Credo abbia un corno con i colori dell'arcobaleno."

Chris emise una risata strozzata, così Dylan si strinse nelle spalle. "Ci sono delle cose strane nel bosco. Un paio di mesi fa ho visto un momo."

Arrestando il passo, Ery ripeté incredulo: "Tipo Bigfoot?"

"Già, anch'io pensavo che Dyl dicesse delle cazzate," rispose Chris, guadagnandosi un'occhiataccia dal suo compagno. "Ma ne era certo, così..." Allargò le braccia e fece spallucce.

"Ma... un momo vive laggiù?" domandò Ery, indicando il bosco.

Dylan si strofinò il collo. "Non lo so. Forse era in visita. L'ho visto solo quella volta. Non avevo, ehm, mai sentito il suo odore prima." Sembrò un po' imbarazzato

418

a quelle sue ultime parole, come se i suoi sensi sovraumani fossero qualcosa di cui vergognarsi.

"Non hai provato a mangiarlo, vero?"

L'imbarazzo di Dylan crebbe. "È troppo grosso per me. Di solito caccio prede più piccole."

"Gli piace di più Tamburino che Bambi," intervenne Chris cercando di chiarire quello che aveva detto, il che gli costò un'altra occhiataccia.

Ma Ery si sentì leggermente sollevato. "Se ti capiterà di imbatterti in questo unicorno, quindi?"

"Non penso che sarà un problema," disse Dylan.

Ripresero a camminare, Chris mormorò: "Unicorno. È quello che c'è per cena."

Il laghetto era tranquillo: nessun cadavere galleggiante, le anatre starnazzarono rivolte verso di loro – forse stavano dando il bentornato a Dylan e Chris –, degli insetti saltellavano sullo specchio d'acqua. Il terreno era ancora leggermente fangoso, e Chris e Dylan sembravano perplessi al riguardo, ma Ery non si prese il disturbo di dare spiegazioni. Un corvo atterrò su un albero vicino e gracchiò come a rimproverarli.

Ery posò la chitarra su un rovo di more. "Karl!" gridò. "Dylan e Chris sono tornati."

Da subito, non accadde nulla. Ma proprio mentre Ery cominciava a preoccuparsi e stava per chiamarlo di nuovo, sull'acqua si formarono delle increspature. Per un attimo che gli fece fermare il cuore, Ery pensò al film *Laguna nera*. Ma fu Karl a emergere, con i capelli che sgocciolavano e la collana che brillava. Sembrava stanco. Esitante, si fermò con l'acqua che gli arrivava agli stinchi. "Ciao, Ery," disse a voce bassa.

Dylan e Chris avevano la bocca spalancata. Ery non sapeva perché, li aveva avvertiti dopotutto. E avevano visto i dipinti. "Ciao, Karl. Come ti senti?"

"Meglio. Grazie. Mi sono riposato tutto il giorno."

Ery si avvicinò alla riva. "Karl, ti presento Dylan e Chris. Li hai visti in giro. E ragazzi, lui è Karl. Vive qui da un sacco di tempo."

Più o meno consciamente, Chris si era posizionato davanti a Dylan per proteggerlo. Un gesto stupido, considerato che Dylan aveva la forza di un lupo mannaro, ma così dolce che Ery avvertì una fitta al petto. "Ehi," disse Chris con tono brusco.

Dopo aver guardato Ery con aria incerta, Karl annuì. "Ciao, assomigli un po' a Henry."

"Chi?"

"Uno dei tuoi… antenati, credo," spiegò Ery. "Era un amico di Karl." E uno stronzo egoista, ma non lo disse, perché chi era lui per giudicare?

"Merda." Chris guardò verso l'altra sponda, dove gli alberi e gli arbusti erano più fitti. "Quella volta, con la donna lupo ci inseguiva, quando…" Con le mani mimò qualcosa che veniva risucchiata velocemente verso il basso. "Eri tu?"

419

"Sì."

"E quando Dyl si stava immergendo per cercare la bisaccia e stava per annegare?"

Karl si guardò i piedi coperti dall'acqua. "Mi dispiace. Credevo che fosse..."

"Lascialo in pace," interruppe Ery, sorprendendo tutti, compreso se stesso. "Aveva pensato che Dylan fosse un intruso che cercava di rubare le sue cose." Sospirò. "E ha avuto una giornata difficile, per cui trattatelo bene. È... è davvero bravo."

Karl uscì dall'acqua alzando degli spruzzi. Ery si preparò a essere abbracciato, ma l'altro si fermò a un braccio di distanza. Aveva un gran sorriso in volto. "Grazie, Ery. E mi dispiace, Dylan. Non lo farò più. Se rivuoi la tua motocicletta..."

"Tienila," rispose Dylan in fretta. "Non è importante. Inoltre, tu hai salvato Chris e suo padre. Ma perché?"

"Sono dei Nock. È quello... Va bene se rimango qui? So che in realtà è il tuo laghetto e non il mio."

A quelle parole Ery avvertì una stretta al cuore. Quello era l'unico luogo che Karl avesse mai considerato casa sua, eppure non lo sentiva come se gli appartenesse davvero. Ery non si era accorto che fosse così insicuro al riguardo, e di certo non poteva sopportare la sua espressione preoccupata. Così fece un passo in avanti e avvolse le braccia alla vita di Karl, avvicinandolo a sé. Fissò Chris e Dylan in attesa di una risposta e con una leggera aria di sfida.

I due si scambiarono un altro dei loro sguardi. "Certo che puoi restare," disse Dylan mentre Chris annuiva.

"Il vicinato è strano ma simpatico," aggiunse Chris.

Sollevato, Karl si afflosciò leggermente. "Grazie."

"Magari uno di questi giorni potrai raccontarmi un po' della storia della mia famiglia. Non ne so molto."

"Mi piacerebbe molto."

Stava andando bene, pensò Ery tra sé. Presto Dylan e Chris si sarebbero affezionati a Karl. E Karl sarebbe rimasto al sicuro e avrebbe avuto ancora una casa e degli amici vicini. Stava andando tutto per il meglio.

Allora perché si sentiva un nodo allo stomaco?

Si lasciò andare all'irresistibile desiderio di voltarsi e baciare Karl sulla guancia. "Te l'ho detto. Sono dei bravi ragazzi."

Dando un'occhiata veloce a Chris e Dylan, che li stavano osservando con attenzione, Karl lo baciò a sua volta. "Non ti importa se ci vedono?" sussurrò.

"No," rispose Ery sussurrando anche lui. E poi a voce più alta aggiunse: "Ragazzi, io e Karl siamo buoni amici, okay?"

"Trombamici?" domandò Chris.

Ery arrossì, il che era stupido. "Qualcosa del genere Solo... lui è speciale. Davvero speciale. Voglio che lo sappiate."

420

Karl aveva ancora l'aria stanca, ma adesso emanava un bagliore leggermente sovrannaturale. "Anche tu sei speciale," disse.

Chris sorrise e alzò gli occhi al cielo. "Gesù, adesso ce ne sono due uguali. Non mi stupisco che ci sia un unicorno nel bosco. Mancano solo le fatine danzanti. Campanellino si è già trasferita nella casa di fronte?"

"Lasciamoli soli per qualche minuto," suggerì Dylan, tirando Chris per il braccio. E rivolto a Karl disse: "Piacere di averti conosciuto. Spero di poter chiacchierare con te presto."

"Sì, per favore."

"Non vedo l'ora. Ery, ci vediamo in casa, okay?"

Ery annuì. Lui e Karl osservarono i due uomini risalire la collina. Ery attese che non potessero sentirli prima di voltarsi verso Karl. Si strinsero, fronte contro fronte. "Grazie, Ery. Per non esserti vergognato di dirgli che siamo amici."

Tra tutte le emozioni che provava per Karl, l'imbarazzo non era tra quelle. E aveva ritenuto importante che Chris e Dylan sapessero che Karl non era uno spirito d'acqua qualunque, ma un essere speciale.

"Scommetto che ti farebbe bene un po' di calma e riposo," disse Ery. "E io devo tornare in città."

"Lo so. Ery, so che hai una casa tua e un lavoro e degli amici e una famiglia... l'ho sempre saputo che saresti dovuto andare via. Io sono solo... solo un nix. Tu hai la tua vita da umano da vivere."

"Tu non sei *solo* qualcosa. Sei incredibile."

Quando Karl sospirò, il suo respiro gli gelò la pelle. "So che gli umani si innamorano e trovano dei compagni. Come Dylan e Chris. So che lo farai anche tu." Gli accarezzò la guancia con il pollice. "Un altro uomo che sarà bravo con te e ti amerà. Ne hai bisogno. Te lo meriti."

"Ma Karl..."

"Lo sapevo fin dall'inizio. Non puoi stare con uno stroemkarlen. Ma abbiamo vissuto dei momenti bellissimi, Ery. Mi hai dato così tanto."

Ery aveva già pianto quel giorno. E *non* lo avrebbe fatto di nuovo in quel momento. "Tornerò, Karl. Voglio dire, il mio studio è qui... e anche tu sei qui."

"Bene. Ma se non potrai tornare, quando incontrerai qualcuno, lo capirò. Voglio che tu lo sappia. Mi hai già dato tanto. Mi hai riempito il cuore. Vedi?" Portò le mani di Ery sul suo petto, come se potesse sentire quello che c'era dentro.

Ery sentì la pelle morbida, i muscoli duri, e il battito regolare del suo cuore. E circa una tonnellata di senso di colpa e dolore. Voleva dire che erano tutte cazzate, che sarebbe sempre tornato alla fattoria e da Karl, che sarebbero stati sempre amici. Ma sarebbe stata una grossa bugia, e lo sapevano entrambi. Karl si meritava la verità.

"Voglio tornare," disse Ery.

"Bene. Magari ci sogneremo a vicenda."

E dopo quella parole, ovviamente si baciarono. Un bacio con il sapore dell'appartenenza e del rammarico, gioia e tristezza, desideri insoddisfatti e zuppa di miso. Fu un bacio ricco e complesso. Ma alla fine dovette terminare. Ery osservò Karl rientrare nel laghetto, poi andò via.

DYLAN E Chris dovevano aver portato i bagagli all'interno della casa. Adesso erano sul porticato: Chris fumava una sigaretta ed entrambi avevano in mano una birra. "Ne vuoi una?" domandò Chris, agitando leggermente la bottiglia.

"No, grazie. Devo guidare."

Ma non partì subito. Non andò nemmeno a prendere le sue cose nel granaio. Rimase in piedi vicino a Chris, appoggiato alla balaustra del porticato, a fissare il campo di grano dall'altra parte della strada e le colline che facevano da sfondo. Si chiese che tipo di creature si nascondessero tra gli alberi, e pensò quanto strano fosse il mondo.

Chris scese dal porticato e spense la sigaretta con il tacco. Poi la gettò in una latta di caffè che teneva sul porticato proprio a quello scopo. Bevve un gran sorso della sua birra. "Allora, tu e Davy Jones…"

"C'è qualcosa tra noi," ribatté Ery. "Solo che non sono sicuro *cosa*."

"Una cosa nuova," propose Dylan.

"Sì. Quello."

"È davvero carino," commentò Chris. "State bene insieme. E non ti ruberà di certo i vestiti."

Ery sospirò. "Sì, siamo assolutamente adorabili, giusto? Be', vado."

Ma Chris lo afferrò per il braccio. "Che succede, amico?"

"È… troppo lunga e drammatica da raccontare. Un'altra volta, okay?"

"Okay." Chris lo lasciò andare.

Mettendo un braccio intorno alle spalle di Chris, Dylan domandò: "Tornerai presto a dipingere?"

"Probabilmente questo fine settimana, a meno che la mia musa non decida di lanciarsi da un ponte sulla via del ritorno. Volete che porti qualcosa?"

Scossero entrambi la testa.

"Okay. E, ehm, se ordino delle tele e le faccio spedire… i corrieri arrivano fino a qui, vero?"

"Non siamo mica sulla luna," rispose Chris. "Dyl si fa spedire un sacco di roba tutto il tempo. Gli viene duro solo a guardare uno di quei cataloghi che vende roba costosissima di cui non ha bisogno nessuno. E… come si chiama quel sito web di oggetti per la cucina? Ha un nome francese per far vedere a tutti quanto sono snob. Dovrebbero chiamarlo 'cose che Dylan non sa come usare ma compra lo stesso'."

Imperturbabile, Dylan sorrise. "Ma so che *tu* sai come usarle. E vogliamo parlare dei tuoi acquisti particolari su Amazon, caro il mio signor Nock?"

"Non sono per niente al tuo livello, signor Warner. Comunque, sì, i corrieri sanno dove viviamo. Metti il nostro indirizzo e ti farò sapere quando arriva la tua roba."

Ery li ringraziò e abbracciò, poi si trascinò al granaio.

CAPITOLO 12

ERY VIVEVA al primo piano di una casa vittoriana ristrutturata. Aveva preso in affitto quell'appartamento perché gli piaceva il quartiere e perché era vicino al lavoro e a casa di sua nonna. L'affitto era ragionevole, ma lo spazio non era nelle condizioni migliori, faceva sempre troppo caldo o freddo e i muri erano sottili. Il soggiorno era luminoso, con una grande finestra che dava sulla strada, ma la camera da letto sembrava una caverna, la cucina non veniva ristrutturata dagli anni settanta e spesso nel bagno si formava la muffa. Con il permesso del proprietario, aveva dipinto i muri con dei colori accesi e usato tendaggi multicolore. Alle pareti aveva appeso parecchi dei suoi dipinti. Aveva creato una specie di letto a baldacchino con delle sciarpe di seta rosa, gialle e verdi, e il mobilio di seconda mano era stato dipinto con colori acrilici e rivestiti con tessuti a righe o a pois.

Ogni volta che Chris lo andava a trovare, diceva che l'arredamento gli faceva venire il mal di testa. Dylan ribatteva facendogli giustamente notare che chi aveva vissuto in brutte baracche urinando dal portico non poteva permettersi di scagliare la prima pietra. Gesù, a Ery piaceva davvero la loro compagnia.

Il suo appartamento era decisamente molto più grande di quello nel granaio però, quando aprì la porta e lasciò cadere la valigia a terra, gli diede l'impressione di essere angusto e un po' claustrofobico. Sospirò chiudendo con il piede la porta alle sue spalle.

Sulla via del ritorno si era fermato al supermercato perché, dopo essere stato via per due settimane, le provviste scarseggiavano. Si trascinò in cucina e, dopo aver bevuto litri d'acqua, ripose la spesa. Sapeva che avrebbe dovuto controllare la posta, ma sembrava uno sforzo enorme. Le bollette e la pubblicità potevano aspettare.

Si lasciò cadere sul divano con il telecomando in mano, un bicchiere d'acqua vicino, e guardò inebetito della tv spazzatura fino a quando non venne il momento di andare a letto.

"HAI PASSATO delle belle vacanze?"

Myra Acker aveva quasi sessant'anni ma si vestiva come se ne avesse venti. Era però sufficientemente anticonvenzionale da poterselo permettere. Ery ignorava i suoi passi falsi stilistici perché, pur trovando il suo lavoro deprimente, il suo capo gli piaceva. Era dolce senza essere melensa e faceva di tutto per affidare dei progetti a seconda degli interessi di ogni singolo artista.

Ery avvicinò lo sgabello al tavolo da disegno e le sorrise. "Sì, sono stato bene."

"Hai dipinto qualcosa?"

Non era ancora pronto per parlarne, così annuì semplicemente. "E mi sono rilassato. Stavo badando alla casa dei miei amici che hanno una fattoria."

"Ooh! Hai dovuto mungere le mucche?"

L'idea lo fece ridere. Non aveva la più pallida idea di come si facesse e, se ci avesse provato, di sicuro avrebbe messo in imbarazzo se stesso e anche la mucca. "Niente bestiame. Solo della bella terra e un granaio con uno studio." E un laghetto con un nix, e una foresta con un unicorno e un momo. Già, c'erano delle cose che non si dicevano al proprio capo, per quanto fosse in gamba.

"Ho sempre sognato di comprare una fattoria. Coltiverei tutte le mie verdure. Oh, e lo sapevi che esistono degli asini in miniatura? Credo che mi piacerebbe averne uno."

Lui le fece l'occhiolino. "A me sono sempre piaciuti di più i maiali, grazie."

"Oh, Ery." Gli diede un buffetto sulla spiaggia. "Ci sei mancato. Senza di te è sempre noioso. Sei pronto a rimetterti al lavoro?"

Emise un lungo respiro e cercò di sembrare entusiasta. "Certo. Spara, Myra."

C'era uno sgabello vuoto nelle vicinanze, così Myra lo trascinò e ci si sedette, con la schiena molto dritta, come sempre. Una volta aveva accennato che da giovane aveva fatto la modella. Non era difficile crederle. Adesso, però, scriveva i testi per parecchi dei loro clienti e supervisionava gli artisti. Altre tre persone lavoravano nel dipartimento artistico, altri erano part-time o a progetto.

"Mi piacerebbe che finissi il manuale per infermieri. Ho provato a passarlo a Paula, ma non è brava come te quando si tratta di anatomia."

"Mi vuoi dire che sono più bravo a disegnare peni di Paula?"

"È proprio quello che ti sto dicendo. E ho anche un paio di altri progetti per te, tesoro. Dobbiamo realizzare un calendario per uno studio di architettura. Hanno chiesto specificamente di te."

Grande. Dylan gli stava dando altri aiuti. Ery sospettava che stesse cercando di cancellare i sensi di colpa, dato che aveva compromesso la loro amicizia per un paio di anni dopo essere diventato un lupo mannaro. "Okay. Un calendario."

"Sono di alto livello, Ery. Vorranno qualcosa di speciale."

"Farò del mio meglio."

"So che sarà così. E poi abbiamo un nuovo ristorante. È sulla Northwest Twenty-Third, e dobbiamo fare un po' in fretta, okay? Vogliono un logo, menu, biglietti da visita, sito... tutto quanto. Puoi andare lì oggi stesso per capire com'è l'atmosfera e parlare con i proprietari. E scommetto che ti offriranno da mangiare."

Cibo gratis. Benissimo. "Che tipo di cucina è?"

"Europa dell'est."

"Davvero?" Sollevò un sopracciglio. "Qualcuno pensa che il borscht e i pierogi riempiranno il locale?"

"Non si sa mai, tesoro." Myra si alzò. "Ti invierò tutti i file." E con un altro buffetto amichevole, andò via.

425

Ery avviò il computer e cercò di essere entusiasta per il lavoro che lo aspettava. "Cazzi, date e goulash. Forza, musa!"

Dopo aver letto i file e mandato un paio di e-mail, decise di affrontare il manuale per primo. "Ah, ah, ah," ridacchiò tra sé facendo la sua migliore imitazione di Butt-head. "Ho detto all'attacco." Però scoprì che non doveva illustrare dei genitali, con o senza tubi. Quel giorno era tutto concentrato sui muscoli. All'inizio fu divertente, fino a quando non si accorse che il ragazzo che stava disegnando aveva i fianchi stretti e un fisico asciutto come un nuotatore. E poi pensò alla sensazione che gli davano quei muscoli quando si flettevano sopra di lui e sotto di lui.

"Concentrati," si rimproverò. Passò al muscolo sartorio, che con la sua forma sinuosa si trova nella parte anteriore della coscia. E poi l'obliquo esterno, che accarezzava l'iliaco e formava quel dolce solco dove Ery amava far scorrere la lingua, per poi leccare più in basso, sul pettineo e arrivare a quei testicoli duri e glabri o…

Sollevò una cartellina e si fece aria. Aveva bisogno di pranzare.

AVREBBE POTUTO andare al ristorante in auto, ma di solito trovare parcheggio era una seccatura. Inoltre, a parte l'aerobica a letto, ultimamente non aveva fatto molto esercizio fisico. Raggiunse l'altra parte del fiume con il tram per arrivare in centro alla fermata di Goose Hollow e da lì procedere a piedi. Era una bella giornata per fare una passeggiata, fredda ma soleggiata. Non era normale per i primi giorni di novembre, ma di sicuro non si sarebbe lamentato.

Al ristorante i lavori erano ancora in corso. Gli operai erano indaffarati con martelli e seghe. Di solito Ery si sarebbe divertito a occhieggiarne qualcuno, ma quel giorno non era dell'umore. Cercò i proprietari, che gli avevano assicurato che lo avrebbero incontrato al locale.

"Ery Phillips?" disse qualcuno da una stanza sul retro poco illuminata.

Seguì la voce verso un tavolo dove sedevano due uomini e una donna, chiaramente appartenenti alla stessa famiglia. Avevano più o meno la sua età ed erano tutti molto attraenti.

Delle presentazioni veloci confermarono quello che Ery aveva già capito: era un'attività a gestione familiare. Helena Kamski era lo chef e suo fratello Marek avrebbe gestito il ristorante. Ery non era sicuro di quale ruolo avesse il cugino Aleksy, a parte flirtare con chiunque non fosse imparentato con lui, Ery incluso.

Con dei gran sorrisi si sedettero intorno a un tavolo consunto e polveroso. "Mi dispiace per il caos," disse Marek, agitando leggermente una mano.

"Sembra un progetto impegnativo."

"Possiamo farti vedere degli schizzi di come sarà una volta completato." Marek tamburellò le dita sul suo iPad.

"Fantastico. Ma perché non mi parlate dell'idea in generale prima?"

Fu Helena a rispondere: "Siamo venuti qui dalla Polonia quando eravamo bambini. E conosciamo gli stereotipi americani: donne grasse e burbere che indossano babushka e mangiano solo cavoli."

Aleksy sedeva di fianco a Ery. Mosse su e giù le sopracciglia. "Non siamo tutti Boris e Natasha, sai." Sui capelli biondo cenere aveva più prodotti di quanti ne usasse lui; indossava un maglione blu scuro che faceva risaltare il colore dei suoi occhi. Le labbra carnose erano di un rosa così brillante che Ery sospettò avesse il rossetto, solo che Helena e Marek avevano la stessa bocca.

"Okay, ho capito," disse Ery. "Niente Boris o babushka. Immagino nemmeno Lenin sorridente sulla copertina del menu."

Aleksy rise, ma i suoi cugini fecero delle smorfie. Ery non riuscì a capire se fosse dovuto al fatto che aveva provato a fare il simpatico o per il riferimento al comunismo. Poi Helena si portò una ciocca di capelli dietro all'orecchio. "Il ristorante si chiamerà East by Northwest. Serviremo piatti tradizionali della Polonia e delle nazioni limitrofe, ma con ingredienti locali."

"Una fusione tra la cucina polacca e quella del nordest americano. Interessante. Non posso dire di aver mai assaggiato nulla di simile."

"Immagino di no. La cucina non è pronta, ma ho portato dei piatti da casa così li puoi provare. D'accordo?"

Di sicuro aveva fame. "Certo, mi sembra fantastico."

Quando Helena e Marek scomparvero nel retro, Aleksy avvicinò la sua sedia. "Sei di Portland?" domandò.

"Nato e cresciuto."

Aleksy indicò la cucina. "Loro due vivono qui da anni, ma io mi sono appena trasferito da Chicago. Non so ancora come muovermi."

"Be', gli inverni qui sono molto meno rigidi di quelli a cui sei abituato tu."

"Bene. Mi piace il caldo." Aleksy gli fece l'occhiolino. Aveva le fossette. "Mi chiedevo, quali sono le discoteche più belle?"

"Dipende da quello che cerchi," rispose Ery, anche se credeva di aver capito bene quello che cercava. Sperava che i fratelli tornassero in fretta così da finire e andarsene e non dover essere obbligato a essere educato con Aleksy. Avrebbe voluto che... Be', non importava.

"Mi piacciono parecchie cose," continuò Aleksy. "Mi piacciono le esperienze davvero profonde."

Non la finiva più con i doppi sensi. Ery cercò di chiudere la conversazione ammettendo una delle cose di sé che lo aveva sorpreso qualche anno prima: "Sono un po' vecchio per i locali, in realtà. Non sono la persona migliore a cui chiedere."

Ma il caro Aleksy con le ciglia lunghe e la bocca angelica non si scoraggiò. "No, non è vero. Tu sembri *proprio* la persona giusta."

Ery fu felice di essere salvato da un gran baccano di piatti infranti vicino alla porta d'ingresso, seguito da una sfilza di imprecazioni. Aleksy si alzò di scatto per investigare. Al suo ritorno, Helena e Marek stavano disponendo i piatti sul tavolo. Il vapore fragrante lo avvolse.

"Questi sono solo per darti alcune idee," disse Marek appoggiando le posate di fronte a Ery. "Ovviamente il menu sarà molto più variegato."

Ery annuì. "Certo. Non mi aspettavo di assaggiare tutto oggi. Quindi, ehm, cosa sto per mangiare?"

Helena indicò una ciotola rossa con dei ravioli. "Borscht. È un cibo tipico polacco, ma con altre verdure e radice di pastinaca oltre alle barbabietole. I ravioli hanno un ripieno di funghi porcini selvatici."

Ery ne assaggiò una cucchiaiata. Era dolce, amaro e intenso. "È delizioso!"

Lei era raggiante. "Era la ricetta di nostra nonna. L'ho solo modificata leggermente."

Oltre alla zuppa e del meraviglioso pane di segale, Ery mangiò anche dei blini con del salmone affumicato e caviale di storione, una specie di stufato fatto con i crauti e salsicce kielbasa, e cozze cotte con olio e cipolla. "In Polonia lo prepareremmo con l'aringa," disse Marek, indicando le cozze.

Ery si stava riempiendo. Si pulì la bocca con un fazzoletto di carta. "Be', è veramente buono così."

Insistettero perché assaggiasse anche il dessert: un rotolo con crema di nocciola e dei pierogi con i mirtilli. "Era da parecchio tempo che non mangiavo così bene," disse onestamente. "Una volta che aprirete, tornerò sicuramente." Magari avrebbe portato anche sua nonna. Era certo che il posto le sarebbe piaciuto molto.

Marek si appoggiò allo schienale con un sorriso soddisfatto. "E ovviamente avremo una licenza per vendere gli alcolici. Serviremo vodka artigianale e dei vini locali."

"Mi potete far vedere come sarà la sala?"

Mentre Marek faceva scorrere una serie di immagini sul suo iPad, Aleksy si spinse contro Ery per vedere anche lui lo schermo. I fratelli non sembrarono sconvolti o seccati per il comportamento del cugino. Forse ci erano abituati. Ery cercò di ignorare la vicinanza dell'altro e si concentrò invece sui disegni. Nella sua mente giravano già delle idee. Era molto più divertente che creare un logo per un supermercato, soprattutto perché era un luogo unico e un po' una sfida. Dopotutto, forse l'East by Northwest era l'unico posto al mondo che serviva quel tipo di cucina. Avrebbero potuto dare il via a un nuovo trend.

Tutti e tre i proprietari accompagnarono Ery alla porta. Dovettero stare attenti alle assi di compensato e ai cavi elettrici. Una volta fuori sul marciapiede, Ery strinse la mano di Helena e quella di Marek, promettendogli che gli avrebbe inviato delle idee molto presto. Dopo che furono rientrati, Ery allungò il braccio una terza volta. Aleksy gli prese la mano e non la lasciò andare.

"È stato un piacere, Ery," tubò.

"Sì, anche per me. Grazie per il pranzo."

Aleksy agitò una mano come a dire che non era niente. "Posso chiedere il tuo numero di telefono a Marek. Magari ti farò una telefonata e tu potrai portarmi a fare un giro."

"Sono abbastanza preso. Sono appena tornato da una vacanza e…"

"Dai! Sono sicuro che mi puoi dedicare una serata. Solo qualche ora."

La sua persistenza era ammirevole. Non tanto tempo addietro, Ery avrebbe ceduto al primo contatto visivo. Aleksy era carino. E aveva un bel fisico, bei pettorali e cosce, e un leggerissimo accento. Non aveva mai avuto un'opinione sugli accenti, ma adesso che aveva passato del tempo con uno spirito d'acqua scandinavo…

A cui *non* avrebbe pensato, maledizione.

"Forse," disse Ery. Non era sicuro del motivo per cui era così evasivo. Non sapeva nemmeno se volesse dire sì o no.

Ma venne fuori che Aleksy era uno di quegli uomini che pensavano che un *forse* voleva dire: *sicuramente sì, dopo che mi avrai persuaso ancora un po'*. Sul suo volto ricomparvero le fossette. "Bene. Ti chiamerò presto, allora." Finalmente gli lasciò andare la mano, ma solo dopo averla stretta di nuovo.

CAPITOLO 13

ERY LAVORÒ duramente tutta la settimana. Il manuale per infermieri gli portava via parecchio tempo, inoltre stava facendo delle ricerche sulla Polonia. Aveva anche un calendario da portare a termine, e per quel progetto, doveva imparare più cose sull'architettura in generale e lo studio di Dylan in particolare. I giorni passavano veloci, e la sera era così stanco che non riusciva a fare nulla a parte vegetare davanti al portatile o farsi dei lunghi bagni. Una sera, dopo il lavoro, si era fermato a trovare sua nonna, e durante la pausa pranzo passeggiava senza meta. Ma a parte quello, lavorava, guardava Netflix e faceva dei bagni caldi.

E pensava a Karl.

Aleksy lo aveva chiamato due volte. Prima aveva lasciato un messaggio, la seconda volta Ery aveva risposto. Lo invitò fuori quella sera, ma lui trovò una scusa per rifiutare. Troppo presto, disse. Il che era vero.

Quel weekend non aveva in programma di andare alla fattoria. Anche se aveva delle idee che voleva presto trasporre su tela, era rimasto parecchio indietro con il lavoro. Ma quando rientrò nel suo appartamento il venerdì sera, la prima cosa che vide fu lo scaffale del soggiorno dove aveva posato una certa roccia rossa e nera e una conchiglia di un nautilus. Si sentì salire le lacrime agli occhi.

Così ordinò delle tele online perché fossero recapitate alla fattoria. Ci sarebbero voluti alcuni giorni, ma nello studio ce n'erano alcune piccole.

Il sabato mattina si svegliò prima del solito, mise qualche vestito nel borsone e a passo veloce raggiunse Bee, che paziente lo aspettava in strada. "Pronta per un giro in campagna, vecchia mia?" le domandò. Quando avviò l'accensione, la macchina approvò con un rombo.

Era un'altra meravigliosa giornata autunnale. Non c'erano stati temporali a far cadere le foglie dagli alberi, per cui i cigli delle strade e le colline avevano le tinte degli arancioni, dei gialli e dei verdi delle conifere. Se Ery non avesse avuto una meta certa – e tutto l'occorrente nel portabagagli – avrebbe accostato su quella strada di campagna e si sarebbe messo a dipingere uno di quei quadri dozzinali che si trovano nelle camere dei motel di poco prezzo.

Non aveva avvisato Dylan e Chris del suo arrivo e, quando raggiunse la fattoria, di loro non c'era traccia eccetto il furgone di Dylan. Non aveva l'obbligo di avvertirli; i suoi amici gli avevano detto parecchio tempo prima che poteva presentarsi quando voleva, tranne durante le notti di luna piena. Immaginò che sarebbe stato comunque educato fargli un saluto; inoltre, era da settimane che non si sentivano. Così parcheggiò Bee di fianco al furgone, dove aveva un'aria incredibilmente minuta, poi a passo veloce salì sul portico e suonò il campanello.

Passarono alcuni minuti prima che sentisse dei passi pesanti fare le scale, poi la porta d'ingresso si aprì di scatto. Si ritrovò davanti Chris con indosso solo un paio di pantaloni del pigiama spiegazzati al contrario. I capelli erano arruffati. A giudicare dal rossore sul viso e sul petto, il respiro affannato non era dovuto alla fatica di aver fatto di corsa le scale.

"Sembra che ti abbiano appena tirato fuori da un video porno," commentò. "Uno di quelli belli."

Chris fece un sorriso. "Sì? Be', dovresti vedere Dyl."

Ery fece un sorriso malizioso. "Posso?"

"No!" fu l'immediata risposta che provenne dal piano superiore.

"Dio, che orecchie grandi che hai," disse Ery, ridendo.

Anche Chris ridacchiò, e Dylan urlò: "Ridi pure, campagnolo. Vediamo *quanto* ti gioverà."

Chris si avvicinò per sussurrargli nell'orecchio: "Se sono fortunato, verrò punito."

Gesù, Ery voleva proprio bene a quei due. "Be', ti faccio tornare in sella, allora. Volevo solo farvi sapere che sono qui."

"Grande. Va bene se io e Dyl ti passiamo a trovare dopo?"

"Sarebbe fantastico. Mi dovete ancora raccontare del viaggio."

Chris annuì. "Passi qui la notte?"

"Sì, credo di sì."

"Bene. Mangia con noi questa sera. Non ti preoccupare, non faccio cucinare Dyl."

"Ehi!" urlò Dylan.

"Di sicuro ti caccerai nei guai," disse Ery. "Comunque, grazie, sarà carino."

"Porterai Karl?"

Ery fu leggermente colto alla sprovvista. "Io non... Non mangia, sai."

Lo sguardo di Chris si fece intenso. A volte gli piaceva fare la parte del campagnolo, ma in realtà era un ragazzo intelligente che non faceva fatica ad andare oltre le apparenze. "Portalo comunque. Non ho mai avuto un nix ospite per cena. Ed è molto piacevole da guardare." Gli fece l'occhiolino.

Un grugnito minaccioso provenne dalle scale.

"Adesso sono fregato," disse Chris con aria soddisfatta.

"Divertiti."

Ery prese le sue cose da Bee e si diresse al granaio. Mentre raggiungeva la porta, per un momento fu tentato di proseguire. Avrebbe potuto fermarsi al laghetto per fare un saluto. Forse a Karl sarebbe piaciuto raggiungerlo nello studio e... no. Ery era venuto per dipingere.

E fu quello che fece. Per prima cosa guardò il lavoro che aveva terminato. Dopo una settimana di assenza, gli piacque anche più di prima. Afferrò una delle tele di media grandezza, i pennelli e i colori. In questo dipinto non avrebbe incluso Karl o paesaggi marini, ma avrebbe ritratto la sua camera da letto di Portland. E sì, era ironico che fosse andato fino alla fattoria per dipingere il suo appartamento di città, ma un po' di distanza era una cosa buona in quel caso. Non aveva intenzione di essere preciso, voleva dipingere le sensazioni che gli dava la sua stanza.

Così dipinse il letto, nel dettaglio. Ma i colori del baldacchino e delle lenzuola volavano sopra al materasso vuoto come un turbinio di colori sgargianti, e il resto dei mobili della camera aveva delle forme contorte e scure. Lo avrebbe intitolato *Incubo*. In un angolo dipinse la bocca di una pistola e la punta lucida di uno stivale; entrambi potevano appartenere a Han Solo. O forse no.

Dipinse con così tanta foga che quando arrivarono Chris e Dylan aveva quasi finito. Erano infagottati per proteggersi dal freddo ma si tolsero i cappotti quando entrarono. Dylan aveva con sé un sacchetto. "Birra e sandwich. Ne vuoi?"

"Solo un secondo," disse Ery. "Fatemi finire questo."

Ai suoi amici non sembrò importare; mentre aspettavano, guardarono i suoi quadri. Quando Ery posò il pennello, Dylan sorrise e indicò la tela grande. "Hai dipinto Karl come un santo del Rinascimento. Come un quadro di Giovanni Bellini." Si voltò verso Chris. "La prossima volta andiamo a Venezia, okay?"

"È in Italia, vero?" domandò Chris prendendolo in giro. Ovviamente era una battuta che capivano solo loro. Dylan non lo guardò nemmeno così male.

"Bellini," ripeté Dylan. "Ma le altre parti marine nel quadro sembrano quasi un Matisse. Dovrebbe stonare, invece no. E la conchiglia: è quasi tridimensionale. Risalta. E mi piace come la luce soffusa si posa sui soggetti."

"Grazie."

Mentre Dylan e Chris apparecchiavano per il pranzo, Ery mise un po' a posto. Sorrise quando si unì a loro e vide come avevano sistemato il tavolo. "Solo sandwich e birra, eh?"

Dylan guardò con affetto il suo compagno. "Chris ha ripreso a usare il forno."

Il pane era fatto in casa, c'erano delle pile di sandwich con del roastbeef affettato sottile, pomodori e una salsa agrodolce e leggermente piccante. Chris aveva preparato un'insalata di patate, e la birra molto probabilmente l'aveva scelta Dylan: era artigianale ed Ery non l'aveva mai assaggiata.

Parlarono del più e del meno, per la maggior parte del loro viaggio in Europa. Dylan si rifiutò di discutere della sua notte brava al Le Marais, ma non riuscì a nascondere un sorriso. Entusiasta, Chris raccontò del grande mercato all'aperto di Barcellona – La Boqueria – e le motociclette che intasavano tutte le strade. Gli era piaciuto vivere nel centro delle grandi città per un paio di settimane. "Ma è stato davvero bello tornare a casa," disse strascicando le parole.

Poi Ery si ricordò di una cosa. "Ehi, grazie per il lavoro, Dylan."

Dylan aggrottò la fronte. "Che lavoro?"

"Il calendario."

"Eh?" Dylan inarcò le sopracciglia, chiaramente sorpreso.

"Il tuo studio ha ingaggiato il mio per progettare un calendario, e hanno chiesto di me. Non sei stato tu?"

"No. È la prima volta che ne sento parlare." Fece spallucce. "A Stender è piaciuto quel dipinto che ha comprato alla mostra. L'ha appeso da un lato del mezzanino, sopra alla reception."

"Non è un granché."

"Be', a lui piace."

Magra consolazione, pensò Ery. "Comunque, sto lavorando su qualche idea. Dopo posso farti delle domande sugli ultimi progetti dello studio?"

"Certo."

Chris e Dylan rimasero al tavolo mentre Ery si occupava dei piatti. Si ricordò di quando lo aveva fatto con Karl e senza volerlo si accigliò.

Si odiò leggermente per la sua reazione ma non riuscì a impedirselo. Si sedette al tavolo e chiese: "Questa settimana avete parlato con Karl?" Non li guardò negli occhi quando fece quella domanda.

Dopo una breve pausa, Chris rispose: "Un paio di volte. È interessante. E che cosa succede tra voi due, Ery? Gli manchi da morire."

Ery emise un gemito e nascose il viso tra le mani. "Maledizione. Maledizione, maledizione, maledizione."

Chris gli diede un calcio gentile. "Sputa il rospo. Stai facendo questi lavori incredibili, ma hai un aspetto di merda."

"Grazie," borbottò con le mani davanti alla bocca. "Ragazzi, non volete davvero sentire le mie stronzate."

Fu sorpreso quando Dylan si allungò e gli posò una mano sulla spalla. "Certo che vogliamo, Ery. Sei nostro amico." Strinse leggermente. "Forza. Tu ci hai aiutato quando la casa era infestata. Il minimo che possiamo fare è prestarti ascolto."

Gli avrebbe fatto bene parlarne. Ery sospirò e poi cominciò a raccontare. Bevendo un paio di bottiglie, gli raccontò tutti i dettagli di come aveva conosciuto Karl, di come aveva creduto che il primo bacio fosse stato un sogno, e di come avevano finito con il passare assieme delle giornate intere nello studio e a letto. E di come Karl fosse quasi morto quando aveva passato la notte con lui.

"Ho il timore che lo abbia fatto di proposito," ammise Ery triste. "Voglio dire, io ero troppo preso a fare sesso per pensare alle conseguenze. Ma lui sapeva. E magari voleva… non lo so."

Dylan aveva un'espressione un po' sofferta. "Dio, vorrei che Kay fosse qui. Sistemerebbe tutto in cinque minuti."

"E poi ci preparerebbe una torta," concordò Chris.

Quell'idea fece sorridere Ery. La crostata di more della cognata di Dylan era fantastica. "Penso sarebbe un lavoro troppo grosso anche per l'incredibile Kay."

Lentamente Chris aveva staccato l'etichetta dalla bottiglia e ne aveva ricavato delle palline, che aveva allineato sul tavolo. "Allora, cos'è che vuoi, amico?" domandò.

"Non lo so. Ma qualunque cosa sia, non posso averla."

"Perché?"

"Perché… Guarda. So che tu sei… un po' particolare, Dylan. Ma voi due fate funzionare il vostro rapporto. Voglio dire, per la maggior parte del tempo sei un tipo normale, davvero. E puoi vivere qui e lavorare a distanza. Ma Karl non può andarsene in giro per la città, e io non posso stare vicino a lui."

"Puoi vivere in questo appartamento, Ery," disse Dylan, e Chris annuì. "A noi sta bene."

"Ragazzi, siete fantastici. Ma non posso andare al lavoro da qui tutti i giorni e non ho i soldi per licenziarmi. E non sarebbe giusto per me o Karl se facessi le cose a metà."

"Perché no?" domandò Chris, incrociando le braccia sul petto. "Scommetto che a lui andrebbe bene. E ai nix importa della monogamia e di cazzate del genere?"

"Non lo so."

"Be', allora perché non glielo chiedi, idiota? Sei qui che ti lamenti in continuazione senza che ci sia davvero un problema. Se a Karl sta bene, potete passare i week-end insieme qui, e durante la settimana…" Fece spallucce. "E tu puoi fare tutto quello che vuoi in città."

Sembrava la situazione ideale, ma Ery non era sicuro che sarebbe stato corretto. Era un piano mediocre, un po' come i dipinti che aveva creato fino a poco tempo prima: nulla di male, ma nemmeno qualcosa per cui entusiasmarsi. Be', forse Karl non voleva avere più niente a che fare con lui, e in quel caso il problema sarebbe stato risolto.

Giusto.

"Immagino che io e Karl dovremo parlare," disse Ery con aria triste. Ma prima voleva dipingere ancora. Così promise ai suoi amici che sarebbe andato da loro per cena alle sette, probabilmente con Karl al seguito, quindi li ringraziò per il pranzo, li accompagnò alla porta, e riprese a lavorare.

Era autunno inoltrato, il sole tramontava presto. Alle cinque la luce si stava già affievolendo. Ma non era un problema perché aveva terminato il quadro. Non aveva mai lavorato così in fretta prima di allora e ne era un po' sconvolto. Si fece la seconda doccia della giornata. Indossò il cappotto sopra i jeans e la maglietta sporchi di colore, afferrò la torcia e si incamminò sul sentiero.

Sentì la chitarra di Karl prima ancora di vederlo. Ma a metà percorso la musica cessò; quando raggiunse il laghetto, Karl era in piedi con un gran sorriso in volto. "Ery!" gridò prima di lanciarsi tra le sue braccia.

Be', almeno era chiaro che Karl voleva ancora vederlo.

E Gesù, abbracciarlo lo faceva sentire così bene. Era come quando era assorbito dal suo lavoro e si dimenticava di mangiare. E non si accorgeva di quanta fame avesse avuto fino a quando non metteva qualcosa sotto i denti.

"Sei tornato," disse Karl.

"Avevo detto che l'avrei fatto."

"Lo so."

"Ti sei ripreso da… quello che è successo la settimana scorsa?"

Karl annuì con la testa appoggiata su di lui. "Sì, mi dispiace di averti fatto preoccupare."

"Me la sono quasi fatta addosso! Pensavo di averti perso."

Karl allontanò leggermente Ery in modo da poterlo guardare in volto. "Sono vecchio, Ery. Ci sono modi molto peggiori di morire che con te al mio fianco."

Ery scosse la testa. "Non devi per forza morire."

"Forse è giunto il momento. Ma non mi avevi detto che ho un'anima? O... energia. E quando morirò, mi reincarnerò in qualcos'altro. Non sarebbe poi così male."

A Ery non piaceva la piega che stava prendendo la conversazione, quindi avvicinò di nuovo Karl a sé. "Sono egoista. Ti voglio qui."

Quando Karl sospirò, non sapeva se fosse dovuto alla rassegnazione o al sollievo. "Rimarrò qui per te, Ery."

"Promettimi che ti prenderai cura di te stesso." Perché non poteva sopportare il pensiero di Karl che faceva una passeggiata un giorno, continuando a camminare fino a quando non si fosse trasformato in polvere.

"Lo prometto."

Ery non era molto rassicurato, ma non si sentiva nemmeno di poter chiedere di più. Si sciolse dall'abbraccio ma tenne Karl per mano e lo condusse verso il tronco d'albero per potersi sedere. "Hai suonato parecchio la chitarra?" domandò.

"Tutto il tempo. Oh! E Chris e Dylan hanno detto che mi costruiranno un piccolo capanno per tenerla all'asciutto. Forse sarò il primo nix della storia a possedere il suo capanno personale."

"Bene. Ma stai attento: conoscendo Dylan, non farà le cose in modo semplice. Finirai con una copia ridotta del Taj Mahal o qualcosa di simile."

Karl fece un verso di felicità e si appoggiò a lui. Ery spense la torcia. L'illuminazione della luna crescente bastava a far risplendere leggermente lo spirito d'acqua. Karl gli accarezzò il braccio, e fu un gesto piacevole anche se lo percepiva a stento attraverso tutti gli strati di tessuto. "Tornerai a casa tua questa notte?" domandò Karl.

"No, domani sera. Sto dipingendo. Speravo che avresti passato la giornata con me domani mentre lavoro."

"Certo. E... questa sera? Posso stare con te? Mi farò un sacco di docce!"

Ery esitò prima di rispondere. Voleva davvero che passasse la notte con lui, ma una vocina insistente gli diceva che non sarebbe stato giusto per Karl. Decise di sviare leggermente il corso della conversazione. "I ragazzi ci hanno invitato a cena. Vuoi venire?"

Nell'oscurità, il sussulto di Karl sembrò particolarmente sonoro. "Nella casa?"

"Sì, certo."

"Non ci sono mai stato. Non sono mai stato da *nessuna* parte eccetto nel granaio. Mi piacerebbe vederla. Sei sicuro che non sia un problema?"

"Hanno chiesto di portare anche te."

435

Ancora seduto, Karl si mise a saltellare entusiasta. "Bene! Ci sono delle regole?"

"Cosa vuoi dire?"

"Quando sei ospite a casa di qualcuno, ci sono delle regole? Quando uno dei miei simili va a trovare un altro nix, deve chiedere permesso per entrare. E ci sono delle cose che deve e non deve fare." Sospirò. "E spesso non mi facevano restare, quando capivano che ero un po' strano."

Il galateo dei nix non era un argomento che Ery aveva mai preso in considerazione. Diede una pacca sul ginocchio di Karl. "Non ti preoccupare. Dyl è molto tranquillo e Chris non è di sicuro un esperto di bon ton." Si ricordò della storia che gli avevano raccontato i suoi amici della prima volta che si erano incontrati. Dylan aveva visto Chris da una finestra della casa, in mutande, mentre urinava dal portico di casa sua. "Sopporteranno ogni errore."

"Ma tu mi dirai se farò qualcosa di terribile."

"Astieniti dall'uccidere qualcuno e dal far piovere in casa e andrà tutto bene."

Rimasero seduti sul tronco per parecchio tempo, per lo più parlando della settimana che aveva trascorso Ery. Pensava che la sua vita fosse piuttosto noiosa, ma a Karl piaceva ascoltare i dettagli quotidiani, come prendere l'autobus e pagare le bollette del telefono. Ed era anche interessato al suo lavoro. In cambio Karl raccontò un paio di storie divertenti di quando ascoltava di nascosto le conversazioni dei marinai.

Quando Ery controllò l'ora, erano quasi le sette. "Pronto ad andare?" domandò alzandosi.

"Posso portare la chitarra al granaio?"

"Certo." Era comunque sulla strada.

Ma quando furono nello studio, Karl fece una leggera deviazione per vedere il nuovo dipinto. "Oh! È un posto che esiste davvero, Ery?"

"Più o meno. È la mia camera da letto."

"Avrei dovuto capirlo dai colori. E perché tu non ci sei?"

L'ultima volta che Ery aveva dipinto un autoritratto era stato quando lo avevano obbligato ai tempi della scuola. "Non sono bello da guardare come te."

Karl alzò gli occhi al cielo. "Sei bellissimo e lo sai."

"Sono solo un ragazzo normale, Karl."

"No, non è vero."

Karl sembrava nervoso ed eccitato mentre camminavano verso la casa. Teneva stretta la mano di Ery. Mentre salivano sul portico, Ery si rese conto troppo tardi che il suo accompagnatore era nudo a eccezione della collana. Be', si augurava che i padroni di casa avrebbero soprasseduto.

Chris fece un gran sorriso quando gli aprì la porta. "Ehi, ragazzi. Accomodatevi."

"C'è un buon profumo," commentò Ery entrando. Non vedeva l'ora di sedersi a tavola; mesi prima aveva appurato che Chris era un cuoco eccezionale.

436

Ma Karl si stava guardando intorno nell'atrio, con gli occhi spalancati. L'ingresso non aveva nulla di particolare. Chris e Dylan non avevano ancora impiegato le loro energie per rimodernare quella parte della casa; il pavimento in legno doveva essere levigato e i muri verdi erano coperti di segni. Ma a Karl il posto sembrava incredibile.

"Ehi, Chris? Scommetto che a Karl piacerebbe fare un giro della casa. Non è mai stato dentro."

Chris inarcò le sopracciglia. "Tutti questi anni e non sei mai stato qui? Nemmeno quando era vuota?"

"No," rispose Karl.

"Allora lascia che te la mostri." Urlò in direzione delle scale. "Ehi, Fido, sei presentabile? Perché stiamo salendo." Si voltò con un sorrisetto verso Ery e Karl. "O potremmo tutti toglierci i vestiti. A Dylan verrebbe un colpo."

Ridacchiando, li condusse su per le scale.

Dylan era vestito e li salutò allegramente. La nudità di Karl non sembrava disturbarlo. Prese il comando del tour, spiegando ogni cosa nel minimo dettaglio. Chris alzò gli occhi al cielo senza sosta, ma Karl trovava tutto molto affascinante. Si innamorò del letto nella camera padronale. Era matrimoniale e molto più grande di quello nell'appartamento del granaio. Ma quando vide la gigantesca vasca da bagno e Dylan gli spiegò a cosa serviva, quasi svenne. "È come avere un piccolo lago in casa!" esclamò aprendo e chiudendo il rubinetto. Ery si chiese che cosa avrebbe pensato dei getti d'acqua.

Alla fine tornarono al pianterreno. Durante la ristrutturazione Chris e Dylan si erano sbarazzati della sala da pranzo creando una grande cucina abitabile. Karl si sedette al tavolo, sorseggiò dell'acqua, ma Ery vedeva che voleva esaminare tutti gli oggetti sul piano di lavoro. E ce n'erano parecchi.

Fu un'ottima cena. Il pollo e le verdure erano deliziosi, e Dylan e Chris furono di buona compagnia. A Ery piacque la facilità con cui accettarono le eccentricità di Karl.

Dopo cena Karl insistette per aiutare Dylan a lavare i piatti. Ery rimase seduto con Chris, gustandosi una birra e godendosi la vista del sedere di Karl. Chris sembrava godere di una vista simile, solo che il suo sguardo era concentrato sul retro dei jeans di Dylan. "Non avevo mai immaginato che sistemarsi potesse essere così bello," commentò Chris. "Perché è *davvero* bello."

Ery fece una smorfia. "Non per tutti."

Chris fece spallucce. "Immagino di sì. Lo sai, Dyl è un pezzo grosso al lavoro. Scrivono di lui sulle riviste specializzate. Io sono solo un tuttofare. Ma non rinuncerei a questa vita nemmeno per essere il re delle Americhe."

Dylan si girò per sorridere a Chris.

"Quindi l'amore vale più del successo professionale?" domandò Ery.

"Tutto sta in quello che rende felice te e rende felici le persone che ami."

Ery apprezzava il consiglio, solo che non sapeva che farsene. Non era certo cosa fosse a renderlo felice. "Sono contento per voi, davvero. So che non è stato facile per nessuno dei due, ma è fantastico che ce l'abbiate fatta."

"Ci stiamo ancora lavorando," disse Dylan dal lavello. "Penso lo facciano tutti. Come Rick e Kay. Sono sposati da più di dieci anni, ma hanno dovuto modificare tutto adesso che è arrivata la bambina."

"Mia nonna dice che quando si smette di cambiare e adattarsi, l'energia comincia a diminuire. Tanto vale essere morti, immagino." E poi aggiunse: "Karl è vivo da parecchio tempo, ma è ancora… in mutamento. In senso positivo."

Fu il turno di Karl di voltarsi con un sorriso. "Come i sogni. E la chitarra."

"Esattamente."

Dopo si rilassarono per un po' nel soggiorno. Uno dei dipinti di Ery era appeso sopra al camino; Karl se ne accorse subito. Gli piacquero anche i libri. Non sapeva leggere, ma si divertì a sfogliare i volumi di architettura e di fai da te. Il suo preferito però fu un libro sull'Impressionismo.

"È dai tempi del college che me lo porto dietro," gli disse Dylan. "Lo vuoi?"

"Davvero?"

"Certo."

Karl si strinse il grosso libro al petto per un attimo prima di riporlo. "Grazie. Ma si rovinerebbe. Posso prenderlo quando ci sarà il capanno?"

"Certo."

Solo qualche settimana prima, Karl era sembrato contento di immergere i suoi averi nel laghetto, pur sapendo che si sarebbero rovinati, come il dipinto dell'anatra. Ery non sapeva come interpretare quella nuova preoccupazione di tenere le sue cose all'asciutto. Forse non aveva nessun significato recondito.

Era una bella serata, ma Ery cominciò a preoccuparsi perché Karl era stato fuori dall'acqua per troppo tempo. "Penso sia ora di andare a letto," disse, stiracchiandosi. "Mi devo svegliare presto per dipingere."

Chris e Dylan li accompagnarono alla porta, dove Karl ed Ery li ringraziarono per la cena. Dylan sorrise a Karl. "Ery lo sa già che è sempre il benvenuto, e anche tu lo sei, okay? Ogni volta, eccetto quando c'è la luna piena."

Karl annuì. "Grazie. Ti ho visto da lupo, sai. Nuoti nel mio laghetto."

Dylan aggrottò la fronte. "È un problema?"

"No! Sei un lupo bellissimo."

"Grazie," disse Dylan, abbassando la testa.

Ery era un po' geloso perché lui non aveva mai visto Dylan trasformarsi. Educatamente diede la buona notte ai suoi ospiti, e lui e Karl si tennero per mano mentre tornavano al granaio. Era difficile per Ery vedere al buio, così fu Karl a guidarlo.

"È stato divertente," commentò Karl. "Non ho fatto nulla di sbagliato."

"Sei stato un ospite fantastico. Meglio della maggior parte dei miei amici umani. Anche mia nonna sarebbe rimasta colpita."

"Mi piacerebbe conoscerla."

Ery non rispose perché non sarebbe mai successo. Non che sua nonna avrebbe disapprovato; probabilmente avrebbe trovato Karl divertente. Ma non avrebbe mai guidato fino alla fattoria per poi camminare fino al laghetto.

Nell'appartamento, Karl si fece una lunga doccia mentre Ery sedeva sul gabinetto così da poter chiacchierare e anche per poterlo guardare, perché lo spirito con i rivoli d'acqua che scorrevano sul corpo era uno spettacolo. Se la cabina fosse stata abbastanza grande da ospitare entrambi, si sarebbe spogliato e unito a lui, usando le dita per tracciare il percorso dell'acqua sulla pelle diafana e morbida. Magari usando anche la lingua.

Karl lo sorprese mentre lo fissava con aria rapace. "Ho quasi finito," disse con una risata.

"Mmm." A Ery i jeans cominciavano a stargli stretti. Avrebbe dovuto togliserli prima della doccia. Poi divennero *davvero* troppo stretti perché Karl sorrise e cominciò a toccarsi.

I suoni confusi che fuoriuscirono dalla gola di Ery non sembravano umani. *Quella* sì che era una cosa che voleva dipingere: un bellissimo uomo appoggiato contro il muro della doccia, i capelli argentei e lisci, gli occhi verdi che brillavano di lussuria e allegria, le gambe leggermente divaricate in modo da potersi accarezzare meglio il sesso che andava inturgidendosi. Forse a volte la linea tra arte e pornografia era molto sottile, ma se il compito della pittura era quello di catturare la bellezza e le emozioni forti, Karl sotto la doccia sarebbe stato un soggetto particolarmente adatto.

Ery si slacciò maldestramente il bottone dei jeans. Dovette alzarsi per liberarsi dei vestiti, e siccome non voleva distogliere lo sguardo da Karl nemmeno per un secondo, si svestì in modo molto meno aggraziato del solito. Non si tolse la camicia. Tornò a sedersi e osservò il sorriso di Karl farsi più intenso quando anche lui cominciò a masturbarsi.

"Ti ho sognato questa settimana," disse Karl, come se facesse le fusa, la sua voce difficile da sentire con il rumore dell'acqua che scorreva.

Ery deglutì. "Bei sogni?"

"Non ho avuto bisogno dell'aiuto di Skuld. Mi piacciono molto questi sogni. Ma la realtà è ancora meglio."

Era strano come potesse essere eccitante masturbarsi davanti a qualcun altro. Sentire la mano familiare intorno al sesso e osservare Karl specchiare i suoi movimenti, accorgersi che si stavano accarezzando e stavano respirando con lo stesso ritmo, udire un gemito e non essere sicuro se fosse stato lui a emetterlo. Quel mischiarsi di sensazioni diede leggermente alla testa a Ery. Quel pizzico di peccato che provava nel mostrare qualcosa di intimo a un'altra persona – e osservare Karl fare lo stesso – eccitò Ery molto in fretta.

E anche Karl. Gli occhi gli erano diventati leggermente appannati; si lasciò scivolare lungo il muro fino a sedersi con le gambe divaricate e le ginocchia piegate. Ma quando inserì un dito nella sua fessura rosata, Ery dovette chiudere gli occhi.

"Sei abbastanza bagnato?" domandò con voce leggermente stridula.

"Sì."

Ery si alzò con difficoltà. Si allungò per chiudere l'acqua, poi tese una mano a Karl per aiutarlo a mettersi in piedi. Non riuscirono però a raggiungere il letto, perché Ery provò ad asciugare Karl, fino a quando tutto quello strofinare non ebbe la meglio su di loro. Ritornarono sul pavimento strusciandosi, occupando per metà il corridoio. I loro movimenti non avevano finezza, né una lenta sensualità, ma rabbia e un bisogno urgente. La pelle bagnata continuava a scivolare contro quella asciutta, fino a quando entrambi non furono umidi. Karl strattonò impazientemente la T-shirt di Ery, che gli finì arrotolata intorno al collo, bloccandogli un braccio. Il pavimento era freddo, e anche Karl. Si riscaldarono con il calore del corpo di Ery. Con le gambe intrecciate, si baciarono così forte che i denti di Karl gli ferirono il labbro, aggiungendo il sapore salato e ramato del sangue. I capelli dello spirito si attorcigliarono ai loro corpi. Le mani scorrevano sulla pelle come stelle marine sul fondo dell'oceano. E quando Ery raggiunse l'orgasmo con un getto di calore e Karl lo seguì quasi immediatamente dopo, il mondo si trasformò in un luogo perfetto, anche se solo per quei brevi istanti.

CAPITOLO 14

KARL ERA di nuovo nel letto di Ery. Questa volta però, al suo risveglio, Karl era sdraiato, appoggiato al gomito, sorridente, idratato. Ery ricordava vagamente che si era alzato forse un paio di volte nel cuore della notte, e ogni volta si era riaddormentato al suono della doccia.

"Buongiorno, come stai?" chiese Karl allegro.

"Molto bene."

"Potrebbe andare anche meglio." E Karl si intrufolò sotto le coperte.

Oddio, pensò Ery mentre la suzione circondava la sua erezione mattutina. *Molto, molto meglio.*

Più tardi, dopo aver fatto entrambi la doccia, Ery mangiò qualcosa per colazione e si sistemarono nello studio. Ery dipinse e Karl suonò la chitarra, proprio come avevano fatto due settimane prima, e la cosa lo fece sentire bene. Parlarono un po', ma anche quando restavano in silenzio l'atmosfera nella stanza era piacevole. A Ery tornarono in mente le domeniche mattina della sua infanzia, quando i suoi genitori sedevano al tavolo della cucina in pigiama, bevendo il tè e leggendo il giornale. Sua madre faceva sempre le parole crociate, a volte chiedendo a suo padre un aiuto. A suo padre piaceva leggere gli annunci e sognare macchine che non avrebbe mai posseduto e una casa che non voleva comprare davvero. Ery sedeva con loro, mangiando i cereali e leggendo i fumetti, e il mondo era un luogo sicuro e accogliente.

Il sole cominciò a tramontare ed Ery dovette mettere via i colori e i pennelli. "Devo tornare in città," disse. "Domani comincio a lavorare presto."

Karl ripose la chitarra nella custodia. "D'accordo." Gli fece un sorriso veloce. "È stato un bel weekend."

"Sì, davvero."

"Ho visto il modo in cui guardi Dylan e Chris. Vorresti avere anche tu quello che hanno loro."

"No," rispose Ery sulla difensiva. Poi sospirò. "Un po', forse."

Karl gli si avvicinò portando la chitarra. "Lo capisco. E te l'ho detto: te lo meriti. Posso… posso darti un consiglio?"

"Cosa?" domandò Ery, un po' cauto.

"Continua a venire qui nei weekend a dipingere. E a stare con me. Ma durante la settimana, cerca il tuo… il tuo partner."

"Pensi che dovrei avere entrambe le cose, eh?"

Karl fece spallucce. "Penso che sono egoista e non voglio rinunciare a te fino a quando non ne sarò costretto. Ma voglio anche che trovi quello di cui hai bisogno."

Ery allungò la mano per toccare il viso di Karl ma poi la ritrasse immediatamente. "Sembra così ragionevole, no? Logico. Ma non sarebbe giusto nei tuoi confronti."

"È giusto. Ery, io sono uno stroemkarlen. Conosco la verità meglio di te: per le creature come me, le cose fluiscono. I colori accesi sbiadiscono e i metalli brillanti arrugginiscono. Per cui me li godo finché posso, poi mi resteranno i ricordi."

"E questo ti rende felice?" domandò Ery, ricordando le parole di Chris.

"Fa parte della mia natura." Non era esattamente una risposta, ma Ery non indagò oltre. Si baciarono. Promise che sarebbe tornato il sabato seguente, e Karl tornò al suo laghetto.

PER IL resto del mese di novembre, il cielo fu plumbeo e la pioggia cadde, ma non abbastanza. Tutti gli esperti parlavano ancora di siccità. Ery ci fece appena caso. Durante la settimana era troppo preso dal lavoro e nei weekend da Karl e i suoi quadri. Fu felice quando i suoi arrivarono per il giorno del Ringraziamento. Festeggiarono a casa di sua nonna, con la salsa di mirtilli rossi fatta in casa da suo padre e la torta di mele di sua madre. Ma anche se cercò di essere educato e presente, i suoi gli fecero notare più di una volta quanto sembrasse distratto e stanco. Andò via prima che facesse buio in modo da poter passare il lungo weekend alla fattoria.

Aleksy lo chiamò un'altra volta, e una volta ancora Ery trovò delle scuse per non vederlo.

Ery passava dal suo appartamento, all'ufficio, e di nuovo all'appartamento, poi dalla fattoria all'appartamento; si sentiva come un automa o come se stesse recitando in un'opera teatrale. Solo il tempo che condivideva con Karl gli sembrava vero, ma era breve. A volte Karl gli chiedeva se si fosse visto con qualcuno. Non sembrava geloso né preoccupato al riguardo. O voleva davvero che Ery fosse felice – anche se avrebbe significato doverlo condividere con qualcun altro e poi un giorno rinunciare a lui completamente – o di recente era diventato bravo a mascherare i suoi sentimenti.

La cosa più strana era che il lavoro di Ery stava andando a gonfie vele. Dipingeva con una facilità che aveva qualcosa di magico. Gli avevano consegnato le nuove tele e ben presto aveva prodotto una ricca collezione di opere, ed era contento di ognuna. Anche il lavoro allo studio stava andando bene. Dylan gli aveva detto che Stender era stato molto eloquente nel dimostrare il suo entusiasmo per il calendario, cosa non da lui. Ery aveva progettato il logo per l'East by Northwest: l'aquila polacca bianca sedeva a un tavolo in compagnia di un uccello del tuono nativo americano. Ai Kamski piacque moltissimo.

Una tetra domenica sera di dicembre, Ery diede un bacio di saluto a Karl e si incamminò verso la grande casa, dove bussò alla porta. Gli aprì Dylan con un gran sorriso; aveva una penna infilata dietro all'orecchio. "Stai lavorando di domenica sera?" domandò.

"È il problema di lavorare a distanza. I weekend non esistono. Vuoi entrare? Chris sta guardando la televisione."

"No, devo andare a casa. Mi stavo solo chiedendo se potete aiutarmi a trasportare i miei quadri in città questa settimana. Voglio organizzare qualcosa con Julio alla galleria."

"Certo. Siamo abbastanza liberi nei prossimi giorni." Dylan gli sorrise. "Uno dei vantaggi degli orari flessibili. Magari dopo possiamo andare fuori a pranzo o a cena. È da un po' che io e Chris non mangiamo come fanno le persone civili."

"Mi piacerebbe molto."

Dylan strinse le labbra e si grattò la nuca. "Ehm…"

"Cosa?"

"Ci piace Karl. È un bravo ragazzo."

Ery annuì.

Dylan sembrava molto a disagio. Ery lo avrebbe trovato divertente se l'argomento fosse stato completamente diverso. "Gli piaci davvero," disse infine Dylan.

"Non che abbia molta scelta, Dyl."

"Che importanza ha?"

"Non… non lo so." Avrebbe voluto sbattere la testa contro il muro. "Non lo so," ripeté. "È così complicato. Perché non posso trovare un ragazzo carino e *normale*?"

Dylan inarcò le sopracciglia e inclinò leggermente la testa.

"Gesù, Dyl, non volevo offenderti. Ma tu non sei uno spirito d'acqua."

"No, ma mi sembra che anche il più normale degli umani abbia parecchie complicazioni."

"Forse. Guarda, devo andare. Ti faccio una telefonata per i quadri, okay?"

Dylan gli diede una pacca sulla spalla. "Abbi cura di te, Ery."

QUEL LUNEDÌ fu molto impegnativo. Ery chiamò Julio e prese appuntamento con lui perché vedesse i suoi dipinti quel mercoledì pomeriggio, poi fece una telefonata a Dylan. Continuò a lavorare sul manuale di infermieristica; era arrivato alla parte sulle ossa. Dopo pranzo si incontrò con i Kamski per rivedere gli ultimi schizzi dei menu e la grafica del sito. Il tempo era impervio, ma si coprì, prese il tram e camminò verso il ristorante. Quando lo raggiunse, non si sentiva più le guance e il naso gli colava.

Il locale era quasi pronto per l'inaugurazione. Gli piacque come avevano arredato la sala da pranzo, con numerosi pannelli di cedro decorati con motivi folkloristici. Sapeva che le pietanze sarebbero state servite su classici piatti polacchi bianchi e blu, lo stesso blu delle scritte sui menu e sul logo del ristorante. Il monte Hood e i pini dell'Oregon facevano da sfondo in colori tenui alle pagine interne.

Marek era dietro al bar, con la fronte aggrottata, e studiava dei fogli pinzati insieme, ma quando Ery si avvicinò gli sorrise. "È bello vederti," disse, facendo il giro del bancone per stringergli la mano.

"Il ristorante ha un aspetto fantastico."

"Dobbiamo ancora finire dei dettagli, ma dovremmo riuscire ad aprire in tempo." Tirò fuori una sedia da sotto un tavolo vuoto e fece cenno a Ery di fare lo stesso. "Helena non riesce a raggiungerci, purtroppo, ma non è un problema. Posso prenderle io queste decisioni."

"Certo." Ery posò la sua borsa a tracolla sul tavolo e tirò fuori i disegni. Stava per cominciare a illustrarli quando, con un gran sorriso in volto, Aleksy fece la sua comparsa dalla cucina.

"Ery! Sei qui!" Mentre Marek alzava gli occhi al cielo divertito, Aleksy corse verso di loro e si lasciò cadere sulla sedia di fianco a Ery. Quel giorno indossava una camicia bianca, una giacca dalla foggia sartoriale e una sciarpa di un blu brillante che sembrava molto morbida. "Mi piace la tua borsa," commentò, dando un buffetto sull'oggetto in questione. Era decorata con teschi rosa coperti di glitter, il che significava che probabilmente non era l'accessorio più professionale che Ery possedesse, ma ci era molto affezionato perché, be'… teschi rosa in glitter.

"Grazie," disse Ery, disponendo i disegni sul tavolo mentre Aleksy si faceva più vicino. Marek sembrava molto contento del lavoro, il che era fantastico, ma suo cugino pareva molto più interessato a cercare di sedersi sulle sue gambe. Aveva un buon profumo – una specie di colonia al sandalo – e la barba volutamente incolta.

"Allora, vedi," disse Ery, cercando di continuare nonostante la distrazione, "avrete la possibilità di cambiare i menu e il sito a seconda delle stagioni. Lo stesso tema di base, ma diversi tocchi di colore che si abbinano ai diversi periodi dell'anno."

"Mi piace molto," disse Marek.

Ery sorrise. "Hai delle domande? È quello che cercavate?"

"Tu potresti essere quello che cercavo," disse Aleksy.

Marek emise una risata strozzata. "È davvero geniale, Ery. E avremo diverse versioni del logo da usare per scopi diversi?"

"Certo. Probabilmente è meglio mantenere quello sui biglietti da visita il più semplice possibile e aggiungere dettagli sul menu."

"Perfetto. Grazie per tutto il lavoro che hai fatto."

Ery si alzò per stringere la mano di Marek. "Mi sono divertito. Il mio capo vi contatterà per sistemare l'aspetto burocratico."

Marek si alzò e annuì. "Quando vuoi venire a mangiare qui, basta che mi fai una telefonata. Ti faremo lo sconto."

Aleksy aspettò che Ery radunasse le sue cose, poi lo accompagnò alla porta. "Allora, adesso che hai finito di lavorare per noi avrai più tempo libero, giusto?"

"Ho parecchi progetti che mi aspettano. E, ehm, altre cose."

Aleksy si avvicinò, chinandosi su di lui. Era più alto di qualche centimetro, probabilmente sul metro e ottanta. Le scarpe gli luccicavano e avevano tutta l'aria di essere parecchio costose. "Esci con me, Ery. Per favore. Prometto che non morderò." Fece ballare le sopracciglia.

Era carino, e maledizione, la forza di rifiutarlo stava svanendo. "Sono preso tutto il weekend."

"Domani, allora."

Era la sera prima del suo incontro con Julio. Sarebbe stato davvero nervoso e una distrazione gli avrebbe fatto bene. "D'accordo."

Aleksy era così raggiante che sembrava aver vinto la lotteria. "Bene! Grande! Verrò in macchina! Dove vivi?"

A disagio all'idea di dover dare il suo indirizzo di casa, Ery sussultò. "Che ne dici se ci incontriamo da qualche parte? Ho delle commissioni da fare prima."

"Okay. Che mi dici del JayJay alle dieci?"

Be', di sicuro Aleksy non aveva impiegato molto per scoprire le discoteche. Ery conosceva bene il JayJay. Fino a un anno prima, c'era andato spesso. "Le dieci è troppo tardi. Devo lavorare il giorno dopo."

"Nove, allora."

ALLE OTTO e mezza della sera dopo, Ery aveva già pensato cento volte di disdire il suo appuntamento con Aleksy. E cento e una volta di andarci comunque. Si era già fatto la doccia, così prese un paio di jeans gialli molto aderenti e una T-shirt bianca, anche quella molto aderente e con una profonda scollatura a V. Poi indossò la sua giacca nera con le strisce color cobalto sulle maniche e la schiena. Si acconciò i capelli con il gel creando una cresta che sfidava la forza di gravità e applicò un tocco leggero di eyeliner. Quando era stato più giovane, metteva molto più impegno per vestirsi bene per uscire, ma immaginò che per quella sera sarebbe bastato.

Non voleva dover cercare parcheggio o portarsi dietro un cappotto, così finì per prendere un taxi, che lo lasciò davanti al JayJay appena dopo le nove. Anche se era solo martedì, un gruppo di persone si era riversato sul marciapiede, tremante per il freddo, a fumare.

"Ery!" Aleksy uscì correndogli incontro; indossava una camicia dal tessuto lucido che metteva in risalto i suoi muscoli. Lo abbracciò e gli diede un bacio sulla guancia. "Vuoi mangiare qualcosa prima di entrare?"

"No, sto bene così." Ery si strofinò le mani per riscaldarle. "Però non mi dispiacerebbe bere qualcosa."

Aleksy lo prese per mano e lo trascinò verso la porta. Durante la settimana l'entrata era gratuita, così fecero semplicemente un cenno al buttafuori. Ery ricordava quanto avesse odiato in passato quando gli chiedevano un documento d'identità; adesso si era quasi offeso che non lo avessero fatto.

All'interno c'erano almeno venti gradi in più, e l'odore di alcol, colonia, sudore e tensione sessuale era molto forte. La musica suonava a tutto spiano; Ery sussultò leggermente.

Sedettero a un tavolino traballante vicino alla pista da ballo mezza piena. "Ti prendo da bere," offrì Aleksy. "Cosa vuoi?"

"Ehm… mojito?"

Quando Aleksy rise, Ery non capì il perché. "Certo. Torno subito."

Mentre aspettava, si guardò intorno. La clientela era giovane e, nonostante fosse presto, sembravano tutti pronti a fare festa. Al centro della pista, cinque ragazzi carini senza maglietta si strusciavano tra loro. Al momento indossavano ancora i pantaloni, ma Ery era pronto a scommettere che ben presto sarebbero rimasti solo in boxer. Uno dei ragazzi era coperto di glitter, un altro aveva un tatuaggio di una pianta tropicale che percorreva la schiena e andava a scomparire tra la fessura delle natiche. Parecchi altri avventori stavano osservando i cinque ragazzi, probabilmente decidendo con chi provarci per primo. Ery sospirò. Anche lui era stato uno di quei ragazzi una volta, flessuoso e giovane, desiderabile e libero da ogni preoccupazione. Ma era troppo vecchio per crogiolarsi ancora in quella giovane innocenza; troppo vecchio e troppo stanco forse.

"Vuoi ballare?" domandò Aleksy quando tornò con due mojito tra le mani.

"Non ancora. Beviamo prima."

Brindarono e sorseggiarono i drink.

Fare conversazione non era il pezzo forte del JayJay, ed Ery non ne aveva particolarmente voglia. Lui e Aleksy si lustrarono gli occhi sui cinque giovani e sorseggiarono i cocktail, muovendo la testa a ritmo con la musica. Quando i loro bicchieri furono vuoti, Aleksy pensò al secondo giro.

Finito anche quello, Aleksy cercò di nuovo di portare Ery in pista, e lui accettò. Prima si tolse la giacca, però, perché aveva già caldo.

Non era un grande ballerino, ma di solito ci metteva tutte le sue energie. Anche Aleksy era un po' impacciato, ma con quelle irresistibili fossette, a chi importava? Si muovevano insieme, girando e ruotando vicino ai cinque ragazzi mezzi nudi e agli altri che ballavano in pista. E quando Aleksy si spostò dietro a Ery e lo tenne stretto, spingendosi contro le sue natiche e palpeggiandogli il petto, lui non fece obiezioni. Mentre ballavano, baciò e succhiò il collo di Ery e quando spinse i fianchi contro di lui fu chiaro che era eretto. Anche Ery lo era. Non obiettò nemmeno quando Aleksy strinse una mano sulla patta dei suoi jeans per massaggiargli il sesso.

"Dio, sei davvero sexy," gli sussurrò nell'orecchio.

"Mmm," rispose Ery. Aveva le mani grandi e le dita lunghe e un corpo molto solido contro il suo. Lo faceva sentire bene.

A quel punto, proprio come aveva predetto Ery, i cinque si erano tolti anche i pantaloni. Uno stava ballando vicino a un ragazzo leggermente più vecchio con indosso una polo rosa. Aveva i capelli biondo platino e i casi erano due: o la sua biancheria era particolarmente lusinghiera o era davvero ben dotato. Osservò Aleksy palpare Ery, si leccò le labbra e gli fece un occhiolino amichevole.

Ery sapeva come sarebbe andata a finire la serata. Qualche altro drink, qualche altro ballo. Avrebbero preso un taxi per andare a casa sua o di Aleksy. Appena arrivati, si sarebbero tolti i vestiti. La serata sarebbe continuata con Aleksy che se lo scopava. Probabilmente sarebbe rimasto a dormire da lui, o forse no, perché Ery doveva svegliarsi presto. Si sarebbero salutati con un bacio. E molto probabilmente non si sarebbero più rivisti. Perché, anche mentre stavano ballando, Aleksy stava flirtando con i ragazzi che avevano intorno, senza mai togliergli gli occhi di dosso. Ery non gliene faceva una colpa. Lui aveva fatto lo stesso, ai tempi in cui la cosa più importante di fare sesso era con chi fare sesso *dopo*.

Sentì l'amaro persistente del lime e della menta in gola.

Aleksy gli tolse la mano dai jeans; Ery andò al tavolo e afferrò la giacca. Aleksy lo seguì fuori nel freddo dell'aria notturna. "Il mio appartamento non è lontano da qui," disse. "Possiamo arrivarci a piedi."

Ery scosse la testa. "Vado a casa."

Aleksy aggrottò la fronte. "Mi dispiace, Ery. Ho fatto qualcosa di sbagliato?"

Gesù. Ery si avvicinò abbastanza da posargli una mano sul braccio. Stavano entrambi tremando leggermente. "No, tu sei fantastico. Sono io lo stronzo."

"Perché?"

Probabilmente Ery aveva sospirato più negli ultimi mesi che durante i suoi trent'anni di vita. "Non è un buon momento per me. C'è… questo tizio, e… e praticamente sono incasinatissimo."

Dovette dargliene atto: Aleksy sembrò dispiaciuto ma non arrabbiato. "Sono troppo insistente. Mi dispiace."

"No, non è un problema. Voglio dire, normalmente non avresti dovuto insistere affatto. Sei davvero sexy, Aleksy. È solo che i tempi sono tutti sbagliati."

Aleksy annuì. "Lo capisco."

"Davvero, ti sono grato. Questa notte mi è servita per decidere un paio di cose."

"Tipo?"

"Tipo… credo di volere avere una relazione con qualcuno. Una relazione monogama di lunga durata."

Sorridendo, Aleksy fece spallucce. "Allora mi dispiace davvero, perché non sono il tipo che si vuole sistemare."

"Lo avevo capito," rispose con un sorriso. Si strinse le braccia attorno, ma quello non lo riscaldò molto. "Ho degli amici che potrei farti conoscere se vuoi. Sono carini e più interessati a divertirsi che a sistemarsi. Vuoi che gli dia il tuo numero?"

"Grazie. Mi piacerebbe. Però scommetto che non sono carini come te."

Ery sbatté le ciglia con fare civettuolo. "Nessuno è carino come me, tesoro."

Si scambiarono un bacio quasi casto. Aleksy rientrò al JayJay ed Ery si mise alla ricerca di un taxi.

447

CAPITOLO 15

"ODIO GUIDARE in città," borbottò Chris. I tre uomini erano stipati nell'abitacolo del furgone di Dylan, Chris al volante ed Ery premuto contro la portiera; Chris guardava gli altri automobilisti con astio come se fossero lì solo per tormentarlo.

A Ery non importava del traffico perché il suo stomaco era troppo preso a cercare di ribaltarsi. Sapeva che i suoi quadri erano buoni. Karl li aveva ammirati. Chris e Dylan li avevano ammirati. Ma non significava che sarebbero piaciuti a Julio. Dio, forse avrebbe dovuto aspettare qualche altra settimana. Forse avrebbe dovuto rinunciare all'arte completamente, e continuare con i cateteri e i loghi dei supermercati. Forse, la notte prima, sarebbe dovuto andare a letto con Aleksy, licenziarsi, e passare il resto della vita passando da un letto all'altro.

"Vedo che sei preoccupato," disse Chris tallonando una microscopica Fiat. "Ti preoccupi anche più di Dyl. Lo sai, i tuttofare non si fanno mai prendere dal panico così. Non mi mangio le unghie né mi lamento dicendo: *Oh no, e se alla cliente non piacerà il modo in cui le ho riparato gli infissi? Povero me!*"

Dylan gli diede una spallata. "Lascialo stare. È stressante."

"Cazzate. Ascoltami, Ery. Ti dirò la stessa cosa che dico a Dylan ogni volta che si fa prendere dal panico. Dipingi benissimo. Sei un cazzo di genio. E se un gallerista snob non riesce a capirlo? Be', che si fotta. Significa solo che è un idiota."

"Grazie," disse Ery. E grazie all'aiuto dei suoi amici si sentì meglio, anche se erano obbligati a stare dalla sua parte. "È solo che il mondo artistico di Portland è come un piccolo laghetto e Julio è il pesce più grosso." Si pentì immediatamente di aver usato quella metafora. Caspita, aveva scambiato una fonte di ansia con un'altra. Complimenti, Ery Phillips.

Dylan doveva aver controllato l'indirizzo della galleria prima di uscire, perché aveva diretto Chris con facilità all'ex magazzino ristrutturato al confine con il Pearl District. Se avesse dovuto farlo Ery, li avrebbe portati direttamente in Idaho. Invece erano arrivati, e adesso sedevano in silenzio di fronte alla Stumptown Gallery. Fece un respiro profondo e aprì la portiera del furgone.

Julio e il suo socio avevano mantenuto l'anima industriale dell'edificio, conservando i mattoni a vista e le tubature. I muri bianchi con le luci posizionate strategicamente lasciavano ampio spazio per appendere le opere, e il pavimento in cemento lucidato poteva ospitare delle sculture dalle grandi dimensioni. Julio si accorse di Ery e Dylan appena entrarono. Chris era rimasto fuori appoggiato al furgone, fumandosi una sigaretta e continuando a perpetuare la sua immagine di irrimediabile campagnolo.

"Ery Phillips!" esclamò Julio come se quella visita fosse inaspettata. Era un uomo alto e magro, come se una statua di Giacometti avesse preso vita. Indossava sempre dei completi costosi con delle cravatte dai colori sgargianti, e portava i capelli sale e pepe tirati indietro. Afferrò le spalle di Ery e gli diede due baci sulle guance senza toccarle, poi posò lo sguardo su Dylan.

"Julio Delgado, lui è il mio amico Dylan Warner."

Julio gli strinse la mano, e grazie al cielo non provò a baciarlo. Quel tipo di affetto disinvolto lo spaventava leggermente. E Julio, pur essendo in una relazione fissa da anni, scrutò Dylan con un apparente sguardo lascivo. La maggior parte degli uomini gay – e anche alcuni che si credevano etero – faceva lo stesso. Dylan era decisamente una delizia per gli occhi.

"Allora? Hai qualcosa di nuovo per me?" Julio si strofinò le lunghe dita affusolate.

"Sì, vuoi che porti le tele dentro?"

"Per favore, ma se potete scusarmi, devo fare una telefonata. Torno subito."

Così, con la receptionist pettoruta e pesantemente tatuata che osservava interessata, Ery, Dylan e Chris portarono i dipinti all'interno della galleria. Li appoggiarono al muro più vicino; una presentazione non molto elegante, ma sarebbe dovuta andare bene lo stesso.

Il gallerista tornò proprio quando stavano sistemando l'ultima tela, quella più grande con Karl e la conchiglia. Julio stava ancora chiacchierando al telefono, ma quando il suo sguardo si posò sui dipinti, smise di parlare. "Scusami," disse a chiunque fosse all'altro capo della linea. "Ti devo richiamare. Ciao."

Attraversò la galleria a passo spedito. Ery fu sorpreso quando per primo si mise a osservare il dipinto della sua camera da letto. Poi passò a quello di fianco, che raffigurava Karl mentre si masturbava nella doccia. "Madre de Dios!" esclamò, la mano premuta contro il petto. Continuò a osservare ogni singolo dipinto, parlando a bassa voce tra sé. Quando raggiunse l'ultima tela, fece il giro opposto ed esaminò di nuovo le opere.

Alla fine si voltò verso Ery. "Cosa ti è successo, amico mio?"

"Sono stato ispirato."

Julio lanciò un'occhiata veloce a Karl che si masturbava. "Capisco." Scosse la testa. "Sono meravigliosi. Potrei venderli tutti oggi stesso con qualche telefonata."

Il cuore di Ery cominciò a battere forte. "Davvero?"

"Certo. Ma non sarebbe la soluzione migliore per te in questo momento, giusto? No, le persone devono *vederli*." Tirò fuori il telefono e borbottò tra sé mentre digitava sullo schermo, poi guardò Ery. "Il diciannove gennaio. So che il tempo è poco, ma possiamo farcela."

"Ehm… cosa succede il diciannove gennaio?"

"La tua mostra, ovviamente. Ravi comincerà a lavorare sugli inviti e i social media immediatamente. Passeremo la voce a quelli della stampa. Ho degli amici che lavorano per le riviste di settore. Forse se le mando delle foto riesco a convincere Priscilla a venire da Los Angeles."

Ery si sentiva così confuso; non capiva cosa stesse succedendo. "Mostra?"

Digitando di nuovo sul telefono, Julio girò sui tacchi e corse verso la receptionist, poi cominciò a parlare con lei in spagnolo molto velocemente. A Ery vennero le vertigini ma per fortuna Dylan lo afferrò al braccio. "Mostra?" Ery emise uno squittio patetico.

"Credo voglia ospitare una personale in tuo onore," spiegò gentilmente Dylan. "Presto."

"Ma... ma... non ho..." Il massimo che si era aspettato da Julio era che gli piacessero i quadri e che ne appendesse qualcuno nella sua galleria. La possibilità di avere una personale non gli era nemmeno passata per la mente.

Chris aveva visitato la galleria, guardando con la fronte aggrottata tutte le opere che non erano di Ery. Infine si era avvicinato a loro. "Amico, è un successo. Ti puoi calmare."

Ma Ery non riusciva a calmarsi. Quando, qualche minuto più tardi, Julio ritornò e cominciò a parlare di date e Dio solo sapeva cos'altro, Ery perse completamente il filo del discorso. Annuì sempre e sperò che Dylan e Chris stessero prestando attenzione ai dettagli al posto suo.

Alla fine, con Julio che ridacchiava come una strega cattiva, portarono le tele nel grande magazzino sul retro. Ery fu sollevato di non doversene andare con la coda tra le gambe, trascinandosi via pietosamente i dipinti rifiutati. Julio strinse la mano e baciò tutti, tanto per non offendere nessuno, e con la rassegnazione di Dylan. Chris lo trovò spassosissimo, però, e stava ancora ridendo quando salirono sul furgone.

"Vuoi cenare prima?" domandò Dylan a Ery.

Ery lo guardò sorpreso. Si sentiva ancora come stordito. "Sì, ceniamo."

Era chiaro che i suoi amici avevano capito che chiedergli di scegliere dove mangiare fosse tempo sprecato. Dylan diede le indicazioni, e si ritrovarono in un ristorante non lontano dal suo studio. "Venivo spesso a pranzo qui," spiegò. "È da parecchio che non lo faccio, ma qualche giorno fa Matty me ne ha accennato. Dice che si mangia ancora bene."

Forse era così. Ery non sentiva i sapori, e neppure si accorse dei tre bicchieri di sangria che si era ingollato. Non riuscì nemmeno a concentrarsi sulla conversazione a tavola, anche se ogni tanto rispondeva con un grugnito o annuendo. Al momento del conto si era rallegrato abbastanza da insistere per offrire la cena. Era il minimo che potesse fare per ripagare Dylan e Chris del loro aiuto.

Era ancora presto quando lasciarono il ristorante e si ritrovarono in un locale. Non ricordava affatto il JayJay; era un pub con birra di produzione propria e un'atmosfera rilassata. Ery lasciò che Chris ordinasse per lui e si andò a sedere in un separé; si sentiva ancora sconvolto.

"Tutto a posto, amico?" gli domandò Chris per la decima volta.

"Solo... un po' emozionato, immagino," replicò Ery. "Non mi sarei mai aspettato..."

"Non pensavi che a Julio sarebbero piaciuti i tuoi lavori? Perché, Ery, te lo avevamo *detto* che erano incredibili."

"Lo so. È solo che adesso mi sembra vero."

Dylan annuì. "So cosa vuoi dire. Ma, ehm, questo weekend verrai alla fattoria a dipingere?"

"Perché?"

Chris e Dylan si scambiarono degli sguardi, e alla fine Dylan rispose: "Karl. Non vede l'ora di vederti."

L'ansia per l'incontro con Julio aveva permesso a Ery di accantonare Karl per quel giorno, ma adesso lo spirito d'acqua aveva fatto prepotentemente la ricomparsa nei suoi pensieri. All'improvviso si sentì male. Strinse gli occhi. "Merda. Devo chiamare mia nonna e raccontarle com'è andata. Io..." Uscì in fretta dal separé. "Torno a casa a piedi." Era a poco più di un chilometro di distanza e non voleva rovinare l'uscita serale dei suoi amici. Sapeva che non venivano spesso in città insieme e non c'erano molti posti vicino alla fattoria dove passare del tempo.

"Non essere stupido," disse Chris con la fronte aggrottata. "Ti portiamo noi."

Ery scosse la testa. "No, mi farà bene fare esercizio. Magari mi si schiariranno le idee." E prima che potessero protestare, si chinò e baciò Dylan sulla guancia, poi afferrò Chris per poter baciare anche lui. "Grazie, ragazzi. Siete i migliori."

Uscì nel freddo della notte.

LA NONNA di Ery sedeva di fronte a lui e giocherellava con la forchetta nel piatto di pasta. "Non sembri felice come mi sarei aspettata," disse, alzando un po' la voce per farsi sentire nel locale affollato durante l'ora di pranzo.

Lui aveva toccato appena la sua insalata. "*Sono* felice," insisté. "Credo di essere solo sotto shock."

Sembrava scettica ma cambiò argomento. Non gli aveva chiesto nulla di Karl, anche se era impossibile che si fosse dimenticata dello spirito d'acqua. "Be', spero che tu abbia intenzione di invitarmi alla mostra."

Almeno quell'idea la fece sorridere. "Stai scherzando? Mi rifiuterei di fare la mostra se tu non ci fossi."

"È da parecchio che non metto piede in una galleria. Come ci si veste oggigiorno per un evento del genere?"

"Nonna, tu sei sempre favolosa. Potresti venire in ciabatte e pigiama e saresti comunque la donna più bella."

"Non essere ridicolo. So che ai tuoi genitori piacerebbe molto partecipare, ma non so se riusciranno a venire con così poco preavviso."

451

Pensò al dipinto di Karl nella doccia e avvampò. Avrebbe potuto sopportare che sua nonna lo osservasse mentre lui le era vicino, ma sua madre? Non esisteva. "Lo capisco. Possiamo mandargli delle foto. Le metterò su Facebook per mamma."

"Bene. Vorrà vantarsi di te con tutti i suoi amici, ne sono certa. E tuo padre... non dirà molto, ma sai che sarà orgogliosissimo."

"Lo so."

"Assomiglia molto a tuo nonno sotto questo punto di vista. Sempre molto razionale. Come se la ragione prevalesse sulle emozioni! Sono contenta che tu ti senta molto più libero di esprimere i tuoi sentimenti, tesoro."

Non sapeva se fosse un rimprovero per la sua reticenza a parlare di Karl, così accennò un sorriso e con la forchetta infilzò degli spinaci e del radicchio. Continuò a inforcare il cibo mentre discutevano dei dettagli dell'imminente mostra: lista degli invitati, pubblicità, eccetera. Le disse che aveva in programma di chiedere a Julio se quelli dell'East by Northwest potessero occuparsi del catering per l'evento. Agli invitati sarebbero piaciuti i loro blini.

Finito di mangiare, mentre sorseggiava un espresso e sua nonna un decaffeinato, lei cominciò a rovistare nella borsa. Si aspettava che tirasse fuori dei fazzoletti o dei medicinali, invece estrasse una borsetta di tessuto e una busta bianca con scritto il suo nome. "Apri prima questa," disse, indicando la borsetta.

"Il mio compleanno è tra diversi mesi, nonna."

"Lo so benissimo. Non c'entra nulla. Avevo intenzione di dartelo comunque, adesso possiamo considerarlo un regalo per festeggiare il tuo successo."

Gli piaceva ricevere regali. Prese la borsetta e la mise a testa in giù. Quasi ansimò quando vide quello che uscì rotolando sul tavolo: il gabbiano cloisonné che aveva sempre amato. "Nonna?" disse con voce stridula.

"Non fare quella faccia, caro. Per quanto ne so, non sono in procinto di morire."

Emise un sospiro di sollievo e prese in mano la statuetta. "Ma perché?"

"Sto facendo pulizie. Ho intenzione di dar via buona parte delle mie cose, e ci sono degli oggetti che voglio che tu e i tuoi genitori consideriate prima. Qualcuno potrebbe volerli. Ma sapevo che il gabbiano ti è sempre piaciuto." Gli fece un sorriso affettuoso.

"Se non stai morendo, perché ti vuoi sbarazzare delle tue cose?"

Indicò la busta. "Aprila e lo scoprirai."

La aprì con attenzione. All'interno c'era un assegno. Era intestato a lui. e quasi si strozzò leggendo la cifra riportata. Sua nonna rimase in attesa mentre beveva e riprendeva fiato.

"Che... che *diavolo*, nonna?" Di solito non imprecava davanti a lei. Ma l'assegno era di mezzo milione di dollari, cazzo. Bevve altra acqua cercando di non andare in iperventilazione.

"Ho venduto la casa, Ery." Quando lui la guardò ammutolito, lei continuò: "È troppo grande per me e, francamente, starci dietro è diventato troppo faticoso. Mi trasferirò in una di quelle case di riposo a Beaverton. È davvero un bel posto.

Ovviamente avrò il mio appartamento, ma si possono fare moltissime attività ed escursioni. Non avrò più bisogno che tu faccia così tanto per me."

"Mi *piace* fare delle cose per te."

"Lo so." Gli diede un buffetto sulla mano. "Possiamo comunque continuare a uscire insieme. Ma tu devi vivere la tua vita, caro."

"Ma… ma… la tua casa…" Gesù. Adesso stava facendo fatica a non mettersi a piangere.

Lei doveva averlo capito, perché frugò di nuovo nella borsa e questa volta tirò fuori davvero dei fazzoletti, che gli passò. "Amo quella casa, e so che è lo stesso per te. Ma non ti si addice. Inoltre, ho trovato degli ottimi compratori." Fece un sorrisetto furbo.

"Chi?"

"I tuoi genitori! Hanno già venduto casa loro a Minneapolis e si trasferiranno a marzo."

Per un momento cercò di assimilare quell'informazione. Sapeva che i suoi avevano intenzione di trasferirsi, ma non aveva idea che avessero preso una decisione definitiva. Era felice che avrebbero vissuto di nuovo vicino a lui. E di sapere che avrebbe potuto continuare a frequentare la casa di sua nonna; be', era un pensiero confortante. "Ma perché mi hai dato i soldi della vendita, nonna?"

"Non ti ho dato tutto. Caspita, non avevo idea che i prezzi delle case fossero saliti così tanto! Se tuo nonno avesse saputo… Be', ho messo da parte parecchio per me. Ma non ho bisogno di molto."

"Ma mamma e papà…"

"I tuoi genitori possono acquistarla tranquillamente, soprattutto con i profitti della casa di Minneapolis. E tua mamma ha detto che per loro è meglio continuare a pagare il mutuo, immagino per le tasse." La madre di Ery era una commercialista abilitata.

Ery guardò l'assegno aspettandosi che da un momento all'altro potessero spuntargli delle zanne. Dato che non aveva mai pensato di possedere una somma del genere, non aveva mai nemmeno fantasticato su come poterla spendere.

Come al solito, sua nonna capì subito quello che stava provando. Rimise l'assegno nella busta e lo fece scivolare sul tavolo verso di lui. "Ery, quello che ti sto dando non sono solo soldi."

"Ehm… no?"

"È qualcosa che ha molto più valore, qualcosa che sono molto felice di poterti offrire. Ti sto dando la possibilità di scegliere, mio caro."

Scosse la testa. "Non capisco."

"Con questi soldi sul tuo conto, adesso potrai farti guidare molto meno dai *devo* e molto di più dai *voglio*. Investili per quando andrai in pensione. Compra una casa. Lascia il lavoro e vivi con i tuoi risparmi mentre dipingi a tempo pieno. Fai il giro del mondo. Caro, insegui i tuoi sogni."

"Non sono... non sono nemmeno più sicuro di quali siano i miei sogni." Si soffiò il naso.

"Allora, mentre decidi, potrai far fruttare i tuoi soldi."

Aveva un'aria così calma e sicura di sé. Ery era certo che anche se fosse vissuto fino a cent'anni, non avrebbe mai raggiunto quel livello di serenità. E, sicuro come l'oro, in quel momento vi era lontanissimo. "Non so cosa dire," mormorò.

"Di' semplicemente: grazie, nonna. Poi rifletti per un po' e prendi una decisione da adulto."

Lui la guardò sorridente e con le lacrime agli occhi. "Grazie, nonna."

QUEL VENERDÌ mattina era comprensibile che fosse leggermente distratto. Non solo tutta la settimana era stata un susseguirsi di terremoti emotivi, ma i suoi vicini erano stati svegli fino a tardi, con la musica polka a tutto volume, e Myra lo aveva incaricato di disegnare delle illustrazioni per uno studio di yoga. Inoltre, il tizio che lavorava alla scrivania di fianco alla sua – un ragazzone muscoloso che aveva tutta l'aria di trovarsi più a suo agio in un campo da football piuttosto che davanti a un tavolo da disegno – stava mangiando qualcosa di puzzolente.

Ery voltò la testa per guardare Jason in cagnesco. "Ma che cos'è?"

Jason alzò il contenitore. "Zuppa."

"Cosa c'è dentro?"

"Non lo so. Aglio, pesce. Me l'ha preparata la mia ragazza. È davvero buona. Ne vuoi un po'? Ne ho un thermos pieno."

Criticare il cibo che aveva preparato la persona amata di qualcun altro era una pessima idea. "No, grazie."

"Dice che aiuta a non ammalarsi."

Già, probabilmente perché nessuno voleva avvicinarsi abbastanza da trasmettere i propri germi. "È stato un pensiero carino da parte sua."

Jason fece un gran sorriso. "Già, è davvero fantastica. Sei sicuro di non volerne un po'?"

Ery stava cercando di mettere insieme una risposta educata quando fu salvato dallo squillare del cellulare. Guardò Jason stringendosi nelle spalle, scese dallo sgabello e si diresse nella stanza minuscola dove Myra permetteva ai collaboratori di intrattenere le conversazioni telefoniche private.

"Pronto?" Il numero aveva il prefisso di New York. Non conosceva nessuno in quella città.

"Parlo con Ery Phillips?" La donna all'altro capo della linea aveva una voce squillante e professionale. Lo stomaco di Ery si strinse, come spesso gli accadeva quando parlava al telefono con degli sconosciuti. E se fosse stato qualcuno che gli diceva che i suoi genitori erano morti? A New York, stranamente, invece che nel Minnesota. E se fosse stato un avvocato che voleva denunciarlo per un qualche motivo? O quelli dell'ufficio delle tasse che gli chiedevano delucidazioni sui colori che aveva dedotto nella sua dichiarazione dei redditi?

"Sì?" rispose sul chi va là. Aveva raggiunto la stanzetta, così entrò, chiuse la porta e sedette sulla sedia imbottita, unico elemento di arredo in quello spazio angusto.

"Mi chiamo Amanda Watanabe. Sono la direttrice della fondazione Lonetree di Brooklyn."

Il nome gli era familiare, e dopo un momento si ricordò del motivo. Lonetree promuoveva un programma davvero fantastico per ospitare nella loro struttura artisti e le loro mostre. Aveva fatto domanda anni prima – e anche incluso delle lettere di presentazione di Julio e un paio dei suoi insegnanti – ma non era stato scelto. Non era rimasto deluso, perché sapeva che le chance erano minime. "Mi state chiamando per fare una donazione?" domandò, pensando all'assegno che non aveva ancora nemmeno depositato. Di sicuro avrebbe potuto fare della beneficenza adesso, ma voleva pensarci su prima di impegnarsi.

Ma la signora Watanabe stava ridendo. "No, non era quello che avevo in mente. Anche se accettiamo sempre delle donazioni, ovviamente."

Si sentì stupido. Perché la direttrice del Lonetree avrebbe dovuto chiamare *lui* per chiedergli dei soldi? "Oh," disse.

"Signor Phillips, la sto chiamando perché ieri ho fatto una lunga chiacchierata con Julio Delgado. Mi ha detto che a breve terrà una personale dei suoi lavori."

"Ah, sì. Vero, alla fine di questo mese."

"È rimasto molto colpito dai suoi dipinti. Mi ha mandato delle foto e, francamente, lo sono anch'io. Molto." Sottolineò quella parola con enfasi. "Penso che il suo lavoro sia davvero all'avanguardia. Visionario."

Wow. "Ehm... grazie." *Che risposta eloquente, testa vuota.*

"Signor Phillips, mi pare di capire che tempo fa aveva fatto richiesta per accedere al nostro programma."

"È stato... cinque o sei anni fa, credo."

"Sì, abbiamo ancora la sua documentazione. E alla luce di quello che il signor Delgado mi ha mostrato, ci piacerebbe offrirle un posto, con effetto immediato."

Aveva bisogno di sedersi. Gesù, *era* seduto. Aveva bisogno di *sdraiarsi*, ma non c'era abbastanza spazio.

"Immediato?" squittì. Era quasi sicuro di aver perso la ragione.

"Come sa, la nostra missione è promuovere e sostenere le eccellenze creative. Il programma ha la durata di due anni, anche se a volte può essere prolungato. Le forniremo un appartamento e un piccolo rimborso spese, e ovviamente avrà completo accesso al nostro studio qui a Brooklyn. È uno spazio meraviglioso. I suoi obblighi saranno minimi: chiacchierare con i visitatori occasionali della fondazione e partecipare ad alcune mostre."

"Mostre," le fece eco. Stava diventando un pappagallo.

"Solo due o tre," disse. "Dovrà contribuire con alcuni pezzi."

"Io... Io... Io..." Chiuse gli occhi, il che non servì a nulla.

"Sono certa che vorrà prendersi del tempo per pensarci. Le manderò tutti i dettagli via e-mail. Ma abbiamo bisogno di una risposta entro la fine della prossima settimana."

Con un grande sforzo, riuscì a collegare la lingua al cervello. "Grazie, signora Watanabe. È davvero un onore. Io... be', sono sconvolto."

Lei rise di nuovo. "Lo capisco. A giudicare dalle sue opere recenti, signor Phillips, dovrà prepararsi per parecchi di questi shock nel prossimo futuro."

Riuscì a ringraziarla di nuovo, darle l'indirizzo e-mail, e prometterle che l'avrebbe ricontattata presto. Poi passò parecchio tempo seduto nella stanzetta a fissare lo schermo del telefono.

CAPITOLO 16

ERY NON era certo di quanto tempo avesse trascorso nella stanzetta. A un certo punto qualcuno bussò alla porta, ma lui gli disse di andare via e lo avevano fatto. Tutto era calmo nel suo rifugio, così tanto che riusciva a sentire il suo cuore battere e i polmoni respirare e, quando si spostava appena sulla sedia, i jeans frusciare.

Non decise consciamente di alzarsi, ma si ritrovò ad aprire la porta. Jason lo fissava quando tornò alla sua postazione, però non disse nulla. Aveva finito la zuppa puzzolente.

Sedette al suo tavolo, dove era nel bel mezzo di uno schizzo per lo studio di yoga e prese in mano la matita.

Quel giorno toccava a Myra scegliere la musica, il che voleva dire che stavano ascoltando una radio che trasmetteva solo successi degli anni settanta e ottanta. Quando Ery si alzò, con in mano il suo disegno, gli A-ha stavano cantando *Take on Me*. Ery credeva di ricordare che la band fosse svedese o di qualche altro paese scandinavo. Si chiese se avessero mai sentito parlare degli stroemkarl.

Myra sorrise quando Ery si avvicinò alla sua scrivania. "Hai qualcosa da farmi vedere?" domandò allegra.

Senza dire nulla, le porse il foglio.

Lei lo osservò alla svelta e spalancò gli occhi. "Ah-ah, Ery. Molto divertente." Gli restituì il disegno e anche lui lo guardò, come se fosse la prima volta: una donna con indosso un body in una posizione yoga stava per stringere amicizia con un pene enorme color verde foglia e un catetere inserito nel glande. La sacca del catetere stava in bilico sul piede sollevato della donna.

Ery posò il disegno sulla scrivania di Myra. "Mi licenzio," disse.

"Ma… Cosa succede, Ery?"

"Niente. È solo… solo che non posso più continuare così. Mi dispiace." Mentre lei continuava a guardarlo a bocca aperta, lui si girò sui tacchi, tornò a passo di marcia al suo tavolo e raccolse le sue cose. Non aveva molto, in realtà. Solo il portatile e la borsa a tracolla, alcune delle sue penne preferite e una tazza con due uccelli tropicali multicolore appollaiati su un ramo. Si infilò il cappotto. "Ciao, Jason," disse. Poi uscì dalla porta.

Quando scaricò tutte le sue cose dentro Bee e si allontanò, non si sentiva più leggero e nemmeno più libero. Non era certo di *come* si sentisse, ma ultimamente gli capitava spesso. E quella settimana quasi costantemente. Forse adesso non provava più nulla. Doveva aver esaurito tutta la sua riserva di emozioni quando sua nonna gli aveva dato l'assegno.

Anche se era pomeriggio presto quando tornò a casa, i vicini stavano ascoltando la polka a tutto volume. La fisarmonica era lo strumento del demonio. Era contento di non averne comprata una per Karl.

Karl. Quella era esattamente la direzione in cui non voleva che i suoi pensieri fluissero. Però, quando sedette sul divano, il suo sguardo si posò sulla roccia e la conchiglia. "Smettila di fare il codardo." Prese il gabbiano dallo scaffale – il giorno prima l'aveva appoggiato vicino alla conchiglia – lo infilò nella tasca della giacca e fece le scale di corsa fino al pianterreno.

Immaginò che Bee dovesse essere sorpresa di vederlo di nuovo così in fretta. "È tempo di fare una passeggiata in campagna," le disse mettendosi dietro al volante. Ma prima in campagna doveva arrivarci, e il traffico era intenso. Sedeva inebetito, avanzando lentamente, senza ascoltare quello che trasmetteva la radio. Quasi mancò la sua uscita.

Alla fattoria, del furgone di Dylan non c'era traccia. Ovviamente uno dei ragazzi poteva comunque essere in casa, ma Ery non bussò alla porta. Non si fermò nemmeno quando passò davanti al granaio.

Non vide Karl al laghetto. Ery si sedette su una delle sedie da giardino che Dylan e Chris avevano trasportato qualche settimana prima. Gli piaceva pensare ai suoi amici che passavano il tempo a chiacchierare come vicini socievoli con Karl. Oltre a portare le sedie gli avevano anche costruito un piccolo capanno. Come aveva previsto, Dylan non si era accontentato di mettere insieme delle assi. Aveva invece creato una piccola capanna da pescatore sul modello svedese con delle listarelle di legno sui fianchi dipinti di arancione. La piccola struttura era in parte sospesa sul laghetto e aveva anche un piccolo ponticello. Con orgoglio, Karl aveva detto a Ery di aver aiutato a costruirlo. Più tardi, però, Chris in privato gli aveva rivelato di aver capito il motivo per cui nessun nix lavorava nell'industria edilizia.

Ery godette della pace e tranquillità del laghetto per qualche minuto. Le anatre erano lì, starnazzanti. Le foglie imbrunite svolazzarono pigramente sullo specchio d'acqua. I pini avevano un'aria cupa e intensa quel giorno. Ery non faceva fatica a immaginarsi momi, unicorni, lupi mannari e ogni sorta di creatura mitologica aggirarsi sotto i grandi rami.

Fece un respiro profondo. "Karl?" disse. Non urlò; sapeva che sarebbe riuscito a sentirlo. E come previsto, entro pochi secondi, Karl fece la sua comparsa dall'acqua. Come sempre bellissimo – una visione che prendeva vita – gli fece un gran sorriso. Schizzò un po' d'acqua mentre si avvicinava a lui, ma quando Ery si alzò, Karl si fermò a un braccio di distanza.

"Ti bagnerò," disse.

"Il cappotto è impermeabile."

A Karl sembrò una risposta ragionevole e si lanciò su Ery per un forte abbraccio. "È già sabato?" domandò contro la sua guancia. "Credevo fosse venerdì, ma a volte perdo il conto dei giorni."

"No, è venerdì."

458

"Com'è andata alla galleria? È impazzito per i tuoi dipinti, vero? Ovviamente è andata così."

Erano successe così tante cose dall'incontro con Julio che Ery si era quasi dimenticato dell'ansia che aveva provato. "È andata bene. Terrà una mostra per me alla fine del mese. Penso che il suo preferito sia quello di te sotto la doccia."

Karl rise. "Credo che sia quello che ti sei divertito di più a dipingere." Guardò verso il capanno. "Vuoi che prenda la chitarra?"

"Non sono venuto a dipingere."

"Oh." Karl si allontanò leggermente. "Sei venuto qui per un altro motivo?"

Tutti i sentimenti che Ery pensava di aver esaurito fecero la loro comparsa all'improvviso, be', quelli negativi, in ogni caso. Era contento di aver mangiato poco, perché altrimenti avrebbe vomitato. Sentiva il viso avvampare e la bocca secca. "Devo andare."

Karl accennò un sorriso. "Ma sei appena arrivato."

"No, voglio dire… devo andare via. Da… dall'Oregon." Non riusciva a guardare Karl negli occhi. Non ce la faceva. "Mi hanno fatto un'offerta a Brooklyn. Si tratta di due anni ed è davvero importante. Un'occasione molto prestigiosa. Mi pagheranno le spese per poter dipingere a tempo pieno, e avrò la possibilità di incontrare delle persone importanti."

"Brooklyn è lontano da qui?"

"È a New York. Sulla costa opposta."

Karl annuì serio. "C'è molta acqua lì?"

Per un momento Ery si permise di immaginare Karl che nuotava nell'East River o nella Jamaica Bay, aspettando con ansia che Ery si prendesse una pausa dal dipingere o dai suoi giri per visitare gallerie e socializzare con gli addetti ai lavori. Ma allontanò quell'immagine così violentemente che grugnì per lo sforzo. "Non puoi venire, Karl. Questa è la tua casa."

"Mi sono trasferito in passato e per motivi anche meno importanti."

"Ma è da parecchio che non lo fai. E tu ami vivere qui, lo sappiamo entrambi. Inoltre, a New York ci sono milioni di persone e parecchio rumore. Nell'acqua ci sono le navi ed è inquinata… non è un posto per te. Mi dispiace."

Karl si portò i capelli dietro le orecchie, poi posò una mano sulla spalla di Ery. "Andare lì è importante per te."

"È l'occasione di una vita. Un sacco di artisti venderebbero la madre al mercato nero per questa occasione."

Con gran sorpresa di Ery, Karl gli sorrise. Era un sorriso triste, certo, ma sincero. "Sapevo che questo momento sarebbe arrivato. Speravo non sarebbe successo così presto."

"Karl, io…"

"Apprezzo che tu sia venuto a salutarmi. Henry… Henry non si è fatto più vedere e basta. È stata dura. Ho aspettato che tornasse per un sacco di tempo."

Oh Gesù. Ery infilò le mani nelle tasche del cappotto con la speranza di trovare un fazzoletto. Ne trovò uno di carta, che sarebbe dovuto bastare. Era uno stronzo e si meritava di dover usare un fazzoletto ruvido per asciugarsi gli occhi e il naso. "Mi dispiace, Karl. Se ci fosse un modo... Ma tra noi non avrebbe mai funzionato."

"Perché non sono una persona vera."

Ery lasciò cadere il fazzoletto e afferrò entrambe le braccia di Karl. "No! Tu sei vero come tutti. Forse anche più vero. È solo che non... Non posso... Dio, è così complicato! Ho avuto un'illuminazione questa settimana. No, ne ho avute dieci. E una di queste è che non posso più prendere le cose come vengono."

"Non pensavo che lo stessimo facendo," mormorò Karl. Non avrebbe dovuto parlare a bassa voce, pensò Ery, ma urlare e gridare e dargli dello stronzo.

"Non lo stavamo facendo. Non davvero, ed è questo il problema, a parte il fatto che mi devo trasferire dall'altra parte del paese."

Karl aveva l'aria perplessa, ed Ery dovette trattenersi dal provare a cancellare quell'espressione dal suo viso. "Non capisco," gli disse.

Era venuto il momento. "Mi sto innamorando di te, Karl. Davvero tanto. Non mi ero mai innamorato di nessuno prima, nemmeno una volta. Mi chiedevo spesso se sarei stato in grado di amare qualcuno così tanto. Adesso immagino di sì."

Una lacrima scese dall'angolo dell'occhio di Karl lungo la sua guancia, dove si andò a mescolare con la pelle umida dell'acqua del lago. Ma stava sorridendo. "Sono così felice di sentirtelo dire. Anch'io sono capace di amare, sai. Davvero. Ti amo."

"Dio, Karl." Ery cercò di non singhiozzare. Sarebbe rimasto calmo. Era un adulto. Scosse la testa. "Se si fosse trattato solo... solo di sesso, non sarebbe così triste. Potremmo divertirci. Ma abbiamo due vite troppo diverse." Emise una risata leggermente isterica. "E io diventerò vecchio e rugoso e tu rimarrai giovane e..."

"Tu sarai *sempre* bello." Karl gli accarezzò la guancia. Le sue dita dovevano essersi inumidite, perché se le leccò. "Non mi importa delle rughe."

Ery era disposto a dare a Karl il beneficio del dubbio, perché forse non era superficiale come la maggior parte degli esseri umani. Ma l'idea di una vera relazione tra loro rimaneva comunque impossibile. Scosse la testa.

"Penso di capire," disse Karl dopo qualche secondo. "In realtà ci ho pensato molto. Tu hai bisogno di dipingere come io ho bisogno di nuotare. Fa parte della nostra natura."

Ery annuì. Era vero. "Vorrei non essere così. Vorrei essere... un idraulico! E vorrei che tu non fossi così comprensivo. Mi sto sentendo ancora peggio."

Gli angoli della bocca di Karl tremarono. "Vuoi che urli?"

"Sì."

"Non te lo meriti, Ery. Sei sempre stato onesto con me. Mi hai dato così tanto." Fece ballare le sopracciglia proprio come faceva Chris. "Però se vuoi posso sculacciarti."

Ridere e piangere allo stesso tempo era terribile. Tutta quella situazione faceva schifo. Ery si sentiva come se qualcuno avesse passato il suo cuore con una spugnetta ruvida. "Sei la persona più incredibile che abbia mai incontrato e che incontrerò mai." Si infilò le mani nelle tasche, sperando di avere un altro fazzoletto ma invece trovò il gabbiano. Lo tirò fuori e glielo porse. "Ecco."

Karl lo prese e lo rigirò nella mano. "È come il tuo tatuaggio."

"È solo un gabbiano," spiegò Ery. "Era di mia nonna. Mi ricordo che quando ero davvero piccolo ci giocavo. Vedi tutti i colori? E le linee intricate? Penso che sia stato questo gabbiano a farmi desiderare di disegnare. Avevo pensato: Wow! Magari un giorno sarò in grado di fare qualcosa di così bello, quindi è speciale per me."

"E vuoi darlo a me?"

"Sì, lo voglio davvero."

Karl emise un sospiro profondo. "Grazie. Sarà speciale anche per me." Accarezzò il dorso del gabbiano delicatamente come se fosse stato un pulcino appena nato. Poi guardò Ery. "Possiamo fare l'amore un'altra volta? Per favore?"

"Non... non penso che sia una buona idea."

"Be', io credo che sia una magnifica idea. Non ti preoccupare. Capisco... dopo andrai via. Ma mi piacerebbe avere un'altra possibilità di sentirti e assaporarti."

In realtà era un'idea terribile. Ma anche Ery voleva farlo. "Sì," disse. Era la decisione più stupida che aveva preso quella settimana ma quella che lo aveva reso più felice. Anche Karl era felice. Lo spirito d'acqua corse verso il capanno, aprì la porta di scatto e posò il gabbiano, poi la richiuse sbattendola e tornò di corsa da Ery.

Si tennero per mano correndo verso il granaio, ma senza allegria – era un momento troppo solenne – però un po' del dolore che Ery sentiva dentro si era attenuato.

L'appartamento era gelato perché aveva lasciato il riscaldamento spento. Lo accese e ascoltò il ventilatore soffiare l'aria calda mentre Karl stava alle sue spalle, strofinandogli il naso sul collo. Anche se il corpo di Ery cominciava a riscaldarsi, le labbra sulla sua pelle lo facevano tremare.

Era chiaro che era Karl che voleva spogliarlo, perché gli allontanava le mani ogni volta che provava a farlo lui. Così Ery glielo permise, allungando le braccia perché gli togliesse il cappotto e la camicia di flanella viola e aspettando che gli sfilasse anche la maglietta verde. Nelle ultime settimane, Karl era diventato un esperto con i bottoni e le cerniere, così non fece fatica con i jeans, ed Ery rimase in equilibrio, reggendosi alla sua spalla, mentre lui gli toglieva scarpe, calzini, pantaloni e mutande.

Quando fu completamente nudo, il sesso di Ery era già turgido. E anche quello di Karl. Passarono parecchio tempo guardandosi, accarezzando con attenzione l'uno il corpo dell'altro come se fosse la prima volta, come se tutto fosse una novità. Sapevano entrambi che era vero il contrario. Ma era comunque bello esplorare,

461

sentire la pelle liscia sui muscoli duri, accarezzare la durezza del sesso di Karl e la dolce pienezza dei suoi testicoli.

"Letto," disse Ery con voce roca quando le ginocchia cominciarono a tremargli.

Lo aveva rifatto la domenica precedente prima di tornare a Portland, ma non si era preso il disturbo di cambiare le lenzuola, così quando lui e Karl si lasciarono cadere sopra erano già pregne dell'odore del sesso, come loro, il che fece aumentare il battito di Ery e gemere Karl contro la sua spalla. "Pensi che Dylan e Chris mi lasceranno venire qui quando tu non ci sarai?" domandò Karl.

"Certo."

"Bene. Ho dei bei ricordi in questo granaio." Guardò negli occhi di Ery. "Nell'acqua non rimane mai nulla. I ricordi vengono trasportati dalla corrente. Ma qui… penso che il tuo spirito rimarrà sempre."

Ery sorrise. "Come il fantasma di zio Frank?"

Karl aveva sentito la storia di suo zio, quindi sapeva di cosa stava parlando Ery. "Meglio di un fantasma. La tua presenza vibra qui. Fin dentro le mie ossa." Si diede delle pacche sul petto, sopra il cuore. "Sei fin troppo vivo per essere un fantasma."

Per provare quanto fosse vivo, Ery lo baciò, con forza e a lungo. Forse avrebbe baciato qualcun altro in futuro – quasi sicuramente – ma gli sarebbe sempre mancato il sapore intenso e salato di Karl e la straordinaria morbidezza delle sue labbra. Oh, e i capezzoli, duri, rosa e deliziosi, anche quelli gli sarebbero mancati, assieme ai muscoli definiti del suo petto e la piccola fessura del suo ombelico, e i fianchi leggermente ossuti. E Dio, il suo incredibile sesso, con le vene turgide, il sapore salmastro delle gocce che lasciavano la fessura, il prepuzio con cui gli piaceva giocare. Ery leccò, accarezzò e succhiò fino a quando Karl si contorse sotto di lui, muovendo la testa da una parte all'altra e imprecando in una lingua a lui sconosciuta.

Poi Karl lo allontanò gentilmente. "Non troppo in fretta, Ery. Non ancora. Voglio stare dentro di te."

Oddio, sì. Nei loro fine settimana insieme avevano sperimentato una varietà di posizioni. E gli erano piaciute tutte. A volte, quando affondava nelle cosce e nel corpo accogliente di Karl, Ery quasi si perdeva in quella felicità assoluta e, quando lo faceva, Karl imprecava e lo pregava. Ma avevano entrambi una posizione preferita: Ery sul fianco, Karl dietro di lui, dentro di lui, mentre accarezzava il sesso di Ery e si spingeva nel suo corpo con straziante lentezza. A volte durante l'amplesso Karl lo leccava. Una volta gli aveva morso la spalla così forte da lasciargli il segno dei denti. Dopo, quando si era accorto di quello che aveva fatto, era stato imbarazzato e sconvolto. Ma Ery gli aveva toccato i bordi dei denti taglienti e gli aveva detto – con estrema sincerità – quanto gli era piaciuto.

Ery percorse il corpo di Karl, baciandolo man mano che saliva. Quando raggiunse il suo volto, fece un sorriso perfido. "Mi vuoi dilatare un po', piccolo?" Si voltò e si mise a cavalcioni sul torso di Karl, esponendo le natiche.

Karl ridacchiò. Tirò Ery per i fianchi, sistemandolo in modo da potersi piegare in avanti per leccare la fessura tra i suoi glutei. Quando infilò la lingua nel piccolo anello di muscoli, inumidendolo, Ery fece fatica a non muoversi. La lingua di Karl gli procurava una sensazione piacevole. Davvero piacevole. Ma voleva di più.

Dopo aver armeggiato qualche momento con la bottiglietta di lubrificante, Karl lo accontentò, penetrandolo con un dito lungo e forte. Karl aveva imparato da tempo la giusta angolazione per far impazzire Ery, e non esitò a usare quella sua conoscenza, tormentandolo fino a quando Ery cominciò ad ansimare per il piacere.

Ery si allontanò e lo guardò da sopra la spalla. "Non troppo in fretta, ricordi?"

Ma non era troppo in fretta, non più. Anche se Ery avrebbe potuto restare più a lungo, passare la notte, la settimana, rimanere nel granaio fino a quando non ci fosse stata la sua mostra, sapeva che non era giusto farlo. Il suo corpo non poteva più aspettare, e il suo cuore non poteva affrontare altri ritardi.

Si girò per trovarsi faccia a faccia con Karl, trovò la posizione perfetta e affondò sul suo membro. Quando Karl fu totalmente sepolto nel corpo di Ery, quando le natiche di Ery si posarono sul bacino di Karl, rimasero immobili a guardarsi. Erano come un dipinto, un singolo istante di forma, colore ed emozione fuori dal tempo. Se Ery avesse potuto *essere* un'opera d'arte, avrebbe voluto essere proprio così.

Ma la carne – umana o di stroemkarlen – non era della stessa sostanza dei dipinti. Karl sollevò le mani per accarezzare il petto di Ery, stuzzicargli i capezzoli e tirargli con gentilezza i peli del suo petto, del suo addome e del pube. E quando gli avvolse le mani intorno al sesso e cominciò a spingersi dentro di lui, Ery non riuscì più a stare fermo. Strinse le cosce, muovendosi lentamente su e giù, sentendo il modo in cui il suo corpo prendeva Karl come un regalo, odiando quella breve sensazione di vuoto quando quasi si separavano.

Oh, lo sguardo sul viso di Karl! Gli occhi verdi spalancati nello stupore, le labbra carnose leggermente socchiuse. Anche se fosse vissuto quanto un nix, Ery avrebbe potuto passare il resto dei suoi giorni sapendo esattamente che volto avesse l'amore, perché era esattamente quello che stava vedendo in quel momento. Sperava che Karl stesse vedendo la stessa cosa.

Le cosce di Ery cominciarono a fargli un po' male quando aumentò il ritmo, ma a quel punto non gli importava più di nulla. Avrebbero potuto prendere fuoco e lo avrebbe notato appena a causa del calore che sentiva nell'addome, l'energia che scintillava e crepitava dove Karl si univa a lui.

"Älskling," sussurrò Karl. "Mio Ery. Mio amato." Chiuse gli occhi e si inarcò con i fianchi per quanto il peso di Ery gli permetteva di farlo, e aprì la bocca emettendo un lungo grido lacerato.

Il suo orgasmo percorse il corpo di Ery come una tempesta. Solo quando si lasciò cadere appoggiando la guancia sulla spalla di Karl si accorse che stava piangendo di nuovo.

Rimasero insieme a letto a lungo, baciandosi e coccolandosi. Alzarsi – separarsi fisicamente da Karl – fu la cosa più difficile da fare. Ma si rivestì e camminò assieme a lui fino alla porta del granaio.

Mentre facevano l'amore era scesa la notte, ma Ery non aveva bisogno della luce per ricordarsi dell'aspetto dello spirito d'acqua. Lo aveva memorizzato settimane prima. Karl prese il suo viso tra le mani per un ultimo bacio dolce e amaro. Appoggiarono le loro teste l'una contro l'altra.

"Karl? Promettimi che ti prenderai cura di te stesso." Gli tornò in mente quando aveva rischiato di morire lontano dall'acqua. "Promettimi che non rimarrai all'asciutto troppo a lungo."

"Prometto. E tu promettimi che aprirai il tuo cuore all'amore quando andrai… dovunque tu stia andando."

"Va bene."

"Vola via, Ery," disse Karl con voce roca. "Vola via."

Si voltarono e camminarono in direzioni opposte.

Nella casa grande, le luci calde si riversavano dalle finestre sul portico. Il furgone di Dylan era parcheggiato lì vicino. Ma Ery non se la sentiva di parlare con i suoi amici, così salì su Bee, accese il motore e andò via.

Era quasi arrivato alla strada di campagna quando il parabrezza cominciò a essere bombardato da enormi gocce di pioggia.

CAPITOLO 17

ERY ODIAVA i social media.

A meno di una settimana dalla sua personale, avrebbe dovuto twittare, postare su Facebook e Tumblr incessantemente per far sapere a tutti quanto sarebbe stata incredibile la sua mostra. Ma non aveva voglia di farlo. Voleva solo stare rannicchiato sul divano del soggiorno dai colori brillanti e crogiolarsi nella sua autoimposta tristezza. No, per prima cosa voleva andare dai vicini e spaccargli le casse sulla testa. Era davvero difficile rimanere in un doveroso stato di sconforto con le musiche di Harold Loeffelmacher e i Six Fat Dutchmen.

Con riluttanza, Ery fece del suo meglio sui social media. Promosse la mostra all'intera popolazione della costa nordest. Quando gli amici gli chiedevano come si sentiva al riguardo, rispondeva tramite e-mail con uno studiato mix di eccitazione, orgoglio e umiltà, augurandosi che potessero partecipare. Sperava *davvero* che potessero venire. Sarebbe stato un disastro se lui e Julio avessero passato la serata a parlare solo con sua nonna.

Quando non era in rete, Ery si aggirava per l'appartamento, chiedendosi cosa si sarebbe portato a New York e cosa sarebbe rimasto dentro gli scatoloni nello scantinato di casa di sua nonna. O meglio in quello della nuova casa dei suoi genitori. A parte i vestiti, il portatile e un paio dei suoi libri preferiti, gli unici oggetti che *doveva* portare con sé erano la pietra liscia rossa e nera e la luccicante conchiglia di un nautilus.

Sedette sul divano, cercando di cancellare il suono della maledetta fisarmonica con Schubert e Shostakovich. Avrebbe preso una decisione proprio come facevano gli adulti. E sarebbe stata un'*ottima* decisione, che lo avrebbe portato in luoghi che aveva sognato fin da quando scribacchiava sui suoi blocchi d'appunti. Allora perché si sentiva così male?

Non aveva parlato molto con sua nonna negli ultimi giorni. Non voleva consigli o compassione, e di sicuro non voleva essere soggetto al suo caldo sguardo inquisitore.

Quando il telefono squillò, quasi lo ignorò, ma diede un'occhiata allo schermo e vide che era Dylan. Una nuova ondata di senso di colpa lo avvolse per andare a unirsi a quel cocktail tossico di emozioni.

"Ehi," disse Ery rispondendo.

Dylan grugnì di tutta risposta.

Poi nessuno dei due disse una parola, ascoltando il silenzio all'altro capo della linea. Silenzio, fino a quando Chris grugnì qualcosa in sottofondo, prese il telefono da Dylan, e disse: "Santo Cielo, se tu inizi a chiuderti in te stesso, allora so che la fine del mondo è davvero vicina."

"Ciao, Chris."

"Ciao a te. Che cazzo combini?"

Ery aveva una chiara idea di quello a cui si stava riferendo Chris, ma fece finta di nulla. "Cosa?"

"Che cosa hai fatto al tuo nix?"

"Non è il mio nix."

Chris fece una risata strozzata. "Be'. Sono giorni che il non-tuo nix fa piovere a catinelle. Nel resto dello Stato continuano a parlare di siccità, e qui c'è così tanta acqua che sono pronto a costruire un'arca."

Merda. "Mi dispiace, Chris. Ma io e Karl non possiamo… non possiamo più vederci. Dovrà farsene una ragione. Pagherò per tutti i danni causati alla proprietà." Non accennò al fatto che se fosse stato anche lui uno spirito d'acqua anche a sud di Portland le cose sarebbero state molto umide.

Questa volta, Chris sospirò e imprecò a bassa voce. "Non c'è nessun danno. Abbiamo un buon tetto. E anche se ci fossero dei danni non ci importerebbe. È Karl, Ery. Ha fatto piovere così tanto che il laghetto è straripato. Il capannino? È quasi sott'acqua per metà. La sua chitarra è distrutta e probabilmente tutto il resto di quello che tiene lì dentro."

Un nuovo dolore affiorò nel cuore di Ery. "La chitarra?"

"Sì, gli abbiamo proposto di comprargliene una nuova, e magari di tenerla nel granaio fino a quando sarà più asciutto, ma ha detto di no, che non vuole più suonare."

"Non so cosa fare. Io di certo non volevo ferirlo."

Dopo una pausa, Chris domandò a bassa voce: "Ma hai ferito anche te stesso, no? Ti sei fatto coinvolgere molto da lui."

"Lo amo."

Ecco. La verità. Non stava innamorandosi: era già innamorato. Non che importasse.

"Perché non vieni alla fattoria? Potremmo…"

"No. Non posso."

"Allora…" La voce di Chris fu interrotta da un fruscio.

Fu Dylan a parlare e il tono della sua voce era stranamente fermo: "Ecco cosa faremo, Ery. Circa a una decina a ovest dalla nostra strada c'è un segnale per la Hawkins Canyon Road. Lì svolta a sud. Continua per circa cinque chilometri e vedrai il mio furgone parcheggiato sul ciglio della strada. Ti aspettiamo lì."

"Ma…"

"Devi farlo, Ery."

Ery non sapeva nemmeno *cosa* dovesse fare. "Non voglio parlare con Karl. Servirà solo a farlo soffrire ancora."

"Lui non ci sarà. Solo io e Chris."

I suoi due amici avevano fatto così tanto per lui che Ery in tutta coscienza non poteva rifiutarsi. "Va bene. Partirò tra qualche minuto."

"Ci vediamo lì," confermò Dylan prima di riagganciare.

PER QUANTO semplici fossero state le indicazioni di Dylan, appena lasciata l'autostrada Ery cominciò a chiedersi se si fosse perso. Alla luce dei fanali erano visibili solo i fianchi ripidi e coperti di vegetazione delle colline. "Tieniti forte, Bee," disse, dando una pacca sul cruscotto. "Non possiamo essere *così* lontani dalla civiltà." Però si sentì sollevato quando scorse il Silverado di Dylan accostato alla carreggiata. Ery parcheggiò al suo fianco.

Il cielo notturno era limpido, con molte più stelle di quante ne vedeva di solito. Ma quando uscì dalla macchina, sentì l'odore della terra. Si domandò quanto fosse esteso il raggio del temporale di depressione di Karl e quanto ci sarebbe voluto perché qualcuno si accorgesse di quell'anomalia meteorologica. Se Karl avesse mai avuto bisogno di soldi, avrebbe potuto avvalersi dei suoi poteri. Si sarebbe potuto posizionare in qualche posto dove c'era bisogno di acqua e farsi venire una crisi emotiva.

"Non è divertente," ringhiò Ery a se stesso. E non lo era. Sapere che Karl era così dispiaciuto per la loro separazione lo stava uccidendo. L'ultima cosa di cui Karl aveva bisogno era altro dolore.

Dylan e Chris non erano vicino al furgone, ma Ery notò una luce brillare tra gli alberi e sentì delle voci basse. Seguì un sentiero di aghi di pino in direzione della fonte luminosa, e lì trovò i suoi amici, in piedi in una piccola radura. Avevano posizionato delle gigantesche torce puntate verso l'alto, come se fosse un palcoscenico. Karl non era con loro, il che fu un gran sollievo ma anche un po' una delusione.

"Ciao," lo salutò Dylan. Aveva un'aria insolitamente agitata, si mordeva il labbro e si passava le mani tra i capelli. Chris non aveva il suo solito sorriso facile in volto.

"Che succede, ragazzi?" domandò. "Sto per diventare la vittima di un rituale satanico, per caso?"

"Non proprio," mormorò Chris.

Be', si sentì rassicurato, più o meno.

Dylan incrociò le braccia. "Vogliamo parlarti."

"E dovevamo farlo nel bel mezzo di un bosco?"

"Sì."

Ery emise un gran sospiro. "Sono contento che siate preoccupati per Karl. È fantastico che abbia degli amici così solerti. Non penso che ne abbia mai avuti prima. E potete parlargli male di me quanto volete. Tutto questo casino è colpa mia."

Durante il suo monologo, Dylan aveva cominciato a camminare in cerchio. Non disse nulla in risposta, ma Chris gli si avvicinò. "Ascolta, amico. Dylan è un mago nel suo lavoro. Potrebbe essere famosissimo se volesse. Dovresti vedere che offerte gli hanno fatto da New York, Los Angeles, Londra… da ogni parte. Dai soldi che alcuni degli studi sarebbero disposti a pagare, penseresti che Dylan sia il Messia tornato sulla terra. Ma dice a tutti di no, e rimane qui in questo posto dimenticato da Dio. Vuoi sapere perché?"

"Perché è un lupo mannaro."

"Non è quello il motivo," rispose Dylan calmo, continuando a camminare. "Con i soldi che mi sono stati offerti, potrei permettermi tranquillamente di andare in un posto isolato una volta al mese. Rimango qui perché amo Chris."

Adesso Ery capì il punto di quella discussione, ma non il motivo del luogo del loro ritrovo. "Ma Chris potrebbe andare dappertutto con te."

Chris scosse la testa. "No, amico. Non potrei. Non mi dispiace andare a Portland una volta ogni tanto. O anche farmi un bel viaggio in Europa. Ma sono un vero campagnolo. Se mi trasferissi permanentemente in città impazzirei in poche settimane. Mi rattrappirei e morirei, proprio come un nix fuori dall'acqua."

Dylan si avvicinò. Era più alto di Ery e nell'oscurità, con le torce che proiettavano delle ombre bizzarre, era leggermente inquietante. La sua voce era bassa, però. "Una volta credevo che la cosa che volevo di più al mondo fosse il successo professionale. Volevo essere una celebrità. Ma Ery, sono molto più felice da perfetto sconosciuto qui in mezzo al nulla con Chris che come l'architetto più famoso al mondo senza di lui." Si avvicinò a Chris, ed Ery avrebbe giurato di riuscire a vedere l'energia scorrere tra loro, la forza pulsante e vitale del loro amore.

"Capisco, ragazzi. Ma io non sono voi. E Karl…"

"Karl non è umano," disse Dylan.

Con il volto contorto in una smorfia, Ery disse: "Già. E lui non è umano. Io sono… Oddio. Non sono stupido, cattivo e nemmeno debole, ma non so se sono in grado di affrontare la situazione. Non so nemmeno se riuscirò ad avere una relazione con un homo sapiens!"

"Conosci la mia storia," disse Chris. "Prima di Dylan, non avevo nemmeno avventure di una notte. Erano più… quindici minuti in ginocchio. La maggior parte delle volte."

"Ma quando hai saputo di Dylan, eri già innamorato di lui."

"Sì, ma quando l'ho scoperto tra noi è quasi finita. Non è stato facile, Ery. A volte *non è ancora* facile." Fece un sorriso sghembo. "Nemmeno vivere con me è semplice. Ma cerchiamo di far funzionare le cose."

"*Voi* le fate funzionare," disse Ery.

Chris si voltò per guardare Dylan. Per un momento comunicarono tra di loro senza parole, in quel modo irritante, fino a quando Dylan non annuì. "Sei sicuro, Dyl?" domandò Chris.

"Sì."

"Okay. Spetta a te decidere." Chris si voltò verso Ery. "Mettiti contro quell'albero. E niente movimenti improvvisi."

Mentre Ery aggrottava la fronte perplesso, Dylan aggiunse: "E per carità, *non* fare nulla che possa sembrare una minaccia contro Chris. Nemmeno per scherzo." Poi si abbassò la cerniera del cappotto.

"Oh! Porca merda!" Ery corse all'indietro fino a quando non andò a sbattere contro l'albero. Una pioggia leggera di frammenti di corteccia e aghi di pino andò a coprirgli le spalle e la testa. "Ma avevi detto che non potevamo farlo. Che era troppo pericoloso."

"Riesco a... controllarmi abbastanza bene," disse Dylan.

Chris annuì. "E Dyl pensa che sia l'unico modo per farti entrare il messaggio in quella testa cocciuta."

"Oh." Ery era quasi senza parole per l'eccitazione e la sorpresa. E di sicuro il suo cuore non rallentò il suo battito quando Dylan si tolse la camicia e la lanciò sul cappotto. Dio, era bellissimo. Sì, era impegnato, ed Ery non ci avrebbe mai provato con lui, però poteva guardare.

Dylan tremò nell'aria fredda e lanciò uno sguardo serio in direzione di Ery. "Ti avverto... la trasformazione è dolorosa. Ma non è un brutto dolore."

Per un qualche motivo, Chris emise una risata strozzata.

Poi Dylan si tolse le scarpe – non indossava i calzini – e si sfilò i pantaloni. Non aveva mutande, cosa che Ery non si era aspettato da lui. Ma forse si era vestito pensando che di lì a poco si sarebbe spogliato di nuovo. E se Dylan era bello senza camicia, completamente nudo gli aveva fatto seccare la gola.

Forse aveva emesso un mugolio, perché Chris lo guardò male. "Rifatti gli occhi adesso, amico, perché questa è la prima e ultima volta."

Ery arrossì. "Mi dispiace. È solo... Lui è..."

"Lo so." Chris fece una smorfia e si aggiustò i jeans. "Gesù, lo so."

Dylan sembrava ignorarli completamente. La testa era piegata in alto, stava fissando il cielo, e dal punto di vista avvantaggiato dell'albero, Ery vide i muscoli della sua mascella stringersi. Le mani continuavano a chiudersi a pugno per poi riaprirsi a ventaglio.

Quasi sussurrando, Ery disse: "Ma non c'è la luna piena."

Chris sussurrò a sua volta: "Lo può fare quando vuole, se ci si mette. Lo ha fatto quando siamo stati attaccati dal branco, ricordi?"

"Oh, sì." Ery se l'era scordato. Avrebbe dovuto prestare maggiore attenzione ai dettagli dei poteri e delle caratteristiche delle creature soprannaturali. Forse avrebbe dovuto comprarsi un manuale d'istruzioni.

Dylan emise un suono, un rumore profondo tra un grugnito e un lamento che sembrava più animale che umano. La sua pelle era rossa come se fosse infiammata. Le sue ossa cominciarono a cambiare forma, e fu orrendo, perché Ery poteva sentire il rumore dei muscoli e dei legamenti che si laceravano. Il dolore doveva essere insopportabile. Ma anche quando il pelo cominciò a coprire la sua pelle come erba fitta, e gli spuntarono gli artigli e le zanne, il sesso di Dylan si inturgidì fino a diventare rosso e dolorosamente eretto.

"Te l'avevo detto," disse Chris a bassa voce. "Gli *piace* questo tipo di dolore."

Ery non poté che annuire inebetito. Guardò Chris e vide che anche lui aveva un'espressione sconvolta, nonostante avesse assistito a quella trasformazione parecchie volte. A esclusione del suo incontro con lo spirito d'acqua, era la cosa più sconvolgente e ipnotica che Ery avesse mai visto.

Dylan si mise a quattro zampe. Il viso si era allungato in un muso e la coda si era srotolata alla base della colonna vertebrale. Strizzò gli occhi un paio di volte; quando poi li aprì quasi spalancandoli, le sue iridi erano gialle. Le orecchie erano ora in cima alla testa, appuntite e pelose. Il naso e le labbra erano diventati neri. Quando tirò la testa indietro e ululò, in lui non era rimasto più nulla di umano.

"Porca puttana," imprecò Ery con voce roca.

"Sì, abbastanza."

Il lupo – Dylan – si stiracchiò come fanno i cani dopo un bel pisolino, con le zampe anteriori irrigidite. Poi si diede una scrollata improvvisa. Non era facile a dirsi con quella luce, ma il suo pelo sembrava più chiaro del colore dei capelli di Dylan. La schiena era di una sfumatura più scura e lo stomaco era quasi bianco, le zampe erano lunghe, il corpo massiccio. Ery non aveva idea di come fosse la stazza di Dylan rispetto a quella di un lupo comune, ma di certo sembrava davvero grosso, così vicino a lui.

Poi Dylan voltò la testa di scatto e guardò Ery dritto negli occhi.

Il cuore gli batté all'impazzata nel petto. Un'intelligenza acuta traspirava dal suo sguardo, e forse la più leggera traccia di... qualcosa che gli ricordava Dylan in forma umana. Un'energia familiare, forse. Ma erano gli occhi di un lupo, e l'animale che aveva davanti a sé era la creatura più pericolosa che avesse mai visto.

"Devo dipingerlo."

Chris lo guardò sorpreso. "Davvero?"

"Dio, sì." Ery stava fremendo dalla voglia di prendere in mano un pennello, per cercare di catturare quel misto di selvaggio e astuzia, di calma sicura e potenziale ferocia.

Dylan zampettò verso di loro. Andò prima da Chris, sbattendo il lato della testa così forte contro il fianco del compagno da farlo indietreggiare di mezzo passo. Ma era chiaramente un gesto affettuoso – o addirittura d'amore – perché Chris ridacchiò e lo accarezzò dietro all'orecchio.

Poi il lupo portò la sua attenzione su Ery. Si diresse da lui, con le zampe leggermente rigide, fino a quando non gli fu davvero vicino. Ery era terrorizzato. Cercò di ricordare che cosa fare quando ci si trovava davanti a un cane potenzialmente ostile, e sperò che avrebbe funzionato anche con i lupi. Evitò il contatto visivo. Allungò una mano leggermente chiusa a pugno, con il palmo verso il basso.

Dopo aver annusato la mano per un momento e, come Ery fu contento di notare, aver stabilito di non mangiarsela, Dylan sembrò decidere di aver bisogno di un incontro più ravvicinato. Gli infilò il naso appuntito nell'inguine.

"Ah..." disse Ery.

Chris, che lo osservava divertito, fece spallucce. "Almeno non ha provato a infilartelo nel culo."

Pensiero consolante, immaginò Ery.

Dopo un paio di profonde inalazioni, Dylan indietreggiò leggermente e starnutì. Ery sperò che non fosse un insulto. Poi Dylan lo guardò per un altro lungo momento, prima di zampettare di nuovo da Chris.

Chris tirò leggermente il pelo del collo di Dylan. "Sì, Dyl. Divertiti."

Dylan rispose abbaiando prima di correre via nell'oscurità. Ery riuscì a sentire i passi del lupo per alcuni secondi, poi scemarono.

Con un gran sospiro, Ery si appoggiò contro l'albero. "Gesù."

Chris andò vicino ai vestiti di Dylan e cominciò a raccoglierli. "Vuoi prendere le torce?"

"Ma... Dylan."

"Riesce a vederci benissimo anche senza. Comunque, chissà dov'è adesso. Può correre come un bastardo anche nella foresta più fitta." Si piegò e prese le scarpe di Dylan. "Tornerà a casa più tardi. Dopo aver mangiato qualcosa."

Ery prese le torce. Puntò i raggi davanti a loro, illuminando la strada del ritorno. Guardò Chris lanciare i vestiti di Dylan sul sedile passeggeri del furgone, poi gli passò le torce e rimasero insieme tra il furgone e Bee.

"Hai capito cosa stiamo cercando di dirti?" domandò Chris. "È sempre Dylan, no? Confronta le assicurazioni online per sottoscrivere quella più economica e la scorsa settimana ha ordinato una piastra per fare i toast. Ma è anche quel lupo. Tutto il tempo, sai? Non solo quando c'è la luna piena. Ce l'ha dentro *tutto* il tempo." Fece spallucce. "E lo amo ancora così tanto che non potrei vivere senza di lui. Capisci?"

Dopo un momento Ery annuì. "Penso di sì."

"So che Karl non è un lupo mannaro. E che tu non sei né me né Dylan. Ma merda, amico. Quando sarai sul letto di morte cosa rimpiangerai di più? Le opportunità perse per la carriera o per l'amore?" Chris sospirò. "Andrò a casa ad aspettarlo. Notte, Ery." Fece il giro verso la portiera del lato guidatore del Silverado, salì e partì.

471

CAPITOLO 18

QUESTA VOLTA Ery non indossava un completo noioso e nemmeno si stava nascondendo. Però decidere come vestirsi era stato un'agonia: i suoi jeans più stretti, una maglietta aderente bianca con il collo a V, la giacca blu e nera, e una sciarpa di cotone gialla a pois bianchi. Era stato dal parrucchiere il giorno prima, così adesso aveva una ciocca blu elettrico sorretta da un piccolo patrimonio in prodotti per capelli. La sua acconciatura sfidava la forza di gravità. Però aveva un aspetto particolarmente gradevole. Il che gli era leggermente di conforto, dato che si sentiva come se i suoi intestini fossero stati messi in un frullatore.

Quando Ery era arrivato alla Stumptown Gallery, Julio e il suo partner, Ravi, lo avevano accolto con degli abbracci entusiasti, molteplici baci sulle guance e vezzeggiativi multilingue. "Sono così eccitato di presentare la mia scoperta al mondo!" esclamò Julio, come se avesse trovato Ery in una caverna.

Helena Kamski era già arrivata e stava aiutando il suo staff con i preparativi per il buffet. Offrì a Ery dei blini e dei minuscoli kielbasa di alce, ma l'idea di mangiare qualcosa gli faceva venire il voltastomaco. "Sono sicuro che siano buonissimi," disse onestamente.

Afferrò un bicchiere da vino colmo d'acqua e sostò vicino alla porta del magazzino osservando Julio, Ravi e i loro impiegati occuparsi degli ultimi dettagli. Avevano fatto un lavoro fantastico con la disposizione dei suoi quadri e posizionato le luci in modo da mettere in risalto ed esaltare le opere senza che fossero troppo forti o oppressive. A Ery piacque anche l'ordine in cui avevano appeso i quadri. Se si percorreva la sala nella giusta direzione, la mostra sembrava quasi una storia la cui trama era vaga.

Julio aggiustò dei gigli in un vaso bianco dalla semplice fattura, poi si rivolse a Ery. "Non è il giorno della tua esecuzione, amico mio. Stai tranquillo, ho fatto vedere il tuo lavoro ad altri e sei già un gran successo."

"Grazie. È solo che ultimamente ho fatto parecchi bungee jumping emozionali."

"Non dovrai fare più nessun salto. Adesso sarai in cima al mondo." Gli diede una pacca sulla spalla e andò via.

Sua nonna fu la prima ad arrivare. Si era offerto di passare a prenderla, ma lei aveva rifiutato. "Mi può accompagnare Edna, caro. Dovrai arrivare presto e rimanere fino a tardi, e immagino che alla fine festeggerete. Io non so quanto riuscirò a resistere." Era molto elegante nel suo completo grigio chiaro, la blusa rosa e le perle, ed era evidentemente appena stata dal parrucchiere, anche se portava un colore decisamente più naturale del suo. Edna salutò Ery e poi si allontanò, volendo chiaramente dare ai due del tempo per parlare in privato.

472

"Posso prenderti qualcosa da mangiare, nonna? Il cibo è fantastico."

"Tra un po', caro. Mi piacerebbe fare un giro prima."

"Da sola o accompagnata?"

Lei gli sorrise. "Con il nipote più bello e talentuoso al mondo, ovviamente."

Appena fu vicina al primo dipinto – quello di Karl che emergeva dal laghetto – si portò di scatto la mano alla gola. "Oh, santo cielo!" Si piegò in avanti per osservare meglio l'opera, poi indietreggiò per vederla nell'insieme. Dopo un lungo momento, si voltò verso Ery. "Questo è un lavoro straordinario, caro. E non lo sto dicendo perché sei il mio caro nipotino. Lo sai quanto sia valido, vero?"

"Sì, lo so."

Sua nonna si guardò in giro per la sala; il suo sguardo si posò brevemente sugli altri dipinti che avevano Karl come soggetto. Accennò un sorriso verso quello con lui nella doccia e indugiò su quello grande con la conchiglia. Poi guardò Ery con aria seria. "Il tuo nix, se non sbaglio?"

"Non è mio."

"È bellissimo."

"Sì, lo è, ma la sua... la sua *essenza*? Il suo spirito? È anche più bello dell'involucro."

Lei allungò le braccia per prendergli il volto. "Oh, caro. Tu lo ami tanto."

"Io non... non posso..."

"Non negarlo. Il tuo amore trapela in ogni pennellata. E se ti guarda davvero in quel modo..." – indicò con la mano il dipinto con Karl seduto a terra sui cuscini dello studio, mentre strimpellava alla chitarra con lo sguardo rivolto verso l'osservatore – "allora penso che anche lui ti ami."

"Nonna..."

"È il prezzo dell'essere adulti." Scosse la testa. "A volte anche le decisioni migliori comportano delle conseguenze difficili." Gli fece abbassare la testa per potergli dare un bacio sulla guancia. "Basta così. Devi salutare gli altri invitati. Io vado ad allontanare Edna dal dipinto del tuo nix sotto la doccia prima che le venga un infarto."

Aveva ragione sugli invitati. All'inizio erano arrivati alla spicciolata, poi più regolarmente. Ery abbracciò i suoi amici ed ex colleghi e strinse la mano di persone che non aveva mai visto prima. Fece un gran sorriso quando entrarono Drew e Travis. Travis si stava aggiustando il colletto della camicia. "Mi ha detto lui di mettermela," bofonchiò, indicando il compagno con il pollice. "Anche se sa che sono un collare blu." Travis lavorava da parecchio tempo come metalmeccanico in una fabbrica di futon.

"Be'," disse Ery, "stai benissimo. Tutti e due. E grazie per essere venuti. Lo apprezzo moltissimo."

"Non mi sarei perso la tua mostra per nulla al mondo. Inoltre, Drew ha detto che si mangia e beve gratis." Travis sorrise aggiustandosi la benda sull'occhio mancante, mentre Drew scuoteva la testa fingendo di essere esasperato per l'assenza di raffinatezza del partner.

Ery indicò con la mano. "Lì nell'angolo. Gesù, vorrei aver chiesto a Julio di farti lavorare per lui, Drew. Sarebbe stato bello avere della musica dal vivo."

Drew agitò una mano in un gesto sbrigativo prima di indicare tutta la sala. "Va bene così," tradusse Travis. "Preferisce godersi la mostra. E caspita, quel modello è davvero sexy!" Aveva posato lo sguardo sul dipinto di Karl più vicino a lui.

Drew concordò con le parole di Travis seppure con un evidente pizzico di gelosia, ed Ery rise. "Divertitevi, ragazzi."

Incontrò una serie di persone nuove e rispose a domande sul suo background, la sua fonte di ispirazione, le sue influenze. Cercò di sembrare sicuro, umile e cordiale allo stesso tempo. Era bello essere lodati. Era forse possibile stancarsi delle persone che impazzivano per il tuo lavoro? Ma si sentiva leggermente frastornato e un po' assente.

Il suo ex capo, Myra, era venuta con la sua ragazza molto più giovane e senza risentimento per il suo licenziamento piuttosto drammatico. Era presente anche il capo di Dylan, come sempre tutto in nero, con indosso una giacca sopra all'onnipresente maglione a collo alto e i jeans. Aveva già visto quasi tutte le opere quando salutò Ery. "Un lavoro incredibile. Rivoluzionario. Penso ci debba essere qualcosa di magico in quella fattoria; sembra ispirare una grande creatività."

Ery immaginò che il suo sorriso di risposta doveva essergli apparso leggermente folle. "Sì, è davvero un luogo unico."

Qualche minuto più tardi, mentre stava salutando una conoscenza dei tempi della scuola d'arte, qualcuno gli diede un buffetto sulla spalla. Si voltò e trovò Aleksy Kamski: era assolutamente delizioso, mano nella mano con Dwayne, un ragazzo carino che conosceva dai tempi in cui era un frequentatore assiduo di discoteche. "Penso di doverti ringraziare per parecchie cose," disse con un gran sorriso.

Dwayne si strinse compiaciuto ad Aleksy mentre lo guardava facendo sbattere le ciglia. Era l'unica persona che conosceva a cui piaceva flirtare più di Aleksy.

"Allora vi siete trovati, ragazzi?" domandò Ery. Era contento che i suoi sforzi di far accoppiare Aleksy avessero dato buoni frutti.

Il sorriso dell'uomo si fece ancora più grande. "Oh, ci siamo trovati su parecchie cose."

Sul serio, come faceva a non piacere un ragazzo che parla solo per doppi sensi? "Sono felice di sentirtelo dire. E stanno facendo tutti i complimenti per il catering."

"Grazie per averci ingaggiato. È il nostro primo lavoro fuori dal ristorante." Fece un inchino che non aveva la minima traccia d'ironia. "È un onore essere stati scelti per la tua mostra. Sei davvero un uomo dai mille talenti."

Dwayne rise, facendo ballare le sopracciglia, e sussurrò nell'orecchio di Aleksy. Ery non sapeva cosa dire, ma a giudicare dagli sguardi di approvazione che entrambi gli stavano dando, doveva avere a che fare con il paio di volte che lui e Dwayne erano stati brevemente insieme.

Ery arrossì. "Ehi! C'è qualcuno laggiù con cui devo scambiare due parole. Potete scusarmi un momento?"

Lo scusarono ma non senza baciarlo sulle guance prima.

Non stava mentendo sul quel qualcuno. In realtà si trattava di due persone. Nella galleria erano appena entrati Rick e Kay, il fratello e la cognata di Dylan.

"Ery!" Kay lo abbracciò con entusiasmo.

"Siete riusciti a venire."

"È la nostra prima sera in città da quando è nata Fiona."

"Wow! Be', sono onorato di essere la vostra prima volta." Non avrebbe chiesto come mai Dylan e Chris non si fossero fatti ancora vivi. Era impossibile che non venissero. "Allora c'è da mangiare laggiù." Indicò.

"E vino?" domandò Kay speranzosa. "Ho appena finito di allattare e, Dio, se ho voglia di bere."

Ignorando gli occhi al cielo di Rick, Ery rise. "C'è vino in abbondanza. E grazie di essere venuti."

"Stai scherzando? Non ce lo saremmo mai persi. È un pezzo che Dyl e Chris elogiano i tuoi quadri."

No. Non avrebbe chiesto di loro. "Grazie." Ery fece spallucce. "Sono molto orgoglioso di questi lavori."

Kay gli diede un buffetto sul braccio. "Sono così eccitata di conoscere un artista in procinto di diventare famoso! Ricordami di chiederti l'autografo più tardi."

Lei e Rick cominciarono ad allontanarsi, ma poi Rick si bloccò. "Mi sono dimenticato di dirti, Ery. Dyl mi ha mandato un messaggio un po' di tempo fa. Immagino abbia pensato che fossi troppo preso per leggerlo tu. Dice che lui e Chris sono un po' in ritardo ma che verranno sicuramente. Probabilmente sta facendo fatica a obbligare Chris a mettersi il completo di nuovo."

"O forse si sono distratti e il completo sta cercando di toglierglielo," ribatté Ery.

Kay ridacchiò, ma Rick fece una smorfia. "Bleah. Grazie, Ery. Perché tutti amano che gli si rammenti della vita sessuale del proprio fratello minore." Lo salutò con la mano allontanandosi con determinazione. Kay stava ridendo mentre lo accompagnava.

Da parte sua, Ery emise un sospiro di sollievo. Non aveva parlato con Dylan e Chris da quella notte nei boschi e aveva temuto che fossero davvero arrabbiati con lui. Dopo aver allontanato Karl, sarebbe stato tristissimo se avesse perso anche i suoi migliori amici.

Si sentiva ancora sollevato quando una donna lo mise con le spalle al muro per spiegargli perché credeva che la pittura rendesse una rappresentazione del mondo più accurata di quanto facesse la fotografia, e un ragazzo magrolino e tatuato con un taglio di capelli da scuola d'arte gli fece delle domande sulla sua tecnica. Una coppia di mezza età gli chiese se fosse disposto a dipingere un ritratto su commissione, e anche se la cifra che offrirono era considerevole, lui rifiutò educatamente.

Ery notò che sua nonna era nell'angolo più lontano della sala in conversazione con una donna che stava prendendo appunti su quello che diceva. Gesù, era una giornalista? E se lo fosse stata, quali storie adorabili e imbarazzanti le stava raccontando? Si diresse verso di loro.

Ma prima di raggiungerle, Julio lo afferrò per il braccio. "Ery, vorrei che conoscessi qualcuno."

Quel qualcuno si rivelò essere un uomo dai capelli argentati accompagnato da un ragazzo molto più giovane. Ery non afferrò i loro nomi durante le presentazioni – aveva conosciuto fin troppe persone quella sera – ma si accorse di averli già visti. Avevano criticato il suo lavoro durante la mostra di beneficenza dell'ottobre precedente.

Cercando di sorridere amichevolmente, Ery strinse le loro mani. "Grazie per essere venuti," disse, perché gli sembrò un commento appropriato ed educato.

L'uomo più anziano annuì velocemente. "Julio mi ha detto che nonostante i prezzi ridicoli delle sue opere, ha già venduto tutto."

Ery si concentrò velocemente su Julio. "Davvero?"

Con il simbolo del dollaro davanti agli occhi, Julio sorrise. "In realtà già un po' di tempo fa. Non c'è più nulla eccetto il quadro che mi hai chiesto di non vendere." Quello di Karl che usciva dal laghetto. Non era necessariamente il pezzo migliore, ma era stato il primo che aveva dipinto dopo che la sua musa aveva deciso di amarlo di nuovo. E anche se lo aveva realizzato prima di sapere chi fosse Karl, Ery aveva deciso settimane prima che sotto un certo punto di vista lo aveva *sempre* saputo. Il bell'uomo con gli occhi verdi aveva un'area eterea.

"Dalla prima volta che ho visto il suo lavoro ho saputo che era speciale," disse l'uomo più anziano. Ery non lo contraddisse perché che scopo avrebbe avuto? "Mi piacerebbe farle un'offerta per il dipinto, signor Phillips."

"Apprezzo il suo interesse, ma non è in vendita." Ery aveva tutte le intenzioni di tenerselo.

"Le darò quarantamila dollari."

Ery quasi svenne. Grazie all'assegno di sua nonna, era tutt'altro che bisognoso di soldi. Ma una cosa era ricevere in regalo un gruzzolo di soldi da un parente amorevole, un'altra guadagnarselo soprattutto grazie a un singolo dipinto. Poi, però, si immaginò il quadro di Karl appeso nella villa pretenziosa o nel brutto attico dell'uomo che aveva davanti agli occhi. Inoltre, quel dipinto era *suo*.

"Mi dispiace," disse Ery, "quello non è in vendita. Ma scommetto che, se parla con Julio, le lascerà la prima scelta su qualsiasi cosa venderò in futuro."

Julio annuì ansioso. "Certo! Sono sicuro che troveremo un accordo."

L'uomo sembrò leggermente lusingato ed Ery borbottò una scusa per lasciare il gruppo. All'improvviso si sentiva esausto. Tutti chiacchieravano ad alta voce, i suoni rimbalzavano sul pavimento in cemento e i soffitti alti, facendogli male alla testa. E le luci che fino a un paio di ore prima gli erano sembrate perfette adesso erano troppo forti. Forse doveva andare a vedere se era avanzato del cibo. O magari avrebbe fatto bene a nascondersi nel magazzino per riposarsi un attimo.

Mentre si guardava in giro per la sala in procinto di mettere in atto uno dei suoi piani, dei movimenti vicino all'ingresso catturarono la sua attenzione. Fece un gran sorriso quando vide chi era entrato: Dylan e Chris. Chris era molto elegante con i pantaloni del completo e una camicia marrone in seta e Dylan era in giacca e cravatta. Ery cambiò direzione per salutarli.

Ma prima di raggiungerli, i suoi amici si spostarono leggermente, ed Ery vide un uomo più basso alle loro spalle. Aveva degli stivali rossi, pantaloni aderenti neri e una camicia di seta del colore del mare calmo nel tardo pomeriggio. Faceva risaltare il colore verde brillante dei suoi occhi. I lunghi e setosi capelli bianchi gli incorniciavano il viso. Catturò subito lo sguardo di Ery e abbozzò un sorriso.

Ery non riusciva a muoversi. No, davvero. La visione davanti ai suoi occhi lo aveva trasformato in una statua. Di lì a poco qualcuno avrebbe offerto a Julio duecentomila dollari e lo avrebbe portato via per metterlo nel loro salotto.

Come se tutta la scena fosse stata coreografata, i tre uomini si avvicinarono. Dylan e Chris si spostarono da un lato e Karl rimase fermo a distanza di un braccio.

"Sei vestito!" sbottò Ery.

Karl fece un sorriso timido e si guardò. "Ti piace?"

"Io... Sì..." Ery guardò disperato i suoi amici in cerca di aiuto.

Chris fece spallucce, ma Dylan scoppiò in un sorrisetto. "Ci sono voluti tre giorni per scegliere questo completo e quasi tutta la sera per cercare di farglielo indossare. Dice che i vestiti è solo capace di *toglierli*."

"Stai benissimo," disse Ery sincero. Ma Karl era incredibile anche nudo. Sarebbe stato bellissimo anche con dei pantaloncini larghi, una maglietta corta e un cappello da baseball al contrario. "Ma... l'acqua..."

Con un gran sorriso, Karl scavò nella sua borsa a tracolla. Ery non l'aveva nemmeno notata fino a quel momento. Con un gesto plateale, Karl tirò fuori una bottiglia piena per tre quarti. "E Dylan ha detto che probabilmente qui c'è un bagno con un lavandino, se ne ho bisogno."

"Sì." Ery fece un vago gesto con la mano.

"Bene. Inoltre il fiume non è molto distante. Riesco a sentirlo. E mi aiuta."

"Io..." Ery avrebbe voluto bere un po' d'acqua in quel momento. Aveva la bocca arida.

Il sorriso di Karl svanì. "Sei arrabbiato perché sono venuto? Dylan e Chris hanno detto che non era una buona idea, ma volevo vedere le persone godersi i tuoi dipinti." Si guardò in giro velocemente. "Penso che piacciano a tutti."

Quello che Ery aveva voluto dire in risposta era: *Sì, piacciono a tutti*. Invece disse, chiaro come il sole: "Ti amo."

477

Oh, ecco di nuovo quel sorriso, ancora più smagliante. "Lo so," disse Karl. "E so che devi andare via. Ma sono contento di vederti di nuovo. Forse ti porterai un po' di me nel cuore quando partirai."

Non solo un po'. Il cuore di Ery era colmo di Karl, *inondato di lui*. Una volta un insegnante gli aveva detto che il corpo umano era composto al sessanta per cento di acqua. Ma il suo era novanta per cento Karl. Forse di più. E mentre i consigli di Dylan, Chris e sua nonna riecheggiavano nella sua mente, all'improvviso capì qualcosa e con assoluta certezza: se si fosse allontanato da Karl, Ery si sarebbe trasformato in polvere e sarebbe stato spazzato via dal vento.

Miracolosamente, le gambe di Ery ripresero a funzionare. Si lanciò contro Karl sorprendendolo con un abbraccio stretto. "Ti amo," sussurrò Ery nel suo orecchio. "Non sono mai stato innamorato di nessuno, ma ti amo così tanto."

Karl si ricompose abbastanza da abbracciare Ery. "Mi mancherai," disse a bassa voce.

"No, non ti mancherò."

"Ma… sai che ti amo, Ery."

Ery si allontanò leggermente. Era appena conscio del fatto che parecchie persone si erano radunate vicino a loro, attirate dal loro spettacolo o per vedere il modello di Ery dal vivo. A lui non importava. L'intera popolazione dello stato sarebbe potuta stare a guardarli, oppure nessuno, non avrebbe fatto alcuna differenza. In quel momento solo Karl contava.

"Karl, mi vorresti ancora se questo volesse dire che non potresti più suonare la chitarra?"

"Certo," rispose immediatamente. "Ma…"

"E nuotare. E se l'unica acqua che potessi toccare fosse quella della doccia?"

La sua risposta fu immediata ancora una volta. "Sceglierei te. Sceglierei sempre te, Ery. Ma so che tu non puoi…"

"Cazzate. Io *posso*. Potrei non avere gli stessi anni che hai tu, Karl, ma penso di essere finalmente cresciuto. Ho finalmente imparato che i sogni di grandezza, la fama e fare bella figura nel mondo con il mio talento non sono quello che conta di più."

Karl aveva gli occhi spalancati. Ery ci si sarebbe potuto annegare. "Cos'*è* che conta di più, Ery?"

"Essere felice con le persone che amo." Raddrizzò la schiena e tenne la testa alta. "Non ti mancherò perché non andrò via. Non vado da nessuna parte. Troveremo una soluzione per far funzionare le cose. Siamo tutti e due piuttosto creativi. Vuoi stare per sempre con me, Karl?"

Non aveva mai visto un sorriso così brillante. "Per sempre con te, mio Ery."

Si abbracciarono di nuovo, piangendo, e tutta la sala scoppiò in un fragoroso applauso, ed Ery sapeva che se Karl non l'avesse tenuto, avrebbe iniziato a levitare dalla gioia. Ma mentre gli applausi cessavano, si sentì un nuovo rumore, un tamburellare sul tetto. Qualcuno vicino alle finestre disse: "Guarda! Non ho mai visto una pioggia così."

Alcuni corsero alla finestra. Ma non Ery e Karl, che erano ancora stretti nel loro abbraccio. E avrebbero potuto rimanere per sempre in quella posizione.

Qualcuno si schiarì la gola così forte da farsi sentire nonostante l'acquazzone. Riluttanti, Ery e Karl si separarono. Ery lo baciò sulla guancia e si voltò. Dylan e Chris erano vicino a loro, il braccio di Dylan intorno alla spalla di Chris e Chris che teneva una mano sul fianco di Dylan. Stavano sorridendo. E anche tutte le persone presenti che conosceva. Ricambiò il sorriso e si voltò di nuovo verso Karl. "Piccolo, ci sono delle persone che vorrei che conoscessi. Iniziamo con mia nonna."

CAPITOLO 19

ERY SI tirò su sul patio e si sdraiò sullo stomaco, respirando a fatica, l'acqua del fiume che scorreva sulla sua schiena. Con le gambe che pendevano ancora dal bordo, urlò e sobbalzò quando si sentì solleticare i piedi. "Diavolo!" esclamò, voltandosi sulla schiena. Delle gocce d'acqua – più simili a una nebbiolina – si posarono sul suo volto già bagnato, facendogli chiudere gli occhi.

"Non diavolo, stroemkarlen." Karl si abbassò al suo fianco. "Oggi abbiamo fatto una bella nuotata. Stai diventando davvero veloce."

"Non veloce come te."

"Be', tu non hai i piedi palmati. E le branchie." Gli posò un bacio umido sul collo.

"Sì, c'è il piccolo inconveniente di dover respirare quando si nuota." A essere sinceri, era stupefatto da quanto velocemente avesse imparato a nuotare. Ovviamente era motivato perché voleva far contento il suo insegnante: le sue ricompense erano spesso molto più interessanti di un bel voto sul registro.

Trascorsi alcuni minuti, Karl sembrò aver deciso che Ery aveva riposato abbastanza. Cominciò ad accarezzarlo e strusciarsi contro di lui, inveendo contro la muta in neoprene. "Vorrei non dover indossare questa," si lamentò.

"Niente piedi palmati, branchie, né resistenza al freddo, piccolo." E il fiume Columbia agli inizi di aprile era ghiacciato. Ery pensava di essere piuttosto elegante nella sua muta nera e blu cobalto, che gli era costata più di quattrocento dollari, ma Karl gli aveva detto che sembrava una foca colorata.

Karl saltò in piedi e si piegò per aiutare Ery ad alzarsi. "Forza. Togliamotela. Tra poco calerà il sole."

"Schiavista," disse Ery con un sorriso. Lasciò che Karl lo aiutasse a mettersi in piedi, poi lo seguì dentro casa, godendosi il panorama mentre camminavano. Non si stancava mai di fissare il sedere di Karl.

Raggiunsero il pianterreno e si infilarono nel bagno. Karl tirò la cordicella sulla schiena di Ery per abbassare la zip, poi lo aiutò a sfilarsi la muta. La doccia al pianterreno poteva ospitare solo una persona, così dovettero fare a turno. Karl si lavò per primo. Ery sperava di trovare un modo di ampliare il bagno molto presto; ne avrebbe parlato con Chris e Dylan.

Il che gli fece venire in mente una cosa. "Ho parlato con Chris questa mattina," disse leggermente distratto dall'acqua che scorreva sulla pelle diafana di Karl. "Verrà sull'isola martedì per vedere se si può buttare giù quel muro. E magari Dylan lo accompagnerà, così potremo andare tutti insieme al locale."

Karl uscì dalla doccia e fece cenno a Ery di entrare, riuscendo a dare una bella strizzata a una delle sue natiche. "Sarà carino." Si morse il labbro velocemente. "Spero che alla gente piacerà la musica."

"Pfft. Impazziranno. Siete incredibili insieme."

Qualche settimana prima, Ery aveva parlato con Drew perché voleva trovare un'altra chitarra per Karl. Gli aveva mostrato un modello spettacolare costruita in peccio di Sitka e mirto. Costava più della prima macchina usata comprata da Ery, ma tra le mani di Karl emetteva dei suoni meravigliosi. Drew aveva anche invitato Karl a una piccola jam session, con Ery e Travis a fare da pubblico entusiasta. I due musicisti avevano suonato molto bene insieme: Drew aveva fornito la struttura del pezzo suonando alcune canzoni tradizionali blues e rock e Karl aveva intessuto le melodie con degli accordi improvvisati. Ery non aveva mai visto due uomini essere così espressivi senza dire neanche una parola. Alla fine della serata, con Travis che traduceva, Drew aveva invitato Karl a unirsi a lui per la sua prossima performance al P-Town. Karl era stato così eccitato all'idea che aveva scatenato un temporale.

Se Karl ed Ery avessero cominciato a vedersi più spesso con Travis e Drew, forse avrebbero dovuto accennare al fatto che Karl era uno spirito d'acqua. *Quella* sì che sarebbe stata una conversazione interessante.

Chiuse l'acqua della doccia e allungò il braccio per prendere un asciugamano, ma Karl lo afferrò al suo posto e lo asciugò. "Non ti vestire, Ery."

"Fa freddo."

"Possiamo accendere il fungo."

Come sempre, Ery si arrese senza discutere. Salirono le scale e passarono per una stanza che doveva fare da camera padronale ma che era stata trasformata in studio. Era scarsamente decorata se non per i dipinti di Ery in via di esecuzione e un grande scaffale su cui facevano bella mostra un gabbiano cloisonné, una conchiglia di un nautilus e una pietra rossa e nera. Ery attese nel relativo tepore mentre Karl correva ad accendere il fungo. La stanza funzionava molto bene come studio, con ampie finestre che davano a nord e si affacciavano sul fiume, e un facile accesso al patio quando il tempo era abbastanza clemente per dipingere all'esterno. Il bagno aveva un'enorme vasca con l'idromassaggio. A volte Ery prendeva in giro Karl, dicendo che amava quella vasca molto più di quanto amasse lui. Di certo ci passava parecchio tempo dentro. Quando Chris avrebbe abbattuto il muro, Karl avrebbe potuto farsi il bagno mentre Ery dipingeva senza che ci fosse bisogno di urlare.

Karl aprì la portafinestra. "È caldo abbastanza, Vostra Maestà." Lo afferrò per un braccio e lo trascinò fuori; Ery corse senza ritegno verso il fungo e si lasciò cadere sulla sedia più vicina. Karl si sistemò al suo fianco e lo prese per mano.

La foschia era diventata pioggia. Una delle primavere più piovose mai registrate, aveva detto il tipo delle previsioni; metà Portland passava i week-end sul monte Hood per godersi le ultime sciate. Dylan aveva detto che i livelli del laghetto erano ancora alti, ma la casa e il granaio erano fuori pericolo e le anatre sembravano apprezzare il fatto che il loro mondo si fosse ampliato, quindi da loro non c'erano problemi.

"Vuoi andare alla fattoria questo week-end?" domandò Ery.

"Preferirei il mare. È stato divertente! Forse troverò altre balene con cui nuotare."

"Non ti manca casa tua?" domandò probabilmente per la centesima volta.

Karl lo guardò con aria paziente. "Questa è casa mia adesso."

Era una casa galleggiante piuttosto costosa costruita su un'area privata sulla banchina con un facile accesso all'isola per quando Ery doveva usare Bee per fare le commissioni. A volte si domandava se Skuld l'unicorno fosse seccato del loro spostamento, ma si vergognava troppo per chiederlo.

"Ed è una bella casa," concordò Ery. "Ma c'è una bella differenza tra il Columbia e il tuo laghetto tranquillo. Ed è così tanto tempo che vivi lì."

Karl strinse forte la mano di Ery, con un'espressione un po'infastidita. "Sono come il nautilus, Ery. La mia casa me la porto dietro. E tu sei la mia conchiglia. Dovunque tu sia, io sono a casa." Poi pensò che il momento stesse diventando troppo melenso, forse, perché lasciò andare la mano di Ery e gli salì sulle gambe. Gli si accoccolò contro. "Vedi? Ci incastriamo perfettamente."

Karl era più pesante di lui, ma a Ery non dava fastidio. Appoggiò la testa contro la sua spalla e guardò il fiume. Poter girare nudi sul patio era uno dei vantaggi della casa, e a meno che passasse un'imbarcazione o qualcuno da Vancouver avesse un potentissimo binocolo, nessuno poteva vederli. A Karl piaceva restare a guardare il tramonto tutte le sere, anche se era generalmente troppo nuvoloso perché se ne potesse godere appieno. E comunque era fantastico osservare l'oscurità avvolgere gradualmente il fiume.

"Hai fame?" domandò Karl dopo un po'.

"Non ancora. Sono troppo comodo."

"Mmm." Karl tracciò i contorni del tatuaggio del gabbiano sul petto di Ery. "Anch'io." Dopo un lungo silenzio, aggiunse: "Dipingerai domani?"

"Già. Domani è venerdì." Karl aveva una vaga nozione del tempo. Agli spiriti d'acqua i calendari non servivano a molto, ed Ery doveva spesso ricordargli che giorno era. Grazie alla generosa e comprensiva Myra, aveva un fantastico orario di lavoro, e i lunedì e i venerdì di riposo. Lavorare part-time gli faceva guadagnare abbastanza, permettendogli di investire il resto dei soldi di sua nonna e i guadagni della vendita dei suoi dipinti. Inoltre, aveva scoperto che se non doveva farlo tutto il tempo, lavorare come grafico per prodotti commerciali non gli dispiaceva più di tanto.

"Dipingerai un altro lupo?"

"No, credo che farò il ritratto a mia nonna. Non l'ho mai fatto, e ha un viso incredibile."

"Tu le assomigli molto," disse Karl, dandogli un buffetto sul mento.

Ery lo prese come un complimento. "Voglio dipingerla accovacciata nel giardino davanti alla sua vecchia casa, come faceva prima che le ginocchia iniziassero a farle male. Le piaceva farmi vedere i nuovi germogli e i boccioli. E gli insetti e i ragni. La vita, diceva."

"Sono certo che sarà un dipinto bellissimo."

Sorridendo, Ery baciò Karl sulla spalla. "Ultimamente la mia musa si è un po' calmata. Immagino si stia godendo la vita sulla costa." Non gli importava che il suo lavoro stesse procedendo più lentamente; Julio gli aveva detto che una produzione più graduale avrebbe fomentato l'interesse, accresciuto la domanda e alzato i prezzi. Diavolo, forse Ery avrebbe potuto giocarsi la carta dell'artista recluso e scarsamente prolifico. Come un Salinger con tavolozza e pennello.

Mentre chiacchieravano pigramente, Karl teneva le mani occupate; con una gli accarezzava la nuca, l'altra vagava sul suo petto. Adesso era scesa più a sud, e Karl si spostò per avere accesso al sesso di Ery che andava inturgidendosi. "Oh, che bello," disse. Sarebbe stato ancora meglio, si rese conto, se avesse fatto lo stesso. Il sesso di Karl era vicino e il suo prepuzio leggermente retratto rivelava la deliziosa pelle rosa.

Seduto sul patio di casa sua, a osservare le luci brillare sul fiume e accarezzare lentamente l'uomo più bello ed esotico al mondo, Ery capì che preferiva di gran lunga essere lì piuttosto che guardare la gente osservare i suoi dipinti al Museo d'Orsay. Essere un adulto non era affatto male.

Amava il suono della pioggia che batteva sul tetto e sullo specchio d'acqua, il rumore lontano del traffico dell'Interstate Bridge, gli scricchiolii del legno del molo. E il respiro di Karl su di lui, che andava affannandosi mentre i loro movimenti si facevano più veloci e i loro membri si inumidivano di liquido seminale. Anche gli odori gli davano alla testa: pioggia, acqua di fiume, il salmastro e muschio dello spirito d'acqua.

Senza preavviso, Karl si sollevò dalle gambe di Ery e si mise in ginocchio. Prima che potesse dire una parola – di incoraggiamento o protesta – Karl lo prese completamente nella sua bocca umida.

"Åh min gud," mugolò Ery, che aveva imparato una selezione di frasi scandinave per occasioni simili. Allargò le gambe e passò le dita tra i capelli di Karl. Sicuramente meglio del Museo d'Orsay.

Negli ultimi mesi, Karl aveva imparato a suonare il corpo di Ery anche meglio della sua chitarra. Sapeva dove toccare, accarezzare, dove tirare, dove mordicchiare leggermente per poi leccare per lenire. Senza interrompere il ritmo, allontanò la bocca dal sesso di Ery, si inumidì il dito con la saliva e un po' di liquido seminale, per poi riprenderlo in bocca e inserire il dito nel suo corpo voglioso, inclinandolo nella posizione perfetta.

Ery gemette sonoramente e venne.

Leccandosi le dita e sorridendo compiaciuto, Karl si alzò con eleganza. Quando venne, gli disegnò il petto con nastri e gocce bianche che brillavano come perle. Tese il braccio verso Ery. "Ci spostiamo dentro?"

Un'ora più tardi, giacevano a letto abbracciati. Ery si sentiva senza ossa come un polpo, se non più appiccicoso. "È troppo presto per andare a letto," obiettò, e poi sbadigliò. L'Ery che passava tutta la notte in discoteca per poi fare colazione all'alba avrebbe riso di lui. No, non era vero. Il vecchio Ery sarebbe stato tremendamente geloso del nuovo Ery. "Ecco," bofonchiò sonnacchioso.

Karl sollevò la testa guardandolo con aria sorpresa. "Cosa?"

"Nulla."

Karl lasciò cadere la testa sul petto di Ery. "Ti amo, ma a volte sei veramente strano."

Quel commento lo fece ridere così tanto che finì per farsi venire il singhiozzo. Karl sembrò allarmato. Ma quando Ery gli spiegò cosa fosse, sembrò esserne affascinato. Riportò la testa sul suo petto e rise ogni volta che uno spasmo lo faceva sobbalzare.

"Hai voglia di farti un'altra nuotata con me tra un po'?" domandò Karl quando il singhiozzo sembrò essere passato.

"Al buio?"

"Mi assicurerò che tu non vada a sbattere contro qualcosa."

Ery pensò per un momento. "Okay. Potrebbe essere divertente." Accarezzò Karl sulla testa senza pensarci. "È strano come abbia imparato a nuotare così bene. E così in fretta. In realtà è veramente incredibile." Aveva cominciato come un cagnolino scoordinato per arrivare a un incredibile stile libero nel giro di un paio di settimane. Osservò la testa di Karl perplesso. "Veramente strano."

"Ne ho parlato con tua nonna," disse Karl. Si girò sulla schiena così da poterlo guardare in volto.

Era una novità per Ery. "Quando?"

"Qualche giorno fa. Ti ricordi quando sei andato al lavoro e ti sei dimenticato il cellulare?"

"Oh, già." Quello era uno degli svantaggi della loro nuova situazione: viveva troppo lontano dal lavoro per tornare a casa nel caso si fosse dimenticato qualcosa.

"Ha chiamato e abbiamo parlato per un po'. Mi piace, Ery. Ha detto che se le insegno lo svedese lei mi insegnerà a leggere."

"Mi sembra un ottimo accordo." Sua nonna aveva passato anni a insegnare inglese nelle scuole; era stato il tipo severo ma riceveva ancora lettere di ringraziamento dai suoi studenti. Karl era intelligente e adattabile, in pochissimo tempo gli avrebbe fatto leggere anche Shakespeare.

"Le ho parlato delle tue lezioni di nuoto. E di tutta l'acqua che ti sei bevuto e delle lunghe nuotate. E dei miei sogni. E… hai notato, Ery? Riesco a passare molto più tempo fuori dall'acqua."

Ery lo aveva notato. Da quando vivevano assieme, Karl non si era mai alzato per farsi una doccia nel mezzo della notte. Ery aveva pensato che dipendesse dal fatto che vivevano così vicino all'acqua. Ma si era reso conto che più di una volta durante le loro escursioni in città, inclusa la serata con Drew e Travis, non aveva dovuto bere molto e si era lavato le mani solo di rado. Gesù. Ery a volte avrebbe davvero dovuto prestare più attenzione.

"Che cosa ha detto mia nonna, piccolo?"

"Energia." Karl aggrottò la fronte. "Non ti disturba, vero?"

"Dio, no! In un certo senso è una cosa fantastica."

Un gran sorriso comparve sul viso di Karl. "Lo penso anch'io. Non mi dispiacerebbe essere un po' più umano. Quel che basta da non essere sempre vestito, però. E soprattutto da non mettermi le scarpe."

"Se diventerai completamente umano ci possiamo trasferire in una colonia nudista."

Karl rise, ma poi si fece serio: "Se ci scambiamo abbastanza energia forse comincerò a invecchiare."

"Gesù, Karl, non ci avevo pensato. Cazzo. Potremmo…"

"È una cosa *buona*, Ery. Spero di invecchiare con te. Forse lo farò un po' più lentamente."

Ery ci pensò per un attimo. "Mi sembra una prospettiva allettante."

Con una gran risata, Karl si sdraiò su Ery, bloccando il suo corpo con le gambe e le braccia, circondando entrambi con i lunghi capelli bianchi. Era fantastico.

"Anch'io ho una teoria," disse Karl, con la voce roca.

"Sì?"

"Credo di sapere quale sia il modo migliore di scambiarsi l'energia." Poi piegò i gomiti, abbassò la testa e cominciò a baciare Ery lungo il torso.

Spesso Ery aveva l'impressione che il suo cuore fosse un uccello che batteva forte le ali, facendolo volare alto. O forse un pesce argentato, che guizzava felice tra le acque. Volare o nuotare, alla fine erano la stessa cosa. Entrambe gli portavano gioia. E con Karl al suo fianco, Ery sarebbe sempre stato nel suo elemento.

KIM FIELDING è molto contenta ogni volta che qualcuno la definisce "eclettica". I suoi libri hanno vinto più volte i Rainbow Awards e spaziano tra vari generi letterari. Ha fatto avanti e indietro per i due terzi della costa occidentale degli Stati Uniti e al momento vive in California, dove ha finito lo spazio nella libreria molto tempo fa. Insegna all'università, ma sogna di viaggiare e scrivere a tempo pieno. Sogna anche di avere due figlie perfettamente educate, un marito che non sia ossessionato dal football, e una casa che si pulisca da sola. Alcuni sogni sono più facili da realizzare di altri.

Potete contattatare Kim qui:
Sito: http://www.kfieldingwrites.com/
Facebook: https://www.facebook.com/KFieldingWrites
Twitter: @KFieldingWrites.

Di KIM FIELDING

Bruto
Maschere veneziane
Rattlesnake – Serpente a sonagli
Senza parole

SCHELETRI
Un buono scheletro
Uno scheletro sepolto
The Gig – L'ingaggio
Fin dentro le ossa

Pubblicato da DREAMSPINNER PRESS
www.dreamspinner-it.com

Per saperne di più
riguardo ai migliori
romanzi gay maschili,
visitate la

www.dreamspinner-it.com